VIRGINIA HENLEY

Rosenträume

Buch

Eine Liebe – von den Göttern geschmiedet, von den Menschen zerstört, vom Schicksal vereint: Lady Brianna Bedford versucht alles, um ihrem Heiratsversprechen treu zu bleiben. Aber die heißen Blicke des arabischen Prinzen, der ausgerechnet der Halbbruder ihres Verlobten ist, ziehen sie magisch in ihren Bann. Mit jeder Faser ihres Körpers spürt sie, daß dieser Mann eine mystische Macht über sie besitzt.

Das Blut seiner arabischen Mutter und seines englischen Vaters macht Christian Hawksblood zu einem unbezwingbaren Ritter. Dann aber begegnet er jener Schönheit, die er bisher nur in seinen Träumen sah und die er seither überall auf der Welt verzweifelt suchte. Aber Brianna ist seinem Bruder versprochen.

Eines Tages kommt es zum entscheidenden Kampf zwischen den Brüdern, und Brianna glaubt, nie wieder lieben zu können...

Autorin

Virginia Henleys Romane bestechen durch ihre historische Detailgenauigkeit und die ausdrucksstarke Sinnlichkeit ihrer Charaktere. Beides wurde u. a. von der Romantic Times mit zahlreichen Preisen gewürdigt. Nach langen Jahren in Toronto lebt sie nun mit ihrer Familie während des Sommers an den Niagara-Fällen und im Winter in Florida.

Bisher bei Goldmann erschienen:

Der Falke und die Lilie (42994), Der Falke und die Taube (42995), Der Pirat und die Sklavin (42997), Der Rabe und die Rose (42996), Glühender Saphir (42937), Namenlose Versuchung (42937), Trügerische Herzen (42933)

VIRGINIA
HENLEY

Rosenträume

Roman

Aus dem Amerikanischen
von Elke Iheukumere

GOLDMANN

Originaltitel: Desired
Originalverlag: Dell Publishing, Bantam Doubleday Dell
Publishing Group, Inc., New York

*Für meine Schwiegermutter Marjorie – Danke,
daß Du es all die Jahre mit mir ausgehalten hast.*

Umwelthinweis:
Alle bedruckten Materialien dieses Taschenbuches
sind chlorfrei und umweltschonend.
Das Papier enthält Recycling-Anteile.

Der Goldmann Verlag
ist ein Unternehmen der Verlagsgruppe Bertelsmann

Deutsche Erstveröffentlichung Oktober 1997

Umschlaggestaltung: Design Team München
Umschlagillustration: Luserke/Spiak
Satz: Uhl + Massopust, Aalen
Druck: Elsnerdruck, Berlin
Verlagsnummer: 43796
Lektorat: SK
Redaktion: Barbara Gernet
Herstellung: Heidrun Nawrot
Mady in Germany
ISBN 3-442-43796-2

3 5 7 9 10 8 6 4

1

Als er sie zum allerersten Mal sah, war sie nackt. Vielleicht erklärte das seine so überwältigende sinnliche Begierde – trotzdem zweifelte er an sich selbst. Er hatte in seinem etwas über zwanzigjährigen Leben schon viele Freudenmädchen gesehen. Doch sie war die wunderschönste Jungfrau, die ihm je begegnet war. Ihre Haut hatte die Farbe von Sahne, ihre Wimpern lagen wie dunkle Halbmonde auf ihren Wangen, und auf einem ihrer hohen Wangenknochen entdeckte er ein winziges Hexenmal. Ihr blondes Haar glänzte hell wie frisch geprägte Goldmünzen, es fiel ihr über den ganzen Rücken und hüllte sie in einen rötlich-goldenen Schein.

Er besaß keinerlei Hinweis auf ihre Herkunft, wußte nichts über sie, bis auf eines, er begehrte sie.

Unglücklicherweise suchten ihn die immer wiederkehrenden Visionen seiner »Lady« zu den ungünstigsten Zeiten heim, wie zum Beispiel gerade jetzt. Christian Hawksblood bemühte sich mit aller Kraft, einen klaren Kopf zu behalten, dann konzentrierte er sich auf seine Lanze. Es dauerte nur einen Augenblick, und schon schlug sein Puls im gleichen Rhythmus wie der seines Schlachtrosses, sein kraftvoller Arm wurde zur Verlängerung seiner Waffe – seine wilden Augen maßen angriffslustig seinen Gegner. In einer fließenden Bewegung legte er die Lanze an, schloß sein Visier, umklammerte mit den Knien sein Pferd und schwang den Schild vor seinem Körper.

Der Stab fiel, und während die Erdbrocken hochflogen, stellte sich Hawksblood vor, wie die Spitze seiner Lanze den Schild mit einer solchen Macht traf, daß der Feind aus dem Sattel gezwungen wurde. Bereits in der nächsten Sekunde geschah genau das, was er sich vorgestellt hatte.

Sein Gegner blieb allerdings nicht im Staub liegen, in der nächsten Minute stand er wieder auf den Füßen, mit gezogenem

Schwert, eine erstaunliche Leistung, wenn man bedachte, welch ein Hindernis seine Rüstung bedeutete. Um dieses Gegenstands willen hatte Hawksblood den Franzosen herausgefordert. Er wollte die pechschwarze Rüstung seines Gegners haben, sowie dessen geschecktes Schlachtroß.

Im Bruchteil einer Sekunde war Hawksblood aus dem Sattel. Die Regel besagte zwar, daß er auf seinem Pferd sitzen bleiben durfte, doch das ließ sein Stolz nicht zu. Die Ehre des Rittertums stand auf dem Spiel. Er zog sein Schwert und drang mit solcher Entschlossenheit gegen den Kontrahenten vor, daß dieser in seiner ganzen Länge von einem Meter achtzig niederstürzte und bewegungslos liegenblieb.

Eine Frau schrie auf.

»Tot!« riefen die Zuschauer erschrocken.

Die Knappen des französischen Kämpfers hasteten auf das Feld, und es gelang ihnen, ihren Herrn vom Turnierplatz zu tragen; sie waren dankbar, daß der Schlag des arabischen Ritters ihn nur betäubt hatte.

Und als sich dann endlich der Staub über dem Turnierplatz gelegt hatte, saß Hawksblood in seinem Zelt in einer Wanne mit heißem Wasser und pflegte seinen Körper. Einer seiner Knappen hatte ihm die Rüstung ausgezogen, ihn gebadet und massierte jetzt die harten, festen Muskeln seiner Arme und Schultern mit Mandelöl und Weihrauch, um sie geschmeidig zu halten.

Ali, ein Araber, der ihm schon seit seiner Geburt diente, steckte den Verschluß in die Salbölflasche und hielt seinem Herrn ein Handtuch hin. Als Drakkar sich in der Wanne aufstellte, lief das Wasser über seinen Körper, und seine dunkle Haut glänzte. Ali fand, daß der arabische Name seines Herrn viel besser zu ihm paßte als der Name Christian . In seinen Adern floß das Blut eines Sultans, er hatte pechschwarzes Haar und das dunkle Gesicht eines wilden Adlers. Nur die hellen, aquamarinblauen Augen zeugten davon, daß er kein reinrassiger Prinz war. Ali betrachtete den herrlichen Körper. *Nein, ich gebe mich nur einer Illusion hin. Seine breiten Schultern und die langen Gliedmaßen machen ihn zu einem Normannen.*

Sein anderer Knappe, Paddy, war unterwegs und sammelte die Turnierpreise ein, Pferde und Rüstungen. Hawksblood und seine

Getreuen besaßen herrliche Schlachtrösser; doch ausgebildete turniertaugliche Pferde waren nur schwer zu bekommen, und ein geschmeidiges Panzerhemd aus fein gehärtetem Stahl kostete genausoviel wie ein Stück Land eines Rittergutes.

Während Paddy den Grauschimmel zu dem Pavillon führte, wurde ihm wieder einmal klar, wie sehr sich dieser von den anderen Zelten abhob. Er war aus strahlend roter und purpurner Seide, mit einem goldenen Minarett, so daß sich selbst die Umrisse unterschieden von denen der anderen Zelte und einen Abglanz von maurischer, türkischer oder arabischer Üppigkeit ahnen ließen.

Paddy band das Pferd neben einem kleinen Stapel von Waffenfest. Wo auch immer sie hingereist waren, durch Marokko, Spanien und jetzt Frankreich, hatte sich dies wiederholt. Hawksblood galt weiterhin als der unbesiegbare Held.

Paddy schob den seidenen Zelteingang beiseite. »Himmel, Alibaba, sorge dafür, daß dieses verflixte Wasser weggeschafft wird. Draußen liegt ein ganzer Berg von Rüstungen und Waffen, die er durchsehen muß –«

»Ich habe es absichtlich stehenlassen, immerhin bestand ja die vage Möglichkeit, daß du es vielleicht benutzen wolltest, Paddy-Schweinchen. Ich kann dich durch das ganze Zelt riechen.«

»Kein Wunder, bei einem Zinken wie dem deinen, Junge. Ich habe mir heute O-Beine gelaufen, du lausiger Haufen Kameldung!«

Hawksbloods Augen zogen sich zusammen, und er lachte. Seine Knappen ergingen sich in einem ständigen Wettkampf der Schimpfnamen, doch auf dem Schlachtfeld war es ihnen selbstverständlich, füreinander ihr Leben zu riskieren.

»Genug«, ermahnte Christian sie jetzt. »Ich möchte die messingfarbene Rüstung und die schwarze. Den Rest könnt ihr gegen Bezahlung zurückgeben.«

»In diesem Fall, Lord Drakkar, wäre es vielleicht besser, wenn ich den Handel abschließe, während Paddy in der Zwischenzeit das Zelt saubermacht.«

»Da deine Vorfahren Teppichdiebe aus den Basaren von Bagdad waren, nehme ich an, daß du tatsächlich besser darin bist als ich, Ritter um ihren Lebensunterhalt zu betrügen.«

»Das bezweifle ich, Paddy«, murmelte Christian und zog ein cremefarbenes Hemd über, das seine dunkle, von der Sonne gebräunte Haut noch betonte.

Paddy grinste erfreut über diese Art von Kompliment, er zog seine Sachen aus und glitt in das mittlerweile nur noch lauwarme Badewasser. »Ich werde dafür sorgen, daß das Wasser hier gleich verschwindet, mein Lord, noch ehe die Freudenmädchen kommen.«

Der Abend eines Turniers gehörte der Lustbarkeit. Nachdem man den ganzen Tag über gefastet hatte, würden Lagerfeuer angezündet werden, Wild darüber geröstet und die Tafelflaschen gefüllt. Lustige Dirnen oder Freudenmädchen würden um die Feuer tanzen, sie würden die Männer necken, sie berühren und sich dann schließlich ausziehen und für einen Penny oder ein Glas Wein oder einen Bauch voll Essen mit ihnen schlafen.

»Genieße das Essen und Trinken, Paddy«, sagte Christian und strich über die Brustfedern seines Falken, der auf einer Stange saß. »Aber vergiß nicht, auch Salome ein paar saftige Stückchen zu geben. Ich bin für heute abend auf das Schloß geladen.«

»Ho, aber paßt auf die französischen Comtessen auf. Diejenigen, die ich heute auf dem Turnierplatz gesehen habe, sahen aus, als litten sie alle unter nächtlicher Auszehrung.«

»Ich werde versuchen, meine Kräfte nicht übermäßig zu beanspruchen, Paddy«, meinte Christian und warf ihm einen anzüglichen Seitenblick zu. Hawksblood fühlte eine freudige Erwartung. Er hatte heute mehr als eine Dame erblickt, die von weitem so aussah, als besäße sie goldenes Haar. Wieder einmal hatte er beim Kampf der Ritter Glück gehabt. *Wer weiß? Vielleicht ist dies die Nacht, in der ich endlich meiner Vision begegne…*

Der königliche Hof in Windsor war ein Zufluchtsort für mindestens ein Dutzend junger Erbinnen. Edward III, verheiratet mit Königin Philippa, war der auffallendste Plantagenet-Sproß, der England je regiert hatte. Sein Hof stellte jeglichen bisherigen Herrscherprunk in den Schatten. Er nahm verwaiste blaublütige Fräulein in seinen Haushalt auf und verheiratete dann diese begehrten jungen Mündel in Familien, die ihm die treuesten Dienste leisteten.

Einige der älteren Mädchen waren als königliche Hofdamen für die junge Prinzessin Isabel ausgewählt worden, der von ihrem vernarrten Vater jeder Wunsch erfüllt wurde. Über alledem waltete Königin Philippa nett und mütterlich, hingegen ihre eigentliche Daseinsberechtigung bestand darin, Plantagenet-Prinzen und -Prinzessinnen in die Welt zu setzen. Wann auch immer Edward seinen Samen in sie ergoß, reifte ihr fruchtbarer Leib unverzüglich. Sie hatte soeben das neunte Enfant Royale zur Welt gebracht. Demzufolge wuchs der Haushalt der Königin stetig an und floß allmählich über von Ammen, Kinderfrauen, Dienerinnen, Wäscherinnen, Kammerzofen, Anstandsdamen und Hauslehrern.

Lady Brianna von Bedford und Lady Joan von Kent hoben die Röcke und liefen wie ausgelassene Fohlen durch die Gärten von Windsor. Sie waren beide siebzehn Jahre alt, beide Waisen, doch da hörte die Ähnlichkeit zwischen ihnen auch bereits auf. Joan war zierlich, mit silberblondem Haar in der Farbe der Mondstrahlen. Sie unterstrich ihr zartes Aussehen noch dadurch, daß sie Rosa oder andere Pastelltöne trug und Perlen in ihr Haar flocht. Aufgrund ihres unschuldigen Aussehens wurde sie niemals zur Verantwortung gezogen für die Streiche, zu denen sie stets bereit war.

Brianna war eine Schönheit. Ihre reifen Brüste und der sinnliche Mund sagten jedem Betrachter, daß sie mit ihren siebzehn Jahren an der Schwelle zur Frau stand. Ihr Haar hüllte sie mit seiner goldenen Fülle ein, es fiel in glänzenden Wellen über den Rücken und endete in Hunderten seidiger Löckchen. Ein Blick genügte, und man war sicher, sie würde unumstrittenes Ziel der Begierde werden; eine Frau für einen wahren Mann.

Die beiden Mädchen hielten in ihrem Lauf inne, als sie die Gruppe der Frauen entdeckten, die sich in dem ummauerten Garten am Brunnen versammelt hatten, wo Dame Marjorie Daw sie an jedem Nachmittag in Etikette unterrichtete. Man würde sie wohl kaum für ihr Zuspätkommen bestrafen, weil auch Prinzessin Isabel noch fehlte. Alle königlichen Mündel waren jetzt anwesend, ihr Alter lag zwischen sieben und siebzehn Jahren.

Die kleine Blanche von Lancaster saß artig auf ihrem Hocker. Auch wenn sie keine Mutter mehr hatte, so war doch ihr Vater

Henry, Graf von Lancaster, der dem Regentschaftsrat Edwards vorstand, bis dieser die Zügel in die eigenen Hände genommen hatte. Und obwohl Blanche eines Tages das riesige Lancaster Vermögen zufiel, so war sie doch blaß und verkrampft. Ihr Mangel an Vitalität ließ sie beinahe ängstlich erscheinen.

Die drachengesichtige Frau, deren Augen glühten wie Achate, klopfte ungeduldig mit ihrem Stock auf die Steine, während sie auf Prinzessin Isabel wartete. Es war ein außergewöhnlich warmer Nachmittag, und als Dame Marjorie den schwarzen Umhang abnahm, den sie immer trug, zog Joan erfreut die Augenbrauen hoch und warf ihrer Freundin Brianna einen bedeutungsvollen Blick zu, dann schob sie sich ganz langsam zu der Stelle, wo das gute Stück lag.

Isabel und ihr Gefolge trafen endlich ein, ihr gieriger kleiner Mops folgte ihr kläffend. Sie verteilten sich um den Brunnen herum, während das fette Hündchen die Nähe des Drachens mied und sich statt dessen auf Joans rosafarbenen Rock legte, der stoffreich um seine Trägerin bauschte.

»Arschkriecher«, flüsterte Joan Elizabeth Grey zu, der besten Freundin von Prinzessin Isabel.

Das Drachengesicht blickte streng in die Richtung des Geflüsters. Ihre scharfen Augen glitten von der engelsgleichen Joan zu Brianna, die sie tadelnd musterte. Die Birkenrute knallte durch die Luft wie eine Peitsche. Vor Schreck verlor der kleine Hund ein Stück Kot, das um ein Haar auf Joans Rock gelandet wäre. Brianna senkte den Blick, um nicht in lautes Lachen auszubrechen.

»Meine Damen, ich ermahne euch alle, höflich und demütig zu sein.« Drachengesicht sah Joan und Blanche Zustimmung heischend an. »Eine junge Dame blickt vor sich, mit niedergeschlagenem Blick. Jede von euch befindet sich im Status der Unmündigkeit, bis ihr heiratet. Alle Autorität geht von eurem Herrn aus, und die Pflicht eines Weibes ist es, in Demut und Gehorsam seinem Wort zu lauschen. Unterwerfung ist die beste Art, den Zorn eines Ehemannes zu besänftigen.« Drachengesicht blickte zu Prinzessin Isabel und hoffte, daß einige ihrer Worte auf fruchtbaren Boden fielen. Doch in Wahrheit zweifelte sie ernsthaft daran.

Joan schüttelte mit schnellen Fingern ein Fläschchen Zitronensaft über den schwarzen Umhang. Sie hatte es für sich besorgt, um die Löckchen an ihren Schläfen zu bleichen; aber sie könnte sich Nachschub holen, aus der Vorratskammer des Schlosses.

Drachengesicht leierte eintönig weiter: »Es ist die Pflicht einer Ehefrau, Kinder zu gebären und ihre Dienerinnen zu überwachen. Jedoch...« Dame Marjorie hielt inne, um die dramatische Wirkung ihrer nächsten Worte zu verstärken, und stieß dabei mit ihrem Stock auf die Steine. »Ihr werdet nur eine sehr geringe Möglichkeit haben, eine Ehefrau zu werden, wenn ihr es an Anstand mangeln laßt. Ihr müßt zu allen Zeiten euren Körper schicklich bedeckt halten. Niemals dürft ihr zulassen, mit einem Mann allein zu sein, niemals dürft ihr es einem Mann erlauben, einen anderen Körperteil als eure Hand zu berühren. Ein Kuß auf die Wange ist erlaubt nach einer Verlobung, doch Küsse auf den Mund sind bis nach der Eheschließung verboten.« Wieder hielt sie inne. Isabel war bei ihrem Gerede über das Küssen errötet und sah begierig in die Runde. Dame Marjorie rief sich ins Gedächtnis, daß dieses Mädchen eine Plantagenet war, eine leidenschaftliche Brut, die viel zu früh die sexuelle Reife erlangte. Sie räusperte sich und schlug dann weniger aufregende Themen an.

»Niemals dürft ihr rennen oder laufen, niemals euren Schleier hinter euch herziehen, niemals zu viel essen oder euch sogar betrinken. Junge Damen sollten auch keine Lügen erzählen. Nie dürft ihr Klatsch weitergeben, niemals an Glücksspielen teilnehmen. Ihr sollt euch nicht an niedrigen Liedern erfreuen und auch nicht an den Spielen eines Gauklers. Statt dessen solltet ihr jeden Tag zur Messe gehen.«

Brianna unterdrückte ein Gähnen. Als nächstes würde Drachengesicht ihnen erzählen, daß sie Servietten benutzen und nicht ihre Hände am Tischtuch abwischen sollten. Ihre Gedanken wanderten, und sie überlegte, wen man wohl zu ihrem Verlobten wählen würde. Es gab keinen Anhaltspunkt, wen König Edward für sie aussuchen würde; doch sie wußte, noch vor ihrem achtzehnten Geburtstag würde eine Vermählung anberaumt werden. Sie hatte in letzter Zeit die beunruhigendsten Träume gehabt über einen geheimnisvollen Ritter, der als ihr Bräutigam aus der Ferne heranzog. Ihre Träume waren so eindringlich, daß sie das Gefühl hatte, sie seien Wirklichkeit; doch wenn sie aufwachte, konnte sie sich niemals mehr an sein Gesicht erinnern. Ein wohliger Schauder lief durch Briannas Körper, weil sie überzeugt war, daß die aufregendste Zeit ihres Lebens vor ihr lag.

Nun wurde sie indessen mit einem Ruck aus ihren Tagträumen gerissen, als der Drachen plötzlich gellend aufschrie. Dame Marjorie, für heute mit ihrer Lektion am Ende, hatte ihren Stock beiseite gelegt und ihren Umhang um ihren kerzengeraden Rücken geschlungen. Doch dann nahm sie das Kichern hinter sich wahr. Der Zitronensaft hatte im Zusammenwirken mit dem hellen Sonnenschein einen gelben Strich auf der gesamten Länge ihres Umhanges hinterlassen.

»Niemand von euch wird diesen Ort hier verlassen, bis die Schuldige gefunden ist.« Ihre Augen blitzten kampflustig auf, was den jungen Mädchen anzeigte, daß sie diesen Streich überhaupt nicht lustig fand. Schweigen breitete sich aus, während Dame Marjories Blick die Mädchen eines nach dem anderen durchbohrte.

Blanche von Lancaster erbleichte und sah aus, als würde sie im nächsten Augenblick ohnmächtig werden. Prinzessin Joanna, Isabels jüngere Schwester, wich erschrocken zurück. Joan jedoch war damit beschäftigt, einen Rosendorn durch den Griff des Birkenstockes zu stecken, genau an der Stelle, an der der Drachen ihn anfassen würde.

Isabel warf ihr dunkles Haar über die Schulter und sagte mit einem boshaften Gesichtsausdruck: »Es war Bedford und ihre Freundin Joan von Kent.« Isabel war eifersüchtig auf die Schönheit der Mädchen.

Brianna sah sie mit offenem Mund an.

Joan wollte im Moment den Griff des Birkenstockes in den Kothaufen des Hundes stecken, doch als sie Isabels Worte hörte, stand sie auf, um alles zu gestehen. Brianna langte sofort nach der Hand der Freundin und drückte sie fest, um sie zum Schweigen zu bringen. »Ich habe es getan, Dame Marjorie. Joan hatte nichts damit zu tun.« Brianna war an Joans übermütiges Benehmen gewöhnt. Joan verschwendete nie einen Gedanken daran, wie sich ihre unverantwortlichen Streiche auswirken könnten, und Brianna hatte permanent das Gefühl, sie müßte sie beschützen.

Das Gesicht der Dame wurde ausdruckslos. »Lady Bedford, Ihr werdet mir folgen.« Ihre Worte klangen wie ein Urteilsspruch, der Brianna verdammte. Man würde ihr diese Bosheiten austreiben. Der Drachen bückte sich, um den Stock aufzuheben. Der Dorn stach in ihren Daumen, und sofort steckte sie den Daumen in den Mund, um den Schmerz zu stillen. Joan von Kent sah voller Begeisterung zu, wie das Gesicht des Drachens versteinerte, als ihr klar wurde, daß sie Hundekot auf der Zunge hatte.

Brianna folgte Dame Marjorie zögernden Schrittes aus dem offiziellen Garten der East Terrace. Als sie durch den Upper Ward gingen, an den State Apartments vorbei, warf sie einen sehnsüchtigen Blick über den viereckigen Hof zum York Tower, in dem ihre Zimmer lagen. Sie hatte gehofft, eine Illustration der Legende von St. Georg und dem Drachen, die sie sorgfältig aufgeschrieben hatte, zu Ende malen zu können. Resigniert seufzend folgte sie Dame Marjorie, die mit kerzengeradem Rücken auf ihre eigene Wohnung hinter den Zellen der Mönche zustrebte.

Joan von Kent trippelte voller Schuldgefühl ihrer Freundin nach. Sie sah, wie Brianna das Drachennest betrat, und wußte, daß sie ihren ganzen Mut zusammennehmen mußte, um einzuschreiten. Joan reckte sich zu ihrer ganzen Größe von einem Meter dreiundfünfzig und klopfte entschlossen an die Tür. Als sie geöffnet wurde, schob sie sich in das Zimmer. Sie wagte es nicht, Brianna anzusehen, gleich platzte sie heraus: »Dame Marjorie, ich bin schuld an diesem bösen Streich...«

Das ältliche Fräulein herrschte sofort Brianna an: »Das ist doch wohl die Höhe! Lady Joan von Kent in diese Sache hineinzuziehen ist unverantwortlich.« Sie wandte sich wieder an Joan. »Meine Liebe, zu einer solch noblen Geste kann man Euch nur beglückwünschen. Das ist sicherlich das königliche Blut in Euch, nehme ich an. Aber diesmal wird Lady Bedford die Konsequenzen für ihre verwerflichen Taten persönlich auf sich nehmen müssen.«

Joan wußte, es hatte keinen Zweck zu streiten. Sie machte alles nur noch schlimmer für Brianna. Als sie sich umwandte, um zu gehen, wurde sie von der Freundin mit einem dankbaren Lächeln belohnt, das ihr das Herz erwärmte.

Brianna hatte sich in diesem Augenblick dazu durchgerungen, sich von Dame Marjorie nicht unterkriegen zu lassen. Noch ehe sie die Hand ausstreckte, um die Schläge mit dem Birkenstock über sich ergehen zu lassen, würde sie sie herausfordern, von Frau zu Frau. »Dame Marjorie, wir wissen doch beide, daß ich diesen Streich nicht ausgeheckt habe. Prinzessin Isabel hat mich absichtlich falsch beschuldigt, aus reiner Bosheit. Aber da Ihr die königliche Prinzessin nicht bestrafen könnt und Joan von Kent wegen ihres königlichen Blutes nicht gern zur Rechenschaft ziehen wollt, bleibe nur noch ich übrig.« Aus Briannas Augen blitzte spöttisches Lachen. »Wenn Ihr dennoch das Bedürfnis habt, Euren Ärger an mir auszulassen, bitte sehr.« Sie streckte beide Hände aus, und Dame Marjorie wußte sofort, daß Brianna von Bedford sich absolut nichts aus ein paar Schlägen mit einem Birkenstock machte. Die Dame entschied sich für eine hinterlistigere Strafe. Voller Abscheu blickte sie auf die Farbflecke auf Briannas Händen.

»Der Teufel schafft Arbeit für untätige Hände. Die Flecken an Euren Fingern lassen mich glauben, daß Ihr Eure Zeit töricht verschwendet an nutzlose Unternehmungen. Eure Hände sollten eine Nadel führen. Es ist eine Schande, seine Zeit zu verschwenden, wenn im königlichen Haushalt so viele Gewänder gebraucht werden.«

Doch in der Tat hatten die Königin und ihre Damen genau das Gegenteil verfügt. Sie hatten Lady Bedford von ihren Nähpflichten befreit, damit sie ihr von Gott gegebenes Talent nutzen konnte. Brianna schwieg klugerweise.

Die vertrocknete alte Jungfer wurde nur noch wütender, als sie die hohen Brüste und die goldenen Locken des Mädchens betrachtete. »Ich werde der Königin raten, Euch mit einem älteren Mann zu verloben, der Euch mit eiserner Hand überwacht.«

Briannas Herz sank.

»Ihr könnt gehen, Bedford.«

Briannas Stimmung hob sich ein wenig.

»Geht gleich in die Kapelle und beichtet Eure Sünden Bruder Bartholomew.«

Nun sank Briannas Herz abermals. Sie würde an der Abendandacht teilnehmen und warten müssen, bis der Gottesdienst zu Ende war, ehe sie beichten konnte.

Der Tag war schon zu Ende, ehe Brianna schließlich Zuflucht in ihrem Zimmer fand. Mit jedem Schritt, den sie tat, plante sie

Rache. Sie würde dem Drachen, den sie malte, das Gesicht von Dame Marjorie verleihen!

Die Schwester ihrer Mutter, Adele, die sie aus Bedford als ihre Anstandsdame begleitet hatte, öffnete ihr die Tür. Sie sah nicht häßlich aus, aber Briannas Mutter war die Schönheit der Familie gewesen. Adele hatte Sommersprossen und Haar in der Farbe von Stroh. Sie hatte sich damit abgefunden, eine alte Jungfer zu werden, obwohl sie erst neunundzwanzig Jahre zählte. »Oh, mein Lämmchen, wo bist du nur gewesen? Jemand war hier und hat großen Schaden angerichtet, während ich in der königlichen Kinderstube die neugeborene Prinzessin begrüßt habe.«

Brianna lenkte ihre Blicke sofort zu ihrem Arbeitstisch unter dem bleiverglasten Fenster. Ihre Pergamente waren alle zerrissen. Verschüttete Farbe hatte die herrliche Zeichnung ihres Drachens zerstört und auch die so sorgfältig aufgeschriebene Legende von St. Georg. Blicklos starrte sie aus dem Fenster in die Dunkelheit, wütend auf die Ungerechtigkeit des Lebens. Sie hatte für ihre Freundin die Schuld auf sich genommen und wurde trotzdem mit der Zerstörung bestraft. In einem Anfall von Selbstmitleid rann eine einzelne Träne über ihre Wange. Doch schon im nächsten Augenblick wischte sie sich ärgerlich ab, ihr irischer Sinn für Humor eilte ihr zu Hilfe. »Keine gute Tat wird ohne Folgen bleiben.« Lachend schüttelte sie ihre Locken. »Vergiß das nicht, Adele.«

Brianna versteckte oft ihre Verletzlichkeit hinter einer heiteren Miene. Lachen war die bezauberndste Eigenschaft einer Frau. Männer fühlten sich von ihr angezogen wegen dieses Lachens, das einen köstlichen Vorgeschmack ihrer Sinnlichkeit versprach.

Beim heutigen Einschlafen lag ein Lächeln um ihre Lippen, als eine große Gestalt in ihren Traum trat und ihr zuwinkte. Verlangen überwältigte sie. Dieser Ritter, der ihre Träume beherrschte, stand unwiderstehlich vor ihr. Willig ging sie zu ihm, wünschte sich, daß er sie anfaßte, küßte und wegbrachte von hier, an einen geheimen Ort. Und als sich die Entfernung des Traumbilds verringerte, wurde ihr klar, daß sie auf der Brustwehr eines fremden Schlosses standen. Er streckte seine starke Hand aus und wischte ihr mit der Fingerspitze über die feuchte Wange. Brianna lachte ihm ins Gesicht, und genau so, wie sie es gehofft hatte, konnte er dem sinnlichen Schwung ihrer lächelnden Lippen nicht widerstehen.

Sein Mund auf ihrem fühlte sich wunderbar an. Nie zuvor hatte sie etwas erlebt, das dem Vergnügen gleichkam, das seine Berührung und sein Geschmack in ihr auslösten. Als er sie hierauf in seine Arme nahm und seinen kräftigen Körper an sie drängte, glaubte sie vor Glück zu vergehen. Sie seufzte voller Verlangen, als sich sein Bild aufzulösen begann, dann wälzte sie sich ruhelos hin und her. Ihre Hand umschloß ihre volle Brust, wo die Hand ihres geheimnisvollen Ritters sie noch einen Augenblick zuvor so besitzergreifend berührt hatte. Wieder seufzte sie. Diesmal hatte sie seine Augen gesehen: Zwei leuchtende Aquamarine!

2

Im Schloß von St. Lô hielt Christian Hawksblood den Mund geschlossen und die Ohren offen. Die ganze Unterhaltung drehte sich um den Krieg mit England. Auch wenn im Augenblick Waffenstillstand herrschte, so würde der König von Frankreich diesen doch baldigst brechen mit Hilfe einer neuen Flotte.

Normannische Ritter hatten ihm beigebracht zu kämpfen, und sie hatten ihn auch in Geschichte unterrichtet und ihm den Haß auf Frankreich eingeimpft. Im Augenblick war Hawksblood ein Söldner, der sein Schwert an den Höchstbietenden verkaufte. Weil er sowohl Gefühle für Frankreich als auch für England hegte, zwei Länder, die er nie zuvor gesehen hatte, so wollte er erst beide Länder kennenlernen, ehe er sein Schwert und seine Kampfkraft in diesem unvermeidlichen Krieg, der schon seit langem schwelte, einem der beiden Länder zur Verfügung stellte.

England hielt alle westlichen und südlichen Provinzen Frankreichs in Besitz, seit Eleanor von Aquitanien Henry II. vor zwei Jahrhunderten geheiratet hatte; und von da an tobten an den Grenzen ständige Auseinandersetzungen. Philipp IV. von Frankreich war der Großvater Edwards des Dritten, und als Philipp starb und seine Söhne ihm ohne männliche Nachkommen ins Grab folgten, entschied sich der König von England, den Thron Frankreichs für sich zu beanspruchen. Erst vor kurzem hatte er in sein Wappen zusammen mit den Leoparden von England die Lilien Frankreichs aufgenommen. Das machte ihn in den Augen Philipps VI. von Valois, der die französische Thronfolge angetreten hatte, nicht gerade zu seinem Freund. Er erklärte offen, daß er Schottland dabei unterstützen würde, in England einzufallen, und begann damit, englische Schiffe zu kapern.

Wenn der königliche Hof von England in Frankreich weilte, dann nahm er Quartier in Bordeaux. Christian begriff das augenblicklich, als er die wunderschöne, sonnige, von Blumen erfüllte Stadt an der Garonne besuchte. Er malte sich aus, selbst dort zu leben, und deshalb kaufte er eine palastartige Villa aus weißem Stein, gleich neben dem Grundstück des berüchtigten Grafen von Warrick. Der Gedanke, möglicherweise einmal seinem Vater zu begegnen, der seine Mutter noch vor seiner Geburt verlassen hatte, kam ihm nur flüchtig. Vielleicht war Guy de Beauchamp, Graf von Warrick, doch nicht sein Vater. Er hatte keine Beweise. Dennoch war er von dem normannischen Blut in seinen Adern überzeugt – obgleich er sich, inzwischen in der Normandie angelangt, eigenartig fremd fühlte.

Im Schloß von St. Lô betrachtete Hawksblood jede einzelne Dame, ein Dutzend williger Kandidatinnen blickten ihn mit unverhüllt einladenden Blicken an. Als er absolut sicher war, daß »sie« sich nicht unter den Anwesenden befand, entspannte er sich und genoß den vollmundigen Wein, den der Baron St. Lô ihm anbot.

»Ich bezahle Euch das Doppelte dessen, was Philipp Euch für Euer Schwert bezahlt«, erklärte St. Lô überschwenglich. »Er steckt im Augenblick sein ganzes Geld in Schiffe, aber Ihr und ich, wir wissen, daß die Kämpfe hier auf dem Festland die Schlacht entscheiden.«

Hawksbloods gesenkte Augenlider verhüllten seinen Blick, als er zuhörte, ohne sich festzulegen. Er wußte, daß St. Lô ihn beim Turnier beobachtet hatte – und er wußte auch, daß er bereits begonnen hatte, sich an dem Reichtum zu weiden, den er erringen würde durch das Lösegeld für die Adligen, die Hawksblood für ihn gefangennähme. »Ihr scheint unerschütterlich an Frankreichs Sieg zu glauben.«

St. Lô lachte, als hätte Hawksblood einen Scherz gemacht.

»Philipp gebietet über hundert Schiffe, mit über zwanzigtausend Normannen, Bretonen und Picarden. Sogar genuesische Bogenschützen sind dabei. In den letzten Wochen hat er Scharmützel geführt gegen englische Häfen und drei ihrer besten Schiffe erbeutet.«

»Und wie steht es mit der Vergeltung der Engländer?«

»Sie haben es versucht.« St. Lô war noch immer belustigt. »Erst letzten Monat wurde eine englische Armee in Lille geschlagen. Der Graf von Salisbury, von dem man sagt, er sei ein persönlicher Freund König Edwards, wurde gefangengenommen.« St. Lôs Augen blitzten. »Könnt Ihr Euch vorstellen, wieviel Lösegeld er einbringen wird?«

Eine leicht rauchige Stimme unterbrach sie. »Bernard, Chéri, du mußt mich unbedingt unserem dunkelhäutigen Sieger vorstellen!«

Christian blickte in ein Paar Augen, die Sinnlichkeit ausstrahlten.

»Benimm dich, Lisette, sonst wird dir dein Mann eines Nachts deinen zierlichen Hals umdrehen.«

Die Ähnlichkeit zwischen den beiden ließ auf Geschwister schließen. Beide waren außergewöhnlich attraktiv. Lisette warf Bernard einen verruchten Blick unter gesenkten Wimpern zu. »Chéri, ich weiß doch, daß du dich meinethalber um ihn bemühst.«

Plötzlich schienen keine anderen Menschen mehr in dem großen Saal zu sein als dieser dunkelhäutige Held und das sinnliche französische Mädchen. Ihre Blicke musterten ihn von Kopf bis Fuß. »Trifft Eure Lanze immer das Ziel?«

Seine Augen blitzten, doch er nickte ernst. »Ja, sie ist eine Verlängerung meines Armes, meines Körpers.« Er hörte, wie sie scharf die Luft einzog.

»Ihr seid heute in mehr als nur einem Wettkampf geritten … hat Euch das nicht müde gemacht?« Ihre Stimme wurde immer heiserer.

»Ich habe schon sechs Turniere hintereinander geritten, ohne meine Kräfte zu erschöpfen, chérie.«

Lisette leckte sich über die Lippen. »Ich bewundere Ausdauer.« Ihre Knie waren so weich geworden, daß sie sich fragte, wie sie wohl die Treppe bewältigen könnte. »Meine Kammer ist im östlichen Turm«, murmelte sie und empfahl sich dann unerwartet hastig.

Christian Hawksblood wurde wieder zu Drakkar. Mit der Aufmerksamkeit des wachsamen Kriegers nahmen seine Sinne das Ausmaß der Gefahr um ihn herum auf. Es fiel ihm nicht schwer, Gedanken zu lesen, und eindeutig hatte Baron St. Lô nichts gegen Lisettes Verführungskünste, um so Hawksbloods Schwert für sich zu gewinnen. Er spürte eine Menge Neid bei seinen Gegnern im Turnier, doch das ertrug er mit Gelassenheit. Drakkar besaß mehr physische und übernatürliche Kräfte als jeder andere Mensch.

Lisette öffnete die Tür ihres Zimmers in dem Augenblick, als er leise daran kratzte. Allein sein Anblick erregte sie bereits, ohne daß er auch nur einen Finger gehoben hätte. Ihre Hände wanderten unwillkürlich zu den Knöpfen ihres Kleides, die sich eigenartigerweise alle auf der Vorderseite befanden. Unter ihrem Gewand war sie nackt.

Trotz der schwachen Raumbeleuchtung einer einzigen Kerze neben dem Bett erkannte er ihre üppigen Formen. Als er sein leinenes Hemd auszog, kümmerte sie sich bereits um den Verschluß seiner Hose. Sein marmorharter Penis füllte ihre Hände, und sie betrachtete verwundert seine Größe.

Mit kräftigem Griff fuhr er über ihren Körper, von ihren Brüsten bis zu ihren Schenkeln, und es überrieselte sie angenehm, als die rauhen Hände ihre samtweiche Haut berührten. Sie zog ihn zum Licht der Kerze, und bei genauer Prüfung wurde ihr ganz schwindelig. Sein kräftiger Körper war so verlockend wie die Sünde. Mit einem Aufstöhnen legte sie beide Arme um seinen Hals und schlang die Beine um seine Lenden. Der Anblick seiner muskulösen Gestalt hatte sie so erregt, daß er sofort in sie eindringen konnte. Sie schrie auf vor Wonne, denn diese Fülle hatte sie noch nie zuvor erlebt.

Er spreizte ein wenig die Beine und blieb bewegungslos stehen, während Lisette ihren Körper wieder und wieder auf ihn hinuntersenkte. Ihm war völlig klar, daß sie nicht länger warten konnte. Und als sie dann den Höhepunkt der Lust erreichte und auf ihm zusammensank, trug er sie zum Bett und legte sie sanft auf die seidenen Decken. Dann machte er sich daran, mit ihrem Körper zu spielen wie ein Künstler auf der Harfe, weckte Gefühle in ihr, von denen sie bis jetzt nichts geahnt hatte. Wieder erreichte sie den Höhepunkt und fühlte sich herrlich befriedigt. Jedoch war ihr Stolz erwacht, denn sie wußte, daß er den Gipfel der Erfüllung noch nicht erreicht hatte.

Sie rollten miteinander auf dem Bett hin und her, bis sie schließlich über ihm lag. Sie spreizte die Schenkel, kniete sich auf ihn und blickte voller Verwunderung auf diesen Fremden. Sein Gesicht sah wild und verwegen aus. Er glich einem Raubtier. Ein Gefühl ängstlicher Erregung beschlich sie. Wie viele Männer hatte er schon umgebracht? Er sah aus, als habe man ihn seit seiner Kindheit darauf abgerichtet zu töten. Noch immer trug er seine Hose. Sie wollte nicht warten, bis er sich ihrer entledigt hätte.

Ihre Haut brannte wie Feuer, wo seine Hände sie berührten, während sie in sein dunkles Gesicht blickte.

»Was für ein Mann seid Ihr?« hauchte sie.

»Ein Mann, der sich unter Kontrolle hat«, antwortete er schlicht.

»Wo habt Ihr gelernt, Euren Körper so vollkommen zu beherrschen, *mon amour?*«

Sein Mund verzog sich belustigt. »Den Körper zu beherrschen ist kinderleicht. Gefühle und Gedanken machen es einem schon schwieriger. Doch es hat Jahre an Übung gebraucht, bis ich gelernt hatte, mit anderen Menschen richtig umzugehen.«

»Wer seid Ihr?« flüsterte sie ein wenig ängstlich.

»Manchmal bin ich Araber, manchmal Normanne.« Seine Finger glitten vom Quell ihrer Weiblichkeit zu ihren Lippen, und seine Blicke flogen zur Tür. Im Bruchteil einer Sekunde wußte er, daß St. Lô sich näherte. Die Türklinke bewegte sich, doch der Riegel war vorgeschoben. Dann klopfte es leise, und Lisette keuchte auf. Er hatte die Anwesenheit eines anderen gefühlt, noch lange bevor ein Geräusch zu hören war. Sie deutete zur Tür, die auf die Zinnen hinausführte, und griff nach einem Morgenmantel. »Wer auch immer das ist, ich werde dafür sorgen, daß er gleich wieder geht.Gewährt mir einen Augenblick«, flüsterte sie.

Draußen auf dem Balkon kühlte die sanfte Abendluft seinen erhitzten Körper. Er blickte über das Meer, auf dessen anderer Seite

England lag. Die Franzosen und die Engländer haßten einander voller Inbrunst. Die Engländer sahen in den Franzosen unmännliche Stutzer, die mehr an ihrer Garderobe interessiert waren als an einem Krieg. Hingegen erachteten die Franzosen die Engländer für ungehobelte, kulturlose, Bier trinkende Tölpel.

In diesem Augenblick erfuhr Hawksblood eine Erleuchtung. Sein Blut war zur Hälfte anglo-normannisch. Er würde nach England fahren und den Grafen von Warrick persönlich aufsuchen. War es nicht so, daß in England durch das Gesetz der Erstgeburt dem ältesten Sohn das Anrecht auf den Titel zustand?

Christian machte einen Schritt auf Lisettes Zimmertür zu, doch dann hielt er inne. Jäh erschien ihm das Bild seiner »Lady« so deutlich, daß er das Gefühl hatte, sie berühren zu können, wenn er die Hand ausstreckte. Zum ersten Mal sah er ihre Augen. Sie waren tränenfeucht. Grün mit goldenen Flecken erkannte er hinter den diamantgleichen Tränentropfen, die an ihren Wimpern hingen.

Ein stürmischer Beschützerinstinkt erwachte in ihm. Er fühlte ihren Schmerz, ihre edle Natur, ihre Verletzlichkeit. Diese Gefühle waren neu für ihn. Auch wenn er geschworen hatte, als Ritter die Weiblichkeit zu schützen, so hatte er doch nie zuvor eine Frau getroffen, die mehr als nur seine Sinne reizte.

Auf seiner ausgestreckten Hand spürte er eine Träne. Durch magische Kraft hatte er sie zu sich geholt. Er leckte sie von seiner Hand, und jegliches Verlangen nach einem anderen Weib schwand wie Schnee an der Sonne. Er spannte die Muskeln an und sprang dann leichtfüßig über die mit Schießscharten versehenen Zinnen, kletterte an der Mauer des Schlosses hinunter. Ohne ein Seil oder ein anderes Hilfsmittel war das fast unmöglich, doch Drakkars Behendigkeit machte es ihm so leicht, als klettere er eine Leiter abwärts.

Kurz darauf war Christian wieder in seinem Pavillon und lag rücklings auf seinem Lager, die Arme hinter dem Kopf verschränkt. Er probierte seine Sinne aus.

Alle sieben.

Der schwache Schein des Mondlichtes drang durch die seidene Wand. Die Umrisse der bronzenen Lampe, die nicht brannte, hoben sich scharf ab vor dem Weihrauchbrenner. Er erkannte Salome auf ihrer Stange, selbst im Schlaf noch war sie eine stolze Erscheinung. Seine Blicke durchforschten das Zelt, er sah alles, nichts entging ihm.

Von seinem eigenen Körper stieg Mandel- und Weihrauchduft auf. Er roch auch das Sandelholz, das in dem kleinen Ofen brannte. Doch konnte dieser Geruch nicht den scharfen Ammoniakgeruch der Exkremente des Falken überdecken. Von draußen wehte der Rauch der Lagerfeuer herein, er nahm das qualmende Fett des gerösteten Wildes wahr, den Geruch sauren Weins, gemischt mit dem billigen Parfüm der Dirnen. Und er schnupperte die fruchtbare braune Erde, die Pferde, Nußbäume und am vordringlichsten die Meeresbrise.

Christian fühlte die kühle Nachtluft auf seiner Haut. Unter seinem Rücken war das Leintuch rauh. Seine Finger fühlten den warmen Bernstein in seinem silbernen Amulett. Seine Körperwärme erhitzte das Metall förmlich.

Schwach schmeckte er noch den Safran und den Fenchel der Mahlzeit im Schloß, das Aroma des vollmundigen roten Weines lag auf seiner Zunge, ebenso wie das Jod und das Salz der Meerluft. Doch auch der Geschmack der einzelnen Träne, warm und leicht duftend, haftete an seinen Lippen. Sein Körper regte sich, aber sofort übernahm sein Verstand die Kontrolle und stellte seinen Hörsinn auf die Probe.

Der Reihe nach blockte er die groben Geräusche betrunkenen Lachens, von Musik, bellenden Hunden und ruhelosen Pferden ab und konzentrierte sich auf die Stimmen der Natur. Ein leichter Wind ließ die Blätter rascheln, das Feuer knisterte, ein Bach in der Nähe plätscherte, der Schrei eines nächtlichen Reihers erklang über viele Meilen hin. Sein scharfes Gehör richtete sich auf den eigenen Herzschlag und dann auf den seines Jagdfalkens.

Er ging weiter zu seinem sechsten Sinn. Das Erfassen des Wesentlichen war eine Frage der Wahrnehmung, wenn alle anderen Sinne aufs äußerste gespitzt waren. Man erlangte es schrittweise durch Entbehrung. Als seine Lehrer ihm sieben Tage lang die Augen verbunden hatten, hatten seine anderen Sinne sich langsam geschärft, um den Verlust des Augenlichtes auszugleichen. Schließlich hatte er gelernt, zu reiten und sogar zu kämpfen, indem er nur mit seinem geistigen Auge sah.

Sein siebter Sinn entwickelte sich erst. Nur ab und zu erreichte er das perfekte Stadium. Dafür war es nötig, in sich zu gehen, tiefer und tiefer, bis zum Kern, wo er die äußerste Macht, bekannt als Gottheit, erleben durfte.

Christian wußte, daß eine seiner »Visionen« bevorstand. Hinter den geschlossenen Augenlidern zuckte ein heller Blitz, dann folgten lebhafte Szenen nacheinander in schneller Folge. Er befand sich an einer Küste, inmitten einer Flotte von Schiffen. Als ihm klar wurde, daß er den Ort am besten von oben betrachten könnte, erhob er sich hoch über die Masten der Segelschiffe. Sofort stellte sich das Wissen ein, daß das, was er erblickte, die französische Flotte war. Noch ehe seine Vision wieder verschwand, kannte er die genaue Anzahl der Schiffe und den Ort, an dem die Flotte sich versammelt hatte.

Hawksblood entspannte sich und schlief ein. Seine Gedanken, die jetzt befreit waren von den starken Fesseln, stoben davon wie ein freigelassener Hengst im Wüstensand. Seine Gedanken gingen zu dem schwer faßbaren Objekt seines tiefsten Verlangens, doch nunmehr besaß er nur einen seiner Sinne. Er konnte nicht riechen, nicht schmecken und auch nicht berühren. Deshalb konzentrierte Christian sich auf das Sehen.

Mit aller Kraft. Und er fand sie.

Ihre Haut war durchscheinend, als hätte sie sie mit zerstoßenen Perlen gepudert. Ihre Wimpern wuchsen dicht und dunkel, sie senkten sich über Augen, die in ihrer Farbe schillerten von Braun hin zu Gold und Grün. Ihre Nase war schmal, doch blähten sich die Nasenflügel sinnlich. Sie schürzte nicht ihre Lippen, wie es im Augenblick der allgemeinen Vorliebe entsprach, sondern ließ sie in ihrem Naturzustand, voll und sinnlich, rosig pochend. Ihr Kinn besaß ein Grübchen, bei weitem nicht so deutlich wie das Grübchen in seinem eigenen, doch immerhin ein Anzeichen für Eigensinn.

Ihr Hals hob sich anmutig und zog die Blicke auf ihre üppigen alabasternen Brüste. Er konnte die schwachen blauen Adern unter der zarten Haut erkennen. Ihre Brüste wurden gekrönt von dunklen Spitzen, in der Farbe ihrer Lippen. Hätte er sie berühren können, so hätten seine Hände eine schmale Taille umfaßt. Er sehnte sich danach, mit seinen Fingern über die weichen Härchen ihres Bauches und ihrer samtweichen Schenkel zu streichen. Dort, wo die Schenkel sich trafen, erhob sich ihr Venushügel, eingehüllt in rotgoldene Löckchen, die so verlockend waren, daß er seine Seele verkauft hätte, um sie zur Seite zu schieben und den geheimen Pfad zu erforschen, der zu dem Schatz dahinter führte.

Ihr Haar war wie ein goldener Mantel, es schimmerte im Licht des Feuers. Wie gerne wollte er sich damit bedecken, seinen Duft einatmen und es in seinen Händen spüren! In seinem Traum wandte sie sich ab, und er entdeckte ein kleines Hexenmal auf ihrem Gesäß, das zu dem kleinen schwarzen Leberfleck auf ihrem Wangenknochen paßte.

Er wehrte sich gegen die Mächte, die es ihm verboten, sie zu berühren, auch wollte er die Barriere nicht überwinden. Dann ergriff ihn plötzlich Raserei. Keine Macht der Erde würde ihn davon abhalten, sie zu erobern. Ein blendender, explosiver Ausbruch von Willenskraft fegte alle Hindernisse beiseite.

In einen schwarzen Hengst verwandelt, verfolgte er unermüdlich eine cremefarbene arabische Stute. Ihre Augen waren groß, mandelförmig und voller Angst. Ihr Hals hob sich hoch und stolz, zeigte ihm ihre lange, seidige Mähne, die der Wind über ihre anmutigen Flanken wehte, als sie versuchte zu fliehen.

Er brachte sie zur Strecke. Sie zitterte vor ihrem wilden Besieger. Seine Zähne gruben sich fest in ihren Nacken, dann bestieg er sie unbarmherzig und paarte sich mit ihr. Und als sie unter seinen heftigen Stößen aufschrie, ergoß sich sein Samen in sie.

Christians Augen öffneten sich gerade noch rechtzeitig, um zu sehen, wie sich die perlengleichen Tropfen aus seinem Körper auf das Leintuch ergossen. In der Dunkelheit errötete er und stieß einen leisen Fluch aus. Er hatte sich nicht mehr in nächtlichen Träumen entehrt, seit er ein Junge von zehn Jahren war. Die Ursache lag in seiner Vision. Und dabei behaupte ich, mich unter Kontrolle zu haben, dachte er reumütig.

3

Brianna hatte eine unruhige Nacht verbracht. Als sie aufwachte, konnte sie sich an die dunklen Schatten, die in ihren Träumen geherrscht hatten, nicht mehr erinnern, und dafür war sie dankbar. Noch vor dem Frühstück klopfte ein Page an ihre Tür und erklärte ihr, daß Prinzessin Isabel sich entschieden habe, heute auf Falkenjagd zu gehen. Brianna war erleichtert, sie würde keine Zeit haben, an der Messe teilzunehmen.

»Dein Bad ist fertig, mein Lämmchen.«

»Adele, du bist so gut zu mir, leider muß ich mich beeilen. Isabel wird schrecklich schlecht gelaunt sein«, meinte Brianna, als sie sich in die Wanne setzte. »Kannst du mir bitte ein Reitkleid aus dem Schrank holen?«

»Sie ist doch noch ein Kind. Eine wahre Schande, daß man ihr erlaubt, Ältere zu tyrannisieren!« Adele war voller Mitgefühl.

»Himmel, du darfst sie auf keinen Fall ein Kind nennen, wenn sie zuhört. Sie ist vierzehn und wird nie müde zu erklären, daß ihre Mutter in ihrem Alter König Edward geheiratet hat.«

Ein Zimmermädchen brachte ein Tablett mit Speisen. Es gab kleine Knappenbrötchen, einen Topf mit Honig und einen Krug Met. Als es noch einmal an der Tür klopfte, ließ Adele, nachdem sie geöffnet hatte, einen kleinen Pagen mit einem schelmischen Gesicht ins Zimmer, der eine Botschaft für Brianna brachte. Das Kerlchen sah aus, als wolle es im nächsten Augenblick davonlaufen, doch Adele bat ihn, auf Briannas Antwort zu warten.

Die Botschaft von Joan von Kent lautete: *»B. Bitte vergib mir. Ich hoffe, deine Strafe war nicht zu hart. Trag heute ein besonders verführerisches Kleid. Ich habe Pläne! J.«*

Brianna schloß die Augen. Joan plante schon den nächsten Streich, noch ehe die Konsequenzen für ihre gestrigen Launen vorüber waren. Als sie einen Blick auf den Pagen warf, sah sie, daß er mit schuldbewußtem Blick zu ihrem Arbeitstisch hinübersah. Sie gab ihm einen Stoß und griff dann nach seinem Ohr. Sein Schmerzensschrei war herzerweichend.

»Du kleiner Satansbraten! Warum hast du meine Blätter ruiniert?«

Er plapperte ungereimtes Zeug und versuchte zu leugnen. Brianna wußte, daß sie auf diese Art nichts aus ihm herausbekäme. Das Leben eines königlichen Pagen drehte sich tagtäglich nur darum zu überleben. Um vier Uhr mußte er aufstehen, dann mußte er laufen, Botschaften überbringen, Dinge herbeiholen, bis seine kleinen Beine ihm den Dienst versagten. Als Lohn bekam er nichts als Püffe und Schläge. Mit zehn Jahren wurde er zum Knappen, und dann begann erst das richtige Elend.

Brianna ließ sein Ohr los und steckte ihm eine gezuckerte Mandel in den Mund. »Hat jemand dir befohlen, das zu tun?«

Das Kind nickte.

»Also darf ich nicht dich dafür verantwortlich machen, oder?« fragte sie freundlich.

Er schüttelte den Kopf.

»Wie heißt du?«

»Randal«, sagte er.

Der Name und auch die roten Locken kamen ihr irgendwie bekannt vor. »Bist du der Bruder von Elizabeth Grey?«

Er nickte traurig.

»Wenn noch einmal jemand anordnet, du sollst meine Arbeiten zerstören, wirst du es nicht mehr tun, ja?«

»Es war Prinzessin Isabel«, platzte er heraus und bestätigte damit Briannas Vermutungen.

Die Zeit verging wie im Fluge, und Lady Bedford wußte, daß sie sich ankleiden mußte. Sie steckte dem Jungen ein Brötchen in die Hand und schob ihn aus der Tür. Adele hatte ein maulwurfsgraues Samtkleid zurechtgelegt, doch Brianna schüttelte nur den Kopf und wählte statt dessen ein blaß lavendelfarbenes Unterkleid mit einer dunkelvioletten Tunika. Adele flocht die rechte Seite ihres Haares und Brianna die linke. Sie zog ihre Strümpfe an, befestigte sie mittels Spitzenstrumpfbändern und schlüpfte in ihre weichen Reitstiefel aus Sämischleder. Dann nahm sie ein paar violette Handschuhe, die mit goldenem Faden bestickt waren, trank ihren Becher Met aus, küßte Adele auf die Wange und lief atemlos über den Flur zu den Räumen von Joan von Kent.

Joans Kammerzofe, Glynis, war Waliserin, und ihr dunkles Haar und ihre dunkle Haut bildeten einen starken Kontrast zu Joans Teint. Sie war ein Quell an Informationen, wenn es um

Hofgeflüster von Windsor ging, und ihr Aberglauben gab Anlaß zu allerhand Belustigung.

Brianna war nicht überrascht, als sie feststellte, daß Joan ihr Haar offen trug. »Du kannst doch so nicht auf die Jagd gehen.«

»Ich gehe auf die Jagd nach einem ganz anderen Wild«, sagte Joan und lachte, griff aber trotzdem nach einem Haarnetz aus silbernen Schlingen, und Brianna half ihr, ihre Locken darunter zu stecken. Alsbald hoben die beiden Mädchen ihre Röcke und liefen in Windeseile zu den State Apartments, die einen herrlichen Blick auf die Terrasse boten.

Prinzessin Isabels Schlafzimmer und Ankleidezimmer war übersät mit Kleidungsstücken, die sie anprobiert und dann verächtlich fallen gelassen hatte. Als sie einen Blick auf Briannas dunkelviolettes und Joans blaßrosa Gewand warf, kochte sie vor Neid. Ihre Zimmermädchen und Kammerzofen waren fast in Tränen aufgelöst. Eine hielt ein azurblaues Kleid hoch, während eine andere ihr ein elegantes schwarzes Stück aus Samt anbot. Isabel war die einzige der Plantagenets, die dunkles Haar hatte, ein Erbteil ihrer flämischen Mutter. Sie war eine sehr attraktive junge Frau, doch ihr mürrischer Mund zerstörte den ersten guten Eindruck.

Joan blinzelte Brianna zu. »Ihr werdet wunderhübsch aussehen in der azurblauen Seide, Euer Hoheit.«

Brianna überwand ihre Wut auf die junge Prinzessin. Sie stimmte Joan von ganzem Herzen zu. »Die Farbe ist so lebhaft, sie paßt wunderbar zu Eurem dunklen Haar, Euer Hoheit.«

Sofort entschied sich Isabel für das schwarze Samtkleid. Joan unterdrückte ein Lachen, die schwarze Farbe würde an ihr schrecklich aussehen. Mit einstudiert unschuldigem Blick meinte Joan: »Es ist wirklich eine Schande, daß der König Euch verbietet, weiter wegzureiten. Der Sonnenschein heute morgen lädt geradezu ein zu einem langen Galopp ...«

Isabel trat zu Joan. »Was wollt Ihr damit sagen? Ich reite dahin, wo es mir gefällt.«

»Oh, ganz sicher, Euer Hoheit. Ich wollte damit ja auch nicht sagen, daß Seine Majestät Euch an der langen Leine führt. Ich meinte nur, Euer Bruder Lionel darf sogar bis nach Berkhamsted reiten. Es scheint mir ziemlich unfair, da er doch jünger ist als Ihr.«

»Lionel trachtet emsig danach, im Tragen der Rüstung so erfahren zu werden wie der Prinz von Wales. Deshalb reitet er immer hinaus zum Schloß Berkhamsted, zu unserem Bruder.«

Lady Elizabeth Grey seufzte. »Alle Männer glauben immer, daß Erfolg mit den Waffen das einzige ist, wofür es sich zu leben lohnt. Mein Bruder hat schon mit einem stumpfen Schwert trainiert, als er gerade sieben Jahre alt war.«

Isabel warf voller Stolz ein: »Mein Bruder Edward übte schon den Umgang mit scharfen Waffen, ehe er zehn war.«

Brianna meinte: »Ah, aber Prinz Edward war mit zehn Jahren körperlich so weit entwickelt wie ein Sechzehnjähriger.«

»Richtig«, stimmte Isabel ihr zu. »Das ist das Plantagenet-Blut. Mein Vater ist der berühmteste Krieger der ganzen Christenheit, und mein Bruder siegt bei allen Turnieren – dabei ist er erst sechzehn.«

»Die Männer denken an nichts anderes, als nur an ihre Fähigkeiten zu kämpfen«, beklagte sich Elizabeth.

»Dann ist es wohl an uns, ihnen etwas anderes zu bieten, an das sie denken können«, schlug Joan vor.

Isabel verzog schmollend den Mund. »Jetzt, wo Edward seine eigene Kampftruppe hat, sind alle attraktiven jungen Männer in Berkhamsted. Euer Bruder Edmund ist auch dort, glaube ich.«

Joan ging sofort auf sie ein. Sie nahm an, daß Isabel eine geheime Vorliebe für ihren jungen Bruder, den Grafen von Kent, hatte, der keinen ganz unbescholtenen Ruf besaß. »Ja, mein Bruder ist bei Eurem Bruder. Wußtet Ihr eigentlich, daß er heimlich in Euch verliebt ist, Euer Hoheit? Wie schade, daß wir sie nicht besuchen können.« Sie seufzte pathetisch auf.

Möge Gott dir diese Lüge vergeben, dachte Brianna.

Isabels Kammerzofen flochten ihr Haar und türmten es dann zu einer Krone auf ihren Kopf, die mit juwelenbesetzten Haarnadeln gehalten wurde. Sie warf einen Blick auf Briannas bestickte Jagdhandschuhe und entschied sich für ein völlig unpraktisches Paar, das mit Perlen und Mondsteinen besetzt war.

Als die Damen endlich den Hof betraten, warteten die Reitknechte längst mit den gesattelten Pferden. Die Falkner standen vor den Ställen und hielten für die edlen Fräulein ihre Vögel bereit. Jeder Falke hatte an den Füßen einen Wurfriemen mit zwei

Glöckchen, auf denen der Name des Besitzers eingraviert war. Die Falknerei besaß ihre eigenen, festen Gesetze. Nur Angehörigen des Hochadels war es erlaubt, Falken zu besitzen, die im Ansehen und Rang selbst Adler übertrafen.

Brianna hatte einen Merlin, die anderen jungen Damen besaßen Sperber, doch Joan bevorzugte einen kleinen Turmfalken, weil sie so zierlich war und einen schwereren Vogel schlecht halten konnte. Isabel trug ein männliches Tier auf ihrer Faust, einen Terzel, doch er bedeutete für sie nur ein Statussymbol. Sie war recht unbewandert in diesem Sport.

Als die Reitknechte aufstiegen, um die Damen zu begleiten, sagte Isabel gebieterisch: »Wir reiten nach Berkhamsted!«

Die Begleiter warfen sich besorgte Blicke zu.

Brianna und Joan sahen einander triumphierend an.

Noch ehe sie zwei Meilen weit geritten waren, wurde die Prinzessin ärgerlich, weil ihr die Klauen des Falken einige ihrer Perlen von den Handschuhen gerissen hatten. Sie reichte den Vogel ihrem Falkner und befahl den anderen, es ihr gleichzutun. Sie würden die Entfernung niemals schaffen mit den Vögeln auf ihren Fäusten.

Als die Gruppe der Damen sich Berkhamsted näherte, signalisierte der Wachposten auf dem Turm den Torhütern, sofort das große Fallgatter zu öffnen. Zehn Damen, begleitet von ihren Reitknechten, stellten keine Bedrohung dar für ein Schloß mit dreihundert Männern. Als sie über die Zugbrücke in den Außenhof ritten, starrten die Diener, Knappen und Soldaten offen die eleganten jungen Frauen an.

Der Kastellan des Prinzen von Wales begrüßte sie mit nur mühsam verborgenem Ärger. Was, zum Teufel, denkt sich die junge Prinzessin nur dabei, in diese Festung voller Männer einzudringen, fragte er sich.

»Ich bin gekommen, um meinen Bruder zu überraschen. Wo ist er?«

Weil auch er ein Mann war, wußte der Kastellan, was sein Herr von solchen Überraschungen hielt. »Prinz Edward trainiert mit seinen Kriegern, Eure Hoheit. Ich bitte Euch, kommt ins Schloß und erfrischt Euch.«

Isabel musterte ihn von Kopf bis Fuß. »Oh, wir werden ganz

sicher die Gastfreundschaft von Berkhamsted genießen, *nachdem* wir Edward begrüßt haben.«

Während sie über den Außenhof ritten, sah Brianna, daß dieser ein Dorf für sich war, mit Hühnern und Hunden; in einer riesigen Schmiede wurden Lanzen hergestellt, desgleichen Waffen und Rüstungen repariert; in einem Kochhaus briet man gleich zehn Schafe auf einmal. Isabel verzog die Nase bei dem Geruch des Hammelfetts, doch Brianna leckte sich die Lippen, als ihr der köstliche Duft des gerösteten Fleisches in die Nase stieg.

Die Damen ritten über den Turnierplatz und zogen auch dort alle Blicke auf sich. Sie lachten belustigt, als ein junger Krieger von einem schweren Sandsack umgeworfen wurde, der an einem Pfahl schwang, nur weil er die Damen angestarrt und dabei vergessen hatte, sich zu ducken. Viele junge Männer übten auf dem Platz. Es war ein gefährlicher Ort, zwischen den splitternden Lanzen und den Hufen der Schlachtrösser.

Ein blonder Halbgott in einem Kettenhemd und mit einem Breitschwert in der Hand kam auf sie zu. Elizabeth Grey schrie auf, Joan seufzte.

»Da bist du ja, Edward«, rief Isabel.

»Bella, zum Himmeldonnerwetter, was fällt dir denn ein?«

»Wir sind den ganzen Weg von Windsor bis hierher geritten, um dich zu überraschen.«

»Nun, dann kannst du auf der Stelle kehrtmachen und wieder zurückreiten«, beschied Edward ihr grob.

Der Thronerbe besaß ein hitziges Temperament, und seine Schwester war ihm ein rechtes Ärgernis. Die jungen Männer, mit denen er den Schwertkampf geübt hatte, versammelten sich hinter ihm und grinsten Brianna, Joan und die anderen hübschen Grazien offen an, die ganz plötzlich in diesem Meer von Männern aufgetaucht waren.

Isabels Wangen färbten sich hochrot. »Wie kannst du es wagen, Lionel mit offenen Armen zu begrüßen und mich nach Hause zu schicken? Wenn Vater davon erfährt, wie schäbig du mich behandelt hast, dann wird er dir schon Bescheid sagen.« Voller Abscheu betrachtete sie das Blut und den Schweiß auf seiner Rüstung.

»Wenn Vater erfährt, daß du weiter geritten bist als bis zum Wald von Windsor, wird er dir den Hintern versohlen!«

Bei diesen Worten lachte Joan glockenhell auf. Edwards grimmig verzogenes Gesicht wurde sanfter. »Dieses Lachen würde ich überall wiedererkennen.« Er trat neben den Zelter von Joan von Kent. Sie waren Cousins und hatten als Kinder zusammen gespielt. »Kleine Jeanette, wie geht es dir?«

Obwohl Joan ein Jahr älter war als Prinz Edward, so sah er mit seiner Größe und seiner körperlichen Reife doch aus, als wäre er mindestens zehn Jahre älter als sie. Unter halb gesenkten Augenlidern hervor sah Joan die Schweißtropfen auf seinem Gesicht und die Blut- und Schmutzspuren auf den Muskeln seiner nackten Arme. Ganz plötzlich konnte sie an nichts anderes mehr denken als daran, wie es sich wohl anfühlen würde, diese Muskeln zu berühren. Ihr stockte der Atem. Er war ihr goldener Gott, war es immer schon gewesen und würde es auch bleiben. Mit einem Gefühl schwindliger Benommenheit mühte sie sich, ihre verwirrten Gefühle zu ordnen, und hob den Blick. Ihre Augen blitzten, als sie in die seinen sah. »Ist es nicht auch Teil der ritterlichen Ausbildung, Respekt vor den Frauen zu erlernen? Du solltest unseren Besuch als Gelegenheit ansehen, Ritterlichkeit zu üben.«

»Kleines Biest«, murmelte er. Dann ging er zu Isabel zurück und meinte ein wenig brummend: »Na ja, ich denke, wir werden sowieso eine Pause machen und vespern. Erlaube mir, euch die Gastfreundschaft von Berkhamsted anzubieten. Ihr könnt zum Essen bleiben.«

Prinzessin Isabel lächelte strahlend, weil sie ihr Ziel erreicht hatte. Sie hätte einen schrecklichen Wutanfall bekommen, hätte sie gewußt, daß er aufgrund von Joan von Kents Einspruch nachgegeben hatte.

Der Kastellan führte die Prinzessin zu einem der Zimmer. An der Tür wandte sie sich zu den anderen um und sagte: »Ich brauche nur Elizabeth«, dann schlug sie ihnen die Tür vor der Nase zu.

Brianna, die sich weigerte, über diese Unverschämtheit zu erröten, bat den Kastellan, ihnen einen anderen Raum zur Verfügung zu stellen. Es gab jedoch kein parfümiertes Wasser für all die hochgeborenen jungen Damen in dieser Männerfestung.

Joan zupfte Brianna am Ärmel. »Komm, sonst entgeht uns der ganze Spaß, wenn das Handtuch weitergereicht wird.«

In der Halle saßen ihre Jagdvögel auf Stangen, die für die Vögel von Besuchern angebracht waren. Ihre Begleiter hatten bereits in dem großen Saal Platz genommen, in dem gegessen wurde und der sich sehr rasch mit jungen Männern füllte, die dem Gefolge des Thronerben angehörten.

Joan zog Brianna zu dem Waschraum in der Nähe des Saals, wo es Waschplätze mit Schüsseln und Eimern gab. Die jungen Männer um sie herum begannen sofort, die beiden jungen Damen zu necken und mit ihnen zu flirten. Brianna von Bedford hatte sehr viele Verehrer, die diese Gelegenheit benutzten, ihre Aufmerksamkeit auf sich zu ziehen. Sie scherzte mit allen, war jedoch bemüht, keinen von ihnen zu bevorzugen.

Joan schlüpfte neben Edward. »Darf ich die Seife haben, Euer Hoheit?«

Er sah sie voller Entsetzen an. »Hat mein verdammter Kammerherr etwa keine Stube zum Erfrischen bereitgestellt?«

»Doch, aber Isabel wollte uns nicht dabeihaben.« Sie strahlte ihn hingebungsvoll an, unfähig, ihre Bewunderung für ihn zu verbergen.

»Weil sie ein verwöhntes kleines Luder ist«, beklagte er sich.

»Vielleicht zahlt sie uns ja nur all die schlimmen Dinge heim, die wir ihr angetan haben, als wir noch Kinder waren. Erinnert Ihr Euch daran?« fragte sie atemlos.

Um seine blauen Augen bildeten sich Lachfältchen. »Wir waren wirklich Verbündete.« Er hatte Joan, oder die kleine Jeanette, wie er sie zu nennen pflegte, schon immer sehr gern gehabt. Als es ihm jetzt wieder einfiel, erinnerte er sich auch daran, daß sie ihm zu seiner ersten Erektion verholfen hatte. Damals war er zwölf.

Plötzlich berührte sie sein Gesicht. »Ihr habt Blut auf der Wange, genau hier.«

Er seifte sich das Gesicht ein, wusch es dann ab und griff nach dem Handtuch. Joan zog es schnell weg, lachte laut auf und warf das Tuch Brianna zu. Er packte Joan, hob sie hoch in die Luft und bohrte seine Finger in ihre Rippen, um sie zu kitzeln, als sei sie ein Kind. Plötzlich verlor sie ihr Haarnetz, und ihr silbernes Haar fiel über seine Hände. Er stellte sie schnell wieder auf den Boden, sein Lachen brach ab, als sie voreinander standen und einander mit neu erwachter Erkenntnis betrachteten.

»Süß«, murmelte er, so leise, daß nur sie es hören konnte.

Bei Tisch trennte ein großes Salzfaß die Speisenden in der Rangordnung. Gewöhnliche Soldaten, Diener, Knappen und die Reitknechte, die zu Besuch waren, saßen unterhalb vom Salz, während die hohen Offiziere der Burg, bedeutende Gäste und Mitglieder des Adels zusammen mit den Plantagenets oberhalb des Salzfasses saßen. Fünf junge Adlige drängelten sich auf dem Platz genau gegenüber von Brianna von Bedford und Joan von Kent.

Der Majordomus des Schlosses überwachte das Mahl und diejenigen, die servierten. Heute hatte er mehr zu tun, als nur die silbernen Löffel und Messer im Auge zu behalten; er mußte dafür sorgen, daß die Damen zuerst bedient, die Trinkgefäße gefüllt wurden, daß das Essen auf den Tisch kam, solange es noch heiß war, und gleichzeitig mußte er aufpassen, daß sich die Knappen anständig benahmen. Seine wilden Blicke drohten jedem Bestrafung an, der ausspuckte, sich laut schneuzte oder in den Zähnen bohrte. Doch man mußte den jungen Männern zugute halten, daß manche sogar darauf achteten, nicht alles, was in ihrer Nähe stand, herunterzuschlingen, damit noch etwas übrigblieb für den Korb der Armenspeisung.

Prinzessin Isabel saß zwischen ihren Brüdern, Prinz Edward und Prinz Lionel, und das fand Brianna sehr schade. Denn sie sah aus wie eine Krähe zwischen zwei Pfauen. Ihr jüngerer Bruder, Lionel, war ein blonder Gigant mit einem etwas rötlichen Gesicht. Er war nicht gebildet, weder imstande zu lesen noch zu schreiben, doch besaß er ein gutmütiges Wesen. Seine Laune blieb stets heiter, selbst wenn er betrunken war, und wenn man dem Klatsch Glauben schenkte, war er das jeden Abend.

Von ihrem Platz aus, gleich neben dem Kopfende des Tisches, betrachtete Brianna den Thronerben. In Aussehen und Benehmen gab er sich bereits königlich. Er war nicht nur Prinz von Wales, sondern auch Graf von Chester, Herzog von Cornwall, und wenn sein Vater außer Landes weilte, trug er die Verantwortung als Hüter des Königreiches. Edward war sehr groß, er hatte hohe Wangenknochen und eine Adlernase mit einer ein wenig abgestumpften Spitze, genau wie bei seinem Vater. Und er besaß auch die gleichen blauen Augen, denen nichts entging. Seine Vitalität und sein goldenes Haar verliehen ihm ein perfektes Aussehen, und jedermann glaubte, daß er vom Schicksal als bedeutendes Oberhaupt ausersehen war.

Brianna beugte sich zu Joan und flüsterte ihr zu: »Du hast mit Edward geflirtet. Hast du es etwa auf ihn abgesehen?«

»Natürlich nicht. Wir sind Cousins. Aber Flirten liegt mir im Blut.«

Briannas Mundwinkel zogen sich hoch. Joan war eine Mischung aus Ehrlichkeit und Betrug, mit einer solch amüsanten Freundin gab es keinen langweiligen Augenblick. »Warum hast du denn Isabel dazu gebracht, nach Berkhamsted zu reiten?«

Joan aß mit gutem Appetit. Sie leckte sich die Finger. »Mach bitte die Augen auf. Die Blüte von Englands Adel sitzt uns gegenüber. Du bist doch sicherlich nicht blind gegenüber den heißen, hungrigen Blicken, die man dir zuwirft?«

Brianna schaute auf die andere Seite des Tisches. Ihre Augen weiteten sich, als sie Sir John Chandos, William jun. de Montecute, Robert de Beauchamp, Roger de Cheyne und Michael de la Pole entdeckte, alles Erben großer Grafschaften, die ihr interessierte Blicke zuwarfen. Sie lächelte ein wenig schüchtern und wurde dann über und über rot. Jeder dieser jungen Männer schien bereit zu sein, ihr den Hof zu machen, um sie für sich zu gewinnen. Ihre Blicke gingen weiter, und sie entdeckte die Söhne von Neville und Perca, zwei großen Kriegsherren des Nordens. Sir John Holland starrte Joan mit offener Begierde an. »Es nützt dir nichts, wenn du deinem Herzen folgst und dir einen dieser Männer aussuchst. Der König wird den Ehemann für dich bestimmen.«

Joan seufzte. »Du bist so nüchtern, Brianna. Natürlich hast du recht, aber unsere Träume kann uns selbst der König nicht nehmen.«

Die jungen Ritter ihnen gegenüber ergingen sich in ihren eigenen Phantasien. Eine Liebschaft mit den hochgeborenen königlichen Mündeln stand außer Frage, doch ihre Dienerinnen und Kammerzofen waren Freiwild, um mit ihnen ins Bett zu gehen. Dennoch, Jungfrauen, die in eine Bastion von dreihundert jungen Männern eindrangen, waren sicher reif dafür, gepflückt... und in jeder Hinsicht bedient zu werden!

Prinzessin Isabel rümpfte die Nase, als man ihr Hammelfleisch vorsetzte. Sie bat den Knappen, der das Essen servierte, ihr Wild zu holen. Auch das Bier verweigerte sie und verlangte Wein.

Lionel lachte. »Gut, Mädchen«, meinte er. »Dann bleibt mehr für mich.«

Edward erklärte barsch: »Wein ist dem Abendessen vorbehalten.«

»Habt ihr keine Minnesänger oder Gaukler? Was tut ihr eigentlich für eure Unterhaltung?«

»Wir ziehen Dirnen vor, Isabel«, meinte Lionel, der gerade seinen vierten Krug geleert hatte.

Edward trat ihm unter dem Tisch gegen das Schienbein. »Bella, meine Männer hier lernen, Krieg zu führen. Ich selbst übe mich in der Heereskunst und wie man einer Armee voransteht. Wir bemühen uns, Ritter zu werden, und haben keine Zeit zu tändeln.«

»Da sprichst du aber nur für dich selbst, Bruder«, widersprach Lionel und legte seine große Hand auf das Knie von Lady Elizabeth Grey.

Edward musterte ihn mit einem eisigen Blick aus seinen blauen Augen. »Du und deine Männer, ihr werdet Isabel heute nachmittag nach Windsor zurückbegleiten.«

»Mist!« fluchte Lionel und warf Isabel einen verächtlichen Blick zu. Doch dann zuckte er mit den Schultern und wandte seine Aufmerksamkeit wieder der kichernden Lady Grey zu.

Prinz Edward entschuldigte sich, er schickte einen Pagen, um Robert de Beauchamp rufen zu lassen, der der höchstrangige Offizier in Diensten seines Bruders war. Als Robert zu ihm kam, bemerkte der Prinz von Wales die Ähnlichkeit zwischen Lionel und seinem Leutnant. Auch wenn Beauchamp älter war als Lionel, so handelte es sich doch um den gleichen blonden Riesen mit einem lachenden, offenen Gesicht.

»Der Herzog von Clarence wird Prinzessin Isabel und ihre Damen heute nachmittag zurück nach Windsor begleiten. Er blickt zu Euch auf, Beauchamp. Versucht, ihm ein gutes Beispiel zu geben, und um Himmels willen, haltet ihn davon ab, den Damen die Tuniken hochzuheben. Wenn er in der nächsten Woche nach Berkhamsted zurückkommen möchte, dann wünsche ich, daß Ihr ihm das ausredet.«

»Hat er Euch erzürnt, Euer Hoheit?«

»Nein.« Edward schüttelte den Kopf. »Ich kann nicht anders, ich mag diesen jungen Tunichtgut, aber seine Trunksucht und seine Unzucht demoralisieren die Männer. Sein Appetit ist unersättlich und in Gedanken ständig bei seinem Bauch oder bei seinem Gehänge.«

»Er hat schon sehr früh seine Manneskraft erprobt«, entschuldigte Beauchamp ihn und lächelte.

Prinz Edward bedachte ihn mit einem vernichtenden Blick. »Es gibt mehr für einen Mann als trinken und huren. Auf jeden Fall werde ich bald mit meinen Leuten nach Windsor reiten. Sie sollen einmal die harte Zucht meines Vaters erleben.« Er schlug Robert auf den Rücken und fragte sich, warum der Sohn des großen Grafen von Warrick die Dienste seines Bruders den seinen vorgezogen hatte. Warrick, der Marschall der Armee des Königs, trug den Spitznamen Verrückter Hund, wegen seines wilden Temperamentes und seiner Geschicklichkeit im Kampf. Warricks Sohn besaß offensichtlich eine sanftere Natur.

Als Edward sich von seinen Geschwistern verabschiedete, war er seiner kleinen Schwester gegenüber ein wenig nachsichtiger. »Mein Johannisapfel, sei doch nicht so betrübt. Ich werde in zwei Wochen wieder in Windsor sein.« Seine Blicke wechselten zu Joan von Kent hinüber. William de Montecute und John Holland machten beide Anstalten, ihr in den Sattel zu helfen. Edward überraschte das nicht. In seinen Augen war sie die herrlichste weibliche Gestalt von ganz England.

Er selber kümmerte sich um Isabel und erhob dann seine Stimme, damit auch die kleine Jeanette ihn hörte. »Wenn ich wieder in Windsor bin, dann verspreche ich, mit auf die Falkenjagd zu gehen. Wir werden uns einen wunderschönen Tag machen.«

Lionel hob Elizabeth Grey in den Sattel ihres Zelters, und dabei gelang es ihm, sie mit seinen großen Händen an verschiedenen intimen Stellen zu berühren.

Brianna zuckte zusammen, als sie plötzlich eine Männerstimme hinter sich hörte. Sie wirbelte herum und mußte den Kopf in den Nacken legen.

»Darf ich Euch behilflich sein, Demoiselle?« Er beugte ein Knie und hielt ihr seine großen, verschränkten Hände hin, damit sie den Fuß hineinsetzen konnte. Einen Augenblick lang stand Brianna wie erstarrt, die ungewöhnliche Farbe seiner Augen hielt sie in Bann. Geduldig wartete er in der für ihn sehr unbequemen Position.

»Entschuldigung«, murmelte sie und lächelte ihn dann dankbar an, als sie die neidischen Blicke der anderen jungen Ritter bemerkte, die diese ihrem Kavalier zuwarfen. Die nächsten fünf Meilen überlegte sie, ob die Augen von Robert de Beauchamp türkis oder aquamarinfarben waren.

4

Als der erste Schimmer der Morgenröte den Himmel überzog, wurde den Franzosen klar, daß diese fremdländische Kanaille und seine Knappen ihr Zelt abgebaut hatten und wie Diebe in der Nacht verschwunden waren. Auf ihrem Weg zur Küste erklärte Hawksblood seinen Gefährten, daß er sich entschlossen hatte, nach England zu gehen. Ali war es seit langem klar, wohin Drakkar wollte. Er hatte gewußt, daß er sich auf dem Weg des Schicksals befand, genauso wie sein Herr das wissen könnte, wenn er tief genug in sich hineinsähe.

Paddy war weniger philosophisch, doch wesentlich praktischer veranlagt. Der Transport über den Kanal würde ein Problem sein, mit sechs wertvollen Pferden und einem Berg an Gepäck.

»Ich nehme nicht an, daß es hier Ausflugsboote gibt«, meinte er trocken. »Soll ich etwa ein Schiff kapern?«

Hawksblood antwortete: »Das bewährte Mittel der Bestechung wird wohl genügen, nach allem, was ich über die Franzosen erfahren habe.«

Paddy grinste Ali an. »Das ist deine Spezialität, Junge.«

»Du hast ein neues Wort gelernt. Deine geistigen Fähigkeiten erstaunen mich immer wieder«, spottete Ali.

Der Ire, der stets das letzte Wort haben mußte, behalf sich mit einem Beduinenspruch: »Die Schönheit eines Mannes liegt in der Beredtheit seiner Zunge.« Selbst Hawksblood schien davon einigermaßen beeindruckt.

Sie ritten in den Hof einer Herberge, und Ali machte sich auf den Weg zum Hafen. Er wählte ein Schiff aus, das normalerweise Männer und Pferde zwischen Cherbourg und Calais transportierte. Die Höhe der Bestechungssumme deckte leicht das Risiko der zusätzlichen zwanzig Meilen nach Dover. Mit der Abendflut liefen sie aus, noch ehe es richtig dunkel wurde, doch selbst ein riesiger Normanne und seine exotischen Knappen erregten keine besondere Neugier in einem Hafen von der Größe Cherbourgs.

Ali blieb im Laderaum, um ihre kostbaren Pferde zu bewachen. Schlachtrösser wurden mit wildem Temperament geboren, doch der Singsang seiner Stimme beruhigte sie sofort, und sie standen still. Paddy lief unruhig auf Deck hin und her; er wollte sich seine Aufregung nicht anmerken lassen. Immerhin kehrte er zum ersten Mal seit fünfzehn Jahren nach England zurück. Er hatte damals bei einem Schiff angeheuert, das vor der Küste Griechenlands untergegangen war. Es schien ein herrliches Fleckchen Erde zu sein, bis die Türken das Land überfielen. Damals hatte er auch seine Geschicklichkeit als Krieger erworben, im Kampf gegen die listigen Türken. Und irgendwann war er gefangengenommen worden und hatte in einem elenden Kerker geschmort, bis die islamischen Krieger, die man die Ottomanen nannte, ganz Byzanz eroberten.

Christian, oder Drakkar, wie er damals noch hieß, war ein Janitschar im Elitekorps des ottomanischen Heeres. Als er Paddy aus dem türkischen Gefängnis befreite, wurde er gleichzeitig sein Besitzer. Paddys Leben oder Tod hing von diesem jungen Janitschar mit dem Gesicht eines wilden Adlers und dem Körper eines normannischen Kriegers ab. Paddy nahm an, daß er am Leben geblieben war, um seinen neuen Herrn zu belustigen. Und das tat er fleißig.

Christian stand mit gerunzelter Stirn vor einem kleinen Tier in einem Käfig, der so eng war, daß es sich darin nicht umdrehen konnte. Es hatte die strahlendsten Augen, die er je gesehen hatte.

»Was, zum Teufel, ist das?« fragte er Paddy.

»Sieht aus wie ein schwarzfüßiges Frettchen. Sollen wir es freilassen?«

»Wenn du es nicht tust, werde ich es tun«, stimmte ihm Christian zu.

»Mon Dieu! Arrêtez-avec-ça! Hört auf!« brüllte der Kapitän.

Paddy nahm nie Befehle von einem anderen als Hawksblood entgegen. Im selben Augenblick, als er die Tür des Käfigs aufbrach, schoß das Frettchen heraus, rannte über das Deck, kletterte am Bein des Kapitäns hoch und biß ihn in die Hoden. Paddy und Christian brüllten vor Lachen.

Der Franzose allerdings nicht. Er röhrte einen schmutzigen Fluch, dann griff er das Tier, packte es am Hals und warf es über Bord. Christian hörte auf zu lachen, er ging zur Reling und blickte in das zinngraue Wasser. Das schwarzfüßige Tierchen mit den strahlenden Augen versuchte verzweifelt über Wasser zu bleiben, doch dann verschwand es in einer Welle. Im nächsten Augenblick kam es wieder hoch, aber der Abstand des Schiffes vergrößerte sich schnell.

Christian hatte kaum seine Stiefel und sein Kettenhemd aus, da sprang er schon. Das Frettchen kletterte auf seine Schulter und krallte sich in seinem langen Haar fest. Paddy half Christian wieder an Bord, der sich gemächlich wie nach einem morgendlichen Bad abtrocknete.

Der Kapitän und die Mannschaft tobten. »Ihr müßt verrückt sein, Euer Leben für einen Rattenfänger zu riskieren!«

Christian warf ihm einen abschätzigen Blick zu. »Und Ihr müßt verrückt sein, Euch vor einem Fellbündel von sechs Inches zu fürchten.«

Paddy half ihm dabei, sein Kettenhemd anzuziehen und sein Wams darüber, das zitternde Frettchen versteckte sich darunter. Der Kapitän öffnete den Mund, um etwas zu sagen, doch dann sah er das Blitzen in dem dunklen Gesicht und hielt sich zurück.

Paddy murmelte: »Er hat Angst, daß Ihr, wenn er noch einmal den Mund aufmacht, den kleinen Nager auf ihn hetzt.«

Christians Mund verzog sich, dann ging er nach hinten. Das Wasser war unglaublich kalt gewesen. Und er fühlte sich ungemütlich, weil seine Kleidung an der Haut klebte. Deshalb löste er seinen Verstand von dem körperlichen Unbehagen in dem Wissen, daß der heftige Seewind seine Kleidung schon bald trocknen würde.

Der Himmel verdunkelte sich, und allmählich erschienen die Sterne. Im Alter von acht Jahren war Astronomie seine Lieblingsbeschäftigung gewesen. Nachdem man ihn in den geheimen Templerorden aufgenommen hatte, war von ihm erwartet worden, die Sterne bis hin zu denen der vierten Größe zu benennen und die bis zur sechsten Größe zu erkennen. Jetzt schweifte sein Blick über Rigel und Regulus, Alpha Centauri und Atair. Sie kamen ihm wie alte Freunde vor. Es dauerte noch eine Stunde, ehe der Mond aufging. Als er dann am Himmel sichtbar wurde, bemerkte Hawksblood einen schwachen Schein, viele Seemeilen hinter ihnen, der langsam heller wurde.

Er stand wie erstarrt und sammelte sich, richtete seine ganze Aufmerksamkeit darauf. Die Barrieren der Entfernung und der Dunkelheit durchdrang er nur für den Bruchteil einer Sekunde, doch das genügte ihm, um zu erkennen, daß es eine kleine, aber schnelle französische Kogge war. Die Logik sagte ihm, daß Seeräuberei am ehesten vor Tagesanbruch glückte, deshalb handelte es sich hier wahrscheinlich um einen Überfall auf die englische Küste.

Er ging zum Vorschiff und konzentrierte noch einmal seine ganze Aufmerksamkeit auf den Horizont. Schließlich entdeckte er die schwachen Umrisse des steinernen Forts auf den Klippen von Dover. Hawksblood sprach leise mit dem Kapitän, der die Laternen des Schiffes abdunkelte. Dann suchte er den Steuermann auf, deutete zu den Klippen, die gerade zu sehen waren, und schwenkte dann seinen Arm nach Süden, in die Richtung, die er wünschte. Der Steuermann, der sich in englischen Gewässern nicht sehr gut auskannte, befolgte Hawksbloods Anweisungen pünktlich. Hawksblood sprach mit solcher Überzeugungskraft, daß er ihm glaubte.

Das Schiff ankerte in einer sandigen Bucht, lange genug, um alles auszuladen, dann segelte es wieder hinaus in die Dunkelheit.

»Da Dover das Tor zu England ist, liegt hier sicher in der Nähe eine Garnison.« Christian sprach leise, denn er wußte, daß seine Stimme von Wind und Wasser weit getragen wurde.

»Die ganze Küste ist bewacht. Sie benutzen ein System von Signalfeuern«, erklärte Paddy.

Hawksblood lächelte grimmig. »Du wirst die Wache alarmieren, das Signalfeuer entzünde ich.«

Ali hatte nichts dagegen, daß ihm die Aufgabe zufiel, sich um die Pferde und das Gepäck zu kümmern. Nach so langer Gemeinsamkeit verstanden er und Drakkar sich auch ohne Worte.

Hawksblood zurrte den Sattelgurt seines Schlachtrosses fest und ritt langsam die Küste entlang. Seine Augen blickten wie gebannt zu dem schwarzen Punkt draußen auf dem Meer, der immer näher kam. Schweigend wartete er über eine Stunde, bis die Kogge nahe genug war, um ihre Krieger an Land zu lassen. All seine Instinkte trieben ihn, wie ein tödlicher Sturm auf sie loszugehen, doch er ermahnte sich zur Geduld, bis auch der letzte berittene Mann den Strand verlassen hatte.

Leise schlich er sich auf das feindliche Schiff und lauschte nach der an Bord verbliebenen Mannschaft. Seine Nase führte ihn zu den Teerfässern. Eine der Schiffslaternen genügte ihm. Als die Explosion den Himmel zerriß, war er bereits wieder sicher an Land.

Das Feuer loderte gen Himmel und lockte Paddy und die Soldaten aus der Garnison von Dover. Sie töteten oder fingen auch noch den letzten der Angreifer, die keine Möglichkeit mehr zum Rückzug hatten. Die Gefangenen wurden in das Schloß von Dover gebracht, wo der Admiral der Cinque Ports, Robert Morley, sich persönlich bei Christian Hawksblood bedankte und ihm seine Gastfreundschaft anbot.

»Zu schade, daß Seine Majestät nicht anwesend war, um das mitzuerleben. Bis gestern war er hier, um Schiffe aufzutreiben, die mit ihm Kurs gegen Frankreich nehmen sollen. Ich selbst schicke zwanzig meiner besten Schiffe. Seine Majestät ist zurück nach Windsor gereist, zum alljährlichen Turnier.«

Christian war erschrocken. Zwanzig Schiffe konnten nicht das geringste ausrichten gegen die Seemacht von Frankreich. »Sicher wird das Turnier doch abgesagt, jetzt, wo der Krieg droht?«

Admiral Morley schüttelte sich vor Lachen. »Ihr kennt Edward Plantagenet nicht. Schottland und Frankreich mögen mit Krieg drohen, seine Schulden bei den Bardi-Banken belaufen sich auf neunhunderttausend Florin, und die hat er alle beim letzten Kriegszug ausgegeben. Jetzt leiht er sich bereits Geld für die bevorstehenden Kriege, aber all das wird ihn nicht davon abhalten, das Königsturnier stattfinden zu lassen.«

Christian Hawksblood fragte sich, auf was er sich da wohl eingelassen hatte. Ein verarmtes Land mit einem verschuldeten

König ließ seine Aussichten nicht gerade rosig erscheinen. Er biß die Zähne zusammen. Sein Entschluß war gefaßt, und er würde dabei bleiben, im guten wie im bösen. Zu allem bereit machten sich Hawksblood und seine Begleiter am nächsten Morgen auf nach Windsor.

König Edward betrat das luxuriös eingerichtete Schlafzimmer seiner Frau und beugte sich zu Philippa, um ihr einen Kuß zu geben. »Liebste, wie fühlst du dich?« Er drückte ihr ein goldenes Kästchen in die Hand und ging dann zur anderen Seite des Gemachs, um in die Wiege seiner jüngsten Tochter zu blicken.

»Edward, du sollst mir doch keine Juwelen schenken.«

»Du schenkst mir kostbare Söhne und Töchter, und ich gebe dir reichlich wenig zurück.«

»Aber du überschüttest mich doch mit Geschenken. Alles, was ich von dir will, ist deine Liebe.«

»Die wird dir immer gehören, mein Schatz! Bitte gönne mir doch die Freude, dir ein paar Schmuckstücke zu schenken.«

Die Damen der Königin seufzten auf bei so viel Zuneigung des Königs. Er war noch in den Dreißigern und der bestaussehendste Mann der ganzen Christenheit. Jedes Herz ringsum klopfte laut. Er hatte für jedes hübsche Gesicht ein Lächeln und ein Blinzeln, doch war er Königin Philippa vollkommen ergeben. Nicht im entferntesten schien er zu bemerken, daß ihr Körper füllig geworden war von den vielen Geburten und daß ihr Gesicht erschlaffte und ihr Haar verblich.

»Ich möchte, daß du ausgeruht bist für all die Unterhaltungen, die das Turnier mit sich bringt. Übrigens habe ich mich entschieden, einen großen runden Turm zu bauen. Komm zum Fenster, Liebste, dann werde ich es dir zeigen.« Er legte einen seiner starken Arme um sie. »Der Upper Ward hat nur rechteckige Türme, aber ein Edward III.-Turm muß rund sein, damit ich die legendäre runde Tafel von König Arthur wieder auferstehen lassen kann. Ich habe den Wunsch, einen Ritterorden zu gründen. Nur die ersten Ritter des Reiches werden darin aufgenommen. Wenn wir jetzt mit dem Bau beginnen, kann er zum Turnier im nächsten Jahr gerade fertig sein. Wir werden diese wunderschönen Steine aus Bedfordshire dafür verwenden. Was hältst du davon?«

»Man sollte es Lady Bedford gegenüber erwähnen. Hast du schon eine Entscheidung getroffen wegen ihrer Verlobung?«

»Mindestens ein Dutzend Bitten um ihre Hand sind eingetroffen, aber Warrick hat um sie angehalten, also ist diese Frage entschieden. Aber da wir gerade von Verlobungen reden, beglückwünsche ich dich zu deiner Idee von einer Heirat zwischen dem Prinzen von Wales und Margaret von Brabant. Wir müssen uns Verbündete sichern, denn sonst wird Frankreich sie uns abspenstig machen.«

»Hast du schon mit Edward darüber gesprochen?« fragte Philippa.

»Nicht mehr in letzter Zeit, aber er weiß seit langem, daß Margarets Name auf der Liste derer stand, die der Rat uns geschickt hat. Ich werde ihn rufen lassen.«

»Nicht nötig, Edward, er ist bereits hier. Ich wußte, das Turnier würde ihn wie ein Magnet anziehen.«

»Soll ich dich heute abend in den Saal hinuntertragen, Liebste, oder möchtest du, daß wir hier oben zusammen speisen?«

»Unsinn. Du sollst die Gesellschaft genießen und all die Unterhaltungen; außerdem möchten deine Söhne und Isabel mit dir zusammensein.« Die Königin sah, daß er sich in ihren Räumen eingesperrt fühlte. Er hatte viel zu viel Energie, um das Schoßhündchen zu spielen. Trotzdem faßte er sich als Vater in Geduld und war der höflichste und liebevollste Ehemann, den eine Frau sich nur wünschen konnte.

Nachdem er sie wieder auf ihre Couch gebettet hatte, zog er ihre Hand an seine Lippen. »Danke, Philippa. Ich habe Hunderte wichtiger Dinge zu erledigen, aber du und die Kinder, ihr kommt für mich immer zuerst. Vergiß das niemals.«

Als er den Turm der Königin verließ, machte König Edward sich auf den Weg vom Upper Ward hinunter zu den Behausungen seiner Gefolgsleute im Lower Ward, wo Katherine de Montecute lebte, während ihr Mann, der Graf von Salisbury, in Frankreich kämpfte.

Als sie sah, daß der König am hellichten Tage zu ihr kam, flog ihre Hand an ihren Hals. »Ihr habt Nachricht von William, Eure Majestät.« Sie sah den Schmerz in seinen blauen Augen und wußte, daß es keine gute Nachricht war. Sie schickte ihre Diener weg und sah ihm dann mit wachsender Besorgnis ins Gesicht. Ihr Schleier glitt durch ihre zitternden Finger und fiel zu Boden.

Ihre Schönheit nahm ihm den Atem. Sie war sehr zierlich, ihr Haar lag wie ein goldener Schein um ihr Gesicht. »William ist gefangengenommen worden«, sagte er vorsichtig.

Ein Schrei löste sich von ihren Lippen, und dann lag sie schon in den Armen des Königs, während er versuchte, ihren Schmerz zu lindern. Sie schluchzte an seiner starken Schulter, ihre Tränen benetzten den feinen Samt seines Fracks.

»Psst, Katherine. Ich werde alles tun, was in meiner Macht steht, um ihn frei zu bekommen.«

Sie zog sich ein wenig von ihm zurück und hob ihr tränenfeuchtes Gesicht zu ihm auf. Ihre Lippen zitterten. »Wirklich?« Sie fühlte sich so schuldig, daß sie am liebsten gestorben wäre. Doch in Edwards tiefblauen Augen las sie keinen Anflug von Schuld.

»Katherine, er ist mein Freund. Ich werde jede Lösegeldsumme zahlen, die Philipp verlangt.«

Erleichterung durchflutete sie. Erleichterung, daß William nicht tot war, Erleichterung, daß Edward sich als so ritterlich erwies. Auch wenn sie beide ihre Ehegatten über alles liebten, war diese Anziehungskraft zwischen ihnen doch von der ersten Begegnung an entstanden. Das wilde Verlangen nacheinander vermochten sie nicht zu zügeln. Keiner von ihnen war je seinem Ehegatten untreu gewesen, bis zu diesem schicksalhaften Tag vor ungefähr einem Jahr.

Als er fühlte, daß sie in seinen Armen zusammensank, legte er einen Arm unter ihre Knie und hob sie an seine Brust. »Ich sehne mich nach dir, Katherine. Ich kann keine Stunde mehr leben ohne dich.«

Lieber Gott, sie waren ihres Verantwortungsgefühls verlustig gegangen, ihre fleischliche Maßlosigkeit hatte es zerstört. Verzehrt von einer heißen, brennenden Erwartung trug der König sie zu ihrem Bett.

Als jemand gebieterisch klopfte und Adele die Tür öffnete, reichte ein Botschafter der Königin ihr einen Brief, der an Lady Bedford gerichtet war.

Brianna brach das Siegel des Königs auf und überflog dann die in kühner Handschrift geschriebene Botschaft. »Es wird freundlichst um Eure Anwesenheit ersucht, im Audienzzimmer zur Vesperstunde. Edward Plantagenet.«

»Ja, bitte richtet Eurer Majestät aus, daß ich mich geehrt fühle, ihn aufzusuchen.«

Ihr erster Gedanke war, daß Dame Marjorie sie verpetzt hatte. Mit weichen Knien sank Brianna auf einen Stuhl. »Adele, wirst du mit mir kommen?«

»Aber natürlich bin ich an deiner Seite. Das ziemt sich so. Vielleicht hat er ja endlich jemanden für dich ausgesucht.«

Briannas Herz raste. »Oh, denkst du wirklich?« Natürlich bestand diese Möglichkeit. Brianna war plötzlich atemlos. »Bei der Mutter Gottes, ich glaube nicht, daß ich dafür bereit bin.«

»Natürlich bist du das, mein Lämmchen. Die meisten jungen Damen werden im Alter von fünfzehn verlobt.«

»Aber was soll ich anziehen? Ich muß doch besonders schön aussehen.« In ihrem Kopf wirbelten die Gedanken, sie rasten so schnell wie ihr Puls. Sie war aufgeregter als je zuvor in ihrem Leben. »Etwas Grünes, denke ich.«

»Grün ist die Farbe der wahren Liebe«, sagte Adele und lächelte.

»Bitte, du darfst mich jetzt nicht necken, Adele. Grün bringt den rötlichen Schimmer in meinem Haar zur Geltung. Wir müssen uns beeilen. Ich brauche noch Zeit, um für ein Gebet in die Kapelle zu gehen.«

Brianna sank vor der Statue der heiligen Agnes in die Knie. Wie jedes andere Mädchen hatte auch sie in der Nacht des 20. Januar hier gebetet, weil man traditionell daran glaubte, daß in dieser Nacht eine junge Frau die Erscheinung ihres zukünftigen Ehemannes erblicken könne. Natürlich hatte sie keine Vision gehabt, aber sie hoffte verzweifelt, daß St. Agnes ihr am heutigen Tag helfen würde. Brianna zögerte. Jungen Damen wurde beigebracht, nicht zuviel von ihren Gatten zu erwarten. Man mußte die Männer so akzeptieren, wie sie waren, wie stürmisches Wetter oder wie die Schmerzen bei einer Geburt. Sie entschied sich, nicht zu viel zu erbitten, sonst könnte der Himmel zu der Ansicht gelangen, sie sei gierig. »Bitte, laß ihn ehrbar, tapfer und stark sein.« Sie bekreuzigte sich. »Und wenn das nicht zuviel verlangt ist, dann laß ihn bitte auch von edler Geburt sein.«

Ihr Vater war ein Graf gewesen, und auch wenn sie wußte, daß sie nicht so hoch würde greifen können, so fürchtete sie sich doch vor dem Spott Prinzessin Isabels, falls ihr ein Mann ohne Aussicht auf einen Titel zugedacht wäre.

Sie trug ein meerschaumgrünes Unterkleid mit einer jadefarbenen Tunika, die in der Taille durch einen goldenen, mit Cabochon-Smaragden besetzten Gürtel gehalten wurde. Brianna glaubte daran, daß die grünen Edelsteine eine magische Kraft besaßen, um sie vor bösen Geistern zu beschützen – selbst vor dem Unheil, das Kobolde und böse Feen anrichteten. Ihre Welt bevölkerten lauter Geister, Wassernymphen und andere Helfer des Teufels.

Adeles Kleidung stand in starkem Kontrast zu der von Lady Bedford. Sie trug ein geschmackvolles graues Oberkleid über einem senfgelben Rock. Ein modischer Schleier bedeckte ihren Kopf. Nur junge Mädchen wie Brianna durften ihr Haar offen tragen. Als schön wurde es allgemein angesehen, wenn es Armeslänge hatte. Adele war sehr stolz auf Briannas goldenes Haar. Frisch gebürstet, so wie jetzt, fiel es ihr wie ein seidener Mantel über den Rücken.

Leibgardisten führten sie in den Vorraum, in dem eine Sammlung von Waffen und Rüstungen aus der Zeit König Heinrichs aufbewahrt wurde. Dahinter lag das Audienzzimmer des Königs, das kleiner war, aber wesentlich üppiger möbliert mit Teppichen, Wandbehängen, einem Paar von Thronsesseln aus massivem Gold und kleineren, gepolsterten Stühlen.

Der König war nicht allein, als sie eintraten, aber die Gruppe von Männern, mit denen er sich unterhalten hatte, verließ den Raum durch eine große Doppeltür am anderen Ende. Edward Plantagenet kam auf sie zugeschritten, um sie zu begrüßen. Sein Lächeln erhellte den Raum. »Kommt näher, Lady Bedford.«

Als sie vor ihm in einen Hofknicks sinken wollte, nahm er ihre Hände. »Nein, nein, wir bestehen heute nicht auf der Etikette.«

Brianna holte tief Luft, um dem König ihre Tante vorzustellen. »Eure Majestät…«

»Nein, sagt es mir nicht… es ist Adele, die Schwester Eurer Mutter! Ein hübsches Gesicht vergesse ich niemals.«

Adele wurde über und über rot, bis an die Haarwurzeln, und war sich nie zuvor in ihrem Leben schöner vorgekommen.

»Setzt Euch!« befahl Edward. »Beide.«

Sie zögerten nur einen Augenblick, dann gehorchten sie.

»Ich denke besser, wenn ich auf den Beinen bin. Sorgt Euch nicht darum, meine Damen. Seid so gütig, mir das nicht übelzunehmen.«

Dem Protokoll nach waren sie diejenigen, die ihn beleidigten, weil sie in Gegenwart des Königs saßen und er stehen blieb.

»Ich habe Pläne, hier in Windsor zu bauen. Ein großer runder Turm soll an der Ecke des Upper Ward errichtet werden. Meine besondere Vorliebe gilt dem wunderschönen Stein aus Bedfordshire.«

Brianna wollte ihren Ohren nicht trauen. Stein! Diese Audienz mit König Edward drehte sich um Steine! Sie ließ den lang angehaltenen Atem entweichen. Sollte sie nun erleichtert oder enttäuscht sein? Dann wurde ihr klar, daß sie beides gleichzeitig fühlte. »Eure Majestät, ich fühle mich höchst geehrt, daß Ihr Euch für den Stein meiner Ländereien in Bedfordshire entschieden habt.«

»Gut! Mein Verwalter wird sich mit dem Kastellan Eurer Ländereien in Verbindung setzen und einen fairen Preis aushandeln.«

»Ah, nein, Majestät, ich würde nicht im Traum daran denken, Geld für naturgegebenes Gut zu verlangen.«

»Du lieber Himmel, was seid Ihr doch für eine Unschuld. Es ist höchste Zeit, daß Ihr einen Ehemann bekommt, der sich um Eure Angelegenheiten kümmert. Ich versichere Euch, der würde nicht zulassen, daß ich Euer Land bestehle, ohne mich dafür bluten zu lassen!«

Jetzt war es an Brianna, über und über zu erröten.

Edward dachte, Allmächtiger, sie ist eine Schönheit! Seine Blicke bewunderten verstohlen ihr herrliches Haar und die hoch angesetzten Brüste. Sie konnte einen Toten wieder zum Leben erwecken mit ihrer Erscheinung. Sein Gesicht wurde ganz weich, als er daran dachte, wie jung sie noch war, dann bildeten sich kleine Lachfältchen um seine Augen, und er lächelte sie an. »Der Graf von Warrick ist draußen. Er hat mich darum gebeten, mit Euch sprechen zu dürfen. Ihr braucht keine Angst zu haben, Ihr wißt doch, Hunde, die bellen, beißen nicht. Er hat Euch etwas ganz Besonderes zu fragen.« Der König nahm Adeles Hand und empfahl sich.

Briannas Verstand setzte aus. Sie starrte dem großen, breitschultrigen Krieger völlig entgeistert entgegen. Und während sich Warrick, der Verrückte Hund, ihr näherte, riet ihr weiblicher Instinkt ihr wegzulaufen. Doch ihre Beine versagten den Dienst, genau wie ihr Verstand. Ihre Augen wurden ganz groß, als sie die Kriegsnarben auf seinem Gesicht entdeckte. Nur schwach, ganz im Hinterkopf, dämmerte es ihr, daß er seit fünf Jahren verwitwet war. Sie hatte angenommen, daß er es in seinem Alter auch bleiben würde.

Die Worte von Dame Marjorie fielen ihr wieder ein. *Ich werde der Königin raten, Euch mit einem älteren Mann zu verheiraten, der Euch mit eiserner Hand führen wird.* Brianna schluckte, ihr Mund war plötzlich ganz trocken.

»Lady Bedford.« Seine Stimme klang hart. *Das sind all die Jahre, in denen er Befehle erteilt hat, die befolgt werden mußten*, sagte Brianna sich.

»Mein Lord W-Warrick«, flüsterte sie. Ihr Vater hatte sie gewarnt, vorsichtig zu sein mit ihren Gebeten, denn es könnte sein, daß sie erhört würden. Um was hatte sie die heilige Agnes gebeten? Um einen ehrenhaften, tapferen und starken Mann. Das war er ganz sicher, dachte sie verzweifelt. Warum hatte sie nicht um einen Jüngeren gebeten?

Weil sie schon seit ihrer Kindheit ohne eine Familie lebte, sehnte sie sich danach am allermeisten. Sie wuchs als Einzelkind auf, dessen treuester Gefährte die Einsamkeit war. Ihre Träume waren erfüllt vom Lachen und Lärmen der vielen Kinder, die sie mit einem ganz besonderen Ritter haben würde, von dem sie sich Strenge und doch Geduld erhoffte. Zusammen würden sie liebevolle und fürsorgliche Eltern sein. Darin lag Glück und Sicherheit, und die Einsamkeit wäre für immer verbannt.

Ihre Hoffnungen auf einen jungen Ritter, einen stolzen Vater für ihre Kinder, schwanden jetzt und wurden ersetzt durch das nüchterne Bild des ernsten, alten Kriegers, der von ihrem jungen Körper seine letzten Nachkommen erwartete. Der Verrückte Hund sprach. Brianna versuchte, seine Worte zu verstehen über dem Dröhnen in ihren Ohren.

»Ich kannte Euren Vater gut. Er war ein wackerer Ritter.«

»Danke«, brachte sie heraus.

»Ich glaube, er hätte nichts dagegen, unsere beiden Häuser in einer Ehe zu vereinigen.«

Himmel, sie hatte um einen Ritter von edler Herkunft gebetet. Niemand im ganzen Land stand höher als der Graf von Warrick. »Nein, mein Lord, Ihr erweist mir eine viel zu große Ehre... ich bin Eurer nicht würdig.«

»Das laßt mich entscheiden.« Seine Worte brachten sie zum Schweigen. Doch dann, als bereue er seine Schroffheit, lenkte er ein. »Ihr werdet eine wunderschöne Braut sein. Ich bin sehr erfreut. Allerdings liegt die letzte Entscheidung bei Euch. Ihr seid von hoher Geburt und lebt für einen Mann meines Alters schon in einer neuen Welt.«

O weh, er muß vierzig sein oder vielleicht sogar schon fünfzig, dachte sie verzweifelt. Sie würden keinerlei Gemeinsamkeiten haben. Er würde kein Gefährte, mit dem sie zusammen lachen könnte. Ihre Einsamkeit würde ihr ganzes Leben lang dauern.

Brianna klammerte sich an die Worte »ein Mann meines Alters«. Das könnte vielleicht eine Entschuldigung sein. Sie hob den Blick und sah den Ausdruck von Stolz und Hoffnung auf seinem zerfurchten Antlitz. Sie brachte die Worte nicht heraus, sich ihm zu widersetzen. »Ihr ehrt mich viel zu sehr«, sagte sie hölzern, dann senkte sie den Blick wieder, allerdings nicht, ehe sie kurz die Aquamarinfarbe seiner Augen wahrgenommen hatte. Diese Augen, die einem anderen, jüngeren Paar so ähnlich waren, verursachten ein scharfes Reißen in ihrer Brust. Und als Warrick näher trat, hatte sie das Gefühl, eine dunkle Wolke schwebe über ihrem Kopf. Der Schmerz war beinahe unerträglich, und sie fragte sich, ob sie wohl daran sterben würde.

Nie zuvor in ihrem Leben hatte sie sich so elend gefühlt. »Ich... ich werde Zeit brauchen«, versuchte sie ihn hinzuhalten und hoffte, daß ihre Stimme nicht so verzweifelt klang, wie sie sich fühlte. »Ich finde, eine lange Zeit der Werbung ist besser, damit das Paar einander richtig kennenlernen kann.«

Warrick lachte. »Die Werbung und das Freien überlasse ich Robert, jetzt, wo ich weiß, daß Ihr einverstanden seid, Euch mit meinem Sohn zu verbinden.«

Ganz plötzlich war die dunkle Wolke verschwunden, und die Sonne kam wieder hervor. »Robert de Beauchamp…«, murmelte Brianna glücklich. Ihr stockte der Atem, und sie dachte wieder an jenen eindringlichen, leuchtend blauen Blick. Ihre Welt würde sich endlich vor ihr entfalten, so, wie es sein sollte!

Flugs sandte sie ein Dankgebet an die heilige Agnes. Himmel, sie hatte den großen Grafen von Warrick entsetzlich behandelt. Um ihn dafür zu entschädigen, bedachte sie ihn mit einem strahlenden Lächeln und sank in einen tiefen Hofknicks. »Ihr erweist mir eine viel zu große Ehre.« Diesmal kamen ihr die Worte aus dem Herzen.

Er streckte ihr die Hand entgegen, um ihr aufzuhelfen. Sie war so sanft und weiblich. Eine bezaubernde Frau für einen ganzen Mann. Gütiger Himmel, wenn er noch einmal ein junger Krieger wäre…

Adele wartete in der Wachstube auf Brianna, mit einem ängstlichen Gesichtsausdruck. In ihrer Aufregung hatte sie den Saum ihres Oberkleides zerrissen. »Oh, mein Lämmchen, hat Warrick etwa die Absicht zu heiraten?«

Briannas Stimmung war leicht und sorglos. »Ja, du hattest recht. Der König hat endlich einen Mann für mich ausgewählt.«

»Oh, Maria und Joseph, hast du der Verbindung etwa zugestimmt?« fragte Adele unglücklich.

»Natürlich habe ich zugestimmt. Ich hätte nie zu hoffen gewagt, daß ich so hoch aufsteigen werde. Eines Tages bin ich Gräfin!«

»Ja, aber…«

»Natürlich erst in der Zukunft. Ich werde warten müssen, bis mein Ehemann, Robert de Beauchamp, den Titel Graf von Warrick von seinem Vater erbt.«

»Robert de Beauchamp? Oh, mein Lämmchen, ich dachte schon, du solltest mit Warrick verlobt werden!«

Brianna lachte glücklich auf. »Adele, wie konntest du so etwas Lächerliches annehmen?«

5

Joan von Kents Herz klopfte aufgeregt. Es war ihr gelungen, Edward, den Prinzen von Wales, zurück nach Windsor zu locken. Sie hatte gewußt, daß er zum Turnier kommen würde, doch bis dahin war es ja noch eine ganze Woche hin!

Jetzt, wo er hier war, mußte sie all ihre weiblichen Listen einsetzen, um seine Aufmerksamkeit zu erregen. Schon so lange war sie besessen von dem Thronerben, daß sie seine täglichen Pflichten und seine Gewohnheiten minutiös kannte. Er stand noch bei Dunkelheit auf, schlüpfte vor der Morgenmesse in die Kapelle und bewegte eines seiner Pferde, ehe er frühstückte.

Als Prinz Edward an diesem Morgen im Kirchgestühl der königlichen Familie Platz nahm, entdeckte er eine zierliche Gestalt. Der verschleierte Kopf war in andächtigem Gebet gesenkt, doch als sie ihre Augen dann zum Himmel hob, schlug sein Herz lauter. Joan bekreuzigte sich und glitt mit leisen Schritten zum Ausgang.

Edward bekreuzigte sich ebenfalls und lief hinter ihr drein. »Jeanette… Joan… ich dachte mir, daß du es bist. Was tust du hier, zu nachtschlafender Zeit?«

Ihre Augen weiteten sich in gespielter Überraschung. »Ich wollte nicht, daß mich jemand sah. Es peinigt mich so sehr, was ich mit meinem Leben anfangen soll. Möglicherweise sollte ich den Schleier nehmen, Euer Hoheit.«

Er war entsetzt. Das weiße Kopftuch, das mit einem goldenen Ring über ihrem silberblonden Haar befestigt war, gab ihr das Aussehen eines Engels mit einem Heiligenschein. Doch er entdeckte auch das mutwillige Funkeln in ihren Augen, und zusammen warfen sie die Köpfe zurück und lachten laut auf. Als ihnen klar wurde, daß sie sich noch immer in der Kirche befanden, legten beide die Hand vor den Mund und schlüpften nach draußen, wo die Morgendämmerung gerade anbrach.

»Du bist eine unverbesserliche kleine Schlange. Was tust du wirklich hier?«

»Vielleicht habe ich ja ein Stelldichein«, neckte sie ihn und blickte ihn unter halb geschlossenen Augenlidern herausfordernd an.

Wut und Lust fuhren durch seinen Körper, so schnell, als hätte ein Pfeil ihn getroffen. Es war eine gefährliche Mischung. Er legte seine starken Hände um ihre schmale Taille und beugte den Kopf, um seinen Mund auf ihren zu legen.

Joans Herz jubilierte. Er benahm sich, als wolle er ihr seinen Stempel aufdrücken. Der Kuß machte sie beide schwindlig. Edward war so groß und so stark, genau der Ritter aus ihren Träumen.

Verlangen jagte durch seine Lenden, und das Blut pulsierte hinter seinen Schläfen. Er wollte sie nicht gehen lassen, war sich allerdings auch der Tatsache bewußt, daß jeder sie hier sehen konnte. »Komm mit mir zu den Ställen«, bat er flehentlich.

Sie war vielleicht ein ausgelassenes Mädchen, aber doch keine Dirne! Der hochmütige Blick, mit dem sie ihn bedachte, ließ ihn erstarren.

»Ich habe nicht gemeint... ich meinte, wir könnten vielleicht zusammen ausreiten. Himmel, das klingt ja sogar noch schlimmer.« Er fuhr sich mit der Hand durch seine goldenen Locken.

Sie hatte Mitleid mit ihm. Das schelmische Funkeln trat wieder in ihre Augen. »Ich weiß eine Möglichkeit, wie du mich in den Arm nehmen kannst, ohne daß jemand über uns klatscht.«

»Wie denn?« wollte er wissen. Er war wütend, daß ein so winziges Geschöpf seine Gefühle derart durcheinanderbrachte.

»Beim Tanz. Ich werde einen Tanz für Euch freihalten heute abend, Euer Hoheit.«

Sie ließ ihn in solcher Erregung zurück, daß es ihm schwerfiel zu gehen. Auch als er bei den Ställen angekommen war, hatte die Erregung noch nicht nachgelassen. Er wußte, solange sich sein Körper nicht beruhigt hatte, würde er nicht reiten können; also ging er hinunter zum Fluß, ein Sprung in das eiskalte Wasser wäre gut gegen den Aufruhr seiner Gefühle.

Joan, mittlerweile zurück in ihren Gemächern, betrachtete sich in dem polierten, silbernen Spiegel. Verwundert legte sie einen Finger auf ihre Lippen. Sie schwor sich, das Gefühl seines Kusses auf ihren Lippen nicht wieder zu vergessen, bis er sie noch einmal küßte. Heute abend! Joan war noch nie in ihrem Leben so glücklich gewesen.

Brianna malte bis zu später Stunde, sie summte und sang glücklich vor sich hin, während sie das schwere Pergament mit strahlenden Farben bedeckte. Sie konnte dem Wunsch nicht widerstehen, ihren zukünftigen Namen zu zeichnen, umringt von Herzen und Blumen. Ein wohliger Schauder durchrann ihren Körper, als sie an ihren Verlobten dachte und sich die Intensität seiner türkisfarbenen Augen wieder ins Gedächtnis rief, als er sie damals in Berkhamsted angestarrt hatte.

Plötzlich japste Brianna laut auf: »Türkis... aquamarin!« Ihr wurde klar, daß Robert de Beauchamp der Ritter aus ihren Träumen sein mußte, die ungewöhnliche Farbe seiner Augen war die nämliche! In einem sehnsüchtigen Seufzer stieß sie die Luft wieder aus. War das die Wirklichkeit? Hatte sie soviel Glück, die Braut des unwiderstehlichen Ritters aus ihren Träumen zu werden? In diesem Falle dankte sie der heiligen Agnes von ganzem Herzen, weil sie ihr eine solche Vision geschickt hatte. Verträumt ging sie zu ihrem Bett und schlug ungeduldig die Decke zurück. Würde er heute nacht zu ihr kommen? Je eher sie im Bett war, desto früher konnte sie von ihm träumen. Und als sich dann ihre Erregung endlich so weit legte, daß sie einschlafen konnte, war der erste Ritter, den sie in ihrem Traum sah, Warrick. Groß und wild stand er vor ihr, doch sie fürchtete sich nicht mehr vor ihm. »Ich bin sehr erfreut, daß Ihr einverstanden seid, Euch mit meinem Sohn zu verbinden.« Die Vision Warricks verschwand, und sein Sohn erschien.

Brianna stockte der Atem, als die große Gestalt ihr zuwinkte. Wie immer, so überwältigte sie auch diesmal das Verlangen. Willig ging sie zu ihm, sie wollte, daß er sie berührte, daß er sie küßte und sie entführte an einen geheimen Ort. Sie war ganz benommen vor Glück, als ihre Hände sich fanden und sie zu ihm aufblickte, tief in diese bezwingenden Augen.

»Endlich gehörst du mir... ich bin gekommen, um meinen Anspruch auf dich geltend zu machen.« Seine Stimme tönte voll und erregend, aus seinen Augen leuchtete das Verlangen. Er war groß und hart und kräftig, so, wie sie sich einen Mann immer gewünscht hatte. Sein Gesicht glühte vor Stolz, sie konnte nicht widerstehen und streckte die Hand aus, um mit einem Finger über diese kühnen Linien zu fahren. Sie berührte seine Wangenknochen, strich mit dem Finger über das kantige Kinn und steckte ihn dann in das Grübchen. Als sie der Versuchung nachgab, seine Lippen zu berühren, biß er sie in den Finger. Ein Schauder lief durch ihren Arm bis zu ihren Brüsten, als hätte Cupidos Pfeil sie getroffen. Ihr sinnliches Lachen neckte ihn, machte ihn sprungbereit und bat förmlich darum, sich weitere Freiheiten zu erlauben. Sein Mund war nur einen Hauch von dem Schönheitsfleck auf ihren hohen Wangenknochen entfernt. »Wirst du mir gestatten, dein Hexenmal zu kosten?«

Ihre Mundwinkel zogen sich hoch, und sie hob ihm ihr Gesicht entgegen, um seinen huldigenden Kuß zu empfangen. Er legte seine starken Arme um sie, seine Hände umfaßten ihr Gesäß, und dann fühlte sie, wie seine Finger ihren anderen Schönheitsfleck berührten. »Dieser ist es, den ich schmecken möchte.«

Sie sah, wie seine weißen Zähne beim Lachen aufblitzten. Niemand hatte je so sündhafte und so intime Dinge zu ihr gesagt, doch liebte sie es. Übermütig erwiderte sie Kühnheit mit Kühnheit. »Ihr dürft ihn schmecken in unserer Hochzeitsnacht.«

»Wenn ich bis dahin warten muß, dann werde ich dich verschlingen.«

Briannas Stimme wurde ein Zischen. »Wenn ich noch länger auf deinen Kuß warten muß, werde ich schreien.«

Sein Mund senkte sich herab, besitzergreifend, doch ein Hauch vor seinem Ziel hielt er inne und erhöhte so noch ihr Verlangen. Ihre wunderschönen Augen verdunkelten sich, und sie öffnete den Mund, um zu schreien. Doch im gleichen Augenblick, als ihre Lippen sich öffneten, schlossen sich die seinen darüber, in einem Akt vollkommener Eroberung. Seine heißen Lippen brannten ihr sein Zeichen auf, nahmen sie für sich in Besitz, für jetzt und alle Ewigkeit. Brianna stöhnte im Schlaf auf. Das Geräusch weckte sie. Ihr herrlicher Traum blieb ihr in Erinnerung, die Einzelheiten standen so lebhaft vor ihr, daß sie noch seinen Duft nach Sandelholz und Mandeln zu riechen glaubte. Der Ritter aus ihrem Traum mußte Warricks Sohn sein. Seine kräftige Gestalt und seine aquamarinfarbenen Augen verrieten ihr den Sproß Beauchamp, doch dieser Liebhaber hatte nicht das goldene Haar Roberts. Sein Gesicht war wild und dunkel gewesen, von der gefährlichen und bezwingenden Schönheit Luzifers.

Im Bankettsaal von Windsor herrschte sowohl Prunk als auch Gediegenheit. Eine große Summe Geldes war aufgewendet worden, um ihn warm, einladend und gemütlich zu machen und ihm doch diese Pracht angedeihen zu lassen, die die Plantagenet-Könige so liebten.

Der geräumige Saal war jedoch bei weitem nicht so überwältigend wie die Plantagenets selbst, die auf der Empore saßen, lachten, miteinander plauderten, einander Scherzworte zuriefen, aßen, tranken und glänzten.

Der König besaß eine herrliche Garderobe, sowohl seine Kleidung als auch seine Juwelen beeindruckten jedermann. Heute abend trug er ein üppiges Wams aus rotem Samt, bestickt mit goldenen Leoparden und Lilien. Er trug eine kleine goldene Krone, die er ein wenig schief auf seinen Kopf gesetzt hatte. Sein blonder Bart kräuselte sich, obwohl er ihn kurz geschnitten hatte. Seinen Hals zierte eine schwere Goldkette, sein Kragen war mit Rubinen besetzt. An jedem Finger der Hand, mit der er den juwelenbesetzten Becher hob, steckte ein Ring.

Prinzessin Isabel saß heute abend neben ihm, auf dem reich geschnitzten Stuhl der Königin. Sie trug weißen Satin, die weiten Ärmel ihres Kleides waren mit Zobelpelz verbrämt. Auf ihrer hohen Adelskrone befanden sich große Karneolen, dazu trug sie ein Armband und einen Ring mit den gleichen rot-gelben Steinen. Sie liebte es, Aufmerksamkeit auf sich zu ziehen, besonders die ihres Vaters, und wann immer er sich mit dem Prinz von Wales unterhielt, der auf seiner anderen Seite saß, unterbrach Isabel ihr Gespräch, um ihn abzulenken.

Prinz Edwards Lieblingsfarbe war Schwarz. Schon als Junge hatte er begonnen, Schwarz zu tragen, um älter auszusehen. Außerdem bildete er sich ein, daß ihm diese Farbe Glück brachte, deshalb gab es jetzt sogar Schwarz in seinem Wappen. Heute abend trug er doppelflorigen Samt, der aus Lucca importiert war. Bei Edward sah diese Farbe ganz und gar nicht traurig aus. Sie unterstrich sein goldenes Haar, das die Farbe reifen Weizens hatte, seine sonnengebräunte Haut und seine strahlend weißen Zähne. Eine Krone lehnte er vorläufig noch ab, doch der Kragen seines Wamses war mit Diamanten besetzt, die bei jeder Bewegung seines stolzen Hauptes aufblitzten.

Prinz Lionel hatte für heute abend die Farbe Blau gewählt. Die schwere Goldkette und der dazu passende Anhänger aus Cabochon-Saphiren hätte an einem normal entwickelten Heranwachsenden wie ein Mühlstein ausgesehen, doch bei Lionels breiten Schultern und seinem muskulösen Oberkörper wirkte das kostbare Stück perfekt.

Prinz John, der in Gent geboren war, galt noch als Knabe; doch er besaß bereits jetzt eine herausragende Intelligenz, gepaart mit elegantem Geschmack. Er wußte genau, daß ihm, bei seinem gelblichbraunen Haar, wie dem einer Löwenmähne, die Farbe Grün am besten stand. Er hatte ein kurzes Cape an, besetzt mit rotem Fuchspelz, das von einem Smaragdverschluß, der so groß war wie ein Taubenei, gehalten wurde.

Als Brianna sich die Menschen auf der Empore ansah, entdeckte sie, daß Prinz John sein Cape auszog und es der kleinen Blanche von Lancaster um die Schultern legte. Er warf Lionel einen verächtlichen Blick zu, weil dieser ein ungezogenes Lied sang; dann führte er Blanche von seinem angetrunkenen Bruder weg, damit sie näher bei ihrem Vater saß, dem großen Grafen von Lancaster. Briannas weiches Herz war angerührt von dieser Geste. Die beiden waren verlobt, und John von Gent erfüllte schon jetzt die Beschützerrolle für die zarte kleine Blanche.

Weil ihr Bruder, der Graf von Kent, zu Prinz Edwards Gefolge gehörte, aß Joan zusammen mit den Herren, und sie hatte Brianna gebeten, sich zu ihnen zu setzen. Das bedeutete für Brianna einen höherrangigen Platz, als sie sonst einnahm, denn Joan und ihr Bruder waren von königlichem Blut. Doch ihr Vater hatte wegen Hochverrates mit seinem Leben gebüßt, als Joan erst zwei Jahre zählte. Er hatte sich eigentlich keines wirklichen Vergehens schuldig gemacht, doch war er nicht sehr populär gewesen, weil er ein aufrührerisches Regiment geführt und seinen Offizieren erlaubt hatte, Leute auszuplündern. Deswegen war Edmund jetzt ein reicher Mann. Er besaß ein eigenes Stadthaus in London, und er stand dem Rebellentum seines Vaters in nichts nach.

Seit Jahren hatte Edmund alles versucht, Brianna zu verführen, doch die vielen Körbe ihrerseits waren zwischen ihnen beiden mittlerweile zu einem Spaß geworden. Schließlich kam er zu dem Schluß, daß Jungfrauen eigentlich kein sehr großes Vergnügen versprachen; deshalb sah er sich jetzt anderweitig um und behandelte Brianna wie seine Schwester.

Brianna hatte Joan noch nichts von ihrem unglaublichen Glück erzählt, und eigentlich glaubte sie selbst erst daran, wenn Robert de Beauchamp zu ihr käme und sein Werben um sie begänne. Sie war erstaunt, daß Joan ihre Veränderung noch nicht bemerkt hatte. Sie trug ein neues Kleid aus bernsteinfarbenem Taft und dazu wieder den mit Smaragden besetzten Gürtel, der ihr zuvor soviel Glück gebracht hatte. Eine köstliche Erregung beschwingte sie, und sie hatte das Gefühl, jeder müßte es ihr ansehen. Sie lachte über alles, was Edmund sagte, und auch wenn sie keinen Wein getrunken hatte, fühlte sie sich doch gleichsam trunken. Die Lauten der Straßenmusikanten erklangen so mitreißend, daß ihre Füße den Rhythmus mittrommelten.

Lady Bedfords Blicke streiften hinüber zu dem Tisch, an dem die höchsten Adligen dinierten. Der Graf und die Gräfin von Pembroke saßen am Kopf des Tisches, neben der lieblichen Gräfin von Salisbury. Der Graf von Warrick war in eine angenehme Unterhaltung mit dem Grafen von Northampton vertieft, und an Warricks rechter Seite saß sein Sohn, Robert de Beauchamp. Er beobachtete sie! Himmel, wie lange hatten seine Augen schon auf ihr geruht? Sie senkte den Blick und nahm einen Schluck von ihrem Wein, um ihre erhitzten Wangen zu kühlen. Doch der Wein bewirkte genau das Gegenteil. Sie erinnerte sich wieder an ihren Traum der letzten Nacht, die Einzelheiten waren ein wenig verschwommen. Der Ritter in ihrem Traum hatte die gleiche kräftige Gestalt und diese aquamarinfarbenen Augen, und zweifellos war es auch der gleiche kräftige Mund gewesen, der sie geneckt und geküßt hatte, bis sie glaubte zu vergehen. Ihre Wangen begannen heiß zu brennen. Wie eigenartig, daß Robert in ihrem Traum pechschwarzes Haar besaß. Dennoch, so waren Träume nun einmal, eine Lady hatte keine Kontrolle über die Bilder, die mitten in der Nacht in ihrem Kopf herumtanzten.

Plötzlich fühlte Brianna sich schüchtern. Sie war dankbar dafür, daß die Gaukler die Gäste während des letzten Ganges unterhielten. Danach würde Godenal, der Minnesänger des Königs, eines seiner großartigen Heldenepen zum Besten geben. Brianna liebte es, diesen Legenden zuzuhören. Sie inspirierten sie, sie in

Schmuckschrift auf Pergament festzuhalten und zu ihrer Illustration leuchtende Bilder zu malen. Sie schaute ihre Freundin Joan an und stellte fest, daß diese genauso aufgeregt war heute abend wie sie selbst. Auch Joan trug ein neues Kleid, aus hauchzarter, glänzender, pfirsichfarbener Seide, besetzt mit kostbarem Hermelin, in ihr Haar hatte sie Perlen eingeflochten. Brianna war davon überzeugt, daß auch sie in sich ein kostbares Geheimnis hütete.

Joans Blicke trafen sich während des ganzen Mahls mit denen Edwards und hielten einander gefangen. Das eindringliche Interesse, das sie in seinen Augen las, gab ihr das Gefühl, ganz besonders begehrenswert zu sein. Als ihr nun die Hitze zu Kopf stieg, senkte sie geziert die Lider, und lachte provokativ über alles, was ihr Bruder sagte. Doch schon sehr bald wurden ihre Blicke wieder wie magisch angezogen von diesen dunklen Saphiren, die ihr versprachen, ihre Beziehung schon sehr bald viel aufregender zu gestalten.

Prinz Edward konnte es kaum erwarten, daß das Mahl endlich sein Ende nahm und der gesellschaftliche Teil des Abends mit dem Tanz begann. Er war fasziniert von der Wirkung, die Joan auf ihn ausübte. Bei seinem Studium der Kriegsführung hatte er auch Strategie gelernt. Und er hatte nicht die Absicht, noch stundenlang entfernt von ihr zu sitzen, während Godenal seine unaufhörlichen Heldengesänge vortrug. Edward lächelte seiner Schwester zu. »Du siehst bezaubernd aus heute abend, Bella. Wenn der Tanz beginnt, dann wirst du sicher überflutet werden von Bewerbern – doch spare dir den ersten Tanz für Vater auf, damit du seinen Stolz nicht verletzt.«

Isabel freute sich schon darauf, die Stelle ihrer Mutter bei dem König einzunehmen. Sie würde alle Blicke auf sich ziehen und damit die Möglichkeit haben, ihren neuen Putz zu zeigen.

Nun senkte er die Stimme. »Beim Himmel, dieser Godenal! Wenn er erst einmal von Roland anfängt oder von Karl dem Großen, dann werden wir heute abend zum Tanzen keine Zeit mehr haben.«

Isabel zupfte den König am Ärmel. »Vater, ich freue mich so sehr darauf, den Tanz mit dir zu eröffnen, müssen wir heute abend wirklich den ganzen Godenal ertragen?«

»Mein Schatz, alle lieben seine epischen Balladen und Romanzen. Er ist ein wahrer Meister im Erzählen von Geschichten und kann alle Anwesenden zu Tränen rühren.«

»Tränen der Langeweile«, erklärte Isabel gereizt. »Du willst gar nicht mit mir tanzen«, warf sie ihm dann vor.

König Edward tätschelte die Hand seiner Tochter. Die jungen Leute waren stets ungeduldig und ungestüm. Er winkte Godenal zur Empore, sprach kurz mit ihm und zog dann einen der Ringe von seinen Fingern. Ironischerweise empfing er für den Verzicht auf seinen Auftritt einen höheren Lohn als für seinen Gesang.

Während die zusammenklappbaren Tische an die Wände gestellt wurden, um Platz zum Tanzen zu schaffen, zogen sich die Höflinge auf die Galerie zurück. Brianna gesellte sich zu Joan, und jetzt konnte sie ihr Geheimnis nicht länger für sich behalten. »Der König hat einen Mann für mich ausgesucht«, sagte sie atemlos.

»Oh, Brianna, wer ist es?«

»Robert de Beauchamp.«

»Warricks Sohn? Meine Liebe, ihr werdet das schönste Paar am Königshof sein. Alle werden dich beneiden. Jede von den Damen ist verrückt nach ihm.«

»Ich kann mein Glück auch noch nicht glauben.« Brianna wirbelte herum, als sie plötzlich eine Stimme hinter sich vernahm. »Darf ich mich zu Euch gesellen, Demoiselle?«

Sie blickte auf in das Gesicht des blonden Riesen. Sicher war er der bestaussehendste Mann, dem sie je begegnet war. Ganz plötzlich überkam sie Schüchternheit, und ihre Beine drohten ihr den Dienst zu versagen. Doch Joan sprang geistesgegenwärtig in die Bresche. »Ich höre schon die Musiker. Der Saal ist sicher bereit, und der Tanz wird gleich beginnen.«

Während sie über die Galerie schritten, hatte Brianna das Gefühl, als folgten alle Blicke im Saal ihr und ihrem großen Begleiter. Ihr Herz schwoll an vor Stolz. Mit Adeles Erscheinen fand sie endlich die Sprache wieder. »Darf ich dir Robert de Beauchamp vorstellen?« Der Name klang himmlisch. »Das ist meine Tante Adele.«

Er beugte sich galant über Adeles Hand und zog sie an seine Lippen. Seine Augen blitzten schelmisch. »Ihr kommt mir reichlich jung vor für eine Anstandsdame!« Mit diesen Worten hatte er augenblicklich das Herz der Tante gewonnen. »Bekomme ich die Erlaubnis, Eure Lady um einen Tanz zu bitten?«

Adele hätte ihm jegliche Erlaubnis gewährt in diesem Moment, ebenso wie Brianna.

Isabel wurde vom König über die Tanzfläche gewirbelt, und nachdem sie ein paar Minuten allein getanzt hatten, war es auch den anderen gestattet, ihre Pirouetten zu drehen.

Prinz Edward ging in einem großen Kreis durch den Saal, auf Joan von Kent zu. Doch William de Montecute hatte den direkten Weg eingeschlagen und kam als erster bei ihr an. Sie hatte jede Bewegung Edwards wahrgenommen. Jetzt lächelte sie Montecute an und reichte ihm ihren Arm. Heute morgen erst hatte sie erfahren, daß Edward wütend wurde, wenn sie ihre Gunst auch anderen erwies. Eifersucht war ein Stachel, der ihr gute Dienste leisten konnte. »Das Geschick Eures Vaters tut mir leid, William.«

»Die gottverdammten Franzosen! Ich kann es kaum erwarten, über den Kanal zu kommen. Eine kriegerische Zurechtweisung ist die einzige Antwort. Doch ehe wir abreisen, möchte ich Euch bitten, meine Werbung um Euch ernst zu nehmen. Joan, Ihr wißt, Ihr habt mein Herz erobert. Es gibt für mich niemand anderen als Euch. Ich denke Tag und Nacht an Euch.«

Joan ließen seine Schmeicheleien und Erklärungen unsterblicher Liebe ungerührt. Es war normal für einen jungen Mann seine vollkommene Unterwerfung zu beteuern, wenn er doch in Wirklichkeit genau das Gegenteil bezweckte.

»Woran ihr Tag und Nacht denkt, ist der Ruhm des Krieges.«

Er grinste sie an. »Wenn ich mir meine Sporen geholt habe, dann werde ich Euch umwerben und gewinnen! Ich akzeptiere keinen Korb«, schwor er voller Leidenschaft.

Prinz Edward hatte sich, als die Musik endete, in ihrer unmittelbaren Nähe postiert. »Nun, Cousine, möchtest du mit mir tanzen?» fragte er ganz nebenbei.

»Wenn du keine andere Partnerin findest, werde ich mich deiner wohl erbarmen müssen, Euer Hoheit«, neckte Joan ihn.

Als sie sich ein Stück entfernt hatten, meinte Edward: »Montecute schien es mit seiner Aufmerksamkeit dir gegenüber recht ernst zu meinen. Hat das für dich etwas zu bedeuten?«

»Ich habe ihm gesagt, daß mir die Sache mit seinem Vater leid tut.« Sie verzog ein wenig ihren Mund. »Bist du eifersüchtig?«

»Hat er dich geküßt?« wollte Edward wissen, und ein Muskel an seinem Kinn spannte sich an.

Joan sah unter halb gesenkten Augenlidern zu ihm auf. »Er hat es versucht«, gab sie zu und fragte sich, ob er wohl Ähnliches im Sinn hatte. Und dann wurde ihr plötzlich klar, daß es genau das war, was er beabsichtigte. »Edward, alle sehen uns zu.«

»Es tut mir leid, Jeanette, aber du raubst mir den Verstand. Ich möchte bei dir sein, mit dir reden, wo uns nicht alle anstarren.«

»Das ist unmöglich, Euer Hoheit.«

»Nichts ist unmöglich, wenn ich mich zu etwas entschlossen habe. Es ist nur ein wenig Strategie nötig.«

»So, wie du es sagst, klingt eine Tändelei nach einem militärischen Manöver.«

Er wollte sie in seine Arme reißen. Sie war so klein, so hinreißend. Allmächtiger, er konnte nicht mehr klar denken in ihrer Nähe! Mit erhobenem Haupt sah er sich in dem großen Saal um. »Ich werde mit Isabel tanzen, und du tanzt mit deinem Bruder. Dann läßt du dich von ihm auf die Galerie führen.«

Robert de Beauchamp verbeugte sich vor Brianna. »Möchtet Ihr tanzen, Demoiselle?«

»O ja, mein Lord, ich tanze gern.« Sie befürchtete, viel zu eifrig zu klingen. Als sie zur Tanzfläche gingen, schlug sie die Augen nieder. Doch dann hatte sie endlich den Mut, zu ihm aufzusehen. »Ihr habt ja eine Schnittwunde im Nacken!« platzte sie heraus.

»Nur ein Kratzer. Narben sind Zeichen der Ehre, meine Lady.«

Bis jetzt hatte Brianna eine Narbe noch nie unter diesem Gesichtspunkt betrachtet. Männer sahen die Dinge in einem anderen Licht als Frauen. Vielleicht bewiesen Narben tatsächlich den Mut eines Kriegers. Sie erinnerte sich an Warricks vernarbtes Gesicht, und ein Schauder lief durch ihren Körper.

»Leider fühle ich mich auf dem Schlachtfeld mehr zu Hause als auf dem Tanzboden, meine Lady«, erklärte er. Er war viel zu groß, um anmutig tanzen zu können; doch Brianna hielt dies für eine sehr liebenswerte Eigenschaft.

»Bitte, sagt Brianna zu mir.« Himmel, schon wieder klang sie viel zu eifrig.

»Aber nur, wenn Ihr einverstanden seid, mich Robert zu nennen.«

»Meine Lady und mein Lord klingt in der Tat recht förmlich.« Jetzt hatte sie ihn unzweideutig ermutigt!

»Brianna, ich möchte gern Euer Held im Turnier sein. Würdet Ihr mir Euer Halstuch geben oder Euren Ärmel?«

»O ja, Robert, ich fühle mich höchst geehrt!«

Als sich der Tanz dem Ende zuneigte, schlug Prinz Lionel Robert auf den Rücken. »Beauchamp, kommt und setzt Euch zu mir. Ihr haßt das Tanzen doch genauso wie ich.« Lionels Blicke wanderten von Briannas Mund zu ihren Brüsten und dann wieder zurück. »Sie ist ein verlockender Bissen, Robert, aber die Mündel des Königs sind für den galanten Zweikampf verboten.«

Brianna wurde über und über rot.

»Prinz Lionel, Lady Bedford und ich werden, so hoffe ich, schon sehr bald miteinander verlobt werden«, erklärte Robert förmlich.

»Ah, Ihr seid ein Glückspilz! Dann wird sie für den Bräutigam freilich nicht mehr verboten sein.« Er lachte über seinen vermeintlichen Scherz.

Beauchamp legte zuvorkommend einen Arm um Brianna und zog sie mit sich. »Entschuldigt mich, Euer Hoheit, aber ich muß Lady Bedford zurückbringen. Danach werde ich mich Euch gerne anschließen.«

Brianna war glücklich, daß Robert sie so ritterlich vor Prinz Lionel abgeschirmt hatte. »Er ist ein solcher Grobian«, murmelte sie verlegen.

»Ich stehe in seinen Diensten, meine Lady. Als Lehnsherr verhält er sich sehr großzügig. Ich hoffe, der Haushofmeister seines Haushaltes zu werden.«

»Loyalität ist eine bewundernswerte Eigenschaft, mein Lord.« Brianna hätte sich am liebsten die Zunge abgebissen, weil sie den königlichen Prinzen kritisiert hatte. Jetzt gingen sie wieder förmlich miteinander um.

»Meine Lady ... Brianna, ich hoffe, Ihr seid mir nicht böse, daß ich eine baldige Verlobung erwähnte, wo ich Euch noch nicht einmal gefragt habe.«

»Nein, nein, ich bin nicht böse«, versicherte sie ihm.

»Dann darf ich also die entsprechenden Schritte einleiten?« drängte er sie.

»Ja, mein Lord... Robert... wenn Ihr das wünscht.«

Beauchamp beugte sich über ihre Hand und ließ sie dann in Adeles Obhut zurück.

»Er will sich um die Verlobung kümmern«, erzählte Brianna Adele atemlos.

»Nach nur einem Tanz? Da muß er sich aber Hals über Kopf in dich verliebt haben!«

Eher hat es mich getroffen, dachte Brianna.

Joan ging am Arm Edmund von Kents durch die Galerie. Am anderen Ende entdeckte er plötzlich Prinz Edward und Prinzessin Isabel. »Dieses Treffen hier ist kein Zufall«, warf er ihr vor. »Gib es zu, das hast du absichtlich eingefädelt!«

Joan wollte seinen Vorwurf soeben vehement abstreiten, als ihr klar wurde, was er damit meinte.

»Prinzessin Isabel hat dich dazu überredet, mich hierher zu locken, du kleines Biest!«

»Wenn du nicht mit ihr allein sein möchtest, dann geh doch einfach zum Tanz zurück!« Beinahe hätte Joan aufgelacht.

»Es freut mich, wenn ich dich belustige. Wie, zum Teufel, soll ich Isabel wieder loswerden? Ich habe um zehn Uhr eine Verabredung mit einer Dame.«

»Du würdest doch deine Zeit nicht mit irgendeiner Dame verschwenden«, hänselte Joan ihn.

»Edmund, ich habe schon überall nach Euch gesucht«, meinte Isabel mit einem glücklichen Lächeln.

»Und ich nach Euch, Euer Hoheit. Ihr habt versprochen, mir einen Tanz freizuhalten.«

»Und wann sollte ich das getan haben, Sir?« fragte sie geziert.

»Als wir beide allein waren, in den Ställen in Berkhamsted«, behauptete er kühn.

»Edmund, Ihr seid ja verrückt!« Sie ließ den Arm ihres Bruders los und griff nach Edmunds Arm.

Der Prinz von Wales blinzelte dem Grafen von Kent zu. »Nur einen Augenblick, Bella. Ich denke, ich sollte dich nicht mit diesem Mann allein lassen.«

Isabel verzog schmollend den Mund. »Edward, bitte, nur einen Tanz?«

Der Graf von Kent legte eine Hand auf sein Herz. »Einen Tanz nur, das schwöre ich bei meiner Ehre als Gentleman!«

Während Edward hinter dem Paar hersah, das durch die Galerie zum Bankettsaal schritt, griff er nach Joans Hand und zog sie durch die Tür. Sie schlüpften die Treppe hinauf in das Sonnenzimmer, das zu dieser Stunde verlassen war. Es wurde hauptsächlich an Tagen benutzt, wenn die großen Fenster den Sonnenschein ungehindert hereinließen. Keine Kerzen brannten, nur das Mondlicht erhellte den Raum und warf seinen silbernen Schein auf Joans Haar und ihr Kleid.

»Du bist so überirdisch schön«, murmelte Edward und strich mit einem Finger über den weichen weißen Hermelin auf ihren Schultern.

Joan legte die Hände auf seine breite Brust und strich über die kräftigen Muskeln. Die Hitze seines Körpers übertrug sich auf sie, und sie fühlte, wie sein Herz stark und kräftig unter ihrer Berührung schlug.

Edward stöhnte auf. Er vergrub seine Finger in ihrem Haar und umfaßte dann ihr Gesicht, als hielte er einen kostbaren Kelch in Händen. Ganz langsam hob er ihr Gesicht zu seinen Lippen. »Drei Stunden habe ich auf dieses Glück gewartet.« Sein Mund paßte sich dem ihren perfekt an, und er küßte sie langsam und genußvoll. Dann verstärkte sich der Druck seiner Lippen; seine Daumen strichen über die Stelle, an der ihre Lippen einander berührten und schoben sie langsam auseinander, damit seine Zunge in ihren Mund eindringen konnte.

Joan keuchte auf, als seine Zunge sich in ihrem Mund versenkte.

Mit seinen kräftigen Armen umschlang er ihren Körper, dann hob er sie zu sich hoch. Seine Schenkel waren fest und kräftig, und sein Penis, der sich gegen die zarte Haut ihres Bauches drängte, pulsierte vor Verlangen.

Sie bog sich ihm entgegen und schloß die Arme um seinen Hals. Er hatte beide Hände unter ihr Gesäß gelegt, um sie zu halten, und dieses Gefühl war so beseligend, daß sie ihren Mund von seinem löste und vor Verlangen aufschrie.

»Süß, süß«, murmelte Edward an ihrem Hals. »Jeanette, ich kann dich heute nacht nicht wieder gehen lassen.Ich möchte dich lieben, bis morgen früh.«

»Nein, Edward, das geht nicht. Ich muß Jungfrau bleiben, denn sonst bin ich wertlos für deinen Vater.«

Er stellte sie wieder auf die Füße. »Du würdest einen anderen heiraten?« fragte er ungläubig.

»Der König wird mich verehelichen, und es gibt nichts, was ich dagegen tun könnte!«

Gerade in diesem Augenblick drängte der König Katherine de Montecute, mit ihm zu tanzen. Die Gräfin von Salisbury fürchtete den Klatsch, wenn sie miteinander tanzten. Mit Hilfe der Gräfin von Pembroke überzeugte er sie jedoch. »William wird von mir erwarten, daß ich mich ihrer annehme, nicht wahr, Lady Pembroke? Kommt, tanzt mit mir, Katherine, ich habe Neuigkeiten, die Euch Mut machen werden.«

»Edward, du besitzt überhaupt kein Schamgefühl«, flüsterte sie ihm zu, als sie allein waren.

»Katherine, wenn es um dich geht, bin ich zu allem bereit.« Er drückte heimlich ihre Hand. »Aber ich habe überdies Neuigkeiten für dich. Dein Mann ist in Paris. Er ist Gast am französischen Hof, bis das Lösegeld für ihn bezahlt wird.«

»Eher Gefangener als Gast, Edward!«

»Katherine, zweifellos hat er heute abend genauso üppig diniert wie wir, und wahrscheinlich genießt er gerade in diesem Augenblick eine delikate kleine Französin.«

Sie lachte über seine Scherze.

»Das ist schon besser. Keine Tränen, meine Liebste. Das Leben dauert nicht lange. Wenn dieser Tanz vorüber ist, möchte ich, daß du mit mir ins Sonnenzimmer kommst. Ehe ich zur Königin hinaufgehe, möchte ich mich noch ganz privat von dir verabschieden.«

Prinz Edward und Joan fuhren auseinander, als die Tür geöffnet wurde. Die Kohlelampen aus dem Flur erhellten die Umgebung und verrieten ihnen, daß der König und die Gräfin von Salisbury das Zimmer betreten hatten.

»Vater!« rief Edward überrascht.

»Edward? Bist du das?« Der König nahm eine Lampe aus der Halterung und hielt sie hoch, um das Zimmer zu beleuchten. Die beiden Plantagenets starrten einander schweigend an. Doch keines der strahlend blauen Augenpaare zeigte auch nur den geringsten Anflug von Schuldgefühl.

6

Unbefangen meinte der König: »Wir haben eine ganze Menge zu besprechen. Hat deine Mutter schon dir gegenüber etwas von unseren Plänen verlauten lassen?«

»Nein, ich habe sie noch nicht gesehen.«

»Gut, dann werden wir zusammen zu ihr gehen.« Der König wandte sich an Katherine de Montecute. »Ich möchte, daß Ihr aufhört, Euch Sorgen um William zu machen. Ich werde ihn sicher wieder nach Hause holen.«

Joans benommener Verstand suchte verzweifelt nach Worten. »Ich war auf der Suche nach meinem Bruder. Gute Nacht, Sire.«

Die beiden hohen Herren verließen das Sonnenzimmer und gingen zusammen zum Turm der Königin, jeder in seine eigenen Gedanken versunken.

Philippa begrüßte sie erfreut und schickte dann ihre Dienerinnen fort, während Gemahl und Sohn sich zu ihr beugten, sie küßten und sich nach ihrer Gesundheit erkundigten.

Prinz Edward ergriff sofort die Initiative. »Ich habe über eine Heirat nachgedacht. Als ihr letztes Mal dieses Thema angeschnitten habt, war ich wenig daran interessiert.«

»Deine Mutter ist für eine Verbindung mit Margaret von Brabant…«

»Nein, ich möchte lieber eine englische Braut«, unterbrach Edward ihn.

»Edward, du mußt eine Frau aus einer königlichen Familie heiraten. Eine passende Partie gibt es in England nicht«, erklärte ihm Philippa.

»Joan von Kent besitzt königliches Blut«, erklärte er entschlossen.

Die Vermutung des Königs bestätigte sich.

»Ihr seid Cousins«, sagte Philippa, und ihr Blick wurde eisern.

»Der Papst wird uns einen Dispens erteilen.« Mit einer Handbewegung tat Edward diesen Einwand ab.

Philippa zeigte ihm offen ihre Ablehnung. »Dein Vater hat mich ausgewählt, um eine starke Allianz mit Hennegau und Flandern zu schmieden. Die Söhne des Königs von England müssen seinem Beispiel folgen.«

»Mein Bruder John ist verlobt mit Blanche von Lancaster«, warf Edward ein.

»Blanche ist die Erbin des Lancaster Vermögens. Joans Bruder hat das Vermögen und die Ländereien Kents geerbt. Ihr selbst steht nur wenig Besitz zu«, erklärte der König barsch.

Prinz Edward war nicht so dumm, darauf zu bestehen, daß irdische Güter nicht zählten. Er wußte, daß es so war.

»Doch Mangel an Reichtum hat nichts mit meiner Ablehnung von Joan zu tun«, erklärte Edwards Mutter. »Ihr Vater ist wegen Hochverrates geköpft worden.«

Prinz Edward widersprach. »Ich habe genug Geschichtskenntnisse, um zu wissen, daß er dieses schlimmen Verbrechens nicht schuldig war. Mortimer hat ihn umbringen lassen, um seinen eigenen Hals zu retten.«

Sie sprachen nie über die Mutter des Königs, Königin Isabella und ihren Buhlen Mortimer, der König Edward II. gemeuchelt hatte.

»Trotzdem sind die Kents durch diesen Skandal beschmutzt worden! Ich glaube kaum, daß das Parlament einer Joan von Kent als der zukünftigen Königin Englands zustimmen würde«, erklärte Philippa heftig.

Prinz Edward hielt sich zurück. Er sah ein, je weniger er über seine kleine Jeanette erzählte, desto besser könnte er planen.

»Der Rat wäre sicher mit einer Verbindung mit Margaret von Brabant einverstanden. Wir können Frankreich nur dann erobern, wenn wir uns unsere Verbündeten sichern. Edward, solltest du nichts dagegen haben, werde ich die Verhandlungen über eine Verbindung mit Brabant einleiten«, schlug sein Vater vor.

Prinz Edward war schlau. Noch vor einiger Zeit hatte das Parlament vorgeschlagen, er solle die Tochter des französischen Königs, Philipp von Valois, heiraten. Das hatte sich erledigt, als

König Edward den Thron von Frankreich für sich beanspruchte. Danach hatte man die Tochter des Grafen von Flandern vorgeschlagen, doch sein Vater besaß die bekannte Tendenz, auf arrogante Weise allzu anspruchsvoll zu sein – niemals war er offen und ehrlich in seinen Verhandlungen mit Fremden. Deshalb nahm Edward an, daß auch seine Machenschaften mit Brabant wenig erfolgreich sein würden. Und wenn die Dinge sich dennoch im Sinne seines Vaters entwickelten, dann würde er einfach den Gehorsam verweigern. »Tu das, was du für das Beste hältst.« Dann wechselte er das Thema. »Wie viele Schiffe haben die westlichen Häfen zur Verfügung gestellt?«

»Der Getreue deiner Mutter, Walter Manny, bringt mir siebzig Schiffe, alle über hundert Tonnen. Ich habe ihn zum Admiral der Flotte nördlich der Themse gemacht.«

»Danke, Edward.« Sir Walter Manny hatte Philippa vor beinahe achtzehn Jahren von Hennegau nach England begleitet.

»Komm, wir wollen die Königin nicht mit unseren endlosen Diskussionen über den Krieg ermüden. Besser unterhalten wir uns allein darüber.«

Der König begleitete Edward zu seinem eigenen Turm. Der Prinz entließ seine Kammerherren und goß dann seinem Vater einen Becher Wein ein.

»Deine Situation mit Joan tut mir leid. Drängt sie dich, sie zu heiraten?«

Edward erstarrte. »Natürlich nicht.«

»Prinzen können ihre Geliebten nicht heiraten«, bedauerte sein Vater ihn.

»Sie ist nicht meine Geliebte! Ich finde sie bezaubernd … aber das würdest du sowieso nicht verstehen«, meinte Edward bedrückt.

»Ich sollte die Gelüste des Fleisches nicht verstehen? Edward, du machst Spaß. Dazu will ich dir eine Geschichte erzählen. Im letzten Jahr, als die Schotten in unser Land eindrangen und ich sie zurückschlug und es schaffte, den Grafen von Moray gefangenzunehmen, erhielt ich den Bescheid, daß Schloß Wark belagert wurde. Mein Freund, William de Montecute, kämpfte in Frankreich, und seine Gräfin hielt mit einer Handvoll Rittern das Schloß gegen die Schotten. Es war meine Pflicht, der Frau meines

Freundes beizustehen. Wark liegt am Südufer des Tweed, und es gelang uns schon sehr bald, die Schotten zu umzingeln und sie über die Grenze zurückzujagen.«

Er holte tief Luft. »Die Gräfin von Salisbury ließ die Zugbrücke hinunter und hieß den König willkommen, der sie gerettet hatte. Katherine de Montecute war mir nie zuvor begegnet. Ihre Schönheit hat mich geblendet. Es traf mich wie ein Blitzschlag. Sie trug eine enganliegende Jacke, die ihre schmale Taille erkennen ließ. Ich erinnere mich noch daran, daß ihr Überkleid wunderschöne weite Ärmel hatte, aber ganz besonders entsinne ich mich ihres herrlichen Haars, das in leuchtenden Locken über ihre Schultern fiel. Als wir einander in die Augen sahen, ergriff mich ein wildes Verlangen, doch ich durfte deiner Mutter nicht untreu sein. Ich brenne für Katherine, aber ich bin ein Ritter und darf ihren guten Namen nicht in den Schmutz ziehen.«

Zum ersten Mal sah Edward den König als Mann und nicht nur als Vater. »Es ist dir gelungen, den Namen der Gräfin von Salisbury zu schützen. Niemals hat es auch nur das geringste Gerücht ihretwegen gegeben.« Er sah seinem Vater in die Augen. »Und trotzdem lügst du.«

Der König trank sein Glas leer, dann nickte er endlich. »Ich werde von diesem Feuer verzehrt, wann immer ich sie berühre. Für mich ist sie eine Göttin. Meine Leidenschaft löscht mein Schuldgefühl aus. Aber ich lasse nicht zu, daß sie meine Pflichten oder meine tiefe, verehrungsvolle Liebe zu Philippa beeinflußt.« Er griff mit seiner starken Hand nach Edwards Schulter. »Joan ist ein ergötzliches kleines Mädchen. Nimm sie dir, um Himmels willen, aber finde einen Weg, ihren Ruf zu schützen.«

Während Christian Hawksblood sich von der Küste nach Windsor begab, war er äußerst beeindruckt von dem, was er sah. Anstatt eines verarmten Landes fand er ein blühendes England vor. Die Ernte war üppig, auf den grünen Wiesen standen viele Milchkühe, auf den Hügeln weideten Schafe, und in den Flüssen tummelten sich Schwärme von Fischen. Die lachenden Bauern, die die Felder bestellten, waren gut genährt, ihre Kinder hatten rosige Wangen. Werkstätten in jeder Stadt und in jedem Dorf fertigten Pfeile und Bögen, Schmiede hämmerten Waffen, und Sattlereien stellten Geschirre für die Schlachtrosse her. Das ganze Land summte vor Aktivitäten wie ein Bienenstock, angefangen von den Zimmerleuten bis hin zu den Zeltmachern. Überall entdeckte er Wohlstand.

Als er in Windsor ankam und das ausschweifende Leben des Königs und seines Hofes sah, war Hawksblood ganz benommen vor Staunen. Ein privates Treffen mit dem Grafen von Warrick wollte er nicht dem Zufall überlassen. Er schickte dem Aristokraten eine Botschaft, in der er ihn um ein Treffen in einer privaten Angelegenheit bat und unterschrieb mit seinem Namen, Christian Hawksblood. Um dem Löwen kühn auf seinem eigenen Territorium gegenüberzutreten, machte Christian sich auf den Weg zum Lower Ward, wo die Ritter untergebracht waren.

Gegen Warrick nährte er, seit er denken konnte, Haß. Als Junge hatte er sich immer die Szene vorgestellt, wenn er ihm gegenüberträte und ihn dann mit seinem Breitschwert in zwei Teile zerspalten würde. Als er heranwuchs, wurde sein Racheplan ein wenig detaillierter. Zu diesem Zeitpunkt hatte er gelernt, Probleme, die er nicht gleich lösen konnte, zu isolieren und sie tief in sich zu verschließen. Um sie beherrschen zu können, mußte er zunächst einmal seine Gefühle beiseite schieben, bis die Zeit dafür gekommen war.

Er fragte sich flüchtig, wie lange es wohl dauern würde herauszufinden, ob Guy de Beauchamp wirklich sein Vater war. Geduld gehörte längst zu seinen Tugenden, und es war ihm gleich, ob es ein ganzes Leben lang dauerte.

Hawksblood wußte es sofort.

Warrick desgleichen.

Die aquamarinfarbenen Augen, die ihn anstarrten, waren seine eigenen.

Langsam umrundete Warrick ihn, mit offener Neugier betrachtete er das, was er vor langem gezeugt hatte.

Hawksblood setzte sich in den großen Stuhl neben dem Kamin.

Warrick nahm ihm gegenüber Platz. Noch immer hatte keiner von ihnen ein Wort gesprochen. Die Luft zwischen ihnen knisterte vor Spannung.

Dies also war der normannische Krieger, dessen Samen er entsprossen war! Vernarbt, gehärtet, wild, ein Körper und ein eiserner Wille. Er hatte mehr als nur die imposante Gestalt von ihm geerbt.

Warrick starrte in das dunkle, adlerartige Gesicht, aus dem ihm der Stolz eines arabischen Prinzen entgegenblickte. Wild, grausam, furchtlos, rätselhaft; all diese Eigenschaften entdeckte er in dem Gesicht, und bei Gott, er war ein *Mann!*

Schließlich sprach Warrick: »Deine Mutter hatte einen bizarren Sinn für Humor. Christian nannte sie dich...«

»Hast du von mir gewußt?« Die Worte kamen scharf wie Pfeilspitzen aus seinem Mund, und damit lag der Kernpunkt seines Besuches auf der Hand.

»Wenn ich von dir gewußt hätte, wärst du in Warrick aufgewachsen. Vor zehn Jahren habe ich einen Kreuzritter aus dem Osten getroffen, der von einem angeblichen Warrick-Sohn in einem geheimen Orden munkelte. Ich habe es nicht geglaubt, wollte es nicht glauben. Niemals hätte ich gedacht, daß sie mich hinterging! Doch mit den Jahren habe ich mich immer öfter gefragt, ob das vielleicht ein Irrtum war.«

Zögernd gestand Christian ihm zu, daß Warrick wahrscheinlich nicht log. Auch wenn seine Mutter stets beteuert hatte, daß Warrick nichts von ihm wußte, so hatte er ihr doch nie geglaubt. Sie hatte Entschuldigungen ohne Ende gesucht für ihren Ritter aus dem Abendland, weil sie ihr Herz an diesen Normannen verloren hatte.

»Ich hatte mich entschlossen, keine Untersuchungen deswegen anzustellen. Wenn es stimmte, dann warst du auf dem besten Weg, die hervorragendste Ausbildung der Welt zu genießen, und ich wußte, du würdest zu mir kommen, wenn die Zeit reif wäre. Wäre es jedoch ein Gerücht... dann wären all meine Hoffnungen zerstoben.«

Die Worte klangen sehr persönlich – sie kamen ihm aus dem Herzen. Hawksblood ahnte, daß dieser knorrige Ritter normalerweise mit niemandem Vertraulichkeiten austauschte.

»Reden macht durstig!« Er schenkte Bier ein und reichte dann einen der Lederbecher seinem Gast.

Als er hier eintrat, war er nicht bereit gewesen, mit Warrick zu trinken. Doch jetzt nahm er den Becher an. Schweigen breitete sich zwischen ihnen aus. Hawksblood war ein sehr zurückhaltender

Mann. Seit seiner Geburt hatte die Geheimhaltung einen bedeutsamen Teil seines Lebens ausgemacht, und nur sehr selten sprach er über sich selbst. Doch schließlich brach er das Schweigen.

»Ich habe im Palast gelebt, bis ich beinahe sieben Jahre alt war. Auch wenn es sich um ein streng gehütetes Geheimnis handelte, wußte ich doch, daß die Prinzessin meine Mutter war. Als dann eine Ehe für sie arrangiert wurde, geriet ich in Lebensgefahr. Sie schmuggelte mich nach Jerusalem und gab mich in die Obhut der Kreuzritter.« Er hielt inne, weil die Erinnerungen ihn zu überwältigen drohten, doch dann sprach er weiter. »Sie hat mir deinen Namen genannt, an dem Abend, als ich in den geheimen Orden aufgenommen wurde. Ab meinem zehnten Geburtstag wurde ich von normannischen Rittern zum Krieger erzogen.«

Das sagte alles. Und doch nichts.

»War der geheime Orden der Orden der Malteser, der Geheimorden der Templer?« fragte Warrick höchst interessiert.

»Der geheime Orden hat überlebt wegen der Geheimhaltung«, war alles, was Hawksblood darauf antwortete.

»Wie bist du zu dem Namen Hawksblood gelangt?«

Der Mann, der Christian gegenübersaß, klang so, als würde ihm etwas an ihm liegen. »Ich mußte ganz allein, ohne Waffen, in die Rub 'al-Khali gehen, die leere Wüste.«

Warrick nickte. »Das ist der ganz besondere Schlupfwinkel der Djinns, Dämonen und anderer böser Geister.«

»Ich habe überlebt, indem ich Adler getötet und gegessen habe.«

»Wie?« fragte Warrick ein wenig skeptisch.

Christian zeigte ihm seine Hände. Es war eine so schlichte Geste, daß die ganze Wahrheit darin steckte. Warrick erkannte, daß er nur mit Hilfe seiner nackten Hände zu überleben vermochte. Dies also war sein erstgeborener Sohn. Sein legitimer Sohn. Die Prinzessin hatte damals einer christlichen Eheschließung zugestimmt. Warrick fühlte sich niemals schuldig, seine englische Frau betrogen zu haben, indem er sie in dem Glauben an ihre legitime Ehe beließ. Es hatte ihr nie geschadet, in keiner Weise. Aber jetzt überkam ihn ein tiefes Schuldgefühl bei dem Gedanken, daß Robert glaubte, er sei sein Erbe, wo er doch eigentlich einer Zweitehe entstammte.

»Du hast dir den Namen Hawksblood verdient. Aber dir steht auch der Name Beauchamp zu.« Es war eine Feststellung. Er fragte nicht, ob er ihn überhaupt haben wollte. Hawksblood war froh. Er wußte noch nicht, ob er diesen Namen benutzen würde. Wahrscheinlich schon, wenn es seinen Zielen diente...

»Hast du deine Mutter nie wiedergesehen?«

»Als ich sechzehn war, wurde ich Janitschar, damit ich sie ab und zu besuchen konnte. Ihr Vater, der Sultan, und auch ihr Mann waren tot, also bestand keine so große Gefahr mehr. Ihre beiden Brüder hatten das väterliche Reich unter sich aufgeteilt und das Corps d'Élite der ottomanischen Armee gegründet. Etliche der Janitscharen sind Christen.«

Sogar Warrick war beeindruckt von der Tatsache, daß sein Sohn in die Reihen der Janitscharen aufgenommen worden war. Ihnen ging der Ruf voraus, noch nie eine Schlacht verloren zu haben. Sie waren die Eroberer des ganzen byzantinischen Reiches. »Warum bist du dort weggegangen?«

Wieder breitete sich Schweigen zwischen ihnen aus. Wenn er das verriet, würde er seine verwundbare Stelle verraten.

Sei es drum!

»Weil wir die Menschen, die wir gefangengenommen haben, als Sklaven benutzten.«

Stille senkte sich über den Raum. Diesmal war es Warrick, der sich davor fürchtete, seine schwache Seite zu zeigen.

»Wie geht es Prinzessin Sharon?« *Meiner Rose von Sharon,* flüsterte sein Herz.

»Es ging ihr gut, als ich sie verließ. Man machte ihr wieder den Hof.«

»Den Hof?« brüllte Warrick empört.

»Sie ist außergewöhnlich schön«, erklärte Hawksblood und rieb Salz in die Wunde, die er offensichtlich bloßgelegt hatte.

»Wie lange schon?«

»Ich habe Arabien vor über drei Jahren verlassen und habe mein Schwert an den Meistbietenden verkauft, dann landete ich in Frankreich. Ich mußte in dem bevorstehenden Krieg die Seite wählen und habe mich für England entschieden.«

Warrick nickte befriedigt. »Du kommst gerade rechtzeitig zum Turnier.«

Zum ersten Mal hob Hawksblood die Stimme. »Turnier? Du lieber Gott, ist das alles, an das man hier denken kann? Philipp von Valois hat über einhundertfünfzig Schiffe zusammengezogen.«

»Gerüchte … unbestätigte Gerüchte.«

»Die ich aber bestätige! Ich habe sie gesehen«, erklärte Hawksblood schlicht.

Warricks Gesicht verlor alle Farbe. Seine blauen Augen glitzerten gefährlich. »Komm mit!«

Sie liebten einander sicherlich nicht, aber als Krieger respektierten sie sich.

Sowohl der Wachraum als auch das Audienzzimmer des Königs waren leer.

»Wo ist der König?« wollte Warrick von einem der Knappen wissen.

»Er ist in den Park gegangen, um den Turnierplatz zu inspizieren, mein Lord.«

»Sag ihm, ich bringe Neuigkeiten. Und sag ihm, es ist dringend!«

Der Knappe rannte los, so schnell er konnte, seine Miene zeigte ein gesundes Maß an Furcht vor Warrick.

Christian sah sich in dem üppig eingerichteten Gemach um. »Ich habe erwartet, alles hier sei etwas spartanischer. Angeblich schuldet der König den Bardi beinahe eine Million, nur für den letzten Kriegszug.«

»Das stimmt.« Warrick grunzte. »König Edward ist ein Optimist. Wenn ein Feldzug fehlschlägt, dann macht er sich keine Sorgen um Kleinigkeiten, er geht gleich zu dem nächsten über.«

»Wie kann er so verschwenderisch leben?«

»Er borgt sich das Geld. Genausogut könnte er Steuern erheben, aber das tut er nicht. Deshalb ist er ja auch so beliebt. Nur den Zehnten nimmt er, der ihm zusteht, aber das reicht bei weitem nicht, deshalb borgt er riesige Summen aus den verschiedensten Quellen. Du wirst dir bald selbst ein Bild von ihm machen können.«

Hawksblood fragte sich, ob der König wohl auf ein Kommando von Warrick hören würde. Vielleicht war er ja nur ein Marionettenkönig? Er brauchte sich nicht lange zu fragen. Zwei

Männer trabten mit entschlossenem Schritt über die Schwelle. Der König war nach der neuesten französischen Mode gekleidet, in eine enge Strumpfhose und ein kurzes Wams, das ihm nur bis zu den Hüften reichte. Die Farben waren strahlendes Azur und Gold. Bis auf den goldenen Bart sah der zweite Mann genauso aus. Erst als er näher kam, wurde der Altersunterschied deutlich. Eindeutig handelte es sich bei dem schwarz gekleideten jungen Mann um den Prinzen von Wales.

Die blauen Augen des Königs, denen nichts entging, erfaßten Christian, dann erscholl seine Stimme: »Bei allen Heiligen, den könnt Ihr aber nicht verleugnen, Warrick, auch wenn seine Haut dunkel ist.«

»Nein, Sire, ich habe keineswegs die Absicht. Dies ist mein ältester Sohn, Christian Hawksblood de Beauchamp.«

Die blauen Plantagenet-Augen betrachteten ihn eingehend. »Beauchamp.« Der König nickte. »Und hier ist mein ältester Sohn, Edward, Prinz von Wales.«

Hawksblood verbeugte sich. »Eure Majestät, Eure Hoheit!«

Die jungen Männer musterten einander ganz offen und schätzten sich gegenseitig ab. Sie waren beinahe gleich gebaut, besaßen die gleiche Größe, die gleichen langen Arme und Beine, die gleichen athletischen Körper in ausgezeichneter Verfassung. Jedem von beiden gefiel, was er sah.

»Eure Neuigkeiten?« wandte sich der König an Warrick.

»... sind die Neuigkeiten meines Sohnes. Er kommt soeben aus Frankreich.«

»Philipp hat eine Flotte von ungefähr einhundertfünfzig großen Schiffen zusammengezogen. Und zusätzlich stehen noch unzählige kleine Schiffe aus der Normandie und der Bretagne bereit.«

Ein wildes, siegessicheres Leuchten trat in die Augen des Königs. »Das habt Ihr gesehen? Ihr wißt, wo diese Flotte ankert?«

Hawksblood nickte. »Sie liegt vor der Küste von Helvoetsluys.«

»Dieser gottverdammte Valois! Er nutzt die Küstengewässer von Flandern. Flandern sollte doch unser Verbündeter sein!«

»Laßt sie uns aus dem Wasser blasen«, fuhr Prinz Edward dazwischen. »Du hast doch gesagt, daß Walter Manny dir siebzig Schiffe schickt.«

»Die Themseflotte verfügt über fünfundzwanzig Schiffe«, warf Warrick ein.

»Sie haben bereits drei unserer besten Schiffe gekapert, die *Edward*, die *Rose* und die *Katherine*. Wir wollen dafür sorgen, daß dies unsere letzten Verluste sind!« drängte Prinz Edward seinen Vater. Er hatte bis jetzt noch an keinem Feldzug teilgenommen, obwohl es ihm schien, als probe er schon sein ganzes Leben lang den Kampf gegen die Franzosen.

Der König blickte zu Warrick. »Werdet Ihr dieses Unternehmen überwachen?«

Warricks Blicke trafen sich mit denen seines Sohnes. Hawksblood nickte. Sie brauchten keine Worte. Jeder dachte insgeheim, daß es den idealen Test für Mut, Ehre, Moral und Fähigkeiten des anderen darstellte.

Die Stimme des Königs klang zuversichtlich, er lachte laut auf. »Wir werden es tun! Das Turnier muß warten, bis wir zurück sind. Gott verdamme Valois dafür, daß er uns so viele Scherereien macht.«

»Ich habe Gerüchte gehört, daß Philipp genuesische Bogenschützen angeheuert hat, die in den Ausgucken der Schiffe sitzen«, warnte Hawksblood. »Die Genueser sind die besten Bogenschützen der Welt, das weiß ich aus Erfahrung.«

Prinz Edward, der König und Warrick warfen einander Blicke zu und begannen dann zu schmunzeln.

Auf Hawksbloods Stirn erschien eine Falte.

Der König winkte ab. »Zeigen wir es ihm! Los doch! Warrick und ich werden ins Kartenzimmer gehen und einen Hafen aussuchen, von dem wir lossegeln. Dover oder Sandwich können wir nicht nehmen. Philipp würde viel zu schnell davon erfahren. Wir brauchen einen Hafen mit einer großen Flußmündung, in dem sich der größte Teil der Flotte verstecken kann, während sie sich dort sammelt.«

Hawksblood musterte Edward III. eingehend. Er war extravagant, prunksüchtig und prahlerisch, doch gleichzeitig auch mutig und entscheidungsfreudig. Hier hatte man es nicht mit einem Marionettenkönig zu tun, sondern mit einem Eroberer.

Prinz Edward führte Christian Hawksblood zu einer Wiese, wo ungefähr zweihundert Männer mit Pfeil und Bogen Zielschießen übten. Auf den ersten Blick hielt Christian die Bögen für primitiv. Hegten sie etwa die Hoffnung, die genuesischen Kreuzbögen zu übertreffen, die so konstruiert waren, daß sie immer ins Ziel trafen?

»Habt Ihr keine Kreuzbögen?« fragte er Edward.

»Doch, die haben wir. Aber wir sind davon überzeugt, daß Langbögen ihnen überlegen sind.«

Christian nahm einen der Bögen in die Hand. Er war länger als sechs Fuß und sehr leicht. Die Pfeile besaßen eiserne Spitzen, die Federn daran stammten von der normalen Graugans, die in England heimisch war.

Der Prinz sprach mit einigen der Männer, die ihre Waffen von einem Waffenwagen nahmen. Einer wählte einen Langbogen, einer einen Kreuzbogen. »Gebt euer Bestes«, sagte Edward.

Die Männer stellten sich auf. Der Mann mit dem Kreuzbogen kniete sich nieder, um seine schwere Waffe beherrschen zu können. Er legte den Pfeil ein, spannte den Bogen und ließ den Pfeil losschnellen. Der Mann neben ihm blieb stehen: In der Zeit, in der sein Kamerad mit einem Pfeil fertig würde, hatte er dreimal geschossen.

Edward und Christian liefen über die Wiese, um sich die Zielscheiben anzusehen. Alle Pfeile hatten genau das Ziel getroffen, doch diejenigen des Langbogens waren hindurchgedrungen und steckten bis zum halben Schaft fest.

»Himmel! Diese Langbögen besitzen eine ungeheure Schlagkraft. Ich möchte lernen, wie man diese Waffe bedient.«

Edward grinste ihn an. »Dieses sind normale Fußsoldaten, gemeine Freibauern oder Waliser. Ein edler Ritter würde sich mit einem Langbogen nicht abgeben.«

Ihre Blicke begegneten sich und hielten einander gefangen. »Ihr seid ein Meister dieser Waffe?«

»Das bin ich«, gab Prinz Edward zu. Sie waren einander so ähnlich. Beide besaßen das brennende Verlangen sich auszuzeichnen. In allem.

Die nächsten drei Stunden vergingen wie im Flug, während Hawksblood ganz vertieft war in die Herausforderung, sich diese neue Fähigkeit anzueignen und sie zu beherrschen. Edward, von dieser Technik gleichermaßen begeistert, lehrte ihn alle Feinheiten. Schon bald hatten sie sich auf einer anderen Wiese des gegenüberliegenden Themseufers ein Ziel aufgebaut und waren entschlossen, dieses Ziel über den Fluß hinweg von ihrer Seite aus zu treffen.

Zu diesem Zeitpunkt hatten Ali und Paddy Hawksblood endlich aufgespürt. Sie hatten ihre sämtlichen Pferde in den königlichen Stallungen untergebracht und auch einen Platz für sich in den Baracken der Soldaten gefunden. Doch wußten sie nicht, wo ihr Herr wohnen sollte. Würde er im Flügel der Beauchamps ein Zimmer bekommen, oder wollte er lieber sein Zelt aufbauen, in dem er während der Feldzüge immer schlief?

Prinz Edward erledigte diese Frage. »In der Nähe meiner Räume gibt es freie Räume. Sie gehörten meinem Cousin, Edmund von Kent, doch der hat sich ein Stadthaus in London gekauft. Kommt mit, ich zeige sie Euch.«

In diesem Augenblick erregte eine zierliche Gestalt, die auf den Waffenwagen kletterte, seine Aufmerksamkeit. Mit fünf großen Schritten war er bei ihr. »Was, zum Teufel, tust du da?« fragte er den Pagen mit dem Koboldgesicht, der einen der Langbögen in der Hand hielt. Er gab ihm eine Kopfnuß. »Weißt du nicht, daß du dich hier in Lebensgefahr begibst?«

Das Gesicht des Jungen leuchtete auf bei der Erwähnung der Gefahr, in der er sich befand. »Eure Hoheit, ich habe eine Botschaft von der Prinzessin.« Mit seiner schmutzigen Hand suchte er in der Tasche seiner Livree und zog ein verknittertes Stück Papier hervor.

Edward stöhnte auf. Ohne den Zettel zu lesen, wußte er, was es war. »Ich habe meiner Schwester versprochen, mit ihr auf die Falkenjagd zu gehen. Warum, das weiß ich selbst nicht.« Er blickte auf den Jungen hinunter. »Sag ihr, daß es im Augenblick andere Dringlichkeiten zu erledigen gibt.« Joan schlich sich in seine Gedanken, und plötzlich wußte er auch wieder, warum er Isabel versprochen hatte, mit ihr auf die Jagd zu gehen. »Augenblick«, rief er den Jungen zurück, dann blickte er prüfend zu Christian hinüber. »Unsere... Französischlektion wird einige Tage an Vorbereitung brauchen. Können wir da noch einen Morgen zur Falkenjagd zwischenschieben?«

Christian war belustigt. Diese Plantagenets ließen keine Gelegenheit aus, Vergnügen und Staatsgeschäft miteinander zu verbinden.

»Sag Isabel, daß ich morgen früh mit ihr auf die Jagd reiten werde. Aber ziemlich früh, ich möchte meine Zeit nicht vergeuden. Und jetzt verschwinde so schnell wie möglich von diesem Schießplatz hier, und halte dich in Zukunft überhaupt fern!« Der Prinz griff nach einem der Helme, an dem der Nasenschutz fehlte, und warf ihn dem Jungen zu. »Und wenn du schon nicht vernünftig bist, dann zieh wenigstens das hier an!«

Der kleine Satansbraten zog seine Kappe aus, setzte sich den Helm auf den Kopf mit den roten Locken und platzte vor Stolz und Glück: Prinz Edward war sein Idol.

Die Unterkunft war wesentlich komfortabler, als Hawksblood sie sich vorgestellt hatte, in einem Schloß, das beinahe eintausend Adlige, Soldaten, Priester und Diener beherbergte. Er überließ es seinen Knappen, seine Sachen auszupacken und seine beiden Zimmer einzurichten, während er und der Prinz beim König und Warrick vorsprachen.

»Wir haben uns für den Hafen in Ipswich entschieden. Ich habe schon Boten zu Admiral Morley und Walter Manny geschickt, mit dem Bescheid, daß Warrick diesen Angriff führen wird. Alle Schiffe werden eine eigene Mannschaft bekommen. Wie viele Kämpfer sollten wir mitnehmen, was denkt Ihr?«

»Ich würde sagen, fünfzig zusätzliche Männer für jedes Schiff zum Entern der feindlichen Schiffe«, entschied Warrick.

»Vergeßt meine walisischen Bogenschützen nicht«, warf Prinz Edward ein. »Sie müssen die Genueser außer Gefecht setzen.« Die Männer sahen alle zu Hawksblood.

Der lachte und schüttelte den Kopf. »Ich glaube kaum, daß die genuesischen Bogenschützen gegen sie eine Chance haben.«

»Es wäre besser, wenn Ihr mir Lehnstreue schwören würdet, wenn Ihr mitkommen wollt«, verlangte der König.

Prinz Edward schaltete sich ein. »Er hat bereits mir seine Lehnstreue geschworen, Vater. Hawksblood gehört zu mir, obwohl ich nichts dagegen habe, wenn er auch Euch den Eid schwört.«

Zum zweitenmal innerhalb von einer Stunde legte Christian

seine Hände zwischen die der Plantagenets. Der Name seines Vates zahlte sich früher aus, als er es erwartet hatte. »Ich, Christian Hawksblood de Beauchamp, schwöre bei meiner Ehre, Euch als meinem Herrscher zu gehorchen, Euch zu verteidigen gegen jeden Mann und ohne Einschränkung.» Auch wenn er diesen Eid nicht leichtfertig schwor, so war er sich doch bewußt, daß nur wenige Menschen ohne trügerische Absichten handelten. Es gab drei Erklärungen für alles: das, was ein Mann den anderen sagte, was er sich selbst sagte und schließlich sein wirkliches Motiv.

»Neuigkeiten verbreiten sich wie Lauffeuer. Wenn wir uns heute abend in dem großen Saal versammeln, dann wird das ganze Schloß summen wie ein Bienenstock, in den man eine Fackel gesteckt hat. Edward, du wirst überschwemmt werden von eifrigen Knappen, die es nicht erwarten können, sich ihre Sporen zu verdienen. Wähle sorgfältig aus.«

»Auch die Neuigkeit von meinem arabischen Sohn wird wohl für einige hochgezogene Brauen und fleißige Zungen sorgen. Ich sollte unbedingt meinen Robert suchen und ihm die Wahrheit berichten, ehe die Gerüchte zu schwirren beginnen.«

Doch dazu war es natürlich längst zu spät. Robert de Beauchamp hatte schon erfahren, daß ein unbekannter Sohn seines Vaters in Windsor eingetroffen war – aus fernen Landen! Ein Dutzend Freunde hatten ihm von dem arabischen Ritter erzählt – sowohl mit Kopfschütteln als auch Bewunderung hatten sie von ihm gesprochen. Ohne Frage war er älter, erfahrener im Krieg und bereits im Ritterstand. Robert, der sich davor fürchtete, von diesem Musterexemplar in den Schatten gestellt zu werden, entwickelte unwillkürlich Ablehnung gegen ihn, noch ehe er seinen unerwünschten Halbbruder überhaupt gesehen hatte. Wenn dieser fremde Bastard den Titel oder auch nur einen Morgen Landes von Warricks Besitz beanspruchte, dann sollte er sich vorsehen!

7

Es gab zwei wirksame Kanäle, über die in Windsor Informationen weitergegeben wurden. Den einen beherrschten Männer, den anderen die Frauen. Der Gerüchtekanal der Männer begann an der Spitze beim König und suchte sich seinen Weg über die Hofleute, die Knappen und Diener bis schließlich hin zu den Pagen am Ende der Hackordnung. Der Gerüchtekanal der Frauen nahm die entgegengesetzte Richtung, von den Pagenjungen zu den Mägden, von da zu den Wirtschafterinnen bis hin zu den Kammerzofen und ihren Herrinnen selbst. Auf diese Weise bekamen die Frauen ihre Informationen viel später als die Männer; noch dazu waren die Tatsachen durch die vielen Zwischenträger reichlich ausgeschmückt und verzerrt.

Der weibliche Hofstaat war damit beschäftigt, über den Neuankömmling zu klatschen, bis in alle Einzelheiten. Er war ein arabischer Ritter, unterwegs in geheimer Mission. Auch ein Söldner, ein Spion oder ein Meuchelmörder konnte er sein. Vielleicht sogar alles zusammen. Araber waren bekannt als Dirnenjäger, ihnen war es erlaubt, vier Frauen zu besitzen und einen Harem voller Konkubinen. Und dieser ganz besondere Ankömmling, der so dunkle Haut hatte und so außergewöhnlich gut aussah, besaß noch mehr Frauen, als es ihm erlaubt war. Es hieß, er habe eine Spur gebrochener Frauenherzen in drei Kontinenten hinterlassen. An diesem Punkt der Erzählungen wurden die Stimmen der Dienerinnen zu einem schockierten Flüstern. Die Mädchen im Badehaus hatten ihn nackt gesehen. Die Waffe zwischen seinen Schenkeln war eine schwarze, tödliche Obszönität! Die meisten fühlten sich abgestoßen, einige wenige indessen angezogen, doch alle waren schrecklich neugierig.

Genaugenommen besaß Christian einen Vorsprung, als er schließlich seinem Halbbruder gegenübertrat. Er hatte gewußt, daß Warrick noch einen Sohn besaß; Robert hingegen mußte diese Tatsache vor dem heutigen Tag fremd gewesen sein. Unter den gegebenen Umständen betrachtete der junge Riese mit dem hellen Haar ihn erstaunlich gefaßt.

Warrick setzte ihn mit versteinerter Miene von diesem schwer verdaulichen Sachverhalt in Kenntnis. »Dies ist mein Sohn Christian, den ich in Arabien gezeugt habe, noch ehe ich deine Mutter heiratete.«

Robert streckte seinem Gegenüber mit einem gewinnenden Lächeln die Hand hin. Christian wußte, er wollte seine Kraft testen. Robert war freundlich, warm und umgänglich.

Äußerlich.

Darunter verbargen sich Tiefen und unterschwellige Strömungen. Als die beiden einander die Hände schüttelten, stellte Robert erschrocken fest, daß die Kraft des Arabers größer war als seine eigene. Das Lächeln erstarb, doch die freundliche Maske blieb.

Christian wußte, daß sein Bruder schwer zu durchschauen sein würde, doch unmöglich mußte es nicht bleiben. Er merkte auch, daß Robert schon vor ihrer Begegnung von ihm erfahren hatte, denn all seine Gedanken, seien sie nun gut oder böse, verbarg er sorgfältig vor ihm. Das neue Familienmitglied bemerkte das Abzeichen am Ärmel Roberts. »Ihr seid ein Mann des Herzogs von Clarence. Ich habe Prinz Lionel noch nicht kennengelernt.«

»Er wird heute abend im Saal sein. Lionel und ich besitzen sehr viele Gemeinsamkeiten, wir sind gleich groß und haben beide einen Vater mit dem Ruf eines so großen Kriegsherren, daß es schon beinahe einschüchternd ist. Und jetzt kommen anscheinend sogar für beide ältere Brüder hinzu, die uns in den Schatten stellen.« Er grinste, um zu demonstrieren, daß er keine Bitterkeit fühlte.

»Das bleibt noch abzuwarten«, meinte Christian und erwiderte das Grinsen.

»Sicher sollte ich Euch aus Brüderlichkeit eines meiner Zimmer anbieten.«

»Danke, aber das erübrigt sich. Ich habe bereits eine Unterkunft.« Er nickte den beiden Männern zu. »Wir treffen uns dann im Saal.«

Mit zusammengezogenen Augen sah Robert Christian nach. Jetzt, wo er diesem unrechtmäßigen Thronräuber gegenübergetreten war, den Respekt für ihn in den Augen seines Vaters gesehen hatte und zugeben mußte, daß die Kraft dieses Bastards größer war als seine eigene, ging der Samen des Hasses in ihm auf.

»Vielleicht werden wir ihn ja heute abend beim Dinner sehen«, sagte Joan zu Brianna. »Ich frage mich, wer er ist. Der Name Hawksblood kommt mir gar nicht bekannt vor.«

»Er klingt gefährlich«, warnte Brianna ihre Freundin, weil sie deren Vorliebe für Streiche kannte.

»Oh, Himmel, ja.« Joan erbebte.

Eine merkwürdige Unruhe erfaßte Brianna. Sie hatte sich für

eine türkisfarbene Tunika über einem Unterkleid aus dunkelgrünem Seidentaft mit durchsichtigen Ärmeln entschieden. Auch heute trug sie wieder ihren mit Smaragden besetzten Gürtel. »Glaubst du, daß Robert diese Farben zu auffällig finden wird?«

»Du siehst umwerfend aus. Ich hätte mir nie träumen lassen, daß diese Töne zusammenpassen. Hat er dich schon geküßt?« fragte Joan eifrig.

»Natürlich nicht!« erklärte Brianna schockiert.

»Heute abend wird er es tun. Deine Smaragde werden dir Glück bringen.«

»Joan, du bist eine Plage«, sagte Brianna, mußte aber trotzdem lachen, und ihre Augen blitzten noch heller als ihre Juwelen.

Im Saal winkte Prinzessin Isabel sie hochmütig zu sich. »Edward wird mich morgen auf die Falkenjagd mitnehmen. Ich werde euch beide eine Stunde früher als sonst brauchen.«

Joan hatte Edward den ganzen Tag über nicht erblickt, obwohl sie überall nach ihm Ausschau gehalten hatte. Isabels Tricks kannte sie natürlich und wußte auch, daß diese sie und Brianna von der Falkenjagd ausschließen würde, wenn es ihr irgend möglich wäre.

Königin Philippa war überraschend in den Bankettsaal gekommen, und der König schenkte ihr seine ungeteilte Aufmerksamkeit. Sie aßen aus dem gleichen silbernen Suppennapf, lachten und unterhielten sich lebhaft während der ganzen Mahlzeit.

Prinzessin Isabels Mund war schmollend verzogen, weil sie diesmal nicht der Mittelpunkt der Aufmerksamkeiten war. Weder Prinz Edward noch Prinz Lionel saßen heute abend auf der Empore, sie hatten sich beide entschieden, mit ihren Männern zusammenzusitzen.

Prinz John von Gent ignorierte kühl seine Schwester, damit sie ihn nicht in eine Unterhaltung verwickelte. Trotz seines noch jugendlichen Alters war er Isabel doch geistig überlegen.

Joan ärgerte sich, weil sie nicht mit Edward flirten konnte, doch schon sehr bald wurde sie abgelenkt, da sie Robert de Beauchamp neben Prinz Lionel entdeckte. Joan stieß Brianna in die Seite. »Er sieht dich an.«

Brianna flüsterte: »Das glaube ich nicht. Er schaut auf jemanden hinter uns.«

Joan beobachtete ihn etwas genauer, dann wanderten ihre Blicke über die anderen, die an den langen Tischen saßen. »Wenn man es genau betrachtet, könnte man meinen, daß alle auf einen Punkt hinter uns starren. Ich frage mich, warum? Oh, glaubst du, es ist der Araber?«

Brianna hatte sie kaum gehört. Sie konzentrierte sich auf Robert. Er trank Becher um Becher mit Prinz Lionel. Robert lachte normalerweise immer, doch heute abend nicht.

Königin Philippa hatte ihren eigenen Minnesänger, der nun einige wunderschöne Balladen in flämischer Sprache sang. Weil sie nicht zu lange sitzen bleiben wollte, zog sie sich schon früh zurück und nahm den König mit.

Als Joan und Brianna aufstanden, blickten sie hinter sich. Eine Traube von Männern hatte sich um den Prinzen versammelt; sie waren alle so intensiv an einer Unterhaltung beteiligt, daß Brianna und Joan an ihnen vorbei zur Galerie wandelten.

Es dauerte nicht lange, bis Robert de Beauchamp Briannas Gesellschaft suchte.

»Guten Abend, mein Lord«, sagte sie schüchtern.

Joan entschied sich, den beiden ein wenig auf die Sprünge zu helfen. »Brianna wollte mir gerade ihre Pergamentrollen zeigen, die die Königin hier in der Galerie ausgestellt hat.«

»O bitte, nicht.« Brianna hatte die Sprache wiedergefunden.

»Sei doch nicht so bescheiden. Ich bin sicher, Robert möchte gern sehen, wie talentiert du bist.«

Brianna bewunderte Joan für ihr zwangloses Benehmen. Ihr fiel es schwer, ihn Robert zu nennen. Die in Leder gebundenen Pergamente lagen auf einem Stehpult unter dem bunten Erkerfenster in der Galerie. Sie erzählten die Legende von König Artus und den Rittern seiner Tafelrunde. Brianna hatte die Großbuchstaben mit Gold verziert und zusätzlich zu der Schrift Illustrationen seines Schwertes Excalibur, von Merlin dem Zauberer und Königin Guinevere hinzugefügt.

Als Robert de Beauchamp sich die Blätter ansah, bildete sich eine steile Falte auf seiner Stirn. »Ihr könnt schreiben?« fragte er Brianna, und seine Stimme klang vorwurfsvoll.

Joan wußte sofort, daß sie einen Fehler gemacht hatte. »Ah, vermutlich interessiert es Euch nicht, mein Lord.«

Er lachte verächtlich. »Schreiben ist unmännlich. Es ist eine Beschäftigung für Stubenhocker und Priester.«

Brianna fühlte eine bittere Enttäuschung bei seinen Worten, die sie auch nicht vor ihm verbergen konnte. Als er den Ausdruck der Bestürzung auf ihrem Gesicht erkannte, lenkte er schnell ein. »Ich habe keine Einwände gegen Euren kleinen Zeitvertreib, wenn er Euch Vergnügen bereitet.«

Brianna biß sich auf die Zunge. Sie durfte mit ihrem zukünftigen Ehemann nicht jetzt schon streiten, denn sonst würde sie erst gar keinen Ehemann bekommen. Sie blickte zu ihm auf und war erschrocken von dem Ausdruck reinsten Hasses, den sie in seinen Augen las. Doch er war so schnell wieder verschwunden, daß sie schon glaubte, sie hätte ihn sich nur eingebildet. Sie wandte sich um, um zu sehen, wer wohl eine solche Gefühlswallung in ihm hervorgerufen haben konnte. Und dann trat plötzlich alles um sie herum in den Hintergrund. Die Zeit schien stillzustehen, und sie hatte das Gefühl, sich in einem Traum zu bewegen.

Zwei Männer kamen auf sie zu, doch sie nahm Prinz Edward nicht einmal wahr. Ihre Blicke wurden wie magisch angezogen von dem dunklen Mann an seiner Seite. Auch wenn sie sich Mühe gab, so vermochte Brianna die Blicke nicht von ihm loszureißen. Er trug ein karmesinrotes Gewand aus Seide, auf dem die Schwingen eines Adlers in vollem Flug abgebildet waren. Seine dunklen Züge erschienen ihr überaus männlich, die bezwingenden Augen mußten Splitter aus Aquamarin sein.

Briannas Sinne waren aufs Äußerste gespannt. Sie roch ihr eigenes Fresien-Parfum, gemischt mit dem Duft des Mannes nach Sandelholz. Ihre Farben Jade, Türkis und Smaragd schienen ihr plötzlich zu strahlen, es war, als umgäbe sie ein leuchtender Schein.

Christian war benommen. *Sie* stand vor ihm!

Seine Augen wurden ganz groß, als er ihre atemberaubende Schönheit aus der Nähe betrachtete. Seine Nasenflügel blähten sich, als er ihren Duft einatmete. Sein Körper reagierte unverzüglich und erinnerte sich daran, wie sie nackt ausgesehen hatte, nur umhüllt von ihrem goldenen Haar, das ihr in Kaskaden über die Schultern fiel. Der Ansturm auf seine Sinne ließ ihn schwindeln, und ganz langsam begriff er, daß dies alles vorbestimmt war.

Wie benommen standen die beiden da und waren völlig versunken ineinander, als seien sie die einzigen Menschen hier auf der Galerie – ihre Pupillen weiteten sich so sehr, daß ihre Augen schwarz aussahen.

Brianna hatte ein eigenartiges Gefühl ergriffen. Ihr Herzschlag verlangsamte sich, das Blut schien nur zögernd durch ihren Körper zu fließen. Sie vergaß zu atmen. Ihre Hand ging zu ihrem Hals, in einer flehenden Geste.

Robert de Beauchamps Stimme durchbrach die Verzauberung. »Dies ist mein Bruder, Christian Hawksblood... Lady Brianna Bedford.«

»*Meine* Lady«, sagte der dunkle Krieger, und sein Blick war so durchdringend und besitzergreifend, daß Brianna einen Schritt zurückwich. Ganz deutlich hatte er die Betonung auf das Wort »meine« gelegt und nicht auf »Lady«.

Jetzt, wo sie ihre Blicke von ihm abgewandt hatte, wagte Brianna es nicht, ihn noch einmal ins Auge zu fassen. Nervös sah sie sich um. Alle schienen sich ganz normal zu verhalten, als sei nichts geschehen. Doch sie empfand es so, wie es zwischen ihr und diesem dunklen Fremden gefunkt hatte, als *außergewöhnlich*.

Prinz Edward stellte Christian, der wohl oder übel seine Blicke von Brianna lösen mußte, seiner Cousine Joan von Kent vor.

Joan, die nie um Worte verlegen war, sagte: »Ihr seid also dieser arabische Ritter, der ganz Windsor in Erstaunen versetzt. Ich hatte keine Ahnung, daß der Graf von Warrick noch einen Sohn besitzt.«

»Er selbst auch nicht, meine Lady«, kam die belustigte Antwort. Alle lachten. Seine Stimme klang tief und melodisch, er sprach mit einem schwachen Akzent. Doch Brianna war es nicht entgangen, daß er die Betonung nicht auf das Wort »meine« gelegt hatte, als er Joan mit »meine Lady« ansprach.

Christian Hawksblood blickte auf die Pergamentblätter hinunter. »Das ist sehr hübsch. Es erinnert mich an die gesammelten Manuskripte, die ich in Bagdad gesehen habe.«

»Bagdad!« mokierte sich Robert.

Prinz Edward vermittelte: »Bagdad war bereits ein Zentrum der Kultur und Gelehrsamkeit, als die Europäer noch nicht einmal ihre Namen schreiben konnten! Sind das Eure Pergamente, Lady Bedford?«

»Ja, Eure Hoheit«, sagte Brianna, und in ihre Wangen stieg eine flammende Röte. Himmel, warum mußten sie sich jetzt noch einmal darüber unterhalten, daß sie schreiben konnte, wo es doch Robert unmißverständlich anwiderte?

Joan konnte es nicht dabei belassen, es reizte sie zu sehr. »Teilt Ihr die Meinung Eures Bruders, daß die Kunst des Schreibens unmännlich ist?«

Hawksblood warf ihr einen amüsierten Blick zu. »Wohl kaum. Ich habe selbst Schriften aus dem Persischen und aus Sanskrit ins Arabische übersetzt.«

»Dann wärt Ihr wahrscheinlich ein begnadeter Priester geworden«, spottete Robert.

»Voraussichtlich wird er sich in allem hervortun, was er anfängt«, meinte Prinz Edward und sah seinen neuen Freund mit unverhüllter Bewunderung an.

»Dann wollen wir sehen, ob Ihr auch des Tanzens mächtig seid«, meinte Joan fröhlich und nahm Christians Arm.

Innerlich kochte Robert de Beauchamp. Er ließ seinem Verdruß freien Lauf, als dieser fremde Bastard, sein sogenannter Bruder, die Gruppe verlassen hatte. »Eure Freundin, Joan von Kent, ist eine kleine Schlampe«, murmelte er.

Prinz Edwards Augen blitzten. Sein aufbrausendes Temperament ließ ihn ausholen, und er schlug Robert ins Gesicht. »Ihr besitzt eine genauso ungehörige Zunge wie mein Bruder Lionel.« Edward nahm Briannas Hand. »Kommt, Lady Bedford.«

Brianna war in ihren Grundfesten erschüttert! Ganz gleich, für welche Seite sie sich entschied, sie saß in der Patsche. Zu ihrem Bedauern hatte sie dem Prinzen von Wales zu gehorchen, doch die Loyalität für ihren zukünftigen Ehemann war ebenfalls Pflicht. Warum nur mußten die Männer sich so benehmen? Tatsächlich akzeptierte sie absolut nicht Robert de Beauchamps Urteil über Joan – wirklich geschmacklos! Er war heute abend schlecht gelaunt, und nur Christian Hawksblood konnte der Grund dafür sein. Eine Spur Mitleid erwachte in ihrem Herzen. Der arme Robert, er hatte sehr schlecht abgeschnitten im Vergleich zu diesem souveränen Eindringling.

Sobald der Prinz und Brianna den Saal betraten, tanzten Christian Hawksblood und Joan auf sie zu und machten vor ihnen halt. Hawksblood wußte, daß Edward und Joan keinen Augenblick länger warten konnten, einander in Armen zu halten.

Der Prinz lächelte ihn dankbar an, dann beugte er sich Joan entgegen, und sie kam willig auf ihn zu. All das geschah rasch und ohne großes Aufsehen.

Schließlich stand Brianna vor dem dunklen Fremden. Er beugte leicht sein stolzes Haupt. »*Meine* Lady.«

Ihr Herz schlug schneller, ihr Puls raste, ihre Wangen röteten sich. Er war der mächtigste und zugleich der arroganteste Mann, dem sie je begegnet war. »Ich bin nicht *Eure* Lady!« Sie hob trotzig das Kinn. Doch eine kleine Stimme in ihrem Inneren rief: *Dies ist der unwiderstehliche Ritter, der deine Träume beherrscht!* Entschlossen brachte Brianna die Stimme zum Schweigen, indem sie sich weigerte, darauf zu hören.

Das Begehren wollte ihn beinahe überwältigen. Visionen von ihr hatten seit langem einen starken körperlichen Einfluß auf ihn, und als sie jetzt in Fleisch und Blut vor ihm stand, konnte er sich kaum mehr zurückhalten. Er ballte die Hände zu Fäusten, um nicht einen Finger auf das Grübchen in ihrem Kinn zu legen. Seine Vorstellungskraft wurde unwillkürlich aktiv, auch in ihre anderen Grübchen hätte er gern seinen Finger gelegt. Sie hielt den Kopf hoch erhoben, ihr goldenes Haar hüllte sie ein. Nie zuvor hatte er etwas so Herrliches gesehen. Die Frauen aus Arabien, Griechenland und auch Byzanz hatten alle schwarzes Haar. Vor seinem inneren Auge sah er sich selbst, nackt, auf ihrem Ruhelager, während sie ihre Locken über seinen Körper gleiten ließ. Er erstickte ihre entzückten Schreie der Leidenschaft mit seinem Kuß. Es war ein Blick in die Zukunft. »Ich habe Euch schon viele Male gesehen, Demoiselle.«

»Wo denn?« fragte sie patzig.

»In meinen Visionen.«

Brianna war männlichen Schmeicheleien gegenüber immun. »In Euren Träumen natürlich! Wie originell!«

»In meinen Visionen und auch Träumen«, korrigierte er sie. »Ihr habt ein Hexenmal auf Eurem…« Er sah, wie sie erstarrte.

Himmel, wie ist das nur möglich? Wie kann es sein, daß wir den gleichen Traum gehabt haben? Ihre Wangen verfärbten sich noch mehr, als sie sich daran erinnerte, daß er im Traum den Schönheitsfleck auf ihrem Gesäß hatte küssen wollen.

»Wie könnt Ihr es wagen?« flüsterte sie.

»Wir werden tanzen«, erklärte er.

»Das werden wir *nicht*«, lautete ihre Antwort.

»Warum nicht?« wollte er ungeduldig wissen.

»Ich... ich werde Euren Bruder Robert heiraten.«

»Das glaube ich nicht«, erklärte er fest.

»Wenn er mich mit Euch sieht, wird er böse!«

»Dann sollten er und auch Ihr Euch von nun an daran gewöhnen, *meine* Lady.«

Ihre Kopfhaut prickelte vor Furcht. Ihre Smaragde hatten ihr heute abend kein Glück gebracht. Alle neugierigen Blicke in dem großen Saal ruhten auf ihr und diesem arabischen Ritter. Sie wollte keinen Klatsch, keine Gerüchte von neuesten Eroberungen und dergleichen. »Gute Nacht, Sir!« Sie wäre am liebsten gerannt, aber weil sie wußte, daß alle Augen ihr folgten, ging sie gemessenen Schrittes auf die Galerie zurück.

Brianna war erleichtert, als sie Roberts blonden Schopf am anderen Ende ausmachen konnte. Sie hob die Röcke, um sich zu sputen, und eilends erreichte sie ihn. »Es tut mir leid. Ich bin zurückgekommen, sobald ich konnte.«

Er leerte einen Becher mit Bier. »Kommt, wir wollen hier verschwinden«, murrte er.

Brianna zögerte, doch verstand sie seine gedemütigten Gefühle angesichts der prinzlichen Ohrfeige. Sie gingen nach draußen in die Dunkelheit. Der Nachtwind kühlte ihre erhitzten Wangen. Als sie sich seinen Schritten anpaßte, griff er nach ihrer Hand. Brianna suchte verzweifelt nach einem Gesprächsstoff, doch sie konnte weder von Joan sprechen noch von Prinz Edward oder Roberts Bruder. Sie wollte ihn trösten und ihn nicht noch mehr verärgern, deshalb schwieg sie auf dem Weg zum Upper Ward.

Als Robert schließlich stehenblieb, bemerkte Brianna, daß sie den Clarence Turm erreicht hatten. Er holte einen Schlüssel aus seiner Tasche und schloß die schwere Tür auf. »Kommt mit mir«, bat er sie ohne Umschweife.

»Das kann ich nicht. Dies sind die Gemächer von Prinz Lionel«, protestierte sie.

»Es ist schon in Ordnung. Er ist nicht da. Ohnehin würde er nichts dagegen haben!«

»Robert, ich bin ohne Anstandsdame.«

»Himmel!« fluchte er. »Bitte!« Sein Griff um ihre Hand verstärkte sich. »Brianna, ich brauche Euch!«

Kurz überlegte sie, und er benutzte diesen Augenblick, um sie auf seinen Arm zu nehmen und die Treppe hinaufzutragen. Pechfackeln brannten und warfen lange Schatten. Er war so groß, Brianna wußte um die Vergeblichkeit ihres Sträubens, dennoch versuchte sie es verzweifelt. Sie fürchtete sich nicht wirklich. Er war immer ein Mann mit tadellosen Manieren gewesen, nach außen hin unbedingt ritterlich. Sein Benehmen heute abend führte sie auf zuviel Alkohol zurück, und das machte sie nervös.

Schließlich gab er nach und stellte sie auf die Füße, als sie vor einem der oberen Räume angekommen waren. Doch im gleichen Moment, als Brianna Boden unter den Füßen fühlte, hatten sich schon seine Lippen auf ihre gepreßt, und er küßte sie wild. Er roch nach Bier und Schweiß. Keiner der beiden Gerüche stieß sie grundsätzlich ab, doch waren sie natürlich keineswegs geeignet, sie in eine romantische Stimmung zu versetzen. Der Druck seiner Lippen verstärkte sich, so daß sie gezwungen war, ihren Mund zu öffnen, damit seine Zunge sich hineinschieben konnte. Noch immer fürchtete Brianna sich nicht, doch jetzt erwachte ihr Zorn. Sie griff mit der Hand nach seinem Gesicht, und unglücklicherweise stieß sie ihm dabei den Finger ins Auge. Seine Lippen lösten sich von ihren, er fluchte, dann ließ er sie los und rieb sich die schmerzende Stelle. Sie versuchte, sich einen Schritt weit zu entfernen, doch er hielt ihre Hand fest. »Brianna, habt keine Angst vor mir. Wir sind doch schon beinahe verlobt... Ihr werdet mir doch sicher einen Kuß erlauben?« drängte er.

»Ich sollte nicht allein sein mit Euch«, wehrte sie ihn ab.

»Helft mir doch, Brianna!« Er zog sie wieder an sich. »Könnt Ihr Euch denn nicht überwinden, etwas freundlicher zu sein? Wir werden bald zu einem Feldzug nach Frankreich aufbrechen, vielleicht sogar schon in ein paar Tagen. Ich hatte gehofft, Ihr würdet Euch ein wenig großzügiger erweisen. Es gibt hier auch etwas zu trinken. Ein wenig Eisenkraut in Euren Wein gemischt, und Ihr werdet Euch nach meinen Küssen sehnen.«

Brianna war schockiert von seinem Vorschlag. War es etwa das, was er und Prinz Lionel tranken? »Keinen Wein mehr. Ihr... Ihr habt sowieso schon zu tief ins Glas geschaut.« Sie versuchte, sich ihren Widerwillen nicht anmerken zu lassen.

Er fuhr mit den Händen durch ihr Haar. »Ich habe die Erlaubnis, Euch den Hof zu machen. Weist mich bitte nicht ab, Brianna. Ich werde Euch nicht gegen Euren Willen zu etwas zwingen.«

»Es tut mir leid, Robert. Ich... ich habe wenig Erfahrung, getändelt habe ich noch nie mit einem Mann...«

»Psst, mein Johannisapfel. Ich weiß, daß Ihr noch Jungfrau seid. Ihr habt Eure Unberührtheit für Euren zukünftigen Ehemann bewahrt. Und der bin ich, also bin ich auch derjenige, der sie Euch nehmen wird.« Brianna wußte, daß sie sich auf gefährlichem Pflaster befand. Er hatte zwar gesagt, er würde sie nicht zwingen, doch war er ziemlich betrunken und offensichtlich in einer Stimmung, in der er sich nach einer Liebschaft sehnte. Sie wußte, daß sie sich etwas einfallen lassen mußte.

Er legte seine Finger unter ihr Kinn. »Ihr seid eine so wunderschöne, warmherzige Frau. Wenn ich aus Frankreich nicht zurückkehre, wird es Euch leid tun, daß Ihr so kalt zu mir gewesen seid«, meinte er sanft.

Fürchtete er sich? Sie hätte ihm erlaubt, sie in die Arme zu nehmen, wenn er die ganze Sache anders begonnen hätte. Sie wäre durchaus gewillt gewesen, ihn mit einem zarten Kuß und ein wenig Zärtlichkeit zu trösten, doch sie fürchtete sich vor der Gier in seinen Augen. »Robert, ich muß jetzt wirklich gehen.«

Seine Stimme wurde rauh und ganz intim. »Warum seid Ihr mit mir hier heraufgekommen? Um mich zu necken?«

Brianna holte tief Luft. »Ich habe mit Euch zusammen den Saal verlassen, weil ich sah, daß Ihr Sorgen habt. Mir ging es um ein Gespräch über Eure Kümmernisse.«

Am liebsten hätte er sie erwürgt. Sie war nichts anderes als ein kokettes Weib. Das letzte, was er jetzt wollte, war ein Gedankenaustausch. Doch wenn er erwartete, sie für sich zu gewinnen, dann mußte er seine fleischlichen Gelüste kühlen, bis zur rechtmäßigen Hochzeit, soviel war ihm klargeworden.

»Zweifellos bedeutete es einen Schock für Euch zu erfahren, daß Ihr noch einen Bruder habt; aber wenn Ihr erst einmal zur Ruhe gekommen seid, wird es nicht mehr so schlimm sein.«

»Ich bin der rechtmäßige Erbe meines Vaters, und ich werde eines Tages der Graf von Warrick sein. Die Tatsache, daß mein unehelicher Bruder sich in den königlichen Zirkel eingeschlichen hat, interessiert mich nicht im geringsten!«

Das sprudelte so heftig heraus, daß Brianna seine Not begriff. Sie fühlte Mitleid in ihrem Herzen, stellte sich auf die Zehenspitzen, drückte einen Kuß auf seine Wange und floh dann zur Tür.

Er starrte ihr nach, seine groben Flüche hallten von den Wänden wider. Doch dann hielt er inne, weil er etwas gehört hatte. Es klang, als wäre Prinz Lionel eingetroffen, und dem Kichern nach, das er von der Treppe hörte, hatte er ein Mädchen mitgebracht. Ein Anflug seiner guten Laune kehrte zurück. Vielleicht war der Abend ja doch noch zu retten.

Prinz Edwards Blicke ergötzten sich an Joans Schönheit, während sie sich gesittet auf der Tanzfläche bewegten, unter den Augen des ganzen Hofes. »Jeanette, hast du mit Hawksblood über uns gesprochen?«

»Natürlich nicht, Euer Hoheit. Wir haben uns über meinen Bruder Edmund unterhalten.«

»Bin ich denn so leicht zu durchschauen, daß er sofort mein Verlangen nach dir erkannt hat?«

Joan geriet in Wallungen bei diesem Geständnis. »Er brauchte nur in *mein* Gesicht zu sehen. Es verrät mich, immer wenn ich in deiner Nähe bin.«

»Dann müssen wir beide lernen, uns unter Kontrolle zu halten«, warnte er sie.

Joan blickte zu ihm auf, es gelang ihr nicht, den Schmerz in ihrem Blick zu verbergen.

Er drückte ihre Hände. »Meine Süße, ich meine nicht, daß wir unsere Gefühle unter Kontrolle halten müssen, sondern unseren äußeren Umgang. Es ist meine Pflicht, deinen Ruf zu schützen.«

Joan lächelte ihn an. »Und wenn wir allein sind, Euer Hoheit?« forderte sie ihn heraus.

»Ich wünschte bei Gott, wir könnten jemals allein sein«, beklagte er sich, während er in Gedanken eine Möglichkeit nach der anderen durchging.

»Wir könnten uns im Garten beim Brunnen treffen«, schlug Joan vor.

»Zu viele Fenster gehen dort hinaus. Treffen wir uns lieber auf den Zinnen meines Turmes.«

»Und was ist mit den Wachen?« fragte sie atemlos.

»Vertrau mir, mit denen weiß ich umzugehen, mein Herz«, antwortete er.

»Ich würde dir mein Leben anvertrauen«, flüsterte sie.

Edward verließ den Saal sofort, Joan wartete noch eine Weile. Sie sah sich eilig nach einer Fluchtmöglichkeit um, als William de Montecute sich ihr näherte. Nicht weit entfernt entdeckte sie Christian Hawksblood, der sich mit Prinz Edwards Männern unterhielt.

Er blickte in ihre Richtung, als hätte er ihren Hilferuf aufgefangen. Sie winkte ihn mit den Augen zu sich, und wie durch ein Wunder stand er dann neben ihr, eine Schrittlänge bevor der Montecute sie erreicht hatte.

»Darf ich Euch um diesen Tanz bitten, meine Lady?« Montecute blickte sie mit seinen Kälberaugen an.

»Es tut mir leid, mein Lord. Mein Bruder wünscht mich zu sehen, und er hat Sir Christian geschickt, um mich zu ihm zu bringen.«

Hawksblood führte sie aus dem Saal. »Ihr habt einen wachen Verstand, eine schnelle Zunge und eine Vorliebe für das Ränkespiel, Lady Kent. Ihr würdet eine hervorragende Spionin abgeben.«

»Oh, seid Ihr vielleicht etwas Ähnliches?«

Er warf den Kopf zurück und lachte. »Behaupten das die Gerüchte?«

Sie bemerkte, daß er ihre Frage seinerseits mit einer Frage beantwortet hatte.

»Ich nehme an, ich soll Euch zu Eurem Cousin begleiten und nicht zu Eurem Bruder«, meinte er aufmerksam.

Joans silberhelles Lachen ertönte. »Wie habt Ihr das erraten?«

»Geht von mir nicht auch die Rede um, daß ich übersinnliche Fähigkeiten besitze?«

Brianna hatte Joans unverkennbares Lachen gehört, als sie auf dem Weg zu ihren Gemächern war. Sie erblickte ihre Freundin auf der anderen Seite des Hofes, in angeregter Unterhaltung mit dem gefährlichen Ritter, der in so kurzer Zeit ihrer aller Leben seinen Stempel aufgedrückt hatte. Aus heiterem Himmel packte sie die Wut auf Joan. Es würde ihr nur recht geschehen, wenn auch sie es unverhofft mit einem zügellosen Mann zu tun bekäme. Mal sehen, ob es ihr dann genauso gelänge, sich zu retten, wie Brianna das geschafft hatte! Warum nur war ihr dieser Gedanke unerträglich? Würde er nicht gut zu Joan passen? Die Antwort fiel nur allzu deutlich aus: Nein! Er war *ihr* Ritter…, der Ritter aus ihren Träumen, und sie wollte ihn für sich allein! Im gleichen Augenblick, in dem sich diese Version in ihrem Kopf einnistete, schob sie sie von sich. Wie konnte sie sich nur so gehenlassen? Gerade kam sie aus den Armen ihres Verlobten… und dachte an seinen Bruder!

8

Oben auf dem Turm des Prinzen von Wales fiel Joan in Edwards Arme. Er zog sie eng an sich, preßte sie gegen seinen warmen Körper. Ihr Ohr reichte gerade bis zu seinem Herzen, und als sie den kräftigen, stetigen Schlag hörte und den Duft seines Körpers einatmete, erfaßte sie eine heftige Erregung. Seine Nähe ließ sie vor Verlangen erbeben.

Edward nahm sofort seinen Umhang ab und legte ihn um sie, dann schob er seine Hände darunter, um sie wieder an sich zu drücken. Selig genoß er die Intimität, seine Hände unter den Umhang zu schieben und sie zu liebkosen. Es erregte in ihnen schmerzlichstes Verlangen. Als er zu einem Kuß ansetzte, öffnete sie ihm sofort ihre Lippen und lud ihn ein, die warme, dunkle Höhle ihres Mundes zu erforschen. Ihre Hingebung war so süß, daß es ihn drängte, auch noch nach anderen Schätzen zu tasten.

Seine Hände schlüpften in die weiten Ärmel ihrer Tunika, er öffnete den Verschluß ihres seidenen Unterkleides, und seine Hände schlossen sich um ihren entzückenden Busen mit den winzigen Spitzen.

Joan keuchte auf vor Verlangen, als Edwards Finger zuerst ihre Brüste streichelten und dann mit den Knospen spielten, die sich ihm willig entgegenreckten. Ihr Keuchen wurde zu einem leisen Aufschrei, als er ihren Oberkörper von dem störenden Stoff des Mieders befreite und den Kopf senkte, um sie mit seiner Zunge zu streicheln. Dann hob er lächelnd den Kopf: »Du bist süßer als Honigwein. Kleine Jeanette, ich werde nie genug bekommen von dir.« Er bedeckte ihre Brüste und zog sie dann wieder in seine Arme, mit dem Rücken lehnte er sich gegen die Mauer der Zinnen.

Joan schmiegte sich an ihn, sie liebte das Gefühl seines starken Körpers an ihrem eigenen sanften und nachgiebigen Fleisch. Ihr Venushügel prickelte, als sie sich an seinem kräftigen Schenkel rieb und seine Erregung spürte.

Er stöhnte auf. »O gütiger Gott im Himmel, wenn ich jetzt nicht aufhöre, werde ich es nicht mehr können.«

Joan war ganz benommen vor Begehren. Ihre Sehnsucht nach Edward entglitt ihrer Kontrolle. Sie klammerte sich an ihn, um nicht das Gleichgewicht zu verlieren. Seine harten Muskeln unter ihren Händen regten ihr Vorstellungsvermögen an. Sie sehnte sich danach, ihn zu fühlen, ihn zu berühren, ohne das störende Hindernis der Kleidung. Als er ihre Brüste gestreichelt hatte, hatte sie jede seiner Bewegungen bis in ihr Herz gefühlt und dann weiter in ihrem Bauch und in dem Pulsieren zwischen ihren Schenkeln.

Er streichelte sanft ihr Haar, um sie zu beruhigen. »Mein kleiner Liebling. Verzeih mir, daß ich dich so erregt habe, ohne daß es mir möglich ist, mich dir gänzlich zu widmen. Aber dein Wohlergehen muß ich über meine Sehnsucht stellen. Wir werden einen geheimen Ort finden, wo wir einige Stunden ungestört miteinander verbringen können.«

»Vielleicht entdecken wir morgen eine geheime Lichtung im Wald, wenn wir auf der Falkenjagd sind«, flüsterte sie. Sie schmiedeten den Plan, sich an jener Stelle zu treffen, wo sie als Kinder immer gespielt hatten.

Edward gab ihr noch einen Gutenachtkuß, nur mit eisernem Willen gelang es ihm, seine Liebeswünsche zu unterdrücken. »Geh. Geh jetzt, solange noch Zeit ist. Ich werde dir heimlich folgen, werde mich im Schatten halten, um zu sehen, daß du auch sicher zu deinen Gemächern gelangst.«

Joan besaß keinen eigenen Willen mehr. Sie würde ihm gehorchen, ganz gleich, was er auch von ihr verlangte.

Brianna saß weit nach Mitternacht immer noch an ihrem Schreibpult. Sie stellte fest, daß die Konzentration, die sie brauchte, um eine Legende niederzuschreiben, ihr half, ihre Sorgen wenigstens für den Augenblick zu vergessen. Nach einer oder zwei Stunden, in denen sie sorgfältig und konzentriert schrieb, fühlte sie sich besser. Eine große Befriedigung überkam sie, wenn sie etwas schaffte, das anderen Freude bereitete. Indem sie die Legenden in ihre eigenen Worte faßte, würde sie vielleicht die Gemüter der Leser erreichen, sie entweder zum Lachen oder zum Weinen bringen.

Ihre Schriften berichteten von den Heiligen. Gegenwärtig erzählte sie die Geschichte des heiligen Georg und des Drachens, die der kleine Randal schon einmal ruiniert hatte. Den Großbuchstaben *T* beispielsweise gestaltete sie jedesmal zu einem herrlich verzierten Schwert. All die großen Krieger der Geschichte hatten ihre Schwerter voller Verehrung behandelt und ihnen Namen verliehen, als seien es Freunde. Rolands Schwert hieß Durendal, und das Schwert Karls des Großen hatte Joyeuse geheißen. König Edward nannte seine Lieblingswaffe Unbesiegbar.

Als sie dann ihre Federkiele und Pinsel säuberte, dachte sie an den dunklen Ritter mit dem Adlergesicht und dem Adlernamen. Er war bestimmt ein Krieger, der für seine Waffen Namen erfand. Wie eigenartig, daß er zu den Beauchamps gehörte! Wenn sie Robert heiratete, so wäre der Araber ihr Schwager. Es durchrieselte sie heiß. Ihre alte Kinderfrau hätte jetzt gesagt, daß eine Gans über ihr Grab liefe. Brianna rief sich zur Ordnung. Wenn sie nicht aufpaßte, würde sie ihren Seelenfrieden verlieren und wieder in ihre alten Depressionen verfallen.

Sie war heute abend von Robert ziemlich enttäuscht gewesen, nährte sie doch seit langem romantischere Vorstellungen von ihrem Bräutigam. Atemlos hatte sie jeden Schritt auf dem Weg der Umwerbung erwartet, der zu einem Leben der Liebe und der Erfüllung führen würde. In unbestimmter Weise fühlte sie sich jetzt betrogen – all die Blicke, die Seufzer, das Händchenhalten und die langen Unterhaltungen, in denen sie einander kennenlernten, ihre Vorlieben und Abneigungen, Träume und Hoffnungen herausfanden, waren ihr vorenthalten worden. Ganz sicher sollte der erste Kuß zögernd sein, zart, nicht ein solcher Überfall! Es schien ihr, als hätte Robert zu viele Stationen des Werbens ausgelassen, als wäre er wie ein Rüpel gleich über sie hergefallen. Für eine solche Intimität war sie noch nicht bereit. Sowohl seine Handlung als auch sein Benehmen hatten in ihr das Gefühl hinterlassen, verletzt worden zu sein. Ganz plötzlich war er nicht mehr ihr Ritter in der glänzenden Rüstung, nicht mehr der Held ihrer Träume.

Doch dann siegte ihre Vernunft. Er war ein Mann aus Fleisch und Blut, dessen Erziehung dem Kriegshandwerk galt. Er hatte keine Zeit gehabt, romantische Epen zu lesen. Männer und Frauen wuchsen in zwei verschiedenen Welten auf. Seine Lust heute abend war hervorgerufen durch seine Furcht vor der bevorstehenden Konfrontation mit den Franzosen. Zudem ließ ihn das plötzliche Auftreten eines älteren Bruders, der so überwältigend gut aussah und bereits zum Ritter geschlagen war, um seinen Stand fürchten. Eigentlich hatte er nur menschlich reagiert.

Vielleicht lag der Fehler ja auch bei ihr. Sie gab sich törichten Märchen hin und war wahrscheinlich sehr unrealistisch. Sie mußte lernen, eine reife Frau zu sein.

Als Robert de Beauchamp die Tür öffnete, fiel Prinz Lionel förmlich herein. Nach all dem, was er heute abend gebechert hatte, war die Treppe zu viel gewesen für seine unsicheren Beine. Er befand sich in Begleitung von Lady Elizabeth Grey, die selbst nicht mehr ganz gerade stand.

»Ich schaffe es nicht mehr, Rob. Wie immer, werdet Ihr mir auch jetzt helfen müssen.«

Robert zog ihn auf die Füße, legte Lionels Arm um seine Schultern und schleppte ihn zu dem riesigen Himmelbett.

Lionel ließ sich darauf fallen, er lachte wie ein Verrückter. »Hebt sie für mich herauf, Rob. Meine Kräfte sind etwas eingeschränkt.«

Elizabeth war so beschwipst, daß sie Robert für den Prinzen hielt, als er sie auf seine Arme hob.

»Gebt ihr etwas von meinem Spezialwein«, sagte Lionel und zwinkerte ihm verschmitzt zu.

»So, wie es aussieht, hat sie den Bauch bereits voll davon«, meinte der erfahrene Robert.

»Nein, noch nicht, Rob, aber ich werde ihn ihr schon noch vollmachen«, meinte Lionel mit einem anzüglichen Blick und tätschelte seinen Penis. Auf seiner Stirn erschien eine steile Falte. »So schlaff wie ein verdammter Fisch«, murmelte er niedergeschlagen.

Robert beobachtete Elizabeth genau, um zu sehen, wie das Eisenkraut und die Bergminze in dem Wein auf sie wirkten, während sie auf dem großen Bett saß und an dem Gebräu nippte. Auf die Dirnen hatte es immer eine ganz besondere Wirkung gehabt, und jetzt war er neugierig zu sehen, wie es auf eine Jungfrau wirkte. Lange brauchte er nicht zu warten.

Lionel fummelte am Verschluß seiner Hose, und endlich gelang es ihm, ihn zu öffnen. »Zur Hölle, warum kriege ich ihn nicht hoch?«

Robert wußte, es war seine Jugend, zusammen mit dem großen Konsum an Alkohol. Der unersättliche Drang bestand, doch er war nicht in der Lage, den Akt auch auszuführen.

Lionels freundliches Wesen gewann die Oberhand. »Es geht nicht, Rob – Ihr werdet wieder einmal für mich einspringen müssen.«

Robert grinste, als er sich die Hose auszog und dann auf die große Schlafstatt kletterte.

Elizabeths Kichern wandelte sich in Tränen. Auch wenn sie betrunken war und erregt von dem Eisenkraut und der Bergminze, so wußte sie doch, daß sie nicht mit diesen beiden Männern zusammensein sollte.

Robert stieß sie in die Laken und schob sich über sie.

»Himmel, wenn ich Euch beim Vögeln zusehe, Rob, dann erregt es mich mehr, als wenn ich es selbst tue!«

Briannas Kerze war beinahe heruntergebrannt, als sie sie endlich ausblies und sich niederlegte. Ihre Träume begannen mit Bruchstücken von Ansichten, Klängen und Worten des Tages, der soeben vergangen war.

»Hat er noch nicht mit dir geschlafen?« Ihre Freundin spottete über ihre Keuschheit, Joan besaß bereits allerhand Erfahrung mit Männern. Briannas Traum änderte sich. Sie hielt Händchen mit Robert und fuhr mit ihren Fingern über sein weizenblondes Haar. Er lächelte sie an, sah ihr tief in die Augen und beugte sich dann zu ihr, um ihr süße Nichtigkeiten zuzuflüstern. Doch dann flog plötzlich die Tür ihres Zimmers auf, und der dunkle, gefährliche Krieger trat ein mit der Erklärung, er sei der Bruder ihres Verlobten. Sie konnten keine Brüder sein, sie waren allzu verschieden, in jeder Hinsicht. Der eine schien hell, der andere dunkel, der eine gut, der andere böse, der eine freundlich, der andere grausam. Mit gezogenem Breitschwert kam er auf sie zu.

Hawksblood durchbohrte Brianna mit Blicken aus seinen eisblauen Augen. »Gib meinem Schwert einen Namen, dann werde ich ihn verschonen.«

»Sein Name sei Mortalité!« gellte ihre Antwort.

Hawksblood begann zu lachen und kam weiter auf sie zu. »Ich habe nur versprochen, *ihn* zu verschonen.«

Sie fiel vor ihm auf die Knie. Er hob sein Schwert und stieß es dann in sie. Aber es war nicht sein Schwert, das in ihren Körper gedrungen war. Es war sein Glied. Er hatte ihr die Jungfräulichkeit geraubt!

Mit einem Schrei auf den Lippen erwachte Brianna. Sie öffnete die Augen und sah Adele, die in der Tür stand. »Oh, es kann doch noch nicht Morgen sein«, begehrte sie auf.

»Du mußt dich beeilen, wenn du Prinzessin Isabel nicht erzürnen willst«, drängte Adele.

Christian Hawksblood saß auf seinem Araber, mit Salome auf seiner Faust, und betrachtete die Szene vor sich. Sie erinnerte ihn an einen herrlichen Wandbehang mit einem Jagdmotiv, den er einmal in einem Palast aufgehängt gesehen hatte. Doch nun erwachte dieses Bild zum Leben und erfüllte alle seine Sinne.

Die Prinzessin, mit einer Eskorte von neun jungen Damen, sah heute morgen ganz besonders strahlend aus. Sie trug königliches Purpur, unter dem Sattel ihres Zelters lag eine silberne Decke.

Hawksbloods Augen schweiften auf die Suche nach seiner Lady umher, die heute von Kopf bis Fuß in leuchtendem Rot erschien. Ihr herrliches Haar war geflochten und mit Bändern verziert, ihr Wappenrock hatte weite Ärmel und war an beiden Seiten geschlitzt, um ihr größere Bewegungsfreiheit beim Aufsteigen und Reiten zu verschaffen. Auch ihre Stiefel aus rotem Leder bemerkte er, und um den Hals trug sie ein Jagdhorn aus Elfenbein mit goldenen Verzierungen.

Prinz Edward saß auf einem glänzenden schwarzen Rappen, seine Satteldecke war aus schwarzer Seide mit dem walisischen Drachen in Gold bestickt. Gegen die schwarzbehosten Beine hob sich schimmernd sein dunkelgrünes Samtwams ab. Alle Männer des Prinzen, die heute morgen mit ausritten, seine Reitknechte, Knappen, Falkner und Diener, trugen ihre eigene Livree.

Die Kappen der Falken waren genauso kostbar wie die Kleidung ihrer Besitzer, alle bestickt und mit Juwelen und Federn verziert. Über den vergnügten Rufen und dem Gelächter hörte Hawksblood das Schmettern der Jagdhörner, die kleinen Glöckchen am Geschirr des Zelters der Prinzessin, die durchdringenden Schreie der Falken und Adler und das Wiehern und Stampfen der ungeduldigen Pferde, die um die bellende Hundemeute herumtänzelten.

Christian Hawksblood hob sich ab von den Männern ringsum, genau wie beabsichtigt. Er trug ein ärmelloses sarazenisches Kettenhemd, das aufgrund seiner feinen Schmiedearbeit den Neid aller Krieger erregte. Obendrein war es auf Hochglanz poliert, so daß es die Augen blendete. Gehämmerte silberne Armbänder, mit ungeschliffenem Bernstein verziert, schmückten seine muskulösen Oberarme, und sein langes schwarzes Haar hielt am Hinterkopf eine silberne Spange zusammen. Die hohen Wangenknochen wurden dadurch noch hervorgehoben. In seinem Waffengurt befanden sich eine Axt, ein Speer und ein langer, gebogener Türkensäbel. Unter dem Kettenhemd hatte er ein schlichtes Wams aus schwarzem Leder angelegt. Seine glänzenden Stiefel aus Ziegenleder reichten bis zu seinen Oberschenkeln. Im Kontrast dazu trug sein Knappe Paddy das übliche Lincoln Grün, wie die anderen Knappen in Prinz Edwards Haushalt.

Prinzessin Isabel starrte den Fremden herrisch an. »Edward, er mißachtet die Regeln. Er führt einen Gerfalken. Nur Mitglieder der königlichen Familie haben das Recht dazu.

»Christians Mutter ist eine arabische Prinzessin.« Edward verbarg seine Belustigung über die Großspurigkeit seiner Schwester. Ein abschätzender Blick trat in ihre Augen, und sie lenkte ihren Zelter auf den Neuankömmling zu. »Ich freue mich, daß Ihr uns heute morgen Gesellschaft leistet. Ein Freund von Edward ist auch mein Freund.«

»Danke, Euer Hoheit.« Auch wenn Hawksblood sich ehrerbietig verbeugte, so setzte er doch eine hochmütige Miene auf. Er reizte ihren Stolz und weckte gleichzeitig ihr Interesse.

»Wo, zum Kuckuck, bleibt mir Elizabeth Grey?« wollte Isabel von Joan von Kent wissen.

»Ich weiß es nicht, Euer Hoheit, sie schenkt mir ihr Vertrauen nicht«, antwortete Joan. Brianna flüsterte sie zu: »Sie ist doch ihre verdammte Freundin!«

Die Prinzessin betrachtete Briannas rotes Gewand mit schmollend verzogenem Mund. »Lady Bedford, geht und sucht sie. Ihr könnt uns dann nachkommen.« Sie hob ihr silbernes Jagdhorn. »Joan, Ihr begleitet sie.«

Prinz Edward griff nach den Zügeln seiner Schwester. »Offensichtlich möchte Elizabeth nicht mit uns auf die Falkenjagd gehen, Brianna und Joan dagegen sehr wohl. Laßt uns losreiten, meine Damen.«

Joan bedachte ihn insgeheim mit einem dankbaren Lächeln, und Edward zwinkerte ihr zu.

Brianna senkte den Blick, um nicht Christian Hawksblood ansehen zu müssen, doch als sie dann durch den Park von Windsor ritten, war er plötzlich an ihrer Seite.

»Ihr habt heute nacht meine Träume beherrscht, *meine* Lady.«

Brianna hob den Blick, und sie errötete über und über, als sie sich an ihre Träume von *ihm* erinnerte. Die Logik sagte ihr, daß ihre Träume nicht die gleichen gewesen sein konnten, doch er war so machtvoll in ihre Existenz eingedrungen, daß es jeder Logik widersprach. Was war das für ein eigenartiger Zauber, den er auf sie ausübte? Mit Mühe konzentrierte sie sich auf ihr Pferd und ihren Zwergfalken, der auf ihrer Faust saß.

Christian zog seinem Falken die Kappe vom Kopf. »Das ist Salome, meine *andere* Lady.«

Brianna blickte verärgert auf den Vogel, sie wollte gerade zu einer geringschätzigen Bemerkung anheben, als die Schönheit des Vogels sie gefangennahm. Das Federkleid glänzte in verschiedenen, beinahe unbeschreiblichen Farbtönen, der Kopf besaß die stolzeste Haltung, die sie je bei einem solchen Tier gesehen hatte.

Als sie sich dem Fluß näherten, flog ein Reiher vom Wasser auf, und ein Dutzend Greifvögel, Terzel, Hühnerhabichte und Würgfalken stiegen hoch. Christian stellte sich in den Steigbügeln auf, um Salome hochzuwerfen. Brianna stockte der Atem, als der Vogel senkrecht nach oben flog und dann herabstieß, vorbei an den anderen Vögeln. Sie traf den Reiher mit geballtem Fuß, packte ihn dann mit ihren scharfen Klauen und flog mit ihm zurück zu ihrem Herrn. Nachdem Christian die Beute in seiner Satteltasche verstaut hatte, lobte er sie ausgiebig und belohnte sie mit einem Leckerbissen aus seinem Waffengurt.

»Warum ist sie unseren Vögeln überlegen?« Sie hatte erwartet, daß er damit prahlen würde, auf welche Art er sie abgerichtet hatte.

»Sie wurde am Persischen Golf gefangen, in der Wildnis. Man mußte ihr nicht erst beibringen, wie man jagt.«

Zu ihrer Bestürzung fand Brianna ihn faszinierend. Sie sah sich nach Joan um und entdeckte gerade noch, wie sie mit Prinz Edward zwischen den Bäumen verschwand. Vor ihnen machte Isabel gerade eine Szene. Ihr Terzel war auf die Spitze einer hundert Fuß hohen Eiche geflogen und weigerte sich, zurückzukommen. Er hatte eine Fischkrähe gefangen und fraß sie gerade auf. Isabel beschimpfte ausgiebig einen Falkner, einen Reitknecht, einen Knappen und zwei Diener. Der Falkner schwenkte seine Lockspeise und pfiff den aus drei Noten bestehenden Ruf, wieder und wieder, doch der Vogel ignorierte ihn. Die Prinzessin bekam einen Wutanfall.

Als Hawksblood näher kam, wandte die Prinzessin sich an ihn. »Die Dienerschaft ist zu nichts nütze, könntet Ihr mir behilflich sein, mein Ritter?«

Er runzelte die Stirn. »Es ist ein Irrtum, daß nur ein hungriger Vogel jagen mag. Wie Ihr seht, füllt ein hungriger Vogel zunächst einmal seinen Bauch.« Er ritt zur anderen Seite der Eiche, um einen ungehinderten Blick auf den Vogel werfen zu können. Brianna folgte ihm, doch blieb sie ein Stück zurück, um ihren Merlin nicht aufzuregen. Sie fragte sich, was die Prinzessin wohl von ihm erwartete, sollte er vielleicht auf diesen Baumriesen klettern? Ihr entging keine seiner Bewegungen, als er ganz ruhig sein Pferd unter den Baum lenkte und dann seinen freien Arm ausstreckte.

Hawksblood saß reglos im Sattel, um seine Kraft zu konzentrieren und dann seine ganze Aufmerksamkeit auf den Vogel zu richten. Er brauchte zwei Minuten völliger Stille, ehe es ihm gelang, mit dieser Kreatur eins zu werden, um ihr seinen Willen aufzuzwingen. Der Vogel flog auf seinen Arm wie eine zahme Taube.

Prinzessin Isabel war voll des Lobes für ihn, doch immer wieder wollte sie von ihm wissen, wie er das bewerkstelligt hatte.

»Es war reiner Zufall, Euer Hoheit. Der Vogel hat sich ausgerechnet in diesem Augenblick entschieden zurückzukehren.«

Brianna wußte, daß das nicht stimmte. Selbst Isabel glaubte es ihm nicht. Schließlich, als sie nicht lockerließ, eine Erklärung zu fordern, meinte er: »Euer Falke ist männlich, der meine weiblich. Es war Salome, die ihn angelockt hat.« Für Isabel war das Geheimnis gelöst, doch Brianna nahm an, daß dieser dunkle Fremdling mehr mit dem Verhalten des Vogels zu tun hatte als seine Salome. Als er den Vogel der Prinzessin reichte, bemerkte Brianna, daß er auf seinem nackten Arm gelandet war und dennoch keinerlei Schramme seiner scharfen Krallen hinterlassen hatte. Desweiteren fiel ihr auf, daß Hawksblood keine Narben hatte, obwohl er doch ein Krieger war. Wenigstens keine im Gesicht oder auf seinen Armen. Das kam ihr ungewöhnlich vor. Alle Männer, die sie kannte, ob jung oder alt, stellten ihre Narben zur Schau als Beweis für ihren Mut.

Während Christian Hawksblood noch mit Prinzessin Isabel beschäftigt war, ergriff Brianna die Gelegenheit, ihr Pferd anzutreiben und zu den anderen jungen Damen hinüberzureiten. Sie fühlte sich ein wenig beunruhigt über die Tatsache, daß sie am liebsten an seiner Seite geblieben wäre, ihn in eine Unterhaltung verwickelt und seine erstaunliche Gegenwart genossen hätte. Es war beinahe so, als habe er ein magisches Netz zwischen ihnen ausgeworfen.

Vorsichtig ging sie ihm aus dem Weg, doch sein Knappe blieb in ihrer Nähe. Als sie in den Wald kamen, ritt sein Knappe vor ihr her, als wolle er den Weg für sie bereiten. Und als er dann einige tief hängende Äste zur Seite bog, die ihr sonst wahrscheinlich das Gesicht zerkratzt hätten, dankte sie ihm für seine Aufmerksamkeit. Wenigstens er war ein völlig normaler Mann, mit seinem alltäglichen Aussehen und seiner Livree.

An diesem herrlichen Morgen verlief die Jagd recht erfolgreich. Die Jäger füllten ihre Taschen mit Reihern, Rebhühnern und vielen anderen Wildvögeln, aber auch mit Hasen und Kaninchen. Brianna fand Joan wieder, und Prinz Edward zeigte ihnen beiden, wie sie ihre Vögel weiter in die Luft werfen und die Fangleinen durch ihre Finger führen mußten, um die Vögel unterwegs sicherer zu dirigieren.

Um die Mittagszeit ritten sie auf eine Lichtung, die für ein Mahl im Freien geeignet war. Die Reitknechte kümmerten sich um ihre Pferde, die Falkner sammelten die Vögel ein, während die Diener und Männer des Königs Tücher ausbreiteten und die Speisen darauf stellten. Auch wenn heute nur zehn Ladys an der Falkenjagd teilnahmen, so bestand doch die gesamte Gesellschaft mit all ihrem Gefolge aus über fünfzig Menschen.

Als Prinzessin Isabel die Lichtung erreichte, zog sie alle Register, um in den Mittelpunkt der Aufmerksamkeit zu gelangen. »Christian de Beauchamp hat mir das Leben gerettet«, erklärte sie voller Dramatik. »Ein wilder Eber wollte mein Pferd aufspießen. Er hat ihn mit bloßen Händen getötet.« Sie erging sich in einer ausgiebigen Schilderung, doch schließlich tauchte ihr Held auf, und man sah ihm von seiner Großtat gar nichts an. Da er sich dann schließlich zwischen Brianna und Paddy niederließ, verzog Isabel schmollend den Mund. »Ich werde mein Kleid ruinieren, wenn ich mich in das Gras setze. Lady Bedford, bitte holt mir doch die Satteldecke von meinem Zelter.«

Brianna, die an solche Befehle Isabels gewöhnt war, erhob sich und ging zu den Pferden hinüber. Sie war erschrocken, als sie den Eber sah, den Hawksblood über seinen Sattel gelegt hatte. Doch obwohl Christian eine Auswahl an Waffen bei sich trug, konnte sie weder Blut noch eine Wunde an dem Tier entdecken. Als sie mit der silbernen Decke zu der Gesellschaft zurückkehrte, hatte Isabel ihren Platz eingenommen. Brianna war erleichtert und setzte sich auf Paddys andere Seite.

Alle sprachen eifrig dem Bier, Apfelmost oder Met zu. Alle, außer der Prinzessin. »Sicher habt ihr doch Wein mitgenommen. Edward, woran hast du nur gedacht«, mäkelte sie.

»Bella, eine Falkenjagd ist eine durstige Angelegenheit. Wein löscht den Durst nicht halb so gut wie Apfelmost. Versuche auch ruhig einmal den Met. Niemand außer dir beklagt sich«, mahnte Edward sie.

»Vielleicht ist ja etwas Wein in meiner Satteltasche, oder einer der Reitknechte hat für eine ordentliche Flasche gesorgt. Lady Bedford, geht doch bitte zu ihnen und fragt sie.«

Für Christian Hawksblood war es offensichtlich, daß die Prinzessin alle Hebel in Bewegung setzte, um Briannas Mittagessen zu stören. Da schien es ihm nur angebracht, auch Isabel den Appetit zu verderben.

Als Brianna mit leeren Händen zurückkehrte, warf sie einen Blick in Hawksbloods Gesicht. Es war merkwürdig konzentriert. Seine Augen blitzten, und er starrte in die der Prinzessin.

Paddy hatte Brianna einen Krug mit Met gereicht. Er schmeckte köstlich, süßer noch als Honig. Doch Isabel war da anderer Meinung. »Bah! Dieser Met ist bitter. Er muß schlecht geworden sein!« Ihre Augen zogen sich zusammen. »Hat mir etwa jemand etwas hineingeschüttet, um ihn zu verderben? Hier, Lady Bedford, nehmt einen Schluck davon.«

Brianna nippte an dem Krug und reichte ihn dann der Prinzessin zurück. »Ich finde, er schmeckt köstlich, Euer Hoheit.«

Abermals kostete Isabel einen Schluck. Er war so bitter, daß sie ihn ausspuckte. »Pfui! Ihr müßt verrückt geworden sein.«

Brianna beobachtete abwechselnd Christian Hawksblood und Prinzessin Isabel. Jedesmal, wenn sie irgend etwas in den Mund nahm, schmeckte es schrecklich. Doch Brianna hatte nicht das Gefühl, daß Isabel absichtlich Ärger machen wollte. Sie sah genauso aus, als schmecke wirklich alles, was sie aß, nach Galle. Hawksbloods dunkles Gesicht hatte einen so überaus zufriedenen Ausdruck angenommen, daß Brianna vermutete, er habe tatsächlich der Prinzessin das Essen verdorben. Sie unterhielt sich mit Paddy. »Glaubt Ihr an die Macht der Magie?«

»Ich bin Ire, Lady Bedford. Magie und Hexerei sind für mich so wirklich wie Regen und Wind.«

»Und wie steht es mit den Arabern, Paddy?«

»Himmel, die lassen uns Iren wie Amateure erscheinen.«

Aus einem Impuls heraus fragte sie: »Hat Hawksblood seinem Schwert eigentlich einen Namen gegeben?«

»Das hat er, Lady. Sein Breitschwert heißt Mortalité, und das ist nicht nur so hingesagt!«

Brianna stockte der Atem. Es war der gleiche Name, wie in ihrem Traum. Sie hatte es gewußt!

»Er besitzt noch ein anderes Schwert, welches Wirbel heißt.« Paddy packte der Übermut. Er beugte sich ganz nahe zu ihr, als verrate er ihr ein Geheimnis. »Sogar noch eine Geheimwaffe steht ihm zur Verfügung. Ein gebogener Türkensäbel, den wir alle Killbride, Jungferntod, nennen.«

Brianna wich vor ihm zurück. Niemand brauchte ihr zu erzählen, daß dieser Mann ein Rohling war. Das hatte ihr Instinkt ihr schon gesagt.

»Ich wollte nur einen Spaß machen, Lady«, entschuldigte sich Paddy.

Sie kam sich auf einmal dumm vor und lachte mit. Er steckte voller irischem Schabernack. »In Wirklichkeit beneide ich seine Braut nicht. Die Angst vor ihm könnte sie umbringen.«

Christian und Edward standen etwas abseits von den Damen und scherzten miteinander. Prinzessin Isabel hatte allmählich genug von diesem herrlichen Ausflug und erklärte, daß sie jetzt alle zum Schloß Windsor zurückkehren würden. Die meisten der jungen Damen folgten ihr gehorsam, die Diener packten die Überreste des Picknicks ein. »Findest du Christian Hawksblood nicht auch etwas eigenartig?« fragte Brianna.

»Nun, sicher sieht er heute anders aus als alle anderen Männer«, meinte Joan.

»Ich meinte nicht sein Aussehen. Ich habe beinahe das Gefühl, daß er übersinnliche Fähigkeiten besitzt.«

»Vielleicht hat er dich verhext«, zog Joan sie auf.

Brianna hob ihr Kinn. »Ich finde ihn nicht anziehend, er stößt mich ab.«

»Er ist äußerst ritterlich, Brianna. In der letzten Nacht hat er mich vor William de Montecute errettet und mich sicher zu meinen Gemächern geleitet, ob ich wollte oder nicht.«

»Ich habe dich mit ihm gesehen. Joan, ich denke, wir sollten beide ein wenig vorsichtiger sein, wenn wir allein sind mit Männern.«

»Oho! Du warst allein mit Robert de Beauchamp, und seine Werbung hat die Grenzen überschritten! Ist die Liebe nicht aufregend?« fragte Joan atemlos.

Brianna lächelte schief angesichts der Begeisterung ihrer Freundin. Sie fand die Liebe gar nicht aufregend, von Verliebtheit konnte sie leider nichts verspüren. Die beiden Mädchen ritten allein, Isabel und die anderen waren vorausgetrabt. Der Waldweg wurde schmäler und teilte sich dann. Brianna machte den Vorreiter, doch als sie sich nach einer Weile umwandte, um mit ihr zu reden, war ihre Gefährtin verschwunden. Sie rief ihren Namen, bekam aber keine Antwort, nur ein schwaches Echo ihrer eigenen Stimme hörte sie.

Der Wald schien eigenartig still, während Brianna angestrengt auf irgendwelche Geräusche von Mitgliedern der Jagdgesellschaft lauschte. Doch nur Schweigen umgab sie. Sie gab ihrer Stute die Sporen, um so schnell wie möglich hier wegzukommen. Die Gegend sah gar nicht bekannt aus, und sie fürchtete, sich verirrt zu haben. Ein Anflug von Panik beschlich sie, und der Wald wurde immer undurchdringlicher.

Wenn nun ein wildes Tier ihr Pferd angriff? Sich allein draußen herumzutreiben war dumm und gefährlich. Die Stille ringsum machte sie nervöser, als es knackende Zweige und rauschende Blätter getan hätten. Vielleicht wies das allseitige Verstummen auf einen bevorstehenden Sturm hin. Sie griff nach ihrem Jagdhorn. Ein Signal würde irgend jemanden auf sie aufmerksam machen. Doch dann blickte sie an sich hinunter und stellte zu ihrem Entsetzen fest, daß das mit Gold besetzte Jagdhorn aus Elfenbein verschwunden war. Wie hatte sie nur so unvorsichtig sein können?

Plötzlich vernahm sie ein anderes Pferd, das näher kam. Ihre Knie wurden ganz schwach vor Erleichterung. Doch dann erstarrte sie. Durch die dichten Bäume hindurch erkannte sie Christian Hawksblood. An einer roten Schnur um seinen Hals hing ihr Jagdhorn. Er hob den Kopf wie ein Jäger, der seine Beute entdeckt hat. Sein dunkles, adlerartiges Gesicht zwang sie zu fliehen.

9

Brianna versuchte, ihr Pferd zu wenden, um ihm zu entkommen, doch das schreckliche Tier reagierte nicht. Es trottete zu Christian Hawksblood wie ein Pony auf dem Jahrmarkt. Brianna war mit Märchen von Wolfsmenschen groß geworden, mit Geschichten von Leuten, die sich in wilde Tiere verwandelten und einsame Reisende anfielen, von Drago, der Kinder in ein unterseeisches Reich verschleppte, und von Kobolden, die jemanden bis zum Ersticken umarmeten. Sie glaubte nicht, daß der Araber dazu gehörte, doch zweifellos war er ein Zauberer, der die Schwarze Magie praktizierte. Ganz sicher konnte er Tiere verhexen, und sie argwöhnte, daß er sie auf die falsche Fährte gelockt hatte, um allein mit ihr reden zu können!

Christian Hawksblood sah die Angst in ihren Augen und war entschlossen, etwas dagegen zu tun. Er wußte, wenn er diese Frau zu der Seinen machen wollte, stellte jede ihrer Begegnungen eine Prüfung dar. Alles im Leben besaß ein gewisses Ritual, und es gab mindestens zwölf Schritte in einer Werbung oder einer Verführung, die zur Intimität führte. Ehe eine Vereinigung möglich war, mußte man eine gefühlsmäßige Bindung herstellen. Dieses Gefühl brauchte nicht Liebe zu sein. Es konnte sich um Eifersucht oder Furcht handeln, oder sogar Haß – doch erheblich angenehmer wäre freilich Freude oder Betörung. Den ersten Schritt zur Intimität hatte Hawksblood vollzogen, lange vor seiner Englandreise. Er hatte ihr Gesicht gesehen, ihren Körper und war ihr sofort hoffnungslos verfallen.

Brianna beschleunigte die Ereignisse auf ihre Weise, in dem Augenblick, als sie einander trafen. Ihren ersten Augenkontakt hatte sie zu lange gehalten, was zwischen zwei Fremden unschicklich war. Wenn ein Mann eine Frau anstarrte, warf er die ganze Etikette über den Haufen. Er hatte sie ja förmlich als die Seine gekennzeichnet! Natürlich ließ sie sich das nicht bieten! Sie hatte ihn mit einem eiskalten Blick bedacht, dann die Lider gesenkt und ihn nicht wieder angesehen. Zwei deutliche Signale, daß er sie belästigte! Doch hatte er nicht die Absicht aufzuhören, und drängte sie weiter, auf dem Weg zum Glück. Es verlangte ihn schon viel zu lange nach ihr, daß er sich auch nur die geringsten Gedanken über ihre negativen Signale machte.

Jetzt befanden sie sich auf dem dritten Schritt zur Intimität, indem sie miteinander sprachen. Vorläufig war es ein öffentlicher Kontakt gewesen, doch hatte er die Grenzen bereits übertreten mit seinen Anspielungen. Er hatte sie *seine* Lady genannt. Auch tanzen wollte er partout mit ihr, damit sie den vierten Schritt zur Intimität, die Berührung, gemeinsam tun konnten. Doch sie hatte sich ihm verweigert, war ihm entkommen und hatte ihm ihren Ärger gezeigt. Indem er sie *seine* Lady genannt hatte, hatte er sofort seine Absichten enthüllt und seine Eroberung rascher vorangetrieben, als es ihr gefiel.

Hawksblood war ermutigt. Ärger konnte ein mächtiger Ansporn sein. Heute hatte er vor, den vierten Schritt der Intimität zu erreichen, wenn nicht sogar mehr!

Brianna hob das Kinn und sah ihn irritiert an. Als sie dann schließlich sprach, wurde ihre Verstimmung deutlich wahrnehmbar. »Ich habe mich verirrt!«

Er lächelte sie an, sah ihr tief in die Augen und schüttelte den Kopf. »Und ich habe Euch gefunden.«

Sie hatte ihren Merlin dem Falkner übergeben, doch sein Vogel saß noch immer auf seinem Handgelenk. Brianna sagte sich, daß er mit nur einer freien Hand nicht viel anrichten konnte. »Ihr habt eine eigenartige Art, mit Tieren umzugehen.« Wieder klang es wie ein Vorwurf.

Er tat so, als habe sie ihm ein Kompliment gemacht. »Danke. Euch hat die Falkenjagd heute gefallen. Die Jagd ist das einzig martialische Vergnügen, das einer Frau zusteht.«

»Martialisches *Vergnügen?* In meinem Vokabular gibt es so etwas nicht. Krieg und Töten kann doch kein Vergnügen sein, es sei denn, man ist unbarmherzig und böse!«

»Euer König hegt da aber eine andere Meinung«, meinte er. »Sicher seid Ihr doch nicht so heuchlerisch abzustreiten, daß Euch die Jagd heute Spaß gemacht hat?«

»Ich mag die Falkenjagd, aber sonst das Jagen lehne ich ab. Ich finde es grausam.« Sie forderte ihn mit jedem einzelnen ihrer hochmütig ausgesprochenen Worte heraus.

Er entschied sich, sie ein wenig von ihrem hohen Roß herunterzuholen. »Euch gefällt die Falkenjagd, weil Ihr dabei nicht selbst zu töten braucht. Also glaubt Ihr, eine Absolution erteilt zu bekommen. Aber da täuscht Ihr Euch. Ein Falke ist genauso ein Instrument des Todes wie ein Pfeil oder ein Speer.«

»Denkt, was Ihr wollt, Sir.« Sie wollte verdammt sein, wenn sie diesen Bastard »mein Lord« nannte. »Es macht mir keinen Spaß, Blut zu vergießen.«

»Mag sein«, lenkte er ein. »Dennoch seid Ihr beteiligt und tragt auch noch Rot, damit man das Blut nicht so sieht!«

Oh, du liebe Güte, genau das ist der Grund, dachte Brianna. *Wie kann er diese Dinge wissen, wenn sie mir selbst nicht klar waren bis zu diesem Augenblick?*

»Ich weiß es, weil ich manchmal im Kampf auch Rot trage, damit mein Feind nicht mein Blut sieht.«

Erschrocken riß sie die Augen auf. »Ihr habt meine Gedanken gelesen!«

»Das habe ich, *meine* Lady«, gestand er freimütig.

Brianna hatte genug. Sie hob die Reitpeitsche, um damit nach ihm zu schlagen. Seine Miene wurde wild, seine Augen blitzten gefährlich. Brianna erstarrte, sie konnte nicht zuschlagen, obwohl sie das wollte. *Er hat die Macht, meine Hand festzuhalten!* dachte sie entsetzt. »Ich bin nicht *Eure* Lady und werde auch nie *Eure* Lady sein«, keuchte sie.

»Nie ist eine lange, lange Zeit.«

»Genau! Nicht in diesem Leben und auch nicht im nächsten!«

Christian lachte. »Ihr redet, als wäret Ihr unsterblich, Lady Bedford; dennoch vermute ich, daß Ihr sehr wenig von diesen Dingen wißt.«

Brianna dachte, *so etwas wie Übersinnlichkeit gibt es gar nicht,* doch dann sah sie ihn ein wenig eingehender an. »Ich bin Warricks Sohn versprochen«, erklärte sie ausdruckslos.

»Das bin ich.«

»Ihr seid sein Bastard!« fuhr sie auf, doch dann stockte ihr der Atem wegen ihrer eigenen Kühnheit.

»Ah, jetzt also kommen wir zum Punkt. Die Lady von Bedford besitzt zu viel Stolz, einen Bastard überhaupt wahrzunehmen.«

Warum nur schien es ihm Spaß zu machen, sie zu provozieren? »Das ist nicht wahr!« zeterte sie.

»Dem Himmel sei Dank«, verneigte er sich galant. »Dann besteht ja noch Hoffnung für mich.«

Ganz plötzlich begann Brianna zu lachen. »Ihr seid ein übler Bursche, Christian Hawksblood! Das ist ein Spiel zu Eurer ureigensten Belustigung. Es macht Euch Freude, mich zu provozieren.«

Wenn sie lachte, war sie ganz Frau. Ihre Sinnlichkeit erregte und entzückte ihn. Er stellte sich vor, wie sie unter ihm lag und ihn anstrahlte. Sobald sie ihm gehörte, würde er sie stundenlang unter sich festhalten, nur der Freude wegen, auf ihren herrlichen Mund hinunterzublicken, der sich lachend und voller Liebe verzog. In diesem Augenblick entschied er sich, sie heute nicht eher gehen zu lassen, bevor er diese Herausforderung gekostet hatte.

»Ihr seid genauso schlimm wie Prinzessin Isabel, die mich auch immer quält, nur weil sie Freude daran hat.«

Diesmal war es an ihm zu protestieren, doch es gelang ihm nicht, sein Vergnügen vor ihr zu verbergen. »Ich habe sie heute bestraft, weil sie Euch beim Essen immer wieder weggeschickt hat.«

Briannas Augen wurden ganz groß. »Irgendwie ahnte ich, daß Ihr etwas damit zu tun hattet. Besitzt Ihr wirklich außergewöhnliche Kräfte, Sir?«

Christian verzog das Gesicht. »Das ist nur ein Trick, genau wie das Gedankenlesen.«

»Und wie stellt man das an?« Brianna fühlte sich hin und her gerissen zwischen Faszination und Furcht.

»Hypnose. Es war wirklich alles in Ordnung mit ihrem Essen. Ich habe nur einen Augenblick lang ihren Verstand unter meine Kontrolle gebracht, so daß sie glaubte, alle ihre Bissen schmeckten bitter.«

Brianna bekreuzigte sich. »Ihr seid ein Dämon«, flüsterte sie.

Wieder lachte Hawksblood. Seine Zähne blitzten weiß in seinem dunklen Gesicht. »Daran ist nichts Dämonisches. Es geht ganz einfach nur darum, seinen Willen auf ein Ziel zu konzentrieren. Kommt, ich werde Euch ins Schloß zurückbringen, ehe jemand mich verdächtigt, daß ich Euch verzaubere.«

Sie ritt an seine Seite und war in der Tat überzeugt, daß ihm solche Fähigkeiten zu Gebote standen. Er hatte ganz einfach die

Hand ausgestreckt, und der Falke war zu ihm gekommen. Konnte er die gleiche Macht auch über eine Frau ausüben? Konnte er sich auch Lady Bedford unterwerfen?

Langsam kam ihr die Umgebung wieder bekannt vor, und Brianna sah sich zurück in der Nähe der riesigen Parkanlagen von Windsor. »Von hier aus kann ich den Weg allein finden. Gebt mir bitte mein Jagdhorn wieder.«

Sein Gesicht war eine Maske, hinter der sie seine Gefühle nicht zu lesen vermochte, doch seine Worte ließen keinen Zweifel offen. »So einfach lasse ich mich nicht wegschicken.«

Brianna hob das Kinn, ihre Augen blickten verärgert.

»Ich werde Euch das Jagdhorn zurückgeben, im Austausch gegen eine Gunst.«

»Eine Gunst? Ihr erfrecht Euch auch noch!« Sie war über und über rot geworden.

»Ho, dachtet Ihr etwa an einen Kuß, Brianna?«

Wie konnte sie das abstreiten, wenn dieser Teufel in ihren Gedanken herumspazierte?

»Ich meine eine Gunst, die ich im Turnier tragen kann.«

»Diese Gunst habe ich Robert bereits gewährt.«

»Gebt mir das rote Band aus Eurem Haar. Niemand außer Euch und mir wird wissen, daß der Held des Turniers Euch huldigt.«

Sie lachte ihm ins Gesicht. Seine kühnen Worte belustigten sie, obwohl sie böse auf ihn war. »Ihr besitzt eine ziemliche Überheblichkeit, Ihr fremder Teufel. Was läßt Euch glauben, daß Ihr der Held des Turniers sein werdet?«

»Ich habe es mir vorgenommen, Chérie.«

»Genauso, wie Ihr Euch vorgenommen habt, mein Band zu tragen. Wenn ich es Euch nicht aus freien Stücken überlasse, würdet Ihr es mir vermutlich abnehmen.« Sie begann, ihre Zöpfe zu lösen.

Sein Herz jubelte, als er den neckenden Ton ihrer Stimme hörte. Sie flirtete ja beinahe mit ihm. Ihre Augen blitzten übermütig. »Ich habe nichts davon verlauten lassen, Brianna.«

Sie warf ihm unter halb gesenkten Augenlidern einen Blick zu. »Ihr braucht gar nichts zu sagen. Euer Wille zwingt mich, Euch zu gehorchen.«

Als sie ihr herrliches Haar löste, war er der Verzauberte. Wenn sie wüßte, daß ihre Macht über ihn viel größer war! Sie hielt ihm das Band hin. Er trennte sich von ihrem Jagdhorn und reichte ihr das schöne Instrument. Sie waren einander jetzt sehr nahe. Ihr Zelter machte noch drei kleine Schritte auf den arabischen Hengst zu, bis ihre Steigbügel einander berührten. Als sie nach ihrem Horn griff, berührten ihre Hände sich. Brianna zuckte zusammen, als hätte sie sich verbrannt.

»Ihr habt das Feuer also auch gespürt«, murmelte er.

Brianna hob abwehrend das Kinn, nahm ihr Horn und legte das rote Band in seine Hand.

»Wenn unsere Finger schon brennen bei einer Berührung, dann stellt Euch die Feuersbrunst vor, sobald sich unsere Lippen treffen werden.«

Seine zügellosen Worte machten sie ganz schwindlig. Ihre Augen wurden unwiderstehlich von seinem kräftigen Mund angezogen, und ihre Sinne machten sich selbständig.

Ganz langsam senkte Christian Hawksblood seinen Kopf, mit nur einem Ziel im Sinn. Sein Mund nahm den ihren völlig in Besitz. Er berührte sie nur mit seinen Lippen, doch fühlte Brianna sich gefangen; es war ihr nicht möglich, ihm zu entkommen, sie verspürte nicht einmal den Wunsch dazu. Kleine Tropfen geschmolzenen Goldes schienen durch ihre Adern zu fließen, sie verbreiteten eine unbekannte Hitze in ihrem Körper. Sie schloß die Augen und rückte näher, um den Rausch dieses Kusses zu genießen. So hatte er sie auch in ihren Träumen geküßt! Der Kuß war herrlich, voller Magie. Sie wünschte sich, er würde ewig dauern. Sein Mund nahm sie in Besitz, genau wie in ihren Phantasien von dem Geliebten.

»Deine Erscheinung ist für die Liebe geschaffen«, sagte er leise an ihren Lippen. Der Klang seiner tiefen Stimme brach die Verzauberung, die sie benommen hatte. Sie öffnete die Augen, blickte erschrocken in die seinen, für einen unsäglichen Augenblick, dann wirbelte sie herum und gab ihrem Pferd die Sporen. Es gelang ihr, aus seiner Nähe zu fliehen, doch konnte sie ihre Gedanken nicht von ihm lösen. In ihrem Herzen war er ihr so nahe wie ihr Schatten, drängte sich ihr jeden einzelnen Augenblick, der von diesem Tag noch blieb, auf, und dann auch noch bis in die Nacht hinein.

Joan von Kent und Edward von Wales hatten ihr verabredetes Stelldichein. Sie blieben im Wald zurück, bis alle anderen nach Windsor heimgekehrt waren; dann ritten sie drei Meilen durch den Glockenblumen-Wald zu dem See, in dem sie als Kinder geschwommen hatten.

Edward war vor ihr da. Joans Herz klopfte heftig, als sie ihn entdeckte. Er war der herrlichste Prinz des ganzen Abendlandes, und sie wünschte sich sehnlichst, sein Herz zu gewinnen. Edward band den Zügel ihrer Stute an einem Baum fest, dann trat er neben das Pferd und streckte ihr die Arme entgegen. Sie blickte auf ihn hinab, diesen Augenblick wollte sie auf ewig in ihrer Erinnerung bewahren. Die Sonne lag auf seinem goldenen Haar. Seine Zähne blitzten weiß in seinem gebräunten Gesicht. Seine tiefblauen Augen leuchteten wie Saphire. Ihr Herz floß über vor Liebe zu ihm. Sie ließ sich in seine starken Arme gleiten. Atemlos erklärte sie ihm: »Ich habe heute für mein Kleid extra die Farbe Grün gewählt, damit man die Grasflecken darauf nicht sieht.«

Edward stöhnte auf, denn ihre Worte stachelten sein Verlangen an. Er hatte nur die Absicht gehabt, für einen Augenblick allein mit ihr zu sein, um miteinander zu lachen und zu reden, ja und auch für einen Kuß und eine Liebkosung. Aber jetzt waren sie allein an diesem lauschigen Ort, und er weckte so glückliche, sorglose Erinnerungen in ihnen, daß sein Verlangen nach ihr jegliche Bedenken auslöschte.

Der schattige See war abgeschieden, still und verlockend intim. Er trug sie in das hohe Gras am Ufer, dann sank er auf die Knie, mit ihr in den Armen. »Jeanette, hast du überhaupt eine Ahnung, was ich für dich fühle? Du hast mein Herz erobert, für alle Zeiten.«

Joan schlang die Arme um seinen Hals und hob ihm ihr Gesicht entgegen. Mit seinem Mund berührte er ganz sanft und zart ihre Lippen. Es gab so viele Dinge, die er ihr zuerst sagen wollte; wenn sich einmal ihre Lippen getroffen hatten, dann wäre es zu spät für Worte. »Jeanette, ich möchte dich heiraten. Ich habe mit dem König über uns gesprochen.«

Sie zog sich ein wenig zurück und sah zu ihm auf. Erschrecken und Entsetzen mischten sich mit Glück und Liebe auf ihrem herzförmigen Gesicht. »Edward, das hättest du nicht dürfen! Sie werden uns niemals erlauben zu heiraten. Mein armer Vater war angeblich ein Verräter, und du weißt, daß du eine politische Ehe schließen mußt.«

Edward knirschte vor Wut mit den Zähnen. »Das haben mir meine Eltern auch mit äußerster Deutlichkeit klargemacht. Aber mir graut vor der Staatsräson. Ich will dich. Hoffentlich scheitern ihre Pläne wieder einmal, wie bis jetzt immer.«

»Edward, mir genügt es, daß du mich haben willst. Ich verlange nichts von dir als Liebe! Seit jeher habe ich dich geliebt, und so wird es bleiben! Laß uns die kurze Zeit unseres Beisammenseins nicht damit verderben, von etwas Unmöglichem zu träumen. Wir haben heute, diesen Augenblick. Niemand kann uns das nehmen.«

Heftig klammerten sie sich aneinander, dann legten sich seine Lippen auf die ihren, und er küßte sie so eindringlich, daß es beinahe an Verzweiflung grenzte. Sie sehnten sich danach, ihre Körper miteinander zu vereinen, ihre Herzen, ja sogar ihre Seelen, um endlich eins zu werden.

»Laß uns schwimmen gehen, so wie wir es früher immer getan haben«, schlug Joan ihm vor. Es schien nur natürlich zu sein. Ohne jegliche Verlegenheit entkleideten sie sich. Edward zog sein Wams aus, während Joan ihre Tunika und ihre Stiefel auszog und dann nur noch in einem durchsichtigen Unterkleid vor ihm stand, das ihm ihre cremig-zarte Haut und die weiblichen Rundungen ihres zierlichen, doch perfekten Körpers halb enthüllte, halb verbarg. »Komm, ich helfe dir mit deinen Stiefeln. Prinzen benötigen Hilfe beim Ausziehen, wie ich gehört habe«, meinte sie neckend.

Edward lehnte den Kopf gegen einen Baum und hob einen Fuß, belustigt, daß so eine winzige Kreatur wie sie einem Mann von einem Meter achtzig nützlich sein konnte. Ohne größere Mühe zog sie ihm den ersten Stiefel aus. Als sie sich vorbeugte, wurden Edwards Blicke wie magisch von ihren Brüsten angezogen, die aus dem Mieder herausdrängten. Der zweite Stiefel erwies sich schon als schwieriger. Sie zog mit aller Kraft, als der Stiefel ganz plötzlich nachgab und sie rückwärts kichernd ins Gras fiel.

Schon im nächsten Augenblick war Edward über ihr. Er zog ihr Hemd herab, damit er ihre herrlichen Brüste berühren konnte. Bis zur Taille nackt lag sie unter ihm, ihre Haut rosig schimmernd. Ihre schmale Hand konnte nicht widerstehen, den nackten Oberkörper über ihr mit den goldenen Löckchen zu berühren. Als ihre Finger sich in dem weichen Haar vergruben, schrie sie vor Entzücken auf.

Seine Lippen preßten sich auf ihre, und sie genossen das Gefühl, einander zu schmecken. Seine Hände gingen zu ihren Zöpfen, um ihr Haar zu lösen, das silbrige Blond lockte ihn. Er wollte es auf seiner Haut fühlen, wollte es zwischen ihren nackten Körpern spüren.

»Laß es hochgesteckt, bis wir geschwommen haben«, keuchte Joan.

Kleine Unschuld, dachte Edward. *Ob sie denn gar nicht weiß, daß ich nicht schwimmen will? Weiß sie denn nicht, daß es um die Liebe geht?* »Laß mir doch das Vergnügen, es offen zu sehen.«

Edward Vergnügen zu bereiten war Joans glühendster Wunsch. Sie half ihm, die Flechten zu öffnen, und blieb dann ganz still sitzen, während er es um sie legte. Zitternd atmete sie ein, als er ihr das Hemd über den Kopf zog, dann spreizte sie die Schenkel, damit er ihr die Strümpfe ausziehen konnte. Die Strumpfbänder waren aus hauchzarter Spitze, mit Perlen besetzt, sie saßen ganz oben an ihren Schenkeln, und zwischen den Strumpfbändern entdeckte er ein kleines Büschel silberblonder Härchen.

Alles an ihr war so herrlich feminin, es sprach seine ausgeprägte Männlichkeit an. Als Edward sein Gesicht in den zarten Locken barg, war Joan sowohl erstaunt als auch erregt. Er drückte einen brennenden Kuß auf ihren Venushügel, dann stützte er sich ab und betrachtete sie ausgiebig. Er kniete vor ihr und zog ihr Gesäß auf seine Oberschenkel, dann drängte er ihre Beine auseinander und schob die Haarbüschel mit den Fingern beiseite. Er legte seine Hand auf sie und drang dann mit dem Mittelfinger in sie ein. Sie war so unglaublich eng und schmal und er viel zu erregt bei diesem Anblick – wahrscheinlich würde er nicht in der Lage sein, in sie einzudringen, wenigstens nicht, ohne sie schmerzhaft zu verletzen.

Die Muskeln ihrer Scheide schlossen sich fest um seinen Finger, zogen sich zusammen, und als Joan das fühlte, keuchte sie auf. »Oooh, das ist herrlich, Edward.« Ihre Hand griff nach der Beule in seiner Hose. »Ich möchte dich auch sehen.«

»Nein, mein Schatz, ich bin zu groß für dich.«

»Das stört mich nicht!« rief sie voller Leidenschaft. »Ich will es, habe es von Anfang an gewollt, Edward!«

Mit zitternden Händen zog er sie auf seinen Schoß und begann, sie wieder anzuziehen. »Und ich begehre dich so sehr, daß ich es kaum ertragen kann, meine Liebste, aber du mußt mir in dieser Sache vertrauen. Wir wollen eine ganze Nacht miteinander verbringen, um unsere Liebe richtig genießen zu können. Dazu brauchen wir ein Zimmer und ein weiches Bett. Ich werde es möglich machen... bald, schon sehr bald«, versprach er träumerisch.

Joan hatte das Gefühl, im Paradies zu schweben, weil sie eine solche Macht über ihren göttergleichen Prinzen besaß. »Oh, Edward, ich liebe dich so sehr. Ich möchte, daß du der erste bist.«

»Der erste und der letzte«, brummte er. Dann kleidete er sie wieder an, mit zärtlichen, liebevollen Händen. Als er fertig war, küßte er sie noch einmal, kostete ihre ganze Süße aus. »Ist das ein Genuß!« murmelte er an ihrem Hals. Er nahm sie vor sich auf das Pferd und führte Joans Stute am Zügel. Als sie in die Nähe des Schlosses gelangten, hob Edward sie mit seinen starken Händen in ihren Sattel. Dann warf er ihr eine Kußhand zu und galoppierte davon.

Joan sah ihm lange nach. Sie war so glücklich wie schon seit vielen Jahren nicht mehr. Prinz Edward liebte sie. Nur die Liebe konnte ihm den Mut einflößen, mit einer solchen Verwegenheit vor den König und die Königin zu treten, daß er Joan von Kent zu ehelichen gedachte.

10

Prinz Edward wählte die jungen Adligen aus, die ihn auf den Feldzug nach Frankreich begleiten sollten, dann orderte er hundert Soldaten und hundert walisische Bogenschützen nach Berkhamsted.

Die besten Männer des Grafen von Warrick trainierten in Windsor. Er beschloß, die meisten von ihnen mitzunehmen, an die vierhundert Soldaten und zweihundert Bogenschützen. Weitere fünfhundert Recken kamen aus dem Savoy Palast von Lancaster, einige Meilen themseabwärts.

Der König versammelte zweitausend Kämpfer aus den königlichen Festungen in Woodstock, Havering und Kensington. Die noch fehlenden dreitausend Mann wurden gestellt von den Garnisonen in Rochester und Colchester, die in der Nähe des Hafens von Ipswich lagen, dem Versammlungsort der Flotte.

Prinz Edward fand, daß seinem Bruder Lionel erlaubt werden sollte, mit ihnen zu kommen, doch sein Vater meinte: »Deine Mutter hat mich gebeten, ihn in England zu lassen.«

»Aber du möchtest doch sicher nicht, daß er zu einem Schwächling wird?« wollte Edward wissen.

»Ich habe deiner Mutter versprochen, daß er keine Schlacht sehen wird vor seinem fünfzehnten Lebensjahr.«

»Alter hat damit gar nichts zu tun. Er ist so stark wie ein Ochse und größer und breitschultriger als wir alle.«

»Hat er dich gebeten, dich für ihn zu verwenden?« fragte der König.

»Nein, aber er wird schrecklich wütend sein, wenn er erfährt, daß wir ihn zurücklassen«, erklärte Prinz Edward.

Prinz Lionel war nicht der einzige, der dagegen aufbegehrte. Sein Leutnant, Robert de Beauchamp, tobte los: »Gütiger Himmel, das ist doch lächerlich. Zweifellos ist der Prinz von Wales dafür verantwortlich. Er will den ganzen Ruhm für sich allein!« Robert hatte das Gefühl, Edward habe ihm eine zweite Ohrfeige verabreicht. »Ich gehe und rede mit meinem Vater. Warrick könnte es gelingen, die Meinung des Königs zu ändern.«

Als Robert dann mit seinem Vater sprach und erfuhr, daß Christian Hawksblood mit in die Schlacht ziehen sollte und er nicht, wuchs sein Haß ins Unermeßliche. Alles Argumentieren nützte ihm nichts. Warrick beurteilte einen Mann nach seiner Fähigkeit, Befehlen zu gehorchen.

Als Robert zu Prinz Lionel zurückkam, bedauerte er ihn, während der junge Riese wütete und fluchte. Lionel besaß einen recht stürmischen Charakter: Er reagierte seine Wut ab, indem er einen Eichentisch zertrümmerte und fühlte sich erst danach ein wenig besser.

Roberts Enttäuschung jedoch kehrte sich nach innen, und der

Wunsch, sich zu rächen, erwachte in ihm. »Jetzt, wo ich Zeit gehabt habe, darüber nachzudenken, Euer Hoheit, würde ich sagen, daß der König vielleicht gar nicht so dumm ist, Euch die Teilnahme an der Schlacht zu verbieten. Ihr seid der zweite in der Thronfolge, und falls Edward etwas zustößt, seid Ihr der Thronerbe. Ich finde, Ihr solltet das Zepter bekommen und zum Prinzregenten ausgerufen werden, während Euer Vater und Euer Bruder nach Frankreich ziehen.« Robert wußte, daß Lionel der Lieblingssohn von Königin Philippa war. »Warum sprecht Ihr nicht mit Eurer Mutter darüber? Sie besitzt eine besondere Art, den Rat von ihren Vorstellungen zu überzeugen.«

Dies besänftigte Prinz Lionel. Es wäre vielleicht ganz interessant, als König von England herumzulaufen, von allen verwöhnt und umschmeichelt zu werden und die Bewunderung des schönen Geschlechts auf sich zu ziehen.

Robert de Beauchamp jedoch war keineswegs zufrieden. Eifersucht, Erniedrigung und Haß suchten nach einem erheblich drastischeren Weg.

Als sie nach Ipswich reisten, hatten der König, Warrick und Prinz Edward viele Gelegenheiten, sich mit Christian Hawksblood zu unterhalten und ihn in Aktion zu sehen. In einem Zug von sechstausend Männern gab es immer kleinere Verletzungen, Krankheiten oder Steitereien. Hawksblood hatte offensichtlich eine medizinische Ausbildung genossen, und seine Knappen waren sehr bewandert im Umgang mit Pferden.

Warrick bemerkte, daß die Männer unter dem Kommando des jungen Edward sich recht diszipliniert verhielten, auch wenn die meisten von ihnen noch an keiner militärischen Aktion beteiligt gewesen waren. Ihre Moral ließ nichts zu wünschen übrig, denn Edward und Christian gaben ihnen ein gutes Beispiel. Warrick entschied sich, seinem Sohn die Führung über zweihundert Männer anzuvertrauen. Er war ein geborener Führer, besaß allerhand Erfahrung in der Schlacht; außerdem wußte er als einziger, wo sich die französische Flotte versammelt hatte.

Prinz Edwards Knappe, Sir John Chandos, war älter als der Prinz, genau wie Paddy und Ali ihrem Herrn Jahre voraus hatten, und die fünf Männer verbrachten sehr viel Zeit miteinander. Es war der erste militärische Einsatz für den Prinzen von Wales, und die anderen vier Männer schlossen einen schweigenden Pakt, ihn zu beschützen.

In der Nacht, ehe sie lossegelten, wußte Christian, welche Gedanken Edward durch den Kopf gingen. Er fürchtete sich nicht davor, dem Feind gegenüberzutreten – seine einzige Furcht und auch seine Hoffnung war, in den Augen seines Vaters und seiner Männer ein gutes Bild abzugeben. Sie saßen zusammen in Hawksbloods Zelt und unterhielten sich. Ali hatte sie massiert und mit Mandelöl sowie Weihrauch eingerieben, während Paddy und John Chandos die Waffen vorbereiteten, mit denen sie die Schiffe bestiegen.

Edward meinte: »Es wird schrecklich sein ohne Pferde, wenn wir das Land erreichen und der französischen Flotte begegnen. Ich habe mein ganzes Leben lang nur vom Rücken eines Pferdes aus gekämpft.«

»Es sind nicht die Pferde, die den Kampf gewinnen, es sind die Männer. Vor und nach der Schlacht sind immer schwierige Zeiten; aber wenn man sich erst einmal mittendrin befindet, ist man erfüllt von einer erhabenen Kraft, die alle Ängste, Zweifel, Müdigkeit und Niedergeschlagenheit überflügelt. Ruhe senkt sich in den Kämpfer, und man ist in der Lage, alle Gedanken, Energie und Kraft auf sein Ziel zu lenken. Es ist ein Gefühl der Allmacht. Man sieht alles in einem so überdeutlichen Licht, daß jegliches Risiko erkennbar wird. Alles wird zurückgeschraubt auf das Elementare: kämpfe oder laufe weg, gewinne oder verliere, lebe oder stirb.«

Leise meinte Edward: »Mein Vater, der König, glaubt immer an den Sieg, und es gelingt ihm, auch den anderen diesen Glauben zu vermitteln. Das ist seine Stärke.«

»Und eine Gabe Gottes!« bekräftigte Christian. »Auch ich bin fest davon überzeugt, daß wir siegen werden. Ich glaube, daß Schlachten bereits gewonnen sind, noch ehe sie gekämpft werden.« Edward nickte, denn in dieser Überzeugung waren sie sich einig.

Als Edward gegangen war, überließ sich Paddy den Zweifeln und Befürchtungen, die immer in der Luft lagen vor einem Kampf. »Chandos hat mich nach Helvoetsluys ausgefragt und wollte wissen, wie lange unser letzter Aufenthalt in Flandern schon her ist. Ich habe ihm verraten, daß wir noch keinen Fuß in dieses Land gesetzt haben.«

Christian legte ihm eine Hand auf die Schulter, um sein Selbstvertrauen zu stärken. »Laß deine Zweifel beiseite, Paddy. Die französische Flotte ist genau dort, wo ich es gesagt habe.«

Ali tadelte Paddy. »Man hat ihm beigebracht, sich absolut auf seinen Instinkt zu verlassen und niemals an sich selbst zu zweifeln. Das ist das wohlgehütete Geheimnis seines Lebens.«

Paddy schüttelte den Kopf. »Das ist eine östliche Philosophie und manchmal für mich unverständlich, Ali.«

»Nein, Paddy-Schweinchen, es waren die Ritter vom Templerorden, die ihm diese mystische Weisheit beigebracht haben; sie lebten nur ganz zufällig im Orient. Ich nehme an, ziemlich viele von ihnen besaßen irisches Blut.«

»Himmel, jetzt hast du alles nur noch schlimmer gemacht. Jeder, der auch nur einen Funken Verstand besitzt, weiß doch, daß die Iren eine Horde nutzloser, lügnerischer Betrüger sind.«

Paddy begann zu lachen, und seine Fröhlichkeit ließ die dunklen Schatten verschwinden. Die Melancholie war eine wesentliche Charaktereigenschaft seines Volkes. Er kämpfte mit dem Drang, sich bis zur Bewußtlosigkeit zu betrinken, wann immer er dem Tod ins Auge sah. Nur die Tatsache, daß er Hawksbloods Verachtung noch mehr fürchtete als den Tod, brachte ihn dazu, nüchtern zu bleiben.

Christian Hawksblood lag auf seinem Feldbett und dachte nach. Er war beeindruckt von den englischen Schiffen, die er gesehen hatte. Auf den größeren von ihnen befanden sich mehrere Stück Kanonen aus Bronze mit langen Rohren. Die Admirale hatten genügend Granaten und Schießpulver geladen; doch dadurch bestand auch die Gefahr, daß ein ganzes Schiff in die Luft flog, wenn es getroffen wurde.

Christian begann mit der Meditation, die seinen Visionen vorausging. Er war erstaunt über die Einzelheiten, die er erkennen konnte. Sein Instinkt sagte ihm, daß die Franzosen gewarnt worden waren, denn sie beschäftigten sich im Augenblick mit Plänen, den großen Hafen von Sluys zu befestigen. Sie hatten ihre Schiffe in vier Verteidigungslinien formiert. In der ersten Reihe schwammen die drei prächtigen englischen Schiffe, die sie in kleinen Scharmützeln an der Küste erobert hatten. Die Schiffe waren mit eisernen Ketten untereinander verbunden, so daß es dem Feind unmöglich war, sie zurückzugewinnen.

Christian ging in seiner Vision in die Zukunft, zu dem Zeitpunkt, wenn die Franzosen die englische Flotte entdecken würden. Er sah, daß die Wachtürme besetzt waren mit genuesischen Bogenschützen. Diese Vision war die gleiche, die er schon einmal gehabt hatte, deshalb konnte er anschließend unbesorgt einschlafen.

In der Morgendämmerung bestiegen sie die Schiffe, doch ehe er an Bord ging, suchte Hawksblood noch einmal Warrick auf, der die ganze Operation beaufsichtigte. »Werdet Ihr mir vertrauen als Wegweiser?«

Warrick betrachtete das dunkle Gesicht und suchte Anzeichen eines Verrats. »Das werde ich. Wir stehen oder fallen zusammen.«

Christian zögerte. Warrick war ein schlichter Mann, ein militärischer Führer, der keinen Unfug duldete, und er sah aus, als würde er sich nicht auf Visionen verlassen. »Die Franzosen haben die *Edward*, die *Rose* und die *Katherine* in die erste Reihe plaziert, weil sie glauben, daß wir um sie kämpfen wollen. Aber sie haben sie mit Ketten an ihren eigenen Schiffen befestigt, deshalb müssen wir sie zerstören. Der Hafen von Sluys ist blockiert, damit wir nicht in ihn eindringen können, aber die Dummköpfe begreifen nicht, daß sie so ihre eigene Flotte einkesseln. Ihr seid derjenige, der den Angriff führt, nicht ich; aber wenn ich etwas zu sagen hätte, dann würde ich walisische Bogenschützen an Deck jedes englischen Schiffes aufstellen, damit sie die genuesischen Bogenschützen ausschalten.«

Es gab weit und breit kein Beispiel für einen Seekampf, der mit Pfeil und Bogen ausgetragen worden war. Bogenschützen an Deck würden die Kanoniere behindern, die die Kanonen bedienen sollten. Außerdem hatte Admiral Morley dem König geschworen, ihm alle seine Schiffe zurückzuerobern.

Warrick rieb sich die Nase, er wollte fragen, wie sein Sohn an diese Informationen gelangt war. Doch dann entschied er sich, keine Fragen zu stellen. Er setzte sich den Helm auf sein ergrauendes Haar und wandte sich ab, um seine Befehle zu geben.

Christian und Edward faßten sich gegenseitig bei den Armen, ehe sie die Schiffe bestiegen, die sie führen sollten, dann holte das Fahrzeug Hawksbloods den Anker ein und segelte in die nördliche Straße von Dover.

Robert de Beauchamp suchte Brianna und entdeckte sie schließlich, als sie von ihrem täglichen Unterricht bei Dame Marjorie kam. Sie konnte sich seinen verletzten Stolz gut vorstellen, weil man ihn zurückgelassen hatte, während Vater und Halbbruder in dem bevorstehenden Kampf in den ersten Reihen standen. Ihr Herz quoll über vor Mitgefühl. »Robert, es tut mir so leid, daß Ihr hier in England bleiben mußtet. Es scheint ungerecht zu sein.«

Unbeteiligt winkte er ab. »Prinz Lionel war enttäuscht, doch er wurde aus politischen Gründen zurückgelassen, und da ich in seinen Diensten stehe, gehöre ich an seine Seite, nicht nur seinetwegen, sondern auch um der Königin und Euch Damen willen.«

Er schien richtig aufgeblasen vor falschem Stolz. Sie hätte besser nichts sagen sollen. Es war seine Art, ihr Mitleid abzuwehren. »Dann ist Eure Verantwortung noch viel größer«, beglückwünschte sie ihn.

»Wenn entweder der König oder der Prinz von Wales auf dem Schlachtfeld bleiben sollten, wird Prinz Lionel Thronerbe.«

Brianna war innerlich entsetzt über seine unumwundenen Worte. Lieber Gott, ist es etwa das, worauf er hofft? Die unguten Äußerungen Roberts hatten in ihr ein Gefühl der Schuld und auch des Verrates geweckt. So etwas konnte er doch nicht wollen! Er sah wohl nur den Tatsachen ins Auge, nahm sie an.

»Ich habe gesehen, daß die Baugrube für den neuen Runden Turm bereits ausgehoben ist. Ich habe mit dem König über die Steine gesprochen, die er in Bedfordshire abbauen läßt. Er hat mich gebeten, den Transport zu überwachen.«

Brianna war überrascht, daß Robert diese Aufgabe übernommen hatte, ohne zuerst mit ihr darüber zu reden. Immerhin waren sie noch nicht offiziell verlobt.

»Ich dachte, es würde mir die Gelegenheit geben, Bedford kennenzulernen und mir einen Überblick zu verschaffen. Der König meint, daß Ihr vielleicht gerne einmal in Eure Heimat reisen wolltet und daß ich Euch dabei begleiten könnte.«

Der Vorschlag, ihrem Zuhause einen Besuch abzustatten, nahm seiner Arroganz den Stachel. Ihr Vater war in den Diensten des Königs gestorben, als er gegen die Schotten kämpfte. Brianna war damals erst zwölf Jahre alt gewesen, und seitdem lebte sie in Windsor. Der König hatte einen Burgvogt mit der Verwaltung von Schloß Bedford und seinen Besitzungen beauftragt; ihre Gelder wurden eingeholt und vom Schatzmeister für sie aufbewahrt.

Wenn sie heiratete, erwartete sie, einen Teil des Jahres auf Bedford zu leben und den anderen Teil im Schloß ihres Ehemannes. Da sie als Erbin reich genug war, um ein königliches Mündel zu sein, hatte sie es als selbstverständlich angesehen, daß auch ihr Ehemann Schlösser besäße. Sie wußte, daß der Besitz einer Frau an ihren Mann fiel, wenn sie heiratete; aber sie hoffte, er würde großzügig genug sein, ihren Besitz ihren Kindern zu überlassen, wenn Gott ihr solche schenkte.

»Oh, Robert, das wäre wundervoll. Ich bin seit fünf Jahren nicht mehr in Bedford gewesen, obwohl es nur ungefähr fünfzig Meilen nördlich von hier liegt. Gleich werde ich die Erlaubnis von Königin Philippa einholen, den Hof zu verlassen.«

Robert griff nach ihrer Hand und zog sie an sich. »Es wird uns die Möglichkeit geben, miteinander vertraut zu werden.«

Brianna errötete bei seinen Worten und blickte zu ihm auf, um sich zu vergewissern, daß sie von diesem freundlichen blonden Riesen, der immer gut gelaunt war, nichts zu befürchten hatte. Er überrumpelte sie, indem er ganz plötzlich seine Lippen auf ihre preßte. Brianna entzog sich ihm nicht, bis sein Kuß leidenschaftlicher wurde. »Robert«, keuchte sie auf. »Ihr übereilt das ein wenig.«

In diesem Augenblick bog Lady Elizabeth Grey um die Ecke und stieß beinahe mit ihnen beiden zusammen. Ein Ausdruck des Entsetzens trat in Elizabeths Gesicht, sie hob die Hände an die Wangen, die über und über rot geworden waren. Dann wandte sie sich um und lief davon, als sei der Teufel hinter ihr her.

»Oh Himmel, wenn sie es weiterträgt, wird Dame Marjorie mich rufen lassen, und die Königin erfährt, daß wir einander in der Öffentlichkeit geküßt haben. Dann erlaubt sie mir nicht, mit Euch nach Bedford zu reisen.«

»Elizabeth Grey wird den Mund halten. Sie hat überhaupt nicht das Recht, sich über das Benehmen anderer auszulassen.«

Brianna warf ihm einen verwirrten Blick zu. Warum, um alles in der Welt, beschuldigte er zuerst Joan und nun auch Elizabeth der Unmoral? Joan liebte es vielleicht zu flirten, aber die rothaarige Elizabeth tat nicht einmal das. Sie nahm an, daß er sich an ihr nervöses Kichern erinnerte, als Prinz Lionel sie zur Zielscheibe seiner groben Aufmerksamkeiten gemacht hatte. Erleichtert sah Brianna Adele entgegen, die in diesem Augenblick auf der Bildfläche erschien. Sie genoß Roberts Gesellschaft mehr, wenn sie beide nicht allein waren.

Sowohl König Edward als auch Warrick hatten böse Vorahnungen, als sich ihre Schiffe der flämischen Küste näherten und sie keinerlei Anzeichen von feindlichen Schiffen entdecken konnten. Erst, als sie sich dem gewaltigen Hafen von Helvoetsluys näherten, sahen sie den Wald von Schiffsmasten.

»Beim heiligen Abendmahlskelch«, fluchte Warrick. »Mein Sohn hatte recht, in allem.« Er gab das Signal für die englischen Bogenschützen, die Genueser aus den Aussichtskörben der Schiffe zu holen, und sie machten sich daran, mit ihren wirkungsvollen Pfeilen die Decks der gegnerischen Schiffe zu leeren, damit die Entermannschaften an Bord gehen konnten.

Christian Hawksblood stieß leise eine arabische Verwünschung aus. Sie hätten nur einige wenige französische Schiffe zerstören müssen, um die ganze Flotte außer Gefecht zu setzen; doch diese aufgeblasenen Dummköpfe zogen es vor, Mann gegen Mann zu kämpfen, anstatt zuzulassen, daß die drei englischen Schiffe in Flammen aufgingen.

Die Enterhaken wurden ausgeworfen, und dann stürmten die Krieger König Edwards mit den Schwertern in den Händen hinüber an Bord der Feinde. Hawksblood und seine beiden Knappen kämpften mit den Schwertern in der einen und langen Messern in der anderen Hand und besiegten doppelt so viele Männer wie ihre Kameraden. Christian sah den König und Warrick, die die Anführer der Gegner gefangennahmen. Wieder fluchte er, weil er der Meinung war, daß alle sterben sollten, anstatt gegen ein Lösegeld freizukommen und dann den nächsten Krieg anzuzetteln.

Christian entdeckte Prinz Edward und erkämpfte sich den Weg an seine Seite. Sie grinsten einander an, in dem donnernden Kampfgetümmel mußte das genügen.

Während der nächsten beiden Stunden kämpften sie Schulter an Schulter, mit ihren Knappen in ihrem Rücken, einmal kamen sie sogar Edmund von Kent zu Hilfe. Als die letzten Schreie verklangen und sie als Sieger feststanden, sah Hawksblood entsetzt zu, wie Warrick befahl, Seile über die Takelage zu schlingen. Dann gab sein Vater den Befehl, die französischen Führer an den Rahnocken ihrer eigenen Schiffe aufzuknüpfen. Jetzt wußte Christian auch, warum seine Feinde ihn den Verrückten Hund nannten.

Als die unversehrten englischen Schiffe von den Ketten gelöst wurden, ertönte im englischen Lager lauter Jubel. Admiral Morley und der Ritter der Königin, Sir Walter Manny, segelten die Schiffe aus dem Hafen, und der König bestieg die *Edward*, um auf dem Vorderdeck die Huldigungen seiner Männer entgegenzunehmen.

Warrick entdeckte seinen Sohn und salutierte mit seinem Schwert. Christian Hawksbloods Gefühle für Warrick hatten sich einem stetigen Wandel unterzogen. Sein Vater hatte ihm völlig vertraut, indem er sich von ihm zu den Franzosen führen ließ. Die einzige Basis für dieses Vertrauen konnten nur ihre Blutsbande sein. Er hatte Warrick im Kampf gesehen, über sechstausend Soldaten hatte er angeführt und indirekt auch noch viertausend Matrosen unter seinem Kommando gehabt. Jetzt respektierte er Warricks Fähigkeiten als Anführer und auch seinen Mut. Jedoch hielt er sich in seiner Beurteilung des Ehemannes und Vaters noch zurück.

Hawksblood bewunderte die Kühnheit, mit der seine Waffenbrüder in die Schlacht gezogen waren – als hätten sie den Franzosen eine lange Nase gedreht! Er beugte den Kopf vor seinem Vater in ehrlichem Respekt für seine Qualitäten als Führer. Und als man dann die Gewinne und Verluste des Tages gegeneinander aufwog, wurde deutlich, daß die Franzosen über zwanzigtausend Männer verloren haben mußten, während die Verluste der Engländer zwischen zwei- und dreitausend lagen.

Auf der Rückfahrt nach England waren Hawksblood und Ali

emsig damit beschäftigt, die Wunden der Krieger zu nähen und zu verbinden und Blutungen zu stillen. Hawksblood wußte, daß Wunden sich auf dem Meer nur selten entzündeten und auch im allgemeinen schneller heilten. Wahrscheinlich hatte das etwas mit der salzigen Luft zu tun.

Die Küste war gesäumt von Landsleuten, die nur darauf warteten, ihre Rückkehr zu bejubeln. Man entschied, daß die drei zurückeroberten Schiffe in die Themsemündung segeln sollten, direkt in den Hafen von London und dort am Kai beim Tower vor Anker gehen sollten. Die Nachricht ihres Sieges hatte sich bereits herumgesprochen, und die Ufer des großen Stroms waren gesäumt mit Menschen – es sah aus, als wäre die ganze Bevölkerung gekommen.

König Edward war sehr zufrieden mit dem Erfolg dieser Überraschungsattacke. Jetzt würde er Zeit haben, seine Armee neu aufzubauen, um dann nach Frankreich einzudringen. Nach der Schlacht hatte König Philipp ihm einen Botschafter geschickt und ihm einen Waffenstillstand von einem Jahr angeboten; aber König Edward hatte die sofortige Freilassung seines Freundes William de Montecute verlangt, ehe er darüber zu verhandeln bereit war. Er hatte nicht die Absicht, ein ganzes Jahr zu warten mit seinem Einmarsch; doch vielleicht würde es ihm gelingen, das so lange vor dem französischen König zu verbergen, bis Montecute wieder zu Hause bei Katherine war.

Der König war sowohl erfreut als auch erleichtert, daß der Prinz von Wales seine erste Schlacht unverwundet überstanden hatte. Jetzt machte er sich keine Sorgen mehr, daß sein Ältester in seine Fußspuren treten und einen tapferen Krieger-König abgeben würde, wenn die Zeit dafür reif war. Er umarmte seinen Sohn von Herzen. »Du bist wirklich mein Sohn, in jeder Hinsicht, Edward. Ich bin stolzer auf dich als auf alles andere, was ich je erreicht habe.«

»Du hast mir ein ruhmreiches Beispiel gegeben, Vater. Ich schwöre, ich werde dich niemals in einem Kampf enttäuschen. Übrigens ist Christian de Beauchamp mit dem Langmesser genauso eindrucksvoll umgegangen wie mit dem Schwert. Ich denke, ich sollte einige unserer Männer ausbilden, mit beiden Händen gleichzeitig zu kämpfen.«

»Warrick und ich sind wirklich zu beneiden, wenn es um unsere Söhne geht. Ich werde mit ihm reden. Meiner Ansicht nach können die Männer aus Cornwall gut mit Messern umgehen. Wir werden Hawksblood einige Haudegen schicken zur Ausbildung, keine Bange!«

Als die Schiffe unterhalb des Tower anlegten, kam der gesamte Hof, zusammen mit den meisten Einwohnern Londons, um die Helden zu begrüßen. Königin Philippa, Prinzessin Isabel, Prinzessin Joanna und all ihre Hofdamen, in ihren kostbarsten Gewändern, warteten am Kai. Prinz Lionel und sein Haushalt waren auf den Rat Robert de Beauchamps hin in ihren herrlichsten polierten Rüstungen mit Federbüschen an den Helmen angetreten, um den Siegern die Ehre zu erweisen. Beide waren sich klar, daß sie niemals die Abneigung zeigen durften, die sie gegen den König, den Prinzen und Warrick hegten.

König Edward küßte die Königin Philippa, Prinzessin Isabel und Prinzessin Joanna zur Begrüßung. John von Gent, der sich selbst längst zu alt für Küsse fühlte, salutierte vor Vater und Bruder mit dem Schwert, dann bedrängte er seinen Bruder Edward mit Dutzenden von Fragen über den Kampf.

Die Königin hatte all ihre Kinder auf der königlichen Barke aus Windsor mit nach London gebracht, sogar den Säugling, und die Bevölkerung jubelte ihnen zu, bis sie heiser war. Prinzessin Isabel und ihre Damen folgten dem Beispiel der Königin und gratulierten den edlen Herren mit Küssen. Sie küßte ihren Bruder, den Prinzen von Wales, seinen Knappen, der selbst Ritter war, Sir John Chandos; dann ging sie in der Reihe weiter und hoffte, auch Edmund, den Grafen von Kent, küssen zu können.

Joan begann bei ihrem Bruder, sie gab ihm einen Kuß und legte dann leicht einen Finger auf die Wunde an seiner Stirn. »Du hast sowieso viel zu gut ausgesehen, Edmund.«

Er stimmte in ihr Lachen ein. »Ich glaube nicht, daß der elende Kratzer tief genug ist, um eine Narbe zu hinterlassen.« Joan blickte auf, als sich die Prinzessin näherte. »Himmel, wenn du nicht aufpaßt, wird sie dich bei lebendigem Leibe auffressen!«

Als Joan vor Prinz Edward stand, war er geradezu geblendet von ihrer Lieblichkeit. Sie trug ein blaß pfirsichfarbenes Kleid, besetzt mit weißen Schwanendaunen, die ihn an die entzückende

Verzierung auf einem Kuchen erinnerten. Sie sah zum Anbeißen aus! Nach all dem Blut und dem Entsetzen der Seeschlacht würde ihre Lieblichkeit ihn reinigen, ihr fröhliches Lachen würde die Schreie der Sterbenden aus seinen Ohren vertreiben. Als ihre Hände einander berührten, schob Joan ihm einen Zettel zu, und ihre Herzen jubelten vor Glück, weil sie jung, lebendig und verliebt waren.

Brianna küßte Prinz Edward auf die Wange, doch war sie entschlossen, Christian Hawksblood keine solche Vertraulichkeit zuteil werden zu lassen. Als sie vor ihm stand, senkte sie den Blick und streckte ihm die Hand hin, wie sie es bei den anderen auch getan hatte.

Er hob ihre Hand an seine Lippen, dann biß er absichtlich in ihren Finger. Sie hob den Kopf, und ihre Blicke trafen sich – ein eigenartiges Gefühl ergriff von ihr Besitz, als sie in seine Augen sah. *Sind sie saphirfarben oder türkis?* fragte sie sich und war völlig in Bann geschlagen.

»Aquamarin«, erklärte Christian ihr lächelnd.

Sofort hatte sie entdeckt, daß sein Gesicht unverletzt war. Noch immer trug er keine Spuren eines Kampfes. Er ist eine unwiderstehliche Kraft. Gegen ihren Willen fühlte sie sich zu ihm hingezogen. Sie stellte sich auf Zehenspitzen und schürzte die Lippen, in der Absicht, ihn anzuspucken. Sein Blick, wilder als der eines Adlers, forderte sie heraus. Er versprach ihr Rache, wenn sie ihn beleidigen sollte. Sie stellte ihren Willen gegen den seinen, weigerte sich, sich von ihm überwältigen zu lassen. Er hatte sie in den Finger gebissen, wenn auch sehr zart, und das würde sie ihm zurückzahlen.

Blitzschnell grub Brianna ihre Zähne in sein Ohrläppchen und biß zu, bis sie Blut auf der Zunge schmeckte. Ihre Tat sagte ihm sofort, daß sie ihm gegenüber nicht gleichgültig war. Doch sie erregte ihn auch. Er fühlte, wie das Blut in seinem Ohrläppchen pochte, und sein Herz schlug ihm bis zum Hals. Brianna von Bedfords Wirkung auf ihn war erregend, und er wußte ohne jeden Zweifel, daß er auf sie ebenso wirkte.

Vielleicht wird er wenigstens jetzt eine Narbe davontragen, dachte Brianna zufrieden, als sie herumwirbelte und in der Menschenmenge untertauchte. Der metallische, salzige Geschmack seines Blutes blieb jedoch auf ihrer Zunge, noch lange, nachdem sie seiner Gegenwart entflohen war.

König Edward entschloß sich, auf der Barke nach Windsor zurückzukehren, zusammen mit der Königin und den königlichen Kindern. Er hielt den Arm hoch, um die Menge zum Schweigen zu bringen. »Wir sagen Gott Dank für den großen Sieg. Wir werden heute abend einen Gottesdienst in der Kapelle von Windsor abhalten. In der nächsten Woche, am Fest des Heiligen Swithin, soll unser Turnier stattfinden. Aus naheliegenden Gründen wird es in diesem Jahr nur eine kleine Veranstaltung werden; aber ich verspreche, das im nächsten Jahr wieder gutzumachen, wenn mein neuer Runder Turm fertig ist. Hier entsteht ein Ritterorden, der der ganzen Christenheit vorangehen soll, und wir werden ihn feiern mit dem großartigsten Turnier, das je in unserem Lande stattfand!«

Die jubelnde Menge erstickte jedes weitere Wort des Königs, dennoch wurde er nicht müde, den Menschenmassen zuzuwinken auf den vielen Meilen seines Weges die Themse hinauf bis zu seinem geliebten Windsor.

11

Es war schon Mitternacht vorbei, ehe der König es wagte, Katherine de Montecutes Räume aufzusuchen. Sie hatte die Kerzen angezündet und ihr Bett bereits aufgedeckt, doch war sie noch nicht schlafen gegangen. Sie wußte, daß er kommen würde, und trug ein durchsichtiges Hauskleid in Azur, seiner Lieblingsfarbe. Ihr dunkelgoldenes Haar hatte sie eine ganze Stunde lang gebürstet, damit es knisterte und glänzte.

Katherines Sorgen hatten sich verdreifacht, als König Edward nach Frankreich gesegelt war. In diesem Land wurde schon ein Mann gefangengehalten, den sie liebte. Danach hatte sie um ihren Sohn gebangt und schließlich um ihren Liebhaber. Oft hatte sie an die Zukunft gedacht. Wenn ihrem Mann, dem Grafen von Salisbury, etwas zustieß, würde der Titel an ihren Sohn fallen. Bei aller Freundschaft mit dem König – William hatte daraus nie einen Nutzen gezogen. Sie besaßen nur Schloß Wark, eine unbezwingbare Festung in der Nähe der schottischen Grenze. Heute abend würde sie den König anflehen, eine Erbin für ihren Sohn William zu bestimmen. Instinktiv wußte sie, daß sie mehr von Edward erhielte, ehe er seinen Hunger nach ihr gestillt hätte. Ihr königlicher Geliebter war durchaus in der Lage, Gunstbezeugungen mit offenen Händen auszuteilen.

»Katherine, du bist schöner als eine Göttin!« Er fiel vor ihr auf die Knie, um ihrer Lieblichkeit zu huldigen.

»Edward, ich danke dir, daß du meinen Sohn sicher zurückgebracht hast. Wenn auch er gefangengenommen worden wäre, dann hätte ich, glaube ich, den Verstand verloren.«

»Beinahe hätte ich ihn hier in England gelassen, um dir die Sorgen zu ersparen, Katherine; aber er ist ein junger Krieger und hat das Recht, sich seine Sporen zu verdienen.«

»Ich weiß, daß er ein erwachsener Mann ist, Edward. Er sollte baldigst eine gute Ehe schließen, die dem zukünftigen Grafen von Salisbury Nutzen bringt.« Sie fuhr mit den Fingern durch sein dichtes Haar und drückte sein Gesicht an ihre warmen Brüste.

Er öffnete den Gürtel ihres Gewandes, so daß sein Mund und seine Hände ihre schwellenden Brüste liebkosen konnten. Seine Stimme klang rauh, als er das Gesicht an ihrem herrlichen Körper barg. »Laß mich dich lieben, Katherine. Wir werden später eine Entscheidung treffen. Keine Angst, ich suche eine würdige Braut für De Montecute aus.«

Katherine bedeckte ihre Brüste mit den Händen und hinderte ihn so, daran zu saugen. »Edward, ich möchte das zuerst erledigen, damit ich meine ganze Aufmerksamkeit darauf richten kann, dich wie einen Helden willkommen zu heißen.«

Prüfend blickte er in ihr Gesicht und stand dann auf, das Verlangen nach ihr pochte in seinen Lenden. »An wen hattest du denn gedacht, meine Liebste?«

»Blanche von Lancaster?« fragte sie verschlagen und wußte doch, daß dieses Kind und ihr großer Reichtum für einen der Söhne des Königs bestimmt waren.

»Ich kann dir Blanche nicht versprechen, meine Liebste. Sie ist von königlichem Blut, und ihr Vater hat das Recht, für sie einen ebenbürtigen Ehemann zu verlangen. Katherine, meine Schöne, bitte mich um jede andere, aber nicht um sie.«

Katherine seufzte schwer und versank dann in ein langes Schweigen.

Das Herz des Königs zog sich zusammen vor Kummer, ihr den Wunsch nicht erfüllen zu können.

Schließlich erbarmte sie sich seiner und brachte einen Kompromiß vor. »Nun, ich denke, William ist recht angetan von Joan von Kent. Er würde sehr glücklich sein, sie zu seiner Ehefrau zu bekommen, da habe ich keine Zweifel. Und wenn ein Sohn glücklich ist, muß sich dann nicht eine Mutter auch zufriedengeben?«

Edward nahm Katherine in seine Arme und trug sie zum Bett. »So soll er Joan von Kent bekommen!« erklärte er großmütig.

Katherine legte die Arme um seinen Hals, und ihre Lippen öffneten sich seinem Kuß. »Danke, mein Schatz. Du kannst es auf dem Turnier ankündigen.«

Den König plagten Gewissensbisse, weil er wußte, daß sein Sohn vernarrt war in Joan; doch wenn sie einem anderen gehörte, würde er vielleicht den Versuch aufgeben, sie zu seiner Frau zu machen. Und als dann Edward in Katherines Liebeskünsten versank, schwanden alle seine Gedanken an andere, nur sie beide existierten noch.

Hätte er gewußt, wie tief die Gefühle reichten, die Edward und Joan füreinander hegten, so hätte ihn wohl mehr gequält als nur ein Unbehagen. In dem Bankettsaal hatten sie sich bemüht zuzuhören, was die anderen ihnen sagten, sie hatten versucht, dem Heldengesang Godenals zu lauschen, den er zu Ehren des Sieges der Plantagenets komponiert hatte, doch es war ihnen nicht gelungen. Keiner von beiden hörte das, was man ihnen erzählte, sie wußten nicht einmal, was sie aßen. Beide waren besessen von dem geliebten Partner. Tausende von Malen trafen sich ihre Blicke. Sie zwangen sich immer wieder, die Augen abzuwenden, doch wieder und wieder zogen sie sich magisch gegenseitig an.

Prinz Edward trug Joans Briefchen bei sich, wie ein liebeskranker Jüngling. Er hatte es so oft gelesen, daß er die Worte auswendig kannte: »Mein Prinz, Worte können dir nicht sagen, wie stolz ich auf deinen Sieg bei Sluys bin. Mein Herz zerspringt vor Respekt und Liebe. Ich möchte vom höchsten Turm Windsors in die Welt schreien, daß du mein Held bist. Wie sehne ich mich danach, deinen geliebten Namen auf meinen Ärmel zu sticken, damit alle Welt es sehen kann. Du bist mein wunderbarer Sanfter Ritter! Ich kann es kaum erwarten, wieder in deinen Armen zu liegen. Für immer – Deine Jeanette.«

Es war die höchste Seelenqual, nur einen einzigen Tanz miteinander tanzen zu dürfen, doch immerhin konnte ihr währenddessen Edward einen Liebesbrief zustecken und sie für einige Minuten berühren. Doch das Ergebnis, einander so nahe zu sein und sich nur mit den Händen zu berühren, forderte seinen Preis. Joan tat vor brennender Sehnsucht das Herz weh. Edwards Verlangen nach ihr war so wild, daß er Höllenqualen litt.

Joan wartete, bis sie in ihrem Schlafzimmer war, ehe sie Edwards Brief öffnete. »Meine kleine Jeanette, ich danke dir von ganzem Herzen für deinen Liebesbrief. Von jetzt an werde ich dir jeden Tag schreiben. Etwas muß anders werden, weil wir nie allein sein können. Ich habe die Absicht, ein Haus in London zu kaufen, so wie dein Bruder es getan hat. Christian Hawksblood werde ich meine Briefe für dich anvertrauen, und du solltest das gleiche tun. Mein Verlangen nach dir will mich schier umbringen, aber ich bitte dich um Geduld, bis unser Hafen bereit ist. Ich küsse deine Lippen, ich küsse dein Herz, aber den anderen Kuß für tiefer werde ich mir aufsparen, bis du sicher in meinen Armen weilst. E.«

Joan preßte die Lippen auf das Pergament und schob es unter ihr Kopfkissen. »Glynis, ich möchte, daß du für mich einen Zauber aussprichst.«

Das dunkelhaarige walisische Mädchen kam näher. »Was für einen Zauber, meine Lady?« Mit dem uralten Wissen ihrer heidnischen Vorfahren wußte sie natürlich, daß Joan verliebt war. Es war der Gegenstand ihrer Liebe, der Glynis beunruhigte, Joans Lebensweg würde nicht glatt und eben sein. Der Weg zu ihrem Ziel lag endlos vor ihr, gepflastert mit Stolpersteinen. Glynis seufzte. Ihr Schützling war so süß, so kindlich, so unkompliziert, sie glaubte, wenn sie sich etwas nur eifrig genug wünschte, dann würde ihr Wunsch auch in Erfüllung gehen. Joan hatte keine Ahnung, daß ein Begehren auch zu einem Fluch werden konnte.

»Einen Liebeszauber«, gestand Joan ihr. »Glynis, ich bin verliebt, und ich möchte auch geliebt werden. Verleiht mir einen Zauber, der mich unwiderstehlich macht!«

»Zieht Eure Kleider aus. Der nackte Körper verstärkt die Macht Eurer Bitte und den Zauber, den Ihr ausschickt.« Glynis holte grüne Kerzen, Kräuter und einen Weihrauchbrenner. Mit einem langen Fidibus zündete sie die Kerzen an, dann brachte sie Aloe und Weihrauch zum Qualmen. »Sprecht mir nach«, befahl Glynis, und Joan wiederholte die Beschwörungsformeln:

»Ich bin besessen von brennender Liebe,
Laß diesen Mann sich nach mir sehnen, mich verlangen.
Laß sein Verlangen nach mir aufflammen.
Laß meine Liebe hervorkommen aus dem Geist und
auf ihn übergreifen.
Laß ihn sich nach mir sehnen,
wie er noch nie etwas ersehnt hat.
Erfülle ihn mit Liebe zu mir!«

Am folgenden Tag wurde Joan umschwärmt von jungen Männern, die darum baten, ihre Gunstbezeigung im Turnier tragen zu dürfen. Sie gab ihre Tücher an John Hollan, Michael de la Pole, Roger de Cheyne und den jungen William de Montecute.

De Montecute weigerte sich, das Tuch anzunehmen. »Lady Kent... Joan, ich bitte Euch, mir etwas zu geben, das persönlicher ist. Gewährt mir ein Andenken, das ein Versprechen zwischen uns bedeutet.«

»Was für ein Versprechen?« fragte sie freundlich.

»Ein Versprechen der Liebe. Gebt mir einen Strumpf, Joan. Etwas Persönliches, was Ihr an Eurem Körper getragen habt.«

Unversehens war sie gar nicht mehr frohgemut. »William, Ihr schockiert mich! Ihr solltet solche Sachen nicht zu mir sagen.«

William wurde direkter als je zuvor. »Schon bald, so hoffe ich, werde ich das Recht dazu haben. Joan, Ihr müßt wissen, daß ich Euch unwiderstehlich finde.«

Das Wort ›unwiderstehlich‹ erinnerte sie an den Liebeszauber, den sie ausgesprochen hatte. Himmel, sie war nicht deutlich genug gewesen. Sie hätte Edwards Namen in die Beschwörung einfügen müssen! »Es tut mir leid, William. Nehmt dies Tuch oder bittet eine andere Dame um ihre Gunst.«

Für den Augenblick mußte er sich damit begnügen. Er nahm

Joans Tuch, preßte es an seine Lippen, atmete tief den Duft ein und steckte es dann in sein Wams.

Für Prinz Edward hatte Joan einen Ärmel. Auf die Innenseite hatte sie ihre verschlungenen Initialen gestickt. Er steckte in ihrem Mieder, für den Fall, daß sie einander zufällig begegneten. Joan entdeckte Brianna, die aus dem Königinnenturm kam, und rief ihr zu, auf sie zu warten. Brianna trug ein butterblumengelbes Kleid, in dem sie aussah, als stünde sie inmitten der Sonnenstrahlen. »Laßt uns heute Dame Marjorie schwänzen; gehen wir zum Turnierplatz und sehen den Männern beim Üben zu!« schlug Joan vor.

»Das dürfen wir nicht, aber ich kann dir nicht widerstehen«, stimmte Brianna zu.

»Mmm, wie es scheint, kann mir heute niemand widerstehen.«

»Hast du schon jemandem ein Zeichen deiner Gunst geschenkt?«

»Ich habe heute vier gleiche rosa Tücher verteilt«, erklärte Joan kichernd.

»Jeder Kämpfer, der mutig genug ist, Rosa zu tragen, muß wirklich besessen sein von dir«, meinte Brianna und lachte laut auf.

»Für meinen ganz besonderen Helden habe ich einen Ärmel bei mir«, sagte Joan und klopfte dabei auf ihr Mieder.

»Und wer ist dieser Held?« erkundigte sich Brianna.

»Ich habe mich noch nicht entscheiden«, wich Joan aus. »Hast du Robert etwas zukommen lassen?«

»Noch nicht«, antwortete Brianna. »Aber er hat mich darum gebeten, und ich habe es ihm versprochen.«

Auf dem Feld hinter dem Turnierplatz wurden die Zelte der Kämpfer aufgebaut. In den Zelten lagerten Rüstungen, Waffen, Kleidung, hölzerne Badewannen, medizinische Vorräte, Sättel, Harnisch, Feldbetten und Stühle. Jeder Teilnehmer besaß seine eigenen Knappen und Pagen, deren Hauptpflichten darin bestanden, ihm seine Rüstung anzulegen, zerbrochene Lanzen zu ersetzen, seinen Durst zu stillen, seine Wunden zu verbinden und ihm unermüdlich Mut zuzusprechen.

Wenn Herausforderer von weit her kamen, würden sie unter Umständen in ihren Zelten schlafen müssen, falls das Schloß überfüllt war. Dieses Turnier jedoch beschränkte sich auf Teilnehmer aus den umliegenden Gebieten. Doch ganz gleich, wie klein so ein Turnier auch sein mochte, immer zog es Händler, Hausierer, Gaukler, Barden und ein kunterbuntes Gemisch von Halunken an, die nur durch ihre Gewitztheit überlebten.

Auf einer nahen Wiese stellten die Händler ihre Buden auf, um die Waren auszubreiten, die sie von nah und fern importierten; am Tag des Turniers sollte Windsor die fröhliche Atmosphäre eines Jahrmarktes erleben. Pferde, Wandbehänge, Seide aus Syrien, persische Teppiche, venezianisches Glas wurden genauso feilgeboten wie hausgemachtes Bier.

Briannas Schuldgefühl über das Schwänzen ihrer Unterrichtsstunde ließ nach, als sie Prinzessin Isabel und ihre anderen Hofdamen entdeckte, die den Männern beim Training zusahen. In der Tat schienen die gesamten weiblichen Bewohner Windsors anwesend zu sein, vom Küchenmädchen bis zur Herzogin. Diejenigen, die in der Küche arbeiteten, wußten, daß heute der einzige Tag war, an dem sie noch ein wenig freie Zeit hatten, denn morgen würden sie ununterbrochen arbeiten, um die Speisen für die Festlichkeiten zuzubereiten.

Einige der Männer errichteten einen Baldachin über der Loge, wo die Königin und die edlen Damen sitzen sollten, um dem Turnier beizuwohnen. Ein Jongleur auf einem Pferd übte gerade, ein Schwert hoch in die Luft zu werfen und es dann wieder aufzufangen.

Sir John Chandos hatte Edwards Pavillon in der Mitte des Lagerplatzes gleich neben dem von Christian Hawksblood aufgestellt. Joan und Brianna entdeckten sie sofort. Der eine war rot und purpur, mit einem goldenen Minarett, der andere aus schwarzer Seide, und auf seiner Spitze wehte der goldene Drache von Wales.

Brianna blinzelte ungläubig, als sie Adele und Glynis entdeckte, die aus dem arabischen Pavillon traten. Gleich hinter ihnen rückten Paddy und Ali an. Als Adele Brianna entdeckte, erklärte sie schnell, noch ehe diese ihr eine Frage stellen konnte: »Paddy kommt aus der gleichen Gegend Irlands wie ich.«

Glynis fügte hinzu: »Wir waren neugierig auf Drakkars Pavillon.«

»Drakkar?« fragte Brianna.

Ali verbeugte sich vor ihr. »Drakkar ist Lord Christians arabischer Name, meine Lady.«

»Lord Christian?« spottete sie und lüftete eine Braue.

»Eigentlich ist er sogar ein Prinz«, behauptete Paddy in näselndem Tonfall. »Prinz Drakkar!«

»Wie romantisch!« rief Joan, als würde sie jedes Wort glauben.

Brianna zog ihre Freundin weiter, gerade noch rechtzeitig, damit die vier nicht sahen, wie sie in lautes Lachen ausbrach.

Joan stimmte in das Vergnügen der Freundin ein. »Seine Knappen sind wirklich sehr drollig.«

»Ich mag Paddy richtig gerne«, flüsterte Brianna mit einem boshaften Lächeln. »Er steckt so voller Mist.« Wieder prusteten beide los.

Hawksblood war schon seit vier Uhr morgens auf den Beinen. Er trainierte eine Kompanie Kämpfer aus Cornwall im Umgang mit dem Langmesser. Er wollte sie dazu ausbilden, in der Nacht, im Schutz der Dunkelheit anzugreifen, dazu mußte die Fähigkeit zum geräuschlosen Anschleichen wieder und wieder geübt werden.

Später am Morgen hatte er seine Knappen angewiesen, seinen Pavillon neben dem von Edward aufzubauen. Er hatte versprochen, Edwards Brief an Joan von Kent weiterzuleiten sowie seinem Knappen Chandos zu helfen, Rüstung und Lanzen auszusuchen, die er für das Turnier brauchte. Inzwischen konnte Edward nach London reisen, um sich nach einem geeigneten Haus umzusehen. Christian hatte noch eine Stunde Zeit, Gnasher, Pack-an, seine Signale beizubringen. Er holte sich in der Küche einige Brocken Fleisch und ging dann mit dem Frettchen auf der Schulter zum Turnierplatz hinüber.

Der junge Randal Grey hatte das kleine Tier aus einiger Entfernung entdeckt, und die Neugier trieb ihn jetzt zu Christian. »Ist das ein zahmes Frettchen?«

»Es ist erst halb zahm«, antwortete Christian.

»Darf ich es kurz halten?« fragte Randal erwartungsvoll.

»Manchmal beißt es«, warnte Christian ihn.

»Das macht nichts«, versicherte ihm der rothaarige Schlingel.

Christian verbarg seine Belustigung. »Hier ist ein Stück Fleisch. Halt es ihm hin und versuche, ob er zu dir kommt. Nein! Nicht zwischen deinen Fingern, seine Zähne sind messerscharf. Halte es ihm auf der flachen Hand hin.«

Als das Frettchen das Fleisch nahm und dann seine Finger auseinanderschob auf der Suche nach mehr, war Randal begeistert. »Darf ich ihn haben?« bettelte er.

»Nein. Der kleine Gnasher ist eine meiner Geheimwaffen«, erklärte Christian.

»Warum nennt Ihr ihn Gnasher?« wollte Randal wissen.

»Das zeige ich dir.« Christian deutete mit dem Finger auf den nichts ahnenden Paddy und befahl: »Pack an!«

Das schwarzfüßige Frettchen flitzte über die Wiese, kletterte an Paddys Bein hoch und hätte ihn in die Hoden gebissen, hätte er nicht einen Lederschutz getragen. Doch der Überraschungsangriff erschütterte Paddys Gleichgewicht so, daß Randal sich vor Lachen auf dem Boden wälzte.

Als Gnasher zu Christian zurückkam, kraulte dieser ihn hinter dem Ohr. »Hast du denn kein Haustier?«

Randal schüttelte den Kopf, ein abwesender Blick trat in seine Augen. »Mein Vater hat mir einmal einen kleinen Hund geschenkt, aber meine Mutter hat dafür gesorgt, daß er wieder verschwand. Ich vermisse ihn. Er ist tot.«

Christian wußte, daß Randal nicht von dem Hund sprach, sondern von seinem Vater. Er kannte den Schmerz, den ein Kind erlitt, wenn es in so jungen Jahren von einem liebevollen Elternteil getrennt wurde. »Würde es dir Spaß machen, Gnasher während des Turniers zu versorgen? Wir lassen ihn im Zelt, und du kannst ihm Futter und Wasser bringen. Wenn ich meine Geheimwaffe brauche, dann rufe ich dich, und du bringst ihn mir.«

»Danke, Sir Christian.« Randal grinste von einem Ohr zum anderen.

»Hat dich schon einmal jemand angesprochen wegen einer Ausbildung zum Knappen?«

Der rote Schopf wurde hin und her geschüttelt, und Randal blickte ganz verloren drein. »Ich hatte gehofft, daß Prinz Edward…« Er hielt inne.

Hawksblood musterte ihn nachdenklich. »Ich werde einmal mit ihm reden«, kündigte er an.

Randal glaubte, vor Glück sterben zu müssen.

Prinz Lionel und die Männer seines Haushaltes übten schon seit Sonnenaufgang mit ihren Lanzen. Robert de Beauchamp versuchte ihn aufzuwiegeln, indem er ihm schmeichelte. »Ich würde gern sehen, daß Ihr in diesem Jahr der Sieger werdet, Euer Hoheit. Ich denke, es könnte Euch gelingen, Prinz Edward zu schlagen.«

Lionel wischte sich den Schweiß von der Stirn. »Mein Vater, mein Bruder und ich haben im vergangenen Jahr als Team gekämpft und gewonnen.«

»Ich möchte gern sehen, daß das Haus von Clarence das Haus von Wales herausfordert. Ihr seid seit dem letzten Jahr sehr gewachsen. Diesmal seid Ihr schwerer und größer, und Eure Reichweite ragt heraus in Windsor. Ich selbst besitze auch eine ziemliche Reichweite, aber ich glaube, Ihr übertrefft mich noch.«

»Glaubt Ihr, daß wir das schaffen könnten?« fragte Lionel listig.

»Der Ritter der Königin Philippa, Walter Manny, ist hier. Warum bittet Ihr ihn nicht, unser dritter Mann zu sein? Er ist ein geübter Veteran.«

»Sapperlot, genau das werde ich tun. Ich will meine Mutter bitten, ihn zu fragen.« Er blickte hinüber zu der Palisade, einer Holzbarriere, die den Turnierplatz begrenzte und hinter der sich die Menge der Frauen schaulustig versammelt hatte. »Seht nicht hin, aber Euer Bastard-Bruder beobachtet uns.«

Robert grinste. »Wir wollen ihm einen kleinen Vorgeschmack verpassen.«

Lionel grinste zurück. »Hugh! Richard! Laßt uns den Damen einmal zeigen, wie wir eine Lanze werfen!«

Die beiden jungen Männer galoppierten ungefähr hundert Yards den Platz hinunter. »Welchen willst du?« fragte Hugh.

»Was, zum Teufel, macht das schon für einen Unterschied? Wir werden doch alle beide vom Pferd fallen. Warum kämpfen diese beiden verdammten Riesen nicht gegeneinander?« brummte Richard.

»De Beauchamp ist viel zu stolz, um vom Pferd geholt zu werden, und zu schlau, um Prinz Lionel zu übertrumpfen«, erklärte Hugh weise. »Ich nehme den Ochsen.« Das war der Name, den die Männer des Prinzen ihm hinter seinem Rücken gegeben hatten, wegen seines dicken Kopfes.

Hawksblood betrachtete die beiden mit den Augen eines Kenners. Für einen so großen Mann duckte sich Lionel recht geschickt und ritt auch gut – doch wenn es dann ums Zustechen ging, verließ er sich auf seine Körpergröße und sein Gewicht statt auf sein Können. Beide Lanzen zersplitterten bei dem Anstoß, doch der kleinere Mann wurde aus dem Sattel geworfen.

Knappen liefen auf das Feld, um die zerbrochenen Lanzen wegzuräumen, während Robert de Beauchamp und Richard sich bereit machten, mit den Lanzen unter den Armen. Ein Turniermarschall senkte den weißen Stab, doch Robert war schon losgeritten, ehe der Stab gesenkt wurde, was ihm einen Vorteil verschaffte und einen längeren Galopp. Die Wucht des Aufpralls würde ihm genügen, um seinen Gegner zu Boden zu werfen. Roberts Lanze zersplitterte mit einem ohrenbetäubenden Krach, doch die Wucht des Aufpralls hatte genügt, um seinen Gegner zu stürzen.

Wenn de Beauchamp geglaubt hatte, seinen Bruder beeindrucken zu können, dann war ihm das allerdings nicht gelungen. Hawksblood schüttelte den Kopf. Wie könnten sie im Kampf einen Sieg erringen, wenn sie nicht einmal ihre Lanzen beherrschten?

Christian fühlte Brianna, noch ehe er sie sah. Er wandte den Kopf und schaute ihr entgegen. Sein Körper reagierte sofort auf ihren Anblick. Was für ein Kleid sie auch wählte, jedesmal sah sie noch schöner aus als bei ihrer vorigen Begegnung. Die Farbe Gelb besaß mystische Eigenschaften. Heute sah sie aus wie die ägyptische Göttin Isis.

Er lächelte, als er an ihr letztes Treffen dachte. Es war ihr nicht klar, aber als sie ihn gebissen hatte, waren sie gleich mehrere Schritte weitergekommen auf ihrem Weg zur Intimität. In Wirklichkeit gehörte Beißen bereits zum Vorspiel.

Hawksblood erinnerte sich an Edwards Brief, als er Joan neben Brianna entdeckte. Ganz plötzlich löste Joan sich von der Freundin und kam auf ihn zugelaufen. Gerade wollte sie sich nach dem Prinzen erkundigen, als er ihr den Brief in die Hand drückte, und ihr wurde klar, daß Edward ihr eine Entschuldigung geschrieben hatte. Joan zog den gefalteten Ärmel aus ihrem Mieder und schmuggelte ihn in Christians Hand. »Würdet Ihr ihm bitte diese Gunstbezeigung überbringen, mein Lord.«

»Das werde ich, Demoiselle«, versprach er ihr und begriff, warum Prinz Edward von dieser engelhaften Gestalt so bezaubert war.

Brianna beobachtete die beiden mit Bestürzung, Enttäuschung, Bedauern und Ernüchterung – all das fühlte sie und noch mehr! Sie war verärgert über Joans Unwiderstehlichkeit. Erbitterung stieg in ihr auf, daß Christian Hawksblood Joan ein Liebesbriefchen zusteckte, wo er sie doch hatte glauben lassen, sein Herz gehöre ihr, Brianna! Eine kleine Stimme in ihrem Inneren sagte ganz deutlich: *Das ist kein Ärger, das ist Eifersucht!*

»Unsinn!« erklärte sie laut. Sie entdeckte Robert und winkte ihm fröhlich zu. Auf der Stelle verließ er Prinz Lionel und kam zu ihr herübergeritten. Er zog seinen Helm und fuhr sich mit der Hand durch die zerzausten blonden Locken. Als sie zu ihm aufblickte, mußte sie zugeben, daß er ein herrliches Bild abgab auf seinem hohen Schlachtroß. Und als er sie dann angrinste, sah er so jungenhaft aus, daß sie sich einzureden versuchte, er sei ein wahrer Schatz. »Königin Philippa hat mich beurlaubt, um nach Hause nach Bedford zu reisen«, sagte sie in einem Atemzug. »Allerdings muß ich Adele und einige Dienerinnen mitnehmen, der Schicklichkeit wegen.«

»Das ist wundervoll, Brianna. Wir werden gleich am Tag nach dem Turnier abreisen. Der König ist recht ungeduldig, er kann es kaum erwarten, mit dem Bau seines Turms zu beginnen. Habt Ihr mir eine Gunstbezeigung mitgebracht, die ich im Turnier tragen kann?«

»Oh, ich...« Sie zögerte nur einen Augenblick, dann löste sie das Band, das einen ihrer gelben Ärmel hielt. »Hier, nehmt dies.«

Er führte es an die Lippen und zwinkerte ihr dann zu. Sie stand jetzt mit einem nackten Arm da.

Joan von Kent trat zu ihr und Robert. »Was für eine überraschende Geste, Brianna.«

»So, du scheinst nie unter plötzlichen Anwandlungen zu leiden«, antwortete Brianna kühl und hoffte von ganzem Herzen, daß Christian Hawksblood ihre Großzügigkeit Robert gegenüber bemerkt hatte. Sie fühlte seine Blicke, die sie zwangen, zu ihm hinzusehen, doch sie kämpfte verbissen dagegen an. Ihr Eigensinn verlieh ihr Halt; und er war nur ein Mann. Sie wollte verdammt sein, wenn sie sich von ihm unterkriegen ließe!

»Brianna, können wir unsere offizielle Verlobung beim Bankett nach dem Turnier ankündigen?« wollte Robert wissen.

Brianna zögerte, sie schaute zu Joan hinüber und dann mit trotzigem Blick wieder zu Robert. »Ja, laßt die entsprechenden Verträge aufsetzen, mein Lord.«

12

Joan von Kent war gezwungen, ihre Ungeduld zu zügeln, bis sie den Brief Edwards lesen konnte. Der einzige ungestörte Ort war ihr eigenes Zimmer, und dorthin kehrte sie erst nach dem Abendessen zurück. Sie hatte Edward im Bankettsaal vermißt und sich früh zurückgezogen, um nicht mit William de Montecute den Abend verbringen zu müssen. Als sie das Wachssiegel zu lesen begann, schlug ihr Herz bei seinen Worten schneller.

Mein kleiner Liebling,
ich vermisse dich, als wäre es schon tausend Jahre her, seit ich dich in meinen Armen gehalten habe. Am Waldsee haben wir Erinnerungen geschaffen, die ich mein ganzes Leben lang behüten werde. Ich suche ein Haus in London, am Fluß, in der Nähe deines Bruders. Unsere Zeit, die wir zusammen verbringen, darf deinem Ruf nicht schaden. Wir müssen sehr diskret sein, auch wenn mein Körper und mein Herz und meine Seele nicht aufhören wollen, nach dir zu schreien! Ewig Dein
Edward

Joan küßte seine Unterschrift, dann preßte sie den Brief an ihr Herz. Verliebt zu sein war die aufregendste Sache, die ihr in ihrem bisherigen Leben widerfuhr. Alles auf der Welt verblaßte neben diesem verzehrenden Gefühl! Sie schwor sich, diese Liebe um jeden Preis geheimzuhalten, weil Edward das so wollte. Sie war sehr stolz auf sich, weil sie sie sogar vor ihrer besten Freundin verbarg. Brianna war sehr einfühlsam; deshalb erstaunte es sie, daß sie ihr Geheimnis nicht bereits erraten hatte.

Joan verstrickte sich häufig in Frechheiten, und sie verließ sich auf Briannas starken und mutigen Charakter, um sie aus den Schwierigkeiten herauszuholen. Brianna gab ihr auch immer einen Rat, wenn sie sich in einer Sache nicht sicher war. Doch was Prinz Edward anbelangte, so gab es keinen Zweifel, daß ihre Liebe vorherbestimmt war.

Joan suchte lange unter ihren vielen hübschen Sachen, bis sie fand, wonach sie suchte. Es war ein Kästchen aus filigranem Silber mit einem listigen kleinen Schloß. Sie legte Edwards Briefe hinein, streute ein paar Rosenblätter darüber und stellte das Kästchen dann neben ihr Kopfkissen. Da sie noch nicht das Bett mit Edward teilen konnte, so wollte sie es doch mit seinen »Botschaften« tun.

Aufregung über das bevorstehende Turnier erwachte nun in ihr. Sie hatte ihrem Liebsten schon oft bei einem Turnier zugeschaut; denn seit Edward dreizehn war, war er ein Sieger. Doch diesmal würde er zum ersten Mal ihre Gunstbezeigung tragen, und er würde ihr ganz eigener Held sein!

Weil es nur ein kleines Turnier war, hob der König zwei der strengen, uralten Ritterregeln auf. Die erste Regel verbat einem Mann eines niedrigeren Ranges, einen Höherstehenden herauszufordern. Der König und Prinz Edward waren sich ihrer Überlegenheit beim Turnier so sicher, daß sie sich einverstanden erklärten, jede Herausforderung anzunehmen. Die zweite Regel besagte, daß Turniere dem Rang entsprechend geritten werden mußten, angefangen mit dem König. Es war nicht nur ihr natürlicher Siegerstolz, der die Plantagenets dazu veranlaßte, das Beste bis zum Schluß aufzubewahren, sondern ebenfalls ein angeborener Sinn für Prunk und effektvolle Darbietung.

Graf Henry von Lancaster wurde zum Feldmarschall des Turniers gewählt. Es galt sowohl als Ehre wie auch als ernste Verantwortung, die demjenigen oblag, der die höchsten Ideale der Ritterschaft verkörperte.

Die Farben, die man für dieses Spektakel ausgewählt hatte, waren Gold und Azur, und die seidenen Standarten, die das Turnierfeld umsäumten, zeigten goldene Leoparden im Ginsterkranz auf einem Hintergrund von strahlendem Blau.

Christian Hawksblood war beeindruckt von den kostbaren Preisen, die als Trophäen winkten. Er hatte schon an vielen Turnieren teilgenommen, wo die Preise verblaßten im Vergleich zu denen, die der Plantagenet-König von England bot. Wer auch immer einen Gegner besiegte, gewann einen Dolch mit dem Wappen des Königs. Jeder Mann, der aus drei Turnierritten siegreich hervorging, erhielt ein Breitschwert, dessen Heft besetzt war mit Halbedelsteinen, Turmalinen, Amethysten oder Karneolen.

Der Prinz von Wales jedoch bot den großartigsten Preis des Tages. Es war ein goldener Abendmahlsbecher, dessen Kelch in den feinstgedrechselten Klauen des Drachen von Wales ruhte. Das Stück besaß einen immensen Wert, außerdem war es herrlich anzusehen, und natürlich hatte jeder Wettkämpfer den Wunsch, diesen Kelch zu gewinnen – wenn auch nur in seinen kühnsten Träumen.

Der König hielt, wie immer, einen ganzen Stapel mit Kronen gefüllter Börsen bereit, die er demjenigen Herausforderer zuwerfen würde, der der Menge am besten gefiel. Neben den Preisen, die die königliche Familie zur Verfügung stellte, waren auch diesmal Pferde und Rüstung des Gegners zu gewinnen; zusätzlich gab es einige private Wetten zwischen den Teilnehmern des Turniers, zum Beispiel wurde um einen wertvollen Falken, um Hunde, Waffen oder Sättel gewettet.

Christian Hawksblood wunderte sich, daß nur wenige Teilnehmer ihn herausforderten. Sicher würde doch ein Mann mit hitzigem Blut gern gegen einen Neuankömmling kämpfen, der seine Kunst noch nicht unter Beweis gestellt hatte. Er ahnte ja nicht, wie einschüchternd sein dunkles Gesicht auf die hellhäutigen jungen Engländer wirkte.

Godfrey de Harcourt, ein französischer Ritter, der in englischen Diensten stand, weil der französische König seine Ländereien beschlagnahmt hatte, sandte Hawksblood die Aufforderung. Er hatte von dem Ruf des Arabers gehört und wollte sein Glück versuchen.

Christian schonte auch bewußt seinen Bruder Robert, er hatte nicht den Wunsch, ihn vor dem ganzen Publikum zu erniedrigen. Jedoch, als der Tag des Turniers näher kam, war es Robert, der diesem fremden Bastard den Fehdehandschuh hinwarf. Christian übte sich in Geduld und hoffte, daß noch ein dritter Herausforderer auftreten würde, um eines der juwelenbesetzten Breitschwerter zu gewinnen. Am Vorabend des Turniers jedoch, als nichts weiter geschehen war, trat er an seinen Freund, Prinz Edward, heran in der Absicht, ihn herauszufordern. Ein schwarzer Berberhengst, den Edward besaß, stach ihm ins Auge; daher suchte er ihn in seinem Pavillon auf.

Edward stöhnte. »Um Himmels willen, Christian, habt Erbarmen mit mir und verschont mich!«

Christian sah, daß sein Freund es ernst meinte. Er betrachtete Edward von Kopf bis Fuß und suchte dabei nach einer Verletzung. »Stimmt etwas nicht?«

Edward fuhr sich mit beiden Händen durchs Haar. »Sagt es ihm«, bat er Chandos, seinen Knappen.

»Der Prinz hat zwei Dutzend Herausforderungen erhalten. Ein halbes Dutzend ist das Äußerste für die meisten Männer. Wir stecken ein wenig in der Klemme. Wenn er einen Kampf ablehnt, wird es ihm als Feigheit ausgelegt.«

»Da ich so wenige und Ihr so viele bekommen habt, hätte ich vielleicht einen Vorschlag, Euer Hoheit, wenn Ihr gestattet«, meinte Christian.

John Chandos legte den schwarzen Brustpanzer, den er soeben polierte, zur Seite und richtete seine ganze Aufmerksamkeit auf Hawksblood.

»Ihr und ich, wir haben ungefähr die gleiche Größe und besitzen beide eine schwarze Rüstung. Ich nehme Euch die Hälfte Eurer Herausforderungen ab. Niemand wird den Unterschied erkennen.«

»Das kann ich nicht«, bedauerte Edward, seine Ritterehre sprach aus seinen Worten.

»Ihr könntet schon«, warf Chandos ein. »Wenn Ihr wollt!«

Die drei Männer lachten über die Verwegenheit dieses Plans, doch dann gab der Knappe Chandos zu bedenken: »Selbst zwölf Herausforderungen sind unmöglich zu bewältigen.«

»Ja, wenn wir einen Ritt nach dem anderen machen. Aber wenn wir uns abwechseln und uns zwischendrin ausruhen, dann könnten wir mit all den Burschen fertig werden«, meinte Christian.

»John, ein Dutzend werde ich schon schaffen«, behauptete Edward, dann lachte er erneut auf und schüttelte den Kopf. »Nein, einen solchen Betrug könnte ich nicht begehen. Davon halte ich nichts, aber danke für das Angebot, mein Freund.«

Ihre Zelte standen nebeneinander; als der junge Randal Hawksblood nicht finden konnte, suchte er ihn deshalb in Prinz Edwards Pavillon. Er hatte noch einen zweiten Pagen bei sich. Randal senkte den Kopf und sagte dann, was er auf dem Herzen hatte. »Sire, der König schickt einen Pagen mit dieser Nachricht für Euch.« Er wandte sich an Hawksblood: »Ich habe eine Nachricht für Euch, mein Lord, von Warrick.«

Die beiden Männer nahmen die Briefe entgegen, und als sie sie gelesen hatten, stöhnten beide gleichzeitig auf.

»Eine Herausforderung von meinem Vater!« Und dann sahen sie einander an, jeder von ihnen geriet erneut ins Grübeln.

Edward meinte: »Ich habe kein schlechtes Gewissen, einen König aus dem Sattel zu holen, aber schließlich ist er mein Vater.«

»Mir macht es auch keinen Spaß, Warrick in den Dreck zu werfen«, stimmte Christian ihm zu.

»Wir könnten unsere Väter tauschen«, schlug Edward mit einem Funken von Hoffnung vor. »Im letzten Jahr haben wir in Mannschaften gekämpft. Natürlich war es ein längeres Turnier. Lionel, Vater und ich waren im gleichen Team. Wir haben uns verkleidet als Kosaken aus Moskau, mit großen Pelzhüten.«

»Wenn Ihr im letzten Jahr den Zuschauern mit einer Verkleidung Freude bereitet habt, warum wollt Ihr Euch dann diesmal nicht verkleiden?« fragte Christian.

»Wir tun es! Natürlich werden wir dann auf dem Höhepunkt des Turniers alles gestehen müssen.«

»Wenn Eure Ehre das verlangt«, räumt Christian zögernd ein. »John, bittet meine Knappen her, wir werden sorgfältig planen und koordinieren müssen.«

Ganz Windsor hatte eine festliche Stimmung ergriffen. Alle waren aufgeregt. Die Hunde bellten lauter, die Kinder stellten lauter

Unsinn an, und die Erwachsenen lachten mehr und schimpften weniger. Windsor war so geschäftig wie ein Bienenstock.

Ein großer Baldachin wölbte sich über der Loge, wo Königin Philippa, die Prinzessinnen und die edlen Damen Platz nähmen. Der Haushalt der Königin war allerdings auf hundertsechzig Frauen angewachsen, einige von ihnen mußten also in der Sonne sitzen.

Schloß Windsor quoll über von Besuchern aus den anderen königlichen Residenzen von Berkhamsted, dem Savoy Palace, Woodstock und Havering. Menschenmengen aus London drängten sich in die Stadt Windsor am Tag vor dem Turnier, sie nahmen vorlieb mit einem Schlafplatz unter einer Hecke oder auf einem der Grabsteine des Friedhofs.

Die Händler verdienten ein Vermögen mit dem Verkauf von Bier, dampfenden schwarzen Erbsen und heißen, knusprigen Brötchen. Gaukler, Minnesänger und Schelme unterhielten die Zuschauer und hofften auf einen Heller von freigebigen Festbesuchern mit gut gefüllten Börsen.

Dirnen gab es so zahlreich wie Flöhe auf einem Hund, doch kecke Dienerinnen und Milchmädchen machten ihnen die Kunden abspenstig, indem sie mit jedem Mann, der ihrer Meinung nach in irgendeiner Verbindung zum königlichen Hofe stand, flirteten.

Der Sonnenschein am frühen Morgen stahl sich in Briannas Zimmer, als Adele die Gardinen zurückzog. Brianna war ganz besonders aufgeregt, denn am heutigen Tag des Turniers sollte ihre Verlobung offiziell bekanntgegeben werden. Und morgen würde sie in ihre Heimat in Bedford reisen, zusammen mit ihrem Bräutigam. Einen Augenblick lang fühlte sie sich bedrückt, und als sie aufblickte, sah sie, daß die Sonne sich hinter einer Wolke versteckt hatte. Heute abend auf dem Bankett sollte ihre Zukunft besiegelt werden. Sie war noch immer unsicher, wenn sie an Robert de Beauchamp dachte; doch dann sagte sie sich, daß alle Mädchen wohl die gleichen Zweifel durchlitten. Sie sollte sich schämen. Robert sah gut aus, er war jung, kräftig, von edler Geburt, ehrgeizig, und er fühlte sich körperlich von ihr angezogen. Was wünschte sie sich noch? Die Antwort auf ihre geheimen Gedanken stahl sich in ihr Herz, doch hastig schob sie sie beiseite und stand auf, um die frische Morgenluft zu genießen.

Als Adele den Schrank öffnete, fielen Briannas Blicke auf das gelbe Kleid, das sie gestern getragen hatte. Der fehlende Ärmel würde heute an Roberts Helm oder an seiner Lanze flattern. Sofort gingen ihre Gedanken zu dem roten Band, das Christian Hawksblood von ihr verlangt hatte, und sie fragte sich, ob er es wohl tragen würde oder doch den zierlich bestickten Ärmel, den Joan ihm zugesteckt hatte. Sie versuchte, das Gefühl der Eifersucht zu verdrängen. Joan war ihre beste Freundin, und wenn sie sich zu dem arabischen Ritter hingezogen fühlte, warum, um alles in der Welt, sollte ihr das etwas ausmachen?

Es machte etwas aus, jawohl!

Während Adele das neue Kleid aus amethystfarbenem Seidentaft auf dem Bett ausbreitete, stockte Brianna der Atem, so hübsch war es. Ihre Tante hatte ihr eine der modischen, enganliegenden Jacken aus dunkel purpurfarbenem Samt dazu genäht, die ihre weiblichen Rundungen in einer gewagten Form zur Schau stellen würde. Als Brianna das neue Kleid anzog, schlug ihr Puls schneller bei ihrem Anblick in dem polierten silbernen Spiegel. Die enge, ärmellose Jacke schob ihre Brüste so hoch, daß sie aus dem herzförmigen Ausschnitt des Kleides herausdrängten.

Brianna leckte sich über die Lippen. »Vielleicht sollte ich es doch nicht tragen«, murmelte sie.

»Unsinn«, erklärte Adele und zog die weiten, flatternden fliederfarbenen Ärmel des Unterkleides heraus. »Joan hat auch so etwas an, und es ist noch wesentlich gewagter als deines. Es ist ganz mit Silberfäden und Perlen bestickt. Ihr beide werdet die königlichen Prinzessinnen in den Schatten stellen.«

»Wie kann ich da widerstehen?« Brianna lachte und griff nach ihrem Umhang.

»Nein, nicht diesen, mein Lämmchen. Ich habe eine Überraschung für dich. Zufällig erinnerte ich mich daran, daß der Lieblingsumhang deiner Mutter in einer der Truhen aus Bedford verstaut war.« Stolz holte Adele einen grauschimmernden Samtumhang hervor, innen besetzt mit strahlenden Glanzsteinen. »Es versinnbildlicht deine Mutter, Brianna. Außerordentlich geschmackvoll nach außen, schockierend aufsehenerregend nach innen! Bestimmt hätte es sie glücklich gemacht, wenn sie gewußt hätte, daß du diesen Umhang am Tag deiner Verlobung trägst.«

Brianna strich zögernd über den grauen Samt, in dessen weichen Falten noch immer ein Duft von Veilchen hing. Sie schluckte, weil ihr ein dicker Kloß im Hals saß. »Würdest du solange meine Utensilien halten, Adele? Ich möchte Pergament und Kohle mitnehmen, damit ich von einem der Turnierritte eine Zeichnung machen kann.«

Briannas Mutter war ein paar Monate nach der Entbindung ihres zweiten Kindes, einer Totgeburt, gestorben. Die Leute sagten, daß Brianna noch viel zu jung war, um sich an ihre Mutter zu erinnern, doch es war trotzdem der Fall. Sie erinnerte sich sogar sehr lebhaft! Ihre Mutter hatte die Gabe des zweiten Gesichtes besessen. Einige behaupteten hartnäckig, sie sei eine Hexe; ein Verdacht, über den ihre Mutter immer herzlich gelacht hatte. Es war dieses Lachen, an das Brianna sich erinnerte, wenn sie von ihrer geliebten Mama träumte.

Während sie und Adele sich einen Weg durch die Menschenmenge des Upper Wards bahnten, rief plötzlich Joan laut ihren Namen, als sei Brianna ihre Retterin. Und in gewisser Weise war sie das auch, denn die arme Joan hatte es getroffen, Prinzessin Isabel beim Ankleiden für das Turnier zu helfen. »Mein Bruder Edmund wird mir nie all die Lügen verzeihen, die ich seit heute morgen über ihn erzählt habe.«

»Isabel rennt beinahe wie ein Hund nach einem Knochen, wenn es um Edmund geht«, bedauerte Brianna sie.

»Ein Luder, meinst du wohl! Als sie meine silberne Jacke sah, hat ihr die Hand gejuckt, weil sie mich am liebsten ins Gesicht geschlagen hätte. Aber die Angst, daß ich mich bei Edmund über sie beklagen könnte, hat sie zurückgehalten. Ich habe ihr geschworen, daß Edmund ihre Gunstbezeigung tragen würde.«

»Vielleicht sehen wir ihn ja noch vor dem Turnier, dann kannst du es ihm nochmals ins Gedächtnis rufen.«

»Um diese Zeit? Ich wette, er schnarcht noch in einem der Dirnenhäuser von Dowgate«, meinte Joan und kicherte.

»Du solltest über solche Häuser gar nichts wissen«, flüsterte Brianna ihr zu.

»Das tue ich ja auch nicht, zum Kuckuck!« beklagte Joan sich, und beide lachten laut auf.

In Wirklichkeit erwarteten sie heute nicht, die Gesellschaft irgendwelcher junger Männer zu genießen. Die Ritter und auch die Knappen, die sich auf diesen Stand vorbereiteten, nahmen Turniere sehr ernst. Sie würden keinen Gedanken an das schöne Geschlecht verschwenden, bis die Scheinkämpfe vorüber und gewonnen waren. Das Bankett heute abend fand zeitig genug statt, um ihre Männerwelt hinter sich zu lassen.

»Mir ist kalt.« Joan zitterte. »Als ich den Sonnenschein gesehen habe, habe ich nicht daran gedacht, einen Umhang mitzubringen.«

»Ich werde Euch einen holen«, meinte Glynis. »Selber brauche ich auch einen.«

Joan fuhr mit der Hand über den weichen Samt. »Ich habe dich noch nie damit gesehen. Er ist sehr hübsch!«

»Er hat meiner Mutter gehört«, erklärte Brianna. Als sie an der Tribüne ankamen, leuchteten die bunten Kleider der Frauen. Der Wettkampf, der hier stattfand, war mindestens genauso erbarmungslos wie der auf dem Turnierfeld.

Königin Philippa sah atemberaubend aus in einem Kleid aus Goldbrokat. Sie war nach der letzten Mode gekleidet, mit einem hoch aufgetürmten Kopfputz, von dem ein durchsichtiger azurblauer Schleier bis zu ihren Füßen mit den Brokatpantöffelchen fiel. Die junge Prinzessin Joanna trug ein fast identisches Kleid, sie genoß die üppigen Komplimente, die man Mutter und Tochter wegen ihrer Roben machte.

Joan beugte sich zu Brianna und flüsterte: »Isabel sieht aus, als hätte sie Zitronen gelutscht.«

»Warum um alles in der Welt hat sie nur eine so entsetzliche Farbe gewählt?« fragte Brianna und blinzelte ungläubig, als sie das gallengrüne Kleid betrachtete.

»Weil ich ihr gesagt habe, es sei Edmunds Lieblingsfarbe, natürlich.«

»Du bist schrecklich«, meinte Brianna begeistert. Wie konnte sie böse auf Joan sein, wenn sie so viel Witz besaß? Kein Wunder, daß Christian Hawksblood sich von ihr angezogen fühlte, man mußte sie mögen.

Die Logen waren erhöht aufgebaut worden, damit die Zuschauer eine ungehinderte Sicht auf den Turnierplatz hatten, der hundert Fuß in der Länge und fünfzig Fuß in der Breite maß. Das muntere Plappern und Lachen verstummte ein wenig, als die Herolde in ihrer königlichen Livree mit goldenen Trompeten über den Platz zu den Zelten und Pavillons ritten und riefen: »Die Kämpfer sollen sich bereit machen!«

Hinter den Herolden ritten der Feldmarschall, die im Rang niedriger stehenden Marschälle, die für die einzelnen Wettkämpfe zuständig waren, und dann die Sergeanten, die für Ordnung sorgen sollten, alle in prachtvollen Uniformen. Hinter ihnen ritt der Jongleur, der mit seinem Schwert Kunststücke vollführte. Der Feldmarschall hob seinen weißen Stab. »Bringt die Kämpfer auf das Feld!«

Die Damen in ihren Logen und die Zuschauer, die sich hinter den Palisaden drängten, hielten alle den Atem an und jubelten dann laut, als die Kämpfer zu zweit nebeneinander einherritten. Brianna fand, daß sie noch nie in ihrem Leben einen so prächtigen Aufmarsch gesehen hatte. Sie hoffte, daß es ihr gelingen würde, dieses prächtige Schauspiel auf ihr Pergament zu bannen.

Die Farben der seidenen Röcke der Ritter, die sie über den Rüstungen trugen, waren Rot, Kobalt, Pfauenblau, Jade, Ocker, Silber und Schwarz. Auf jedem der Überwürfe prangte ein Abzeichen, wie zum Beispiel Löwe, Adler, Leopard oder Drache. Die Pferde hatten dazu passende Satteldecken, die im Wind flatterten.

Der König, in Azur und Gold, ritt neben Prinz Edward, der völlig schwarz gekleidet war. Der goldene Drachen von Wales mit der Flammenzunge sah aus, als wolle er alles verschlingen, das sich ihm in den Weg stellte. Hinter diesen beiden ritt Lionel, Herzog von Clarence, in strahlendem Kobaltblau. Das Haar des jungen Riesen fiel bis auf die Schultern herab, und an seiner Seite befand sich sein Knappe Robert de Beauchamp, gleich groß wie er, in einem aquamarinfarbenen Rock, der zu seinen Augen paßte.

Das nächste Paar bildeten zwei Kämpen, die ihre Ritterschaft mit Feuer und Schwert erworben hatten, Warrick und der Ritter der Königin, Sir Walter Manny. Sie trugen die Farben Grün und Silber und ergänzten einander.

Christian Hawksblood ritt zusammen mit Joans Bruder Edmund von Kent auf das Feld. Natürlich hatte Edmund die Nacht nicht in einem Dirnenhaus verbracht, sondern war seit drei Tagen beim Training und sah jetzt frisch, jung und sehr ungeduldig aus in seinem purpurroten Rock. Neben ihm ritt Christian Hawksblood auf einem weißen Schlachtroß, er trug einen schlichten weißen Rock mit einem roten Kreuz, dem Symbol der Tempelritter. Hinter ihnen kamen noch sechsundzwanzig Paare, insgesamt zählte man sechzig Reiter.

Als der Zug an den Damen vorbeikam, ließen alle ihre Pferde tänzeln und kurbettieren, die Damen warfen Blumen, Bänder und Handschuhe. Brianna entdeckte den gelben Ärmel an der Lanze von Robert de Beauchamp, doch zunächst hatte sie einen verstohlenen Blick auf Christian Hawksblood geworfen, um festzustellen, was aus dem roten Band geworden war.

Er ließ es flattern. Der kühne Teufel! Insgeheim freute sie sich, weil er ihre Gunstbezeugung trug und nicht Joans Ärmel. Es war ein Geheimnis, das nur sie beide miteinander teilten, und einen Augenblick lang hoffte sie, daß er als Sieger aus diesem Turnier hervorginge. Doch dann wurden ihre Blicke vom König und dem Prinzen von Wales angezogen, und sie begriff, daß die Chancen schlecht standen für ihn. »Joan, Prinz Edward trägt deinen Ärmel!«

Joans wacher Verstand rettete sie. »So viele der Damen haben ihm ihre Gunstbezeugung angeboten, daß er nun diejenige seiner Cousine gewählt hat, um jeglicher Bevorzugung zu entrinnen.«

Brianna betrachtete Joans Gesicht, um etwa ihre Enttäuschung festzustellen, daß Christian Hawksblood nicht ihren Ärmel trug – doch Joan sah außerordentlich glücklich aus.

13

Als das Feld dann wieder frei war, kehrte Henry von Lancaster, der Feldmarschall, zurück. »Nehmt Eure Plätze ein!«

Ein in Azur und Gold gekleideter Herold rief: »Derjenige, der kämpfen will, soll einreiten!«

Von beiden Seiten des Feldes erschollen zwei Trompetensignale. Gefolgsleute, die im Dienstgrad unter den Herolden standen, traten vor und verkündeten die Namen der Kämpfer. Es gehörte zur Tradition, daß jeder mit den Fähigkeiten seines Herren prahlte und den Gegner verunglimpfte. Je übler die Beleidigungen waren, desto größeren Beifall bekam er von der Menge.

Im Inneren von Prinz Edwards Zelt herrschte ein buntes Drunter und Drüber, nachdem die Knappen Hawksblood die Templerkutte ausgezogen und ihn in eine schwarze Rüstung gesteckt hatten, die der Edwards ähnelte. Ein Streit brach aus zwischen Paddy und John Chandos, als es um die Schilde ging.

»Prinz Edward zieht einen runden Schild vor, der behindert ihn weniger im Sattel.«

»Prinz Drakkar zieht den tropfenförmigen Schild vor. Wenn man erst auf dem Boden ist, dann sind seine scharfen Kanten und die Spitze eine wirksame Waffe.«

Als John Chandos den irischen Knappen niederschreien wollte, griff Edward in den Streit ein. »Ich unterwerfe mich Hawksbloods Erfahrung.«

Ali, der sich um die Pferde kümmerte, hatte zwei weiße sowie zwei schwarze Schlachtrösser ausgewählt und beide gleich gesattelt, mit schwarzem Zaumzeug, schwarzem Sattel und schwarzen Satteldecken, auf denen der goldene Drache von Wales prangte. Im Inneren von Christians Pavillon stapelten sich vierzig Lanzen aus Eschenholz, alle fünfzehn Fuß lang, mit rautenförmigen Spitzen aus kastilischem Stahl. Rüstungen und Waffen lagen geordnet nebeneinander, damit man sofort Zugriff darauf hatte.

In einer Ecke saß Randal und sprach leise mit Gnasher, der es sich auf seiner Schulter gemütlich gemacht hatte. Aus Vorsicht hatte Christian ihn an eine lange, silberne Kette gelegt.

Die Marschälle hatten ihre Listen erst im letzten Augenblick zusammengestellt, um auf dem laufenden zu bleiben. Sie schüttelten die Köpfe, als sie sahen, wie oft der Name von Prinz Edward auftauchte, und gaben sich Mühe mit der Einteilung, damit er zwischen den einzelnen Aktionen genügend Pausen hatte. Am Morgen sollte er im dritten, fünften, siebten Wettkampf starten, und so weiter bis zum fünfundzwanzigsten. Im vierten Wettkampf sollte Hawksblood gegen De Harcourt antreten. Das bedeutete, daß er dann die silberne Rüstung anziehen und sofort nach dem Kampf wieder in die schwarze zu schlüpfen hatte.

»Wir müssen das erste Dutzend im Schwung erledigen, wenn wir noch Kraft für den Nachmittag übrig haben wollen«, bemerkte Chrsitian, ehe der Prinz das Zelt verließ. Die beiden Männer sahen einander in die Augen, grinsten sich an, dann schloß Edward sein Visier und machte sich bereit.

Die Männer, die die Kämpfer aufriefen, waren angewiesen worden, ihn nur als den Schwarzen Prinzen anzukündigen. Es war ein Name, den die beiden sich ausgesucht hatten, und der in der Tat auf sie beide zutraf. »Sir John Holland fordert den Schwarzen Prinzen heraus!«

Die Menge verstummte und wartete, um festzustellen, ob der Schwarze Prinz wirklich Edward von Wales war. Als der ganz in Schwarz gekleidete Reiter auftauchte, begann die Menge zu jubeln, und das Tosen flutete über das Feld wie eine Woge, die sich am Strand bricht. Einen Augenblick lang war Joan wie gelähmt vor Furcht. Ihr Hals wurde ganz eng, und sie konnte nicht in den Jubel einstimmen.

Prinz Edward ritt entschlossen vor und traf Hollands Schild genau in der Mitte. Der Aufprall der Lanze, die unter der Wucht zerbrach, war so groß, daß Holland aus dem Sattel geworfen wurde. Er fiel so hart zu Boden, daß seine Knappen auf das Feld hasteten, um ihn wegzutragen.

Alle auf der Tribüne sprangen auf und schrien ihre Begeisterung hinaus. Joans Furcht wandelte sich sofort in Freude. Ihr Blick fiel auf den bestickten Ärmel, den er am Ring der Schwertscheide befestigt hatte, und ihr Herz drohte vor Stolz zu platzen.

Glynis bahnte sich einen Weg zu ihrer Herrin, sie brachte ihr einen päonienfarbenen Mantel, der zu Joans Unterkleid paßte.

»Schnell, Glynis, du verpaßt den ganzen Spaß.« Joan reichte Briannas Umhang Adele und schlüpfte in ihren eigenen.

»Sir Godfrey de Harcourt fordert Christian Hawksblood de Beauchamp heraus«, schrien die Ausrufer. Die Mehrheit der Zuschauer erwartete, daß der wild aussehende Araber den Franzosen besiegen würde. Hawksblood hielt seinen Schild einfach so, daß die Lanze seines Gegners daran abrutschen mußte. Im gleichen Augenblick traf seine eigene Lanze Harcourts Schild so heftig, daß der Franzose wie ein Stein vom Pferd fiel. Hawksbloods Lanze war nicht einmal zerbrochen. Er warf sie seinem wartenden Knappen Ali zu und stürzte sich dann mit einer solchen Geschwindigkeit auf Harcourt, daß dieser nicht einmal mehr auf die

Beine kam. Christian preßte einen kräftigen Schenkel an Harcourts Kehle. Ohne sein Schwert zu ziehen, machte er seinen Gegner kampfunfähig. Die Menge jubelte ihre Zustimmung zu einer so behenden Demonstration von Kraft. Der König warf ihm umgehend eine Börse zu.

Brianna zwang sich, gleichmäßig zu atmen. Ihr Atem hatte gestockt, als sie entdeckte, wie ihr rotes Band an Hawksbloods Helm flatterte. Sie errötete bis in die Haarspitzen und hoffte, daß niemand den Absender dieser Gunstbezeigung erriet.

Als nächstes kämpfte der Schwarze Prinz gegen John de Vere, Graf von Oxford. Edward warf ihn in den Staub, während Paddy in Windeseile Hawksblood seine silberne Rüstung auszog und sie durch die schwarze ersetzte.

Joans Herz schlug laut, als sie hörte: »Edmund, Graf von Kent, herausgefordert von Prinz Lionel. Herzog von Clarence.«

Brianna griff nach Joans Hand. »Hast du Angst um ihn?«

»Lionel ist ein Riese und ein Raufbold, Edmund ist dagegen fast schmächtig.«

»Er wird sich gut halten, Joan! Seine Intelligenz hilft ihm dabei.« Ihre Aufmerksamkeit richtete sich auf Prinzessin Isabel. Sie war aufgestanden, mit einem begierigen Blick betrachtete sie Edmund und leckte sich dabei über die Lippen. Als die beiden Reiter aufeinandertrafen, legte Lionel sein ganzes Gewicht in den Stoß seiner Lanze, und es war unvermeidlich, daß der leichtgewichtige Edmund aus dem Sattel gehoben wurde. Kent jedoch hatte das vorhergesehen und sich zur Seite gebeugt, dabei verlor Lionel das Gleichgewicht. Auch Clarence fiel von seinem Pferd.

»Töte ihn!« schrie Isabel.

Königin Philippa versuchte, sie zum Schweigen zu bringen, weil sie sie auf der Seite ihres Bruders wähnte.

Mit gezogenem Schwert kam Edmund wieder auf die Füße. Lionel der Ochse war genauso schwerfällig, wie sein Spitzname es andeutete. Er rappelte sich hoch und drang dann auf den kleineren Mann ein, um ihn mit roher Gewalt zu besiegen. Im Handumdrehen hatte Edmund ihm das Schwert aus der Hand geschlagen, in hohem Bogen flog es davon, und Lionel stand ohne Waffe da. Der Jüngling gab sofort auf, er wünschte bei Gott, sie würden in Mannschaften kämpfen, wie im vergangenen Jahr.

Der König und die Königin waren beide enttäuscht über die Niederlage ihres Sohnes, doch Isabel schnappte dem König eine der Börsen weg und warf sie dem jungen Grafen von Kent zu. Er hob sein Visier und legte die Finger an die Lippen, in einer galanten Geste für die Prinzessin, und die Menge brach in lauten Jubel aus.

Die wenigen hartgesottenen Männer, die den Mut hatten, Warrick herauszufordern, bedauerten ihren Entschluß schon sehr bald, als er sie vernichtend schlug.

Dazwischen ritt unermüdlich der Schwarze Prinz auf das Feld, er nahm die Herausforderungen an, die ihm die Grafen von Pembroke, Northampton, Lincoln und Hereford übermittelt hatten. Der Reihe nach besiegte er seine Gegner, entweder mit der Lanze oder dem Schwert. Schließlich hatten alle Ritter ihre feinen seidenen Röcke verloren und auch ihre Gunstbezeugungen von den Damen. Selbst die Satteldecken ihrer Pferde hingen in Fetzen herab.

Die Menge staunte über die Art, wie ihr Prinz sich schlug und Kampf um Kampf gewann. Es war eine Darbietung, die es zuvor in der Geschichte noch nie gegeben hatte. Sowohl Christian als auch Edward waren dankbar für den kühlen Morgen, der Nachmittag würde beträchtlich wärmer werden.

Brianna hatte über Hawksbloods Sieg nachgedacht, und dabei war ihr ein sehr beunruhigender Gedanke gekommen. Was geschähe, wenn die beiden Brüder Beauchamp im Turnier gegeneinander anträten? Wem sollte sie dann bei einem Sieg zujubeln? Natürlich wäre sie für Robert, es war ihre Pflicht, ihn zu unterstützen, doch insgeheim betete sie, daß die beiden sich nicht bekämpfen würden. Sie zitterte, und Adele hängte ihr den Samtumhang um die Schultern.

Es fühlte sich an, als hätte ihre Mutter die Arme um sie gelegt. Wieder war der Schwarze Prinz auf dem Feld. Sicher war er der tapferste Recke der ganzen Christenheit, bei so vielen Gegnern! Doch plötzlich erstarrte Brianna zur Reglosigkeit. Der Ritter in der schwarzen Rüstung, der so unermüdlich über das Feld ritt, war nicht Edward. Es war der Araber, es war Hawksblood! Sie durchschaute ihn so deutlich, als würde er blank auf seinem Pferd sitzen. Eigentlich erwartete sie von Joan, daß auch sie die wahre

Identität des Schwarzen Prinzen kannte, doch sehr schnell wurde sie eines Besseren belehrt. »Edwards Kraft muß jetzt wirklich am Ende sein«, sagte Joan. »Diesmal wird er besiegt werden.«

Briannas Blicke wanderten wieder zu dem beispiellosen Krieger. »Nein! Niemand wird ihn besiegen!« Fasziniert beobachtete sie, wie Christian seine Lanze unter den Arm klemmte und mit der Genauigkeit eines Todesengels seinen Gegner zu Boden zwang. Hawksblood tanzte einen wilden Tanz, der reinste Perfektion war. Brianna konnte nicht verstehen, daß nicht jedermann diesen Draufgänger erkannte.

»Edward, Edward, Edward«, brüllte die Menge, und der König war aufgesprungen und schwenkte das große Banner Englands.

Die Wachbeamten entfernten einige ungebührliche Londoner aus den ersten Rängen, und alle setzten sich wieder hin, um auf den nächsten Kämpfer zu warten. Joan griff nach Briannas Hand, als sie die Ankündigung hörte. »William de Montecute fordert Robert de Beauchamp.«

Robert sah riesig aus, als er über das Feld heranpreschte. Die Gräfin von Salisbury schrie auf, als ihr Sohn aus dem Sattel geworfen wurde. De Beauchamp zog sein Schwert und schlug, ohne vom Pferd abzusteigen, auf seinen Gegner ein. Das war nach den Regeln des Turniers sein Recht, doch Brianna hielt es für zutiefst unritterlich!

Die erregte Menge applaudierte dem Gewinner trotzdem, und Brianna schloß sich an. Joan flüsterte ihr zu: »De Montecute ist immer so überzeugt von sich, ich bin froh, daß Robert ihn besiegt hat.«

Der letzte Kampf des Morgens wurde angekündigt, und wer anders war dran als der Schwarze Prinz. Brianna studierte ihn eingehend. Diesmal wußte sie, daß es wirklich Prinz Edward war, der sich unter der schwarzen Rüstung versteckte. Wie eigenartig, daß sie die beiden auseinanderhalten konnte, als wären sie so verschieden wie Tag und Nacht. Ganz plötzlich trat die Sonne hinter einer Wolke hervor, und Brianna ließ den warmen Umhang von ihren Schultern gleiten. Im selben Augenblick, als sie den Umhang nicht mehr trug, war auch ihr überdeutliches Wahrnehmungsvermögen verschwunden. Hatte ihr ihre Einbildungskraft einen Streich gespielt? Sie blickte auf den grauen Samt hinab und wunderte sich. Ihre Mutter hatte die Gabe des zweiten Gesichts besessen. Als Brianna sich mit ihrem Umhang wärmte, hatte auch sie Dinge gesehen, die den anderen Menschen verborgen blieben.

Die königlichen Haushofmeister betraten die Logen und brachten Erfrischungen für die Königin und ihre Damen. Der König ging zu seinem eigenen Pavillon. Er sollte am Nachmittag kämpfen und konnte es kaum erwarten.

Paddy und John Chandos griffen hungrig zu, sie teilten ihre Mahlzeit mit Randal und Gnasher. Christian und Edward jedoch aßen nichts. Damit sie nicht austrockneten, tranken sie Wasser, vermischt mit Rosmarin und Odermennig, damit sie nicht in ihrer Aufmerksamkeit nachließen. Ali massierte die Muskeln der beiden Männer mit Mandelöl und Myrrhe. Der Prinz war sehr beeindruckt von dem Talent des Knappen.

»Würdet Ihr in Erwägung ziehen, mein persönlicher Leibarzt zu werden?« fragte Edward ihn.

Ali schüttelte den Kopf. »Leider nicht, Euer Hoheit. Ich war dabei, als Drakkar geboren wurde, und ich werde dabeisein, wenn er stirbt, in Allahs Namen.«

Edward und Christian warfen einander einen belustigten Blick zu, doch insgeheim waren alle beide bewegt von so viel Ergebenheit.

Ein Krankenzelt gab es auch, in dem Meister John Bray, der Arzt des Königs, residierte. Sehr schnell füllte es sich mit Männern, die unter kleineren Verletzungen, wie gebrochenen Rippen, gebrochenen Schlüsselbeinen, ausgerenkten Schultern und Gehirnerschütterung litten. Kleinere Wunden, Schnitte und Aufschürfungen wurden von den Knappen in den eigenen Zelten der Kämpfer behandelt.

Prinz Edward begann, in Erwartung des Nachmittags unruhig im Zelt hin und her zu laufen. Christian streckte sich auf dem Boden des Pavillons aus und schien zu schlummern. »Wie kann er nur so ruhig sein?« fragte Edward Ali.

»Dazu waren lange Jahre der Disziplin nötig. Zuerst muß man die drei Stadien des Wesens voneinander trennen: das geistige, körperliche und gefühlsmäßige Stadium, und dann ist alles nur eine Frage des richtigen Atmens.«

Doch im gleichen Augenblick, als die Herolde in ihre Trompeten stießen, war Hawksblood wieder auf den Beinen, bereit, sich von Paddy seine Rüstung anlegen zu lassen. Diesmal trugen sie beide die Farbe Silber, denn Edward kämpfte als Hawksblood gegen Warrick, danach würden Christian und Robert de Beauchamp aufeinandertreffen.

Brianna verkrampfte ihre Hände im Schoß, als der Name Warricks und der Hawksbloods aufgerufen wurde. *Gib, daß keiner von beiden sich verletzt,* betete sie.

Prinz Edward wußte, daß er Warrick mit seiner Lanze vom Pferd holen mußte, wenn er den Kampf gewinnen wollte, denn wenn der alte Haudegen ihn erst einmal zu Boden gezwungen hatte und ihm dann mit seinem mächtigen Schwertarm gegenüberstand, war der Ausgang des Kampfes sehr zweifelhaft.

Brianna sprang auf, als die beiden mit einem ohrenbetäubenden Krachen aufeinandertrafen. Beide Lanzen splitterten, und beide Kämpfer wurden aus dem Sattel gerissen. Glücklicherweise war Edward nicht so heftig aufgeschlagen wie Warrick, deshalb stand er auch als erster auf den Beinen. Warrick jedoch gelang es, sein großes Breitschwert zu schwingen, obwohl er noch am Boden kniete. Als er Edwards Schild traf, flog die Schutzvorrichtung vom Schwert, und Warrick hörte sofort auf zu kämpfen. So etwas passierte oft, und es endete meist in einem blutigen Gemetzel, doch Warrick besaß sehr viel Disziplin. Als Prinz Edward sah, daß Warrick sein Schwert senkte, tat er es ihm nach, und der Kampf wurde als unentschieden gewertet. Christian hätte mit dem Ausgang nicht zufriedener sein können.

Der nächste Auftritt fand zwischen Prinz Lionel und Lord Stanley statt, dem Grafen von Cheshire. Die beiden waren leicht zu unterscheiden, denn an Cheshires Lanze wehte ein blau-weißes Banner mit drei Hirschköpfen. Lionel verpaßte den Schild seines Gegners um ein ganzes Stück, seine Lanzenspitze bohrte sich statt dessen in Stanleys gescheckten grauen Hengst. Als das Pferd zu Boden ging, keuchte die Menschenmenge auf und sah dann zu, wie sich das Tier vor Schmerz wand. Stanley, der sich nur noch um sein Pferd sorgte, wurde von Lionel besiegt, der sich um das vor Schmerzen halb wahnsinnige Tier überhaupt nicht kümmerte. Die Menge begann zu murren.

König Edward riß sich seinen Beinschutz ab und lief zu dem Pferd. Ohne auf seine eigene Sicherheit zu achten, untersuchte er es. Dann zog er seinen Dolch und stieß ihn dem leidenden Tier in die Halsschlagader. Es trat noch einmal mit den Beinen aus, dann zuckte es noch einmal heftig und lag dann still.

Die Empörung der Menge wandelte sich in Jubel. Sie wußte, daß die Tat ihres Königs sowohl tapfer als auch ehrenhaft gewesen war. Das Tier wurde mit der Flagge Englands bedeckt und dann vom Feld gezogen.

Prinz John von Gents Stimme drang bis zu Joan und Brianna. »Beim heiligen Kreuz, war das ungeschickt! Lionel hat uns allen Schande gemacht!«

Seine Schwester Isabel wandte sich zu ihm. »Ein wenig Blutvergießen macht ein Turnier doch nur interessant. Stanley kann sich den Verlust eines Pferdes erlauben.«

Prinz John warf ihr einen Blick zu, der einen empfindsameren Menschen vernichtet hätte.

In seinem Zelt, das neben dem von Prinz Lionel stand, schäumte Robert de Bauchamp innerlich vor Wut. Der große schwerfällige Ochse hatte sich nicht nur heute morgen von seinem älteren Bruder besiegen lassen, er war sogar im Kampf gegen den Grafen von Kent unterlegen. Und jetzt hatte er, allmächtige Güte, auch noch ein Pferd umgebracht! Robert knirschte vor Ärger mit den Zähnen. Wie, zum Teufel, konnte Lionel da die Hoffnung hegen, irgendwann einmal König zu werden? Das hirnlose Schwein würde all die verlockenden Pläne Roberts für seine Zukunft ruinieren, wenn er nicht aufpaßte.

Robert versuchte, sich auf seinen eigenen bevorstehenden Kampf mit dem fremden Bastard, seinem Bruder, vorzubereiten. Auf diesen Augenblick hatte er schon den ganzen Tag gewartet. Ohnehin mußte er seiner schlechten Laune Luft machen, und welch besseres Ziel könnte er sich dafür wünschen als den Araber? Die beiden Kämpfer, die im Augenblick auf dem Feld waren, hatten dem König nachgeeifert und ihren Beinschutz abgelegt. Als Roberts Knappe ihm seinen Hengst hielt, damit er aufsteigen konnte, sah er, daß niemand den Beinschutz anbehalten hatte. In einer prahlerischen Geste befahl er seinem Knappen, auch seine unteren Panzer zu lösen. Es würde ihm beachtlich mehr Freiheit verschaffen, ganz besonders auf dem Boden, also mußte sein Hauptziel sein, Hawksblood vom Pferd zu holen.

Robert klemmte die Lanze unter den Arm, hielt seinen Schild vor den Körper und ließ dem Haß freien Lauf.

Brianna wäre am liebsten weggerannt. Das letzte, was sie mit ansehen wollte, war eine Begegnung dieser zwei ungleichen Brüder. Aber natürlich konnte sie nicht einfach verschwinden, sondern mußte es durchstehen. Grasstücke spritzten unter den Hufen der Pferde beiseite, als sie aufeinander zurasten. Verschwommen sah sie etwas Gelbes an Roberts Helm flattern und das rote Band wehte vom Ring der Schwertscheide Christians. Die Hufschläge der Pferde donnerten laut in ihren Ohren. Sie begriff nicht, daß es ihr Herzschlag war, den sie hörte.

Joan rief ihr aufmunternde Worte zu. Brianna verstand nicht, was sie sagte, aber sie wußte, welchen der de Beauchamps Joan bevorzugte. Aber wer war Briannas Held? Sie wollte keinen der beiden als Verlierer sehen, beide sollten gewinnen. Mit angehaltenem Atem versuchte sie sich von dem Wettstreit zu lösen. Es war ein Kampf unter Männern, mit ihr hatte er nichts zu tun! *Mit ihr hatte er sehr wohl etwas zu tun...*

Christian Hawksbloods Arm wurde eins mit seiner Lanze. Durch den Schlitz seines Visiers sah er alle Einzelheiten überdeutlich, jede Bewegung des anderen schien sich wie in Zeitlupe vor ihm abzuspielen. Mann und Pferd verschmolzen zu einer kraftvollen Einheit. Hawksblood besaß eine stattliche Gestalt, doch sein Halbbruder war sowohl größer als auch schwerer. Robert verließ sich in allen Kämpfen auf seine Muskelkraft – Hawksblood wußte, wenn es ihm gelang, ihn aus dem Gleichgewicht zu bringen, würde ihn seine eigene Schwerfälligkeit zu Boden werfen. Christian rückte ein wenig nach links, damit Robert sich mehr als üblich vorbeugen mußte. Es war eine so winzige Bewegung, daß Robert annahm, sein verhaßter Gegner würde durch den Stoß mit der Lanze zu Boden gehen. Statt dessen glitt die Waffe, ohne Schaden anzurichten, nach rechts und zog ihn mit sich, während die Lanze des Arabers ihn mit einem so heftigen Schlag traf, daß er den Halt verlor.

Hawksblood hatte seine Lanze gepackt, war weitergeritten und erholte sich rasch von dem Stoß, wie schon Tausende von

Malen zuvor. Robert war sofort wieder auf den Beinen, es gelang ihm nicht, seine Wut zu bändigen. Er bezweifelte, daß Hawksblood vom Pferd stieg, Ritterlichkeit war das letzte, was er erwartete. Robert verspürte deutliche Schadenfreude, denn Hawksblood trug einen Beinschutz, der ihn behindern würde. Christians Rüstung war jedoch so hervorragend gearbeitet, daß er darin sogar einen Salto hätte schlagen können, falls es nötig geworden wäre. Er zog sein Breitschwert und wehrte kraftvoll alle Schläge und Stöße Roberts ab.

Nach Hawksbloods Erfahrung war es der kühle Kopf, der siegte, und er wußte, daß Robert vor Wut brannte. Christian sah, daß die Schutzvorrichtung von Roberts Schwert sich gelöst hatte, falls er sie überhaupt zuvor angelegt hatte, und er war sich im klaren über den Blutdurst seines Bruders. Robert schwang das Schwert und ließ es dann nach unten sausen. Hawksblood senkte den Schild, um seine Lenden zu schützen. Roberts breite Schwertklinge rutschte an dem tropfenförmigen Schild ab und drang dann in seinen eigenen, ungeschützten Schenkel ein! Er fiel zu Boden und biß sich auf die Lippen, um nicht vor Schmerz aufzuschreien. Roberts Knappen und auch Warrick eilten auf das Feld.

Randal, der die letzten beiden Kämpfe des Tages hatte ansehen wollen, weil sowohl Hawksblood als auch der Schwarze Prinz darin reiten würden, stand am Rande mit dem kleinen Frettchen auf seiner Schulter. Da die beiden mittlerweile die besten Freunde waren, hatte er die silberne Kette gelöst.

Die Menge befand sich in einem solchen Aufruhr, daß Gnasher sich zum Angriff entschied. Er jagte über das Feld, roch Christian und roch auch das Blut seines Feindes – schnell kletterte er an Beauchamps Bein hinauf, in der Absicht, seine Zähne in seine Hoden zu graben. Allein die Tatsache, daß Robert einen ledernen Schutz trug, rettete seine Männlichkeit. Allerdings fand Gnasher, beharrlich wie ein Terrier, die Wunde und biß zu, bis auf den Knochen. Robert brüllte vor Schmerz, die erschrockenen Knappen feixten, und Gnasher floh zurück zu dem erbleichten Randal.

Christian Hawksblood konnte nicht auf dem Feld bleiben. Er hatte zugestimmt, an Edwards Stelle gegen den König von England zu kämpfen, und mußte deshalb sofort die schwarze Rüstung anlegen. Ein belustigtes Lächeln umspielte Christians Mund, wegen des Bruders, der die Absicht gehabt hatte, ihn bluten zu lassen, und statt dessen selbst am Boden zerstört war.

In ihrem Pavillon standen die beiden Freunde einander gegenüber, nachdem Christian sich umgezogen hatte, beide in schwarzen Helmen und Rüstungen. »Erniedrige ihn nicht zu sehr«, bat Edward.

»Gütiger Himmel, ich werde mich glücklich schätzen, wenn ich mit einem Unentschieden davonkomme. Dein Vater hegt eine Leidenschaft für Turniere, weil er mit seinen langen Armen und Beinen immer der Sieger ist!«

Wie erwartet flog Hawksblood aus dem Sattel. In fünfzehn Kämpfen wurde er zum ersten Mal vom Pferd geholt. Jedoch war es auch König Edward nicht gelungen, oben zu bleiben, und jetzt genossen die beiden Männer es, sich mit ihrer Intelligenz und ihren Breitschwertern zu messen. Der König war aufgeregt und bestürzt zugleich über die Tatsache, daß die Geschicklichkeit seines Sohnes der seinen gleichkam.

Hawksblood beeindruckte das Stehvermögen des Königs sehr, und der Kampf ging weiter und weiter. Schließlich glitt der königliche Fuß in einer Blutlache aus, und er ging geschlagen zu Boden. Hawksblood wollte sich zu Wort melden, daß das kein fairer Sieg sei, doch wenn er sprach, würde er seine wahre Identität verraten.

Die Menge raste. Der Schwarze Prinz sollte nochmals aufmarschieren, in diesem Augenblick war er ihr Gott. Die Menschen an den Palisaden, die Damen in den Logen und die Schlachtenbummler, die nicht einmal nahe genug an das Turnierfeld gekommen waren, um etwas sehen zu können, alle riefen wie aus einer Kehle: »Edward! Edward! Edward!«

Der Prinz stürmte zurück in seinen Pavillon, um Christian zu holen, damit sie sich den Triumph teilen konnten, doch Hawksblood war mit seinen Knappen verschwunden. Edward nahm den Helm ab und fuhr sich verärgert durch sein blondes Haar. John Chandos reichte ihm einen Zettel.

Heute seid Ihr zur Legende geworden.
Setzt niemals das Vertrauen des Volkes
in Euch aufs Spiel!

Der Schwarze Prinz betrat das Feld und nahm die Huldigungen der Menge entgegen.

14

Brianna befand sich in einer verzwickten Lage. Sie war zu den Zelten hinübergegangen, um nachzusehen, wie es Robert ging. Schickte es sich, wenn eine Dame das Krankenzelt betrat? Sie hörte ein wohlbekanntes Lachen hinter sich, und als sie sich umdrehte, stand der König vor ihr. »Euer Majestät, ich bin gekommen, um mich nach Roberts Verletzung zu erkundigen, aber ich sehe, ich bin hier nur im Weg.«

»Unsinn!« Er nahm ihren Arm. Einer so hübschen und charmanten Frau konnte er nie widerstehen. »Wenn Ihr mit mir zusammen seid, wird es niemand wagen, Euch das Betreten des Zeltes zu verbieten. Ich bin gekommen, um all denjenigen Trost zu spenden, die im Turnier verletzt wurden.«

Der Leibarzt des Königs, Master John Bray, war damit beschäftigt, gebrochene Knochen zu richten. Warrick und Hawksblood standen neben Robert, der auf einem von zwei Böcken gehaltenen Brett lag.

Der König strahlte. »Hier ist eine hübsche Jungfer, die fürchtet, daß Ihr nicht überleben werdet.«

Brianna zuckte zusammen, als sich alle Augen auf sie richteten. Sie konnte ganz deutlich erkennen, daß Robert vor ohnmächtigem Zorn raste, und der Blick, mit dem er sie bedachte, sagte ihr, daß er sie am liebsten zur Hölle geschickt hätte.

»Fürchtet Euch nicht, *meine* Lady, ich werde ihn höchstpersönlich wieder zusammenflicken.« Hawksbloods Blicke hielten die ihren einen Augenblick lang gefangen. Sie ahnte, daß er ihre Gedanken las. Der Araber wußte, daß sie aus Pflichtgefühl gekommen war, nicht aus Liebe.

Am meisten schmerzte Robert de Beauchamp, daß dieser fremde Bastard, sein Bruder, Hand an ihn legte; dennoch wagte er es nicht, dagegen aufzubegehren – sonst stünde er womöglich als Jammerlappen da. »Schafft sie hier heraus«, brachte er zwischen zusammengebissenen Zähnen hervor.

König Edward schien die Situation zu genießen. »Ihr seid absolut nicht in der Verfassung, morgen nach Bedford zu reisen. Hawksblood, würdet Ihr den Auftrag Eures Bruders übernehmen und mir die Steine für meinen Turm herbeischaffen?«

»Es wird mir ein Vergnügen sein, Sire.«

Brianna wurde über und über rot. Der Frechling schaute sie an, als er von Vergnügen sprach. »Ich werde nicht mitkommen«, sagte sie und unterdrückte ihre Verwirrung.

»Unsinn!« widersprach der König. »Ihr habt Euch so darauf gefreut. Mein Turnier soll nicht schuld sein an Eurer Enttäuschung. In Christians Begleitung werdet Ihr sicher hin- und zurückgelangen.«

Heilige Mutter Gottes, kann er sogar Gedanken in den Kopf des Königs zaubern? Sie warf Hawksblood einen vorwurfsvollen Blick zu, doch der war damit beschäftigt, sich die Hände zu schrubben, während Ali einen Faden in eine Nadel fädelte. Dennoch war er sich ihrer Anwesenheit überdeutlich bewußt. »Vielleicht wird Lady Bedford sich wohler fühlen, wenn Lady Joan von Kent sie begleitet«, schlug er plötzlich vor.

»Großartige Idee«, erklärte der König.

Maria und Joseph, hatte dieser Bastard etwa die Absicht, sich an sie beide heranzumachen?

Ihre Blicke gingen zu Robert. »Ihr werdet nicht an dem Bankett teilnehmen…?«

»Ich werde da sein!« unterbrach Robert sie aufgebracht.

Warrick und der König warfen einander einen verstehenden Blick zu. »Wir werden heute abend die Verlobungszeremonie nicht durchführen, sondern diesen Bund nur ankündigen. Ich habe noch eine Verlobung zu veröffentlichen. Die Zeremonie werden wir dann abhalten, wenn Ihr in Eurer Männlichkeit wieder völlig hergestellt seid.« Nur der König konnte sich eine so unverschämte Bemerkung erlauben. Brianna hob die Röcke und floh.

König Edward wurde für einen Augenblick wieder ernst. »Ich werde diesen Mann brauchen, damit er in Kürze in Frankreich kämpfen kann. Seht zu, daß sein Bein rasch verheilt«, empfahl er Hawksblood, dann kümmerte er sich um den nächsten Verwundeten.

Als Brianna in ihren Gemächern ankam, war Adele gerade dabei, ihre Reisekiste wieder auszupacken. »Laß es, wir werden morgen trotzdem aufbrechen!«

»Robert sollte mit dem verwundeten Bein nicht reisen! Der König sollte einen anderen Mann schicken, der ihm die Steine holt.«

»Das tut er. Christian de Beauchamp hat den Befehl, uns zu eskortieren und sich um das Baumaterial zu kümmern. Oh, Adele, ich hätte niemals in das Krankenzelt gehen dürfen, um mich nach Roberts Verletzung zu erkundigen. Randal hätte ich schicken sollen.«

»Die Dinge regeln sich normalerweise von selbst, und meistens zum Besten. Ich für meinen Teil bin froh, daß wir nach Hause fahren. Du nicht auch, mein Lämmchen?«

»Nun ja, doch, nein. Ich sehne mich danach, Bedford wiederzusehen, aber eigentlich sollte das an der Seite Roberts sein«, wehrte Brianna schwach ab.

»Vielleicht hat das Schicksal eingegriffen, um die Intimität einer gemeinsamen Unternehmung vor der Hochzeit zu verhindern. Persönlich finde ich, daß diese Reise euch nur in Versuchung geführt hätte. Jetzt wirst du ungeschoren bleiben.«

Brianna warf ihr einen mißtrauischen Blick zu. Glaubte Adele wirklich, daß sie in Hawksbloods Nähe sicher war? »Robert ist außerordentlich böse auf mich.«

»Nicht auf dich, mein Lämmchen. Er ist böse, weil er sich ungewollt verletzt hat. Was ist nun mit der Verlobungszeremonie?«

»Seine Majestät hat gesagt, er wird die Verbindung heute abend auf dem Bankett ankündigen; aber die wirkliche Zeremonie findet erst statt, wenn Robert wieder gesund ist.«

»Vielleicht haben er und Warrick ja noch nicht die Verträge aufgesetzt. Auf jeden Fall mußt du heute abend wunderschön aussehen. Komm, ich helfe dir, das Kleid auszuziehen, und dann hole ich dir etwas Rosenwasser.«

Zwei Stunden später, als Brianna den Bankettsaal betrat, sah sie wirklich bezaubernd aus. Das blaß amethystfarbene Kleid aus Seidentaft und die purpurne Samtjacke ließen ihr Haar funkeln wie gesponnenes Gold. Warrick war so plötzlich neben ihr, daß sie annahm, er hätte auf sie gewartet. Der alte Krieger faßte galant ihre Fingerspitzen, legte sie auf seinen Arm und führte sie zu ihrem Platz an der Tafel.

Er setzte sie zwischen seine beiden Söhne und ließ sich dann auf seinem Stuhl neben Robert nieder. Brianna wußte, daß man Robert hatte hereintragen müssen; sie war dankbar dafür, daß sie währenddessen noch in ihren Gemächern weilte. Seine helle Haut war so blaß, daß seine Augen übernatürlich zu leuchten schienen. Christian de Beauchamp war aufgesprungen und wartete, bis sie sich gesetzt hatte. Auch er trug Purpur, doch in einem so dunklen Ton, daß es fast schwarz aussah. Brianna fühlte sich wie ein Knochen zwischen zwei Hunden.

Die Atmosphäre war ziemlich aufgeladen durch die Ereignisse des Tages. Heute abend hatte der König seinen geschnitzten Sessel dem Schwarzen Prinzen überlassen, der auf dem Ehrenplatz saß. Prinzessin Isabel gab sich damit zufrieden, sich im ruhmreichen Lichte ihres Bruders zu sonnen. Seine schwarze Seidentunika ließ sein flachsfarbenes Haar aussehen, als läge ein Heiligenschein darüber. Und warum nicht? Hatten ihm nicht heute die Götter zugelächelt?

Der Hof der Plantagenets pflegte seine Feste in unübertrefflichem Glanze zu feiern, die Höflinge waren außerordentlich lärmend und festlich gestimmt, sie trugen kostbare Pelze und verschwenderische Juwelen. Der dunkle Wein floß in Strömen in die Becher, und die Diener trugen schwer an den Platten mit den Speisen, die extra für dieses Fest zubereitet worden waren.

Schwäne mit vergoldeten Schnäbeln, die auf blauer Seide saßen, konkurrierten mit Reihern und Pfauen in der Mitte der Tafel. Knusprig gebratenes Wildbret, in Stücke geschnitten und mit Pfeffersauce begossen, wurde hereingetragen, gefolgt von Schweineköpfen, gefüllt mit Äpfeln und Kräutern. Deftige Fleischsorten wurden zum Auftakt serviert, während die Pagen schon bereitstanden mit dem zweiten Gang, dampfend heiße Krickenten, Stockenten und Schnepfen.

Brianna teilte sich einen silbernen Suppennapf mit Robert de Beauchamp, zum Zeichen, daß sie einander versprochen waren. Er saß neben ihr und bemühte sich nicht einmal, eine höfliche Unterhaltung zustande zu bringen. Seine Augen flackerten böse. Auch in Brianna tobte ein Sturm und drohte, sie aus der Fassung zu bringen. Ihre Gedanken taumelten durcheinander wie Federn im Wind. Hatte Robert Schmerzen? Wollte er, daß sie mit ihm sprach, oder sollte sie lieber schweigen? Aß er lieber Rindfleisch oder Wild? Sollte sie den Hirschbraten essen oder ihn Robert überlassen?

Brianna wurde klar, daß sie inmitten ihrer zukünftigen Familie saß. Sie hatte sich schon so lange gewünscht, Teil einer richtigen Familie zu sein, daß sie jetzt überglücklich hätte sein müssen. Statt dessen fühlte sie eine schmerzliche Zerrissenheit. Hawksbloods Anwesenheit überwältigte sie. Seine Männlichkeit drang ihm aus allen Poren, die nur mühsam zurückgehaltene Energie war beinahe mit Händen zu greifen. Er dominierte alles um sich herum. Sie bildete sich ein, die Wärme seines kräftigen Körpers zu fühlen, den männlichen Duft seiner Haut zu riechen.

»Jedesmal, wenn ich Euch sehe, seid Ihr noch schöner«, murmelte Christian leise. Seine tiefe Stimme rührte sie eigenartig an. Sie wagte nicht aufzuschauen, statt dessen senkte sie den Blick und sah in ihren Schoß. Aus den Augenwinkeln entdeckte sie voller Entsetzen, daß eine Strähne ihres langen Haares auf Hawksbloods Schenkel lag. Auf dem dunklen, purpurfarbenen Stoff nahm sich ihr Haar aus wie Gold. Ihr wurde ganz mulmig, als er besitzergreifend mit den Fingern darüber strich.

»Euer Haar ist herrlich, Brianna. Ihr stellt jede andere Lady am Hof in den Schatten.«

Am liebsten hätte sie ihm die Haarsträhne entrissen und ihn ins Gesicht geschlagen, doch eine so impulsive Handlung würde Robert auf den Plan bringen. Zwischen den beiden Brüdern gab es bereits genug böses Blut, also tat sie so, als wäre nichts geschehen. Dieser beunruhigende Teufel wußte, daß sie sich keine Szene leisten konnte, und sie befürchtete, daß er den ganzen Abend unverschämte Komplimente in ihr Ohr flüstern würde.

»Ich freue mich schon darauf, Euch morgen nach Bedford begleiten zu dürfen. Ganz ohne Nebengedanken hat uns der König die Möglichkeit gegeben zusammenzusein.«

Brianna vermutete, daß Christian Hawksblood die ganze Sache eingefädelt hatte, aber seine Macht konnte doch wohl nicht jeden und alles manipulieren? Nein, es war so , wie er es gesagt hatte, er besaß einfach einen stärkeren Willen als andere Menschen.

Brianna hob ihren Becher und trank den Wein in einem großen Schluck aus, um nicht laut um Hilfe zu schreien. Sie hätte Adele mitnehmen sollen, damit sie zwischen ihr und diesem gefährlichen Eindringling hätte sitzen können. Ihr Blick glitt suchend über den Tisch, bis sie ihre Stütze gefunden hatte. Sie saß neben Glynis, zusammen mit Joan und Edmund von Kent. Joan hatte die Freundin entdeckt und winkte fröhlich. Brianna winkte zurück, doch als sie bemerkte, daß ihre Hand zitterte, wurde sie noch verzagter. Sie holte tief Luft, um sich zu beruhigen, und fühlte, wie der Wein, den sie so hastig getrunken hatte, in ihrer Brust zu einer blutroten Rose erblühte.

Ganz plötzlich kam ihr alles schrecklich komisch vor. Robert de Beauchamp war wütend auf die ganze Welt, dabei hatte er sich sein Unglück ganz allein zuzuschreiben. Jemand, der sich aus Versehen mit dem Schwert ins eigene Bein stach, war so etwas wie ein Hanswurst. Sie blickte zu Warrick. Er hob seinen Becher, um ihr zuzuprosten, und zwinkerte verschwörerisch mit den Augen. Brianna unterdrückte ein Kichern. Also fand auch er die Situation witzig!

Sie wandte sich ein wenig zur Seite, um Roberts Verfassung zu prüfen. Nicht überlegen, sondern gewinnend lächelte sie ihm zu und wurde damit belohnt, daß sich sein wilder Blick ein wenig milderte.

Der König und die Königin hatten einen fahrenden Sänger eingeladen, der für seine großartigen Geschichten bekannt war und der sein Publikum entweder zu Tränen rühren oder zu wilden Begeisterungsstürmen hinreißen konnte. Er übernahm alle Sprechrollen des Dramas, vermischte Prosa mit Versen, sang Arien, ohne sich dabei aus dem Konzept bringen zu lassen. Heute abend erzählte er die Geschichte von *Tristan und Isolde*, und gleich vom ersten Wort an stand Brianna im Bann dieser Romanze.

Als der Barde seine tragische Geschichte beendet hatte, seufzte das Publikum vernehmlich auf. Brianna wischte sich eine Träne von der Wange, nahm einen Schluck aus ihrem Becher und stellte ihn dann vor sich auf den Tisch.

Bei den Damen war kaum ein Auge trocken geblieben, und auch die Männer applaudierten begeistert. Wieder griff Brianna nach ihrem Becher, doch entdeckte, daß Christian Hawksblood ihn an seine Lippen gehoben hatte. Erst jetzt bemerkte sie, daß es nicht ihr Becher gewesen war, sondern der seine. Unwillkürlich stöhnte sie leise, denn die Erkenntnis traf sie wie ein Regenguß im Frühling. Genau wie Isolde es auf dem großen Fest getan hatte, hatte sie unabsichtlich aus dem gleichen Becher getrunken wie dieser dunkle Krieger. Selbstverständlich mußte er sie dazu gebracht haben, indem er den Becher gleich neben ihre Hand gestellt hatte. Sie hatte seinen Wein getrunken, und er hatte sie damit verzaubert! Sie fühlte, wie er durch ihre Adern floß, ihr Blut wärmte und ihr den Verstand trübte. Sie warf Christian einen entsetzten Blick zu und trank ihn leer. Was kann ich tun? dachte sie verzweifelt.

Nichts. Sie konnte nichts tun.

Es war geschehen!

Als der Applaus verebbte, stand der König auf und hob den Arm. Alle schwiegen und lauschten seinen Worten.

»Wir haben am heutigen Tag verschiedene Anlässe zu feiern: unseren glorreichen Sieg in der Seeschlacht gegen die Franzosen und unsere siegreichen Schlachten, die wir selbst bestanden haben! Doch es gibt noch mehr. Die Ballade dieses Sängers hat den Saal mit einer romantischen Stimmung erfüllt, und das ist gut so. Heute abend ist es unsere große Freude, zwei Verlobungen anzukündigen, die sehr bald stattfinden werden.

Ich gebe die Hand von Lady Brianna von Bedford an Robert de Beauchamp. Keines der Häuser steht höher in meiner Achtung als das Haus Warrick.« Der König grinste. »Man sagt, daß die Liebe alle Wunden heilt.« Fröhliches Lachen ertönte in dem Saal bei der Anspielung auf Roberts Verletzung.

Brianna saß blutübergossen da. Verstohlen blickte sie zu Robert. Auch er war rot geworden, als hätte er einen Sieg errungen. Er war so hellhäutig, sehnig und stark. Dennoch spürte sie seine Schwäche. Diese Schwäche mußte in seinem Charakter liegen, in dem Mangel an Selbstkontrolle, denn es hatte ganz sicher nichts mit seinen Körperkräften zu tun.

Sie warf einen genauso verstohlenen Blick nach rechts. Dieser Mann besaß keine Schwächen. Und auch keine Sanftmut, vermutete sie. Er würde sein Ziel unermüdlich verfolgen, mit allen

Mitteln, bis er es erreichte. Er war so dunkel und sah so gut aus, magnetisch, bezwingend. Zum ersten Mal gestand sie sich die Anziehungskraft ein, die er auf sie ausübte. Natürlich ging diese Attraktion gegen ihren Willen, dieser mächtige Herr hatte sie verhext.

Ungeduldig nestelte sie an ihrer Frisur, um irgend etwas zu tun. Es änderte nichts. Der König hatte ihre Verlobung angekündigt. Ihre Zukunft war besiegelt.

Wieder sprach der König, und Brianna versuchte, sich auf das zu konzentrieren, was er sagte, während ihr Herz raste.

»Wie ihr alle wißt, ist mein ältester und bester Freund, der Graf von Salisbury, zur Zeit Gast König Philipps von Frankreich. Ich bin gerade dabei, über seine Freilassung zu verhandeln, aber in der Zwischenzeit ehre ich seinen Sohn, William de Montecute, damit, daß ich ihn mit Lady Joan, der hübschen Jungfer von Kent, verlobe.«

Alle Farbe wich aus Joans Gesicht, sie war so weiß wie eine gekalkte Wand. Nein! nein! schrie eine Stimme in ihrem Inneren, dennoch lächelte sie zittrig und senkte den Kopf, damit niemand den Schmerz in ihren Augen sah.

Prinz Edward verriet weder durch Blicke noch Worte seine Gefühle, doch als er seinen Kristallbecher auf den Tisch stellte, zerbrach er wie eine Eierschale. Seine Augen trafen sich mit denen Christian Hawksbloods. Ihre Blicke hielten einander gefangen, bis Edward sich ein wenig beruhigt hatte. Er war ein Taktiker. Er würde einen Weg finden, diese Verlobung zu vereiteln.

Hawksblood wußte ganz genau, wie seinem Freund zumute war. Sie befanden sich beide in der gleichen Lage. Heute abend konnten sie nicht viel tun. Morgen... ah, den morgigen Tag mußten sie beide nutzen.

Brianna hörte mit ungläubigem Staunen Joans Namen. Was für eine schlaue kleine Range konnte ihre Freundin doch sein. Sie hatte Brianna kein Wort verraten. Zwar hatte sie eine geheime Vernarrtheit angedeutet, doch stets so getan, als ärgere sie sich über Montecutes Aufmerksamkeiten.

Brianna blickte zur anderen Seite des Saals, wo Joan neben ihrem Bruder saß. Sie lächelte engelsgleich, doch Brianna war aufmerksam genug, um die unnatürliche Blässe ihrer Freundin festzustellen. War es möglich, daß Joan genauso überrascht und erschrocken war wie sie über die Ankündigung des Königs? Brianna vergaß ihre eigenen Sorgen, ihr Herz war bei ihrer Freundin.

Heute abend wurde nicht getanzt, weil sich zu viele Menschen in dem großen Saal befanden, als daß man die Tische hätte zur Seite rücken können. Und die meisten Männer hatten auch ihre Kräfte bei den Wettkämpfen gelassen und waren zufrieden damit, sitzen zu können und zu trinken; manche gingen herum und sammelten von den Verlierern die Summen ein, mit denen sie ihre Rüstungen oder ihre Pferde von dem Gewinner freikauften.

Brianna wäre am liebsten zu Joan gelaufen, doch mußte sie so lange an Roberts Seite bleiben, bis alle Gratulanten ihr Glück gewünscht hatten. Sie war außerordentlich erleichtert, als Hawksblood von ihrer Seite verschwand. Nach ein paar Minuten wagte sie es, ihn mit ihren Blicken zu suchen, und entdeckte ihn schließlich in ernster Unterhaltung mit Prinz Edward, sie paßten gut zusammen.

Die beiden Schwarzen Prinzen hatten während des Turniers immer wieder die Plätze getauscht. War sie etwa die einzige, die von dieser Verschwörung wußte?

Briannas schweifende Gedanken wurden abrupt unterbrochen, als Königin Philippa bei ihnen stehenblieb und Robert gratulierte. Er versuchte, aufzustehen, doch die Königin hielt ihn zurück. »Lady Bedford ist eine meiner ganz besonderen Günstlinge«, erklärte sie Robert. »Sie besitzt ein gesegnetes Talent und zusätzlich Anmut und Schönheit. Ihr könnt Euch äußerst glücklich schätzen.«

»Danke, Euer Majestät«, sagte Robert förmlich.

Lionel folgte seiner Mutter. Er hatte tief in seinen Becher geschaut, wie ungefähr die Hälfte der Männer heute abend. »Zu schade, daß Ihr Eure Waffe auf dem Turnierfeld blutig gemacht habt.« Er warf Brianna einen lüsternen Blick zu. »Ihr hättet bis heute abend warten sollen. Vielleicht könnte ich Euch aushelfen, Eure Pflicht gegenüber Eurer Verlobten zu erfüllen.«

Roberts Augen blitzten. Er lachte kurz auf, dann antwortete er: »Nein, danke, Euer Hoheit, aber vielleicht könntet Ihr mir irgendwann einmal beibringen, wie man ein Pferd mit der Lanze erlegt.«

Lionel brüllte vor Lachen. »Wie du mir, so ich dir, Rob.«

An diesem Abend wünschte sich sogar Joan, sie könnte im Boden versinken. Als der König ihre bevorstehende Verlobung angekündigt hatte, wäre sie vor Schreck beinahe ohnmächtig geworden. Sie hatte unter dem Tisch verzweifelt nach der Hand ihres Bruders gegriffen.

»Mein Schatz, das ist eine gute Verbindung. Er ist Erbe der Grafschaft Salisbury, und die Montecutes stehen hoch in der Gunst des Königs.«

Joan hatte das Gefühl, ersticken zu müssen. Sie hielt die Luft an, und ihre Hand flog zu ihrem Herzen. Es fühlte sich an, als sei es in Stücke gerissen. Was Edmund sagte, stimmte zwar; sie hatte gewußt, daß sie in Kürze verehelicht würde, dennoch wehrte sich alles in ihr dagegen, als Beruhigungsmittel für Katherine de Montecute dienen zu müssen, weil ihr Mann in Frankreich gefangen war.

Joan wagte nicht, zu Edward zu blicken. Sie würde es nicht ertragen, in seinem Gesicht zu lesen, was er fühlte, sei es nun Wut, Mitleid oder Bedauern. Gegen das Schicksal vermochte sie nichts auszurichten, doch wünschte sie sich meilenweit fort von hier.

William de Montecute griff nach ihrer Hand und drückte sie immer wieder bedeutungsvoll. Als Königin Philippa ihm gratulierte, tat sie das nicht mit den gleichen Worten, die sie Robert de Beauchamp gegenüber geäußert hatte. Philippa war äußerst erleichtert, daß Joan endlich verlobt war und ihr Sohn Edward außer Reichweite ihrer hübschen Hände. Joan mit ihrer zierlichen Gestalt sah in den Augen einer Frau, die neun Kinder geboren hatte und bereits mit dem zehnten schwanger war, allzu perfekt aus.

»Meinen Glückwunsch, William. Ihr solltet sofort damit beginnen, eine Familie zu gründen. Im Alter von Lady Kent hatte ich bereits zweieinhalb Kinder!«

Lionel, der noch immer seiner Mutter folgte, warf Joan einen lüsternen Blick zu. »Am besten fangt Ihr gleich an. Schiebt die Gläser beiseite, und legt sie auf den Tisch.«

De Montecute errötete, aber er wagte es nicht, auf die Beleidigung von Prinz Lionel zu antworten. Joan jedoch besaß keine solchen Skrupel. Sie wandte sich an William und sagte: »Die Königin meinte, zweieinhalb kluge Köpfe.«

Wie gewohnt, schüttete Lionel sich aus vor Lachen. Gütiger Himmel, er würde wetten, daß Joan im Bett ein heißes kleines Ding war.

Christian Hawksblood gratulierte William de Montecute höflich; es gelang ihm perfekt, sein Mitleid für den jungen Mann zu verbergen. Als er die Hand Lady von Kents an seine Lippen zog, schob er ihr heimlich ein Briefchen zu. Sie sah ihn erschrocken an, doch sein sicherer Blick verriet nicht das Leiseste. Dieser kleine Zettel in ihrer Hand beruhigte ein wenig ihr schmerzendes Herz.

Briannas Augen suchten erneut nach Joan. Sie sah, daß ihre Freundin Christian Hawksblood mit einem beinahe flehenden Blick ansah. Genausowenig entging ihr, daß der dunkle Ritter die Gelegenheit, ihr die Hand zu küssen, dazu benutzte, ihr ein Briefchen zuzustecken.Was hatte er ihr geschrieben? Ein Gedicht? Liebesschwüre? Oder Zeit und Ort für ein heimliches Treffen? Wenn der Klatsch der Dienerinnen auch nur ein Fünkchen Wahrheit enthielt, so hatte er eine lange Reihe gebrochener Herzen hinterlassen, von Arabien bis hierher. Seine Macht über Frauen war legendär. Er besaß die Fähigkeit, sie zu hypnotisieren, zu verhexen und zu verzaubern. Auf dem Weg nach Bedford würde sie sich vorsehen müssen.

Edmund von Kent trat neben sie. »Lady Brianna, Ihr habt mir das Herz gebrochen. Daß die hübscheste Lady in Windsor einen de Beauchamp einem Plantagenet vorzieht, ist unverzeihlich.«

Robert ging auf das Wortgeplänkel ein, er freute sich über die Tatsache, daß Brianna Edmund schon vor langer Zeit abgewiesen hatte. Doch als Robert begann, Salz in seine Wunden zu streuen, gab Edmund ihm kochend Bescheid: »Meinen Glückwunsch, daß Ihr das Turnier der Liebe gewonnen habt – es muß ein kleiner Trost dafür sein, daß Ihr das andere Turnier leider verpfuscht habt.«

Robert winkte seinem Knappen. »Ich habe genug! Bringt mich auf der Stelle hier weg«, giftete er. Brianna erhob sich, um ihm zu helfen. »Wollt Ihr mich zur weiteren Zielscheibe des Gespötts machen? Ich brauche keine Frau, die mich stützt!«

Brianna biß sich auf die Lippen. »Ich hoffe, Eure Schmerzen werden bald nachlassen, Robert. Ich möchte mich von Euch verabschieden, bis ich aus Bedford zurück bin.«

»Ihr solltet nicht reisen«, erklärte er kühl.

»Es tut mir leid, aber der König besteht darauf.«

»Lernt möglichst rasch die Kunst der Täuschung, Lady! Eine überraschende Unpäßlichkeit würde Euch leicht den Befehl des Königs umgehen lassen.«

Schweigend folgte sie Robert, der sich auf seinen Knappen stützte und aus dem Saal humpelte. Als sie in dem Flügel des Schlosses ankam, in dem die Beauchamps ihre Räumlichkeiten hatten, wünschte sie ihm freundlich eine gute Nacht und machte sich auf den Weg zu ihren Gemächern. Ihr solltet die Kunst der Täuschung lernen, Lady. Seine unerhörten Worte gingen ihr nicht aus dem Kopf. Vielleicht würde sie genau das tun! Brianna änderte ihre Meinung und kehrte in den Bankettsaal zurück.

Edmund von Kent war der erste, der ihr begegnete. »Wegen Robert entschuldige ich mich. War er böse wegen etwas, das ich gesagt habe?« Er grinste sie an.

»Edmund, Ihr seid genauso übermütig wie Joan. Bringt mich zu ihr, ich habe der glücklichen Braut noch gar nicht gratuliert.«

»Die kleine Jeanette fühlt sich heute abend überhaupt nicht auf der Höhe, fürchte ich. Versucht, ihr ein wenig moralische Unterstützung zu geben, meine Liebe.«

»Wollt Ihr damit sagen, sie hatte keine Ahnung?« fragte Brianna ungehalten, weil ihrer Freundin so übel mitgespielt worden war.

»Sie war genauso benommen wie ein Vogel, der gegen eine Wand geprallt ist.«

Edmund und Brianna näherten sich dem Paar zur gleichen Zeit wie der König. Ritterlich verbeugte er sich vor Brianna, und sie machte einen Hofknicks; dann bestand er darauf, daß sie zuerst mit dem Paar sprach.

»Robert hat mich gebeten, in seinem Namen zu gratulieren, William. Joan, würdest du und Glynis mich begleiten auf meiner Fahrt nach Bedford? Ich weiß, mein Angebot kommt ziemlich kurzfristig, wir reisen schon morgen ab.«

Joans Gesicht erhellte sich ein wenig. »Das würde ich mit Vergnügen tun.« Joan wollte es nicht so aussehen lassen, als griffe sie nach einem Strohhalm.

Montecute erstarrte. »Ihr könnt jetzt nicht weg«, erklärte er.

Der König hob beschwichtigend die Hände. »Ich war derjenige, der vorgeschlagen hat, daß Lady von Kent Lady Bedford begleiten soll. Die Verträge für die Verlobung sind noch nicht unterzeichnet. Habt Geduld, William.«

De Montecute errötete. »Ich... ich bitte um Entschuldigung, Sire. Keineswegs wollte ich damit sagen, daß die Reise unschicklich wäre.«

Der König zwinkerte den hübschen jungen Frauen zu, die seinem Hofstaat Glanz verliehen. »Natürlich nicht. Was könnte daran unschicklich sein, wenn zwei Freundinnen ein wenig frische Luft genießen, ehe sie im Bund der Ehe gefesselt werden?«

15

Joan und Glynis waren damit beschäftigt, die Körbe für die Reise nach Bedford zu packen. Es war wie ein Geschenk Gottes für Joan. Sie hatte nicht nur den Wunsch, dem besitzergreifenden de Montecute zu entfliehen, sie wollte auch Prinz Edward aus dem Weg gehen. Sie liebte ihn so sehr, daß es schmerzlich sein würde, ihm im Speisesaal gegenüberzusitzen oder ihn auf einem der Höfe zu sehen. Sie hatte es noch nicht einmal fertiggebracht, das Briefchen zu lesen, weil etwas von Abschied darinstehen könnte. Es ruhte in ihrem Mieder, an ihrem Herzen, und sie hoffte, daß es ihren Schmerz lindern würde – doch das erfüllte sich nicht.

»Ich hätte dich nie um einen Zauber bitten dürfen, der mich unwiderstehlich macht, Glynis. William de Montecute ist sofort zum König gegangen, und wie konnte er ihm seine Bitte verweigern, wo doch sein Vater, der Graf von Salisbury, gefangengenommen worden ist, während seines Einsatzes in Frankreich.«

»Meine Lady, ich weiß, Ihr hegt nur sehr wenig Zuneigung für den jungen William, aber er ist besessen von Euch – eine günstige Voraussetzung, wenn er Euer Mann werden soll. Ihr müßt eine solide Ehe schließen, und irgendwann einmal wird William Euch zur Gräfin von Salisbury machen.«

Joan seufzte. Es hatte keinen Zweck, sich gegen ihr Schicksal aufzulehnen. Der König besaß die allgewaltige Macht. Sie erschauerte. Ihr Vater war dafür exekutiert worden, weil er sich eine eigene Meinung angemaßt hatte. Sie durfte es nicht riskieren, die Gunst des Königs zu verlieren. Als ihre Körbe gepackt waren, zog Joan sich langsam aus und wünschte Glynis gute Ruhe. Erst als sie ganz allein war, nahm sie sich das Briefchen vor, hielt es in das Kerzenlicht und las:

Ich bin im Augenblick wütender als jemals in meinem ganzen Leben! Du wurdest William de Montecute versprochen der selbstsüchtigen Wünsche meines Vaters wegen, die ich dir erklären werde, wenn wir allein sind. Meine kostbare Geliebte, du sollst immer mein bleiben! Solange wir einander aus dem Weg gehen müssen, wird Christian Hawksblood unser Mittelsmann sein. Du kannst ihm völlig vertrauen. E.

Wieder und wieder las sie die Worte: »Meine kostbare Geliebte, du sollst immer mein bleiben!« Eine Träne rann über ihre Wange, und Joan blies die Kerze aus. Sie kletterte in ihr Bett und preßte den Brief an ihr Herz. Dort gehörte er hin, nicht zu den anderen in dem Kästchen.

Brianna warf sich die ganze Nacht unruhig in ihrem Bett hin und her. Der Tag war so aufregend gewesen mit dem Turnier und der Ankündigung ihrer Verlobung, deshalb schaffte sie es nicht, sich zu entspannen und einzuschlafen. Trotz aller Bemühungen konnte sie doch ein Schuldgefühl nicht ganz verdrängen, weil sie Robert de Beauchamp mit seiner Verwundung allein ließ. Wenn sie ihm noch nicht ihre Liebe schenken konnte, so sollte sie wenigstens Mitgefühl aufbringen, und ihren Verlobten im Augenblick der Not zu verlassen, schien ihr fast unanständig.

Erst eine Stunde vor Morgengrauen schlief Brianna ein, und in ihren Träumen erstand die romantische Geschichte von Tristan und Isolde. Sie träumte, daß sie durch Zufall einen Liebesbecher mit Christian Hawksblood geteilt hatte und danach sofort hilflos der Verzauberung dieses Verführers erlegen war. Als er ihr tief in die Augen sah und sie in seine starken Arme zog, ließ sie es willig geschehen, ohne Widerstand zu leisten. Und als sie einander berührten, schmeckte sie den vollmundigen Wein auf seinen Lippen, den sie getrunken hatten und der sie so sehr berauschte, daß sie keinen eigenen Willen mehr besaß. Seine Küsse waren betörend sinnlich, sie boten einen solchen Vorgeschmack, daß sie sich nach seinen Lippen, seinen Händen, seinem Körper sehnte.

Ihr Ehemann Robert erwischte sie beide zusammen in ihren Gemächern, und er verwundete Christian tödlich mit einem giftigen Pfeil. Brianna schrie auf, sie wollte nicht ohne ihn leben.

»Komm zu mir«, flüsterte Christian, »denn ich fühle den nahenden Tod, und ich möchte meinen letzten Atemzug in deinen Armen tun.«

Als sie ihn umarmte, zog er das Schwert und stieß es ihr ins Herz. Sein Name war Killbride! Mit einem Schrei auf den Lippen erwachte Brianna, doch als ihr klar wurde, daß sie das alles nur geträumt hatte, lachte sie erleichtert auf. Wie häufig ihre Phantasie doch in der letzten Zeit mit ihr durchging!

Als sie vor dem Spiegel stand, um ihr Haar für den bevorstehenden Ritt zu flechten, freute sie sich, daß die Kleidung, die Adele für sie ausgewählt hatte, ihre natürlichen Farben unterstrich. Das Aprikosenunterkleid, über dem sie eine bernsteinfarbene Tunika trug, ließ ihr Haar golden schimmern. Brianna reckte sich, entschlossen, diese Reise nach Hause zu genießen. Sie stellte eine unerwartete Abwechslung dar, und Lady Bedford wollte sich die Freude daran durch nichts verderben lassen.

Es klopfte an der Tür, und als Adele öffnete, stand Hawksbloods Knappe Paddy davor. »Ich komme, um Euer Gepäck abzuholen, Ma'am.«

»Ihr dürft mich Adele nennen«, hörte Brianna sie sagen, doch die nächsten Worte, und auch Paddys Antwort, wurden so leise gesprochen, daß Brianna sie nicht verstehen konnte. Sie nahm an, daß die beiden miteinander flirteten.

Zur gleichen Zeit widmete sich Ali dem Gepäck von Joan von Kent. Die walisische Jungfer Glynis war eine Frau nach seinem Geschmack. Auf ihre Art erschien sie genauso fremd zwischen diesen Anglo-Normannen, die England regierten, wie er. Obendrein besaß sie eine geheimnisvolle Ausstrahlung, die an seine Sinne rührte.

Joan war noch lange nicht fertig, deshalb bat sie Glynis, zusammen mit Ali vorauszugehen, sie würde sich das Haar selbst frisieren. Sie trug ein cremefarbenes Unterkleid aus Baumwollstoff, der auf einer Seite satiniert war, und darüber eine Tunika aus korallenrotem Samt. Mit einer Bürste teilte sie ihr platinblondes Haar, danach band sie die beiden Hälften mit korallenroten Bändern hoch, so daß ihr das Haar nur noch bis zu den Schultern fiel. Dann verknotete sie die Bänder miteinander. Sie zog ihre Ziegenlederstiefel an, nahm das Kästchen mit Edwards kostbaren Briefen und lief in den Hof hinaus. In ihrer Eile vergaß sie Edwards letzte Nachricht, die unter ihrem Kopfkissen lag.

Ungefähr eine halbe Stunde nach der Abreise der Herrschaften überreichte ein dralles Zimmermädchen genau diesen Brief Robert de Beauchamp. Einige Münzen wechselten den Besitzer, und das Mädchen verschwand unbemerkt.

Warricks Sohn las mit gerunzelter Stirn die intime Notiz. Da er diesen Bastard von Bruder verdächtigte, eine heimliche Affäre mit der hübschen Jungfer von Kent zu haben, hatte er hinsichtlich eines Beweises ihre Diener bestochen. Dieser Liebesbrief jedoch war von Prinz Edward, der offensichtlich gegen die Entscheidung des Königs aufbegehrte, Joan mit de Montecute zu verloben! Der Prinz pflegte ganz offensichtlich eine intime Beziehung zu Joan, und sein Bruder agierte als Mittelsmann zwischen den beiden.

Robert zuckte zusammen, als er sein verwundetes Bein in eine bequemere Lage rückte und dann darüber nachdachte, was er mit dieser Information anfangen sollte. Meinungsverschiedenheiten im Königshaus waren immer nützlich, geheime Schriftstücke wie Munition. Er glaubte, daß er sein Wissen zum Vorteil von Prinz Lionel verwenden könnte. Wenn er genauer überlegte, so war Prinz Edward nicht als einziger empört über diese Verlobung. Sir John Holland hatte schon immer ein Auge auf die kleine kokette Joan geworfen. Er verzog das Gesicht. John Holland galt als einer der ehrgeizigsten jungen Stutzer am Hofe. Es würde sich bezahlt machen, einen so skrupellosen Mann zum Verbündeten zu haben. Am besten schickte er ihm eine Botschaft und lud ihn ein, zusammen mit Prinz Lionel und ihm zu dinieren.

Hawksblood nahm eine Anzahl schwerer Wagen mit nach Bedford, die normalerweise zum Waffentransport benutzt wurden. Jeder Wagen war besetzt mit zwei Männern, die ausgebildet worden waren, ein Ochsengespann zu lenken. Zusätzlich ritt eine Kompanie Soldaten aus Cornwall, die jetzt unter seinem Kommando standen, mit ihnen.

Das Gepäck der Damen wurde aufgeladen, und die königlichen Reitknechte brachten die Pferde der Damen. Als Lady Bedford auf ihre weiße Stute Papillon stieg, stellte sie erheitert fest, daß den beiden Hofdamen von Hawksbloods aufmerksamen Knappen in den Sattel geholfen wurde. Die Pferde scharrten ungeduldig mit den Hufen, während sie auf Lady Kent warteten.

Christian Hawksblood gab den Ochsenkarren das Abfahrtssignal, sie rumpelten durch das mit Türmen verzierte Tor auf die Thames Street hinaus und fuhren dann gen Norden. Brianna warf einen besorgten Blick in Hawksbloods Richtung, weil er warten mußte. Doch ihm war keine Ungeduld anzumerken. Entspannt saß er im Sattel, und es sah aus, als wäre er bereit, in alle Ewigkeit zu warten, sollte es nötig sein.

Endlich kam Joan. Christian Hawksblood stieg ab und ging auf sie zu. Er legte seine kräftigen Hände um ihre Taille und hob sie auf ihre sanfte Stute, als sei sie so leicht wie eine Feder. Joan belohnte ihn mit ihrem Engelslächeln, und Brianna sagte sich, daß die von Natur aus freundliche Joan keine Ahnung hatte von ihrer unwiderstehlichen Wirkung auf Männer.

Die Gesellschaft der bewaffneten Ritter folgte den Ochsenkarren in gemäßigtem Tempo, sie ritten durch das Themsetal, überquerten den Fluß, ritten vorbei an Eton und wandten sich dann nach Norden, auf die alte Stadt Amersham zu, mit ihrer wunderschönen, stolzen High Street. Bis zu diesem Ort hatten sie einen halben Tag gebraucht, und Hawksblood ordnete an, auf einer Wiese vor der Stadt Halt zu machen, um das Mittagsmahl einzunehmen. In der Nähe gab es einen seichten Fluß, und die Männer tränkten dort die Ochsen und fütterten sie, während Hawksbloods Männer von einem der Wagen Brot, kaltes Fleisch, Pasteten, Käse und Bier luden. Adele und Glynis sahen einander erschrocken an. »Mir ist gar nicht der Gedanke gekommen, etwas zu essen mitzunehmen«, sagte Adele.

»Ich habe angenommen, wir könnten die Gastfreundschaft einer der königlichen Residenzen in Anspruch nehmen«, meinte Brianna.

»Vielleicht mögen die Männer ihren Proviant mit uns teilen«, meinte Glynis. »Fragt sie doch bitte, Joan. Ich habe noch nie einen Ritter gesehen, der Euch eine Bitte abgeschlagen hätte.«

Brianna hob trotzig das Kinn und warf ihre langen Zöpfe über die Schulter. »Lieber esse ich gar nichts, als ihn um etwas zu bitten!«

Ihre Begleiterinnen waren erstaunt über diesen heftigen Ausbruch.

Ali kam zu ihnen herüber, um ihnen von den Pferden zu helfen. »Meine Damen, wenn Ihr im Schatten der Buchen Platz nehmen möchtet, damit wir Euch servieren können.«

»Oh, wie nett«, rief Joan. Drei der Damen folgten ihm mit fröhlichen Gesichtern, eine nur zögernd. Ali war ein Knappe, der stets an alles dachte. Er reichte ihnen parfümiertes Wasser und Handtücher, als sie sich auf den Rasen gesetzt hatten. Dann öffnete er einen Korb, breitete ein Leinen aus und legte ihnen Wildgeflügel, Käse, kalte Artischocken und winzige, würzige Holzäpfel vor. Er reichte ihnen kleine silberne Becher, dann zog er sich diskret ein Stück zurück.

Hawksblood kam zu ihnen und brachte einen Weinschlauch. Zuerst trat er zu Brianna, um ihren Becher zu füllen. Ein lebhaftes Bild, wie sie mit ihm ihren Wein geteilt hatte, stieg plötzlich in ihrer Erinnerung auf. Sie wich vor ihm zurück. »Ich werde Euren Wein nicht mit Euch teilen!«

Lange starrte er sie eindringlich an. Unter den gegebenen Umständen klangen ihre Worte lächerlich. »Ihr müßt doch etwas trinken, meine Lady«, sagte er leise.

Sie sprang auf und umklammerte den silbernen Becher. »Ich nehme Wasser«, erklärte sie und lief zum Fluß. Die Damen waren verlegen wegen Briannas ungewöhnlichem Benehmen, sie hielten Hawksblood ihre Becher hin, und er schenkte ihnen ein. Nach wenigen Minuten folgte Christian Brianna, entschlossen, die Barriere einzureißen, die sie zwischen ihnen zu errichten versuchte.

»Meine Lady …«, begann er gütig.

Sie wirbelte herum. »Laßt mich in Ruhe«, rief sie und wedelte mit den Armen, als wäre er ein böser Geist.

Sie war vollkommen unvernünftig. Er hatte seines Wissens nichts gesagt oder getan, um ein solches Benehmen zu rechtfertigen. Es wäre sicher gut, wenn sie offen ausspräche, was sie beschäftigte. »Mir ist klar, daß es in der Natur der Frau liegt, sich manchmal eigenartig zu benehmen, aber ich erwarte von Euch ein gewisses Maß an Höflichkeit, wenn Ihr mit mir sprecht. Ich kann nicht dulden, daß Ihr mich behandelt wie einen Eurer Lakaien.«

Grün und golden blitzten ihre Augen auf. »Ich weiß, was Ihr im Sinn habt, Ihr Scharlatan!«

»Erklärt es mir, meine Lady.«

»Ihr versucht, mir zu schmeicheln, damit ich wie Wachs in Euren Händen bin, aber das wird Euch nicht gelingen. Ihr könnt mich nicht hypnotisieren oder einlullen, um das zu tun, was Ihr wollt!«

Er zog seine dunklen Brauen hoch, ein Mundwinkel zuckte. »Kann ich das nicht, Lady?« fragte er mit rätselhafter Stimme. Seine Stimme war wie schimmernder Samt, forderte heraus, verlockte und verführte sie.

Sie sah aus wie eine Erscheinung aus einer Göttersage, im Sonnenlicht leuchtete ihr Haar hell auf.

»Ihr solltet vor mir auf der Hut sein, jeden Augenblick des Tages und jede Sekunde der langen Nacht, denn sonst werde ich Eure Seele stehlen«, neckte er sie.

Laut ausgesprochen, mitten im Sonnenschein, klangen seine Worte wie lächerlicher Unsinn – doch Brianna wußte, daß tief unter dem Geplänkel ein Kern der Wahrheit ruhte. Er besaß wirklich übernatürliche Kräfte, Christian Hawksblood war nicht so wie andere Männer. Sie fragte sich flüchtig, ob es solche Dinge wie eine magische Welt wohl gab. Dann wandte sie ihm den Rücken zu und fühlte, wie er sich zurückzog.

Brianna blieb so lange sie konnte am Fluß, dann gesellte sie sich wieder zu den anderen, die immer noch unter der Buche saßen. Als sie bei ihnen ankam, fütterten die Frauen ein kleines Geschöpf mit vier schwarzen Füßen. Sogleich war Brianna abgelenkt. »Ach, das ist ja ein Frettchen! Ich habe noch nie ein so zahmes gesehen.« Sie lachte über das Tierchen, das auf den Hinterbeinen stand, um von Glynis ein Stück Fleisch anzunehmen, und gefräßig weiterschnupperte.

Brianna bückte sich und hielt dem Frettchen den Wasserbecher hin. Sofort kam es her und schlabberte das Wasser wie eine Katze.

Dann sprang es auf und ab und keckerte, als würde es mit ihr reden.

»Was es wohl von mir will?« fragte Brianna entzückt.

»Es möchte mit Euch spielen«, sagte eine tiefe Stimme neben ihr. Brianna richtete sich auf und wirbelte herum. Der Blick aus Hawksbloods Augen sagte ihr deutlich, daß auch er mit ihr spielen wollte. Die Röte stieg ihr in die Wangen. »Gehört es Euch?« fragte sie schnell und gab sich so gelassen, wie es irgend möglich war.

»Aye, wir beide haben eine sehr enge Freundschaft zueinander aufgebaut. Gnasher ist meinem Charme erlegen«, spöttelte er.

»Zweifellos habt Ihr dieses kleine Tier mit einem Zauber belegt«, meinte sie.

»Unbedingt«, pflichtete er ihr bei.

Christian wollte allein reden mit Joan. Sie sah so verloren aus und äußerst zerbrechlich. Er trat neben sie, als sie zu ihrem Pferd ging. »Seid Ihr müde, meine Lady?«

»Ein wenig«, gestand sie mit matter Stimme.

»Eine Reise mit den Ochsenkarren ist eine Strapaze, aber wir haben heute kein weites Stück mehr vor uns.« Aufmerksam betrachtete er ihr Gesicht, ob sie sich nicht doch zu ihrem umwerfenden Lächeln entschloß.

»Eure Sorge um mein Wohl ist sehr freundlich, Christian! Wo werden wir heute abend übernachten?« wollte sie wissen.

Er legte die Hände um ihre schmale Taille und hob sie in den Sattel. »In Berkhamsted«, antwortete er.

Joans Augen weiteten sich voller Hoffnung.

»Edward erwartet Euch dort!« flüsterte er.

Joan schlang die Arme um seinen Hals und gab ihm einen Kuß auf die Wange. Endlich kam ihr Lächeln zum Vorschein, beinahe so wie die Sonne, die hinter einer Wolke hervortritt.

Brianna wäre beinahe gestolpert, als sie die beiden sah. Eifersucht brannte in ihren Adern wie grünes Feuer! Joan besaß nicht den Scharfsinn, mit dem Brianna ausgestattet war. In diesem Augenblick hätte Brianna sie am liebsten erdrosselt.

Paddy half Brianna beim Aufsitzen, dann nahm er das Frettchen unter den Arm und ging zu Adele. Die beiden unterhielten sich fröhlich und angeregt, und der irische Knappe blieb getreulich an Adeles Seite.

Brianna empfand für niemanden mehr einen Funken von Zuneigung. Es half ihr auch nichts, als sie sah, daß Ali neben Glynis herritt. Sie hatte keine andere Wahl, als sich Joan anzuschließen. Plötzlich glaubte sie, ihren Ohren nicht zu trauen. Ihre Freundin sang! Irgend etwas in Briannas Innerem brach in hundert Scherben. Sie öffnete den Mund, und dann überstürzten sich ihre Worte. »Joan, es ist höchste Zeit, daß jemand dich einmal wegen deines Benehmens zur Verantwortung zieht. Du flirtest mit jedem Mann, der in deine Nähe kommt. Das läßt dich aussehen wie ein schamloses Weib!«

Joan wurde mit einem Ruck aus ihren Liebesträumen von Prinz Edward gerissen, sie starrte Brianna verständnislos an. »Was willst du damit sagen?«

»Mich kannst du mit deinem engelhaften Unschuldsblick nicht beeindrucken, das ist doch nur Theater. Wenn du schon deine Hände nicht von diesem verdammten Araber lassen willst, dann solltest du wenigstens Verstand genug besitzen, ihn ohne Publikum zu küssen.«

»Aber Brianna, du bist ja eifersüchtig!«

»Eifersüchtig? Das ist doch wohl absurd. Ich bin verlobt.«

»Ich auch«, erwiderte Joan. »Aber das hindert mich nicht, einen anderen zu lieben. Brianna, bist du verliebt in Christian?«

»Du mußt von allen guten Geistern verlassen sein. Hast du denn nicht gehört, wie über ihn geklatscht wird? Er verführt die Frauen so nebenbei, als würde er Pfirsiche pflücken. Mit ihm zu flirten bedeutet, sich in Schwierigkeiten zu bringen.«

»Aber ich flirte nicht mit ihm, Brianna«, behauptete Joan.

»Du weißt ja nicht einmal, daß du dich aufführst wie eine Dirne!«

»Und du benimmst dich so launenhaft wie Prinzessin Isabel. Wie mir scheint, bildest du dir ein, daß die Beauchamp-Brüder dein persönlicher Besitz sind. Kümmere dich ruhig um deine eigene Moral!« wehrte sich Joan.

Die beiden Mädchen funkelten einander an. Dann gab Joan ihrem Pferd die Sporen und schloß zu Glynis, Adele und den beiden aufmerksamen Knappen auf – Brianna trottete einsam hinterher.

Sie sah nichts von der Schönheit ringsum. Normalerweise betrachtete sie die Natur mit dem Auge der Künstlerin, sie liebte das glänzende Grün, das Silber der Birken und die roten Ebereschen. Doch mit jeder Meile, die sie ritten, fühlte sie sich elender. Sie war unglücklich über den Streit mit ihrer besten Freundin. Wut stieg in ihr auf, Wut auf sich selbst und auf den dunklen, gefährlichen Hawksblood. Offensichtlich würde er am liebsten mit ihnen beiden anbändeln, und Joan war viel zu unschuldig, um das zu bemerken.

Das Tageslicht schwand bereits, als die Wagen, die Damen und ihre bewaffnete Eskorte im Außenhof von Berkhamsted eintrafen.

Paddy lud sofort Briannas und Adeles Gepäck vom Wagen, und Lady Bedford führte sie in das Schloß. »Ich hatte keine Ahnung, daß wir hierher kommen würden«, meinte sie, an Paddy gewandt.

»Von hier nehmen wir noch mehr Wagen mit, meine Lady«, antwortete Paddy.

»Oh, ich verstehe«, meinte Brianna. »Und da kommt auch schon dieser schreckliche Kastellan. Ich hoffe, er wird uns wenigstens diesmal vernünftige Zimmer geben. Heute ist er vielleicht nicht so überheblich, weil ihn keine Prinzessin Isabel bedrängt.«

Es stellte sich heraus, daß Prinz Edward seinem Haushofmeister genaue Instruktionen zur Unterbringung seiner Gäste gegeben hatte. Adele bekam ein eigenes Zimmer gleich neben dem von Lady Bedford. Als Paddy Adeles Gepäck in ihr Zimmer gebracht hatte, lud er sie ein, zusammen mit ihm in der großen Halle zu sitzen. Adele versprach ihm, ihr Bestes zu tun, und als sie ihn anlächelte, zeigten sich zwei Grübchen in ihren Wangen. Als sie sich um ihren Schützling kümmern wollte, meinte Brianna: »Heute abend bin ich keine angenehme Gesellschaft, Adele. Ich denke, ich werde allein in meinem Zimmer essen.«

»Nach einem Bad und einem kleinen Schlummer wirst du wieder frisch und munter sein, mein Lämmchen.«

Brianna bezweifelte das. Sie hatte sich Joan gegenüber schrecklich benommen, und jetzt belasteten sie Schuldgefühle. »Wenn du mein Bad bestellst, dann bestell auch gleich eines für dich, Adele. Ich komme ganz gut allein zurecht. Wahrscheinlich werde ich etwas zeichnen, einige Szenen des Turniers sind mir noch deutlich vor Augen.« Sie hängte ihre Tunika in den Schrank und wartete auf ihr Bad. Dann schlüpfte sie in das aprikosenfarbene Unterkleid, stand dann am Fenster und blickte in die einsetzende Dunkelheit, während sie versuchte, Herr über ihre verwirrten Gefühle zu werden.

Als Adele ihr das Essen brachte, erzählte ihr diese: »Dieser verrückte Haushofmeister hat Joan in einem anderen Flügel des Schlosses untergebracht. Aber vielleicht ist das ja auch besser so, ihr beide scheint heute nicht besonders gut aufeinander zu sprechen zu sein.«

Adeles Worte steigerten Briannas Elend noch. Doch sie machte keine Anstalten, Erklärungen abzugeben. Deshalb meinte Adele: »Glynis und ich werden zusammen in die große Halle gehen. Joan hat auch darum gebeten, auf dem Zimmer zu speisen. Sicher tut ihr gut daran, euch heute abend aus dem Weg zu gehen.« Als Brianna schwieg, wünschte Adele ihr angenehme Ruhe und ging.

Brianna blickte seufzend auf ihren Skizzenblock. Sie begann, eines der Pferde zu zeichnen, die sie im Turnier gesehen hatte. Sein Fell glänzte herrlicher als das Federkleid eines Pfaus. Normalerweise verstand sie es, das Bild eines solchen Geschöpfes festzuhalten. Der Kopf mußte schlank sein, die Augen grau wie die eines Falken, die Brust breit und muskulös. Die Schenkel sollten gerundet und der Rumpf fest sein. Voller Entsetzen blickte sie auf das, was sie gezeichnet hatte. »Das Pferd sieht ja aus wie ein Hund!« sagte sie voller Abscheu.

Briannas Gedanken flogen unkontrolliert hin und her, und immer wieder mußte sie an Joan denken. Abwesend zeichnete sie weiter, merkte gar nicht, was ihre Finger zu Pergament brachten. Doch plötzlich starrte sie entsetzt darauf. Ihr blickte das Gesicht Christian Hawksbloods entgegen. Ungeduldig warf sie die Kohle fort und wusch geschwind die Überreste von ihren Fingern. Mit einem tiefen Seufzer nahm sie ihren Platz am Fenster wieder ein.

Joans Tür wurde leise geöffnet, und Prinz Edward trat in den Raum. Er trug einen langen, schwarzen Mantel, bestickt mit dem Drachen von Wales. Mit einem Jubelschrei flog Joan in seine

Arme, und er drückte sie an sich. Sie war so zierlich, daß sie ihm nur bis an sein Herz reichte. Joan preßte die Wange gegen seine Brust und fühlte seinen kräftigen, gleichmäßigen Rhythmus. »Euer Hoheit, wie hast du es nur geschafft, noch vor uns hier zu sein?«

»Liebling, du sollst mich nicht ›Euer Hoheit‹ nennen. Das errichtet eine weitere Barriere zwischen uns, und Gott allein weiß, daß es davon schon viel zu viele gibt.«

»Oh, Edward, ich hatte schon Angst, daß ich dich nie wieder alleine sehen würde.«

»Von jetzt an wird das mein Hauptaugenmerk sein, Jeanette.«

Er fühlte ihr Zittern. »Ich... ich will William de Montecute nicht heiraten.«

Nach einem Kuß auf ihr Haar legte er seine Hand unter ihr Kinn und hob ihren Kopf, damit er in ihre Augen sehen konnte. Ungeweinte Tränen glänzten darin. »Mein liebstes Herz, du wirst ihn nicht heiraten«, erklärte Edward voller Nachdruck.

»Aber der König...«

»Der König ist der Geliebte von Katherine de Montecute, er kann ihr nichts abschlagen. Vertrau mir, ich werde einen Weg für uns finden, meine Schöne!«

Joan schwieg erschrocken. Der ganze Hof war der Überzeugung, daß König Edward Königin Philippa die Treue hielt. Sie trug bereits ein weiteres Kind von ihm unter dem Herzen!

»Er ist sehr diskret und achtet auf Katherines Ruf«, erklärte Edward, als habe er ihre Gedanken gelesen. »Ich habe inzwischen ein Haus in London gekauft, wo wir beide für uns sein können.« Seine Worte zogen eine Parallele zwischen ihr und Katherine.

Noch immer zitterte Joan. Die Worte des Prinzen drückten seine Absicht aus, ihr Geliebter zu werden. Seine Finger begannen das Band zu lösen, mit dem sie ihr Haar zusammenhielt.

»Ich habe so lange auf diesen Augenblick gewartet. Wenigstens heute haben wir eine ganze Nacht für uns.« Seine Stimme klang gepreßt vor unterdrücktem Verlangen. »Wirst du zulassen, daß ich dich liebe?«

»Komm zu mir«, rief sie voller Leidenschaft. »Ganz gleich, was die Zukunft bringt, niemand kann uns diese Nacht jemals nehmen.«

Edward setzte sich in einen geräumigen Polstersessel und zog sie auf seinen Schoß. Er küßte ihr die Tränen von den Wimpern, dann strichen seine Lippen über ihre, und er genoß ihren süßen Geschmack. »Lieber Gott, du schmeckst wie Honigwein.« Sein Kuß wurde tiefer, drängender. Joan klammerte sich an ihn und wünschte sich, ihn nie wieder loslassen zu müssen.

Seine steigende Erregung machte seine Hände ungeschickt, deshalb half Joan ihm dabei, ihr die Tunika auszuziehen, dann saß sie in ihrem durchsichtigen Unterkleid auf ihm. »Jeanette, du bist so zart wie eine Blüte, wie kannst du nur einen so ungeschickten, groben Kerl wie mich lieben?«

»Edward, du bist nicht grob, sondern mein Traumprinz!«

»Ich möchte dich ausziehen. Wo fange ich damit an?«

Ganz plötzlich kam er ihr vor wie ein großer Junge, und in diesem Augenblick war Joan ganz Frau. Sie hob die Röcke und enthüllte ihm ihre Strümpfe, die von wundervollen, mit Perlen besetzten Strumpfbändern gehalten wurden. Jetzt war es Edward, der zitterte, als er sie ihr langsam von den Beinen streifte. Dann stahl sich seine Hand noch einmal unter ihre Röcke, und er streichelte ihre seidenweichen Schenkel.

Joans Mund öffnete sich, sie stöhnte leise auf bei diesem Gefühl, schnell preßte er seine Lippen auf ihre, und seine Zunge schob sich tief in ihren Mund. Gleichzeitig suchte seine Hand nach der anderen Öffnung, und mit einem kleinen Schrei öffnete Joan sich seinem Suchen. Edward streichelte die sanften Falten, dann schob er einen Finger hinein und tastete nach dem Quell ihrer Weiblichkeit.

Joan holte tief Luft, sie fühlte die Hitze, die von seiner Hand ausging, und gleichzeitig eine noch größere Hitze von seinen Schenkeln unter ihrem Gesäß. Und plötzlich wurde ihr klar, daß Edward unter dem langen Mantel nackt war; da konnte sie nicht länger warten, wollte endlich einen Blick werfen auf seine herrliche, männliche Schönheit.

Voller Erregung streckte Joan die Hände aus und schob ihm den Mantel von den Schultern. Beinahe gleichzeitig ließ er ihn über die Arme gleiten, nun entblößt bis zu seinen Schenkeln. Mit ihren Händen strich Joan über die muskulöse Brust, sie fand seine Brustspitzen und rubbelte sie, bis sie fest wurden.

Sie seufzte unter der überwältigenden Liebe, die sie für diesen Prinzen empfand. »Du bist mein goldener Gott«, flüsterte sie.

Edward stöhnte auf vor Glück. Daß ein so unvergleichliches Geschöpf ihn liebte, war wie ein Wunder, ein Geschenk des Himmels. Ihre Haut fühlte sich an wie Seide, und er wollte sie nackt auf seinem Schoß haben, wollte die kleinen Liebeslaute aus ihrem hübschen Mund vernehmen, wenn seine Hände sie an seinen starken Körper zogen.

Schließlich genügte das Liebesspiel Edward nicht länger. Mit ihr zusammen begab er sich zur Bettstatt: um neben ihr, unter ihr, über ihr zu liegen.

In ihr.

Er stand auf und hob sie an sein Herz. Sein hart aufgerichtetes Glied berührte ihre Schenkel, und ihr Haar fiel über seinen Arm wie gesponnenes Mondlicht.

Brianna wußte, was sie zu tun hatte. Sie würde nicht schlafen können, ehe sie sich wieder mit Joan versöhnt hatte. Sie machte sich gar nicht lange die Mühe, einen Morgenmantel überzuziehen. Ihr Unterkleid müßte genügen, und um diese Zeit würde ihr sicher niemand mehr begegnen. Leise schlich sie durch den langen Flur zu dem Flügel, wo Joans Zimmer lag, wie Adele es ihr geschildert hatte. Vielleicht schlief Joan ja schon. Ganz langsam drückte sie die Türklinke nieder und öffnete die schwere Tür einen Spaltbreit.

Was Brianna hörte, ließ sie innehalten. Es war ein Geräusch, als würde ein Kleidungsstück zu Boden fallen. Im gleichen Augenblick hörte sie einen Seufzer, ein leises Aufkeuchen, einen Kuß. Als hätte man ihr ein Schwert ins Herz gestoßen, traf sie die Eifersucht. Joan spielte ihr übermütiges Spiel mit Christian Hawksblood de Beauchamp, mit Briannas arabischem Ritter!

Der Betrug überstieg alle Duldsamkeit. Wütend riß sie die Tür auf, dann weiteten sich ihre Augen vor Erstaunen beim Anblick der intimen Szene vor ihr.

16

»Brianna!« keuchte Joan.

Brianna schlug eine Hand vor den Mund, dann wandte sie sich um und floh.

Edwards Arme schlossen sich fester um seine Liebste. »Laß sie gehen. Ich bin sicher, unser Geheimnis wird bei ihr gut aufgehoben sein.«

»Es ist mir lieber, daß sie Bescheid weiß. Lange hätte ich es vor ihr ohnehin nicht mehr verbergen können. Vielleicht sollte ich zu ihr gehen, Edward. Sie sah so erschrocken aus, ich denke, sie braucht mich jetzt.«

Er lachte leise auf. »Ich brauche dich noch viel mehr, meine kleine Jeannette. Wir werden es ihr zusammen erklären. Morgen ist es noch früh genug.« Als Edward sie in seinen Armen zu ihrem Liebeslager trug, barg Joan ihr brennendes Gesicht an seinem Hals.

Brianna hastete so schnell sie konnte durch die dunklen Flure von Berkhamsted, ihre Gedanken überschlugen sich. Sie sah nicht die große dunkle Gestalt, die sich im Schatten verbarg. Beinahe wäre sie mit ihm zusammengestoßen, als er sich ihr in den Weg stellte.

Hawksblood griff nach ihren Schultern, um sie festzuhalten. »Was ist geschehen, Lady?«

»Ich... ich bin in Joans Zimmer gegangen... Seine Hoheit, sie waren... sie... sie...«

»Ihr wußtet nichts von ihrer heimlichen Verbindung?« fragte er mit ungläubigem Staunen.

Brianna schüttelte den Kopf. Sie war so blaß, daß er sich Sorgen um sie machte. »Hier herein«, befahl er und schob sie durch eine Tür. Als hätte sie im Augenblick keinen eigenen Willen, ließ Brianna es zu, daß er sie mit in sein Zimmer nahm und sie dort auf einen Sessel plazierte. »Als ich einen Mann in ihrem Zimmer hörte, da glaubte ich, es wäret...«

Er beendete den Satz für sie. »Ihr habt geglaubt, ich sei das«, sagte er ein wenig spitz. »Habe ich es denn noch nicht deutlich genug gemacht, daß *Ihr* meine Lady seid?«

Sie schaute ihn voller Entsetzen an. Das Kerzenlicht warf seine Gestalt als riesigen Schatten an die Wand. Das große Bett schien den Raum zu dominieren. Er sah die Angst in ihrem Gesicht und sank vor ihr auf die Knie. Mit ihren eiskalten Händen in seinen sprach er ruhig auf sie ein.

»Ihr braucht Euch nicht vor mir zu fürchten, Brianna. Ich werde Euch nicht bedrängen, bis Ihr selbst dazu bereit seid«, versprach er. Das Kerzenlicht hüllte sie in einen sanften Schein. Das Unterkleid schmiegte sich eng an ihre üppigen Brüste, ihr goldenes Haar fiel in Wellen herab. In diesem Augenblick wußte er, daß er log. Beim Allmächtigen, er würde sie bedrängen, bis sie ihm nicht mehr länger widerstand.

Ihre Furcht vor Hawksblood verringerte sich ein wenig, das erlaubte ihr, wieder an Joan zu denken. »Ich habe solche Angst um sie. Joan hat ein Talent, sich selbst in Schwierigkeiten zu bringen. Sie werden es Prinz Edward niemals erlauben, sie zu heiraten.«

»Niemals ist eine lange Zeit«, sagte Hawksblood rätselhaft. »Aber die beiden wissen, daß sie nicht heiraten können; sie wissen, daß sie einander nicht einmal sehen dürfen, deshalb haben wir ja auch diese diskreten Vorkehrungen getroffen.«

»Das ist falsch! Sie kann sich nicht einem Mann schenken, wenn sie mit einem anderen verlobt ist!«

»Offensichtlich kann sie es doch. Brianna, meine Lady, die Liebe besitzt ihre eigene geheimnisvolle Macht. Die darf man nicht verleugnen.«

»Ihr wollt damit sagen, die Mitglieder des Königshauses besitzen diese Macht, und die darf man ihnen nicht nehmen«, fuhr sie auf.

Er öffnete ihre Hand und blickte nachdenklich in ihre Handfläche. »Es ist sehr löblich, daß Ihr versucht, sie zu beschützen, aber Edward hegt sehr tiefe Gefühle für Joan, schon seit ihrer Kindheit. Und sie fühlt das gleiche für ihn.«

»Aber man wird sie verletzen!« rief Brianna aus.

»Jawohl, so wird es sein«, gestand er ihr zu. »Wenn man sein Herz der Liebe öffnet, macht das einen Menschen verletzlich. Man braucht Mut dazu, aber der Lohn der Liebe ist so beglükkend, daß viele Menschen glauben, sie sei den Schmerz wert.«

Sie wußte, daß seine Worte für sie bestimmt waren. »Man

braucht mehr Mut, um zwischen richtig und falsch zu entscheiden und das zu tun, was ehrenwert ist«, beharrte sie.

»Eines Tages werdet auch Ihr begreifen, daß an der Liebe nichts Unehrenhaftes ist.« Mit dem Finger fuhr er eine Linie ihrer Handfläche nach. »Ihr glaubt, daß Euer Kopf Euer Herz regiert. Ihr irrt Euch.«

Sie entzog ihm ihre Hand. »Und Ihr haltet Euch für ganz besonders schlau, könnt einfach die Saat aussäen, die Euch Macht über mich einräumt.«

»Ich werde meine Saat in Euch säen, Brianna, daran besteht kein Zweifel!« schwor er.

Sie keuchte auf bei seinen unzüchtigen Worten. Es ritt sie wohl der Teufel, daß sie sich allein mit ihm in seinem Zimmer aufhielt. Umgehend sprang sie auf. »Laßt mich hinaus«, rief sie.

Er deutete mit einer Handbewegung zur Tür. »Ihr seid nicht meine Gefangene, Lady, sondern völlig frei. Bitte sehr!«

Verzweifelt floh Brianna aus seiner bezwingenden Nähe. Frei? Keine Minute war sie es mehr. Ganz und gar nicht.

Christian sehnte sich unendlich nach Brianna in dieser Nacht, doch die Zeit war dafür noch nicht reif. Deshalb tat er das, was dem am nächsten kam, er beschwor eine Vision von ihr herauf. Diese Brianna, die vor Lachen und Liebe strahlte, war warm und willig. Ihr Gesicht hob sich ihm entgegen, wie eine Blume sich zur Sonne wendet. Er senkte den Kopf, um seine Lippen auf ihre zu pressen, und die Erregung über ihre Erwiderung erfaßte seinen ganzen Körper. Sie war herrlich verspielt und voller Mutwillen – unersättlich neugierig und absolut unbeschwert.

Sie zog die Decke von ihm weg und kniete sich neben ihn, um seinen Körper zu erforschen, um zu experimentieren, ja und auch, um ihn zu necken und zu quälen! Sie fuhr mit den Fingern durch die schwarzen Locken auf seiner Brust, streichelte mit der Zunge seine kleinen Brustspitzen. Als sie sich aufrichteten, nahm sie sie zwischen ihre Zähne und drohte ihn zu beißen, was sie auch tat.

Er schrie auf, packte sie mit dramatischen Gebärden und tat so, als wolle er sich wütend auf sie stürzen. Sie liebte das. Sie zog an seinem Haar, fuhr mit den Fingernägeln über seine Rippen und dann hinunter zu seinem Bauch, wo das schwarze Haar zu einer schmalen Linie zusammenwuchs, die an seinem Nabel endete. Gleich darunter setzte sie sich fort, ehe sie sich um sein Geschlechtsteil wieder zu einer dichten Krause ausbreitete. Er stöhnte auf, als sie mit der Zunge in seinen Nabel fuhr und wie ein Kätzchen daran leckte, dann hob sie ihr goldenes Haar und begann, sein hart aufgerichtetes Glied damit zu streicheln, bis er um Gnade flehte.

»Benimm dich«, schalt er sie und wünschte doch, daß sie es nicht tat. Sofort legte sie sich neben ihn, wie ein schüchterne Jungfrau und bedeckte ihre Nacktheit mit ihren Locken. Er stützte sich auf seinen Ellbogen und betrachtete sie, nahm ihre Lieblichkeit in sich auf, doch als er die Hand hob, um das Haar beiseite zu streichen, rief sie auf: »Nein, deine Hände darfst du dazu nicht benutzen!«

»Ändere doch diesmal die Regeln«, brummte er und genoß jedes der Spiele, die sie erfand. Er begann, sanft auf ihr Haar zu blasen, und schon bald waren einige Strähnen verrutscht. Ihre rosigen Brustspitzen lugten aus der seidigen Fülle ihres Haares hervor. Christian beugte sich darüber und streichelte sie mit seiner Zunge, doch dann überkam ihn die Lust, daran zu saugen, und mit einem Hunger, der schon fast an Verschmachten grenzte, nahm er die Knospen in seinen Mund. Mit der Nase schob er ihr Haar beiseite und atmete dann so tief ihren weiblichen Duft ein, daß er ganz benommen wurde davon.

Sanft blies er auf die üppigen Rundungen. Sein warmer Atem erregte sie so sehr, daß sie ihm voller Verlangen ihren Körper entgegenhob. Im gleichen Augenblick ließ er sein Gesicht auf ihr nieder. Zwischen den goldenen Locken suchte seine Zunge nach dem Quell ihrer Weiblichkeit, dann streichelte er ihn, bis sie bereit war.

»Was du da tust, ist herrlich«, flüsterte sie und verlangte nach mehr, wollte alles. Brianna drängte ihren Körper gegen seinen Mund, lud ihn ein, in sie einzudringen. Sie schlang die Beine um seinen Nacken und schrie auf vor Verlangen. »Mehr, Christian, bitte, bitte.«

Seine starken Hände umfaßten ihre Hüften, seine langen, schmalen Finger lagen auf ihrem Gesäß, dann drang er mit der Zunge in sie ein, bis er plötzlich fühlte, wie die Barriere in ihrem

Inneren riß und er den Geschmack von Blut auf seiner Zunge fühlte. Christian atmete heftig. »Mein Gott, ich habe dir gerade deine Unschuld geraubt!« Er war so tief in seine Phantasie versunken, daß er das Gefühl hatte, es sei Wirklichkeit. Als dann seine sinnliche Vision Briannas langsam schwand, schwor er sich, zum rechten Zeitpunkt das Ritual der Entjungferung auf eine mehr traditionelle Art zu vollziehen.

Noch ehe die Morgendämmerung anbrach, kroch Edward ganz vorsichtig aus dem Bett. Joan schlief noch, und er wollte sie nicht stören, nicht einmal, wenn er dafür die Doppelkrone Englands und Frankreichs bekommen hätte.

Leise tappte er zu Hawksbloods Zimmer und trat ohne anzuklopfen ein. Selbst im Schlaf fühlte Christian, daß er nicht allein war. Noch ehe er die Augen geöffnet hatte, lag seine Hand bereits am Schwert. »Ich bin es, Edward«, sagte der Prinz und fügte hinzu: »Ihr werdet heute nicht weiterreisen können.«

Christian wußte, daß es dem Prinz schwerfiel, sich von Joan zu trennen. »Wir müssen aber«, entgegnete er.

»Das weiß ich«, gab Edward zu. »Aber Jeannette wird heute nicht reiten können.«

Hawksblood stand auf und zog seine Hose an. »Den Männern wird ein wenig soldatisches Training ganz gut tun. Ich sage den Wagenlenkern, daß sie die Ochsen nicht anspannen sollen.«

»Lady Bedford hat uns in der letzten Nacht überrascht.«

»Brianna möchte Joan nur beschützen«, versicherte Hawksblood ihm.

Edward nickte. »Wir sehen uns dann im Hof, zum Training.«

»Laßt Euch Zeit. Nach dem Frühstück ist es früh genug, Sire.« Dann fügte er, ein wenig leiser, hinzu: »Aber verschließt Eure Tür!«

Edward drehte den Schlüssel im Schloß herum und nahm sich vor, nie wieder so unvorsichtig zu sein. Dann ging er langsam zum Bett und blieb verzaubert stehen vor dem Bild der schlafenden Schönheit. Sie sah so klein und jung aus in dem großen Bett. Da lag wirklich seine Prinzessin aus dem Märchen, mit dem silbernen Haar, das auf dem Kissen ausgebreitet war und bis auf den Teppich fiel. Ihre Wimpern warfen durchsichtige Schatten auf ihre Wangen, und er glaubte, dunkle Ringe der Erschöpfung unter ihren Augen zu entdecken. Ganz vorsichtig schlüpfte er neben ihr unter die Decke; er wollte sie im Grunde nicht stören, doch war nicht in der Lage, der Versuchung zu widerstehen. Sie lächelte und murmelte: »Edward.«

»Psst, meine Liebste, schlaf weiter«, flüsterte er leise und zog sie an seine mächtige Brust.

Joan von Kent leistete Brianna erst am Nachmittag Gesellschaft. Die Männer von Berkhamsted waren mit militärischen Übungen beschäftigt, nur ab und zu kam einer der Diener in den Kräutergarten, wo Brianna saß und malte.

»Bist du böse mit mir?« fragte Joan schüchtern.

Brianna schüttelte den Kopf. »Ich wollte mich gestern nur für mein unmögliches Benehmen entschuldigen.«

»Bist du jetzt sehr schockiert?«

»Wenn du dich mir anvertraut hättest, hätte ich dir geraten, dich nicht von Prinz Edward ausnutzen zu lassen.«

Joans glockenhelles Lachen erfüllte den Garten. »Brianna, ich habe eine Ewigkeit gebraucht, bis ich Edward dazu überreden konnte, mich auszunutzen.«

Brianna klopfte auf die Bank neben sich. »Komm, setz dich her.« Dann erklärte sie vorsichtig: »Der König verhandelt mit Margaret von Brabant. Edward wird dir nicht die Ehe anbieten können, Joan.«

»Oh, Brianna, das ist mir gleich. Edward und ich, wir lieben einander. Ich will nicht die Krone, ich will nur sein Herz.«

Joan war so bezaubernd, so süß und naiv. Was würde sie nur tun, wenn sie schwanger würde? »Und was ist, wenn...«

»Brianna«, bat Joan. »Bitte, freu dich doch mit mir.« Joans Augen blickten voller Liebe, doch es würde sicher nicht lange dauern, bis sie sich die Augen ausweinte. Brianna lächelte wehmütig. Sie brachte es nicht übers Herz, Joans Glück zu zerstören.

Am späten Nachmittag legten der Schwarze Prinz und Christian Hawksblood endlich Schwert und Schild beiseite.

»Habt Ihr etwa die Absicht, mich zum Krüppel zu machen?« fragte Edward halb im Spaß.

»Nein, ich versuche nur, Euch zu erschöpfen.« Christian sah sich um, um sicherzugehen, daß ihnen niemand zuhörte. »Ich möchte, daß Ihr heute nacht *schlaft*, Euer Hoheit.«

Prinz Edward grinste. »Ich habe verstanden, Hawksblood.«

Die vier Damen aßen zusammen im großen Saal. Ihr Gastgeber, Prinz Edward, bemühte sich, jeder einzelnen die gleiche Aufmerksamkeit zukommen zu lassen; glücklicherweise bemerkten nur Hawksblood und seine Knappen die eindringlichen Blicke, mit denen er immer wieder Lady von Kent bedachte. Und gottlob waren es auch nur Brianna und Glynis, denen Joans verträumte Euphorie auffiel.

Um Joans guten Ruf zu schützen, zogen sich die Damen gemeinsam aus dem Saal in ihre Gemächer zurück. Und dann verwickelte Hawksblood Edward eine ganze Stunde lang in eine Unterhaltung, ehe er es aufgab, diese oder jene intelligente Antwort von ihm zu bekommen. »Um Himmels willen, geht zu ihr, ehe Ihr ertrinkt in Eurem Verlangen.«

Bedford lag zwanzig Meilen nördlich von Berkhamsted, und die Ochsenkarren würden von Sonnenaufgang bis Sonnenuntergang brauchen, um diese Entfernung zu bewältigen.

Brianna war heute wesentlich zugänglicher, als Hawksblood ein Gespräch anknüpfte. Er kannte fast die ganze Welt, und die Damen hörten ihm fasziniert zu, als er über die Sitten fremder Länder berichtete. Er konnte nicht widerstehen, Brianna wegen ihrer bevorstehenden Verlobung aufzuziehen. »Da ihr Damen ja bald heiraten werdet, möchtet Ihr, daß ich Euch beschreibe, wie man so etwas in Arabien macht?«

»O ja«, rief Adele aufgeregt, die unterschwelligen Spannungen schien sie nicht zu bemerken.

Christian verbarg seine Belustigung. »Einem Mann meines Standes ist es erlaubt, zahllose Sklavinnen und Konkubinen zu besitzen, doch darf er nur vier Ehefrauen haben.«

Adele keuchte auf, Brianna fuhr hoch. Seine Blicke hielten die ihren gefangen, als er weitersprach. »Wenn ein Araber liebt, dann verliert er jegliche Vernunft.«

Joan betrachtete ihn entzückt.

»Meine Braut würde auf einer goldenen Matte sitzen, die verziert ist mit Rubinen und Saphiren. Ich würde sie mit Tausenden von Perlen aus dem arabischen Golf überschütten. Jeder Gast bekäme einen Ball aus Moschus geschenkt, in dem sich ein Los verbirgt, mit dem er ein Rennpferd, einen Landsitz oder vielleicht sogar ein Sklavenmädchen gewinnen kann.«

»Sicher gibt es in keinem Land so viel Reichtum«, warf Adele ein.

»Ah, du vergißt, daß Prinz Drakkar einem arabischen Königshaus angehört«, meinte Brianna übertrieben freundlich. Sie warf ihm einen schnellen Seitenblick zu. »Und an welchem Punkt der Feierlichkeiten schenkt Ihr Eurer Braut Euren Türkensäbel Killbride? Oder bekommt sie den nur, wenn Ihr alleine seid?«

Hawksblood bedachte Paddy mit einem stechenden Blick des Vorwurfs.

Bei den Titten von Fatima, dachte Paddy, *dafür wird er mir die Eier abschneiden.*

Zu diesem Zeitpunkt kamen die ersten Ländereien von Bedford in Sicht, es war bereits Abend. Brianna fühlte sich von einer Woge der Erinnerungen hochgehoben, als die Erhebungen von Chiltern sich vor ihr erhoben, ein dicker Kloß saß in ihrem Hals. Die mit Gras bedeckten Kreidehügel, die sich sanft aus der Landschaft erhoben, boten ihnen einen weiten Blick über den Frieden der Natur.

Verglichen mit Windsor und Berkhamsted, war Schloß Bedford klein, und Brianna begann sich zu fragen, ob so viele Menschen überhaupt dort unterkommen konnten. Doch sie hätte sich keine Sorgen zu machen brauchen, denn Hawksblood befahl den Männern, auf der großen Wiese gleich neben dem Schloß ihre Zelte aufzubauen. Er und seine Knappen begleiteten die Damen durch das Fallgatter in den Schloßhof; doch nachdem er sie an den Haushofmeister, Sir James Burke, übergeben hatte, kehrte er zu seinen Männern zurück.

Mr. Burke hieß Brianna mit offenen Armen willkommen. Er war mit ihrer Mutter und Adele aus Irland gekommen, als sie beinahe noch Kinder gewesen waren. Er bestand darauf, Brianna in den Gemächern ihrer Mutter unterzubringen, und Adele bezog natürlich ihr altes Zimmer, das so viele glückliche Erinnerungen barg. Auf einem Ende ihres Bettes lag zusammengerollt ein gestreifter Kater, den sie auf den Namen Clancy getauft hatte. Bei ihrem Anblick riß er weit die Augen auf, und sie hätte schwören können, daß sein Begrüßungsmiauen klang wie »Adele«. Als sie ihn küßte, schloß Clancy die Augen und begann zu schnurren.

Joan und Glynis bekamen nebeneinanderliegende Zimmer mit einer hübschen Aussicht auf das wunderschöne Chiltern-Gebiet. Zwei Dienerinnen richteten die Zimmer her, während Mr. Burke sich persönlich in der Küche vergewisserte, daß der Koch Sorgfalt walten ließ bei den Vorbereitungen der Mahlzeit für die Herrin von Bedford.

Am nächsten Morgen stand Brianna früh auf, damit sie ungestört durch die Gärten streifen konnte. Der prächtige Rhododendron stand in voller Blüte, ein hinreißender Kontrast zu den sanften Farben der Schloßmauern, doch sie fragte sich, was wohl mit all den anderen Blumen geschehen war. Selbst der reizende Steingarten ihrer Mutter war zu einem Kräutergarten geschrumpft.

Auf ihrem Weg zum Sonnenzimmer begegnete sie Mr. Burke und bat ihn in den lichterfüllten Raum, in dem ihre Mutter so viele Stunden verbracht hatte. Er saß ihr gegenüber und bewunderte die Schönheit dieser jungen Frau, die noch vor fünf Jahren ein Kind gewesen war. Sie übertraf ihre Muttter sogar an Vollkommenheit. Ihr Haar leuchtete wie frisch geprägte Goldmünzen.

»Mr. Burke, was ist mit all den Blumen geschehen? Ich erinnere mich, daß Mutter stets alle Zimmer damit füllte.«

»Ihre Pflege erforderte zu großen Aufwand, meine Lady. Ich mußte mit den Jahren mehr und mehr sparen. Wir haben jetzt einen einträglichen Wirtschaftsgarten, der die Leute des Schlosses mit Nahrung versorgt.«

»Ich habe immer geglaubt, daß genügend Geld vorhanden ist, Mr. Burke. Ihr wißt, daß ich meine Ländereien nicht selbst verwalte. Das Geld geht an die Krone und wird dort für mich verwahrt.«

»Ja, meine Lady, und ich erhalte einen Prozentsatz von dem, was Bedford abwirft, um damit den Haushalt zu bestreiten. Aber dieser Betrag ist mit jedem Jahr weniger geworden. Es tut mir leid, daß Bedford nicht mehr so ertragreich ist wie zu der Zeit, als Euer Vater noch lebte.«

»Unsere Steine bringen weniger ein als früher?«

»Das weiß ich nicht, meine Lady. Euer Vater hat seinen eigenen Mann, Sir Neville Wiggs, als Burgvogt eingesetzt. Ich war der Mann Eurer Mutter, ich kümmere mich nur um den Haushalt.«

»Oh, ich verstehe«, meinte Brianna. »Und wie steht es mit den Menschen in unseren Dörfern?«

»Um die Wahrheit zu sagen, die Bauern haben nur ein sehr mageres Einkommen. Sie müssen sich genug plagen, überhaupt satt zu werden; da haben sie nicht viel Energie, noch auf den Feldern des Schlosses zu arbeiten.«

»Ich werde bald heiraten, Mr. Burke, den Sohn des Grafen Warrick. Vielleicht wendet sich alles zum Besseren, wenn Bedford von den Beauchamps verwaltet wird.«

»Ah, Lady, es freut mich zu hören, daß der König einen so edlen Namen für Euch ausgewählt hat.«

»Danke, Mr. Burke. Dieses Sonnenzimmer ruft so viele Erinnerungen an meine Mutter in mir wach. Ich würde gern mit Euch über sie reden.«

»Hier hat sie die meisten ihrer Bilder gemalt, und manchmal saß sie hier bis Mitternacht und schrieb ihre Geschichten auf.« Er musterte sie eindringlich und fragte sich, an was sie sich noch erinnerte oder was sie alles mitbekommen hatte. »Ihr wißt doch, daß sie das zweite Gesicht hatte. Manchmal kam es zu geheimnisvollen Visionen.«

»Was waren das für Visionen, Mr. Burke?«

»Es ging dabei um alles und jedes. Sie wußte von Anfang ihrer Schwangerschaft an, daß Ihr ein Mädchen würdet.«

»Wahrscheinlich waren meine Eltern enttäuscht, daß ich kein Junge war.«

»Nein, mein Kind. Ich glaube, Eure Mutter wußte, wenn sie einen Sohn gebäre, würde das ihr Tod sein. Natürlich hat sie das Eurem Vater nie gesagt. Die beiden haben einander wirklich geliebt. Sie hat sich gut in Bedfordshire eingelebt, und die Leute verehrten sie tief.«

Brianna war erfüllt von einer bittersüßen Traurigkeit für das, was hätte sein können. Wenn ihre Eltern doch nur am Leben geblieben wären, was für eine glückliche Familie hätten sie sein können. Das war es, was sie sich sehnlicher wünschte als alles andere auf der Welt. Sie wollte, daß Bedford blühte und gedieh, und wollte das Schloß füllen mit ihren Kindern. Vielleicht würde das Gemäuer erst dann wieder aufblühen, wenn es eine glückliche Familie unter seinem Dach beherbergte.

»Eure Mutter hat sogar den Niedergang dieses stolzen Ortes vorhergesagt. Aber nachdem sie Euch geboren hatte, hat sie mir von der Vision des Mannes erzählt, der Euer Schicksal sein würde; und dieser Mann würde auch für Bedford die Rettung bedeuten.«

Brianna war schrecklich neugierig auf diese Vision ihrer Mutter, doch zögerte sie, Mr. Burke nach Einzelheiten zu fragen. »Ich wünsche mir mehr als alles andere auf der Welt, daß Bedford wieder zum Leben erwacht. Hoffentlich erfüllt sich ihre Vorhersage.«

»Sie hat gesagt, daß Bedford unter einem Wurm in seinem Herzen leide ..., doch daß der große Edelmann, der Euch seine Liebe schenkt, diesen Wurm ausrotten würde, noch ehe Eure Kinder das Licht der Welt erblickten.«

Brianna hielt den Atem an. »Hat sie etwas darüber gesagt, wie der Mann aussah? Hatte er blondes Haar?«

»Nein, Kind, sie hat ihn immer nur den Dunklen Ritter genannt.«

Brianna ließ ganz langsam den Atem entweichen, das Gefühl einer höheren Fügung überkam sie. Wenn sie auf ihr Herz hörte, dann hatte diese Fügung bereits einen Namen. Doch wenn sie ihrem Kopf glaubte, dann war sie Robert de Beauchamp versprochen, für gute wie für schlechte Tage.

17

Adele nahm Joan und Glynis zu einer Besichtigung von Bedford und seinen Dörfern mit, während Brianna damit beschäftigt war, all die persönlichen Dinge ihrer Mutter durchzusehen. In ihrem Zimmer befanden sich noch immer einige ihrer Kleidungsstücke, zusammen mit Schichten von Waldmeister wurden sie in einer großen Truhe aufbewahrt. Ihre Skizzen und Zeichnungen türmten sich in einem Alkoven des Sonnenzimmers. Es gab so viele davon, daß Brianna Stunden damit zubrachte, sie alle voller Freude zu studieren.

Einige der Skizzen waren auf altersbraunem Pergament angefertigt; doch die Farben, die ihre Mutter benutzt hatte, um so manche ihrer Legenden zu illustrieren, leuchteten noch genauso, als hätte sie sie erst gestern gemalt. Brianna fand mehrere Zeichnungen eines Ritters in einer Rüstung. Dieser Mann hatte eine dunkle, geheimnisvolle Aura und auch ein entschieden gefährliches Äußeres. Wenn Brianna ein wenig übersinnlich orientiert gewesen wäre, so hätte sie geschworen, daß ihre Mutter Hawksblood als Modell für diese Zeichnungen benutzt hatte.

Sie nahm eine der Abbildungen und trug sie hinüber zu dem großen Erkerfenster, um sich diese Gestalt etwas näher anzusehen; als sie aus dem Fenster blickte, entdeckte sie das Original selbst im Hof, in eine lebhafte Unterhaltung mit Mr. Burke vertieft. Es war beinahe so, als hätte sie ihn herbeibeschworen. Die Gesichter der beiden Männer blickten ernst, als wäre der Gegenstand ihrer Unterhaltung sehr wichtig. Sie fragte sich, was Hawksblood wohl mit *ihrem* Mr. Burke zu besprechen hatte.

Des weiteren überlegte sie, wie weit die Leute im Steinbruch wohl waren und wie viele Tage ihr noch blieben, um diesen himmlischen Zufluchtsort zu genießen. Brianna machte sich auf, die beiden Männer danach zu fragen.

»Wieviel Stein ist schon gebrochen worden?« begann sie die Unterhaltung.

»Gar keiner«, antwortete Hawksblood knapp.

Offensichtlich hatte er nicht die Absicht, ihr eine Erklärung zu liefern, deshalb fragte sie ein wenig hochmütig: »Warum nicht?«

»Andere Dinge gehen vor«, war alles, was er darauf erwiderte.

»Zum Beispiel?« wollte sie wissen.

Er runzelte die Stirn, ihre Frage machte ihn ungeduldig. »Zunächst einmal die Jagd. Und dann die Buchführung.« Er wandte sich ab und sprach wieder mit Burke. »Wir reden später weiter über diese Angelegenheit«, sagte er, wandte sich auf dem Absatz um und verschwand.

Mit offenem Mund sah Brianna ihm nach, ihr Staunen wurde

noch größer, als sie hörte, wie Mr. Burke ihm nachrief: »Danke, mein Lord, Ihr habt dazu beigetragen, daß es heute ein guter Tag wird.«

Als er ihren Gesichtsausdruck sah, beeilte sich Mr. Burke, ihr die nötige Erklärung zu liefern. »Er ist so großzügig und hilfreich gewesen, ich weiß gar nicht, was ich ohne ihn gemacht hätte. Er und seine Männer sind schon seit Tagesanbruch auf der Jagd. Jetzt haben wir genug Wild, Kaninchen und Geflügel, um für mindestens zwei Wochen Euer ganzes Gefolge mit Nahrung zu versorgen, und auch alle anderen im Schloß.«

Brianna war nur wenig besänftigt. Während sie mit Mr. Burke zurückkehrte, meinte sie: »Die Jagd kann ich noch akzeptieren, aber wie kommt er dazu, die Bücher zu kontrollieren?«

»Oh, ich denke schon, daß er das Recht hat, Lady Brianna, als Vertreter des Königs und Warricks. Ich persönlich bin recht froh darüber. Meine eigenen Bücher sind freilich in Ordnung, aber ich habe schon seit langem Unregelmäßigkeiten in den Abrechnungen des Burgvogtes vermutet.«

»Sir Neville Wiggs?« fragte Brianna. »Welche Art Unregelmäßigkeiten...?«

»Vermutungen sind nicht genug, meine Lady. Wir wollen die Angelegenheit in Händen des fähigen Sir Christian lassen.«

Also fraß Mr. Burke ihm bereits aus der Hand! Früher oder später gelang es ihm, alle unter seine Kontrolle zu bringen, so daß er nur noch zu pfeifen brauchte!

Brianna aß mit den anderen Damen zusammen zu Mittag und stellte überrascht fest, daß jeder Platz an der großen Tafel besetzt war, sowohl mit den Männern von Bedford als auch mit den Neuankömmlingen.

Joan und Glynis erzählten von all den Dingen, die Adele ihnen gezeigt hatte, doch Brianna hörte nur mit halbem Ohr zu. Ihre Aufmerksamkeit war auf andere Dinge gerichtet, auf die geladene Atmosphäre, die in dem großen Saal zu herrschen schien.

Sir Neville Wiggs und seine Männer saßen auf der einen Seite, Burke, Hawksblood und seine Knappen ihm gegenüber. Die Fahrer der Ochsenkarren und Hawksbloods Soldaten hockten in bunter Reihe zwischen den Dienern und Stallknechten des Schlosses Bedford; doch Wiggs und seine Männer hielten sich abseits, und Brianna sah, daß sie vor unterdrückter Wut kochten. Ihre Blicke gingen zu Hawksblood, der erneut in eine Unterhaltung mit Mr. Burke vertieft war. Äußerlich sah man ihnen keinen Ärger an, aber sie waren sehr ernst.

Während sie Christian betrachtete, konnte sie sich des Eindrucks nicht erwehren, daß er der Gebieter in dem großen Saal war. Er strahlte äußerstes Selbstvertrauen und Beherrschung aus, beinahe so, als residiere er in seinem eigenen Schloß und sei Herr über jeden Stock und Stein und jeden einzelnen Mann innerhalb dieser Mauern. Ganz gleich, wohin er auch ging, man begegnete ihm voller Hochachtung, sogar die Plantagenets, und Brianna erklärte sich dieses Phänomen mit seinen geheimen Kräften.

Als das Essen vorüber war, begannen die Männer zu würfeln, und die Damen zogen sich in das Sonnenzimmer zurück, wo Adele ihr Können im Spiel der Laute und der irischen Harfe zum besten gab. Sie hatte eine liebliche, sanfte Stimme, und während Brianna der Musik lauschte, zogen Erinnerungen an ihre Mutter und ihre Kindheit an ihrem inneren Auge vorüber.

Als sie sich schließlich in ihr Zimmer zurückzog, war sie in einer nachdenklichen Stimmung. Sie hatte sich zur Hälfte ausgekleidet, als sie sich unwiderstehlich zu der Truhe hingezogen fühlte, in der die Sachen ihrer Mutter verwahrt wurden. Langsam hob sie den schweren Deckel hoch. Ein Duft wie von frischem Heu stieg aus der Truhe auf, als Brianna ein Nachtkleid daraus hervorzog. Es war aus ungebleichter irischer Spitze gefertigt, so fein wie Spinnweben. Brianna hielt die Kerze hoch, um sich die Spitze genauer anzusehen, und erkannte ein uraltes keltisches Muster, ähnlich den Bordüren der Umrandungen, die sie für ihre Bilder wählte. Die Symbole und Tiere erschienen in legendären Gestalten, und das Muster besaß weder Anfang noch Ende, alles war nahtlos miteinander verbunden.

Brianna wollte dieses Kleid unbedingt anprobieren. Sie stand vor dem polierten silbernen Spiegel, zog sich nackt aus und schlüpfte hinein. Vorne war das Gebilde offen und wurde mit vielen kleinen Schleifen geschlossen. Im Augenblick, als die Spitze ihren Körper berührte, fühlte sie sich anders als sonst. Das Gewand, in der Farbe ihrer Haut, war so geschnitten, daß es in losen Falten ihren Körper umschmeichelte und ihre weiblichen Formen noch hervorhob. Es besaß einen tiefen Ausschnitt und schmiegte sich provozierend an ihre üppigen Brüste. Die Ärmel waren weit und bedeckten ihre Hände; der Rock fiel auseinander, als sie ihre Beine vorstreckte und das, was dazwischen verborgen war, freigab.

Im Inneren fühlte Brianna ein heißes Glücksgefühl und brennende Erregung. Sie warf einen Blick in den Spiegel und wunderte sich über ihre Verwandlung, dann sah sie plötzlich in ein Paar aquamarinfarbener Augen. Sie wandte den Blick nicht ab, wollte gar nicht wegsehen. Direkt lächelte sie in seine Augen. Das Wissen, daß er sie oft beobachtete, kam ganz plötzlich. Ganz besonders, wenn sie nackt war. Trotz allem erregte sie dieser Gedanke bis tief in ihr Innerstes.

Er war in Trance. Ganz plötzlich wurde ihr klar, daß auch sie die Macht hatte, ihn zu beobachten. Wie dumm war sie doch gewesen, es nicht zu tun – wenn es doch genügte, ihn nur anzusehen, um eine heiße Freude zu empfinden. Und als sie sich ganz diesem Vergnügen hingab, wurden ihre Augen groß, ihre Pupillen weiteten sich, und ihr Geist dehnte sich aus.

Die Augen in dem Spiegel wurden zu einem Gesicht. Und als sie sich darauf konzentrierte, wurde das Gesicht zum Körper. Brianna hatte noch niemals einen nackten Mann gesehen. Sie war unendlich dankbar dafür, daß der arabische Ritter der erste war. Die Ebenmäßigkeit seines kräftigen, schlanken Körpers würde Maßstab sein für ihr Männlichkeitsbild, dessen war sie sicher. Er sah aus, als sei er aus Bronze geschmiedet.

Ihre Blicke streichelten die kräftigen Muskeln, die im Kerzenschein sanft leuchteten. Tief atmete sie ein und roch den Duft des Mandelöls, mit dem sein Körper eingerieben war. Ihr Blick ging tiefer, irgendwie wußte sie genau, wie er beschaffen war. Ihre Mundwinkel zogen sich ein wenig hoch angesichts seines kräftigen Glieds, das sich kühn aus dem Nest dunklen Haares reckte. Seine Schenkel waren dunkel, olivfarben, wie sein Gesicht und seine Brust.

Ganz plötzlich erstarrte sie. Lieber Himmel, was war dieses schwarze Ding, das sie an der Innenseite seines langen, muskulösen Schenkels entdeckte. Eine Narbe? Ja und nein. Eine Brandverletzung? Vielleicht. Einen Herzschlag lang sah sie es ganz deutlich, es war gebogen wie ein Türkensäbel. Doch schon im nächsten Augenblick verflüchtigte sich die Vision wieder, und sie sah nur noch ihr Bild in dem silbernen Spiegel.

Erregung war erwacht in ihr, wie eine blutrote Rose war sie in ihrer Brust aufgeblüht. Sie wußte, er wartete auf sie! Sie lächelte triumphierend. Wie köstlich war es doch, ihn warten zu lassen. Seine Anziehungskraft war jedoch zu stark, um ihm sehr lange zu widerstehen, also warf Brianna einen Umhang über ihr hauchzartes Nachtgewand und schlüpfte hinaus, auf die Schutzwehr des Schlosses.

Die dunklen Nischen waren wie geschaffen für Liebende. Sie wußten genau, wo sie einander finden konnten, sie wurden voneinander angezogen wie der Mond und die Gezeiten. Ganz nahe standen sie beisammen, ohne sich zu berühren, und blickten dem anderen tief in die Seele. Unter seinem schwarzen Umhang war er nackt, unter dem ihren lag die hauchzarte Spitze. Sie bewegten sich, als seien sie eins. Jeder fühlte den aufrüttelnden Stoß, als es sie beide wie ein Blitz traf und die Nacht explodierte.

Seine kräftigen Hände schoben sich unter ihren Umhang, legten sich auf ihre üppigen Brüste. Ihre hart aufgerichteten Knospen drängten sich durch die dünne Spitze ihm entgegen, als er sanft mit den Daumen darüberfuhr. Seine Lippen fanden die Stelle an ihrem Hals, wo ihr Puls heftig pulsierte, dann glitten sie weiter, zu all den anderen Stellen an ihrem Körper, wo ihr Blut ebenfalls pochte.

Seine Liebe war wie ein Feuersturm, er riß alle Schranken nieder. Sein Körper erhob sich groß und brennend und fordernd über ihr. Die starken Hände öffneten stürmisch all die kleinen Schleifen an ihrem Gewand und schoben es dann auseinander. Schließlich brannte sie noch mehr, als er seinen nackten Körper an ihren drängte. Und als sich ihre Lippen trafen, schob er sowohl den Umhang als auch das Spitzengewand von ihren Schultern und zog ihren nackten Körper unter seine Hülle.

In dem Augenblick, als die Spitzen ihrer Mutter von ihr fielen, kam Brianna mit einem Ruck in die Wirklichkeit zurück. Sie war gar nicht auf der Schutzwehr des Schlosses mit ihrem Liebhaber, sondern stand nackt vor ihrem Spiegel. Hatte sie wirklich das Zimmer verlassen und sich so wollüstig benommen? Sie griff nach dem Gewand und zog es schnell über, schamhaft ihre Nacktheit bedeckend.

Im gleichen Augenblick, als sie es überzog, verließ sie jegliche Zurückhaltung. Ihre Augen blickten verschwommen, als der Duft und der Geschmack des Mannes, den sie gerade erst verlassen hatte, sie einhüllten. Sie fühlte sich ganz matt von der Sinnlichkeit, die er in ihr geweckt hatte.

Ihre Finger strichen über die kleine Ader an ihrem Hals, die heftig pulsierte, und dann über ihre Lippen, auf die sich sein bezwingender Mund gelegt hatte. Sie war erfüllt von seinem Anblick, dem Gefühl, seinem Körper so nahe zu sein. Wieder dachte sie an das herrlich stolze Glied, doch sie sah auch wieder den schwarzen Fleck, der aussah wie ein Türkensäbel auf der Innenseite seines Schenkels. Was war das? Sie konzentrierte sich und richtete ihre ganze Aufmerksamkeit darauf. Dann fühlte sie plötzlich einen peitschenden, quälenden Schmerz. Er fuhr durch ihren Körper bis in ihren Kopf. Es war unerträglich. Brianna schrie auf und fiel bewußtlos zu Boden. Als sie niedersank, öffnete sich das Gewand, und über ihre nackte Schönheit ergoß sich das Licht des Mondes.

In der Morgendämmerung öffnete sie ihre Augen und setzte sich auf. Dabei glitt das Spitzengewand von ihren Schultern und fiel zu Boden. Sie starrte lange darauf, und die verschwommenen Bilder der vergangenen Nacht drängten sich wieder in ihr Bewußtsein. War es Wirklichkeit gewesen, oder hatte sie es sich nur eingebildet? Sie runzelte die Stirn. War es ein Traum? Eine Phantasie? Eine Trance? Eine Vision? Ja, all das war es gewesen, doch womöglich war es noch mehr.

Brianna begann sich einzugestehen, daß sie ein überwältigendes Verlangen nach Christian Hawksblood verspürte, obwohl sie das bis zum vergangenen Abend immer vor sich selbst abgestritten hatte. Ihre Freundin Joan verband eine glückselige Beziehung zu Edward, sie hatte alle Vorsicht in den Wind geschlagen. War es wirklich falsch, dem Herzen zu folgen? Warum sollte sie einer so überwältigenden Versuchung widerstehen? Sie glaubte, daß ihre Mutter Frau genug gewesen wäre, sich ihrem Verlangen hinzugeben.

Eines schien ganz sicher, ihre Mutter hatte Visionen gehabt, und Brianna wußte ganz sicher, daß auch ihr eine dieser Visionen zuteil geworden war, als sie das keltische Gewand mit den geheimnisvollen Wirkfäden übergezogen hatte.

Es war alles so überaus greifbar gewesen, doch Gott sei Dank eben nur eine Vision. Christian Hawksblood schlief in seinem Zelt auf der Wiese. Sie holte frische Kleidung aus der Kommode und goß Wasser in die Waschschüssel. Ihre Lippen zitterten, als sie Reste von Mandelöl an ihrem Körper entdeckte. Ganz sicher hinterließen Halluzinationen keine wahren Spuren.

Schnell zog sie sich an, dann machte sie sich auf die Suche nach ihrem Haushofmeister. »Mr. Burke, hat Christian Hawksblood sein Quartier zusammen mit seinen Männern auf der Wiese?«

»Nein, meine Lady«, antwortete er und strahlte. »Er hat ein Zimmer im Chiltern Turm.«

Brianna wurde es siedend heiß bei dem Gedanken an die mögliche Bedeutung, die das haben konnte.

»Ich habe mir die Freiheit genommen, Eurem Verlobten am gestrigen Abend ein Zimmer herrichten zu lassen.«

Brianna starrte ihn ungläubig an. »Meinem *was*, Mr. Burke?«

»Eurem Verlobten.« Unsicher geworden, sah er sie an. »Ihr habt mir doch gesagt, daß Ihr mit Warricks Sohn verlobt seid. Ist er das denn nicht?«

»Hawksblood ist Warricks unehelicher Sohn! Ich bin verlobt mit Robert de Beauchamp, Warricks ehelichem Sohn und Erben. Mein Verlobter ist bei einem Turnier in Windsor verletzt worden, und deshalb hat der König Hawksblood gebeten, vertretungsweise die Steine zu holen.«

»Vergebt mir, meine Lady. Er hat ein so großes Interesse an dem Wohlergehen Bedfords gezeigt, daß ich ihn für den neuen Herrn des Schlosses hielt.«

»Nur weil er auf die Jagd gegangen ist, um die Horde zu füttern, die er mitgebracht hat, gibt ihm das noch lange nicht das Recht, sich so wie ein Herrscher aufzuführen!«

»Es war nicht nur die Jagd, Lady Brianna.«

»Jetzt verstehe ich auch, warum Ihr glaubtet, er könnte sich so ohne weiteres die Bücher ansehen.«

»Aber er hat mir die Vollmacht des Königs gezeigt«, erklärte Mr. Burke ruhig.

»Wo ist er?« wollte Brianna erzürnt wissen.

»Er ist zum Kloster in den Hügeln von Chiltern geritten.«

»Grundgütiger Gott, in meinem ganzen Bekanntenkreis ähnelt dieser Mann einem Mönch am wenigsten!«

»Er glaubt, die beste Ware, um Bedfords Wohlstand wiederherzustellen, ist Wolle. Die Zisterziensermönche züchten ausgezeichnete Schafe. Ihre Wolle besitzt eine hohe Qualität, deshalb ist er unterwegs, um einige Exemplare zu kaufen.«

»Mr. Burke, an einem Tag behauptet Ihr, daß ich nicht genug Geld habe, und am nächsten Tag erklärt Ihr mir, daß Hawksblood die wenigen Reste, die mir geblieben sind, dafür verschwendet, Schafe zu kaufen!«

»Ah, nein, Lady. Diese Käufe wickelt er mit seinem eigenen Geld ab.«

Brianna zuckte zusammen. Sie wußte nur sehr wenig von ihm, doch wieviel Geld konnte ein landloser Söldner, der ein Schwert für seinen Lebensunterhalt verkaufte, schon besitzen?

Eine kleine Stimme in ihrem Inneren flüsterte ihr zu: *Er hat die Absicht, sich dein Land anzueignen.*

»Wenn er zurückkommt, dann sagt ihm, daß ich ihn sprechen möchte. Er ist hierher geschickt worden, um Steine zu brechen. Wie es mir scheint, hat er seine Zeit mit allen anderen Dingen zugebracht, außer seinen Auftrag zu erfüllen.«

»Das hat er zur Rettung Bedfords getan, meine Lady. Er hat so viele praktische Ideen. In diesem Augenblick bauen seine Männer Taubenställe, und sein irischer Knappe ist unterwegs, um Bienenstöcke zu kaufen. Den Leuten aus dem Dorf hat er angeboten, morgen mit ihnen zusammen Verschläge für Kaninchen und Hasen zu bauen, damit die Bauern das ganze Jahr über Fleisch haben.«

Seine Worte nahmen ihr allen Wind aus den Segeln. Dankbarkeit trat an die Stelle ihrer Wut. Wie selbstlos von ihm, den Leuten von Bedford zu helfen! Es wäre eigentlich Roberts Aufgabe gewesen, die Dinge zu ordnen und Bedford aufblühen zu lassen. Sie fragte sich, was er wohl getan hätte. Die kleine Stimme in ihrem Inneren verriet ihr: *Er hätte die Steine nach Windsor gebracht und dann einen ungeheuren Preis dafür verlangt.* Nein, nein, das hätte er nicht! Warum denkst du nur immer schlecht von Robert? fragte sie sich.

Brianna versuchte, ihre Erbitterung über Hawksblood wiederaufleben zu lassen. Das war nicht sehr schwer. Warum hatte er all diese Dinge nicht mir Ihr besprochen? Weil er ein verdammter Mann war, das war der Grund, und sie war »nur« eine Frau. Die Tatsache, daß Bedford ihr gehörte, machte für ihn keinen Unterschied. Er war eine Schöpfung für sich. Dieser vaterlandslose Geselle würde das Universum verändern, wenn es in seine Pläne paßte. Die kleine Stimme meldete sich wieder. *Er hat die Macht dazu. Er ist ein Sieger!*

»Unsinn!« sagte sie laut.

Mr. Burke blickte sie verwirrt an. Auch wenn er Brianna sehr liebte, so war sie doch nur ein dummes kleines Frauenzimmer. Feurig, ja, genau wie ihre Mutter es gewesen war. Er lächelte. Sie konnte Hawksblood beschimpfen, mit Namen wie »Bastard«, so lange sie wollte, doch das änderte nichts an der Tatsache, daß die beiden füreinander geschaffen waren. Sie wollte es nur vor sich selbst noch nicht wahrhaben, doch mußte sie es bereits wissen – tief in ihrem Inneren!

In diesem Augenblick begegnete ihnen Joan. »Ich habe überall nach dir gesucht, Brianna. Du wirst ja noch zum Einsiedler. Adele will mit uns zum Wunschsee im verzauberten Wald gehen. Bitte, komm mit!«

Joan war so aufgeregt wie ein Kind, und ihre Begeisterung steckte an. »Natürlich komme ich mit. Ich möchte den Ort selbst auch gern wiedersehen, aber es ist nur ein einfacher See im Elstow Wald. So ganz stimmt das nicht mit dem Zauber, und es gibt auch keine Garantie, daß Wünsche, die man dort ausspricht, wahr werden.«

»Brianna, du besitzt keinen Funken von Romantik in deiner Seele.«

»Wirklich nicht?« fragte Brianna und lachte. »Du wärst erstaunt, wie ausufernd einige meiner Gedanken in letzter Zeit geworden sind.«

»Gut! Ich möchte, daß du mir versprichst, wenigstens für einen Nachmittag deine Skepsis abzulegen.«

»Das verspreche ich.«

»Dann komm. Adele und Glynis sind schon zu den Ställen unterwegs, um unsere Pferde satteln zu lassen.«

Die Lichtung, an der sich der kristallklare See zwischen den Bäumen des Waldes versteckte, war zwar bezaubernd, aber nicht unbedingt magisch. Das Sonnenlicht, das durch das Dach der Blätter fiel, tanzte auf dem Wasser und warf hübsche Muster von Licht und Schatten auf die spiegelblanke Oberfläche. Im Frühling waren diese Wälder voller Glockenblumen und ihrem Duft, doch jetzt umgaben den See Vergißmeinnicht und Sumpfdotterblumen. Unter den Bäumen breiteten sich zarte Farne aus, und am gegenüberliegenden Ufer wuchsen Wasserlilien und Kresse. Die Luft war erfüllt vom Gesang der Vögel. Drosseln und Amseln flogen von Ast zu Ast, und die Königsfischer flatterten über dem Wasser, um die leuchtenden Libellen zu fangen.

Jede von ihnen hatte Münzen mitgebracht, die sie in den Wunschsee werfen wollten, und ohne zu zögern, begann Joan als erste, ihre Schuhe und der Saum ihres Kleides wurden bereits naß. Brianna verspürte ein heftiges Nagen in ihrer Brust, als sie Joan zusah. Sie wußte, daß sie sich etwas für sich und Prinz Edward wünschte, etwas, das nie wahr werden könnte. »Es ist in Wirklichkeit kein echter Wunschsee«, mahnte sie zur Vorsicht.

»Du hast es versprochen«, rief ihr Joan ins Gedächtnis.

»Tut mir leid. In der Tat ist der letzte Wunsch, den ich hier geäußert habe, wahr geworden. Ich habe mir gewünscht, nach Bedford zurückzukehren.«

Jetzt war es Adele, die schlucken mußte, um die Tränen zurückzudrängen. Sie erinnerte sich an diesen Nachmittag, als sei es gestern gewesen, als die verwaiste Brianna auf Befehl des Königs nach Windsor gebracht werden sollte.

Glynis legte den Kopf zur Seite, als lausche sie dem Pulsschlag der Erde. »Die Atmosphäre hier ist wirklich ungewöhnlich«, meinte sie dann. »Ich fühle tiefe Vibrationen, als sei dies der Ort von sehr viel Glück und auch sehr viel Kummer, und ... und noch etwas anderes fühle ich. Leidenschaft, glaube ich. Große Leidenschaft.«

Adele meinte: »Über diesen Platz gibt es viele Legenden. Ein Märchen erzählt, daß hier heidnische Riten ausgeführt worden sind, sogar heidnische Opfer sollen dargebracht worden sein. Eine andere Geschichte behauptet, daß sich eine junge Frau hier ertränkt hat, als ihr Geliebter sie verschmähte.«

Joan erschauerte. »Wie schrecklich. Dabei ist es so schön hier.« Sie fragte Glynis: »Was ist mit dem Glück, und vergiß nicht, auch von der Leidenschaft zu erzählen!«

Glynis antwortete: »Dies ist ganz sicher ein Ort, wo Verliebte sich ein Stelldichein gegeben haben.«

»Wie wunderschön«, meinte Joan verträumt und erinnerte sich an einen anderen See in einem anderen Wald.

Adele lachte. »Die Legende sagt, wenn eine Frau in diesem kristallklaren See nackt badet, wird sie das Gesicht ihres zukünftigen Ehemannes sehen.«

Brianna protestierte: »Von so einer Geschichte habe ich nie gehört!«

Adeles Augen blitzten. »Du warst damals ja auch noch ein Kind. Als wenn wir in deinem Beisein von solchen Dingen gesprochen hätten.«

Joan kicherte fröhlich. »Du hast es ausprobiert, nicht wahr?«

Adele wurde über und über rot. »Mit meiner Schwester ... Das war aber natürlich, bevor sie deinen Vater geheiratet hat.«

»Oh, erzähl uns, was passiert ist, Adele«, drängte Joan.

»Ich habe kein Gesicht gesehen, aber Rhianna behauptete, das Gesicht von Sir Brian erblickt zu haben.«

»Oh«, rief Joan, »dein Name, Brianna, ist eine Mischung von Rhianna und Brian, wie romantisch!«

Während Adele und Glynis zum Ufer gingen, flüsterte Joan Brianna zu: »Ich wette, Adele wünscht sich etwas mit Paddy, und Glynis denkt an Ali.«

»Paddy und Ali? Diese beiden verflixten Kerle. Ich denke an sie immer als an Ungeziefer und Pestilenz!«

»Wobei der Ire natürlich das Ungeziefer ist«, neckte Joan sie, und ihr glockenhelles Lachen schallte über den See. Brianna warf als letzte ihre Münze ins Wasser. Als die Wasseroberfläche sich kräuselte, erschien ein dunkles Gesicht. Ihr Herz hüpfte vor Freude in ihrer Brust. Hatte sie sich gewünscht, das Gesicht des arabischen Ritters zu sehen? Ihre Gefühle waren in Aufruhr. Warum konnte sie sich nicht mit Robert de Beauchamp zufriedengeben? Die kleine Stimme flüsterte ihr zu: *Das Herz will das haben, was ihm zusteht.*

Als die Damen zum Schloß zurückritten, waren alle wieder

gute Freundinnen, so wie vor dem Mißverständnis zwischen Joan und Brianna. »Deine Eltern konnten sich glücklich schätzen, weil sie aus Liebe heiraten durften«, meinte Joan sehnsüchtig.

Leise fragte Brianna: »Was ist das für ein Gefühl, wenn man liebt?«

»Es ist der Himmel… und die Hölle«, antwortete Joan und seufzte verlangend auf. »Sein Gesicht steht immer vor dir. Er erfüllt all deine Gedanken bei Tag, und jede Nacht erscheint er in deinen Träumen. Die Sehnsucht, beieinander zu sein, ist so groß, daß man sie nicht unterdrücken kann. Die Liebe ist so herrlich und mächtig, daß sie alle Schranken überwindet. Du weißt, es wird die Hölle, von ihm getrennt zu werden, aber es wäre noch viel unerträglicher, wenn du keine Erinnerungen hättest, von denen du zehren kannst.« Joan wurde über und über rot. »Ich weiß, du hältst meine Liebe zu Edward für dumm; aber ich gebe mich damit zufrieden, was mir geschenkt wird. Er hat mich zur Frau gemacht, und ich bedaure es nicht.«

In diesem Augenblick fand Brianna ihre Freundin gar nicht dumm, sondern äußerst mutig.

Es war nicht mehr weit bis zum Schloß, sie hatten also noch genug Zeit vor dem Abendessen.

Als sie die Treppe hinaufgestiegen waren, keuchte Adele erschrocken auf, als sie sah, wie das Frettchen auf Clancy zurannte. Der alte Kater, der sich gerade putzte, hielt in seiner Arbeit inne, hob eine Pfote und schlug das Frettchen damit auf die Nase. Gnasher setzte sich schnell auf die Hinterpfoten, dann kauerte er sich ergeben vor das arrogante Katzenvieh, das schon seit beinahe einem Jahrzehnt dieses Schloß beherrschte. Adele lachte erleichtert auf.

»Auftreten ist alles«, meinte Brianna. »Der alte Clancy hat wahrscheinlich nur noch einen Zahn, aber das weiß das Frettchen nicht.«

Adele nahm den Kater auf den Arm. »Ich werde mir etwas Eleganteres anziehen, ehe ich in die Halle hinuntergehe.«

Joan blinzelte Brianna zu, denn das war ein weiterer Beweis, daß Adele eine bestimmte Aufmerksamkeit zu erregen trachtete. »Wir wollen uns heute abend alle elegant anziehen«, schlug Joan vor, und auch Glynis war sofort einverstanden.

»Was wählst du, Brianna?« fragte Joan, als sie in ihre Zimmer gingen. Adele hob das Spitzengewand vom Boden auf, wo es seit heute morgen gelegen hatte. »Was ist das für ein wundervolles Material?« fragte Joan neugierig.

»Es hat meiner Mutter gehört und ist ein Nachtgewand«, sagte Brianna in der Hoffnung, nicht rot zu werden.

»Wie hübsch«, sagte Joan und befühlte die zarte Spitze. »Das war ihr Zimmer, nicht wahr? Hast du noch mehr von ihren Sachen?«

»Ja, eine ganze Truhe voll.«

»Oh, dürfen wir sie uns ansehen?« bat Joan.

»Natürlich.« Brianna kniete vor der schweren Truhe und hob den Deckel. Die anderen ließen sich neben ihr nieder, und sie holten die Kleidungsstücke eines nach dem anderen heraus.

»Sieh dir einmal die herrliche Farbe von dieser Robe an!« rief Joan. »Wie würdest du sie nennen?«

»Aquamarin?« schlug Adele vor.

»Türkis?« sagte Glynis.

»Pfauenblau«, entschied Brianna.

»O ja, Pfauenblau«, stimmte Joan ihr zu. »Aber sie ist nach der letzten französischen Mode gearbeitet, mit einem engen Mieder und einem weiten Rock, wie kann das möglich sein?«

Brianna zuckte mit den Schultern. »Wenn es um Mode geht, dann gibt es überhaupt nichts Neues. Hänge deine Kleider nur lange genug weg, dann sind sie wieder in Mode.«

»Brianna, das mußt du heute abend anziehen. Denk doch nur, wie gut dein mit Smaragden besetzter Gürtel dazu passen wird!«

Brianna zögerte. Wie konnte sie so in die Halle gehen und Hawksblood gegenübertreten? Doch dann meldete sich ihr Verstand wieder. Die Episode der letzten Nacht war nur ein phantastischer Traum gewesen. Sie mußte ihn aus ihren Gedanken verbannen. Das Kleid würde ihr Selbstvertrauen stärken. Ihre Mutter war Gräfin gewesen und hatte mit der Haltung einer Königin über das Schloß geherrscht. Heute abend würde sie die ihr zustehende Stellung einnehmen.

»Glynis, komm und hilf mir, ein Gewand zu finden, das mich nicht zum Mauerblümchen macht«, drängte Joan, und die beiden gingen in ihr Zimmer.

»Möchtest du, daß ich dir beim Ankleiden helfe?«

»Nein, Adele, geh nur und kümmere dich um deine eigene Garderobe. Vielleicht kannst du mir später mein Haar hochstecken, wenn du noch Zeit hast.«

Als Brianna sich dann in dem ovalen Spiegel betrachtete, zogen sich ihre Mundwinkel in einem zufriedenen Lächeln hoch. Sie wußte, daß sie noch nie schöner ausgesehen und sich auch noch nie so lebendig gefühlt hatte. Die Vorfreude, Christian in der Halle zu sehen, machte sie ganz atemlos. Sie wußte mit einem Wissen, das so alt war wie Eva, daß sie unausweichlich zusammenkommen mußten.

Vom Schicksal bestimmt.

In inniger Vereinigung!

Mit dem pfauenblauen Kleid ihrer Mutter auf dem Leibe, änderte sich Briannas Wahrnehmungsvermögen vollkommen. Was bis jetzt in weiter Ferne gelegen hatte, war plötzlich ganz nah. Wovor sie sich gefürchtet hatte, das sehnte sie jetzt herbei. Was unmöglich gewesen schien, war jetzt in greifbare Nähe gerückt. Wie einfach war es doch, die Ausflüchte von der Wahrheit zu trennen. Sie hatte die Gleichgültigkeit nur vorgetäuscht. Wenigstens gab sie jetzt zu, daß auch sie all die Symptome der Liebe fühlte, die Joan beschrieben hatte, vielleicht sogar noch mehr. Konnte sie es zulassen, daß ihre Freundin mehr Frau war als sie selbst?

Christian Hawksblood interessierte sich für Bedford, weil er sich sehr viel aus ihr machte. Er hatte ihr zu verstehen gegeben, daß er eindringlich nach ihr verlangte. Auch mit seiner Absicht hatte er nicht hinterm Berg gehalten, sie als *seine* Lady zu beanspruchen. Sie entschloß sich, das Glück, das ihr geboten wurde, zu ergreifen. Ehe sie Robert heiratete, ehe sie vielleicht in ihr Unglück rannte, würde sie das Entzücken kennenlernen, in den Armen des Mannes, den sie zu lieben begonnen hatte. Niemand konnte ihr ihre Gefühle nehmen!

Wie einfach es auf einmal war, Phantasie und Wirklichkeit zu trennen. Die letzte Nacht war ein Traum gewesen. Die heutige Nacht gehörte der Wirklichkeit. Sie würden zusammensein, zueinander getrieben von ihrem Verlangen und ihrer Sehnsucht. In diesem pfauenblauen Kleid hatte sie die Macht zu erkennen, daß sie ihn schon lange zuvor erwählt hatte, am Beginn der Zeit!

Als die Damen die große Halle betraten, lief ihnen als erster Hawksblood über den Weg. Brianna lächelte ihn an. »Guten Abend, *mein* Lord.« Die Betonung lag unüberhörbar auf dem Wort »mein«!

18

Es war, als würde die ganze Welt und alle Menschen für einen langen Augenblick vom Universum verschluckt, während das Paar einander mit den Augen liebkoste. Schließlich reichte Brianna Hawksblood die Hand, und er zog sie an die Lippen, als sei sie ganz besonders kostbar für ihn. Sein warmer Atem strich über ihre Haut. »Möchtet Ihr neben mir sitzen, meine Lady?«

»Mit dem größten Vergnügen, mein Lord.«

Das Verlangen, das er fühlte, nahm ihm den Atem.

Joans Brauen zogen sich vielsagend hoch, als sie Adele ansah und dann einen Platz ein Stück von dem tändelnden Paar entfernt wählte. Jedermann erkannte die beiden als füreinander bestimmt.

Paddy und Ali traten sofort neben Adele und Glynis und zogen ihnen die Stühle zurecht, und alsbald saßen die sieben Menschen gemütlich beieinander wie eine große Familie. Während Hawksblood ihre Sitze näher zusammenrückte, legte Brianna eine Hand auf seinen Arm, um sich festzuhalten, was sie in diesem Moment auch dringend brauchte. Sie zog die Augenbrauen hoch. »Warum tragt Ihr Euer Kettenhemd beim Essen?«

Er schob den Ärmel seines leinenen Gewandes hoch und enthüllte ihr seine starken, muskulösen Arme. »Ich trage keine Rüstung, Lady.«

Brianna atmete tief auf, ein Schauder lief durch ihren Körper. Seine Nähe machte sie schwindlig. Sie senkte den Blick, um das wilde Verlangen vor ihm zu verbergen, das sie bei seinem Anblick fühlte. Dann hob sie die Wimpern ein wenig, um ihre Lage abzuschätzen.

Er lächelte, lässig, schelmisch, gefährlich.

Seine Augen ruhten auf ihrem Haar, das geflochten und mit

pfauenblauen Bändern geschmückt war. Die Freude prickelte bereits durch seine Adern, es zu lösen, und ebenfalls sie zu entkleiden; dann überlegte er, was er wohl zuerst tun würde. Er fühlte, wie sein Körper reagierte. Fast wollte er sich, wie üblich, zur Wehr setzen, doch dann entschied er, das Gefühl der Erregung zu genießen.

Alles an ihm faszinierte sie. Seine Hautfarbe stand in starkem Kontrast zu den blonden und hellhäutigen Plantagenets, überhaupt den Rittern Englands. Körperlich war er perfekt, ohne jede Narbe. Beinahe, gestand sie sich ein und war ungeheuer neugierig auf den schwarzen Türkensäbel an der Innenseite seines Schenkels. Seine Vergangenheit und seine Herkunft versprachen auch allerhand Geschichten. Er war ein Rätsel, doch insgeheim lächelte sie, weil sie wußte, daß sie den Schlüssel zu diesem Geheimnis besaß. *Ich bin verliebt! Warum sollte ich ihm widerstehen, wenn doch alle meine Sinne ständig bei ihm sind? Christian Hawksblood de Beauchamp ist der Mann, mit dem ich mein Leben verbringen möchte! Er ist vorherbestimmt.*

Heute abend schmeckte das Essen auf Briannas Teller rein nach Ambrosia. Dann wurde ihr klar, daß Christian dafür verantwortlich war. »Ich stehe in Eurer Schuld, weil Ihr dieses herrliche Wildbret erlegt habt, wir alle in Bedford sind Euch dankbar dafür. Wie kann ich das wiedergutmachen?« Diese entgegenkommende Frage hatte sie absichtlich gestellt.

Um seine Augen bildeten sich kleine Fältchen, als er lächelte und ihr auch ohne Worte zu verstehen gab, daß er ihr schon zeigen würde, wie sie es ihm vergelten konnte. Sie waren einander so nahe, ihre Gedanken fanden sich auch ohne Worte. »Versucht einmal vom Wildschwein. Ich habe es wie der Leibhaftige verfolgt, und dann wollte es mich noch auf seine Hauer nehmen.« Das spöttische Aufblitzen seiner Augen sagte ihr, daß sie für ihn die gleiche Herausforderung bot. Er schnitt ein großes Stück von dem Fleisch ab und hielt es an ihre Lippen.

Brianna nahm es zwischen ihre weißen Zähne, dann leckte sie sich die Lippen ab. »Was für ein Glück, daß Ihr Eure Beute überwältigen konntet. Gelingt Euch das immer?«

»Normalerweise genieße ich die Jagd und sogar den Todesstoß.« Wieder lief ein Schauder durch Briannas Körper, und

Hawksblood entging nicht die leiseste Regung. »Ich habe mir vorgenommen, einige Veränderungen hier einzuführen, zu denen ich gern Eure Zustimmung hätte«, meinte er dann in einem etwas ernsteren Ton.

Briannas Augen blitzten fröhlich. »Ich habe mich schon gefragt, wann Ihr endlich meine Erlaubnis einholen würdet.«

Sein eindringlicher Blick ließ sie verstummen. »Ich möchte eine ganze Menge von Euch, Lady, aber *Erlaubnis* gehört nicht dazu!«

»Herrschaft und Unterwerfung ist ein Spiel, das mir nur wenig Freude macht«, warnte sie ihn.

Verständnisvoll nickte er. »Aber nur, weil Ihr bis jetzt noch nicht erfahren habt, wie es ist, von mir beherrscht zu werden.«

»Und das werde ich auch niemals erfahren«, versicherte sie ihm.

»Das werdet Ihr, das werdet Ihr«, widersprach er leise.

Briannas Hals wurde eng. Sie nahm all ihren Verstand zusammen, zu dem sie noch fähig war. »Ihr spracht von Veränderungen?«

Eine Woge der Befriedigung über ihren Rückzug trug ihn empor. »Ich habe Sir James Burke zum neuen Burgvogt von Bedford gemacht.«

Sie keuchte auf. »Wird Sir Neville Wiggs da nicht Einspruch erheben?«

»Er wird sogar toben«, gab er zu und grinste.

»Habt Ihr von ihm verlangt, seinen Posten aufzugeben?« fragte sie mit weit aufgerissenen Augen.

Er zog die Augenbrauen hoch. »Verlangt? Wohl kaum! Ich habe ihm befohlen, mir die Schlüssel auszuhändigen und Burke die Bücher zu übergeben.«

»Wird er Euch denn gehorchen?«

Er lachte laut auf. »Aufs Wort! Er wird schon bald viel zu beschäftigt sein, um sich als Burgvogt von Bedford zu betätigen. Ich habe ihn und seine Ritter für die Armee des Königs rekrutiert. Genau wie wir alle, wird auch Wiggs in den Krieg ziehen.«

Ihre Schultern sanken, sie langte sich an den Hals. »Wie könnt Ihr nur so freudig vom Krieg sprechen?«

Was sollte er dazu sagen. »Das ist es, wofür ich mein ganzes Leben lang ausgebildet wurde.«

Sie sah ihn besorgt an, ihr Wunsch, ihn zu necken, war verschwunden. »Ich bin erfüllt von Angst um Euch, Christian«, flüsterte sie.

Seine Augen triumphierten. »Meine Süße! Ängstigt Euch nicht, ich werde siegreich zurückkehren.«

Heiße Röte übergoß Brianna, als ihr klar wurde, daß sie ihm ihre Gefühle gezeigt hatte. »Mr. Burke ist eine perfekte Wahl. Ich bin von ganzem Herzen mit Eurer Entscheidung einverstanden.«

Wieder fühlte Hawksblood einen Anflug von Macht bei ihrem Rückzugsmanöver. »Der Grund dafür ist, daß Ihr genauso intelligent seid wie schön.«

Sie warf ihm einen schnellen Blick von der Seite zu. »Glaubt Ihr, daß Schmeichelei Euch einen Vorteil verschaffen wird?«

»Worte sind mächtige Mittel der Verführung. Sie können eine Frau zur Ekstase treiben.«

Ihre Wangen brannten mittlerweile. »Von Ekstase habe ich noch nichts gehört«, erklärte sie förmlich.

Sein Blick wurde glühend. An seinem Kinn zuckte ein Muskel. »Das ist, verdammt noch mal, auch besser so.«

Bei seinem besitzergreifenden Ton wurde Brianna ganz schwach.

Joan hatte beobachtet, wie die Intimität zwischen dem Paar, das mit Worten das Spiel des Werbens betrieb, deutlich wuchs. Sie wußte, daß Brianna am Abgrund stand und daß der Boden unter ihren Füßen nachzugeben drohte.

»Ich würde gern die Steinbrüche besuchen. Sind die Heimtransporte schon bereit?«

Zwei Augenpaare starrten Joan einen Augenblick lang verständnislos an, ehe den beiden klar wurde, daß sie nicht allein waren, daß die anderen bemerkten, was sie sagten und taten.

»Wir fangen morgen damit an, Lady Kent.«

»Oh, dürfen wir kommen und zusehen?« bat Joan, und auch die anderen Damen warfen ihm hoffnungsvolle Blicke zu.

»Das ist kein Aufenthaltsort für Damen.«

»Natürlich werden wir den Steinbruch besuchen. Immerhin bin ich die Herrin hier«, erklärte Brianna entschlossen.

Die Damen schauten sich vielsagend an. Es war so gar nicht Briannas Art, Autorität hervorzukehren.

»Herrin...«, knirschte Hawksblood. »Das Wort weckt verbotene Phantasien in mir. Bei dem Gedanken wird mir ganz merkwürdig.«

Dieser Schuft! Würde die Röte je wieder aus ihren Wangen verschwinden? Sie wagte es nicht, sich diesen bezwingenden Augen auszusetzen. Mit gesenktem Blick betrachtete sie seine Hände, die den Trinkbecher umfaßten. Doch das war ein Fehler. Seine Hände waren so kraftvoll, daß sie sich nach ihrer Berührung sehnte. Er besaß eine so ursprüngliche Männlichkeit, daß sie beinahe aufgeschrien hätte vor Verlangen nach ihm. Sie war gefangen in sich selbst, hin- und hergerissen zwischen Kopf und Herz!

Brianna griff nach ihrem eigenen Becher, um sich abzukühlen. In Bedford gab es keinen Wein, nur Oktoberbier für die Männer und Apfelmost für die Damen, doch der erschien ihr heute abend sehr stark. Sie fühlte sich benommen und schwindlig, doch lag es natürlich nicht allein an dem Apfelmost, daß ihr die Sinne schwanden.

Hawksblood wählte eine Birnentorte, dann führte er den ersten Löffel davon an ihre Lippen. Sie erlaubte ihm, sie zu füttern, dann leckte sie genüßlich den Löffel ab. Jetzt war es Christian, dem ein Schauder durch den Körper lief. Sie schaute hoch, so daß ihre Blicke sich trafen, doch er sah nur auf ihre Lippen mit einem so deutlichen Verlangen, daß sie schnell die Augen schloß vor so viel unverhüllter Sinnlichkeit.

Die Diener begannen, die Tische abzuräumen; das war das Signal für die Gesellschaft, sich die Beine zu vertreten und sich zu einer Unterhaltung oder einem Würfelspiel zusammenzufinden. Die Männer und Frauen am Kopf des Tisches wollten sich nicht trennen. Adele hatte Joan und Glynis und auch Hawksbloods Knappen erzählt, wie es früher in diesem Schloß zugegangen war. Joan griff nach einer mit Bändern geschmückten Laute und reichte sie Briannas Tante. »Adele hat versprochen, uns vorzusingen, wie damals, als du noch ein kleines Mädchen warst«, sagte sie zu Brianna.

»Wie nett! Ich erinnere mich noch an die Zeit, als Adele und meine Mutter zusammen irische Balladen sangen. Es waren so glückliche Tage in Bedford«, rief Brianna sich in Erinnerung.

»Rhianna hatte eine viel schönere Stimme als ich«, wehrte

Adele bescheiden ab. »Wo sich fröhliche Menschen zusammenfinden, sollte es immer Musik geben. Ich werde singen, wenn Brianna mich begleitet.«

Alle applaudierten bei diesem Vorschlag und richteten dann ihre Aufmerksamkeit auf Adele. Sie hatte eine hübsche, sanfte Stimme und schlug recht artig die Laute. Als sie sang, verwandelte sich ihr schlichtes Gesicht, und sie wurde richtig schön. Brianna war überrascht, als sie in Paddys Augen eine Träne glänzen sah, während er der klagenden Ballade lauschte. Mit ihrem Applaus brachten sie Adele dazu, immer weiterzusingen, bis sie schließlich lachte und darauf bestand, daß jetzt Brianna an der Reihe war.

Brianna stand auf und ging in eine Ecke des großen Raumes, wo eine keltische Harfe stand. Sie zog sich einen Hocker zurecht und legte das reich mit Schnitzereien verzierte Instrument an ihre Schulter. Außer Adele waren alle erstaunt zu hören, daß Brianna eine volle, wohlklingende Stimme besaß. Doch für klagende Balladen war diese Stimme nicht geschaffen, viel eher für das aufreizende Lied, das sie gewählt hatte. Man sang es oft vor, um die Männer anzufeuern und sie zum Sieg zu treiben. Ihre Stimme war berauschend wie vollmundiger, dunkler Wein. Wenn Adeles Lieder die Seele gerührt hatten, so rührte Briannas Gesang den Körper, erregte und lockte ihn.

In ihrem pfauenblauen Kleid mit dem Schein des Kerzenlichtes auf ihrem goldenen Haar sah sie genauso aus wie die Gräfin, die einstmals dieses Schloß regierte. Brianna machte kein Geheimnis aus der Tatsache, für wen ihre Lieder bestimmt waren. Christian Hawksblood war hingerissen. Während er sie ansah und ihr lauschte, ahnte er, daß sie großzügig sein würde und rückhaltlos, wundervoll in der Liebe. Diese Frau war für einen Prinzen wie geschaffen!

Drakkar lächelte. Seine Welt entwickelte sich genauso, wie es ihm zustand.

Als Brianna geendet hatte, brandete Applaus auf. Alle in der Halle hatten in ihren Tätigkeiten innegehalten und ihrer Herrin ungeteilte Aufmerksamkeit gewidmet. Es kam ihnen vor, als wäre ihnen die Gräfin in einer Vision erschienen. Sie faßten es als Vorzeichen auf, daß Bedford wieder das Glück winkte.

Brianna blieb in der großen Halle bis spät in den Abend. Sie konnte es nicht ertragen, sich von Christian Hawksblood zu trennen. Schließlich stand sie mit einem Seufzer auf den Lippen auf, und die Damen zogen sich in ihre Zimmer zurück.

Dann stand Brianna allein vor ihrem Spiegel, ihr Bild verwunderte sie selbst. Das Kleid hatte sie sowohl körperlich als auch gefühlsmäßig verändert. Eine neue Lebendigkeit durchströmte sie ... das Mädchen war verschwunden zugunsten einer erblühten Frau. Sie schloß die Augen und genoß dieses Gefühl. Dann schlang sie die Arme um sich selbst, und unter ihren Händen fühlte sich die Seide des pfauenblauen Kleides so sinnlich an, daß sie zögerte, die Finger davon zu nehmen. Als sie die Augen öffnete, um noch einen letzten Blick auf ihr Spiegelbild zu werfen, blickte sie in aquamarinfarbene Augen! Oh, Himmel, es geschah wieder.

»Du bist *meine* Frau.«

Sie wirbelte herum und sah ihn an.

Christian Hawksblood war keine Vision, er war es wirklich, aus Fleisch und Blut. Sie sollte ihm befehlen, ihr Zimmer zu verlassen. Sie sollte ihn für seine Kühnheit schelten, sollte sich dagegen wehren, allein mit ihm zu sein. Brianna wußte, daß all dies von ihr erwartet würde.

Doch sie tat nichts dergleichen.

»Ich wußte, daß du kommen würdest«, sagte sie nur.

Es standen ihnen noch immer einige Schritte zur Intimität bevor, doch wußten beide, daß es in dieser Nacht geschah. Ohne zu zögern streckte Christian Hawksblood seine Hand aus und löste das pfauenblaue Band aus ihrem Haar. Dann fuhr er mit den Fingern hindurch, um es zu entflechten. Seit ihrer ersten Begegnung hatte er sich vorgestellt, wie es sein würde, die seidige Masse in seinen Händen zu fühlen. Doch war er nicht ganz vorbereitet auf die körperliche Wirkung, die es hatte.

Im gleichen Augenblick, als es durch seine Finger glitt, reagierte sein Körper mit klopfender Erregung. Er fühlte es wie einen Schlag in seiner Brust, bis tief in seinen Bauch und dann in seinen Lenden, so daß sich sein Glied hart und heiß aufrichtete. Er fühlte, wie seine Selbstkontrolle schwand, die Selbstkontrolle, zu deren Erlernung er ein ganzes Leben gebraucht hatte.

Er griff nach dem anderen Zopf. In seiner Ausbildung hatte er erfahren, daß die Berührung des Kopfes mit der Hand ein großer Schritt war im Aufbau von Vertrauen und einer gefühlsmäßigen Bindung. Eine Verletzung des Kopfes verursachte normalerweise sofort den Tod, also war es eine ganz natürliche Reaktion, sich zu ducken. Brianna duckte sich nicht. Sie blieb ganz still stehen und erlaubte ihm, mit ihrem herrlichen Haar zu tun, was er wollte.

»Ich habe mein ganzes Leben darauf gewartet, es zu fühlen« – er hob es an sein Gesicht – »und seinen Duft einzuatmen.« Sie roch nach Gewürzen und Blumen der Frau. Der nächste Schritt zur Intimität war die Berührung ihrer Lippen.

Brianna leckte sie sich in Erwartung seines Kusses. Der Anblick ihrer Zungenspitze raubte ihm die Geduld. Sein Mund legte sich auf ihren, mit der Zunge strich er über ihre Unterlippe, dann schob sie sich in ihren Mund, er zog ihre Lippe und ihre Zunge in seinen Mund, als wolle er sie verschlingen.

Brianna erwiderte seinen Kuß, gründlich und voller Lust, und er zog sie in seine Arme. Seine Hände spielten mit ihrem Haar, legten sich um ihren Kopf und hielten sie so gefangen, daß sie sich nicht entziehen konnte. Sie zu schmecken war genauso, wie er es sich erträumt hatte und noch viel mehr. Er ließ all seinen Sinnen freien Lauf, damit er sie sehen, hören, riechen und schmecken konnte, und sie war so reif und so köstlich!

Briannas Hände glitten über seinen Oberkörper, sie fühlte die harten, kräftigen Muskeln. Sie dachte gar nicht daran, ihn von sich zu stoßen. Im Gegenteil, es war für sie ein Fest, ihre Hände auf diesen vollkommenen Körper legen zu können.

Als er sich dann endlich von ihr löste, schlang sie die Arme um seinen Hals und legte ihre Lippen an die Stelle, wo eine kleine Ader an seinem Hals heftig pulsierte. Beim Heben ihrer Arme drängten sich ihre Brüste so herausfordernd gegen seinen Oberkörper, daß sein Verlangen noch ungebärdiger wurde. Er spannte die Hände um ihre Taille und hob sie ganz langsam hoch.

Sie lachte ihm ins Gesicht, vertraute ihm und forderte ihn heraus. Ihr goldenes Haar fiel ungehindert über seine Brust, als er zuerst sanft mit der Zungenspitze über ihr Hexenmal fuhr und dann seine Lippen wieder auf ihre legte, um mit seiner Zungenspitze über ihren vollen Mund zu streichen. Nun ließ er langsam ihren Körper an seinem wieder heruntergleiten, bis ihre Zehenspitzen den Teppich berührten. Er würde es noch einmal wiederholen, wenn sie beide nackt waren, damit sie dieses wilde Gefühl ihrer vor Liebe glühenden Körper auf ihrer Haut fühlen könnten.

Seine Leidenschaft wurde so überwältigend, daß sich sein Gesicht verdunkelte, als Brianna mit den Fingerspitzen über sein Kinn und seine hohen Wangenknochen strich. Er fühlte, wie das Blut in seinem Kopf rauschte, in seinem Hals und sogar unter den Fußsohlen. Sein Glied pochte wild, drängte verlangend, in der erstaunlichsten, wildesten Erregung, die er je erlebt hatte.

Christian wünschte sich, daß Brianna jede Einzelheit dieser Erregung mit ihm gemeinsam fühlte. Er wollte absolut jeden seidenweichen Zentimeter ihrer Haut vor Verlangen zum Erglühen bringen. Er wollte, daß die Leidenschaft sie von den höchsten Höhen bis in die tiefsten Täler führte. An ihrer Schläfe flüsterte er leise Liebesworte, dann glitt sein Mund zu ihrem Ohr, und seine Liebesschwüre trieben ihre Sehnsucht auf die Spitze. An ihrem Hals wurden seine Worte verlockend, und als seine Hände dann den Verschluß ihres Kleides öffneten und er ihre Schultern entblößte, strich sein warmer Atem über ihre Haut, bis sie sich anfühlte wie heiße Seide.

Brianna atmete schneller, ihre Brüste schienen sich seinen suchenden Lippen entgegenzuheben. Die Knospen verhärteten sich, als sein flüsternder Mund darüberstrich und er mit kräftigen Händen ihren Busen umschloß, streichelte, knetete, damit spielte und schließlich anbetete als köstlichen Teil seiner Liebe.

Brianna wollte vor Erregung aufschreien, als sie sich vorstellte, daß ihre nackten Brüste seinen entblößten Oberkörper berührten. Mit zitternden Fingern öffnete sie sein Wams und schob es über seine Schultern. Und als er dann ihr weiches Fleisch gegen seine muskulöse Brust drückte, die von dichtem, schwarzem Haar bedeckt war, schrie sie wirklich auf, in reiner, unverblümter Lust. Brianna begann zu keuchen, als das Verlangen übermächtig wurde.

Alle Barrieren zur Intimität waren überschritten. Entblößt bis zur Taille, genossen sie das endlose Vorspiel, bis Brianna sich voller Begehren an ihn klammerte und ihr herrliches Haar sie einhüllte, als wären sie mit goldenen Bändern aneinandergefesselt.

Christian beugte sich zu ihr, damit er die Zungenspitze in ihren

Nabel schieben konnte, gleichzeitig fuhr er mit den Händen über ihre Beine und hob den Rock ihres Kleides hoch. Er legte die Hände um ihr Gesäß und zog sie an sich. Er wußte, sie würde gleich aufschreien, deshalb legte er seine Lippen auf ihre.

Mit einem genußvollen Stöhnen öffnete sie ihre Lippen seiner suchenden Zunge. Gleichzeitig rieb sie sich an seinem aufgerichteten Glied und spürte seine Hitze durch ihr Unterkleid. Ganz plötzlich wünschte sie sich, er würde sie nehmen, um ihn vollkommen und ganz zu besitzen. Sie wollte ihn in sich fühlen, tief in ihrem Inneren, wo es heiß war und dunkel und feucht. Er sollte sein Schwert in ihre enge Scheide stoßen, sollte endlich daheim sein in ihr.

Das Kleid war ein schreckliches Hindernis zwischen ihnen, und sie konnte es kaum erwarten, sich von dem schmiegsamen sinnlichen Stoff zu befreien. Mit einem ungeduldigen Aufschrei schob sie es über ihre Taille hinab, bis es auf den Boden fiel und sie ganz befreit war.

Doch im selben Augenblick ergriff ein anderes Bewußtsein Besitz von ihr. Was, in Gottes Namen, tat sie hier? Sie war verletzlich und seinen erobernden Händen und suchenden Lippen willenlos ausgeliefert. In welchem Wahnsinn hatte sie ihm erlaubt, sie zu entkleiden? Verzweifelt versuchte sie, ihre Nacktheit mit ihrem Haar zu bedecken. Plötzlich wurde ihr klar, daß das pfauenblaue Kleid ihre gesamte Wahrnehmung, ihre Gefühle und Hemmungen verändert hatte. Genauso war es bei dem Turnier gewesen, als sie sich mit dem grauen Samtumhang ihrer Mutter bedeckte. Sie sah Christian Hawksblood mit den Augen eines Menschen, der das zweite Gesicht hatte. Die geheimnisvollen Kräfte ihrer Mutter waren durch deren Kleidung auf sie übergegangen.

»Hört auf! Hawksblood, ich will das nicht!« rief sie.

Er nahm seine Hände nicht von ihrem Körper, vielmehr packte er sie noch fester. »Wir haben uns beide verstrickt, jetzt können wir nicht mehr zurück«, murrte er.

»Nein, es war das Gewand, versteht Ihr denn nicht?« rief sie verzweifelt. »Wenn ich die Kleidung meiner Mutter trage, fühle ich mich voll unersättlichen Verlangens zu Euch hingezogen. Und sobald ich sie ausziehe, kehrt mein Verstand zurück. Dann werde ich wieder zu Brianna.«

»Mein Liebling, das ist das Lächerlichste, was ich je gehört habe. Du bist immer Brianna und wirst es immer bleiben. Du bist du, für jetzt und alle Ewigkeit!«

Seine Worte ergaben einen Sinn. Wie konnte sie ihnen widersprechen? Es war nicht die Macht ihrer Mutter, die sie zu dieser Sünde getrieben hatte, es war die Macht Hawksbloods. Es war Drakkars dunkle, bezwingende Magie. »Ihr habt mich verführt, damit ich Euch erlaube, mit mir zu tun, was Ihr wollt. Ihr beherrscht meine Gedanken, meinen Körper, und zweifellos wollt Ihr auch noch meine Seele vereinnahmen!« Ihre Augen waren ganz groß vor Angst und auch vor Scham wegen ihres Benehmens. »Wie könnt Ihr mich nur dazu bringen, solche Dinge zu tun? Laßt mich sofort los! Es ist falsch! Falsch!« Eine Vision Roberts goldener Schönheit erstand vor ihrem inneren Auge, und sie wurde von Reue gepackt.

Hawksblood umfaßte so fest ihre nackten Schultern, daß es schmerzte, er schüttelte sie. »Hör auf!« befahl er wild. »Hör sofort auf!«

Sie war entblößt unter seinen starken Händen und seiner wilden Wut und außer sich vor Hilflosigkeit.

»Es hat nichts zu tun mit deiner Mutter – und absolut nichts mit irgendeiner geheimen Macht, deren du mich beschuldigst. Nur um dich geht es und deine Gefühle, Brianna. Du hast mich aus eigenem freien Willen erwählt. Sieh der Tatsache ins Auge. Sei Frau genug, um zuzugeben, daß du mich haben willst!«

Er mußte sie aufrütteln. Seine Blicke hielten die ihren gefangen und zwangen sie dazu, der Wahrheit ins Auge zu sehen. Drakkar de Beauchamp besaß eine bezwingende Anziehungskraft, das ließ sich nicht leugnen. Brianna verlangte nach ihm. Sie wollte ihn genau so haben, wie er war. In Wahrheit liebte sie ihn, hatte ihn schon immer geliebt und würde ihn ewig lieben. Als wäre die seidige Masse ihres Haares zu schwer für sie, fiel ihr Kopf nach hinten und enthüllte die sanfte Kurve ihres Halses mit ihrer bezaubernden Verletzlichkeit.

Er legte einen Arm unter ihre Knie und hob sie an seine Brust, um sie zum Bett zu tragen. »Wir stehen kurz davor, uns so nahe zu kommen wie alle Liebenden seit Anbeginn der Zeit. Und einleiten wollen wir unsere Intimität mit Reden.«

Christian wußte, wieviel Kontrolle dazu von seiner Seite aus nötig war. Im Augenblick ließ er deshalb seine Hose noch an, ihretwegen und auch seinetwegen. Er setzte sie auf das Bett und betrachtete sie. Sie war so lieblich, eine so unglaubliche Herausforderung für all seine Sinne. Ein Teil ihres goldenen Haares fiel über den Bettrand wie ein Wasserfall aus geschmolzenem Gold. Der andere Teil folgte den üppigen Rundungen ihres Körpers. Die Locken bedeckten ihre vollen Brüste und enthüllten sie zugleich seinen Blicken, genau wie den wundervoll gewölbten Venushügel mit seiner krausen Krone.

Er nahm ihren Fuß in seine Hand und drückte einen Kuß auf den Spann. Brianna zog die Zehen zusammen. Sie wollte die Gefühle genießen, die er in ihr weckte, doch fürchtete sie sich auch vor seinen Absichten.

Christian kannte ihre Gedanken. »Vertrau mir.« Seine Stimme war ein leises, vertrautes Murmeln. »Ich weiß, daß du noch Jungfrau bist. Ich werde nicht über dich herfallen und dich verschlingen, meine Liebste. Das kommt später, erst wenn du gelernt hast, mich zu verschlingen. Das Liebesspiel ist ein Geschenk, das wir beide genießen müssen, von der Erregung bis hin zur Erfüllung, denn sonst wird das Vergnügen daran sehr gemindert.«

Er hob eine Strähne ihres Haares und atmete tief den Duft ein, dann sah er, wie sie sich um seine Finger drehte. »Glaube bitte nicht, daß ich magische Kräfte besitze. Das ist nicht so, Brianna«, murmelte er. »Als Kind wurde ich in die Fürsorge der Hospitaler Ritter von St. John gegeben. Und als ich alt genug war, nahm mich der Geheime Orden der Tempelherren auf, eine verbotene Bruderschaft, die in den Untergrund gegangen war. Ich wurde darin unterrichtet, mir die Macht, die jeder Mensch besitzt, nutzbar zu machen. Durch ständiges Trainieren und Üben lehrte man mich, die Kräfte in meinem Inneren zu steigern, zu läutern und zu kontrollieren – Kräfte, die so viele Menschen verloren haben, weil sie sie nie benutzen.

Es ist eine ganz einfache Übung des Verstandes über die Materie. Der Verstand sollte den Körper und auch die Gefühle lenken und nicht umgekehrt. Für einen Ritter ist es ein unverzichtbares Talent. Im Kampf erlaubt es einem, sich auf den Sieg zu konzentrieren und nicht auf den Schmerz. Wenn der Verstand vollkommen auf eine Sache ausgerichtet ist, dann verlangsamt sich die Wahrnehmung der Zeit, damit man klar sehen und jede Regung des Feindes taxieren kann. Hat man diese Konzentration gelernt, dann wird jeder einzelne Aspekt des Lebens davon profitieren. Kannst du dir vorstellen, daß du hier so vor mir sitzen würdest, wenn ich mich nicht in der Gewalt hätte?«

Brianna lächelte wissend. Sie wollte seine Kontrolle zerstören, und das würde ihr auch gelingen, noch ehe viel Zeit verging. Es war äußerst erotisch, nackt vor ihm zu liegen, während sie sich miteinander unterhielten. Briannas Stimme vibrierte genauso wie seine. »Und was ist mit den Visionen?«

»Jeder Mensch kann Visionen haben. Das ist einfach eine Frage der Entwicklung des sechsten Sinns. Du beginnst langsam, ihn kennenzulernen, mein Liebling.« Insgeheim gestand sie sich ein, daß er recht hatte. »Im Turnier hast du eine schwarze Rüstung getragen und an Prinz Edwards Stelle gekämpft.«

Christians Augen weiteten sich erstaunt. Brianna begann tatsächlich Dinge wahrzunehmen, die als verborgen galten. »Du bist eine gelehrige Schülerin! Ich werde dich erst einmal alle Einzelheiten unseres Spiels lehren, und danach werden wir weitersehen.«

Brianna leckte sich mit der Zungenspitze über die Lippen, die plötzlich ganz trocken waren. Christian mußte sein überwältigendes Verlangen unter eiserner Kontrolle halten.

»Was war das damals nach der Falkenjagd? Deine Zauberei hat das Essen der Prinzessin bitter gemacht.«

Er lächelte geduldig und schüttelte den Kopf. »So was gelingt auch ohne Zauberei, mit einem einfachen Trick. Mein Verstand ist um so vieles stärker als der ihre. Allein die Macht der Suggestion genügte, um ihr ihr Essen zu vergällen. Es war in Wirklichkeit gar nicht bitter. Ich kann weder den Geschmack noch den Geruch der Dinge verändern – nur ihre Wahrnehmung.«

»Ist dein Verstand auch stärker als der meine?« fragte sie atemlos.

»Manchmal ja, oft aber auch nicht. Wenn es so wäre, hättest du mein Lager schon von der ersten Nacht an mit mir geteilt.«

Ein rosiger Hauch überzog ihre Wangen, und er streckte einen Finger aus, um den winzigen schwarzen Fleck auf ihrer Wange zu berühren. »Eines Nachts hast du dich in einer meiner Visionen herumgedreht, da habe ich den Zwilling zu diesem Hexenmal auf deinem Hintern gesehen.«

Der rosige Ton ihrer Wangen vertiefte sich. »Es ist ein Schönheitsfleck«, korrigierte sie ihn.

Er schüttelte den Kopf. »Ich weiß, du bist eine Hexe, mein Liebling.«

Seine Worte gefielen ihr. Vielleicht hatte er ja recht. Offensichtlich hatte sie eine Vision heraufbeschworen mit ihrer Neugier auf das eigenartige Zeichen an der Innenseite seines Schenkels. Brianna setzte sich nachdrücklich auf ihr Hexenmal; es mußte ihn locken, sonst hätte er es nicht erwähnt. Ihre Blicke begegneten sich und blitzten belustigt auf, als hätten sie gegenseitig ihre Gedanken erraten.

»Vielleicht ist es an der Zeit, daß ich dir auch alles von mir zeige, zum Ausgleich für deine Großzügigkeit.«

Brianna stockte der Atem, als er aufstand, um seine Hose auszuziehen. Voll fasziniertem Entsetzen starrte sie ihn an. Sein Glied reckte sich aus dem Wald krauser, schwarzer Haare zu voller Länge und Dicke. Dahinter verborgen, auf der Innenseite des Schenkels, entdeckte sie den schwarzen Türkensäbel. Ruhig und geduldig erlaubte er ihr, ihn zu betrachten.

Schließlich begann sie zu sprechen. »Welche Waffe ist es, die deine Knappen Killbride nennen?«

Er warf den Kopf zurück und lachte laut auf. »Diese beiden Halunken lieben es, sich auf meine Kosten zu amüsieren. In Windsor schleichen sich die weiblichen Dienerinnen immer heimlich in mein Zimmer und hoffen, einen Blick auf die schwarze Unzüchtigkeit zwischen meinen Schenkeln zu erhaschen.«

Brianna konnte nicht anders. Sie streckte einen Finger aus und berührte das geheimnisvolle Objekt. Die Haut erhob sich in einem dicken Wulst entlang der Klinge und wurde noch dicker am Griff. Sie erschauerte, als sie an den Schmerz dachte, den eine solche Wunde verursacht haben mußte. »Was ist es?«

»Es ist ein Brandzeichen. Ein Einweihungsritus, bevor ich in den Geheimorden aufgenommen wurde.«

Schweigen breitete sich aus.

»Erzähl mir davon«, drängte sie leise.

»Nachdem das heiße Eisen entfernt war, wurde schwarzer Sand in die Wunde gerieben. Dann ließ man mich allein in der Wüste zurück, um entweder zu überleben oder zu sterben.«

»Der Schmerz war unerträglich«, flüsterte sie.

»So habe ich gelernt, mich über das Leiden zu erheben. Diese Lektion ist unbezahlbar.«

Brianna vermied es, die andere Waffe anzusehen.

Christians Mundwinkel zogen sich in geheimem Verständnis hoch. »Es schreckt dich nicht ab?« fragte er.

»Nein, nein«, versicherte sie ihm schnell.

»Und dies hier?« Er deutete auf sein Glied.

»Ich... ich... Ich weiß nichts von diesen Dingen.«

Sein Herz jubelte über ihre Unschuld. »Es ist an der Zeit, weiterzugehen und nicht mehr zu sprechen. Von der Liebe mag ich nicht erzählen, ich werde sie dir zeigen.«

19

Brianna zog sich ein Stück zurück, als er sich neben ihr auf dem Laken ausstreckte. »Gib dich mir hin, *meine* Lady.«

Sie zögerte für die Dauer von drei Herzschlägen, dann öffnete sie ihre Arme und bot sich ihm dar.

Christian zog sie an sich und sank mit ihr auf das Bett. Seine Lippen preßten sich in einem leidenschaftlichen Kuß auf ihre, willig öffnete sie seiner fordernden Zunge ihre Lippen, erlaubte ihm, die honigsüße Höhle ihres Mundes zu erforschen. Als Christian dann schließlich das Gefühl hatte, in seinem Verlangen zu ertrinken, wurde sein Kuß sinnlicher. Vorläufig mußte er Briannas Sexualität erst wecken. Dann, als seine Küsse sie leise aufstöhnen ließen und er fühlte, wie sich ihr Körper wand, ging er zum nächsten Schritt über. Er hoffte, er würde mindestens hundert Küsse brauchen.

Das Zimmer mit den nächtlichen Schatten war erfüllt vom Rascheln der Laken, dem Flüstern von Haut, die sich an nackter Haut rieb, dem Aufkeuchen und Stöhnen und dem Streicheln rauher Hände durch seidiges Haar. Erotische Geräusche, intime Geräusche, Liebesgeräusche.

Als Briannas Lippen von den vielen Küssen geschwollen waren, begann Christian ihren Körper zu liebkosen, vom Hals bis zu den Brüsten. Es war ein so herrliches Gefühl, daß Brianna erschrocken zusammenzuckte. Doch schon bald brachte Christian all ihren Widerstand zum Schmelzen, als er sanft an ihren rosigen Brustspitzen leckte, leicht hineinbiß und sie dann in seinen Mund nahm.

Brianna staunte, welche Gefühle er damit in ihr weckte, alles war so neu und so beseligend. Sie hatte das Gefühl, als flösse Feuer in ihren Adern, von ihren Brüsten zu ihrem Bauch und noch tiefer, zum Quell ihrer Weiblichkeit; bald würde dieses Feuer zu hellen Flammen, die drohten, sie zu verschlingen, drohten, ihre Sinne und auch ihren Verstand auszuschalten. Langsam, aber sicher begann sie sich zu sehnen, nach etwas zu verlangen. Sie wußte nicht, was es war, aber dieses Verlangen war so fordernd, daß sie das Gefühl hatte, sterben zu müssen, wenn sie es nicht bekam.

Sie blickte in sein dunkles Gesicht, sah zu, wie sein Mund ihren Körper liebkoste. Ihre Fingerspitzen legten sich auf seine Lippen, und sie begann, seinen Namen zu flüstern, wieder und wieder, wie eine Bitte. »Christian, Christian, Christian.«

Er wußte, daß sie noch nicht bereit war für das, worum sie ihn bat. Jede einzelne Stufe der Intimität hatte das Band zwischen ihnen gefestigt. Seine Küsse und Liebkosungen hatten ihr seinen Stempel aufgedrückt, doch er hatte weder mit Händen noch Lippen den Quell ihrer Weiblichkeit berührt – sie konnten die Vereinigung nicht bis in die höchsten Höhen auskosten, wenn nicht das notwendige Vorspiel erfüllt war.

Er drängte sie auf das Bett zurück, breitete ihr herrliches Haar auf dem Kissen aus, dann griff er nach einer ihrer Hände und legte sie auf ihre Brust. Die andere Hand drückte er auf ihren Venushügel.

Ihre Augen folgten seiner Hand, und sie sah, daß die rotgoldenen Locken glühten. Ihre und seine Finger berührten sich gleichzeitig. »Oooh!« rief sie, als hätte sie sich verbrannt. Christians Glied drängte sich gegen ihren Schenkel, und sie stellte sich vor, daß es ein eiserner Speer war mit einer samtenen Spitze. Er würde sie so weit bringen, daß sie sich öffnete, sich ihm unterwarf, und er würde sie mit dieser herrlichen Waffe erobern! Könnte sie einen solchen Angriff ertragen? Ja, lautete ihre Antwort, eine Million Male, ja! Er war ganz Mann, und sie hoffte mit allen Fasern, daß sie ganz Frau sein konnte.

Er ließ ihre Hand los. »Leg deine Fingerspitzen auf meinen Handrücken, damit du merkst, was ich tue. Wenn du es nicht magst, kannst du meine Hand festhalten. Verschafft es dir Vergnügen, wird mich deine Berührung dazu bringen, weiterzumachen.«

Sie war erstaunt, daß er ihr erlaubte mitzuwirken, doch dann folgte sie seinem Vorschlag. Seine große warme Hand legte sich auf sie, und er fuhr mit den Fingern durch die goldenen Locken, wieder und wieder. Das Gefühl machte sie ganz benommen. Dann strich er mit seinem Daumen über die rosige Spalte, und sie bog ihm ihren Körper entgegen. Der Druck seines Daumens verstärkte sich, er öffnete die sanfte Falte und durchbrach mit dem Daumen ihre Abwehr. Was er mit ihr tat, war so erotisch, daß sie ganz vergaß, seine Hand zu halten. Sie wollte keine Kontrolle. Wie er schon zuvor gebeten hatte, würde sie ihm vertrauen.

Und als seine Fingerspitzen sich dann um das winzige Juwel schlossen, blickte er in ihr Gesicht und beobachtete sie. Als sich ihre Lippen in atemlosem Verlangen öffneten, preßte er seinen Mund auf ihren, und seine Zungenspitze bewegte sich im gleichen Rhythmus, in dem seine Finger sie streichelten.

»Gefällt dir das, Brianna?« murmelte er an ihren Lippen.

»Ich liebe es«, flüsterte sie voller Wonne und öffnete ihm ihre Schenkel, damit er mehr Platz hatte.

Christian wollte alles von ihr und alles für sie. Er wußte, daß es für sie ein reines Vergnügen wäre, sie mit der Hand zum Höhepunkt zu bringen. Auch ihn würde es glücklich machen, ihr zum ersten Mal mit dem Mund die Erfüllung zu verschaffen. Doch ein tiefes, primitives Verlangen sagte ihm, daß ihre Körper miteinander vereint sein mußten, vollkommen. Die Freude mußte mit Schmerz vermischt sein, so wie die Natur es vorgesehen hatte. Auf diese Art wären sie für immer aneinander gebunden.

Seine Finger bewegten sich langsamer, auch seine Zunge, um ihre Erregung so weit wie möglich anzufachen. Erst wenn sie am Rande des Wahnsinns stand, würde er sie nehmen.

Sie lag vor ihm in all ihrer Sinnlichkeit, fast besinnungslos vor Verlangen, mit ihrer wilden, zerzausten Haarmähne. Als er sich zwischen ihre Schenkel schob, zögerte er ein wenig, berührte mit der Spitze seines Gliedes ihre Schenkel und ihren Bauch. Dann drängte er es gegen sie, so daß die Spitze ihr kostbares Juwel berührte, und rief flehend: »Jetzt!«

Mit einem einzigen Stoß rieb er über die rosige Knospe, schob sich in ihre Spalte und drang tief in ihre samtweiche Scheide ein.

Briannas Schrei erschütterte die Nacht. Ihre Muskeln zogen sich so eng um ihn zusammen, daß es einen Augenblick lang für ihn genauso schmerzhaft war wie für sie.

Mit den Lippen streichelte er über ihre geschlossenen Augen, murmelte unentwegt Liebesworte. »Wunderschön... so kostbar... herrlich...«

Er hielt sich absolut still, damit sie sich an das Gefühl der Fülle gewöhnen konnte. Auch sie bewegte sich nicht, erst nach einer Weile bemerkte sie, daß sie beide pulsierten. Es war nicht mehr als ein flüchtiges Gefühl, ein leises Flattern zuerst, doch ganz langsam akzeptierte ihr Körper seinen kühnen Angriff, und ihr Pulsieren wurde stärker.

Briannas Körper war eine Freude, so wie er es geahnt hatte, und endlich hieß er ihn willkommen, mit einem wellenförmigen Rhythmus, der ihn an fließende Seide erinnerte. Was vorher verboten gewesen, war jetzt vollbracht.

Christian verspürte so etwas wie Triumph, als er begann, sich in ihr zu bewegen, mit langen, kräftigen Stößen. Er wünschte, diese Ekstase würde ewig dauern, doch er durfte den Höhepunkt nicht zu lange hinauszögern, um Briannas willen. Zu viel würde sie sehr schnell vom Himmel in die Hölle befördern. Ihr Körper begann zu zittern, als er fühlte, wie sein Samen aufstieg. Er schrie auf. Gütiger Himmel, wie sehr sie seinen Körper erbeben ließ! Dafür, daß es für sie das erste Mal war, gab sie sich wunderbar hin.

Er sank über ihr zusammen, erschöpft und befriedigt wie noch nie zuvor in seinem Leben. Sie lächelte in der Dunkelheit und genoß es, sein Gewicht auf sich zu spüren. Sie hatte das Gefühl, ihm all seine Kraft und seine Macht genommen zu haben, und ein wesentlicher Teil von ihm würde immer bei ihr sein.

Als Christian Hawksblood auf seiner Liebsten lag und sein

Glück ausklingen ließ, fühlte er sich wie ein neuer Mensch. Woge um Woge der Lebenskraft, Stärke und Macht kehrten in seinen Körper zurück. Das Gefühl war demjenigen nach einem Kampf ähnlich. Wenn der Kampf vorüber und die Schlacht gewonnen war, fühlte er sich im ersten Augenblick erschöpft. Doch dann überkam ihn der Jubel des Sieges und erfüllte ihn mit Stolz und Dankbarkeit.

Er zog sie in seine Arme und barg ihren Kopf an seinem Herzen. »Süße... wilde... Zauberin. Du warst herrlich. Wie eine Göttin hast du dich aus dem Zauber der Einführung in Schmerz und Blut erhoben. Dir gehört mein ganzes Herz, Brianna.«

Sie wußte, das, was in dieser Nacht geschehen war, in diesem Bett, war eine gewaltige Veränderung in ihrem Leben. Und ganz plötzlich erdrückte sie all dies, und sie begann leise zu weinen, benetzte sein Herz mit ihren Tränen.

In diesem Augenblick schwor sich Prinz Drakkar, Christian Hawksblood de Beauchamp, ihr nie wieder weh zu tun. Er würde sie mit seinem Leben beschützen, mit seinem Körper ehren, mit seinem Herzen umsorgen und mit seiner Seele lieben.

Irgendwann, mitten in der Nacht, schrie Brianna erschrocken auf, als sie, halb aus dem Schlaf erwacht, die ungewohnte Umgebung erkannte. Doch Christian war bei ihr, er nahm sie in seine Arme, sicher und beschützt lag sie an seiner Seite. Es war ein so warmer, sicherer Hafen, daß sie mit den Lippen an seinem Hals rasch entschlummerte.

Als sie dann wieder aus den dunklen Tiefen des Schlafes erwachte, war sie allein in dem großen Bett. Ein leiser Schrei des Protestes kam über ihre Lippen, und sie faßte mit der Hand auf das kühle Laken neben sich.

»Christian.« Erst als sie seinen Namen aussprach, wachte sie völlig auf. Bei aller Güte, hatte sie wieder einen ihrer erotischen Träume erlebt? Doch ihr Körper belehrte sie schnell eines Besseren. Ihr Brüste waren geschwollen von seinen Lippen, und die Stelle zwischen ihren Schenkeln schmerzte noch, wo seine Fülle sie mehr als nur einmal bis aufs äußerste gedehnt hatte.

Ihre Wangen brannten, als sie die Flecken hellroten Blutes auf dem Laken entdeckte – sie erzählten ihre eigene Geschichte von dieser Nacht. Brianna war entsetzt über das, was sie getan hatte.

Wie schrecklich! Sie gehörte einem anderen! Gegen ihren Willen hatte Hawksblood ihr das genommen, was sie für ihren zukünftigen Ehemann hätte bewahren müssen.

Sie riß die Laken vom Bett, ehe noch jemand ihr beschämendes Geheimnis entdeckte. Das Bündel legte sie neben die Zimmertür. Dann badete sie und bemühte sich, nicht die sinnlichen Gefühle zu beachten, die das warme Wasser in ihrem neu erwachten Körper hervorrief.

Sie hatte sich gerade fertig angezogen, als Adele ins Zimmer kam. »Mein Lämmchen, meiner Ansicht nach paßt dieses helle Seidenkleid nicht für einen Besuch im Steinbruch, aber ich verstehe, daß du gern bezaubernd aussehen möchtest.«

Brianna ging gar nicht auf Adeles freundlich gemeinte Worte ein. »Ich werde nicht mitkommen.«

»Aber du hast es doch Joan und Glynis versprochen. Sie sind bestimmt enttäuscht. Was gibt es denn so Wichtiges, was dich von diesem Ausflug abhält?«

»Ich … ich kümmere mich um frische Wäsche«, erklärte Brianna schnell.

»Das können wir doch zusammen machen. Du bringst die Laken zum Waschhaus, und ich hole neue aus dem Schrank. Bis wir damit fertig sind, ist Joan auch sicher soweit, daß wir zu unserem Ausflug aufbrechen können. Sie freut sich wie ein Kind darauf!«

Brianna fand, daß es nur Adeles Aufmerksamkeit erregen würde, wenn sie jetzt eine Auseinandersetzung begann. Es war schon eigenartig genug, wenn sie die Arbeit eines Zimmermädchens tun wollte. Sie nahm die Laken mit ihrem eindeutigen Beweis und ging dann zu Joans Zimmer, wo sie sich auch daran machte, das Bett abzuziehen.

Joan lachte laut auf. »Du bist aber eine fürsorgliche Schloßherrin, Brianna. Wirst du uns auch das Frühstück servieren?«

Briannas Sinn für Humor kehrte zurück. »Nein, das werde ich nicht. Mach, daß du runter in die Halle kommst, ich bin auch gleich da.« Vielleicht sollte sie sich einen anderen Ort ausdenken, den sie heute mit den Damen aufsuchen könnte. Doch als sie dann später zu ihnen an den Frühstückstisch kam, waren alle drei entschlossen, sich die berühmten Steinbrüche von Bedford nicht entgehen zu lassen.

Noch ehe sie den Rand des Hügels erreicht hatten, vernahmen sie schon einen Höllenlärm. Stemmeisen wurden mit hölzernen Hämmern so in die Steine getrieben, daß große Blöcke herausbrachen. Die Arbeit in dem Kalkbergwerk von Bedford war hart. Ochsenkarren standen aufgereiht am Rande des Steinbruchs, jeweils zwei Männer waren nötig, um die riesigen Quader auf die mit Stroh gepolsterten Wagen zu wuchten. Die Männer waren nackt bis zur Taille, ihre Körper sandten Schwaden aus von Schweiß und Staub.

Brianna sah zu ihrem Erstaunen, daß Hawksblood Schulter an Schulter mit den Arbeitern des Steinbruchs zusammen schuftete. Seine große Gestalt und die dunkle Haut hob ihn von den anderen Männern ab. Brianna sog scharf den Atem ein, als sie sah, wie der Schweiß auf seinem muskulösen Körper glänzte. Er war ein prachtvolles Mannsbild, eine andere Bezeichnung wurde ihm nicht gerecht.

Sie staunte, daß dies die gleichen, muskulösen Arme waren, die sie in der Nacht gehalten hatten, daß sein kräftiger Nacken der gleiche war, an den sie ihre Lippen gedrückt hatte, und daß ihre Wange auf diesem breiten Oberkörper mit dem dichten schwarzen Haar gelegen haben sollte im Augenblick der Leidenschaft.

Während sie ihn beobachtete, mußte sie der Gerechtigkeit halber zugeben, daß sie ihn wirklich aus eigenem Willen erwählt hatte. Es überrieselte sie vor Unruhe, als ihr klar wurde, daß sie ihn auch heute nacht wieder erwählen würde, um ihr Bett zu wärmen und ihr Blut in Wallung zu bringen!

Genau in diesem Augenblick schaute Hawksblood herüber. Ihre Blicke trafen sich über die Entfernung, und sie erinnerten sich beide an jede intime Einzelheit der letzten Stunden. Seine Augen sagten ihr ganz deutlich, daß er an sie dachte. Die Eindringlichkeit, mit der er sie ansah, verriet ihr, daß er auch heute nacht wieder das Bett mit ihr teilen und ihren Körper besitzen wollte. Brianna wurde ganz schwach von dem Verlangen, das er in ihr weckte. Widerstrebend riß sie ihre Blicke von ihm los, denn ganz sicher sahen ihnen alle, die sie beobachteten, ihren Zustand an.

Als Christian merkte, wie es um *seine* Lady stand, daß sie ihn nicht verleugnen konnte, auch wenn sie sich darum bemühte, schenkte er ihr ein strahlendes Lächeln, bei dem ihr Herz einen kleinen Sprung vollführte.

Brianna hatte ihren Skizzenblock mitgebracht, um einige Szenen im Steinbruch von Bedford festzuhalten, doch als sie später im Schloß ihre Blätter betrachtete, stellte sie fest, daß der schöne, schlanke Körper von Christian Hawksblood jede dieser Zeichnungen dominierte.

An diesem Abend blieb niemand lange in der großen Halle. Briannas Gefährtinnen hatten, mit Joan als Anführerin, ein Komplott geschmiedet, damit Christian und Brianna die Abendstunden und auch die Stunden der Nacht allein verbringen konnten. Es war ihnen nicht möglich, vor den Augen der anderen zu verbergen, was sie füreinander fühlten, und Joan hatte großes Verständnis, da ihnen ohnehin nur mehr wenige gestohlene Augenblicke blieben. Solange sie sich in Bedford aufhielten, waren der König, Prinz Edward und Warrick unterwegs, um Soldaten für den Krieg in Frankreich zu rekrutieren. Sobald der König eine ausreichende Armee zusammengestellt hätte, würden sie den Kanal überqueren.

Brianna zündete die Kerzen an und zog sich gemächlich um, schlüpfte in das Abendgewand aus Samt, das nach Veilchen duftete. Dann nahm sie die Bürste und begann in Gedanken versunken ihr Haar zu bürsten. Würde er wohl kühn genug sein, um noch einmal zu ihr zu kommen? Wäre sie Frau genug, ihn willkommen zu heißen?

»Laß mich das tun.« Seine dunkle Stimme hüllte sie ein mit Zärtlichkeit. Wie war es nur möglich, daß er plötzlich aus dem Nichts vor ihr stand? Ihr stockte der Atem, als er seine kräftige Hand ausstreckte, und gehorsam reichte sie ihm die Bürste. Eine kleine Ader an ihrem Hals pulsierte heftig, als er neben ihr auf die Knie sank und die Hand hob. Ihr Herz begann zu rasen, und sie atmete so schnell, daß ihre festen Brüste sich heftig hoben und senkten.

Jeder Strich mit der Bürste erregte sie. Es war unglaublich erotisch, wie dieser dunkle Krieger ihr das Haar glättete, als sei er ihr Diener. Absichtlich setzte sie sich so, daß ihr Gewand sich ein wenig öffnete. Würde sie ihn dazu verführen können, sie zu berühren? In Wirklichkeit konnte sie es gar nicht erwarten, daß er seine Hände auf sie legte, hier und jetzt.

Noch immer kniete er vor ihr und schob dann seine Hände unter das Gewand. Seine rauhen Finger ließen sie erschauern, als er über die seidige Haut ihrer Brüste streichelte, die unter seinen Liebkosungen schwer wurden und sich in seine Hände drängten. Dann schob er sie unter ihre Achseln und hob sie von dem Hocker, bis sie schließlich vor ihm kniete. Auch auf Knien war er viel größer als sie, und sie mußte ihm das Gesicht entgegenheben, damit er sie küssen konnte.

Als sie die Arme hob, um sie um seinen Hals zu schlingen, öffnete sich ihr Gewand; rasch schob er es über ihre Schultern und zog ihren nackten Körper an sich. Dann legte er sich zurück und nahm sie mit sich zu Boden; auf Armeslänge hielt er sie von sich ab, um sie ansehen zu können und ihr fließendes Haar zu spüren.

»Du verzauberst mich. Nie hätte ich geglaubt, daß du in Wirklichkeit so lieblich bist wie in meinen Visionen – aber sie haben mich nicht betrogen. Sag mir, daß du das gleiche fühlst, Brianna. Sag mir, daß dich in der letzten Nacht nicht nur das flackernde Kerzenlicht gefangenhielt. Sag mir, daß du mich liebst.«

»Gott helfe mir, ich glaube, es ist so«, flüsterte sie, und ihre Augen blickten vor Leidenschaft ganz verschwommen.

Gekonnt begann er sie zu erregen. Ihre eigene Sexualität war noch so neu für sie, daß sie sich nach und nach bezaubert, verliebt, gefesselt, entzückt, umschlungen, versunken, gefangen fühlte und schließlich überwältigt von dieser elementaren Kraft, die Christian Hawksblood für sie bedeutete.

Als sie kurz davor war, den Verstand zu verlieren, als sie ihn bat, all die Phantasien wahr zu machen, die sein hart aufgerichtetes Glied in ihr geweckt hatten, verlangte er: »Schwöre, daß du die Verlobung mit meinem Bruder rückgängig machen wirst.« Seine Finger streichelten den Quell ihrer Weiblichkeit mit so sanften Liebkosungen, daß sie das Gefühl hatte, sie müßte vor Qual vergehen, wenn er nicht bald in sie eindränge, sich nicht bald in ihr bewegte, so heftig, daß die Nacht in Funken zerstöbe.

»Ja, ja, ich schwöre es«, versprach sie eilig und war in diesem Augenblick ehrlich bereit dazu, von ganzem Herzen.

Ihre Vereinigung war so wild, daß Brianna fürchtete, sie würde es nicht überleben, doch schon sehr bald schrie sie auf vor Lust und stöhnte sehnsüchtig, als er sich aus ihr zurückzog.

Wieder überrollte Christian eine Woge der Kraft, als er erschöpft neben ihr lag. Er war seiner Lady zutiefst ergeben. Keine Frau zuvor hatte ihn je so in Bann geschlagen.

Brianna warf ihm einen verschmitzten Blick zu, als er sie hochhob und ins Bett trug. Sie war ganz plötzlich in der Stimmung, ihre eigene Macht über ihren kriegerischen Geliebten auszuprobieren. Konnte sie ihn an den Rand des Verstandes treiben, wo er jeden Schwur schwören würde, damit sie ihn erlöste? Sie lächelte geheimnisvoll und machte sich dann an das Vorspiel.

Er hatte sie gut unterrichtet. Nun wußte sie ihn mit den sanften Berührungen ihrer Fingerspitzen zu reizen, kannte die Wirkung, wenn sie mit der Zunge in verborgene Spalten und Ecken fuhr und dann leckte und saugte, bis er um Gnade bettelte. Sie hatte Waffen, gegen die er keine Verteidigung besaß, wie zum Beispiel ihr seidiges Haar, das über seine ganze Länge strich, bis er aufschrie vor Verlangen. Oder sie ließ ihre rosigen Brustspitzen über seine Haut fahren, seine Lippen necken und dann über sein Glied gleiten, bis hin zu der kleinen Öffnung an der Spitze.

»Brianna, du hast mich genug gequält, ich werde gleich kommen«, keuchte er. Er hob seinen Körper und versuchte, sie unter sich zu ziehen, doch sie stieß ihn auf das Bett zurück und bestieg ihn dann ganz langsam, während sie sich daranmachte, die Tortur noch ein wenig fortzusetzen.

Er blickte zu ihr auf, Liebe leuchtete ihr aus seinen Augen entgegen. »Du bist wunderschön in deiner Leidenschaft, so wie ich es immer erträumt habe.«

Seine Worte waren der Tropfen, der das Faß zum Überlaufen brachte. Sie schmiegte sich in seine Arme, und sein leidenschaftlicher Kuß brachte ihr die Erfüllung. »Schwöre, daß du mich immer so lieben wirst wie in diesem Augenblick.« Sie lächelte nachsichtig, denn wieder einmal war es Christian gewesen, der diesen Schwur von ihr verlangte.

Viel später, als ihr Ritter aus dem Orient schon schlief, stahl sich Brianna aus dem Bett, mit dem dringenden Verlangen, sein Ebenbild festzuhalten. Sogar wenn er entspannt dalag, sahen seine langen, muskulösen Glieder noch so hart aus wie Eisen. Sie skizzierte jede Einzelheit des schwarzen Türkensäbels an der Innenseite seines Schenkels. Im Licht der Kerzen schien sein eindrucksvoller Körper zu brennen, Licht und Schatten huschten darüber, und sie wußte, daß sie all ihre Fähigkeiten brauchen würde, um sein Abbild auf das Pergament zu bannen. Dann versteckte sie die Skizzen sorgfältig, legte sie zu denen, die sie von Gnasher angefertigt hatte. Doch dann konnte sie es nicht ertragen, noch länger von ihm getrennt zu sein, schnell schlüpfte sie unter die Decke in die warme Höhle zu ihrem Liebsten. Er streckte die Arme aus und zog sie an sein Herz.

Wieder verschwand er vor der Morgendämmerung. Brianna fragte sich, ob er in einer Vorahnung wußte, daß Warrick auf dem Weg zu ihnen war.

Die Halle, der Hof und die daneben liegenden Wiesen wimmelten von Männern. Der Graf war in seinem Schloß Warrick gewesen, fünfzig Meilen westlich von Bedford, um dort und auch in der benachbarten königlichen Residenz Kenilworth alle Ritter und Kämpfer zu mobilisieren. Er erzählte Hawksblood, daß Prinz Edward nach Osten geritten war, um die Wehrtauglichen von Schloß Hedingham und Colchester zu holen, während der König selbst in seiner Mission nach Süden gereist war, in die Ortschaften Odiham, Winchester und Arundel.

Hawksblood fand, daß sein Vater in guter Verfassung war. Die beiden Männer grinsten einander an und blickten dann auf das Heer, das sie zusammengerufen hatten. Es schien, daß jeder Mann in England bereit war, seinem ehrgeizigen König nach Frankreich zu folgen, um dem rechtwidrigen Throninhaber die Krone zu entreißen und sie für das Vaterland zurückzuerobern.

»Ich werde die Leute von Warrick unter dein Kommando stellen.« Das sollte freilich kein Test sein, Warrick hatte ihn im Kampf beobachtet und wußte, was er wert war. Sein Vater erwartete von ihm, die Kampfkraft der Männer zu schärfen und sie dann anzuführen, wenn sie zusammen über den Kanal zogen.

»Ich werde sie heute mit in den Steinbruch schicken. Dann werden wir in der Morgendämmerung nach Windsor reisen.«

Hawksblood verbrachte den Tag damit, seine Schar kennenzulernen. Er war angenehm überrascht, daß die Domäne über tausend Kämpfer verfügte. Sie lag nur vierzig Meilen von Bedford entfernt, und er war davon überzeugt, daß er in nicht allzu ferner Zukunft beide Güter vereinen könnte.

Brianna machte sich Sorgen, wie Bedford eine so große Anzahl Menschen verköstigen sollte, doch der »Verrückte Hund« hatte seine Männer gelehrt, sich aus eigener Tasche zu ernähren. Sie war erleichtert, daß keiner von ihnen an diesem Abend in die Halle kam, nicht einmal Hawksblood erschien.

Brianna und Joan verbrachten den Tagesausklang zusammen. jetzt waren sie nicht nur die besten Freundinnen, sondern auch Verbündete in der Liebe. Sie teilten ihre geheimsten Hoffnungen und Ängste um ihre Geliebten und versicherten einander, daß sich alles irgendwie zum Guten wenden würde – auf diese Art verbannten sie das Schreckgespenst des bevorstehenden Krieges.

Als Brianna ihr Zimmer aufsuchte, reichte Mr. Burke ihr eine Nachricht. Ihr Herz zog sich zusammen. Sicher würde Hawksblood sie doch nicht mit einem heimlichen Besuch kompromittieren wollen? Ein Seufzer stahl sich über ihre Lippen, als sie hastig die Zeilen überflog.

Meine kostbare Lady,
ich werde mich dir nicht wieder nähern, bis wir
sicher zurück in Windsor sind – aber ich werde
darauf bestehen, daß du deinen Schwur einhältst.

Es gab keine Unterschrift, nur ein geschwungener Türkensäbel befand sich unter der Nachricht.

20

Auf der Rückreise nach Windsor sollte Paddy sich um das Wohl der Damen kümmern. Er war froh, daß Adele sich entschlossen hatte, Clancy in Bedford zu lassen. Sie liebte den Kater so sehr, daß sie nur das Beste für ihn wollte, und hatte ihn zu seinem Glück nicht aus seinem angestammten Jagdrevier gerissen. Paddy mußte jetzt keinen Mitbewerber um Adeles Zuneigung mehr ausstechen.

Auf dem Weg stieß der kleine Trupp zu ihnen, den Prinz Edward aus Hedingham, Colchester und Berkhamsted rekrutiert hatte. Er erzählte Warrick und Hawksblood, daß der König seine

Grafen aus dem Norden, Wales und Irland zusammengerufen habe. Ohne daß man es ihnen zu sagen brauchte, wußten alle, daß Edward III. in dem Augenblick zu seiner Offensive aufbrechen würde, sobald seine Armee versammelt war. Der unermeßliche Ehrgeiz des Königs, gepaart mit seiner ungeheuren Energie und Kühnheit würde dafür sorgen, daß sie schon in zwei Wochen die Segel setzen könnten.

Prinz Edward war es unmöglich, einen Augenblick lang mit Joan allein zu sein, deshalb mußte sie sich mit einer hastig niedergeschriebenen Mitteilung zufriedengeben.

Meine süßeste Jeanette,
auch wenn ich mich danach sehne, dich an mein Herz zu drücken, so machen es mir die Umstände doch unmöglich. Ich werde dafür sorgen, daß du deinem Bruder in der Fish Street in London einen Besuch abstatten kannst, und dir durch den jungen Randal Gray eine Botschaft zukommen lassen. Dein die Stunden zählender E.

Jede Meile, die sie sich Windsor näherten, brachte Brianna auch näher zu Robert de Beauchamp. Ihr schwindelte vor dieser Begegnung. Wie konnte sie ihn zurückweisen? Mit welchen Worten sollte sie es ihm erklären? Ihm zu sagen, daß sie seinen unehelichen Bruder liebte, wäre nicht nur grausam, es wäre auch gefährlich in der gegenwärtigen angespannten Lage. Irgendwie mußte sie die richtigen Worte finden. Sie hatte Christian versprochen, die Verlobung aufzulösen. Ihr war klar, daß dies die schwierigste Aufgabe war, die sie je zu meistern hatte; doch war sie entschlossen, sie so bald wie möglich hinter sich zu bringen.

Brianna badete, um sich den Staub der Reise vom Leib zu waschen, dann wählte sie eine Tunika in schlichtem Blau und machte sich auf die Suche nach Robert. Sie war erschrocken, als sie von seinen Dienern erfuhr, daß er von seiner Wunde noch nicht genesen war. Sie fand ihn in seinen Gemächern, er lag auf einem Diwan und hatte sein Bein mit einem Kissen abgestützt.

Als er sie sah, leuchteten seine Augen auf. »Brianna! Gott, wie sehr habe ich Euer hübsches Gesicht vermißt.«

Betrübt stellte sie fest, daß er nicht aufstehen konnte, doch streckte er ihr die Arme entgegen. Ein wenig zögernd näherte sie sich ihm, erlaubte ihm, sie auf die Wange zu küssen, und zog sich dann auf einen Sessel zurück, der ein Stück von seiner Liege entfernt stand.

»Robert, Ihr habt Euch noch nicht erholt«, sagte sie mitleidig.

»Erholt?« sagte er bitter. »Ich werde mich nie wieder erholen!«

»Was wollt ihr damit sagen? Heilt die Wunde nicht?« Brianna konnte sich des Gefühls eines bevorstehenden Schlags nicht erwehren.

»Sie wäre längst verheilt, wenn mich nicht dieses verfluchte Tier gebissen hätte. Der Arzt des Königs, John Bray, sagt, daß der Schenkelknochen infiziert ist und ich wohl für den Rest meines Lebens humpeln werde.«

»Von was für einem Tier redet Ihr?« fragte Brianna verwirrt.

»Als ich verwundet auf dem Turnierfeld lag, kletterte ein Wiesel oder ein ähnliches Gezücht mein Bein hinauf und biß mich in die Wunde. Sollte ich je herausfinden, wem dieses bösartige, schmutzige Tier gehört, werde ich demjenigen mein Schwert in den Leib rammen.«

Ein Wiesel war ein Frettchen. Es konnte nur Hawksbloods zahmes Frettchen sein, Gnasher! Sie fühlte sich ziemlich elend. »Aber es muß doch etwas geben, was man tun kann, um das Bein wieder in Ordnung zu bringen«, rief sie verzweifelt. Es war unfaßlich, daß die militärische Laufbahn eines tapferen jungen Kriegers wie Robert de Beauchamp so grausam enden sollte

»Euch macht es wohl keinen Spaß, mit einem Krüppel belastet zu werden, nicht wahr, Brianna?« fragte er bitter. »Nur zu, löst die Verlobung. Eine makellose junge Frau wie Ihr hat einen gesunden Mann verdient.«

»Hört auf, Robert! Wie könnt Ihr nur so schlecht von mir denken?« fragte sie. Sie war zur Pflichterfüllung und zum Gehorsam erzogen worden, ihr ganzes Leben lang. Niemals konnte und würde sie einen Mann abweisen, weil er einen körperlichen Schaden davongetragen hatte. Sie fühlte, wie sich die Zähne der Falle um sie schlossen, in der sie gefangen war.

Wegen seines Beines bewegte er sich unbeholfen, doch gelang es ihm, ihm nahe genug zu kommen, um nach ihrer Hand zu greifen. »Schwört mir, daß Ihr mich nicht deswegen ablehnt.«

»Ich … ich schwöre es, Robert«, sagte Brianna hilflos.

Ein Teil seines Grams schien zu verschwinden. Sein fester Griff um ihre Hand lockerte sich ein wenig, dann zog er sie an seine Lippen. »Wir sind einander versprochen«, erklärte er fest, und Brianna brachte nicht die Festigkeit auf, seinen Anspruch auf sie zurückzuweisen.

Sie war noch nicht lange gegangen, als Neville Wiggs um eine Unterredung mit Robert bat. Er hatte die Absicht, seine Sicht der Dinge zuerst vorzubringen.

»Ich bin Sir Neville Wiggs, der rechtmäßige Burgvogt von Bedford. Euer Bruder hat mich von Anfang an nicht leiden können und hat mich meines Postens enthoben. Ich glaube, er hat seine Autorität in grober Weise übertreten. Da Ihr der Verlobte von Lady Bedford seid, denke ich, es wäre allen damit gedient, wenn Ihr mich auf meinen Posten zurückversetzen würdet.«

Wiggs ähnelte einem verärgerten Terrier mit seinem zerzausten braunen Haar und einem ebensolchen Bart.

»Was hat mein Bruder Euch vorzuwerfen?« wollte Robert wissen und witterte in diesem Mann einen starken Verbündeten.

»Er meinte, die Bücher wären nicht ordnungsgemäß geführt, doch Sir James Burke war dafür verantwortlich«, log er.

Robert betrachtete ihn mit eisigem Blick, ehe sich sein Mund zu einem zufriedenen Lächeln verzog. »Ich denke, wir beide verstehen einander. Dieser Bastard, mein Bruder, würde gut daran tun, in dem bevorstehenden Konflikt darauf zu achten, was sich hinter seinem Rücken abspielt. Macht Euch nützlich für mich, dann werde ich Euch wieder als Burgvogt einsetzen, sobald ich Lady Bedford heirate.«

Brianna war gefangen zwischen zwei Riesen. Sie hatte auf ihr Herz gehört, und es hatte sie zu Liederlichkeit und Untreue verleitet. Jetzt war sie in Christian Hawksblood verliebt, wozu sie kein Recht hatte. Seinem Bruder gehörte der erste Anspruch auf sie. Wenn sie Robert mit seiner Behinderung abwies, wäre der Skandal entsetzlich. Christian war bei weitem der Stärkere der beiden. Er würde sich eher davon erholen, wenn er sie verlor. Auf der anderen Seite würde Robert für den Rest seines Lebens von allen nur noch mehr bemitleidet.

Brianna gelangte zu dem Ergebnis, in dieser Angelegenheit keine freie Wahl zu haben. Das Schicksal hatte für sie entschieden. Wenn sie das Hawksblood erzählte, würde seine Wut keine Grenzen kennen. Er war ein Mann, dessen Pläne man nicht durchkreuzen durfte. Sie traute ihm eine so schreckliche Szene zu, daß diese Episode sie beide vernichtete.

Noch ein Gedanke kam ihr. Er besaß die Macht, sie seinem Willen zu beugen, auch wenn er das ableugnete. Christian Hawksblood war nicht wie andere Männer. Es wäre am besten, einer Konfrontation aus dem Weg zu gehen. Auch wenn es aussah wie Feigheit, entschied sie sich, ihre ausweglose Lage zu Papier zu bringen und ihm mitzuteilen, daß für sie die Verlobung mit Robert de Beauchamp eine Frage der Ehre war.

Die ersten drei Entwürfe zerriß sie wieder. Es waren Schreie aus ihrem gebrochenen Herzen, geeignet, einen heißblütigen Ritter zur Rettung einer Dame in Not aufzurufen. Erst als es ihr gelungen war, die Tatsachen nüchtern darzulegen, als sie die Endgültigkeit ihrer Entscheidung formuliert hatte, schickte sie ihm den Brief durch den jungen Randal – noch ehe sie ihre Meinung wieder ändern konnte.

Wenige Minuten, nachdem Christian Briannas Brief gelesen hatte, erzwang er sich Zugang zu ihren Gemächern, keinen Pfifferling gab er dabei um die Schicklichkeit. »Du hast mir geschworen, deine Verlobung mit Robert aufzulösen. Ich werde nicht dulden, daß du diesen Schwur brichst!«

Sein dunkles Gesicht war vor Wut entstellt, schnell trat Brianna einen Schritt zurück und holte tief Luft. »Christian, er ist ein Krüppel! So grausam und gefühllos kann ich nicht sein. Alles hat sich verändert, seines Beines wegen. Bitte, hör mir doch zu, Christian. Ich liebe dich von ganzem Herzen, aber ich bin deinem Bruder versprochen und kann dieses Versprechen nicht guten Gewissens aufheben.«

»Du würdest unser beider Leben ruinieren, nur wegen eines unsinnigen Mitleides?« Seine Wut kannte keine Grenzen. Er machte ein paar Schritte auf sie zu, dann legte er seine starken Hände um ihre Taille und hob sie hoch, bis ihre Augen auf gleicher Höhe mit seinen waren. »Glaubst du wirklich, daß ich dich stillschweigend gehen lasse?«

»Christian, bitte sei doch vernünftig«, bat sie. »Der König wünscht diese Verlobung, dein Vater wünscht sie auch. Du solltest dich damit abfinden!« Es war ein Schrei aus tiefem Herzen, der ihn bat, nachzugeben. Doch sie sah, daß sein Gesicht sich bei ihrer Bitte nur verhärtete.

Seine Augen hielten ihre Blicke gefangen, als wolle er sie unter seinen Willen zwingen, dann stellte er sie wieder auf die Füße und zog seine Hände zurück. »Du wirst sehen, womit ich mich abfinde und womit nicht, Brianna.« Seine Worte hingen noch in der Luft, lange nachdem er gegangen war. Ihr Herz blutete, weil sie ihm weh getan hatte. Die nächsten drei Tage waren die reinste Folter, ständig wartete Brianna darauf, daß Hawksblood einen Eklat riskierte. Doch nichts gschah. Nicht einmal von weitem entdeckte sie dieses stolze dunkle Gesicht.

In dem Augenblick, als Warrick den Zustand seines Sohnes erkannte, ließ er Hawksblood und seinen arabischen Knappen Ali rufen. Beide hatten in Cordoba und im Orient eine umfassende medizinische Ausbildung erhalten, und Warrick ahnte, daß diese Master Brays Wissen bei weitem überschritt.

Zuerst weigerte Robert sich, seinen Bruder an sich heranzulassen, doch Hawksblood brachte ihn schließlich dazu.

»Ich bin verantwortlich dafür«, drängte er. »Seid nicht so ein störrischer Dummkopf, laßt mich das Bein sehen.«

»Ihr braucht Euch nicht verantwortlich zu fühlen, weil Ihr mich im Turnier verletzt habt. Euer Schwert hat mich gar nicht berührt«, erklärte Robert arrogant.

»Leider trifft mich trotzdem Schuld, weil es mein Frettchen war, das Euch in Eure selbst zugefügte Wunde gebissen hat.«

Robert wäre beinahe erstickt. »Ihr habt es absichtlich auf mich gehetzt. Ich werde diese Ratte vergiften!«

»An Eurer Stelle würde ich Abstand von ihm halten, es sei denn, Ihr habt die Absicht, einen Eurer Hoden zu verlieren. Gnasher sammelt sie nämlich.«

Robert wurde ganz blaß, als er begriff, daß er nur knapp einer Kastration entgangen war. Zögernd entledigte er sich seiner Hose und zeigte die heftig entzündete Wunde vor.

Hawksblood und Ali besprachen sich, dann stimmten sie überein, daß ein heißer Breiumschlag aus Wundwurz den bösen Eiterfluß austrocknen würde. Und wenn in ein paar Tagen die Entzündung abgeklungen war, würde der Saft des Weiderichs die Wunde schnell wieder schließen.

»Wir werden Euch ganz bald wieder auf die Beine bringen«, versicherte Hawksblood ihm. »Ihr braucht den Feldzug nach Frankreich nicht zu verpassen.«

Insgeheim fragte Christian sich, ob Robert wohl simulierte. Die Wunde sah nicht so schlimm aus, wie er es sich vorgestellt hatte, und sicher war sie nicht so gravierend, einen starken Mann bettlägerig zu machen. Sein Bruder war doch wohl nicht etwa ein Drückeberger? Sofort schob Christian diesen Gedanken beiseite. Seine Gefühle für Brianna durften nicht seine Objektivität Robert gegenüber beeinflussen. Wenn sein Bruder erfuhr, daß die kämpfenden Männer aus Warrick unter Christians Kommando standen, würde ihm das sicher den nötigen Ansporn zu einer raschen Genesung verschaffen.

Als der König nach Windsor zurückkehrte, folgten ihm über zweitausend Kämpfer. So weit das Auge reichte, waren die Wiesen überfüllt mit Zelten, und Dame Marjorie belehrte die jungen Edelfräulein über die Gefahren, die sie außerhalb der Schloßmauern erwarteten.

Noch am Tag seiner Rückkehr befahl der König seinen Baumeistern, mit den Arbeiten an dem neuen Runden Turm zu beginnen. Der Gedanke, die Franzosen zu besiegen, beflügelte ihn, als hätte er die Energie von zehn Männern. Erst lange nach Einbruch der Dunkelheit las er endlich den Stapel der Meldungen, die sich in seiner Abwesenheit angesammelt hatten.

Prinz Edward saß mit seinem Vater beisammen, mit ihm besprach der König seine Ideen; er half ihm dabei zu entscheiden, welche Angelegenheiten vor den Rat gebracht und welche geheimgehalten werden sollten.

»Zum Donnerwetter!« Der König warf ein offizielles Schreiben des Königs von Frankreich auf den Tisch.

Edward nahm das Pergament mit den daran hängenden Siegeln und lüftete eine Braue.

»Philipp bietet an, William de Montecute freizulassen, im Austausch gegen die Freilassung des Grafen von Moray.«

»Dieser Austausch ist unmöglich, Vater. Moray als unser Gefangener bildet die einzige Gewähr dafür, daß die Schotten die Grenze unseres Landes nicht überschreiten.«

»Das weiß ich! Wenn ein schottischer Barbar meine englische Grenze überschreitet, wird Moray zum Tode verurteilt. Ich will sicher sein, daß Schottland nicht in unser Land einmarschiert, während wir Frankreich erobern!«

»Vater, da du vom Krieg sprichst, ich möchte dein heiliges Wort haben für etwas Persönliches.«

König Edward blickte den Sohn an, den er nach seinem Bild geformt hatte. Ein König machte in einem Atemzug Versprechen und brach sie im nächsten wieder. Doch wußte er, daß der Schwarze Prinz ihn an sein Versprechen binden würde. »Was verlangst du von mir, Edward?«

»Wenn wir kämpfen, bitte ich dich darum, daß du mich aus deinen Gedanken verbannst. Ich werde mich um meine eigene Sicherheit kümmern. Du sollst mir nicht zu Hilfe kommen, wenn ich in der Schlacht falle. Ich bitte dich nur darum, mich meine eigenen Sporen verdienen zu lassen.«

Einen Augenblick lang sah der König ihn verständnislos an, doch dann wurde ihm klar, daß er seinen Sohn nicht vor seinen Männern beschämen durfte. Auch wenn er erst sechzehn war, so stand er doch wacker seinen Mann, Gott sei Dank. Er würde der größte Ritter der Christenheit werden, und dazu würde er sich ganz ohne die Hilfe seines Vaters aufschwingen! »Ich gebe dir mein Wort, Edward«, schwor der König und legte eine Hand auf die Schulter seines Ältesten. Dann ließ er die Hand wieder sinken und verzog den Mund. »Aber es wäre besser, wenn du gesund und am Leben bliebest. Denn wenn dir etwas zustößt, wird deine Mutter mir den Hals umdrehen.«

»Ich bin ein Plantagenet«, erklärte der Prinz schlicht, und es klang, als sei er ein goldener Gott.

König Edward schwor sich insgeheim, mit Christian Hawksblood zu sprechen. Auch wenn er versprochen hatte, nicht in der Nähe des Prinzen aufzutauchen, so brauchte dieser doch ein unbesiegbares Schwert in seinem Rücken!

Es war Mitternacht, als der König die dunkle Treppe zu den Gemächern von Katherine de Montecute hinaufstieg. Er war enttäuscht, als er sie voll bekleidet vorfand, alle Lichter im Raum brannten. »Du solltest im Bett sein, Liebling«, ermahnte er sie und wünschte sich nichts sehnlicher, als ihren willigen, nachgiebigen Körper unter dem seinen zu spüren.

»Ah, ja, die ganze Welt hat sich den Wünschen des Königs zu beugen.«

Er seufzte. Eigentlich verkraftete er jetzt keinen Streit zwischen Liebenden. Er hätte gleich zu Philippa gehen können, wenn er Ruhe und Frieden suchte. Doch er gestand sich ein, daß es ihn nach etwas anderem gelüstete. Er wollte Katherines Leidenschaft und wußte, er würde ihr Temperament auch in anderen Dingen ertragen müssen, um zu bekommen, was er wollte.

»Du hast eine amtliche Mitteilung aus Frankreich erhalten über die Lösegeldzahlung für William!«

»Komm ins Bett, mein Herz, dann werde ich dir alles erklären.«

»Euer Spaß interessiert mich nicht, Sire. Ich bestehe darauf, daß wir vor dem Vergnügen über die Geschäfte sprechen, denn allzuoft gelingt es mir nicht, Euch weiter als bis zum Vergnügen zu bringen.«

»Grausame Katherine«, meinte er schmachtend und hob eine Locke ihres dunkelgoldenen Haares an seine Wange. »Woher weißt du überhaupt, daß ich eine Mitteilung bekommen habe?«

»Ich habe mit dem französischen Gesandten gesprochen.«

Eine Woge von Eifersucht stieg in ihm auf. Bei den heiligen Wunden Christi, er war bereit, sie mit ihrem Ehemann zu teilen; doch der Gedanke, daß sie ihre Gunst für diese Information verkauft hatte, traf ihn wie ein Messer in seinem Stolz. »Ich werde jede Information, die ich über William erhalte, an dich weitergeben, das mußt du mir glauben, Katherine.«

Beschwichtigend legte sie beide Hände auf seine muskulöse Brust. »Du bist meine Sonne, Edward. Ich weiß, du wirst den Grafen von Moray gegen deinen besten Freund austauschen.«

Edward stöhnte auf, als sich seine Hände auf ihre Alabasterschultern legten. »Liebling, solange ich Moray gefangenhalte, sind wir vor einer schottischen Invasion sicher.«

Sie zog sich von ihm zurück, als könne sie seine Berührung nicht ertragen. »Also verweigerst du mir das einzige, um das ich dich je gebeten habe?«

»Süße Kat, es fällt ja auch dir nicht schwer, mir das zu verweigern, worum ich dich bitte.«

»Ich habe dir meine Liebe geschenkt, meinen Körper. Wann habe ich dir je etwas verweigert?«

Seine Hände fanden den Verschluß ihres Gewandes. »Du verweigerst dich mir jetzt«, flüsterte er hitzig.

Sie nahm seine Hände und legte sie auf ihre Brüste, die er gerade entblößt hatte. »Ich werde dir alles geben... alles. Ich weiß, wie man Großmut zeigt.«

Edward stöhnte abermals, dann hob er sie hoch und trug sie zu ihrem Bett. Noch ehe die Morgendämmerung anbrach, war auch der König großzügig gewesen. Er hatte versprochen, den Grafen von Moray auszutauschen gegen William, Graf von Salisbury.

Botschafter ritten stündlich hin und her zwischen Windsor und der Küste, wo sich in jedem der Häfen die Schiffe sammelten für den Transport von Edwards Armee nach Frankreich. Pferde, Waffen und Munition wurden aus allen Bezirken Englands zur Küste geschafft. Die Waliser mit ihren Langbögen wurden in eine Uniform gekleidet aus grünen Jacken, braunen Hosen und einem Köcher aus Hirschleder für ihre Pfeile mit den Gänsefedern. Die Ritter hatten sowohl ihre eigenen Rüstungen zu stellen als auch die ihrer Knappen und die Streitrösser. Alle anderen Kämpfer erhielten einen Helm, ein hartes ledernes Panzerhemd, einen Schild, ein Messer und ein Schwert aus dem feinsten Stahl von Sheffield. Hunderte von Wagen mußten nach Frankreich gebracht werden, um Waffen, Kanonen, Munition, medizinische Ausrüstung und hoffentlich später auch die Kriegsbeute weiterzubefördern.

Die ganze Atmosphäre in Windsor hatte etwas Fieberhaftes. Die Steinmetze arbeiteten von Sonnenaufgang bis Sonnenuntergang, bemüht, den Runden Turm Edwards des Dritten fertigzustellen. Frauen hofften, daß ihre Babys geboren würden, ehe die Väter in den Krieg zogen, und eine ganze Menge der vielversprechenden Anwärter auf eine Ritterschaft drängten die Jungfern, sich den Pfeilen Cupidos zu ergeben und sich ihnen zu schenken, ehe sie ihr Leben aufs Spiel setzten.

Der junge William de Montecute nutzte jede Gelegenheit, um sich von den unaufhörlichen Waffenübungen davonzustehlen und

Joan zu besuchen. Sie ging ihm aus dem Weg, so gut sie es vermochte, denn er bestand darauf, ihre Verlobung noch vor dem Abmarsch nach Frankreich bekanntzugeben. Doch an jedem Abend, an dem sie zusammen mit ihm unter den aufmerksamen Augen seiner Mutter, der Gräfin von Salisbury, zusammensaß, dachte sie voller Sehnsucht an ihren goldenen Prinzen und betete darum, eine Einladung ihres Bruders in die Fish Street zu erhalten.

Joan kam völlig aufgelöst in Briannas Zimmer. »Meine Einladung zu Edmund ist endlich angekommen. William und seine Mutter haben mich in die Enge getrieben. Sie bestehen auf der Verlobungszeremonie und haben die Verträge schon aufsetzen lassen.«

»Ich stehe auch unter großem Druck von Robert. Es bleibt mir nichts anderes übrig, als mich damit abzufinden, wann immer der König den Zeitpunkt für angemessen hält. Warrick hat die Verträge schon vor langer Zeit fertiggemacht«, meinte Brianna hoffnungslos.

»Komm mit mir, Brianna. Es wird auch für dich so etwas wie eine vorübergehende Flucht sein.«

»Wann brichst du auf?«

»Jetzt gleich!« rief Joan. »Laß mir nur noch Zeit, mich umzuziehen, ich werde eines der Lieblingskleider Edwards anziehen, dann stehlen wir uns hinunter zum Fluß und verschwinden auf dem Wasserweg nach London.«

Als Joan gegangen war, meinte Adele: »Du packst am besten ein Nachthemd ein und deine Toilettenartikel.«

»Oh, glaubst du, Joan wird auch die Nacht fortbleiben?« fragte Brianna, als sie eine violette Tunika über ihr lavendelfarbenes Unterkleid zog.

»Mein Lämmchen, wenn Edward sie endlich für sich allein hat, dann glaubst du doch nicht, daß er die Türe vor morgen wieder aufschließt, oder?«

Brianna stieg die Röte ins Gesicht. »Daran habe ich gar nicht gedacht«, murmelte sie. Als sie schließlich Joans Zimmer betrat, begegnete ihr dort zu ihrer Überraschung Lady Elizabeth Grey. Sie war gekommen, um Glynis um einen Gefallen zu bitten, die oft Liebestränke aus Kräutern zubereitete und geheime Zaubersprüche kannte. Als Brianna eintrat, schwiegen die anderen plötzlich. Brianna entging nicht der Ausdruck von Panik in Elizabeths Miene, und dann entdeckte sie auch deren Tränen. »Elizabeth, was ist geschehen?« fragte Brianna betroffen.

»Ich bin ... ich bin schwanger«, schluchzte Elizabeth. »Glynis soll mir etwas geben, damit meine Periode wieder einsetzt.«

»Oh, Elizabeth, nein!« Briannas Herz war voller Mitgefühl für Lady Grey.

Glynis meinte: »Ich kenne ein Mittel, aber das ist sehr gefährlich. Eine Jungfer ist daran gestorben, nachdem sie es genommen hat.«

»Das ist mir egal, das ist mir egal! Lieber bin ich tot, als diesen schrecklichen Skandal zu ertragen. Wenn Prinzessin Isabel mein Geheimnis erfährt, wird sie es in ganz Windsor ausposaunen.«

Brianna konnte sich sehr gut vorstellen, wer für Elizabeths Elend verantwortlich war. Wenn sie mit ihrer Vermutung recht hatte, kam eine Ehe natürlich nicht in Frage. »Ist Prinz Lionel der Schuldige?«

Elizabeth nickte bedrückt und wurde dann über und über rot.

Joans weiches Herz schmolz. »Du brauchst dich nicht zu schämen, Lizzie, wir alle hier sind keine Jungfrauen mehr«, gestand sie. Joan hatte geglaubt, das würde Elizabeth vielleicht aufmuntern, doch diese brach wieder in Tränen aus. »Oh, Glynis, bitte hilf ihr«, flehte Joan.

Glynis blickte von Joan zu Brianna und zurück. »Ihr zwei verschwindet jetzt. Ich kümmere mich um Lady Grey. Das ist eine private Angelegenheit zwischen ihr und mir, und ihr müßt beide vergessen, was ihr heute hier gehört habt.«

Nachdem die beiden gegangen waren, holte Glynis ihre Kiste mit den Kräutern hervor und mischte die Früchte des Lorbeerbaums mit einem Sirup aus Feigen. »Ihr bleibt besser hier bei mir, Lady Grey. Eure Schmerzen in den nächsten Stunden können zur Agonie werden.«

»Danke, Glynis«, sagte Elizabeth inbrünstig und schluckte die Mischung, die gar nicht so schlecht schmeckte. Sie setzte sich und spielte nervös mit dem Verschluß ihres silbernen Gürtels. »Prinz Lionel ist nicht der Vater«, gestand sie schließlich.

»In diesem Fall könnte man den Gentleman vielleicht dazu bringen, Euch zu heiraten?«

Elizabeth schüttelte den Kopf. »Er ist verlobt mit Lady Bedford. Robert de Beauchamp hat mich geschwängert.«

»Judas, laßt nur Brianna nichts davon erfahren. Es würde ihr ganzes Leben ruinieren!«

Elizabeth konnte nicht mehr darauf antworten, denn in diesem Augenblick fuhr ein Schmerz durch ihren Körper, der sie fast zerriß.

21

Joan und Brianna waren ungewöhnlich schweigsam auf ihrer Fahrt flußaufwärts nach London. Jede hing ihren eigenen Gedanken nach. Schließlich murmelte Brianna: »Gott sei Dank ist keine von uns beiden in den gleichen Schwierigkeiten wie Elizabeth Grey.«

»Oh, Brianna, Edward würde bestimmt für mich sorgen«, meinte Joan mit unschuldigem Blick.

Brianna seufzte. Gerade erst hatte sie auf eine recht unangenehme Art und Weise erfahren, daß es an einer Frau selbst lag, für sich zu sorgen, und von jetzt an, so schwor sie sich, würde sie nie wieder leichtsinnig sein. Sie runzelte die Stirn und wünschte sich, daß Joan vernünftiger wäre. In ihrer Ausgelassenheit wagte sie allerhand Unfug und war viel gutmütiger, als es die Vorsicht gebot.

Die beiden Mädchen, die Gepäcktaschen für die Übernachtung bei sich trugen, kletterten die Treppe vom Fluß hinauf und liefen durch die Fish Street auf das große Haus zu, das Edmund von Kent gehörte. Er wartete schon auf sie und umarmte seine Schwester mit brüderlicher Zuneigung. Dann umarmte er auch Brianna und zwinkerte dabei vergnügt. Sie schlug spielerisch nach ihm, als er versuchte, sie auf den Mund zu küssen anstatt auf die Wange, die sie ihm bot.

»Du kannst einen Mann nicht dafür verurteilen, es zu versuchen, ganz besonders, wenn er schon so bald in den Krieg ziehen muß.« Er betrachtete sie von Kopf bis Fuß. Ihre Haut war durchscheinender als die Perlen, die sie trug. »De Beauchamp kann sich glücklich schätzen.«

Brianna senkte wieder einmal den Blick.

Edmund führte sie durch den hinteren Teil des Hauses in den rückwärtigen Garten. »Ich würde Euch gern meinen neuen Nachbarn vorstellen.«

Joans Augen weiteten sich vor Freude, als ihr klar wurde, daß Prinz Edward das Grundstück nebenan gekauft haben mußte.

Edmund führte sie zur Hintertür und überließ sie dann John Chandos, dem Knappen des Prinzen. Er nahm Joans Tasche und deutete den Korridor entlang. »Ich denke, Ihr werdet die Aussicht aus den vorderen Räumen genießen, Lady Kent.«

Joan hüpfte durch den Flur, nichts anderes zählte mehr als ihr geliebter Prinz. Chandos stand ein wenig verlegen Brianna gegenüber und überlegte, wie er wohl Lady Bedford unterhalten sollte.

Sie erbarmte sich seiner. »Bitte, John, macht Euch keine Gedanken um mich. Ich habe meinen Skizzenblock mitgebracht. Alles, was ich brauche, ist eine hübsche Aussicht auf den Fluß.«

Der Knappe, der sich mit einem Schwert in der Hand wohler fühlte, versuchte, sich seine Erleichterung nicht anmerken zu lassen. Er führte sie eine schmale Treppe hinauf, dann an einem Schlafzimmer vorbei zur Vorderseite des Hauses, die auf die Themse hinausging. »Wir können uns glücklich schätzen, die Dienste einer der besten Köchinnen Londons zu genießen. Der Duft aus der Küche läßt einem das Wasser im Mund zusammenlaufen.«

»Es riecht nach Melassentorte«, meinte Brianna hoffnungsvoll.

»Ich werde Euch etwas davon bringen und auch, was ich sonst noch aus der Küche stehlen kann.« Er wurde ein wenig rot. »Die Köchin hat eine Schwäche für mich.«

Mit einem Freudenschrei lief Joan Edward entgegen und warf sich ihm in die Arme. Er schwenkte sie herum und stellte wieder einmal verwundert fest, wie unglaublich zierlich und feminin sie war. Sie trug ein Kleid in blassem Seeschaumgrün, besetzt mit Hermelin, ihr helles Haar schmückte eine Handvoll Perlen. In ihren Augen leuchtete die Liebe und diebisches Vergnügen über dieses verbotene Rendezvous. »Edward, ich habe schon befürchtet, du hättest mich verlassen«, seufzte sie dramatisch, obwohl sie das keinen Augenblick geglaubt hatte.

»Meine kleine Jeanette, meine Gedanken wenden sich nur sehr selten von dir, auch wenn sie eigentlich anderswo sein sollten.«

Sie warf die Arme um seinen Hals und küßte ihn auf die Nasenspitze. »Ich liebe dich.«

»Und ich liebe dich, mein Engel. Es scheint mir eine Ewigkeit her zu sein, seit ich dich haben durfte.«

Brianna saß am Fenster und skizzierte den regen Verkehr auf dem Fluß und das bunte Völkchen, das unter ihr die Fish Street belebte. Als das Licht schwächer wurde, blätterte sie in ihren Entwürfen und betrachtete die Ergebnisse. Dabei stieß sie auf eine Zeichnung von Christian Hawksblood. Ihr Herz zog sich schmerzlich zusammen, und ihre Gedanken schweiften wieder zu dem Tag ihres ersten Zusammentreffens. Dann erlebte sie jeden seiner Blicke, jedes Wort und jede Berührung noch einmal.

Blicklos starrte sie auf die Lichter am Fluß. Warum waren die Pflichten immer so traurig, während die Träume das Leben perfekt erscheinen ließen? Ihre Sinne verlangten so sehr nach ihm. Die Tür öffnete sich, und seine überwältigende Anwesenheit erfüllte den Raum. Bei allen Heiligen im Himmel, warum hatte sie nicht daran gedacht, daß er hier sein könnte, bei dem Schwarzen Prinzen?

Brianna sprang so abrupt auf, daß der Stuhl umfiel. Christian kam durch das Zimmer und legte seine kräftigen Hände auf ihre Schultern. Sein dunkles Gesicht blickte wild, seine Augen loderten.

Brianna schloß die Augen vor dieser uneingeschränkten Anziehungskraft. Er verkörperte eine so überwältigende Kraft, daß sie zitterte bei dem Gedanken, sich ihm zu widersetzen. Aber es mußte sein. »Wir haben in Bedford unseren Kopf verloren. Ich hätte mich dir niemals hingeben dürfen, wo doch dein Bruder ein älteres Anrecht auf mich hat. Jetzt mit seinem lahmen Bein darf ich nicht so herzlos sein, ihn abzulehnen.«

»Ah, die Herzlosigkeit beherrschst du recht gut, Brianna. Du bist *meine Lady, meine* Frau. Du hast dich für mich entschieden, mit deinem Körper und deiner Seele, seit Anbeginn der Zeit.«

»Hör auf, Hawksblood. Ich gehöre zu Robert de Beauchamp. Dein Vater hat die Verträge schon ausarbeiten lassen, und unsere Verlobung steht unmittelbar bevor.«

Seine Hände schlossen sich schmerzhaft um ihre Schultern, sein Gesicht war härter als das eines Adlers. »Das eine solltest du wissen, Lady. Du wirst niemals Robert de Beauchamp gehören, nicht in diesem Leben und auch nicht im nächsten. Zwischen uns gibt es ein Blutsband. Wir sind eins!«

»Christian!« schrie es aus ihrem Innersten. »Ich werde das, was uns miteinander verbunden hat, niemals bedauern. Und wenn man mir das Herz aus dem Leibe schneidet, wird es erfüllt bleiben von meiner Liebe zu dir. Aber ich ersticke an den Schuldgefühlen Roberts wegen. Er wird für den Rest seines Lebens ein Krüppel sein. Ich muß meine Pflicht erfüllen!«

»Deine erste Pflicht gehört mir«, brachte er zwischen zusammengebissenen Zähnen hervor. »Ich habe dich erwählt, und nur dich, als Mutter für meine Kinder.«

»Christian, das kann niemals wahr werden«, sagte sie verloren.

Er legte einen seiner starken Arme unter ihr Knie und hob sie auf seine Arme. »Bei Gott, ich werde dich jetzt ins Bett tragen und mein Kind in deinen Bauch pflanzen.«

»Laß mich runter... hör sofort damit auf!« wehrte sie sich, doch er verließ mit energischen Schritten das Zimmer und trug sie die Treppe hinauf in einen Raum, in dem ein sehr großes Bett stand. Brianna ballte die Hände zu Fäusten und schlug damit gegen seine harte, muskulöse Brust. Er achtete gar nicht auf ihre Anstrengungen, legte statt dessen seinen Mund an ihr Ohr und flüsterte ihr all die Liebesworte zu, nach denen sie sich die letzten Tage gesehnt hatte. »Gib dich mir hin, Liebste, ganz und gar.«

Und plötzlich erfüllte sie Bangnis. Dies war wahrscheinlich die letzte Möglichkeit, jemals mit ihm zusammenzusein. Er würde nach Frankreich ziehen in den Krieg. Wie sollte sie die Trennung nur ertragen? Würde sie mit der schweren Last leben können, ihn abgewiesen zu haben, wenn er im Kampfe fiel? Seine Worte brachten all ihren Widerstand zum Schmelzen. Es wäre grausam, sich ihm zu verweigern, beschwichtigte sie ihr Gewissen und schlang die Arme um seinen Hals.

Er sank mit ihr auf das Bett und zog sie stürmisch an sich. Als sich ihre zitternden Lippen voneinander lösten, sagte er: »Ich möchte nicht, daß du dich mir aus Mitleid unterwirfst, Brianna, ich möchte, daß es dir Freude macht.«

Aber inzwischen war Robert ihr längst entfallen.

Brianna fuhr sich provokativ mit der Zungenspitze über die Lippen, und Christian preßte seinen Mund darauf, um die rosige Spitze einzufangen, ehe sie sie wieder zurückziehen konnte. Auch wenn die Nachmittagssonne noch hoch am Himmel stand, so stimmten sie doch wortlos überein, ins Bett zu gehen. Brianna schüttelte die Schuhe von den Füßen, und Christian schob die Hände unter ihre Röcke, um ihr die Strümpfe von den Beinen zu streifen. Gleichzeitig zog er ihr auch die Strumpfbänder aus, und Christian starrte auf das, was er in den Händen hielt, vollkommen gebannt von den mit Spitzen und Bändern verzierten Dessous. Alles an ihr war köstlich.

Sie öffnete die Bänder ihrer Tunika, damit er sie ihr über den Kopf ziehen konnte. Dann knöpfte sie auch die Verschlüsse ihres Unterkleides auf und beobachtete dabei seine aquamarinfarbenen Augen, in denen der Hunger immer größer wurde. Nackt stand sie auf dem Bett und ließ ihm die Möglichkeit, sich selbst auszukleiden; doch dazu war er viel zu ungeduldig, er konnte keinen Augenblick länger warten, sie zu berühren. Ihre Haut war wie cremefarbener Samt. Mit beiden Händen hob er ihr Haar, dann ließ er es fallen, und es hüllte sie ein in seine durchscheinende Fülle. Ihre Perlenkette riß, und die Perlen fielen auf die Decken. Sie lachte, als sie sein entsetztes Gesicht sah, dann nahm sie eine Handvoll der Pretiosen und ließ sie über ihre Brüste und ihren Bauch rollen.

Christian lachte mit, während er gleichzeitig nach den Perlen griff, die in den goldenen Locken zwischen ihren Schenkeln verschwanden. Bei Allah, diese Frau bezauberte ihn und hielt ihn in ihren Fesseln. Es war undenkbar, sie aufzugeben, sie war der Inbegriff, wonach sein Herz sich sehnte, jetzt und für alle Zeit. Sie zerrte an seinem Wams, weil sie wollte, daß er nackt neben ihr lag. Sofort gehorchte Christian, er stöhnte leise auf, als ihre Finger sich in dem dichten schwarzen Haar auf seiner Brust vergruben. Er rollte auf das Bett und zog sie über sich. Dann küßte er sie überall, suchte nach den kostbar duftenden Höhlungen, die er noch nicht erforscht hatte. Sie schmeckte köstlich und roch betörend in ihrer Weiblichkeit.

Ihre Hände liebkosten seinen Körper, bis sie schließlich berauscht und schwer atmend vor unterdrücktem Verlangen nebeneinanderlagen.

Das Gefühl seines nackten Körpers an ihrem war so erotisch, daß es Brianna bis zur Besinnungslosigkeit erregte. Als sie begann, ihn zu beißen, und ihre leisen Ausrufe zu kleinen Schreien wurden, schob er sich über sie. Sie öffnete sich ihm willig, mit jeder einzelne Faser ihres Daseins sehnte sie sich nach ihm. Ihre Schenkel spreizten sich, und sie hob sich ihm entgegen, um seinen Stößen zu begegnen. Sie schrie auf vor Schmerz und Glück, und Christian hielt sofort inne. Ihr Gesicht lag an der warmen Haut seiner Schulter. Er preßte seine Lippen in ihr Haar und murmelte: »Mein Liebling, ich wollte dir nicht weh tun.«

Sie war so erfüllt von ihm, daß sie das Gefühl hatte zu zerbersten. »Ich liebe es, wie groß du bist. Bin ich zu eng, um dir Freude zu schenken?«

»Nein, mein Herz. Du fühlst dich so herrlich an, daß ich vergehen möchte.«

Sie schloß sich so eng um ihn, daß er sich nicht aus ihr hätte zurückziehen können, selbst wenn er es gewollt hätte. Und, der Himmel vergebe ihm, natürlich wollte er das auch gar nicht. Ganz langsam lockerte Brianna ihre Umklammerung und flüsterte leise: »Komm in mich, ganz.«

Christian streichelte mit den Lippen eine ihrer empfindlichen Brustspitzen, und als sie sich aufrichtete, nahm er sie ganz in den Mund und saugte daran. Brianna stöhnte auf bei dem heftigen Gefühl des Verlangens, und in diesem Augenblick drang er ganz in sie ein. Langsam, mit kleinen Stößen, begann er sich in ihr zu bewegen, weil er wußte, daß die Reibung sie bereit machen würde für ihn. Allmählich wurde sie feucht und schmiegsam und ermöglichte es ihm, in tiefen, langen Stößen ganz in ihre enge Scheide einzudringen. Wie flüssige Seide fühlte sie sich an, und während er immer wieder in sie eindrang, beobachtete er forschend ihre Züge.

Er sah, wie ihre Pupillen ganz groß wurden, wie ihre Knospen sich hart aufrichteten und eine leidenschaftliche Röte ihren Hals und ihre Brüste überzog. Ihre Lippen öffneten sich, dann zog sie seine Hand an ihren Mund und saugte an einem seiner Finger. Er schmolz dahin. Ihre Sehnsucht war so verzehrend, daß sie ihm ihren Körper entgegenhob. Schnell zog er seinen Finger zurück und preßte seine Lippen auf ihre, schob seine Zunge tief in ihren Mund und bewegte sie im gleichen Rhythmus wie sein Glied.

Beide schrien auf am Höhepunkt der Lust, dann hielt Christian sich ganz still und fühlte das heftige Pulsieren in ihrem Inneren. Erst als es nachließ, rollte er herum und zog sie auf sich. Er blickte zu ihr auf, voller Staunen vor ihrer Leidenschaft. Obwohl er fast zweimal so groß war wie sie, besaß sie beinahe genausoviel sexuelle Energie, und sie hatte ihn auf unerhört wunderbare Weise erschöpft.

»Du bist das herrlichste Geschöpf, das mir je über den Weg gelaufen ist«, versicherte er ihr und hob eine Strähne ihres goldenen Haares an seine Lippen. »Wir werden schon sehr bald heiraten.«

Brianna sah ihn entsetzt an. Begriff er denn nicht, daß dies ihre letzte Zusammenkunft sein mußte? Sie stand auf und begann sich hastig anzukleiden. »Christian, das ist unser Abschied.« Tränen traten in ihre Augen und vertrieben das glückliche Lachen von zuvor. »Ich bin Robert versprochen.«

Er sprang auf, sein Gesicht war vor Wut verzerrt. »Robert ist ein Feigling, er will gar nicht, daß seine Wunde heilt!« brachte er zwischen knirschenden Zähnen hervor.

Brianna nutzte nun ihre eigene Anspannung zur Verteidigung gegen ihn. »Mein Gott, du glaubst wohl, daß du der einzige Mann bist, der sich nach dem Ruhm einer Schlacht sehnt? Glaubst du, du bist der einzige Mann in England, der Mut genug hat, in den Krieg zu ziehen? Da draußen tummelt sich eine Menschenmenge, so weit das Auge reicht, und sie alle sind gewillt und bereit zu kämpfen! Glaubst du etwa, wir brauchen Araber, die unsere Kriege für uns führen?«

»Ich bin viel mehr Normanne als Araber«, fluchte er.

»Bist du das wirklich?« rief sie. »Ein ehrenhafter normannischer Ritter würde niemals einen Bruder, der ein zerschmettertes Bein hat, übervorteilen, und er würde ihn auch keinen Feigling nennen, weil er nicht kämpfen kann! Es war Gnasher, der in

Roberts Wunde gebissen hat, so daß sie sich entzündete. Hast du etwa absichtlich das Frettchen auf ihn gehetzt?«

Er hob den Arm, um sie zu schlagen, dann donnerte seine Faust gegen den hölzernen Bettpfosten; er war kurz davor, seine Selbstbeherrschung zu verlieren. »Ich werde dafür sorgen, daß dieser Hundesohn rechtzeitig auf zwei gesunden Beinen steht, um für sein Land anzutreten.«

»Helf' der Himmel, daß dir das gelingt!« äußerte sie heftig. »Mein Schuldgefühl bringt mich um.« Sie ging zur Tür.

»Wo, zur Hölle, willst du hin?« bellte er und zog hastig seine Hose und sein Wams über.

»Zurück nach Windsor. Ich hätte gar nicht hierherkommen dürfen.«

»Das könnte dir so passen, in der Nacht durch London zu rennen! Hast du denn den Verstand verloren?«

Brianna hob trotzig und stolz ihr Kinn. »Eine kurze Zeit habe ich das leider. Allerdings habe ich ihn jetzt wiedergefunden.«

Er starrte ihr eine ganze Minute nach, ehe er sich in Bewegung setzte. »Sag Edward, ich bin nach Windsor zurückgekehrt.«

In den Gemächern nebenan flüsterte Joan gerade sehnsüchtig: »Ich wünschte, ich könnte in diesem Augenblick die Zeit anhalten, damit wir für immer glücklich in diesem Haus zusammen sind.«

»Seit den letzten Wochen scheint die Zeit zu verfliegen. Der Grund dafür ist unsere bevorstehende Abreise nach Frankreich. Alles muß in solcher Eile geschehen.«

Joan zögerte, sie wollte keinen Schatten auf die kurze Frist werfen, die ihnen blieb. Doch Edward blieb ihre Stimmung nicht verborgen. »Was ist los, mein süßes Herz?«

»Die Gräfin von Salisbury drängt mich wegen der Verlobung. Sie will sie noch ankündigen, ehe ihr Sohn ins Feld zieht.«

»Verdammt, nein! Ich habe mir den Kopf zerbrochen, wie ich ihren Plan vereiteln kann. Als einzigstes könnten wir erklären, daß es bereits einen älteren Ehevertrag gibt.« Er faßte sie liebevoll unters Kinn. »Was hältst du von Sir John Holland?«

Hollands Bild erstand vor ihrem inneren Augen. Er hatte kastanienbraunes Haar und ein rötliches Gesicht. Seine mittelgroße, muskulöse Statur sowie der kräftige Nacken nötigten ihr Respekt ab. Er war einer der jungen Männer des Prinzen, der ihr schon seit ungefähr zwei Jahren den Hof machte. »Ich halte nicht viel von ihm«, antwortete sie vorsichtig, weil sie Edward nicht ohne Grund eifersüchtig machen wollte.

»Infolge seines Ehrgeizes kann man ihn leicht unter Kontrolle halten. Er bittet mich ständig um ein königliches Amt. Eine oder zwei Positionen sind noch frei, weil der König und ich im Augenblick andere Dinge im Kopf haben. Sicherlich wäre er bereit zu behaupten, daß du dich heimlich mit ihm verlobt hast. Es klänge sogar glaubhaft, denn ich erinnere mich an seine Schwäche für dich.«

Joan leckte sich über ihre Lippen, die plötzlich ganz trocken geworden waren. »Aber wie soll uns das helfen? Was macht es denn für einen Unterschied, wenn ich mit Holland verlobt bin anstatt mit de Montecute?«

»Du kleine Unschuld, deine Verlobung mit Holland würde nur auf dem Papier bestehen. Sie war der nötige Hinderungsgrund für eine Verbindung mit Montecute!«

»Oh, ich verstehe«, meinte Joan erleichtert und lachte nervös auf.

Edward zog sie an sich. »Wärst du bereit, das für mich auf dich zu nehmen?« fragte er.

»Du weißt, ich würde für dich alles tun, Edward.«

Ihre Unterwerfung unter seine Wünsche stärkte seine Zuversicht. »Dann überlaß alles mir, ich werde es schon arrangieren.« Ehe er sie ein dutzendmal geküßt hatte, hatte Joan bereits Holland, William de Montecute und die ganze Welt vergessen.

John Holland konnte sein Glück kaum fassen, als Prinz Edward ihn zu einem privaten Treffen bestellte. Er hatte sich um die ersehnte Position als Haushofmeister des königlichen Haushalts beworben, doch sich keine wirklichen Hoffnungen gemacht, da er dem Prinzen diente und nicht dem König.

»Ihr habt mir in der Vergangenheit immer Treue bewiesen, John. Trotz Eures Ehrgeizes wißt Ihr, wie man Befehlen gehorcht, zwei Eigenschaften, die ich an einem Mann schätze. Da der König alle Hände voll zu tun hat mit dem Feldzug gegen

Frankreich, habe ich mich angeboten, die offenen Positionen im königlichen Haushalt zu besetzen.«

Holland hielt den Atem an.

»Es ist bei den Plantagenets üblich, diese Posten mit Offizieren zu besetzen und nicht mit Schreibern. Für alle Betroffenen hat sich dies als besonders günstig herausgestellt. Da Ihr unter mir gearbeitet habt, weiß ich, daß Ihr intelligent, entschlußfreudig und furchtlos seid. Der Mann, den ich nunmehr auszuwählen gedenke, muß noch eine weitere Eigenschaft besitzen: Er hat mir gegenüber vollkommen loyal zu sein.«

Einen Augenblick lang befürchtete Holland, daß Edward etwas von seinem geheimen Treffen mit Prinz Lionel erfahren hatte. Erst vor einer Woche hatten ihm der junge Prinz und sein erster Leutnant, Robert de Beauchamp, ein Bündnis mit ihnen angeboten, wenn Prinz Edward auf dem Feldzug nach Frankreich etwas zustoßen sollte. Solch ein Bündnis war ohne Zweifel Hochverrat, solange der Thronerbe lebte – doch der in Aussicht gestellte Lohn rechtfertigte dieses Risiko. Hollands Gesicht wurde noch röter, und der Kragen seines Wamses engte ihn ein.

»Es gibt da eine bestimmte Lady in meiner Bekanntschaft, die einen Ehemann nur dem Namen nach braucht. Ich habe Euch rufen lassen, um festzustellen, ob Ihr gewillt seid, beide Aufgaben zu übernehmen.«

Holland begann wieder zu atmen. Was für ein verdammter Witz! Prinz Lionel hatte ihm Joan von Kent angeboten, während Prinz Edward ihm die Position des Haushofmeisters geben wollte, wenn er Joan nicht anrührte. Holland stimmte ohne Zögern zu, obwohl er auch Prinz Lionel bereits sein Einverständnis signalisiert hatte. Er würde die beiden Seiten gegeneinander ausspielen, und mit genügend Umsicht könnte er alles bekommen.

Als Prinz Edward absolut sicher war, daß Sir John Holland in dieser Angelegenheit vollkommen mit ihm zusammenarbeiten würde, enthüllte er ihm den Namen der Dame, und sie setzten einen Verlobungsvertrag auf, den Holland nur zu gern unterschrieb. Edward erklärte, daß Eile geboten war, um die Verlobung der Dame mit William de Montecute zu verhindern. Als sie alle Einzelheiten ausgearbeitet hatten, versprach Prinz Edward

Holland seine Empfehlung beim Rat, ihn noch vor ihrem Frankreichzug als Haushofmeister des königlichen Haushaltes einzusetzen.

Hawksblood besuchte zusammen mit Ali Robert de Beauchamp eine ganze Woche lang jeden Morgen und jeden Abend, um seine Wunde zu pflegen. Am Ende der Woche war das Bein beinahe ausgeheilt, dennoch klagte sein Halbbruder weiterhin über Schmerzen und humpelte noch immer erbärmlich.

Hawksblood beschloß, mit Warrick zu sprechen. Er fand ihn beim Training seiner Fußsoldaten, denen er gerade beibrachte, Schwert und Schild im Nahkampf effektiv einzusetzen. Christian sah ihm eine Weile schweigend zu, er wollte die Konzentration des Älteren nicht stören. Den Unterrichtsmethoden Warricks zollte er Bewunderung. Er sagte den Männern nur selten, was sie tun sollten, zeigte es ihnen hingegen. Es war viel wirksamer, denn keiner der jungen Krieger wollte sich von der Kraft und der Gewandtheit eines Graubartes beschämen lassen.

Endlich entdeckte Warrick Hawksblood und befahl seinen Männern zu üben, was er ihnen gezeigt hatte. Er kam zu seinem Sohn hinüber, grinste ihn an und wischte sich den Schweiß aus dem Gesicht. »Sie machen sich sehr gut. Wie entwickelt sich unser Haufen aus Warrick, der unter deinem Kommando steht?«

»Würden sie es wagen, etwas anderes zu sein als hervorragende Krieger? Alle können die bevorstehende Konfrontation kaum erwarten, genausowenig wie Ihr und ich.« Er zögerte, dann fügte er hinzu: »Alle, bis auf einen.«

Warrick runzelte die Stirn, weil er dies als Andeutung auffaßte. »Heraus mit der Sprache, Mann«, schnaubte er.

»Roberts Bein ist fast geheilt, dennoch humpelt er noch immer herum wie ein Invalide.«

Warricks Gesicht versteinerte. »Du wagst mir doch nicht zu sagen, daß einer meiner Söhne ein Feigling ist?« Der Gesichtsausdruck des Älteren war so zornig, daß Hawksblood glaubte, er würde mit seinem Breitschwert auf ihn einschlagen. Einen Augenblick lang brannte sein Herz vor Neid, weil er sich einen Vater wünschte, der ihn genauso schrankenlos verteidigte. Der Graf vermochte seine Feindseligkeit nicht zu kaschieren. Christian riskierte es, sich den Abscheu seines Vaters zuzuziehen, er wußte, daß es zwischen ihnen keine Liebe gab. »Entscheidet selbst, wenn Ihr Euch das Bein angesehen habt.«

»Ich komme auf der Stelle mit«, erklärte Warrick.

Sie fanden Robert in seinem Zimmer im Beauchamp-Turm, mit einer drallen Dirne zwischen den Schenkeln.

»Ha! Niemand soll behaupten, daß ich etwas anderes als erstklassige Hengste in die Welt gesetzt habe«, brüllte Warrick und gab dem Mädchen einen Klaps auf den nackten Hintern, das mit wehenden Röcken aus dem Zimmer floh.

Robert erkannte seinen Fehler, daß er sich hatte erwischen lassen; dennoch weckte in ihm der verächtliche Blick seines Bruders den Wunsch, ihm das Gesicht zu Brei zu schlagen.

Warrick wurde puterrot, nicht wegen des Geschlechtsverkehrs, sondern wegen der Tatsache, daß sein Herr Sohn sich mit Dirnen abgab, anstatt seine Männer zu trainieren. »Ich habe beschlossen, die Männer von Prinz Lionel mit nach Frankreich zu nehmen. Da er noch nicht alt genug ist, das Kommando zu übernehmen, fällt diese Ehre an dich.«

»Danke, Vater. Ich hatte gehofft, daß du mich auswählen würdest.« Robert verbarg seinen Haß hinter zusammengezogenen Brauen. »Wolltest du etwas von mir, Bruderherz?«

Hawksblood, dem es nicht schwerfiel, Roberts Gedanken zu erraten, wußte, daß er im Moment gerne jemandem an die Gurgel gefahren wäre. »Ich bin gekommen, um mir dein Bein anzusehen. Aber wie ich sehe, hast du zu deiner alten Kraft zurückgefunden, deshalb bin ich nicht mehr vonnöten.«

Als Hawksblood gegangen war, stand eine steile Falte auf Warricks Stirn. Er hatte sein ganzes Leben lang Männer geführt und wußte, daß ein bevorstehender Krieg sie auf unterschiedlichste Art beeinflußte. »Der Krieg läßt uns unsere Sterblichkeit erkennen. Er ist unvermeidlich, doch ich rate dir, ihm nicht zuviel Gewicht beizumessen.«

Robert lachte, um das Mißtrauen seines Vaters zu zerstreuen. »Ich bin ein Beauchamp. In jedem Fall kämpfe ich lieber, als herumzusitzen; aber im Gegensatz zu dir habe ich keine Söhne, die in meine Fußstapfen treten können, wenn ich im Kampf falle.«

Unter halb gesenkten Augenlidern betrachtete Warrick ihn.

»Wir sorgen bestens dafür, daß der Verlobungsvertrag verbindlich wird. Aber zuerst sieh zu, daß der Gestank der Dirne verschwindet, dann werde ich nach Lady Bedford schicken.«

Als Brianna an diesem Abend zusammen mit Adele dem Ruf des Königs in seine Privatgemächer folgte, war ihr Gesicht so bleich wie helles Elfenbein. Es stand fest, daß ihre Verlobungszeremonie stattfinden sollte, deshalb hatte sie Adele als Zeugin mitgenommen. Warricks und des Königs Anwesenheit überraschte sie nicht, doch seltsamerweise fand sie zusätzlich Prinz Lionel an Roberts Seite. Sie hatte ihn noch nie gemocht, auch nicht, bevor er Elizabeth Grey ruiniert hatte; doch jetzt war ihr die Vorstellung, daß er Roberts Zeuge sein sollte, vollends zuwider.

Brianna hatte das Kleid in einem dunklen Weinrot gewählt, das an den Ärmeln und am Saum mit goldenen Fäden bestickt war. Ihr goldenes Haar fiel ihr lose über den Rücken, wie es sich für eine Jungfrau geziemte; sie hielt die Hände fest verschränkt, in der Hoffnung, ihr schlechtes Gewissen würde sie nicht verraten, wenn sie ihr Gelöbnis aussprach. Jetzt wünschte sie, sie hätte eine andere Farbe für ihr Kleid gewählt, weil sie sich daran erinnerte, daß dunkle Farben ihr Gesicht blaß machten.

In dem reich verzierten Gemach, unter dem Licht der großen Wachskerzen, sah sie beinahe durchsichtig aus. Die beiden älteren Männer, König Edward und Warrick, hegten einen Augenblick lang reinen Neid auf Robert de Beauchamp. Seine Braut war ungewöhnlich reizvoll.

Die Worte, die sie tauschten, hatten nur sekundär Bedeutung gegenüber der Unterzeichnung des Ehevertrages, und deshalb war dies auch der wichtigere Teil. Alles verschwamm vor Briannas Augen, als ihr das Papier vorgelegt und der Federkiel gereicht wurde. Sie las die Worte: Tochter des Hauses Bedford und Sohn des Hauses Warrick. Sie erkannte das goldene Siegel des Königs, das mittels eines Bandes an dem Dokument befestigt war. Auch die gepunktete Linie sah sie, auf der das verlobte Paar und die Zeugen unterschreiben mußten – doch der Rest des Dokuments schien in einer fremden Sprache abgefaßt worden zu sein.

Briannas Gefühle befanden sich in Aufruhr. Sie wußte, daß sie ihre Sehnsucht nach Christian vergessen, ihre Verachtung für Robert überwinden mußte, doch das war leichter gesagt als getan. Insgeheim betete sie um Hilfe und Kraft für ihr weiteres Schicksal. Äußerlich gab sie sich den Anschein, von Ruhe, doch innerlich war ihr, als würde ihr Herz in tausend Stücke bersten.

Alle Anwesenden unterschrieben das Dokument, nachdem die beiden Verlobten ihre Signatur darunter gesetzt hatten. Die mündlichen Versprechungen dauerten nicht lange, und ehe Brianna es sich versah, steckte ihr Robert eine schwere goldene Verlobungsbrosche an ihr Mieder, dann beugte er sich vor und gab ihr den Verlobungskuß.

Brianna blickte an den großen Kerzen vorbei zu dem bunten Glasfenster. Ein Heiliger mit einem dunklen Gesicht starrte auf sie herab und deutete mit anklagendem Finger auf sie. Er sah genauso aus wie Hawksblood. Eine Woge der Verzweiflung hüllte sie ein, und sie befürchtete, ohnmächtig zu Boden zu sinken. Als sie die Hand ausstreckte, um sich festzuhalten, legte Robert seine Arme um sie. Der König war überrascht über den zärtlichen Ausdruck auf Warricks Gesicht. Es war der erste sanfte Blick, den er je auf dem wilden Gesicht des Grafen wahrnahm.

Christian Hawksblood wußte von der Verlobung seiner Lady in dem Augenblick, als sie stattfand. Er sah alles in einer seiner mentalen Visionen. Ihm entging nicht wie Briannas Hand beim Unterschreiben des Vertrages zitterte, er hörte ihr geflüstertes Versprechen und sah auch, wie sie beinahe ohnmächtig zu Boden sank, als sein Halbbruder ihr den Verlobungskuß gab.

Unter Aufbietung aller Kräfte unterdrückte er seine Wut. In seinem Zorn wollte er den Mann ausradieren, der Augen und Hoffnungen auf *seine* Lady richtete. Doch dann besänftigte er sich damit, daß eine Verlobung noch keine Hochzeit war, und schwor einen heiligen Eid, daß es niemals zu einer Heirat zwischen Brianna und Robert de Beauchamp käme.

Hawksblood war dankbar dafür, daß der Feldzug gegen Frankreich so kurz bevorstand. Er wußte, es wäre ihm unmöglich, in Windsor zu sein und sie nicht zu lieben, selbst wenn er sie zwingen müßte. Sein Verlangen nach ihr war kaum zu bändigen. Bitter lachte er auf. Seine Kontrolle der Dinge war also nicht mehr vollkommen, so wie vor seiner Begegnung mit Brianna von Bedford! Sie mit ihren unverzeihlich schönen Augen!

Unruhig lief er in seinem Zimmer auf und ab wie ein eingesperrtes Raubtier. Der Raum war ein schreckliches Gefängnis. In seiner Verzweiflung begann er zu meditieren; er benutzte die uralten Rituale, die ihm sein einstiger Orden beigebracht hatte. Doch obwohl er seine Gedanken alle zügelte, gelang es ihm nicht, das Stadium der Ruhe und des Friedens zu erreichen.

Seine Vorstellungskraft betrog ihn. Sie zeigte ihm ein Bild seiner Lady, wie sie in ihrem Bett lag und schlief. Ihr herrliches goldenes Haar breitete sich auf der Decke aus und fiel bis auf den Boden. Dieser Anblick war der Tropfen, der das Faß zum Überlaufen brachte.

Fluchend stand er auf, um wieder hin und her zu stampfen. Ein Gedanke kam ihm, doch schob er ihn beiseite. Er hatte seine »Gabe« noch nie mißbraucht. Die Verlockung wurde hingegen stärker, und er wußte, er würde keinen Frieden finden, bevor er den Versuch nicht gewagt hätte. Sein Herz verriet ihm, was dieses drängende Verlangen in ihm ausgelöst hatte: Er brauchte unbedingt den sexuellen Vorrang. Weil sie einem anderen versprochen war, mußte er seine Herrschaft demonstrieren: um ihnen beiden zu beweisen, daß sie sich ihm zu jeder Zeit, an jedem Ort und auf jede Weise, die er von ihr verlangte, hingeben würde.

Er wandte sich nach Osten, weil er wußte, daß ihr Zimmer in dieser Richtung lag, dann nahm er all seine Kraft zusammen und konzentrierte sich vollkommen auf Brianna, schloß alles andere aus. Der Befehl, der über seine Lippen kam, war wie schwarzer Samt: »Komm!«

In dem Bett hinter dem schweren Vorhang bewegte sich Brianna. Sie warf die Decke zurück, setzte sich langsam auf, zog ihre Pantoffeln an und griff nach ihrem Morgenmantel. Ein überwältigendes Verlangen nach frischer Luft hatte sie gepackt, doch wollte sie Adele zu einer so ungastlichen Zeit nicht stören. Leise verließ sie das Zimmer und huschte durch die tiefen Schatten des Schlosses. Ihre Schritte führten sie in Richtung der königlichen Gemächer, wo Prinz Edward seine Räume hatte. Vor einer beschlagenen Tür blieb sie stehen, und dann erst wurde ihr klar, daß dies Christians Eingang war. Sie hob die Hand, doch nicht, um anzuklopfen, sondern um liebevoll über das Holz zu streichen.

Plötzlich öffnete sich die Tür, und ein starker Arm zog sie hindurch.

Ihre Augen weiteten sich vor Freude, als sie ihn ansah, und sein Name war ein Flüstern auf ihren Lippen. »Christian.«

»Zieh den Morgenmantel aus«, befahl er.

Sie ließ ihn über ihre Schultern zu Boden gleiten. Ihr seidenes Nachtgewand schmiegte sich an ihren wohlgerundeten Körper und verhüllte seinen Blicken nichts. Ungeduldig griff er nach ihr; sanft und willig schmiegte sie sich an ihn, hob die Arme, um ihn zu umfangen und drängte ihren weichen Körper an ihn. Ihre Hingabe war so feminin, so großzügig und unterwerfend, daß er einen wilden Triumph fühlte über seine Macht, ihr hungriges Verlangen nach ihm zu wecken. Sie öffnete seiner suchenden Zunge willig die Lippen.

Als sich sein Mund von ihrem löste und er sie dann von sich schob, schrie sie leise enttäuscht auf. »Komm ins Bett«, befahl er, und Brianna gehorchte ihm sofort, ließ sich willig führen. Doch eigenartigerweise wünschte er sich, daß sie aus eigenem freien Willen bei ihm war und nicht durch seine Beschwörung dazu veranlaßt.

Zärtlich hob er sie aus dem Bett. Dann zog er ihr den Morgenmantel wieder über die Schultern und knöpfte ihn bis zum Kinn zu. Er öffnete die Tür und schob sie sanft hinaus. »Geh zurück zu dir, Brianna.«

Ali wurde wachgerüttelt. »Ich brauche ein Beruhigungsmittel«, hörte er eine gequälte Bitte. Ohne Widerrede öffnete Ali seine Medizintruhe und wählte ein erprobtes Pulver. Es mußte nicht gegen körperliche Schmerzen wirken. Die Schmerzen, unter denen Drakkar litt, saßen im Herzen und in der Seele.

Mit der Morgendämmerung kam auch die Erkenntnis, daß er keine vierundzwanzigstündige Kontrolle über Brianna ausüben konnte, deshalb würde er seine Kräfte auf Robert konzentrieren müssen. Er würde ihn einfach mit Arbeit überhäufen, er mußte so beladen sein mit Problemen um Prinz Lionels Ritter und seine Krieger, daß er vollkommen erschöpft war, wenn er endlich seine Gemächer aufsuchte.

22

Joan von Kent plagte sich nicht sehr oft mit Sorgen. Wann immer etwas Unangenehmes ihre Gedanken beschwerte, schob sie es flink beiseite und widmete sich lieber glücklicheren Phantasien. Als Brianna ihr erzählte, daß sie am vergangenen Abend die Verlobungspapiere unterzeichnet hatte, fragte Joan sich, was sie wohl tun würde, wenn der König sie rufen ließ, um ihre Verlobung mit William de Montecute zu besiegeln. Sofort schickte sie eine Nachricht in die Fish Street, und damit war für sie dieses heikle Thema vorläufig erledigt. Ihr goldener Prinz würde sich schon um alles kümmern.

Sie nahm das Kästchen, in dem sie all die Liebesbriefe Edwards verwahrte, dann setzte sie sich auf den gepolsterten Fenstersitz und verträumte die Stunden des Nachmittags. Als sie alle Billetten noch einmal gelesen hatte, sagte sie zu Glynis: »Einer der Briefe von Edward fehlt.«

»Bist du ganz sicher, meine Lady?«

»Ja, er war mir der liebste! Ich erinnere mich ganz genau an die Worte, nachdem der König meine Verlobung bekanntgegeben hatte. Er schrieb: ›Ich bin in diesem Augenblick wütender, als ich es in meinem ganzen bisherigen Leben je gewesen bin! … Du bist meine kostbare Geliebte, und du wirst es auch immer bleiben.‹«

»Hast du den Brief damals nicht unter dein Kopfkissen gelegt?« fragte Glynis.

»Ja! Oh je, am folgenden Morgen sind wir nach Bedford gefahren. Die Dienerin hat ihn sicher weggeworfen.«

Glynis runzelte die Stirn. »Bei der heiligen Jungfrau, ich hoffe, sie hat ihn weggeworfen. Es wäre schrecklich, wenn er sich in den verkehrten Händen befände.« Glynis wußte, daß man bei Hofe niemandem trauen konnte, am allerwenigsten den Dienerinnen. »Du solltest den Prinzen lieber warnen, daß einer seiner Briefe verlorengegangen ist.«

»Oh, Glynis, du machst dir immer viel zu viele Sorgen«, schalt Joan sie.

Und du nimmst bei weitem alles zu leicht, dachte Glynis düster.

Als die Abenddämmerung hereinbrach, war Joan angenehm

überrascht, Besuch von ihrem Bruder zu bekommen, dem Grafen von Kent.

»Hol deinen Umhang, Liebes. Ich bringe dich in die Fish Street.«

»Wie wundervoll! Glynis, lauf zu Brianna und bitte sie, mich zu begleiten.«

»Nein!« fiel Edmund ihr ins Wort. »Du mußt allein kommen, Joan. Es handelt sich um eine private Angelegenheit. Deshalb bin ja auch ich da, um dich zu begleiten.«

Joan suchte rasch ihre kostbaren Nachrichten zusammen und steckte sie in das filigrane Kästchen.

»Vergiß nicht, über den verlorengegangen Brief zu sprechen«, erinnerte Glynis sie.

»Was für ein verlorengegangener Brief?« wollte Edmund wissen.

»Es geht um Edwards Mitteilungen«, erklärte Joan.

»Und einer davon ist verlorengegangen? Bei Gottes Füßen, Joan, manchmal benimmst du dich, als seist du sieben und nicht siebzehn. Nimm dies verdammte Geschreibsel mit!«

Der Prinz wartete in Edmunds Haus, als sie schließlich in der Fish Street ankamen. Obwohl er Joan zärtlich begrüßte, war er ernster Stimmung. »Wir haben keine Zeit zu verlieren. Lady Bedford ist offiziell verlobt, und du wirst die nächste sein. Mein Vater hat schon mit Edmund über die Verlobung gesprochen, aber dein Bruder hat ihm erklärt, daß du bereits heimlich Sir John Holland versprochen bist.«

Joans Augen wanderten zu Edmund hinüber.

»Der König war wütend, das kann ich dir sagen. Er hat verlangt, daß ich ihm einen unterschriebenen Vertrag vorlege.«

Prinz Edward entfaltete ein knisterndes Pergament. »Holland hat also seinen Anteil erfüllt, es fehlt nur noch deine Unterschrift.«

Joan nahm den Federkiel. Hollands Handschrift war fest und kühn. Sie erschauerte. Die Unterschrift ihres Bruders darunter sah wunderschön aus. Er hatte als Zeuge den Vertrag signiert, der drei Monate zurückdatiert war. Sie zögerte. Mit bittendem Blick sah sie zu Edmund auf. »Ich möchte Holland nicht heiraten«, flüsterte sie.

»Meine liebste Joan, das steht auch gar nicht zur Debatte. Es ist nur ein Verzögerungsmanöver. Wenn Edmund diesen Vertrag vorlegt, dann wird es unmöglich sein, dich mit William de Montecute zu verloben, ganz gleich, wie sehr die Gräfin von Salisbury meinen Vater bedrängt. Sind die Verhandlungen einmal zum Stillstand gekommen, wird mein Vater wahrscheinlich einen Boten zum Papst nach Avignon schicken, um einen Dispens zu erwirken. Das kann Jahre dauern.«

Joan lächelte ihn dankbar an. »Du bist brillant«, erklärte sie und unterschrieb dann schwungvoll das Dokument.

Edward streute Sand darüber, rollte das Pergament zusammen und reichte es dem Grafen von Kent. Dann legte er Joan eine Hand in den Rücken und schob sie zum Garten, der zu seinem Haus führte.

Edmund nahm das Kästchen, das Joan auf den Tisch gestellt hatte. »Vergiß nicht, seiner Hoheit von dem Brief zu erzählen«, ermahnte er sie.

Sie entriß ihm ihren Schatz und versteckte ihn unter ihrem Umhang.

Die nächsten vier Stunden gehörten zu den kostbarsten ihres ganzen Lebens. Edward und Joan spielten und lachten und liebten sich, vollkommen sorglos gegenüber allem, was die Zukunft ihnen bringen mochte. Sie tranken zusammen einen Liebesbecher voller Wein, doch wußten beide, daß es ihre Nähe war, die sie berauschte und nicht der Rebensaft.

Lange nach Mitternacht wurde Joan endlich wieder nüchtern. »Wie lange dauert es noch, bis ihr abreist?« flüsterte sie und klammerte sich an ihren Geliebten.

Er küßte ihre Augenbrauen. »Vielleicht noch eine Woche.«

Joan sog scharf den Atem ein, es klang wie ein Schluchzen. »Edward, ich kann es nicht ertragen.«

Abermals küßte er sie und streichelte ihren zarten Rücken, um sie zu beruhigen. »Psst, mein Johannisapfel. Ich werde ins Feld ziehen, um meine Sporen zu gewinnen. Wenn ich zurückkehre, bin ich dein wahrer ritterlicher Prinz!«

Joan lächelte gequält, aber Männer haßten Tränen. »Mir ist kalt.«

Edward schlüpfte aus dem Bett und warf ihr seinen Morgenmantel zu, dann bückte er sich, um ein Feuer im Kamin zu entzünden. Der schwarze Morgenmantel mit dem wilden Drachen von Wales hüllte sie ein. Sie schlang ihn zweimal um sich und stand dann neben ihm, als er vor dem Kamin kniete. »Jeden Abend werde ich deine Briefe lesen«, versprach sie feierlich.

Er legte besorgt einen Arm um sie und zog sie an sich. »Ich fürchte, das wird nicht möglich sein, meine kostbare Liebste. Zu deiner eigenen Sicherheit, und auch zu meiner, müssen wir diese Briefe vernichten.«

»Nein!« rief sie. »Ich kann es nicht ertragen, mich von deinen Botschaften zu trennen.«

Er nahm sie auf seinen Schoß. »Wir werden sie zusammen lesen, ein letztes Mal, dann verbrennen wir sie.« Mit der Fingerspitze wischte er ihre Tränen weg, dann preßte er seinen Mund auf ihren, bezwang ihre Auflehnung.

Schließlich las sie voller Trauer seine Briefe laut vor, ungeweinte Tränen machten ihre Stimme brüchig. Nach jedem Brief küßte sie ihn zum Abschied und reichte ihn dann Edward, der ihn dem Feuer übergab. Sie sahen zu, wie die Pergamente hell brannten und zu Asche zerfielen, als sei nun alles bereinigt.

Sie begann den letzten Brief zu lesen. »Ich küsse deine Lippen, ich küsse dein Herz, doch den anderen Kuß für tiefer, spare ich mir auf...« Er nahm ihr das Schreiben aus der Hand, noch ehe sie es zu Ende gelesen hatte, und warf es in die Flammen. Dann drängte er sie auf das weiche Fell, das vor dem Kamin lag, und löste seinen Morgenmantel von ihrer bezaubernden Gestalt. Seine Lippen machten sich daran, die intime Stelle ihres Körpers zu küssen, die er in seinem Liebesbrief beschrieben hatte.

Jeden Nachmittag hielten König Edward und sein Marschall Warrick eine strategische Besprechung mit den vom König sorgfältig ausgesuchten Mitgliedern des Rates ab, der sich aus den Grafen des Reiches und erfahrenen Rittern zusammensetzte. Ebenfalls anwesend waren der Prinz von Wales und Warricks Söhne. Warrick schlug vor, den französischen Ritter Godfrey de Harcourt in den Rang eines Marschalls zu erheben, denn er kannte das Gebiet der bevorstehenden Schlacht besser als jeder andere im Land.

England hatte Truppen in die verschiedensten Teile Frankreichs geschickt, die dort in den letzten beiden Jahren gekämpft hattten. Da Königin Philippa aus Flandern stammte, waren die Flamen Verbündete Edwards. Englische Truppen, die auf Dauer in Brügge, Gent und Ypern lagen, fochten im Augenblick Scharmützel entlang der französischen Grenze aus.

Desgleichen war Brabant ein englischer Verbündeter, doch zwischen Brabant und Flandern lag die große Stadt Tournai, die Philipp von Frankreich besetzt hielt. Englands Verbündete bestanden darauf, als erste Stadt in diesem Krieg Tournai zu erobern. Doch König Edward unterhielt einen Hof in Bordeaux, und die königliche Familie reiste öfter dorthin. Außerdem besaß England die südlichen Provinzen Gascogne, Guyenne und Poitou, die zusammen als Aquitanien bekannt waren. Daraus ergab sich, daß die meisten Anglo-Normannen in diesen Gebieten Ländereien und Schlösser innehatten; große englische Garnisonen mit Truppenbesetzung sorgten dafür, daß ihre Besitzungen nicht von den Franzosen überrannt wurden. Im Augenblick jedoch wurde diese Armee ständig dezimiert und benötigte dringend Verstärkung.

König Philipp setzte seinen Sohn, Johann von Normandie, als Befehlshaber einer Armee ein, die so groß war, daß sie drohte, sämtliche Provinzen zu erobern, die schon seit über zweihundert Jahren den Engländern gehörten.

Bei den strategischen Besprechungen König Edwards teilten sie die Meinung. Die meisten der Adligen, die Grund und Boden hatten in der Nähe von Bordeaux, waren dafür, daß die Armee dort landete. Die große Menge derer, die in Flandern ihre Interessen besaßen, argumentierten unter der Leitung von Sir Walter Manny jedoch, daß der König sich mit seinen Verbündeten zusammentun sollte. Alle versammelten sich um den großen Kartentisch, auf dem Miniaturarmeen und Kriegsschiffe hin und her bewegt werden konnten.

Der König verlangte eine Entscheidung. Er konnte kaum erwarten, zum Angriff überzusetzen. Sein Arm wies auf den Kartentisch. »Warrick – Bordeaux oder Flandern?«

Als der Verrückte Hund sprach, lauschten alle. »Weder noch! Eine Armee von zwanzigtausend Männern über den Golf von

Biskaya zu schaffen ist tollkühn. Wenn wir hingegen an der Küste der Normandie landen, wird Philipp gezwungen sein, sein Heer im Süden zu teilen und nach Norden zu marschieren, um gegen uns anzutreten. Ehe er uns noch erreicht hat, sind wir durch Nordfrankreich gezogen und haben genügend Beute gemacht, um den Feldzug zu bezahlen. Dann können wir uns mit den flämischen Truppen zusammentun, zur Verstärkung. Sollten sich wirklich die unwahrscheinlichen Gerüchte über die Größe von Philipps Armee bewahrheiten, ziehen wir uns rasch über die Kanalenge von Dover zurück.«

Hawksblood, der seinem Vater zuhörte, mußte widerstrebend zugeben, daß seine Taktik bewundernswert war. Der Prinz von Wales, der, seit er denken konnte, Strategie studiert hatte, stimmte seinerseits Warricks Plan zu.

Der König verbrachte die letzte Nacht in Windsor zusammen mit seiner Familie. Er besuchte das Kinderzimmer, um mit den jüngeren Kindern zu toben. Isabel überschüttete er mit Aufmerksamkeit, versprach ihr, die Augen offenzuhalten nach einem würdigen Ehemann, und ermahnte dann Prinz Lionel, seiner Mutter eine Stütze zu sein bei den Regierungsgeschäften.

Nachdem er alles erledigt hatte, nahm er den jungen John von Gent zur Seite, um sich ein wenig ernsthafter mit ihm zu unterhalten. »Sollte mir etwas zustoßen, John, dann möchte ich, daß du dich dem Schwarzen Prinzen gegenüber loyal verhältst. Du bist derjenige in der Familie mit dem schärfsten Verstand. Edward wird deinen Rat und deine Unterstützung brauchen, und wenn du älter wirst, ist er sowohl auf die militärische Unterstützung des Hauses von Gent angewiesen als auch auf die des Hauses Lancaster, wenn du Blanche heiratest.«

»Ich weiß, Vater«, erklärte John feierlich. »Lionel wird uns nur Schwierigkeiten machen. Er zieht Männer an, die ihn wahrscheinlich in Hochverrat verwickeln. Edward weiß, daß ich ihn immer unterstützen werde.«

»Mein braver Sohn!« Sein Vater legte ihm anerkennend die Hand auf die Schulter. John bedeutete das mehr als die Kronjuwelen.

Zuvor hatte Katherine, die Gräfin von Salisbury, dem König in der Halle zu verstehen gegeben, daß sie nichts mehr von ihm wissen wollte. Sie war wütend, daß man der Jungfer von Kent ihren angeblichen Ehevertrag mit Sir John Holland hatte durchgehen lassen, wo doch Joan und ihre Besitzungen ihrem Sohn versprochen worden waren.

Nach dem Essen verschwand sie von der Bildfläche, ohne noch einen Blick zurückzuwerfen; doch Edward hatte die Absicht, die Situation zwischen ihnen zu klären, ehe er zum wichtigsten Feldzug seines Lebens aufbrach.

Ein Blick in ihr Gesicht, als sie ihm ihre Türe öffnete, sagte ihm, daß sie zum Streiten aufgelegt war. »Katherine, mir gefällt das genausowenig wie dir. Lady von Kent hat sich sehr lüstern benommen, zwei Kandidaten gleichzeitig anzulocken.«

»Du bist doch der König, um Himmels willen. Befehle ihr, William zu heiraten!«

»Katherine, Sir John Holland hat einen gültigen Vertrag, der von Joan und ihrem Bruder, dem Grafen von Kent, unterzeichnet ist. Es ist keine Angelegenheit der Krone, sondern eine, die die Kirche entscheiden muß. Ich werde die Angelegenheit dem Papst zur Beurteilung vorlegen.«

Die Gräfin Salisbury war nur wenig besänftigt. Ihr hartes Herz wollte sich Edward noch nicht öffnen.

»Ich habe noch andere Neuigkeiten, die dich mehr erfreuen werden.« Er betrachtete ihr Gesicht eingehend. Ihre Augen begannen zu strahlen, ihr stockte der Atem bei der aufkeimenden Hoffnung. »In der Tat gegen meine innerste Überzeugung, habe ich zugestimmt, den Grafen von Moray gegen den Grafen von Salisbury auszutauschen.«

Katherine umklammerte seine Hand, es gelang ihr nicht, die Tiefe ihrer Gefühle vor ihm zu verbergen.

»Philipp von Frankreich hat mit unziemlichem Eifer zugestimmt«, setzte er leise hinzu.

Katherine fiel vor ihm auf die Knie, ihr Gesicht strahlte, in ihren wunderschönen Augen glänzten Tränen der Freude und Erleichterung. »Edward, mein hoher Herr, ich danke dir von ganzem Herzen.« Ihr Herz und auch ihr Körper wurden sehr nachgiebig. In diesem Augenblick hätte sie ihm alles gewährt.

Er zog sie hoch und fühlte sich unendlich edelmütig, als er ihr einen keuschen Kuß auf die Stirn drückte. »William de Montecute ist mein lieber Freund. Er kann sich glücklich schätzen, so viel Liebe und Ergebenheit zu genießen.«

Mit einem Seufzer beförderte der König Katherine de Montecute aus seinen Gedanken, als er die Damengemächer der Königin betrat. Philippa würde ihn so sanft und süß willkommen heißen, wie seit ihrer Jungfernschaft von vierzehn Jahren. Auch er sollte sich glücklich schätzen, so viel Liebe und Ergebenheit zu erhalten.

Noch andere Paare verabschiedeten sich an diesem letzten Abend in Windsor. Adele und Paddy aßen zusammen mit den anderen in der großen Halle und schlüpften danach hinaus, um einen Spaziergang am Fluß zu machen. Sie fühlten das Drängen in der Luft, fühlten es auch in ihrem Blut. Paddy gelang es nicht, seine düsteren Gedanken zu vertreiben. So erging es ihm immer vor einer Schlacht. Auch wenn er es nicht in Worten ausdrücken konnte, so hatte er doch das Gefühl, daß, wenn er eine Bindung einging und sogar eine Erwiderung vorhanden war, das Schicksal es ihm erlauben würde, zurückzukehren und dieses Versprechen einzulösen.

Adele konnte den Gedanken nicht ertragen, Paddy wieder zu verlieren, wo es doch so viele Jahre gedauert hatte, ihn zu finden. Sie war verwundert, daß ein so starker, lustiger, freundlicher Mann eine Frau haben wollte mit ihrem schlichten Aussehen, die obendrein bald dreißig Jahre alt würde. Daß er ein Ire war, gab ihr das Gefühl, in doppeltem Sinne Glück zu haben. Ihre Vereinigung in dieser Nacht war natürlich und richtig. Sie teilten ihre Gedanken, ihre Hoffnungen und auch ihre Ängste.

Als sie dann noch ihre Körper miteinander verbanden, wußten sie, daß ein kleiner Teil von ihnen bei dem anderen bleiben würde. Vielleicht sogar der beste Teil.

Ali und Geynis fiel es nicht schwer, ihre Gefühle in Worte zu fassen. Ihr Geist hatte so viele Gemeinsamkeiten: Schicksalsergebenheit, Aberglaube, Mystik. Sie wählten den hübschesten, ruhigsten Ort in ganz Windsor, um einander auf Wiedersehen zu sagen. In dem ummauerten Garten lag der Duft der Blumen in der Luft, der Brunnen plätscherte sein silbriges Lied, und die schlummernde Sonnenuhr ruhte sich von ihrem Tagwerk aus. Ihre Finger verschränkten sich ineinander, ihr Atem mischte sich, und sie murmelten Worte der Liebe, die so alt waren wie die Welt.

Dann tauschten sie Talismane. Er gab ihr ein durchsichtiges Stück Bernstein mit einer Unzahl Einschlüsse und strahlenden Sonnensprenkeln in seiner goldenen Tiefe. Bernstein blieb ein immerwährender, magischer Prüfstein, seine sinnliche Sanftheit verlieh der Haut Wärme, und Glynis wußte, daß sein Glanz noch verstärkt würde, wenn sie ihn häufig berührte.

Glynis schenkte Ali ein Amulett, das mit kupferartigen, leuchtend grünen Blättern besetzt war. Beide hatten keine Furcht vor dem Unbekannten, denn sie wußten, daß ihr Schicksal miteinander verknüpft war.

Robert de Beauchamp mußte jetzt gleich noch am frühen Abend mit Prinz Lionel reden, ehe der sich bis zur Bewußtlosigkeit betrank. »Dieser Feldzug kann Jahre dauern. Wenn der König und Prinz Edward in Frankreich sind, ist es Eure gottgegebene Möglichkeit, die Zügel des Reiches an Euch zu bringen, die Verantwortung von den Schultern Eurer Mutter zu nehmen und vom Rat Begünstigungen zu erwirken. Keinen Augenblick lang dürft Ihr vergessen, daß Euch der Thron gehört, wenn einem von ihnen etwas zustoßen sollte. Fallen beide, dann werdet ihr die Krone tragen!«

Lionel packte ihn in einem spielerischen Ringergriff, hielt Roberts starke Arme auf seinem Rücken fest und zerrte seinen Kopf nach vorn. »Wie stehen die Chancen?« fragte er lachend.

Robert widerstand dem Wunsch, den jungen Riesen über die Schulter zu Boden zu werfen. Er war so ein hirnloser Raufbold! Wie auch immer, wenn Lionel intelligent wäre, könnte er ihn nicht so leicht manipulieren. »Es könnten sich Möglichkeiten ergeben.« Robert war vorsichtig genug, seine großen Pläne mit Lionel nicht an die große Glocke zu hängen. »Ich würde sagen, die Chancen stehen entschieden zu Euren Gunsten.«

Der Prinz hörte auf mit seinem Handgemenge und war endlich bereit, dem Rat seines Leutnants zu lauschen.

»Wir haben einige sehr gute Männer in unserem Lager, aber wir werden mehr brauchen. Ihr könnt mit den Leuten rechnen, die der Königin und dem Haus von Warrick ergeben sind. Dazu kommen Wiggs und seine Ritter aus Bedford. John Holland ist auf unserer Seite, und auch der junge William de Montecute ist nicht abgeneigt. Aber Ihr dürft niemals vergessen, daß Henry von Lancaster Euren Bruder, John von Gent, unterstützen wird.«

»Lancaster ist ein Graubart. Er könnte leicht fallen in der Schlacht.«

»Dieser Krieg wird ohnehin das Gesicht des Adels in England verändern. Es könnte eine vollständige Verlagerung der Macht geben, noch ehe er vorüber ist. Ich möchte, daß Ihr auf alle Eventualitäten vorbereitet seid, Euer Hoheit.«

Als er Lionels Gemächer verließ, rieb sich Robert den Nacken. Himmel, alles tat ihm weh. Wenn er nicht ein wenig Ruhe bekam, würde er morgen völlig zerschlagen sein. Er hatte den Befehl, seine Männer zur Küste zu führen, und die Morgendämmerung kam verdammt schnell.

Er hatte seinen Abschied von Brianna hinausgeschoben bis zum letzten Augenblick. Unmißverständlich lehnte sie ein Techtelmechtel mit ihm ab, bevor sie vor dem Gesetz miteinander verheiratet waren; deshalb hielt er es für zwecklos, noch in letzter Minute sexuelle Forderungen an sie zu stellen. Statt dessen brachte er ihr ein Abschiedsgeschenk, das ihr Freude machen und sie deshalb an ihn binden sollte. Als er in ihre Kammer trat, war Joan von Kent bei ihr.

Briannas Augen weiteten sich ungläubig, als er in ihrer Tür erschien. »Robert, Ihr humpelt nicht mehr!«

»Ja, wie es scheint, hat der Arzt des Königs sich geirrt. Alles, was mein Bein brauchte, war ein wenig Übung. Das Glück war mir hold. Ich führe die Männer des Hauses von Clarence in den französischen Feldzug.«

Brianna schaute ihm aufmerksam ins Gesicht. Hatte er sie wegen des Beines angelogen? Nein, das war ein unwürdiger Verdacht. Er schien so galant zu sein, so eifrig, dem Ruf der Pflichten zu folgen.

Joan ging zur Tür. »Ich werde euch allein lassen, damit ihr euch voneinander verabschieden könnnt.«

»Das ist nicht nötig, Lady von Kent. Ich wollte meiner Braut nur ein kleines Geschenk bringen, Farbe und Pinsel. Denkt an mich, Brianna, wann immer Ihr sie benutzt.« Er zog ihre Hand an seine Lippen, als wäre er der Stellvertreter der ganzen Christenheit.

Briannas Herz wurde weich. Sie mußte sich glücklich schätzen. Es war nicht die schlechteste Partie, Robert de Beauchamp zum Gemahl zu bekommen; sie hätte sich auch mit ihm zufriedengegeben, wäre sie niemals dem dunklen, gefährlichen Araber begegnet. Sie stellte sich auf Zehenspitzen und küßte ihn. »Geht mit Gott, Robert«, flüsterte sie, und Brianna meinte es wirklich von ganzem Herzen.

23

Die französische Offensive Edwards des Dritten war ein unerhörtes Unternehmen. Er versammelte zweihundert Schiffe, um seine Armee von zwanzigtausend Soldaten zu transportieren. Die Schiffe überquerten den Kanal mehrmals, denn die Kämpfer brauchten Pferde, Gepäckwagen brauchten Maulesel, und die Kriegsmaschinerie brauchte Munition.

Alle Führer, die Ritter und die Mitglieder der Adelsfamilien trugen Helme mit stählernem Kern, einen Nasenschutz; dazu kamen langärmelige Kettenhemden mit Kapuze, die bis zu den Knien reichten und die durch einen Waffengürtel gehalten wurden, in dem Schwert, Messer und Keule steckten. Jeder besaß einen Schild, dessen scharfe Metallkanten und -spitze als Waffe benutzt werden konnten.

Einige Schiffe hatten Zelte, Futter für die Tiere, medizinische Ausrüstung geladen, einige andere Lebensmittel und – unumgänglich – auch Dirnen. In einer Flotte von zweihundert Schiffen fanden diese genügend Schlupfwinkel, wo sie sich verbergen konnten.

Viele der Soldaten hatten schon zuvor gegen die Franzosen gekämpft, und sie wußten, was sie erwartete – doch etliche zogen auch in den Krieg ohne jegliche Erfahrung. Hawksblood gab seine Kenntnisse an Prinz Edward weiter und an die anderen jungen Adligen, die zum ersten Mal in ihrem Leben ihre Gefolgsleute in eine richtige Schlacht führten.

Hawksblood wußte, daß er nicht an ihren Mut zu appellieren brauchte und daß sie im Angesicht der Gefahr ihre Furcht überwinden würden. Ihre Ausbildung war hart gewesen und endlos, und er hegte keine Zweifel, daß die meisten von ihnen ihre Männer gut führten. Er blickte in die Gesichter um sich herum und war zufrieden, daß alle die Gesetze des Krieges vom Kampf auf Leben und Tod begriffen hatten. Es gab keinen Platz für Empfindlichkeiten auf dem Schlachtfeld. Hawksblood grinste den Schwarzen Prinzen an. Er beendete seine Ansprache mit den Worten: »Ein Ritter ist nur so gut wie sein Pferd, und im Krieg verläßt man sich am besten auf das Schicksal.«

Prinz Edward meinte: »Mir scheint, mein ganzes Leben war nichts als Vorbereitung auf diesen Augenblick.«

»Dann wollen wir dafür sorgen, daß sie dir jetzt zugute kommt«, antwortete Hawksblood und umfaßte Edwards festen, muskulösen Arm in einer Geste der Verbrüderung.

Als die englischen Schiffe in Cherbourg vor Anker gingen, leitete Warrick die Landung der ersten Abteilung des Feldzugs. Natürlich befanden sich weder der König von England noch sein Sohn oder seine eigenen Söhne bei dieser Vorläufertruppe. Es gab einigen Widerstand seitens der Franzosen, doch schon sehr bald waren sie entwaffnet und auf der Flucht.

Als Warrick das Signal gab, wurde König Edward von einem übereifrigen jungen William de Montecute und Robert de Beauchamp an Land getragen. Als diese das Ufer erreicht hatten, fiel der König der Länge nach hin. Doch noch ehe man das als ein böses Omen deuten konnte, hob der König die mit Erde beschmutzten Hände hoch, wie es Wilhelm der Eroberer getan hatte, als er in England eingedrungen war, und wiederholte die berühmten Worte: »Habt acht, meine Freunde, die Erde von Frankreich kann es nicht erwarten, mich als ihren rechtmäßigen Herren zu umarmen. Es ist ein Zeichen des Himmels!«

König Edward steckte tief in seinem Aberglauben; selbst war er keineswegs überzeugt, aber er wollte, daß seine Soldaten daran glaubten. Er nahm Warrick und den Prinzen von Wales beiseite. »Ich werde dich sofort zum Ritter schlagen, Edward, damit die Männer einen Führer haben, dem sie folgen können, sollte ich in der Schlacht fallen.«

»Himmel, Vater, nein! Ich möchte mir meine Sporen wirklich verdienen!«

Warrick brachte ihn zum Schweigen. »Ihr werdet Euch Eure

Sporen verdienen, Euer Hoheit, Hunderte von Malen, da braucht Ihr keine Bedenken zu haben.«

Die Truhe, in der die Insignien für die neuen Ritter verwahrt wurden, wurde herbeigeschafft, und keine Stunde nach ihrer Ankunft auf französischem Boden schlug der König die ersten Männer zu Rittern. Er bat die beiden jungen Edlen, die ihn an Land getragen hatten, sich neben Edward zu knien. Der König beugte das Knie, dann berührte er mit seinem blanken Schwert die Schulter des Prinzen von Wales und befestigte die goldenen Sporen an seinen Fersen. Das gleiche erfolgte dann bei William de Montecute und Robert de Beauchamp.

Godfrey de Harcourt sandte sofort Kundschafter aus, die den günstigsten Weg für ihre Route finden und Informationen über die Anzahl und Stellungen der französischen Streitkräfte sammeln sollten. Dann begann der Marsch durch Frankreich.

In den ersten beiden Wochen trafen sie auf sehr wenig Gegenwehr. Die englische Streitmacht eroberte eine französische Stadt nach der anderen, sie nahm alles mit, was nicht niet- und nagelfest war. Barfleur, Valognes und Carentan fielen ihnen in die Hände. Wagenladungen voller Waffen, sowohl Wandbehänge, silberne Tafelflaschen, goldene Kerzenleuchter und Kruzifixe als auch kostbare französische Möbel, Teppiche und Gemälde wurden an die Küste geschickt, um auf die Schiffe zurück nach England geladen zu werden. Reiche Gefangene verfrachtete man südwärts nach Bordeaux, um sie dort später gegen eine Zahlung von Lösegeld wieder freizulassen.

Christian Hawksblood führte den Angriff auf St. Lô. Die Stadt und das Schloß waren ihm so gut bekannt, daß es ihm wie ein Kartenhaus zufiel. Er nahm Baron St. Lô und seine lüsterne Schwester in Haft. Als Paddy die beiden in sein Zelt brachte, wunderte Christian sich nicht, als Lisette sich in seine Arme warf, um ihm ihren Körper anzubieten im Austausch für ihr Leben und das ihres Bruders. Hawksblood lächelte zynisch über die ausbleibende Erwähnung ihres Ehemannes.

»Euren Körper hat er besessen«, meinte Paddy voller Verachtung. »Ihr solltet etwas bieten, das Wert hat.«

»Paddy«, murmelte Hawksblood leise, doch das genügte, um ihn zum Schweigen zu bringen.

»Die Weinkeller unter dem Schloß«, rief Lisette eifrig. »St. Lô besitzt tausend Fässer edler Tropfen.«

Paddy pfiff begeistert. »Himmel, ein Faß sind zweihundertfünfzig Gallonen.«

»Hör auf zu grinsen, Paddy, und sorge dafür, daß der Wein in meine Villa nach Bordeaux gelangt.« Er löste Lisettes Arme von seinem Hals und legte eine Hand unter ihr Kinn. »Ich werde Euch und den Baron auch dorthin schicken, bis das Lösegeld für Euch gezahlt ist.« Anzüglich fuhr er fort: »Wenn Euer Gatte findet, daß es sich nicht lohnt, Lösegeld für Euch zu bezahlen, dann werde ich für Euch eine andere Verwendung finden, chérie.«

Als sie in Caen ankamen, waren sie überrascht, dort eine kleine Armee vorzufinden unter der Leitung des Connetables von Frankreich. Der Kampf um die Stadt tobte heftig, doch sie bahnten sich ihren Weg zur Festung des Schlosses, säuberten die Zinnen von den Bogenschützen und stellten dann hölzerne Gestelle auf, um die Mauern zu erklimmen.

Die Sonne ging unter, ehe sie die Festung stürmten. König Edward ging in die Kriegsunterkunft des Connetables und durchsuchte sie. Als er einen Plan der Normannen entdeckte, in England einzufallen, ergrimmte er furchtbar. Bis in alle Einzelheiten war dort festgehalten, wie England unter den Siegern aufgeteilt werden sollte. Er reichte den Plan dem Schwarzen Prinzen, der das ungestüme Temperament seines Vaters geerbt hatte. Die blauen Augen des Königs blitzten vor Wut. »Morgen werdet Ihr die gesamte Einwohnerschaft von Caen hinrichten lassen«, befahl er Warrick.

»Keine Sorge, wir werden Rache üben für diese Infamie«, schäumte der Prinz.

Warrick rollte mit den Augen, er blickte zu Hawksblood. Das Temperament der Plantagenets kannte er – doch auch wenn er ein harter Krieger war, so hatte er doch keine Freude daran, Frauen und Kinder mit dem Schwert niederzumachen. Der Connetable von Frankreich und seine Armee waren bereits besiegt, viele Männer gefallen. Es schien nicht nötig, noch mehr Blut zu vergießen.

Hawksblood verstand Warrick sofort, ohne daß sie ein Wort zu wechseln brauchten. »Du wirst den König überzeugen, ich rede mit Prinz Edward«, sagte er zu Warrick.

Hawksblood zog Edward mit sich nach draußen auf den Schutzwall. Die Leute in der Stadt waren noch immer damit beschäftigt, die Feuer zu löschen, die die Engländer gelegt hatten. Frauen schluchzten und Kinder weinten, während Caen systematisch all dessen beraubt wurde, was von Wert war, und das landete dann auf englischen Wagen. »Der Erfolg unseres Feldzuges beruht auf Schnelligkeit, Euer Hoheit. Wir müssen über die ganze nördliche Küstenregion hinweggezogen sein, ehe sich die Franzosen gegen uns sammeln können. Die Möglichkeit, uns Reichtümer anzueignen, ist viel größer, als wir sie uns je erträumt hätten; aber der Beutezug hat uns auch beträchtlich langsamer werden lassen. Die gesamte Bevölkerung von Caen hinzurichten, würde Tage dauern. Die Männer werden die Frauen vergewaltigen, ehe sie sie umbringen, und nach den Morden werden sie sich dann bis zur Bewußtlosigkeit betrinken. Wir verlieren mindestens eine ganze Woche. Und es hat uns schon zwei Wochen gekostet, um überhaupt bis hierher zu kommen.«

Edward tat einen tiefen Atemzug. Die Luft roch nach Holzfeuern, Blut und Tod.

»Haltet Eure Wut in Grenzen, damit sie Euch in der Schlacht beflügelt.«

Der Schwarze Prinz nickte bedächtig. Er war erst vor so kurzer Zeit zum Ritter geschlagen worden und wollte seinen Schwur noch ein wenig halten.

Warrick fiel es wesentlich schwerer, die Blutrünstigkeit des Königs zu beschwichtigen. Wieder und wieder weigerte er sich, auf seine Rache zu verzichten. Warrick erklärte ihm die Notwendigkeit der Eile, erklärte ihm, daß sie eigentlich schon viel näher an der französischen Hauptstadt sein müßten, doch König Edward ließ nicht von seiner Wut ab. Erst, als nach Einbruch der Dunkelheit einige von Godfrey de Harcourts Kundschaftern zurückkamen und berichteten, daß Philipp in Panik Paris darauf vorbereitete, einer Belagerung zu widerstehen, begann der König an seinem Vergeltungsschlag zu zweifeln.

Die Kundschafter berichteten, daß Philipp alle Gebäude, die an die Stadtmauern grenzten, niederreißen ließ. König Edward lachte auf bei dem Gedanken, den König von Frankreich so gründlich in Furcht versetzt zu haben. Die anderen Neuigkeiten waren allerdings weniger erheiternd. Philipp zog von der Ebene von St. Denis zwischen Paris und Poise ein riesiges Heer zusammen, das von Tag zu Tag größer wurde. Die Kundschafter konnten die genaue Anzahl der Soldaten nicht nennen, doch eines wußten sie ganz bestimmt: die französische Armee übertraf bei weitem die der Engländer!

König Edward vergaß seinen Wunsch nach Rache und berief eine strategische Versammlung ein. Sie kamen überein, in der Morgendämmerung weiterzumarschieren; doch anstatt die Küste entlangzuziehen, würden sie Lisieux einnehmen sowie die Städte, die im Landesinneren lagen auf ihrem Weg nach Paris.

Achtundzwanzig Tage vergingen, ehe die Engländer Poise erreichten. Sie waren nurmehr einige Dutzend Meilen von Paris entfernt, doch es mußte noch die breite Seine überquert werden. Ganz plötzlich erreichten sie die verschiedensten Zahlenangaben, die französische Armee betreffend. Einige Kundschafter berichteten, daß sich fünfzigtausend Soldaten zusammengezogen hatten; andere schworen, die französische Armee sei sechzig- oder siebzigtausend Mann stark. Doch eines war sicher: Philipp mußte alle Streitkräfte aus dem Süden abgezogen haben.

Bei einem solchen Zahlenunterschied sei eine Belagerung von Paris eine Dummheit, erklärte der König. Sir Walter Manny sollte mit einer kleinen Streitmacht nach Süden ziehen, von der Seine abschwenken, um dann in einem Bogen zurück nach Paris zu marschieren, zur Irreführung des Feindes, inzwischen wollte man eine Pontonbrücke über den Fluß bauen.

Sie brauchten drei Tage, und die Anführer seufzten erleichtert auf, als dieses Manöver hinter ihnen lag. Nur blitzschnelle Bewegungen konnten die englische Armee jetzt noch retten, denn es ging das Gerücht um, daß die Franzosen eine Übermacht von drei zu eins besaßen.

Dies war der Preis, den sie dafür zahlen mußten, vor lauter Beutegier zu langsam durch die Normandie gezogen zu sein. Der König und Warrick waren sich der Gefahr bewußt. Alle Straßen und Wege hinter ihnen quollen über vor französischen Soldaten. Sie trieben ihre schwer beladenen Truppen in größter Eile durch das Gebiet Vexin der Nomandie und schafften in nur vier Tagen unglaubliche sechzig Meilen. Doch das größte und schwierigste Hindernis lag noch vor ihnen.

Der breite Fluß Somme mit endlosen Torfmooren zu beiden Seiten genügte, um Furcht auch im tapfersten Herzen zu wecken. Der König befahl seinen beiden Marschallen, vorzureiten und einen Übergang auszukundschaften. Warrick nahm seine Söhne mit, doch machte er ihnen klar, daß sie sich Harcourts Befehlen zu unterwerfen hatten, weil der französische Ritter die gefährliche Gegend kannte.

Baldigst stellten sie fest, daß alle Brücken zerstört worden waren und daß die Furten von Truppen der Pikardie gesichert würden. Harcourts Männer versagten in zwei Versuchen, eine der Furten zu erobern. Dann schickte Warrick seinen Sohn Robert vor, der die Männer des Herzogs von Clarence befehligte, doch auch dieser Vormarsch mißlang. Hawksblood konnte es kaum erwarten, bis er dran war, doch Warrick entschloß sich, die Männer selbst anzuführen. Sie erlitten große Verluste, ihre Pferde ertranken in den Mooren; so scheiterte auch dieser Versuch. Als König Edward mit der Armee eintraf, war er außer sich, daß man noch immer keinenm Weg über die Moore der Somme gesichert hatte.

Hawksblood zog sich mit seinen Knappen in sein Zelt zurück. Sie wußten, daß er in eine Art Trance versinken mußte, ehe ihm eine seiner Visionen gelang. Christian lag ausgestreckt auf dem Boden, während Ali einen kleinen Weihrauchbrenner anzündete. Hawksblood konzentrierte die ganze Kraft seiner Gedanken, zunächst einmal befreite er sie von allem unnötigen Beiwerk. Dann durchdrang er nacheinander die Barrieren der Furcht, der Zeit, des Raumes und wurde endlich eins mit den Elementen Luft, Erde und Wasser. Was geheim war, wurde zu Wissen, und was fern war, näherte sich, das Unmögliche wurde erreichbar.

Hawksblood erwachte aus seiner Trance und entdeckte Prinz Edward, der vor ihm stand. »Wo ist der König?«

»Er hat eine neuerliche Zusammenkunft angesetzt. Ich bin gekommen, Euch zu holen.« In den Augen des Schwarzen Prinzen stand blanke Neugier, doch er und Hawksblood waren zu gute Freunde, sie fragten einander nicht aus. Noch ehe sie das Zelt des Königs betraten, hörten sie schon laute, streitsüchtige Stimmen.

Die gefährliche Situation, in der sie sich befanden, stellte die Atmosphäre auf eine Zerreißprobe.

Hawksblood sprach: »Eure Majestät, ich habe erfahren, daß die französische Kavallerie bereits Amiens erreicht hat und auf dem Weg nach Abbeville ist. Philipps Armee marschiert parallel zu uns. Es ist keine Übertreibung, wenn ich behaupte, daß sie uns im Verhältnis vier zu eins überlegen ist.«

Plötzlich redeten alle durcheinander. Furcht erklang aus den meisten der Stimmen. König Edward deutete auf die Landkarte. »Dieser gottverdammte Philipp!« rief er. »Er hat uns in ein Dreieck getrieben, das aus seiner Armee, der unüberwindlichen Somme und dem Meer des Kanals besteht.«

Robert de Beauchamp wies auf das hin, was ihm als Ausweg erschien. »Wir müssen über den Kanal fliehen.«

Prinz Edward warf ihm einen so verächtlichen Blick zu, daß Robert ihm am liebsten sein Schwert zwischen die Augen gestoßen hätte.

»Wir haben unsere Flotte angewiesen, in unserer eigenen Provinz Ponthieu, auf der anderen Seite der Somme, zu landen. Sie wird noch nicht dort angekommen sein.«

Harcourt stand hilflos dabei. Er hatte das Gefühl, die englische Armee persönlich in diese Falle geführt zu haben.

Robert de Beauchamp, der mit zwei von Lionels Getreuen zusammenstand, quitschte zwischen zusammengebissenen Zähnen hervor: »Woher hat dieser Araber seine Informationen?« Sofort rief einer seiner Begleiter: »Woher sollen wir wissen, ob er nicht ein Verbündeter der Franzosen ist?«

Es war die schlimmste Anschuldigung, die ein Ritter gegen einen anderen erheben konnte; die Augen aller richteten sich jetzt auf Hawksblood , da die Saat des Mißtrauens nun einmal gesät war. Hawksblood sah seinen Vater an. »Die Information kam von einem Mann, den wir gefangen haben«, log er. »Ein wenig Folter hat seine Zunge gelöst, und er verriet uns eine Furt in der Nähe der Mündung des Flusses, wo wir hinüberkönnen.«

Der König und Warrick atmeten erleichtert auf. Robert de Beauchamp kämpfte gegen eine aufsteigende Panik. »Wenn das nun eine Falle ist? Hat irgend jemand das Geständnis des Franzosen mit angehört?«

»Ich«, erklärte Prinz Edward ruhig.

»Zeigt uns die Furt auf der Karte«, bat der König.

Hawksblood trat vor und zeichnete mit dem Finger eine Linie durch die Somme. »Der Ort heißt Blanche Taque. Es ist möglich, die Furt bei Niedrigwasser zu überqueren.«

»Blanche Taque bedeutet ›Weißer Stein‹«, meinte Harcourt nachdenklich. »Vielleicht ist Blanche Taque ja eine geographische Besonderheit.«

König Edward hob beide Hände und bat so um Schweigen. »Es muß allen klar sein, daß wir es nicht mehr schaffen, uns mit unseren Verbündeten aus Flandern zu vereinen. Unsere einzige Hoffnung ist es jetzt, über den Fluß Somme unsere eigenen Provinz Ponthieu zu erreichen.«

Die Grafen von Northumberland und Lancaster fügten hinzu: »Wir müssen in Ponthieu bleiben, bis unsere Schiffe ankommen und uns zurück nach England bringen.«

König Edwards Blicke trafen sich mit denen des Schwarzen Prinzen; Warrick sah Hawksblood an. Sie wußten, der König würde Frankreich nicht verlassen, ehe er sich mit Philipp eine Entscheidungsschlacht geliefert hätte. Prinz Edward trat an die Seite seines Vaters. »Hawksblood und ich werden die Vorhut über die Somme führen.«

Der König betrachtete seinen Sohn voller Stolz. Obwohl die Dunkelheit bereits angebrochen war, gab er den Befehl loszumarschieren. Um Mitternacht erreichte die Vorhut Blanche Taque. Die Flut stand hoch, und es war unmöglich, den Fluß zu überqueren. Während Hawksblood auf die Ebbe wartete, sprach er mit dem Prinzen. »Danke für Euer Vertrauen in mich, Euer Hoheit.«

»Ihr hattet eine Vision. Es ist eine Kraft, die nur wenigen Menschen geschenkt ist.« Er blickte über das brausende Wasser. »Ihr habt sie schon zuvor gehabt.« Es war keine Frage.

»Ja. Mein Wissen über die französische Flotte in Sluys habe ich durch eine Vision erhalten. Ich bin niemals dort gewesen«, gestand er.

»Wußte Warrick davon?«

»Ich habe niemandem etwas gesagt«, antwortete Hawksblood. »Wer würde mir schon glauben?«

»Ich glaube Euch, mein Freund.«

Sie wußten, sie hatten ein Band geknüpft, das sie ihr ganzes Leben miteinander verbinden würde, bis zum Tod.

Nach und nach kam die Armee König Edwards an den Ufern der Somme an. Der Fluß war nicht nur unwahrscheinlich breit und tief, zweitausend Männer der Pikardie erwarteten sie auch noch seitlich flußabwärts. Die Truppe war angespannt, einige der Männer hatten alle Hoffnung aufgegeben. Viele erhoben aufgebracht die Stimmen, weil man sie an einen Ort geführt hatte, an dem sie entweder ertrinken oder in den umliegenden Mooren von Pfeilen durchbohrt würden. Sie waren müde und abgekämpft, und nachdem sie Blanche Taque gesehen hatten, resignierten sie vollends.

Als die Morgendämmerung anbrach, ging die Flut zurück. Aufkeimende Hoffnung mischte sich mit Furcht auf den Gesichtern der Soldaten. Es war wie die Teilung des Roten Meeres in der Bibel, doch das Wasser stand immer noch hüfthoch, und das Gewicht der Pferde und der Wagen würde genügen, um sie unter die Oberfläche zu drücken.

Der König und Warrick sahen erstaunt zu, wie Hawksblood und der Prinz von Wales ohne zu zögern in die Furt ritten. Die Hufe ihrer Pferde trafen auf den festen weißen Stein von Blanche Taque.

Sofort schickte der König seine Bogenschützen hinterher. Sie trieben die Männer aus der Pikardie mit einem Sturm von Pfeilen zurück. Warrick befahl dem Rest der Armee, den Fluß zu überqueren, und sie marschierten über den festen weißen Stein, bis zu den Hüften im Wasser.

Die Franzosen rückten ihnen nach, doch genau wie in der Bibel kam die Flut zurück, ehe sie ihrerseits hinübergelangten. Die einzigen Verluste der Engländer beliefen sich auf einige Wagen, die in französische Hände fielen.

Alle Männer glaubten, ein Wunder miterlebt zu haben. Der König und seine Marschälle führten die Armee in das Dorf Crécy in der Nähe der Küste. Es war der fünfundzwanzigste August, und weil sie wußten, daß die Franzosen an diesem Tag den Fluß nicht überqueren konnten, dankten sie dem Himmel für diese Verschnaufpause.

Jetzt tat König Edward das, was er am besten konnte. Er versammelte seine Armee um sich. Der Plantagenet-König war sehr prahlerisch, alles tat er auf seine großspurige Art. Laut Befehl wurde sein schwerer Pavillon aus azur- und goldfarbener Seide aufgestellt, und er pflanzte seine Leopardenstandarte auf, die in den vier Ecken die Lilien von Frankreich zeigte.

Er hatte den Kampfplatz sehr gut ausgewählt, in einer leicht hügeligen Ebene, auf einer sanften Erhebung, die man gegen Angriffe von unten gut verteidigen konnte. Die Wagen und Zelte wurden hinter seinen Pavillon plaziert. Am Mittag brannten die Lagerfeuer, und es wurden Gruben ausgehoben, über denen das Fleisch brutzelte.

Harcourts Kundschafter schwärmten aus, und auch Hawksbloods Leute aus Cornwall gingen mit ihren Langmessern auf Erkundungstour. Die Informationen, die sie zurückbrachten, waren sowohl gut als auch schlecht. Die Franzosen hatten die Somme auf einer Brücke in Abbeville überquert. Zwischen den beiden Armeen breitete sich der Wald von Crécy aus, eine dichte, undurchdringliche Barriere, die es für die Franzosen nötig machen würde, einen Bogen von achtzehn Meilen um den Wald herum zu beschreiben. Hinter dem englischen Lager führte ein schmaler Pfad durch das Herz des Waldes zum Meer. Es wurde bestätigt, daß die französische Armee hunderttausend Mann stark war, und König Philipp hatte über seinem Hauptquartier die blutrote Fahne aufgezogen, die deutlich machte, daß sie weder um Gnade bitten noch sie gewähren würden.

Die Franzosen besetzten das Kloster St. Peter in Abbéville, und Philipp hatte seine Verbündeten bei sich, einschließlich des Königs von Böhmen mit seinen deutschen Rittern und Soldaten. Auch Charles von Luxembourg hatte sich ihm angeschlossen, genauso wie König Jaime von Mallorca, der Herzog von Lorraine und der Graf von Flandern. König Edward, umgeben von seinen Rittern, lauschte den Auskünften ohne einen Anflug von Furcht.

Marschall Godfrey de Harcourt warf einen Blick auf den Pfad Richtung Meer. Er riet, sich zur Küste zurückzuziehen, wo sie einen letzten Posten beziehen konnten. Die meisten der Adligen stimmten seinem Plan zu. Warrick und Hawksblood blinzelten sich vielsagend an.

König Edward deutete mit dem Hochmut der Plantagenets um sich. »Dies ist das Land meiner Mutter. Wir werden hier auf sie warten.«

Schweigen senkte sich auf die Männer um ihn her. Es war unglaublich, aber Edward lachte. »Könnt ihr euch vorstellen, was für eine unmögliche Aufgabe es ist, für hunderttausend Männer Nahrung und Lagerstätten zu beschaffen? Könnt ihr euch vorstellen, wie uneins sich so viele stolze und eifersüchtige Anführer aus den verschiedensten Ländern sind? Denkt ihr an die Wortwechsel auf Französisch, Deutsch, Böhmisch und Genuesisch, wenn der Regen, der bald fallen wird, auf sie niederprasselt und sie keine Möglichkeit haben, die Saiten ihrer kunstvollen Bögen vor Nässe zu schützen?«

König Edward zerstreute all die Unsicherheit und Furcht mit Humor. »Ich wette, Philipp wird in seinem Kloster eine schlaflose Nacht verbringen. Er hat viel zu viele Sünden auf seinem Gewissen, um mit Gleichmut diesem tödlichen Konflikt entgegenzusehen!«

Warrick befahl, eine Barrikade von Baumstämmen hinter den Wagen zu errichten, und die Knappen eilten davon, um die Waffen und Rüstungen ihrer Herren vorzubereiten. Insgeheim fürchteten jedoch die meisten Männer, daß sie bereits gefangen waren wie Ratten in der Falle. Und als dann der endlose Regen zu fallen begann, fühlten sie sich sogar wie ›ertrinkende Ratten‹.

24

Die Frauen von Windsor kamen erstaunlich gut ohne ihre Männer aus, die bereits vor zwei Monaten davongezogen waren. Das tägliche Leben nahm viel gemächlicher seinen Gang ohne die lärmende Anwesenheit der dominierenden Herrlichkeiten; doch gleichermaßen schien die Zeit stillzustehen, und wenn die Dunkelheit sich am Abend herniedersenkte, erwachten die nagenden Sorgen und Ängste um die Väter, Brüder, Söhne, Ehemänner und Liebsten, die auf der anderen Seite des Meeres in Frankreich kämpften.

Königin Philippa und Prinz Lionel erhielten regelmäßige Berichte aus den Cinque Ports, und bis jetzt klangen sie immer erfreulich. Erbeutete französische Güter strömten nach England, so schnell, wie die Flotte sie transportieren konnte, und der zuversichtliche Haushalt der Königin begann mit den Vorbereitungen für einen Umzug nach Bordeaux, sobald König Edward den Emporkömmling Philipp von Valois endgültig hinweggefegt hätte.

Brianna von Bedford genoß eine Freiheit, die sie nicht mehr erlebt hatte seit den Tagen, an denen ihr Leben unwiderruflich mit dem des Hauses Warrick verknüpft worden war. Die Damen von Windsor waren an diesem Nachmittag bei der Falkenjagd gewesen, und Brianna hatte sich aus der Gesellschaft Isabels davongestohlen mit schleifenden Zügeln, damit sie uneingeschränkt durch das von der Sonne beschienene Themsetal traben konnte.

Sie wußte, es war herzlos, sich so glücklich und frei zu fühlen, wo doch ihre Männer – schnell änderte sie das Wort ›Männer‹ in das Wort Bräutigam – in den Krieg gezogen waren. Aber warum sollte sie sich deshalb schuldig fühlen? Der Krieg war die naturgegebene Tätigkeit eines Mannes. Sie verbrachten ihr gesamtes Leben damit, sich dafür auszubilden, und träumten nur von Schlachten, blutigen Schwertkämpfen und der Ritterschaft. Zum Ritter geschlagen werden war weitaus wichtiger als die Gründung einer Familie. Die meisten kümmerten sich mehr um ihre Schlachtrösser als um ihre Ehefrauen! Sie trugen ihre Narben wie Ehrenabzeichen und glaubten von sich selbst, aus Eisen zu sein: wenn es keine Kriege auszufechten gab, maßen sie ihre Kraft in Turnieren.

Während sie dahinritt, löste sich ihr Haar und wehte hinter ihr im Sommerwind. Es war so lang, daß es die Flanken ihrer Stute berührte, während sie diese zu wildem Galopp antrieb. War sie einmal verheiratet, würde sie ihr Haar bedecken müssen, nur in der Zurückgezogenheit ihres Schlafzimmers durfte sie es offen fallen lassen.

Ungewollt erstand plötzlich vor ihrem inneren Auge das leuchtende Bild von Christian, der ihre Locken bürstete. Sie schloß die Augen und schob das Bild ganz weit von sich. Als sie die Augen wieder öffnete, erkannte sie dunkle Wolken am Himmel, die sich zusammenzogen; damit kündigte sich ein nächtliches Sommergewitter an.

Nacht.

Sie versuchte, nicht an die Nacht zu denken.

Ihre Tage waren angefüllt mit Aktivitäten, ihre Abende mit ihren Zeichnungen und Manuskripten, durch ihre Nächte gaukelten erotische Träume, die niemals von ihrem zukünftigen Ehemann handelten. Das Schuldgefühl trieb eine heiße Röte in ihr Gesicht, beim Gedanken an Christian tat ihr das Herz weh. Zögernd wendete sie ihr Pferd und ritt zurück zu den Ställen.

Als sie dort ankam, entdeckte sie die Stute von Prinzessin Isabel, also mußte die Jagdgesellschaft schon vor ihr zurückgekehrt sein. Sie nahm ihren Merlin, trug ihn die Stufen hinauf zu seinem Käfig und übergab ihn dort dem Falkner. Einen Augenblick zögerte sie, doch dann machte sie sich auf die Suche nach Salome. Es dauerte nicht lange, bis sie den herrlichen Gerfalken entdeckt hatte. Leise sprach sie mit ihm, bewunderte das glänzende Gefieder und die kräftigen Schwingen. Der Raubvogel rüttelte bei Briannas Murmeln seine Federn. »Vermißt du ihn genauso wie ich?« Ihre Worte waren nicht lauter als ein Seufzer.

Sie streckte die Hand aus, um den Vogel zu streicheln. Blitzschnell hob er die Krallen und griff nach ihrem Finger. Erschrocken schrie sie auf. Doch erstaunlicherweise hackte der Vogel nicht zu, sondern hielt sie mit all seiner Kraft fest, ließ sie eine volle Minute lang nicht mehr los. Sie wußte, er hätte ihr die Haut in Fetzen reißen können, und niemand anders wäre daran schuld gewesen als sie selbst. Ganz deutlich erkannte sie die Ähnlichkeit der Gefahr zwischen Hawksblood und dem Falken.

Sie blieb an dem neuen Runden Turm stehen, der aus den wunderschönen Steinen ihres Bedfords errichtet worden war. Mit der Hand fuhr sie über die rauhe Oberfläche und ließ sich trösten von dem dauerhaften Material, freute sich über die sanften Schattierungen. »Ich werde zurückkommen«, flüsterte sie, »und daheim meine Kinder gebären. Wir werden eine sichere und glückliche Familie sein.« Es kam ihr gar nicht dumm vor, mit Steinen zu reden. Ihre Träume, Hoffnungen und Wünsche einem Element der Erde mitzuteilen, schien ihr absolut natürlich.

Ein Blitz zuckte am Himmel und schlug in den Turm. Er überraschte Brianna, doch sie verspürte keine Angst. Es war ein Zeichen. Ein gutes oder böses? Darauf gab es keine Antwort. Von woher kam dieser Fingerzeig? Gott? Teufel? Mutter? Drakkar? Große Regentropfen dämpften ihre Phantasien. Sie lief zu ihren Gemächern, um Schutz vor dem Gewitter zu suchen, doch es gab keinen Ort, an dem sie Zuflucht suchen konnte vor ihren Gedanken oder dieser eigenartigen Stimmung.

Adele hatte die Gemächer bereits verlassen und war auf ihrem Weg in die große Halle. Brianna wußte, daß sie Angst hatte vor Gewittern: Sie war erleichtert, daß Adele mit den anderen Damen der Königin zusammen speisen würde, wo die Musik und die Gesellschaft die Donnerschläge in den Hintergrund treten ließen. Brianna beschloß, den Abend in ihren Gemächern zu verbringen. Die Ruhe ihres Zimmers gefiel ihr. Sie würde skizzieren und dann vielleicht malen. Die sanften Farben Salomes und die der Steine aus Bedfordshire hatten ihr künstlerisches Talent lebhaft angeregt.

Mit einem frischen Apfel in der einen und einem Stück Kohle in der anderen Hand setzte sie sich an ihren Arbeitstisch und begann zu zeichnen. Sie versank ganz in ihrer Arbeit. Der steinerne Turm erschien auf ihrem Skizzenblatt und dann der Gerfalke, der von den Zinnen des Turmes herniederflog auf den ausgestreckten Arm eines Ritters. Ihre Gedanken begannen umherzuschweifen. Irgend etwas schien sie zu rufen. Hinter dem Schein der Kerzen war das Zimmer dunkel. Etwas wartete dort auf sie, direkt hinter dem Licht.

Oder jemand.

Ganz plötzlich erhellte der Schein eines Blitzes den Raum, so hell, als wäre es Tag, und sie sah, daß es hier nichts gab als ihre inneren Bilder in der Stille des Raumes. Es gelang ihr, eine Szene auf ihrem Pergament zu schaffen, die so real war, daß sie die rissige Oberfläche des Steins fühlen, des Rauschen der Schwingen des Raubvogels hören und das Leder der Ritterrüstung riechen konnte. Würde diese Szene hier auch wirklich lebendig werden können, um in sie hineinzutreten und an ihr für eine kurze Zeit teilzuhaben?

Der Gedanke war verlockend, er führte sie in Versuchung und zwang sie dann dazu, es auszuprobieren. Ganz hinten aus dem

Schrank holte sie den grauen Samtumhang ihrer Mutter hervor. Sie hatte ihn seit dem Turnier nicht wieder angerührt. Dann stand sie vor dem Spiegel und zögerte. Zur Hälfte hüllten die Kerzen sie in einen goldenen Schien, ihre andere Hälfte lag im Schatten verborgen. Sie wußte, daß diese Herausforderung der Mächte tausendmal gefährlicher war, als ihre Hand nach dem Gerfalken auszustrecken.

Doch für Brianna gab es kein Zurück.

Entschlossen hob sie das Kinn, und mit einer einzigen schnellen Bewegung warf sie den grauen Samtumhang um ihre Schultern. Alles schien sich zu bewegen und verschmolz dann miteinander. Sie befand sich in einem Turmzimmer, das umgeben war von einem wütenden Gewitter, betäubend dröhnte der Donner, blaue Blitze zuckten. Die Arme eines Ritters hielten sie fest. Seine großen Hände glitten über ihren Leib, der unter dem grauen Samtumhang vollkommen nackt war.

Auch wenn sich alles in ihr zusammenzog bei den intimen Dingen, die er mit ihr tat, bog sie ihm doch ihren Körper entgegen. Als der nächste Blitz herniederzuckte, erkannte sie in seinen aquamarinfarbenen Augen das Verlangen, und sie schlang einen Arm um seinen Hals, um seinen blonden Kopf an ihre suchenden Lippen zu ziehen. »Robert... mein Ehemann...«, hauchte sie und fühlte, wie sein Mund vor Verlangen nach ihr ganz nachgiebig wurde.

Verzweifelt versuchte er, sich seine Kleidung vom Leib zu reißen, um ihre seidige Haut an seiner zu fühlen, um in sie einzudringen. Im gleichen Augenblick, als er nackt war, zog er sie an seinen kräftigen, muskulösen Körper. Verführerisch glitt ihre Hand über seine breite Brust, über seinen Bauch und schloß sich dann um sein Glied.

Ein jauchzender Schrei der Lust entrang sich seinem Hals, und er sank auf die Knie; sein Mund glitt über ihren Körper, bis er an ihrem Venushügel angekommen war. Sie blickte in sein Gesicht hinunter. Seine sinnlichen Lippen waren voller Blut, seine aquamarinfarbenen Augen für immer geschlossen. Sie hob ihren Blick auf zu ihrem Geliebten.

»Ich wußte, daß du ihn hierherlocken könntest.« Seine Stimme war dunkel und berauschend. Gebannt sah sie, wie Drakkar seinen gebogenen Türkensäbel aus Roberts Seite zog. Jetzt verband sie ein wirkliches Blutsband. Der Gedanke, daß er seinen Bruder umgebracht hatte, um sie zu gewinnen, machte sie vor Glück ganz schwindlig. Sein dunkles, wildes Lachen hüllte sie ein, als er sie hochhob und zum Bett trug.

Seine Macht war wie eine Droge für ihre Sinne. Sie stimmte in sein Lachen ein und sah die roten Blutstropfen auf ihren Schenkeln; dann schlang sie diese um seinen stahlharten Körper und wußte, daß schon im nächsten Augenblick ihr Lachen sich wandeln würde in Schreie der Lust. Nichts zählte mehr für sie beide, nur noch ihre vereinende, berauschende Leidenschaft.

Adele fand Brianna bewußtlos vor, sie lag auf dem grauen Samtumhang, wie schon einmal zuvor. Als die Gute sie schüttelte, wachte Brianna auf und strich sich das zerzauste Haar aus dem Gesicht. Sie war totenblaß, sogar aus ihren Lippen war das Blut gewichen.

»Was ist geschehen, mein Lämmchen? Bist du krank?« Adele war äußerst beunruhigt.

»Nein, nein... ein Alptraum, glaube ich«, flüsterte Brianna.

Adele sah ihre Augen weit aufgerissen vor Entsetzen, und sie glaubte, daß Brianna etwas vor ihr verbarg. »Gütige Mutter Gottes, du bist doch nicht etwa schwanger?«

»Nein«, erklärte Brianna mit fester Stimme, doch der Gedanke allein ließ sie zittern.

Adele bekreuzigte sich und dankte der Heiligen Mutter. »Ich werde jetzt Glynis holen. Es ist ungewöhnlich für eine gesunde junge Frau, ohnmächtig zu werden. Vielleicht kann sie dir einen Kräutertrank mischen, der dich ein wenig stärkt.«

Auch wenn es schon spät war, kamen Glynis mit ihrer Kräutertruhe und auch Joan in Briannas Zimmer, ihre Gesichter voller Besorgnis.

Brianna lachte zittrig. »Es war wirklich nur ein Alptraum, aber so konkret, daß er mich furchtbar geängstigt hat.«

Glynis holte ein Fläschen destillierter Maiglöckchen aus ihrer Truhe. »Mische ihn mit etwas Wein«, bat sie Adele. »Die Atmosphäre hier ist eigenartig heute abend. In der Luft drängen sich beunruhigende Kräfte. Gewitter sind oft Vorboten von Dingen, die geschehen werden.«

»Aye, ich habe auch Angst in solchen Nächten«, gab Adele zu. »Ich dachte, es wäre vorbei, doch hört man noch immer den Donner in der Ferne.«

»Was für Dinge?« wandte Joan sich fasziniert an Glynis.

»Gute oder schlechte, manchmal auch beides. Ein Gewitter vor einer großen Schlacht kann deren Ausgang ändern. Atmosphärische Störungen haben schon den Lauf der Geschichte verändert!«

Joan hatte das Bedürfnis, dem Ganzen eine unverfängliche Wendung zu geben. Sie wollte nicht an Schlachten denken, wo doch ihr geliebter Prinz soeben an einem Krieg teilnahm. »Wenn die eine Seite gewinnt, dann verliert die andere. Das hat wohl nichts mit Gewittern zu tun!«

Joan beschwerte sich kaum einmal mit ernsthaften Gedanken, und Adele wünschte sich in diesem Augenblick, Brianna wäre so wie sie, denn Glynis' Worte beunruhigten ihre Schutzbefohlene.

»Auch Träume können ein Spiegel der Zukunft sein, ganz besonders ein Traum während eines Unwetters.«

Brianna erschauerte. »Himmel, das hoffe ich nicht. Doch bei mir war es eher eine Heimsuchung!«

»Träume sind nicht wörtlich zu nehmen, meine Lady. Sie symbolisieren einen Tatbestand. Man muß sie deuten. Sagt mir, was Ihr geträumt habt, dann werde ich Euch beweisen, daß die Bedeutung abweicht von dem, was Ihr befürchtet«, drängte Glynis.

»Ich ... ich kann es nicht erzählen. Es war ziemlich schlimm, nein, sogar böse«, gab Brianna zu und nippte an dem Wein, den Glynis verordnet hatte.

»Oh, erzähl es uns!« bat Joan.

Glynis fügte hinzu: »Indem Ihr es uns erzählt, werdet Ihr den Traum aus Euren Gedanken löschen. Dadurch reinigt, ja läutert Ihr Euch.«

Brianna wünschte, sie könne sich vom Erleben befreien, doch sie sollte lieber zur Beichte gehen, um die Absolution zu bekommen. Aber dann wurde ihr plötzlich klar, daß dieses Thema viel zu intim war für den Beichtstuhl. Sie blickte in die Gesichter ihrer kleinen Gesellschaft. Dies waren ihre einzigen Freunde auf der Welt, die einzigen Menschen, denen etwas an ihr lag. Sie wußte, was auch immer sie ihnen anvertraute, sie würden es nicht weitertragen. Dennoch brachte sie es nicht über sich, ihnen zu verraten, daß sie absichtlich die Kraft des grauen Samtumhanges ihrer Mutter benutzt hatte, um mit ihrem Geliebten in Verbindung zu treten. Doch unwillkürlich löste die Maiglöckchenessenz ihre Zunge. »Ich… ich war in einem Turmzimmer, erbaut aus Steinen von Bedfordshire. Robert hielt sich bei mir auf.« Sie wurde über und über rot. »Er küßte mich… und ich erwiderte seine Küsse.«

Um Zeit zu gewinnen für die richtigen Worte, trank sie den ganzen Wein aus. »Sein Halbbruder Christian Hawksblood hat ihm den Türkensäbel in den Leib gestoßen und ihn umgebracht.«

Brianna hörte, wie Adele scharf Luft holte.

»Das ist aber noch nicht das Schlimmste. Ich war glücklich, als es geschah. Sein Blut auf meinen Schenkeln hat mich gefreut!«

Joans Augen waren weit aufgerissen, sie biß sich auf die Unterlippe, während sie Briannas Worten lauschte.

Glynis fragte: »Hat der Traum auch Geschlechtsverkehr beinhaltet?«

Briannas Wangen brannten, als sie sich an die Leidenschaft der Vereinigung erinnerte. »Ja… das heißt, ich stand kurz davor, aber … aber ich glaube, ich wurde ohnmächtig, ehe… ehe…«

»Meine Lady, der Traum ist offensichtlich symbolisch, so wie ich es dachte. Ihr fühlt Euch von zwei Brüdern angezogen, deshalb kommen beide vor. Eure Schuldgefühle flüstern Euch eine schreckliche Tat ein, und damit geratet Ihr in Not. Ein Steinturm aus Bedfordshire bedeutet natürlich Euer Familienerbe, das an Euren Ehemann fallen wird, wenn Ihr heiratet. Ihr habt davon geträumt, daß einer der beiden Brüder stirbt, weil sie beide in den Krieg gezogen sind und die Furcht um sie Euch keinen Tag verläßt. Auch wenn Ihr Eure Sorge unterdrückt, so kommt sie doch in Euren Träumen zum Vorschein.«

»Und was hat das Blut auf ihren Schenkeln und der Geschlechtsverkehr zu bedeuten?« flüsterte Joan.

»Das ist das Herz des Traumes und beunruhigt Euch vor allem anderen, meine Lady. Insgeheim fürchtet Ihr, daß sich kein Blut auf Euren Schenkeln zeigen könnte in Eurer Hochzeitsnacht, wenn Ihr und Robert intim werdet.«

Brianna war benommen. Sie hatte niemals auch nur einen Gedanken daran verschwendet – aber wie in aller Welt würde sich Robert verhalten, wenn er herausfand, daß sie keine Jungfrau mehr war? Brianna legte die Hände an ihre brennenden Wangen. »Ich habe mich lüstern benommen«, wisperte sie unglücklich.

Adele legte ihr einen Arm um die Schultern. »Psst! Niemand von uns hier ist eine Heilige. Frauen haben die Männer schon seit Anbeginn der Welt getäuscht, wenn es um ihre Jungfräulichkeit ging.«

Glynis nickte. »Zudem ist es ja auch erst vor kurzer Zeit geschehen. Ihr werdet noch immer sehr eng sein. Er ist wahrscheinlich gar nicht in der Lage, es zu bemerken, ganz besonders, da er sich während der Hochzeitsfeier bestimmt betrinken wird.«

»Du mußt dir einen Rosendorn in den Finger stechen oder die Nadel einer Brosche, dann streichst du das Blut auf das Laken«, schlug Joan vor. »Es gibt keinen Mann weit und breit, der es mit einer Frau aufnehmen kann, wenn es darum geht zu betrügen«, ergänzte sie voller Stolz.

Adele hockte sich vor Brianna nieder. »Ich möchte nicht, daß du dir zu viele Sorgen machst deswegen und obendrein noch krank wirst. Es ist nur eine Nebensache! Danke lieber dem Himmel, daß dein Monatsfluß begonnen hat und du nicht schwanger bist. Dann hättest du einen Grund, dir Sorgen zu machen, mein Lämmchen!«

Joans hübsche Augenbrauen zogen sich zusammen. Wenn sie genauer darüber nachdachte, schien es bei ihr schon lange her zu sein seit dem letzten Bluten. Sie schob die beängstigende Vorstellung aber eiligst wieder beiseite und sprang auf. »Morgen früh, wenn die Sonne aufgeht, wird sie alle Düsternis der Nacht vertreiben. Das Gewitter ist dann vorüber, und es zieht ein herrlicher Tag herauf, der uns alle glücklich und zufrieden macht.«

Die vier jungen Frauen lächelten einander an, dann wünschten sie sich gute Nacht. Doch als sie später allein in ihren Betten lagen, waren sowohl Joan als auch Brianna hellwach, und beide drückten noch größere Sorgen als zuvor.

Auf der anderen Seite des Kanals, in Crécy in Frankreich, wälzten sich auch der König von England, seine Marschälle und die meisten seiner Hauptmänner und Adligen schlaflos auf ihren Lagern. Einige von ihnen hatten sich in ihr Schicksal ergeben: Sie wußten, daß sie einer riesigen Übermacht gegenüberstanden, und beteten, ehe sie gegebenenfalls vor das Angesicht ihres Schöpfers treten mußten.

Sowohl der Sohn des Königs als auch der Sohn Warricks jedoch glaubten an einen bevorstehenden Sieg. Kurz nach fünf Uhr am Morgen erhoben sie sich. Hawksblood und der Knappe von Prinz Edward, John Chandos, halfen dem Prinzen dabei, seine Rüstung anzulegen. Er bestand darauf, sein charakteristisches schwarzes Kettenhemd anzulegen, und wählte einen rot-goldenen Rock, den er darüber zu tragen gedachte.

Sein Knappe protestierte. »Euer Hoheit, Ihr werdet von den anderen abstechen. Jeder Franzose wird Euch beim ersten Anblick erkennen und Lust verspüren, den Sohn des Königs von England gefangenzunehmen, tot oder lebendig!«

Prinz Edward bestand auf seinem Wunsch. »Ich *möchte* erkannt werden! Welch ein elender Feigling wäre ich, wenn ich mich tarnen würde.«

Hawksblood kannte das Ausmaß von Edwards überwältigendem Stolz, denn er war mit dem gleichen Selbstbewußtsein gesegnet oder verflucht. Der Schwarze Prinz ging zum König, und sobald er das Zelt verlassen hatte, zog auch Hawksblood ein schwarzes Kettenhemd an.

Der König trug einen ebenso strahlenden Überrock in Azur und Gold; nun stiegen Vater und Sohn auf weiße Pferde und ritten vor die Soldaten, die langsam aufmarschierten. Mit zufriedenem Blick registrierte Edward III. die in grüne Jacken gekleideten Bogenschützen in der ersten Reihe, die ihre Pfeile in ihren Köchern gelassen hatten, um sie trocken zu halten. Auf ihren Gesichtern zeigte sich Zuversicht, denn sie kannten besser als alle anderen in Edwards Armee ihre tödliche Macht.

Auf die rechte Seite stellte er Harcourt, den Schwarzen Prinzen, Warrick und seine Söhne, zusammen mit den hervorragendsten englischen Rittern. Unter Northampton bildete ein zweites Bataillon von zweitausend Bogenschützen und zweitausend Soldaten die linke Flanke, die den Hügel schützte. Der König selbst kommandierte ein drittes Bataillon von gleicher Stärke, das im Sturmschritt an jede Stelle des Schlachtfeldes geführt werden konnte, wo immer es gebraucht würde.

König Edward erhob seine Stimme. »Die Franzosen müssen

achtzehn Meilen um diesen Wald herum reiten. Sie werden ganz plötzlich vor uns stehen, und noch ehe sie es sich versehen, werden sie schon in den Kampf verwickelt sein. Sie haben keine Zeit, eine Kampflinie zu formen.«

Lauter Jubel ertönte.

König Edward hob beide Arme, dann sprach er weiter. »Je größer das französische Heer ist, desto größer werden ihre Schwierigkeiten sein!«

Wieder ertönte Jubel aus allen Kehlen.

»Vergeßt niemals, daß *ein* Engländer *drei* Franzosen wert ist!«

Die Männer brüllten, bis sie heiser waren. Ihre Rufe »Edward und St. Georg« und »Edward, Königssohn« waren ohrenbetäubend. Es begann zu regnen, doch niemand schien es zu bemerken. König Edwards strahlendes Lächeln fiel auf seinen Sohn. Seine Stirn umwölkte sich, weil der Schwarze Prinz ein so gut erkennbares Ziel abgab.

»Mir ist es ganz gleich, wer auf mich losgeht«, brachte der junge Edward trotzig hervor. »Ich werde mich ritterlich bewähren. Denke du nur an dein Versprechen!«

Der König grinste breit. »Möge die Ehre dieses Tages dir gehören!«

Die englische Armee zelebrierte eine Messe und wartete ab.

Um Mittag entdeckten Sie den Feind. Der Himmel war schwarz, Blitze zuckten, und der Regen strömte ohne Unterlaß. Genuesische Bogenschützen, die müde waren, nachdem sie sich achtzehn Meilen weit mit ihrer schweren Ausrüstung durchgeschlagen hatten, zögerten, an diesem Tag zu kämpfen. Das französische Hochkommando nannte sie italienischen Abschaum und niederträchtige Drückeberger, und die Kavallerie drängte sie über das nasse Schlachtfeld, bis sie in Reichweite der englischen und walisischen Langbögen gerieten.

Ganz plötzlich hörte der Regen auf, die Wolken verzogen sich, und die Sonne schien den Franzosen ins Gesicht. Als wären sie von der Hand eines Zauberers beschworen, stieg ein Schwarm schwarzer Krähen hoch und flog krächzend über die Köpfe von Philipps Heerschar.

Sie bekreuzigten sich!

Und dann war es, als ob ein Schneesturm an die Stelle des

Regens getreten wäre, und die Gänsefedern der englischen Pfeile schwirrten los. Die Brustpanzer der Genueser boten nicht genug Schutz gegen die Wucht der Pfeile, die von den Langbögen abgeschossen wurden. Minuten später waren ihre Reihen empfindlich deziminert. Sie wandten sich um und flohen durch die Reihen der Ritter hinter ihnen.

»Bringt diese feigen Schufte um«, schrie der König von Frankreich.

Die Engländer waren Zeugen des infernalischen Geschehens, als die französische Kavallerie ohne Gnade und Erbarmen ihre eigenen Männer abschlachtete!

Philipp raste vor blinder Wut, weil er die Lilien von Frankreich auf der englischen Fahne erspähte. Er ließ alle Vorsicht außer acht, und von Stund an herrschte Chaos in seinen Reihen. Die Franzosen ritten auf die Ebene hinaus und den Hügel hinauf, nicht nur die toten Männer und Pferde blockierten ihren Weg. Der Weg war sehr schmal und stellte förmlich die Einfahrt zu einem Schlachthaus dar.

Sie kamen, sie griffen an, sie starben!

Doch sie rückten in so großer Zahl nach, daß die Schlacht den ganzen Nachmittag über dauerte. Schließlich brachen die wild um sich schlagenden Franzosen durch die Reihen der Bogenschützen und warfen sich auf die englischen Divisionen rechterhand. Plötzlich waren die Männer um den Schwarzen Prinzen herum von Angreifern umringt.

Für Hawksblood verlangsamte sich jede Bewegung, damit er seine Aufmerksamkeit auf den Feind richten konnte, der ihm drohte. Er wußte genau, wohin er sein Schwert stoßen mußte, es waren die drei gefährdeten Zonen, die nicht von den Rüstungen geschützt wurden: der Hals, der Bauch und die Stelle unter dem erhobenen Arm. Er mußte sich nicht nach hinten absichern, denn Paddy und Ali würden ihn zuverlässig schützen. Ihm entging nicht, wie sich etwa ein halbes Dutzend Männer auf den Schwarzen Prinzen stürzte.

John Chandos schützte Edwards Rücken, und er sah, daß sein Bruder, Robert de Beauchamp, neben dem Prinzen stand. Doch sowohl der Prinz als auch Robert würden wahrscheinlich sterben, wenn er den Angriff der Franzosen nicht abwehren konnte.

Er lenkte daher sein Pferd direkt in die Kampflinie. Zwei von ihnen erschlug er und wurde gewahr, daß Paddy und Ali zwei weitere von ihnen außer Gefecht setzten. Die beiden anderen französischen Kavalleristen flüchteten Hals über Kopf.

Ein durchdringender Schrei ertönte hinter ihm, und als Hawksblood sich im Sattel umwandte, sah er Prinz Edward zu Boden gehen. Wie konnte das sein? Es ergab keinen Sinn! Im nächsten Augenblick schon war Hawksblood aus dem Sattel. Er stand über dem Körper seines Freundes, der im Lehm lag, das Breitschwert in der einen, die Streitaxt in der anderen Hand. Flüchtig bereute er seine Entscheidung, eine schwarze Rüstung getragen zu haben, genau wie die von Edward, denn natürlich war er die reinste Zielscheibe; doch dann überwand er sein Bedauern energisch, damit er sich auf die vor ihm liegende Aufgabe konzentrieren konnte. Er zog so viele der Feinde an, daß er in einem See von Blut stand, ehe er fertig war.

Das lieferte Robert de Beauchamp und Sir John Holland einen guten Vorwand, sich in Deckung zu begeben. Sie ritten zum König. »Der Prinz von Wales ist in ernsten Schwierigkeiten, Euer Hoheit.« De Beauchamp hoffte, daß er tot war – doch indem er für den darnieder liegenden Prinzen um Hilfe bat, würde er jedem Verdacht entgehen, etwas damit zu tun zu haben.

Der König blickte zu Warricks Sohn, den er gleich am ersten Tag gleichzeitig mit seinem Ältesten zum Ritter geschlagen hatte. Angst schnürte ihm den Hals zu. Sicher würde das Schicksal nicht zulassen, daß das Leben seines Ältesten an diesem Tag endete und Warricks Nachkomme verschont blieb. »Ist er verwundet?« wollte der König wissen.

»Ich weiß nicht, Euer Hoheit«, schwor de Beauchamp.

Holland hatte beobachtet, wie Robert sein Schwert in die Flanke von Edwards Pferd gestoßen hatte, er schwieg selbstverständlich.

König Edward traf Anstalten, seinem Roß die Sporen zu geben, um seinem Sohn zu Hilfe zu eilen. Doch dann erinnerte er sich an sein Versprechen. Es sollte nicht heißen, Edward hätte versagt, wenn ihm nicht sein Vater zu Hilfe gekommen wäre. »Ich möchte, daß er sich seine Sporen verdient. Auch Ihr müßt die Möglichkeit bekommen, Euch auszuzeichnen. Reitet zurück und steht ihm bei!« Er war höchst angetan von all den mutigen jungen Rittern in seinem Gefolge.

Hawksblood blickte besorgt zu Edward, um zu sehen, ob er aus irgendeiner Wunde blutete. Ihm wurde beinahe schwindlig vor Erleichterung, als er feststellte, daß das ganze Blut auf dem Schwarzen Prinzen von der tödlichen Verletzung seines Pferdes kam. Der Prinz war nur benommen von dem Sturz. Jetzt gelangte er wieder auf die Füße. Seine linke Schulter hatte er sich ausgekugelt, als das Pferd auf ihn fiel, doch er ignorierte die Schmerzen. John Chandos ritt auf ihn zu und brachte ihm einen Ersatz, das gleiche übernahm Paddy für Hawksblood. Die beiden Ritter in ihren schwarzen Rüstungen stiegen auf die Pferde, grinsten von einem Ohr zum anderen und warfen sich dann gemeinsam ins Getümmel. Ein Bild erstand unvermutet vor Christians innerem Auge, nämlich dasjenige von Prinz Lionel, der im Turnier das Pferd des Gegners getötet hatte. Noch gab es keine Beweise dafür, daß Robert es Lionel gleichgetan und sein Schwert in Edwards Gaul gestoßen hatte, es war nur eine vage Eingebung, seines sechsten Sinns. Er schob die Gedanken beiseite, erst in der Zukunft würde er sich damit beschäftigen, jetzt konzentrierte er sich auf die Schlacht.

25

Joan von Kent verlor vor Sorgen beinahe den Verstand an diesem sechsundzwanzigsten August. Als sie in der Morgendämmerung aufstand, rechnete sie nach, daß ihre Menstruation eigentlich längst hätte kommen müssen, und dann wurde ihr klar, daß sie schon zwei Monate über die Zeit war. Die Periode war seit fünf Jahren nicht ein einziges Mal unpünktlich gewesen, seit sie im Alter von zwölf Jahren zur Frau wurde. Es bestand kein Zweifel daran, daß sie schwanger war; all ihre Aufmerksamkeit richtete sie auf eventuelle Gegenmaßnahmen. Sie war zerrissen vor Unentschlossenheit.

Es gab nur einen Menschen, dem sie sich anvertrauen wollte, doch ihr geliebter Edward befand sich auf der anderen Seite des Kanals in Frankreich, er kämpfte dort in einem ungewissen Krieg.

Ihre gesamten Gedanken flogen zu ihm, über die vielen Meilen hinweg, sie bat ihn inständig, zu ihr zurückzukehren und ihr eine Antwort auf ihr Dilemma zu geben. Doch der Versuch, sich durch ihre Gedanken mit Edward in Verbindung zu setzen, machte alles nur noch schlimmer. Ganz plötzlich begann sie sich Sorgen um seine Sicherheit zu machen. Wenn er nun im Gefecht getötet wurde? Diese Vorstellung war unerträglich. Wenn Edward nicht zurückkehrte, würde auch sie nicht mehr leben wollen. Schwere Gedanken umhüllten sie. Stürbe er, wäre auch das Problem um ihre Leibesfrucht gelöst. Sie würde sich umbringen, und das Kind in ihr würde sie mitnehmen!

Plötzlich begann Joan zu weinen. Und dann betete sie. Sie sprang auf und wischte sich die Tränen von den Wangen, Gott würde ihr viel eher zuhören, wenn sie in die Kapelle von Windsor ging. Sie griff nach einem Schleier, und zum erstenmal kümmerte sie sich nicht darum, ob die Farbe auch zu ihrer zarten Schönheit paßte oder zu ihrem Kleid.

In der Kapelle entdeckte Joan zu ihrer Überraschung Königin Philippa und mit ihr die Hälfte der edlen Frauen des Hofes. Sie schämte sich, als sie erfuhr, daß sie jeden Tag hierherkamen, um für England und die Sicherheit von König Edward, dem Prinzen von Wales und allen anderen tapferen Männern zu beten, die mit ihnen in den Krieg gezogen waren. Dies war das erste Mal, daß sie der Messe beiwohnte, doch sie schwor sich, es nicht das letzte Mal sein zu lassen.

Joans Wangen brannten, als sie daran dachte, was geschehen würde, wenn die Damen das Geheimnis unter ihrem Herzen erfuhren. Frauen konnten so grausam sein, ganz besonders zu einer Geschlechtsgenossin, die in Ungnade gefallen war. Die Klatschweiber hätten ihren großen Tag. Sie besaß seit langem den Ruf, gern zu flirten, und diesen Ruf hatte sie zu Recht bekommen; doch was sollte nur geschehen, wenn die Frauen ahnten, in welchen Schwierigkeiten sie nun steckte? Sie würden über sie herfallen wie eine Horde wilder Hunde und sie in Stücke reißen.

Sie sank auf die Knie und begann, ernsthaft zu beten. Zu ihrer Ehre muß gesagt werden, daß sie um Edwards Sicherheit und die ihres Bruders betete, volle dreißig Minuten lang, ehe sie sich ihren eigenen Nöten zuwandte. Wie die meisten Mitglieder ihres Geschlechtes, so machte auch Joan die haarsträubendsten Versprechen und schwor, daß sie nie wieder um einen Gefallen bitten würde, wenn die Engel ihr diesmal beistünden. Sie wagte es nicht, eine ganz bestimmte Bitte auszusprechen, etwa daß Edward sie heiraten möge – es sollte sich lediglich alles zum Guten wenden!

Nach dem Gottesdienst ging sie zurück in ihre Gemächer. Sie hatte nicht die Absicht, heute an den langatmigen Lektionen von Dame Marjorie teilzunehmen. Dabei war es nicht einmal so sehr das Drachengesicht, dem sie ausweichen wollte, sondern vielmehr der boshaften Gesellschaft Isabels. Die verwöhnte Prinzessin hatte Gerüchte über Lady Elizabeth Grey aufgeschnappt und ihr sofort ihre Freundschaft entzogen; jetzt behandelte sie sie wie eine Aussätzige.

Joans Sorgen schienen nach der Messe nicht leichter geworden zu sein. Die nächsten drei Stunden verbrachte sie damit, über eine Abtreibung nachzudenken. Sie würde sich natürlich Glynis anvertrauen müssen; denn sie selbst hatte keine Ahnung, was sie nehmen mußte, welche Dosierung sicher war, wenn es das überhaupt gab. Die Schwangerschaft zu beenden wäre die einfachste Lösung. Auf diese Art müßte sie Edward nicht auch noch dieses Problem aufhalsen. Doch solch ein Unternehmen war äußerst gefährlich. Viele Frauen starben, indem sie versuchten, ein ungewolltes Kind loszuwerden. Und wenn sie ganz ehrlich war, so wollte sie dieses Kind. Der Gedanke, Edwards Baby unter ihrem Herzen zu tragen, erregte sie. Das Kind würde königliches Blut haben. Wie konnte sie ein Kind des Prinzen vernichten? Selbstverständlich war es grundsätzlich falsch, abzutreiben; doch es war doppelt fatal, es bei dieser Leibesfrucht zu versuchen. Dennoch würde sie alles tun, was getan werden mußte, um Edward die Sorgen zu ersparen.

Wenn er doch endlich nach Windsor zurückkehrte, dann wäre ihr Problem gelöst. Ihr wurde klar, daß all ihre Sorgen, Gebete, Gedanken und Pläne sich im Kreis bewegten und sie am Schluß wieder da war, wo sie begonnen hatte. Sie wünschte sich sehnsüchtig Prinz Edward an ihre Seite. Und dann kam ihr ein beängstigender Gedanke. Was wäre, wenn er ein ganzes Jahr lang fortbliebe? Sie würde den Hof verlassen müssen, ehe man ihre Schwangerschaft bemerkte. Aber wohin?

Das Stadthaus ihres Bruders in der Fish Street war entschieden nicht weit genug von Windsor entfernt. Sie würde das Schloß ihrer Familie in Kent aufsuchen müssen. Diesen Ort konnte sie sich nicht einmal mehr vorstellen. Sie hatte ihn verlassen, als sie noch ein Baby war. Ihrem Bruder gehörte noch das Schloß Wake in Liddell, wo auch immer das lag. Sie würde es ohnehin nicht ertragen können, irgendwo anders zu leben als in der Nähe von Prinz Edward.

Ihr Herz schmerzte vor Einsamkeit. Wenn sie doch nur nicht all seine Liebesbriefe vernichtet hätte. Sich an seine Worte zu erinnern, tröstete sie ein wenig, doch wenn sie diese Briefe in der Hand halten, sie an ihre Lippen drücken könnte, würde der Schmerz sicher nachlassen. Joan fühlte sich äußerst verlassen und allein. Sie saß schwermütig da, unfähig, eine Entscheidung zu treffen.

Glynis war den ganzen Tag in der Wäscherei beschäftigt gewesen. Sie hielt es für angebracht, diesen sonnigen Tag dazu zu benutzen, Lady von Kents Sachen zu waschen, ehe die kalten Herbstwinde eine solche Pflicht unangenehm machten. Adele leistete ihr Gesellschaft, und sie gingen daran, auch die Bettwäsche und die schweren Decken zu reinigen.

Brianna hatte Joan beim Mittagessen und auch in den Unterrichtsstunden der Dame Marjorie am Nachmittag vermißt. Ehe sie sich zum Abendessen in die Halle begab, lief sie zu Joans Gemächern. Sie fand die Freundin allein in einem halbdunklen Zimmer.

»Wo bist du den ganzen Tag gewesen?« fragte Brianna betroffen.

»Ich weiß es nicht«, antwortete Joan abwesend. »Heute morgen war ich in der Kapelle. Wußtest du, daß die Königin und die Hofdamen jeden Tag zur Messe gehen, um für den Sieg zu beten und für die Sicherheit des Königs und seiner Männer?«

»Nein, das höre ich zum erstenmal. Ich habe es vermieden, zur Messe zu gehen. Einmal wollte ich schon die Beichte ablegen, um mich zu erleichtern; doch dann wurde mir klar, daß ich mein beschämendes Geheimnis nicht enthüllen dürfe. Die Wände haben Ohren, auch die Wände des Beichtstuhles.«

»Oh, du solltest kein Wort davon den Priestern verraten. Denk doch nur an die arme Elizabeth Grey, wie sie verachtet wird!«

»Komm, laß uns zu Abend essen«, drängte Brianna.

»Oh, geh nur ohne mich. Ich habe nicht den Wunsch nach Gesellschaft.«

Das sah Joan so gar nicht ähnlich, da konnte etwas nicht stimmen. Ihre Freundin war kein Mensch, der sich nach innen kehrte, allzusehr liebte sie Schelmereien. »Ich werde dich nicht allein hier sitzen lassen, damit du schwermütigen Gedanken nachhängst. Du vermißt Prinz Edward, und was du in diesem Augenblick brauchst, ist die Gesellschaft!«

Doch während der gesamten Mahlzeit sah Brianna, daß Joans Stimmung sich sogar verschlechterte. Sie drängte sie nicht; wenn Joan soweit war, würde sie ihr ihre Probleme anvertrauen. Früher oder später geschah das von selbst. Das Mahl näherte sich dem Ende, schließlich gingen die beiden schweigend zu ihren Gemächern zurück; doch als Brianna sich von Joan verabschieden wollte, griff diese nach ihrer Hand. »Darf ich heute nacht bei dir bleiben?« bat sie unsicher.

»Joan, aber natürlich darfst du das! Ich mag auch nicht immer alleine sein.«

Brianna zog die schweren Vorhänge vor die Fenster und verriegelte die Tür. Sie warf einige große Kissen auf den Teppich, goß jedem einen Becher Met ein und stellte dann einen Teller mit Marzipan dazu, weil sie die Schwäche ihrer Freundin für Süßigkeiten kannte.

Joan bedachte sie mit einem etwas traurigen Lächeln, während sie an dem nach Mandeln schmeckenden Konfekt knabberte. Leise zögernd fragte sie: »Glaubst du, daß Elizabeth Grey das Richtige getan hat?«

»Na ja, das arme Mädchen war in einer schrecklichen Situation. Sie wußte, daß eine Ehe mit Prinz Lionel nicht in Frage kam, und wenn sie ein Kind zur Welt gebracht hätte, wäre ihre Möglichkeit, jemals zu heiraten, ruiniert gewesen. Deshalb hat sie meiner Ansicht nach die richtige Entscheidung getroffen.« Schweigen breitete sich zwischen ihnen aus, dann fügte Brianna leise hinzu. »Ich hätte das nicht fertiggebracht.«

Joan begann zu weinen.

»Oh, meine Liebe, was ist geschehen?« Doch in dem Augenblick, als sie diese Worte ausgesprochen hatte, begriff sie Joans

Kummer. »Oh Gott, dich hat es erwischt.« Brianna sank neben Joan auf die Kissen und griff nach ihrer Hand. »Versprich mir, daß du nichts Dummes tun wirst!«

»Zum Beispiel?« fragte Joan, und ihre Augen waren voller Verzweiflung, ihre Wangen feucht vor Tränen.

Zum Beispiel, dich umzubringen, dachte Brianna, doch sie sprach ihren Gedanken nicht aus. »Du darfst das Kind nicht abtreiben... es ist zu gefährlich.«

»Ich weiß«, flüsterte Joan.

»Als ich sagte, daß Elizabeth das Richtige getan hat, da meinte ich, für sie das Richtige. Für dich wäre es auf jeden Fall die *falsche* Entscheidung. Prinz Edward und du, ihr liebt einander. Er würde es dir nie verzeihen, wenn du sein Kind umbrächtest.« Jetzt lauschte Joan Briannas Worten aufmerksam. »Edward wird bald aus Frankreich zurückkommen. Wenn er von der Schwangerschaft erfährt, dann wird er sicher eine Möglichkeit finden, dich zu heiraten.«

Joan wischte sich die Tränen von den Wangen.

»Um Himmels willen, vertraue dich auf keinen Fall einem anderen Menschen an als mir. Die Dinge regeln sich meistens von selbst. Denk daran, *wenn du Zweifel hast, dann tu nichts!*«

Joan nickte ernst und voller Vertrauen zu der Freundin.

Brianna schalt sich selbst dafür, Platitüden von sich zu geben, doch ihre erste Sorge galt Joans Gemütszustand. Wenigstens war es ihr gelungen, ihre Ängste zu beruhigen und ihre Tränen zum Versiegen zu bringen. »Was du brauchst, ist Schlaf. Am nächsten Morgen sehen die Angelegenheiten oft schon viel besser aus.« Während Brianna sich damit beschäftigte, das Bett herzurichten, hoffte sie, daß ihre Zunge nicht vertrocknen würde angesichts dieser schamlosen Lügen.

Noch ehe die Kerzen heruntergebrannt waren, sah Brianna Joan ruhig schlafen, da sie sich jemandem hatte anvertrauen können. Brianna jedoch war hellwach, nicht nur ihre eigene Lage beunruhigte sie, sie sorgte sich auch um Joans Zukunft.

Die Situation der Franzosen in Crécy wurde von Stunde zu Stunde verzweifelter. Sie waren geschlagen, doch ihre Anführer weigerten sich zu kapitulieren. Während des ganzen Nachmittags drangen die letzten Überlebenden immer wieder vor und wurden niedergestreckt von den Pfeilen oder Schwertern der Engländer. Als es dämmerte, brüllte der französische König noch immer Befehle, doch seine Marschälle waren längst gefallen.

Bei vollkommener Dunkelheit rief Christian Hawksblood seine Männer aus Cornwall, die er in der Benutzung der Langmesser trainiert hatte, zusammen. Zu Fuß drangen sie ungehindert in die französischen Linien vor. Hawksbloods erstes Ziel war der Bannerträger der königlichen französischen Fahne. Schnell tötete er ihn und riß das rote Tuch von seinem Stab. Dann machte er sich daran, das, was von der französischen Armee noch übrig war, zu dezimieren. Alles, was sich bewegte, fiel den langen Messern zum Opfer, bis kein einziger französischer Ritter mehr auf dem Weg von Abbeville übrig war.

Als Hawksblood ins Lager zurückkehrte, stellte er gerührt fest, daß alle Engländer auf den Knien lagen und ihrem Schöpfer für ihren wunderbaren Sieg dankten. Prinz Edwards Überwurf war nicht mehr rot, sondern schwarz vor Schlamm. König Edward umarmte seinen Sohn tiefbewegt. »Du hast dich an diesem Tag wacker geschlagen.« Dann hob er die Stimme, so daß alle ihn hören konnten. »Mögest du ein würdiger König von England werden!«

Ein lauter Jubel erhob sich.

Der Schwarze Prinz antwortete: »Ich verdanke mein Leben heute vielen Menschen, doch ganz besonders diesem einen!« Er deutete auf Christian Hawksblood.

Wieder ertönte Beifall.

»*Alle* Männer hatten teil an dem Sieg von Crécy!«

Die Engländer triumphierten, denn sie waren gegen eine große Übermacht erfolgreich gewesen.

Wieder richtete der König das Wort an die Männer. »Solange es die Menschheit gibt, wird man von Crécy sprechen!«

Danach war es unmöglich, noch etwas zu verstehen bei dem Tumult, der jetzt einsetzte.

Der Prinz und Hawksblood machten sich sofort daran, die Verluste zu zählen und die Verwundeten zu versorgen, ehe sie an sich selbst dachten. Hunderte von Verletzungen mußten behandelt werden, doch wundersamerweise lebten die meisten ihrer Männer noch.

Hawksblood suchte nach seinem Halbbruder. Sein Blut war immer noch in Wallung von der Erregung der Schlacht. »Ich nehme an, es war dein Schwert, das Edwards Pferd in die Knie gezwungen hat.«

Robert öffnete den Mund, um zu widersprechen.

»Mach dir keine Mühe, es abzustreiten – diesmal werden wir noch sagen, daß es ein Mißgeschick war. Aber ich möchte dich warnen, Robert: wenn Edward noch einmal etwas Unvorhergesehenes zustößt, dann werde ich dich finden und dich vernichten!«

Robert war beinahe blind vor Haß gegen diesen fremden Bastard. Bei der ersten Gelegenheit, die sich bot, würde er sich von diesem Emporkömmling befreien.

Christian Hawksblood und Edward Plantagenet teilten sich ein gemeinsames Zelt. Sie hatten am Fluß das Blut und den Schmutz der Schlacht von ihren Körpern gewaschen, dann hatte Ali sie beide massiert mit Mandelöl und Weihrauch. Die Tapferkeit des Schwarzen Prinzen beeindruckte Hawksbloods Knappen enorm, als dieser herausfand, daß Edward mit einer ausgekugelten Schulter gekämpft hatte. Die Schmerzen mußten unerträglich gewesen sein – doch dank der Unterweisung seines Freundes gelang es ihm ein wenig, sich von dem Gefühl des Schmerzes loszulösen.

Beide hatten Schnitte im Gesicht und an ihrem Körper; Edward sah voller Neugier zu, wie Ali Hawksbloods Wunden mit reinem Zucker behandelte.

»Es verhindert die Narbenbildung, aber vielleicht wollt Ihr gern Eure Narben zur Schau tragen, Euer Hoheit.«

»Um Himmels willen, nein, Ali. Meine Lady ist eine sehr zartbesaitete Frau. Ich möchte sie nicht erschrecken. Bitte seid so gut und reicht auch mir den Zucker.«

Sie hüllten sich beide in ihre Umhänge und legten sich dann auf den harten Boden, um sich auszuruhen. Es war ein unglaublicher Tag gewesen. Prinz Edward würde er ewig unvergeßlich bleiben! Vor dem Kampf hatte die Furcht und die Erwartung das Blut schneller durch seine Adern gejagt, hatte ihn mit einer brennenden Energie erfüllt, die ein Ventil brauchte. Als er begonnen hatte zu kämpfen, war er von einem Eifer besesssen, der ihn über Stunden getragen hatte. Als dann sein Pferd fiel und ihn beinahe unter sich begrub, hatte er erst begriffen, wie leicht ein Lebenshauch auszublasen war. In nur einem einzigen Augenblick konnte er dahingemäht werden. Aufzustehen und dann trotz des Schmerzes einer ausgerenkten Schulter weiterzukämpfen, war ein Ergebnis der jahrelangen Disziplin und des Trainings, dem er sich unterzogen hatte. Mit göttlicher Hilfe traten alle Furcht und Müdigkeit in den Hintergrund.

Er kämpfte, ohne zu erlahmen, nachdem sein Schwertarm längst betäubt war und sein Verstand das Entsetzen über all das Blut, die Verletzungen und den Tod nicht mehr aufnehmen konnte. Seine Nase verweigerte die Wahrnehmung der Ausdünstungen, seine Ohren hörten nicht mehr die Schmerzensschreie von Mensch und Pferd. Er kämpfte bis zur letzten Reserve. Doch das Wunder des Sieges ließ sein Blut wieder freier fließen, es rauschte durch seine Adern und vertrieb die totale Erschöpfung, die seine Glieder bleischwer gemacht hatte. Wie ein Faß fühlte er sich, das leergelaufen war und jetzt wieder aufgefüllt wurde. Er spürte die Energie in seinen Körper zurückkehren und wiederbeleben.

Christian und auch Edward lagen auf ihren Decken, sie waren körperlich müde, ihre Muskeln entspannt von der Massage, doch ihre Gedanken fanden keine Ruhe. Sie wußten beide, daß der Schlaf sie noch lange meiden würde. Bald krächzten sie geradezu vor lauter Mitteilungsbedürfnis.

Hawksblood fragte Edward nach den Umständen seines Sturzes. »Glaubt Ihr, daß es tückische Absicht war?«

»Ich habe nichts dergleichen gesehen und auch nichts gemerkt. John Holland ritt neben mir. Erst kürzlich habe ich ihn zum Haushofmeister des königlichen Haushaltes ernannt. Er ist viel zu ehrgeizig, um mir zu schaden«, meinte Edward überzeugt.

»Und wie war es auf Eurer anderen Seite?« bohrte Christian weiter.

»Na ja, dort ritt Euer Bruder Robert. Warrick würde ihm die Hoden abschneiden lassen, wenn er sich irgend etwas zuschulden kommen ließe, das nach Hochverrat aussieht.«

»Aye«, stimmte Christian ihm zu. »Ich beginne zu glauben,

daß mein Erzeuger ein ehrenwerter Mann ist. Die Beurteilung meines Bruders jedoch spare ich mir für später auf.«

»Niemand von uns kann sich seinen Bruder aussuchen«, meinte Edward mit Bedauern in der Stimme. Er wußte genau, wen er gewählt hätte, wenn so eine Möglichkeit vorgesehen wäre, und er hoffte, daß Christian in dieser Beziehung seine Meinung teilte.

Beide schwiegen, jeder war in Gedanken bei seiner Liebsten. Edward schwor sich, wenn dieser Frankreichfeldzug noch lange dauerte, würde er einen Weg finden, seine kleine Jeanette über den Kanal zu holen. Er brauchte ihr süßes Wesen, ihre sanfte Weiblichkeit, um die rauhe Realität eines Lebens als militärischer Führer zu ertragen. Ständig mußte er das eisenharte Vorbild abgeben, zu dem seine Soldaten aufblicken konnten. Man erwartete von ihm, wie eine gutgeölte militärische Maschine zu funktionieren. Aber wenn die Schlacht vorüber war und die Dunkelheit herniedersank, sehnte er sich nach Trost, und den wollte er von niemand anderem als von Joan von Kent.

Christian Hawksblood blickte in sich hinein. In letzter Zeit geschah das immer häufiger. Er war in der Lage, in eine erotische Entspannung zu fliehen, die das ganze Entsetzen des Blutbades auslöschte – doch seine Phantasien hatten eine drastische Veränderung erfahren. Er träumte von einem eigenen Heim, einer Familie. Lange genug war er ruhelos durch die Welt gezogen. Er wollte Wurzeln schlagen, brauchte den Anker, den eine Gefährtin abgab; er sehnte sich danach, sich mit Söhnen und Töchtern zu umgeben. Die Wärme und Intimität einer eigenen Familie war es, die ihm jetzt vorschwebte.

Er dachte an Warrick. Zum ersten Mal war er froh, daß Guy de Beauchamp sein Vater war. Es tat gut, sich die Befehlsgewalt mit ihm zu teilen, ein Blutsband mit einem Menschen zu haben, dem etwas daran lag, ob er lebte oder starb.

Schließlich erlaubte er es sich, an Brianna zu denken. Robert hatte ihr ein Eheversprechen abgerungen, mittels eines Appells an ihr Mitleid. Wie verachtenswert, Mitleid zu erheischen, um an das Ziel seiner Wünsche zu gelangen. Hawksblood hatte die Absicht, sie zu der Seinen zu machen, ganz gleich, was es ihn kosten würde. Er und Robert waren Rivalen, und auch wenn der Kampf noch auf sich warten ließ, so wußte Christian doch, daß die Konfrontation bevorstand. Er hatte die Sache nicht beschleunigen wollen, weil sein Instinkt ihm sagte, daß der Ausgang eines Zusammenstoßes die totale Vernichtung sein könnte. Ein solches Ergebnis könnte den angespannten Zustand des Waffenstillstandes und das zarte Band zwischen ihm und Warrick mit einem Schlag zerstören.

Er schob die Gedanken an seinen Vater und seinen Bruder beiseite, ehe er sich ganz auf seine Lady konzentrierte. In all ihrer Schönheit erschien sie ihm, keine Einzelheit ihres lieblichen Körpers entging ihm. Dann richtete er seine ganze Energie auf sie und flüsterte: »Komm zu mir.«

Brianna rollte sich in ihrem Bett zusammen, sie drehte Joan den Rücken zu und versank endlich in Schlaf. *Sie war in Bedford, fühlte äußerste Zufriedenheit: Im Garten des Schlosses spielten drei Kinder.*

Es waren ihre drei! Zwei kräftige Söhne und eine allerliebste kleine Tochter. Alle waren sehr aufgeregt, denn sie erwarteten heute die Rückkehr ihres Vaters. Ihre eigene Nervosität stand der ihrer Kinder in nichts nach. Nein, sie war sogar noch größer, wenn sie es genau besah. Ihr Ehemann bildete den Mittelpunkt ihres Lebens. Die Sonne, die Lebenskraft, um die sich alles drehte!

Auch wenn sie den Kindern erlauben würde, ihm vor ihr entgegenzurennen, um seine Aufmerksamkeit zu erringen, so war sie doch selbst von dem Wunsch beseelt, sich in seine Arme zu werfen. Sie genoß die Vorfreude auf den Augenblick, in dem ihre Blicke sich über die Köpfe der Kinder hinweg treffen würden. Aquamarinfarbene Augen! Er würde sie mit diesen Augen liebkosen, und es würde ihr genügen, bis sie endlich allein in ihren Räumen waren.

Heilige Maria, er war zu Hause! Sie warf ihr Haar über die Schulter zurück und hob ihre Röcke, es war ihr nicht möglich, sich zu zügeln, sie mußte ihn begrüßen!

»Brianna! Brianna, wo willst du denn hin?« rief Joan.

Brianna wandte sich um, sie war verwirrt. Sie blickte zu Joan, die sich im Bett aufgesetzt hatte und sie besorgt ansah. »Ich ... ich weiß nicht, wohin ich wollte«, gestand Brianna schließlich. »Vielleicht bin ich schlafgewandelt.«

Sie schlüpfte wieder unter die Decke. Ganz langsam versank sie zurück in ihren Traum. Wie glücklich war sie doch gewesen im Kreise ihrer wunderbaren Familie. Von ganzem Herzen hoffte sie, ihre Traumkinder eines Tages wirklich zu haben. Eigentlich beneidete sie Joan um ihr Baby. Mit einem eigenen Kind würde sie nie mehr einsam sein, das wußte Brianna. Und dann kam ihr auch der Rest des Traumes wieder zu Bewußtsein.

Sie preßte die Augen fest zu. O Himmel, ihre Söhne hatten pechschwarzes Haar gehabt, und sie wußte, zu wem ihre Füße sie so schnell wie möglich hatten tragen wollen. Freilich konnte sie ihre Träume nicht kontrollieren, doch trotzdem verspürte sie plötzlich ein heftiges Schuldgefühl. Sie durfte nicht mehr an ihn denken, durfte sich darin nicht gehenlassen! Robert de Beauchamp sollte eine treue Ehefrau bekommen. Sie mußte sich von dem arabischen Ritter befreien.

26

Als der Tag nach der Schlacht von Crécy anbrach, zogen der König und seine Edlen zusammen mit einigen Herolden aus, um das blutgetränkte Schlachtfeld zu besichtigen. Auch wenn sie ihren Augen kaum trauen wollten, so waren doch der König von Böhmen, zehn Prinzen und der Graf von Alencon unter den Toten. Philipps Neffe, der Graf von Blois, und sein Schwager, der Herzog der Lorraine, gehörten ebenfalls zu den Toten. Der Graf von Flandern, ursprünglich Verbündeter Englands, hatte den Preis dafür bezahlt, sein Mäntelchen nach dem Wind gehängt zu haben. Alles in allem hatten die Engländer mehr als tausend Ritter und dreißigtausend Soldaten niedergemetzelt und selbst nur wenige hundert Männer verloren.

Philipp von Valois blieb nichts als die Flucht, seine Flotte war zerstört, und jetzt war auch noch seine Armee von den Engländern besiegt. Kein französischer Monarch hatte je eine solche Erniedrigung erlitten. Philipps Sohn Johann, der die Armee in den südlichen Provinzen befehligte, kam zu spät, um seinem Vater beizustehen. Als er von der Niederlage gegen eine Streitmacht erfuhr, die kleiner als ein Viertel der französischen Armee gewesen war, empfand er Verachtung gegenüber der Führungskraft seines Vaters.

Er hatte mehr als nur diese eine Beschwerde vorzubringen. Sir Walter Mannys kleines Kontingent war gefangengenommen worden – doch Prinz Johann hatte als ehrenhafter Heerführer Manny sicheres Geleit versprochen, damit er zu den englischen Linien zurückkehren konnte. Jetzt war Johann empört, als er erfuhr, daß sein Versprechen nicht eingelöst worden war und Manny noch immer in Orléans unter schrecklichen Umständen in einer engen Zelle schmachtete. Er weigerte sich, noch einmal für Frankreich zu kämpfen, bevor Philipp nicht den englischen Ritter freiließ. Daraufhin kam Sir Walter Manny sofort frei, zusammen mit der anderen wichtigen Geisel, William de Montecute, dem Grafen von Salisbury.

König Edward und Warrick einigten sich in einer erneuten strategischen Besprechung, Calais zu belagern. Sie wußten um die Vorteile, die es ihnen bringen würde, für zukünftige Operationen einen Brückenkopf auf französischem Gebiet zu besitzen.

Calais hielt stand. Die Stadt war uneinnehmbar und würde nur durch Aushungern zu erobern sein. Innerhalb weniger Wochen baute die Armee König Edwards eine kleine Stadt aus Holzhäusern auf, mit einem Marktplatz in der Mitte, auf dem Nahrungsmittel und Kleidung aus England verkauft wurden. Die Schiffe, die in Richtung Heimat fuhren, waren beladen mit Beutegütern. Die Frau selbst des niedrigsten Soldaten trug Juwelen und deckte den Tisch mit silbernen Tassen, während die Adligen ihre Schlösser mit seltenen Kunstgegenständen und ihre Ställe mit Rassepferden füllten.

Hinter der Stadt, die aus dem Nichts emporwuchs, dehnte sich meilenweit das Marschland aus. Die belagerten Bürger von Calais entdeckten die Feuerstellen der dezimierten französischen Armee hinter den Marschen und richteten beschwörende Hilferufe an ihre Landsleute. Aber jede Straße, jede Brücke wurde von englischen Bogenschützen bewacht, und Philipps Männer hatten bereits genug ihrer bitteren Medizin genossen.

Die Königin, umgeben von ihren Hofdamen, den Prinzessinnen und den Kindermädchen der jüngeren Kinder las laut den letzten Brief König Edwards vor.

Meine liebste Philippa!
Seit drei Wochen belagern wir Calais, doch die Stadt macht keine Anstalten, sich zu ergeben. Unsere Position ist unangreifbar. Es wäre ein Führer mit mehr Entschlußkraft als Philipp de Valois nötig, um die Armee über die Marschen zu führen. Ich glaube, daß er und seine Truppen kurz davorstehen, mit eingekniffenen Schwänzen sich nach Amiens abzusetzen.
Ich bin entschlossen, Calais einzunehmen, das nur etwa zwanzig Meilen von Dover entfernt liegt. Dieser Hafen ist schon lange genug eine Brutstätte der Piraterie, und ich werde gründlich dafür sorgen, daß von hier aus keine Schiffe mehr ablegen, um englische Handelsschiffe zu plündern. Mittlerweile kann man bereits von einer englischen Stadt außerhalb der Stadtmauern von Calais sprechen, und wir sind recht angenehm untergebracht.
Es freut mich, berichten zu können, daß dein eigener Ritter, Sir Walter Manny, zusammen mit meinem guten Freund William de Montecute freigelassen worden ist. Ich hatte die Ehre, seinen Sohn und den von Warrick zum Ritter zu schlagen, und natürlich auch unseren geliebten Sohn Edward, wegen Tapferkeit auf dem Schlachtfeld. So viele meiner wackeren Krieger haben den Ritterschlag erhalten, daß es mir schwerfallen wird, diejenigen auszuwählen, die ich in den neuen Schwertorden aufnehmen möchte.
Liebste Gattin, wenn du einverstanden bist, würde ich gern unsere liebe Tochter Isabel mit Louis verloben, dem neuen Grafen von Flandern. Er ist ein gutaussehender junger Mann im gleichen Alter wie Isabel, und diese Verbindung wird unser Bündnis mit den Niederlanden festigen.
Es wäre mir lieb, wenn du bald mit den Vorbereitungen beginnst, zur Verlobungszeremonie nach Frankreich zu kommen. Sobald Calais fällt, lasse ich es dich wissen. Wenn meine geliebte Familie hier eintrifft, werden wir ein herrliches Fest feiern.
Edward Plantagenet, Dein treuer Ehemann und ein liebender Vater.

Philippa blickte von dem Brief auf und sah, daß Isabel den Mund schmollend verzogen hatte.

»Dieser Louis ist nur ein Graf?« fragte sie. »Ich habe immer gedacht, ich würde einen König heiraten!«

Königin Philippa war erschrocken. »Meine Tochter, es gibt keine verfügbaren Könige, nur in Frankreich, dem Land unseres Todfeinds. Da sein Vater in Crécy umgekommen ist, wird Louis, der neue Graf, über Flandern herrschen wie ein Monarch. Denke daran, Isabel, Flandern ist ein reiches Land, und dein Vater sagt, sein Herrscher sei ein gutaussehender junger Mann.«

Die Hofdamen der Königin waren aufgeregt über die Neuigkeit einer Verlobung von Prinzessin Isabel, alle stellten sich sogleich auf einen Umzug nach Frankreich ein. Isabel begann, die Aufmerksamkeit, die sie plötzlich erregte, zu genießen. »Ich möchte reiche indische Seide für mein Hochzeitskleid.« Sie warf einen neidischen Blick auf das Kleid von Joan von Kent. »Es soll mit Hermelin besetzt und mit echten Goldfäden bestickt sein!«

Joan stockte der Atem. Sie würde mit der Königin und der Prinzessin nach Frankreich reisen! Schon bald könnte sie bei Prinz Edward sein; sobald Calais gefallen war! Joan und Brianna hatten den Tag im königlichen Kinderzimmer verbracht, weil sie beide zu ihrem Leidwesen mit Kindern keine Erfahrung hatten. Jetzt allerdings hatten sie alle Hände voll zu tun mit ihrer Reise nach Frankreich. Obwohl die Königin und ihr Gefolge regelmäßig Gent, den Hennegau und Bordeaux besuchten, so war es doch die erste Reise für Prinzessin Isabel und ihre Damen.

In den eigenen Räumen angelangt, konnte Joan ihre Aufregung nicht mehr verbergen. »Brianna, meine Gebete sind erhört worden! Edward wird sich um alles kümmern. Oh, es ist, als wäre ein riesiger Mühlstein von meiner Brust gefallen.«

Brianna drückte Joans Hand. Auch sie war begeistert von dem Abenteuer einer Seereise und der Möglichkeit, Frankreich kennenzulernen. Sie hatte einen Brief von ihrem Verlobten erhalten, der ihr klarmachte, wie glücklich sie sich schätzen konnte. Die kleine Elizabeth Grey wurde jede Woche ein wenig dünner, und sie fragte sich verzweifelt, ob sie wohl jemals einen Ehemann finden würde.

»Du bist so tapfer und so ehrenhaft, deine Pflicht zu erfüllen und Robert zu heiraten. Wie kannst du es nur ertragen, deine Liebe zu Christian aus deinem Herzen zu verbannen?«

»Ich verbanne sie nicht, sie ist in mir, jeden Augenblick.«

Joan schämte sich ihrer vorlauten Frage, deshalb versuchte sie Brianna aufzuheitern. »Stell dir vor, du heiratest in Frankreich, genau wie Prinzessin Isabel. Wir müssen für dich ein Hochzeitskleid entwerfen, das das von Isabel in den Schatten stellt. Ich kann es gar nicht erwarten, das Gesicht von Glynis und Adele zu sehen, wenn sie erfahren, daß es über den Kanal geht!«

Brianna wußte, daß die beiden jungen Frauen überwältigt wären, wenn sie erführen, daß sie schon bald mit Paddy und Ali vereint sein sollten. Die Hochzeiten, die in der Luft lagen, waren vielleicht ansteckend. Doch sie sagte nichts. Wie konnte Joan nur so tun, als wären damit all ihre Probleme gelöst? Die Aussicht, Edward wiederzusehen, hatte sie völlig euphorisch gemacht; doch es bedeutete keineswegs die augenblickliche Rettung, sondern eher etliche Komplikationen, wenn der Thronerbe von Joans Zustand erfuhr.

Brianna seufzte und schwor sich, ihr zu helfen, wo sie nur konnte. Als sie in ihre eigenen Gemächer zurückgekehrt war, holte sie Roberts Brief hervor und las ihn noch einmal.

Meine teuerste Brianna!
Ich bin stolz, Euch davon zu unterrichten, daß König Edward mich zum Ritter geschlagen hat, für treue und tapfere Dienste, gleich am ersten Tag, als wir französischen Boden betraten. Hoffentlich werde ich in den neuen Schwertorden aufgenommen, der König Artus' Tafelrunde zum Vorbild hat.
Denkt nur daran, wie stolz wir darauf sein können, daß der Turm Edwards des Dritten aus Stein aus unserem Bedford erbaut wird.
Die Aufgabe, Prinz Lionels Männer in die Schlacht zu führen, habe ich sehr gut erfüllt. Unter meiner Leitung trugen sie nennenswerte Kriegsbeute davon. Deren größter Anteil wird jedoch an das Haus von Clarence fallen. Aber es gibt so viel, daß auch ich in reichem Ausmaß davon profitieren werde, zum Beispiel mit silbernen Platten und Rassepferden. Ich habe mir als Hochzeitsgeschenk für Euch eine mit Juwelen besetzte Kappe vorbehalten, die wunderbar zu Eurem goldenen Haar passen wird – bei weitem das Wunderschönste, was ich je gesehen habe!

Ich kann unsere Hochzeit kaum erwarten und hoffe, daß Ihr genauso fühlt.
Immer der Eure, in Liebe und Wahrhaftigkeit,
Robert de Beauchamp

Brianna faltete den Brief zusammen. Es war ein sehr netter Brief. Er hatte sich die Mühe gemacht, einen Schreiber zu finden, der seine Gefühle für sie zu Papier brachte. Sie war stolz darauf, daß er sich seine Sporen verdient und die Ritterschaft erlangt hatte. Es klang wirklich so, als würde er sie vermissen und lieben, und als wäre sie ständig in seinen Gedanken. Sie konnte glücklich sein über soviel Zuneigung.

König Edward hieß William de Montecute, den Grafen von Salisbury, voller Zuneigung willkommen. Ihre Freundschaft bestand schon sehr lange. William war es gewesen, der ihm geholfen hatte, dem verhaßten Mortimer, dem Liebhaber seiner Mutter und Mörder seines Vaters, eine Falle zu stellen.

Es dauerte jedoch nur wenige Tage, bis der König die Freilassung seines Freundes schon wieder bedauerte. Er erhielt eine Eilbotschaft, daß König David von Schottland die englische Grenze mit einer Armee von fünfzehntausend Männern überschritten hatte.

Als de Montecute davon erfuhr, war er außer sich. »Ihr hättet ihnen niemals den Grafen von Moray im Austauch für mich übergeben dürfen! Ihn eingesperrt zu halten war Englands einzige Sicherheit, Sire.«

»Beim heiligen Blute Christi, ich habe gerade erst eine Armee besiegt, die hunderttausend Männer stark war – glaubt Ihr, ich würde wegen fünfzehntausend Schotten auch nur eine einzige schlaflose Nacht verbringen?«

»Ich bin dafür verantwortlich«, beharrte Montecute. »Laßt mich auf die Schufte los!«

Der König winkte ab. »Das erledigen wir gemeinsam, wie in den alten Tagen! Die Schotten glauben, daß alle kampffähigen Männer hier in Frankreich eingesetzt sind, aber für sie wird es ein böses Erwachen geben. York hat ein paar tausend Männer unter seiner Befehlsgewalt, genau wie meine Lords im Norden, Neville und Percy.«

»Und was ist mit der Belagerung von Calais, Sire?« fragte de Montecute.

»Ich habe den besten Marschall auf der ganzen Welt. Warrick kann das allein übernehmen. Wenn wir zurückkommen von unserem Sieg über die Schotten, werden diese französischen Jämmerlinge all ihre Pferde und Hunde in Calais aufgegessen haben und machen sich dann auch noch über Ratten her, um zu überleben!«

Bei einer hastig einberufenen Lagebesprechung wurde entschieden, wer im Eilmarsch über den Kanal zurückkehren und wer die Belagerung von Calais fortsetzen sollte. Prinz Edward war so darauf versessen, gegen die Schotten zu kämpfen, daß sein Vater ihm erlaubte, mit einigen seiner besten Männer sowie dem Grafen von Salisbury nach England aufzubrechen.

Warrick meldete sich. »Wir besitzen keine Schiffe, die den Kanal blockieren und die Franzosen daran hindern könnten, Calais mit neuem Proviant zu versorgen.«

»Ich werde alle Schiffe senden, die wir in den Cinque Ports zur Verfügung haben«, versprach Edward.

»Und ich übertrage Northampton und Pembroke die Verantwortung für die Flotte. Wenn Ihr wiederkommt, Sire, wird die Stadt Euch gehören«, schwor Warrick.

Der junge William de Montecute war hin- und hergerissen. Da sein Vater nach England zurückkehrte, mußte er wohl oder übel hierbleiben und gegen die gottverdammten Franzosen die Stellung halten, die er aus tiefstem Herzen haßte; doch er war sehr unglücklich darüber, daß Prinz Edward John Holland mit sich nahm. Es würde dem neuen Haushofmeister des königlichen Haushaltes einen Vorteil ihm gegenüber verschaffen, soweit es um Lady Joan von Kent ging. Doch dauerte es ja wohl nicht mehr lange, bis sie zusammen mit Prinzessin Isabel zu deren Verlobung mit Louis, dem Grafen von Flandern, in Frankreich einträfe. De Montecute schwor sich, bei einem Bescheid des Papstes zu seinen Gunsten, Joan unverzüglich zu heiraten.

Königin Philippa war äußerst erleichtert über die hastig geschriebene Botschaft ihres Mannes, in der er ihr seine überraschende Heimkehr mitteilte, um mit den Schotten abzurechnen. Sie hatte alles in ihrer Macht Stehende getan, um Truppen zur Verstärkung für Edward zusammenzuziehen. Jetzt konnten ihm diese Soldaten gegen Schottland zur Seite stehen, ehe sie nach Frankreich segelten. Wie es bereits Brauch geworden war, las sie auch diesen Brief des Königs den Damen von Windsor vor.

Meine liebste Philippa!
Edward und ich kehren sofort nach Hause zurück, um David Bruce von Schottland in seine Schranken zu verweisen. Warricks Sohn ist auch bei uns und desgleichen Salisbury, der aus der Gefangenschaft freigelassen wurde und dem es, allen Heiligen sei Dank, gutgeht. Bitte ängstige dich nicht, meine Liebste. Wir werden schon sehr bald diese Barbaren über die Grenze zurückjagen.

Edward Plantagenet

Die Herzen von drei Damen pochten lauter in ihrer Brust. Joan schloß die Augen und schickte einen heimlichen Jauchzer zum Himmel. Ihr geliebter Prinz war auf dem Weg nach Windsor.

Katherine de Montecute erlitt vor Freude einen Schwächeanfall. Ihr Mann William genoß endlich wieder seine Freiheit, und er war wohlbehalten auf dem Weg zu ihr.

Brianna fühlte sich hin- und hergerissen. *Welcher von Warricks Söhnen kommt zurück?* fragte sie sich alarmiert. Wenn es Robert war, wäre es besser, sich gleich mit einer Hochzeit abzufinden. Sein Brief hatte ihr ganz deutlich gesagt, daß er ungeduldig war und es nicht erwarten konnte, zu heiraten. Handelte es sich hingegen um Christian Hawksblood, dann sollte sie sich dringend wappnen gegen seine Macht über sie. Nie wieder durfte sie den Anstand mißachten. Allein seine Anwesenheit war schon gefährlich, er konnte sie fesseln, hypnotisieren, verlocken und bezaubern mit seiner unwiderstehlichen Anziehungskraft. Ihr einziger Ausweg bestand darin, ihn wie die Pest zu meiden.

Als der König und seine Waffenträger in Dover an Land gingen, geschah es heimlich in der Nacht, und sie ritten spornstreichs nach Windsor. Doch der Grund war nicht die schottische Invasion, sondern sie wollten ein Aufsehen bei ihren Landsleuten vermeiden.

Zeit war kostbar. Sie würden nur einmal zu Hause übernachten, und gleich am nächsten Morgen mit frischen Pferden ihren

Weg zur nördlich gelegenen Stadt York fortsetzen. So schnell tauchten sie auf nur einen Tag, nach des Königs Nachricht an Philippa, daß sie den gesamten Hofstaat beim Abendessen überraschten.

König Edward umarmte seine Gemahlin und küßte sie zärtlich vor allen Anwesenden. Es gab keine einzige Frau in der großen Halle, die dem lebenslustigen Charme des Königs gegenüber immun gewesen wäre. Doch jetzt teilte er sich die Aufmerksamkeit mit seinem kräftigen, breitschultrigen Sohn, Prinz Edward. Sie waren als siegreiche Helden zurückgekehrt, und gleich morgen würden sie sich in das nächste Gefecht werfen. Viele der Damen hatten das Bedürfnis, bei ihrem Anblick ohnmächtig zu Boden zu sinken.

Joan war von so turbulenten Gefühlen überwältigt, als sie Edward sah, daß auch sie um ihre Sinne bangte. Als ihre Blicke sich trafen, stellte Edward fest, daß ihre hübschen Wangen naß von Tränen waren, und sein Herz tat ihm weh bei dem Gedanken, daß er die Ursache ihres Schmerzes war.

Katherine de Montecute weinte ganz offen, als ihr Mann William sie an seine breite Brust drückte. Er hatte zwei Jahre lang im Kerker geschmachtet, und sie konnte nicht glauben, daß er endlich wieder zu Hause war. Weil er sie schon so bald wieder verlassen würde, schlüpften sie aus der großen Halle, sie konnten an nichts anderes mehr denken als nur noch an sie beide.

Brianna versuchte sich Enttäuschung einzureden, daß es Hawksblood war, der mit dem König gekommen war und nicht Robert; doch was sie in Wirklichkeit fühlte, war wohl eher Erleichterung. Eine Verehelichung lag ihr eigentlich noch fern, doch das würde sich bestimmt ändern, bis sie die Reise nach Frankreich antrat. Im Moment wäre es das beste, die Halle zu verlassen, ehe er sie zu Gesicht bekam – denn wenn sie sich unter dem gleichen Dach befanden, war seine mächtige Anwesenheit so bezwingend, daß sie sich magisch zu ihm hingezogen fühlte. Als der Minnesänger des Königs begann, seine Laute zu stimmen, verließ Brianna den Tisch, gewillt, durch den nächstgelegenen Ausgang zu verschwinden.

Christian Hawksblood allerdings entging keine ihrer Bewegungen, nicht einmal einer ihrer Gedanken. Als sie den gewölbten Bogengang erreicht hatte, stand er plötzlich vor ihr und versperrte ihr den Weg. Sie streckte eine Hand aus, um ihn abzuwehren, die andere legte sie auf ihr Herz, um es vor ihm zu schützen. »Bitte, laß mich vorbei. Du weißt, daß es zwischen uns nichts mehr geben darf.«

»Betrüge dich nicht selbst, Brianna«, sagte er leise.

»Du sollst aufhören, deine Macht über mich zu benutzen!« rief sie verzweifelt.

Seine Augen leuchteten wie strahlende Juwelen. *Ah, Lady, du bist es doch, die die Macht hat. Du hast mich verzaubert.* Sein Körper reagierte auf ihre Nähe. Das Blut schoß durch seine Adern und pochte in seinen Lenden. Er ballte beide Hände zu Fäusten, um zu verhindern, daß er nach ihr griff und sie einfach mit sich nahm. Jahre der Übung, seinen Körper unter Kontrolle zu halten, kamen ihm jetzt zugute.

»Was willst du von mir?« rief sie.

Alles!

»Nichts«, heuchelte er. »Ich bin nur ein Botschafter. Prinz Edward möchte, daß Joan von Kent sich mit ihm in dem neuen Runden Turm trifft, am oberen Ende der Treppe. Wenn du so freundlich sein würdest, ihr diese Bitte zu überbringen, dann wird Seine Hoheit für immer in deiner Schuld stehen, Lady Bedford.«

Eine heiße Röte stieg in ihre Wangen. Er war ihr nur nachgegangen, weil der Prinz ihn darum gebeten hatte! Sie machte einen förmlichen Knicks, und ihre Wimpern senkten sich auf die Wangen, dann murmelte sie: »Ich werde der Lady Bescheid geben.« Als sie den Blick wieder hob, war er verschwunden. Brianna ging in die Halle zurück, um nach ihrer Freundin zu suchen.

Joan kletterte mit zugeschnürter Kehle die einhundert Stufen des neu erbauten Turms empor, und das lag nicht an der Anstrengung. Als Prinz Edward aus dem Schatten trat und ihr seine Arme entgegenstreckte, schmiegte sie sich mit einem leisen Freudenschrei an ihn.

»Meine süßeste Joan«, murmelte er an ihrem Haar. Sie hob ihm ihr Gesicht entgegen, wollte seine festen Lippen auf ihren fühlen und von seinen starken Armen gehalten werden, wollte seinen kräftigen, harten Körper an ihrem Leibe spüren. »Wir haben nur Zeit bis zur Morgendämmerung«, sagte er mit hungrigem Blick.

Plötzlich war sie zu schüchtern, um ihm ihr Geheimnis zu verraten. Wie konnte sie ihr kurzes Zusammensein mit ihren Problemen belasten?

Er zog sie in das Turmzimmer, wo die herrlich geschnitzte runde Tafel stand, die der König für seinen Artusorden der Ritterschaft bestellt hatte. Auch wenn der Raum im Augenblick nur vom Mondlicht erhellt wurde, so war doch dieser herrliche Tisch unvergeßlich schön. Ohne zu zögern, hob Edward Joan hoch und stellte sie auf die Platte, so daß er ihr geliebtes Gesicht ein kleines Stück über dem seinen sah. Ihr silberblondes Haar fiel ihm über den Hals und die Schultern, und sie blickte voller Verwunderung auf ihn hinunter. »Ich darf nicht hier oben stehen, Edward. Wird das den Tisch nicht entheiligen?«

Vergnügt lachte er. Er war viel zu erregt, um sich Sorgen über so etwas Profanes wie ein Möbelstück zu machen. »Wir werden noch viel mehr tun, als nur darauf zu stehen: wir werden darauf liegen. Das kann die Tafel nicht entheiligen, sondern nur einweihen... durch Liebe!«

Die kostbare Tafel in dem Turmzimmer feuerte ihr Liebesspiel sogar an. Als Joan nackt war, schien es, als würden sie ein geheiligtes Ritual auf einem gesegneten Altar vollziehen. Er liebte es, wie sie sich an ihn klammerte, wie sie ihm das Gefühl gab, allmächtig zu sein. Sie schien so zerbrechlich, insgeheim schwor er sich, immer sanft mit ihr umzugehen. In Wirklichkeit fühlte er bei seiner kleinen Jeanette mehr Liebe als Lust. Als sie ihren ersten großen Hunger nach einander gestillt hatten, zog er sie an sein Herz und strich ihr über das Haar.

»Wenn ich aus Schottland zurückkehre, werde ich dich mit nach Frankreich nehmen. Du hattest doch sowieso vor, Isabel zu ihrer Verlobung zu begleiten, nicht wahr?«

»Natürlich. Zu dir nach Frankreich zu kommen war alles, woran ich denken konnte.«

Er beugte seinen Kopf und küßte ihre rosige Brustspitze. Unter seinen Lippen richtete sie sich auf.

»Du bist mein Traumprinz mit den goldenen Sporen.« Sie seufzte auf vor tiefer Liebe und Stolz.

»Und du bist meine einzigartige Prinzessin mit den goldenen Locken.«

Plötzlich ertönte der Ruf eines Nachtreihers. Edward sprang sogleich auf und begann, Joan anzukleiden.

»Was ist los?« flüsterte sie.

»Es kommt jemand. Christian hat mir dieses Signal geschickt. Unter gar keinen Umständen soll uns mein Vater noch einmal zusammen erwischen.«

Als sie fertig waren mit ihrer Garderobe, führte er sie zum Hinterausgang. »Auf Wiedersehen, mein Schatz, ich werde aus Schottland zurückkehren, sobald wir gesiegt haben.«

»Möge Gott dich für mich beschützen, Edward!«

Als der König die Hälfte der hundert Stufen erklommen hatte, war sein Sohn auf halbem Weg nach unten. »Ha, Edward! Du bist mir zuvorgekommen. Übertrifft die runde Tafel alle Vorstellungen, wie ich es mir erhofft habe?«

»Sie hat mich wahrhaftig in Bann geschlagen, Vater.«

»Komm noch einmal hinauf mit mir. Zünde einige Fackeln an. Wie kann man so etwas im Dunkeln betrachten?«

»Es ist mir gelungen, ihre allerfeinsten Schwingungen zu erfassen«, antwortete Edward, und seine eigenen Worte belustigten ihn.

Die Begeisterung des Königs für den Runden Turm aus Bedford-Stein, der die runde Tafel beherbergte, kannte keine Grenzen. Prinz Edward mußte ihn beinahe mit Gewalt dort loseisen. »Vater, wir werden morgen den ganzen Tag im Sattel sitzen. Dieser Turm steht noch lange, nachdem wir beide bereits in unserem Grab liegen.«

»Sich einer so großartigen Idee zu verschreiben war doch der Grundgedanke, Edward. Warum ihr jungen Leute den größten Teil eurer Zeit im Bett vergeudet, werde ich nie verstehen.«

Die Königin hatte sich bereits hingelegt, als der König ihre Gemächer betrat. Das Thema, über das sie mit ihm sprechen wollte, handelte weder von Türmen noch vom Krieg. Das, was die Gedanken Philippas vorrangig beschäftigte, war die Ehe. »Edward, ich freue mich so sehr, daß Isabel Louis von Flandern heiratet. Die Verbindung zwischen deinen Engländern und meinen Flamen zu verstärken wird zum Wohlergehen beider Länder beitragen. Dann nimmt auch der Handel hundertfachen Aufschwung. Die Wolle, die die flämischen Weber verarbeiten, kann insgesamt aus England kommen, und im Gegenzug dafür führen wir die Dinge ein, die dort hergestellt werden.« Philippa deutete auf die Bettvorhänge. »Dieses edle durchsichtige Material ist in Gent gewoben worden. Alle meine Damen wollen es kaufen, um Nachtgewänder daraus schneidern zu lassen. Es ist die neueste Mode hier in England, und die Kirche erhebt vehement Einspruch. Sie haben erklärt, daß diese Gewänder die Lust provozieren und daß anständige Frauen nackt schlafen.« Sie sagte ihm nichts von Isabels Enttäuschung, weil Louis nur ein Graf war.

Auch der König verschwieg ihr einiges. Louis hatte deutlich gezögert, eine englische Prinzessin zu heiraten. Sein Vater war in Crécy gefallen, mit einem englischen Pfeil im Herzen, und Louis haßte die Angelsachsen aus tiefster Seele. Seine Minister in Flandern, die sich die Verbindung mit England wünschten, hatten Wachen um den Palast gestellt, damit Graf Louis nicht fliehen und zum König von Frankreich überlaufen konnte.

»Es tut mir leid, daß ich dich schon morgen wieder verlassen muß, meine Liebste, aber diese gottverdammten Barbaren im Norden brauchen eine Lektion. Ich verspreche dir, mich nach Kräften zu beeilen, und in der Zwischenzeit möchte ich, daß du alle Vorbereitungen für die Frankreichreise triffst. Ich hoffe, du fühlst dich wohl genug für eine solche Strapaze?« Er spielte damit auf ihr zehntes Kind an, das sie unter dem Herzen trug.

»Du kennst mich doch, Edward. Ich stamme aus Flandern! Die Flamen sind bekannt für ihre ausdauernden Stuten. Ich fühle mich immer am besten, wenn eines deiner Plantagenets mit seinen langen Beinen in meinem Bauch strampelt.«

König Edward fand, daß seine Königin eine wirkliche Erdmutter war. Er hatte ganz sicher die rechte Wahl getroffen mit der willigen Philippa. Sie hatte eine Dynastie geschaffen! »Ich hoffe, die Verwaltung des Reiches hat nicht zu schwer auf deinen Schultern gelegen, während ich in Frankreich war.«

»Mein König, du warst doch nur etwas länger als einen Monat weg. Es ist nicht viel geschehen in deiner Abwesenheit, bis auf die Mitteilung vom Papst hinsichtlich der beiden Bewerber um die Hand von Joan von Kent. In seiner Weisheit hat er zu Gunsten von John Holland entschieden. »Ich habe Katherine de Montecute noch nichts davon gesagt«, meinte sie mit lieblicher Stimme. »Ich dachte, es wäre besser, wenn du ihr das Ergebnis mitteilst.«

Der König hatte sehr wenig Erfahrung mit der Angst, und zum ersten Mal in seinem Leben beschlich ihn die Feigheit. »Ich werde es meinem guten Freund William überlassen, ihr diese Nachricht kundzutun. Es hat mir einen Krieg gegen die Schotten eingebracht, ihren Mann freizubekommen. Das muß Trost genug sein für sie.«

»Ich hoffe nur, den jungen William de Montecute wird es nicht allzu hart treffen.«

König Edward wußte, der junge Mann würde am Boden zerstört sein. Seufzend begann er sich zu entkleiden. »Mein Liebling, heute nacht wollen wir nur an uns denken.«

27

Der König und seine Truppen brauchten drei Tage, um die hundertsiebzig Meilen bis nach York zu bewältigten. Prinz Edward und Christian Hawksblood ritten jedoch Tag und Nacht und schafften die Strecke in der Hälfte der Zeit. Prinz Edward erzählte seinem Freund: »Diese Schotten sind kaum zu begreifen. Jeder Mann trägt einen eisernen Topf bei sich und einen Sack mit Hafer, damit sie sich nicht um die Beschaffung von Lebensmitteln zu kümmern brauchen.«

»Ich habe gehört, sie seien wilde Kämpfer«, meinte Hawksblood.

»Aye, ganz besonders die Highlander. Sie gebärden sich wie Wilde auf ihren Ponys. Nicht einmal unsere Kirchen und Klöster verschonen sie. Sie legen sie in Schutt und Asche, nur zum Zeitvertreib, ein disziplinloser Haufen. Alles brennen sie nieder, vergewaltigen die Frauen und schleppen sie weg.«

»Sie führen sich genauso auf wie die kriegslüsternen Türken«, meinte Hawksblood, während Paddy und Ali einander besorgte Blicke zuwarfen.

In York trafen sie auf die englische Armee, die von den Baronen des Nordens zusammengetrommelt worden war. Ihr Ziel hieß Durham, sechzig Meilen nördlich. Am 16. Oktober ritt William Douglas, der Anführer der Schotten, über einen Hügel und entdeckte die englische Armee, die bei Neville's Cross ihr Lager aufgeschlagen hatte. Er ritt sofort zurück und machte König David Meldung.

David brüllte vor Lachen. »Die englische Armee ist in Frankreich. Es gibt in England keine Männer mehr außer den Mönchen, Schweinehirten, Schneidern und Gerbern!«

In der Morgendämmerung des 17. Oktobers erfuhr er das Gegenteil, als die Engländer angriffen. Der Schotte raste vor Zorn. Als er nach seiner Rüstung rief, versuchten die Anführer seiner Kavallerie, ihn zurückzuhalten. »Ihr habt keine Ahnung, was ihre Männer mit den Langbögen anrichten! Sie haben ihre Pfeile und Bögen verzaubert. Das Gerücht geht um, daß die Bogenschützen in Crécy den Krieg gewonnen haben!«

David knirschte mit den Zähnen. »Ich werde den nächsten Schwätzer, der von Crécy spricht, enthaupten lassen!« brüllte er, dann ritt er mitten ins Schlachtgetümmel.

Der König wurde selbst von zwei Pfeilen getroffen, dann fiel sein Pferd unter ihm. Als er wieder auf die Füße kam, sah er in das dunkelste, wildeste Gesicht, das ihm je untergekommen war. Vor lauter Angst schlug er dem Krieger mit seinem Handschuh ins Gesicht. Christian Hawksblood jedoch grinste nur. Er wußte sehr wohl, wen er am Ende seines Schwertes vor sich hatte.

Als Douglas zur Rettung des Königs herbeieilte, nahm Prinz Edward auch ihn gefangen. Am Ende des Tages befanden sich außerdem Sir Malcolm Felming in der Gewalt der Engländer, sowie die Grafen von Fife und Monteith.

Christian Hawksblood führte dem englischen König David von Schottland zu, und Edward schlug ihn sofort zum Ritter.

Als Christian sich wehrte, weil er längst den Ritterschlag erhalten hatte, erklärte Edward stolz: »Aber noch nicht von meiner Hand.«

Prinz Edward und Hawksbloods Knappen standen grinsend dabei, als Christian sich niederkniete, um die englische Auszeichnung entgegenzunehmen.

Brianna besuchte Joan, nachdem der König und seine Männer nach Schottland aufgebrochen waren. »Was hat Edward gesagt, als du ihm von dem Kind erzähltest?« fragte Brianna vorsichtig und bereitete sich insgeheim auf gute oder auch auf schlechte Neuigkeiten vor.

»Ich habe es ihm gar nicht gesagt«, antwortete Joan kleinlaut.

»Du hast es ihm nicht gesagt?« rief Brianna ungläubig.

»Sei bitte nicht böse mit mir. Ich konnte es nicht über die Lippen bringen. Unsere gemeinsame Zeit war so kurz. Nach unserem Umzug mit Isabel nach Frankreich wird alles gut werden, Brianna. Ich weiß es.«

»Oh, meine Liebe, natürlich findet sich dann alles ... aber trotzdem mußt du es ihm sagen. Du hast gar keine andere Wahl.«

»Ich weiß. Irgendwann schaffe ich es auch. Aber jetzt wollen wir uns erst einmal um deine Aussteuer kümmern, Brianna. Ich wünsche mir, daß dein Hochzeitskleid und deine anderen Kleider Prinzessin Isabels Garderobe ausstechen.«

Brianna seufzte, doch dann lachte sie leise. Joan wollte immer nur an die schönen Dinge im Leben denken. Sie wünschte sich oft, selbst auch unkompliziert zu sein. Es wäre viel angenehmer, die Sorgen anderen zu überlassen.

Ehe noch der Oktober zu Ende ging, kehrten ein siegreicher König und Prinz nach Windsor zurück. Freudige Stimmung herrschte im Schloß. An den Abenden ertönten die Balladen der Minnesänger in der Halle, die das Lob ihres mächtigen Landes- und Kriegsherren sangen und das ihres neuen Helden, des Schwarzen Prinzen. Die Tage waren erfüllt von umfangreichen Vorbereitungen für ihre Reise über den Kanal. Die Plantagenets fühlten sich wahrhaft unbesiegbar.

Als Joan von Kent zur Königin gerufen wurde, war sie voller Unruhe. Sie bat Brianna, sie zu begleiten. »Was soll ich tun, wenn sie von meinem Zustand Wind bekommen hat?«

»Natürlich hat sie das nicht«, versicherte Brianna ihr. »Du bist schlank wie ein Schilfrohr. Nur wir vier wissen Bescheid, und wir würden dich niemals verraten, Liebes.«

Brianna begleitete Joan, doch hielt sie sich im Hintergrund des Sonnenzimmers, während die Königin allein mit Joan sprach.

»Es wurde vom König ein Gesandter zum Papst geschickt, um die Mißverständnisse wegen Eurer Verlobung aufzuklären, Lady Kent.« Der Ton der Stimme der Königin war vorwurfsvoll. Sie konnte die Tatsache nicht verbergen, daß sie die wunderschöne junge Frau nicht mochte.

Joan wartete darauf, daß die Königin weitersprach. Sie hatte das Gefühl, dieses leidige Thema ginge sie überhaupt nichts an – als hätte es mit der Wirklichkeit ihres Lebens nicht das geringste zu tun.

»Der Pontifex hat zugunsten von Sir John Holland entschieden. Damit ist die Angelegenheit also abgeschlossen, und ich hoffe, gleichzeitig jeder weitere Klatsch über Eure ungewöhnlichen Affären.«

Joan verneigte sich, flüsterte eine nichtssagende Antwort und lief dann zurück zu Brianna. »Bitte, laß uns gehen«, hauchte sie.

»Was ist denn geschehen?« fragte Brianna betroffen, als sie das Sonnenzimmer verließen.

»Nichts ... es ist nur so, daß ich mir die Zuneigung von Edwards Mutter wünschen würde.«

»Joan, du hast ganz andere Dinge, über die du dir den Kopf zerbrechen solltest. Du mußt Prinz Edward von deinem Zustand erzählen.«

Ihnen entgegen kam niemand anderer als der neue Haushofmeister des königlichen Haushaltes. Er verbeugte sich förmlich vor Joan von Kent. »Meine Lady, die Neuigkeiten machen mich zum glücklichsten Mann im ganzen Königreich.«

Joan bot ihm die Hand, als wäre sie in Trance, und murmelte: »Mein Lord Holland.«

Er zog ihre Hand an die Lippen, vermied es jedoch, sie zu berühren. Dann nahm er einen Brief aus seinem Wams und überreichte ihn ihr mit einer weiteren Verbeugung.

Brianna wußte sofort, was die Königin Joan mitgeteilt hatte. Joan war jetzt gesetzlich verbunden mit John Holland. Auch wenn Brianna sich große Mühe gab, sie konnte sich den bulligen John Holland nicht vorstellen bei der Abfassung eines Liebesbriefs. Ihr Herz sank. Joans Schwierigkeiten wuchsen mit jedem Augenblick. Wenn sie doch nur aus ihrer Benommenheit erwachen würde, um sich selbst zu helfen!

Joan öffnete den Brief erst, als sie in ihren Gemächern waren. Brianna sah, wie ihr Gesicht aufleuchtete. »Es ist eine Notiz von Edward. Er möchte, daß ich in sein Haus in der Fish Street komme!«

»Aber dein Bruder ist in Calais, was für einen Vorwand hast du dann, nach London zu fahren?«

»Wir müssen doch noch einkaufen, ehe es nach Frankreich geht. Wir werden Adele und Glynis mitnehmen.«

Brianna stöhnte auf, insgeheim wäre es ihr lieber gewesen, nicht an diesem Rendezvous teilnehmen zu müssen, doch Joan war ihre Freundin, und wer sonst konnte ihr beistehen? Brianna mußte ehrlicherweise zugeben, daß sie das Haus Prinz Edwards meiden wollte, weil sie sich fürchtete, dort Christian Hawksblood zu begegnen. »Ich werde mitkommen, Joan, aber nur unter einer Bedingung: Du mußt Edward alles beichten.«

»Oh, das werde ich, das werde ich«, schwor Joan.

Und endlich fand Joan auch den Mut, darüber zu sprechen, als sie in ihrem Zimmer im ersten Stock des großen Gebäudes allein waren. Sie ergriff die Gelegenheit, als Edward mit beiden Händen ihre Taille umfaßte, um sie hochzuheben, zu einem Kuß. »Mein Liebling, ich vergesse immer wieder, wie zierlich du bist, bis ich dich in meinen Händen halte.«

»Ich werde nicht mehr lange so zierlich sein, Edward... ein Kind ist unterwegs.«

»Wirklich?« Er schwenkte sie herum, überglücklich. Doch dann verdunkelte die Sorge sein Gesicht. »Ich bin ein Grobian, habe ich dir weh getan?«

»Nein, nein.« Sie lachte über seine Betroffenheit, Tränen der Freude brannten in ihren Augen. »Oh, Edward, ich habe mir solche Sorgen gemacht, ich wußte nicht, was ich tun sollte.«

»Wer weiß davon, mein Johannisapfel?«

»Brianna von Bedford und meine Dienerin.«

»Gut, gut. Meine Feinde könnten dieses Wissen gegen mich verwenden.«

»Feinde?« fragte sie erschrocken. »Edward, du hast doch keine Feinde!«

Er lachte über ihre Unschuld. »Keine, wegen der du dir Sorgen machen müßtest, Jeanette.« Er schob ihr den Umhang von den

Schultern und zog sie vor dem warmen Feuer auf seinen Schoß. »Du kommst mit mir nach Frankreich! Es wird der Himmel sein, dich bei mir zu haben.«

Er hob mit der Hand ihr wunderschönes Haar und barg sein Gesicht darin. »Du duftest immer nach frischen Blumen.«

Joan hatte die Stirn gerunzelt. »Edward, wie ist es möglich, offen zusammenzuleben?«

»Mein Herzblatt, es wird nicht offen sein. Der Papst hat zugunsten von John Holland entschieden.«

»Ja, ich weiß. Er hat mir deinen Brief gebracht, aber ich verstehe nicht, was das mit uns zu tun hat.«

Er konnte ihre Naivität nicht fassen, manchmal war sie wirklich ein richtiges kleines Mädchen. »John wird dein zukünftiger Ehemann sein, natürlich nur dem Namen nach. Er soll ein Haus in Frankreich mieten, jedoch in einem anderen Flügel des Hauses wohnen. Das Haus wird in Wirklichkeit uns gehören, Liebste, verstehst du denn nicht, es ist ganz gleich, wie viele Babys wir bekommen! Sie werden alle legitime Kinder sein. Als Lady Holland kann dir kein Skandal etwas anhaben.«

»Ich verstehe«, flüsterte Joan.

»Es ist die perfekte Lösung für unser Problem. Ich bin ein Taktiker. Es war nicht leicht, den König und die Königin zu überlisten.« Edward sah, daß Joan von dieser Idee nicht sehr begeistert zu sein schien. Er war froh, daß er ihr nichts von seiner Bestechung des Papstes erzählt hatte, der zu Hollands Gunsten entschied. »Joan, du weißt, daß ich dich heiraten möchte, aber du weißt auch, daß es unmöglich ist.«

Sie nickte traurig.

»Da du schwanger bist, mußt du unbedingt einen Gatten haben. Verheiratete Frauen besitzen viel mehr Freiheiten, Liebste. John Holland ist mein Mann. Ich habe ihn zum Haushofmeister des königlichen Haushaltes gemacht, deshalb bin ich sicher, daß er mir gegenüber absolut Loyalität bewahrt. In der Öffentlichkeit wirst du ab und zu ein Lippenbekenntnis zu dieser Eheschließung ablegen müssen; doch es ist ein Preis, den ich gewillt bin zu akzeptieren. Das gleiche hoffe ich auch von dir, Liebste.«

»Ich werde alles tun, um bei dir sein zu können, Edward. Es ist nur so, daß ich mich davor fürchte, einen Mann zu heiraten, den ich kaum kenne und nicht einmal mag.«

Edward lachte leise. »Und genauso kann es auch bleiben. Mein Liebling, er wird dein ergebener Diener sein. Ich möchte, daß die Eheschließung sofort stattfindet.«

»Aber warum denn?« fragte sie und zögerte ängstlich.

»Damit wir gleich für immer zusammensein können. Du brauchst keine Angst zu haben, kleine Jeanette, ich werde dich stets beschützen.«

Sie barg ihr Gesicht an seiner Schulter. »Halt mich fest, Edward. Halt mich fest.«

Alle Plantagenets waren anwesend in der Kapelle von Windsor, als Sir John Holland Lady Joan von Kent heiratete. Die Braut erschien in einer so kostbaren Robe, daß man annahm, sie habe sich seit Monaten auf diese Hochzeit vorbereitet – wo sie doch in Wirklichkeit nur wenige Stunden Zeit gehabt hatte. Für ihr Unterkleid hatte sie ihre Lieblingsfarbe Rosa gewählt, darüber breiteten sich drei Lagen eines durchsichtigen weißen Stoffes aus Gent. Das Ergebnis war lediglich ein Hauch der rosa Farbe. Ihr silberblondes Haar kam ohne Schmuck aus, in seidener Fülle fiel es bis zu ihren Hüften. Um ihre schlanke Taille trug sie ihre Perlen. Perlen galten als Symbol der Tränen, und heute waren sie das für Joan.

Nur Brianna von Bedford begleitete sie, die Freundin trug rosafarbenen Samt, der zum Gewand der Braut paßte. Die meisten ihrer anderen Kleider waren bereits, genauso wie die von Joan, eingepackt worden für die Übersiedlung.

Als die untersetzte Gestalt Sir John Hollands an Joans Seite trat, bekam sie ganz weiche Knie, doch Prinz Edward stand neben ihm als sein Trauzeuge, und Joan erging sich in einem Spiel der Phantasie. In ihrem Herzen leistete sie die Eheschwüre für Edward, und sie wußte, Gott in seiner Weisheit würde es verstehen.

Briannas Gewissen war vollkommen durcheinander. Für sie war dieser Plan schockierend und betrügerisch und daher unrecht. Als Joan sich ihr anvertraut hatte, bereute sie es beinahe, ihre Freundin nicht zu einer Abtreibung gedrängt zu haben.

Denn dann wäre diese Ehe nicht nötig gewesen, aber auch das erschien ihr falsch. Eine Todsünde wäre es sogar gewesen! Also hielt sie schließlich doch zu ihrer Freundin – nicht zuletzt, weil es Prinz Edward auch allzu leicht gehabt hatte, Joan zu verführen.

Wegen der aufwendigen Vorbereitungen zur Verlegung des Hofes wurde für die Neuvermählten nur ein kleines Hochzeitsdinner ausgerichtet und kein großes Bankett. Sir John, der Haushofmeister des königlichen Haushaltes, bewohnte eine luxuriöse Suite im Schloß. Als er sich mit seiner Braut zurückzog, war Prinz Edward da, um sich um sie zu kümmern, und Holland besorgte das Festessen.

Endlich kam Joans glückliches, sorgloses Wesen wieder zum Vorschein, und sie sank voller Freude in die Arme ihres Geliebten. Die Möglichkeit, eine gute Weile miteinander verbringen zu können, in heimlichem Glück, genügte, um alle dunklen Wolken von Joans Himmel zu vertreiben.

Von seinem Platz im hinteren Teil der Kapelle von Windsor aus hatte Christian Hawksblood der Eheschließung voller Zynismus zugesehen. Was der Thronerbe dort tat, war moralisch falsch, aber vielleicht auf längere Sicht das kleinere von zwei Übeln. Nur selten kam es vor, daß ein Mitglied des Königshauses eine glückliche Ehe führte; denn es gelang kaum, dem Staat und sich selbst gleichzeitig gerecht zu werden. Er wußte, daß die fröhliche Joan von Kent gut paßte zu dem Prinzen, der die leichtfertige Natur der Plantagenets geerbt hatte. Der Schwarze Prinz war immer wesentlich leichter zu handhaben, wenn er ein paar Stunden in Joans bezaubernder Gesellschaft verlebt hatte. Hawksblood nahm sich vor, alles zu tun, was in seinen Möglichkeiten stand, um den beiden in ihrer heimlichen Beziehung beizustehen.

Sein Blick ging zu Prinzessin Isabel, die Louis, den Grafen von Flandern, heiraten sollte. Hawksblood fühlte, daß es in dieser Richtung Schwierigkeiten geben würde. Die Zukunft basierte auf der Gegenwart. Sequenz und Konsequenz. So mußte es sein.

Mit diesem Gedanken schaute er hinüber zu Brianna von Bedford. Er stellte sie sich an irgendeinem Altar in Frankreich vor, wie sie mit seinem Bruder Robert verheiratet wurde. Sequenz und Konsequenz. Er würde gleich etwas unternehmen, um die Zukunft zu ändern.

Beim Hochzeitsessen versuchte Christian, Brianna allein zu sprechen, doch sie hatte die ganze Zeit über Adele an ihrer Seite. Als er sie um ein Wort unter vier Augen bat, lehnte sie offen ab und zog sich schon sehr bald zurück; Adele nahm sie mit.

Dann probierte Christian es mit einer schriftlichen Botschaft, in der er sie bat, sich mit ihm zu treffen, doch erhielt keine Antwort. Die restlichen Tage, ehe sie nach Frankreich abreisten, vergingen, nur noch wenige Stunden blieben ihm. Hawksblood fand eine Stelle, von wo aus er die Tür zu ihren Gemächern beobachten konnte, ohne entdeckt zu werden. Vor der ersten Morgendämmerung versteckte er sich. Er lehnte sich gegen die Mauer und war bereit, notfalls bis zum Anbruch der Nacht zu warten.

Brianna und Adele machten Listen von all den Dingen, die sie für Frankreich einpacken mußten. Schließlich war es geschafft, alles gefaltet und verpackt oder in die Reisekisten geräumt. Briannas Hochzeitskleid, um das Joan sich mit soviel Freude gekümmert hatte, lag sorgfältig mit Lavendelsäckchen versehen in einer der Truhen.

Brianna nahm einen Apfel aus der Schale als Leckerbissen für ihre Stute. Der Gedanke, Papillon zurückzulassen, gefiel ihr gar nicht, doch aus Vernunftgründen würden sie sich um neue Pferde kümmern müssen, wenn sie auf dem Festland waren. Sie nahm ihren Umhang und machte sich auf den Weg zum Stall. Dort fütterte sie Papillon mit dem Apfel und streichelte liebevoll ihre samtweiche Nase. »Ich werde dich vermissen, meine Schöne«, murmelte sie leise und lachte, als sich die Ohren des Tiers beim Klang ihrer Stimme aufrichteten. »Wie gerne würde ich dich mitnehmen. Ich weiß nicht, wann ich dich wiedersehe«, flüsterte sie dem Tier bedauernd zu. Doch einem letzten Ritt konnte sie nicht widerstehen. »Komm, Papillon, wir werden noch einmal zusammen den Windsor Park durchqueren.« Ein Stallbursche sattelte das Pferd für sie, und sie ritt hinaus in die frische, frostige Luft.

Christian Hawksblood war ihr zu den Ställen gefolgt. Geduldig wartete er, bis sie unter den Bäumen verschwand; dann sattelte er sein eigenes Roß.

Als Brianna sich im Park umsah, entdeckte sie noch einen Reiter. Sofort ahnte sie seine Identität. Auch wenn er noch zu weit entfernt war, um ihn genau zu erkennen, so sagte ihr doch ihr Instinkt, daß es sich um Christian Hawksblood handeln mußte. Sie fürchtete sich nicht, doch schalt sie mit sich selbst, weil sie nicht seine Beharrlichkeit bedacht hatte. Also tat sie das erste, was ihr in den Sinn kam, und floh.

Der Mund des arabischen Ritters verzog sich zu einem Lächeln. Soeben hatte sie einen taktischen Fehler begangen. Sie hätte direkt auf ihn zureiten sollen, in Richtung der Stallungen von Windsor.

Brianna ließ Papillon laufen, sie drängte sie zum Galopp. Als sie in den Wald hineinritt, warf sie einen Blick zurück und stellte voller Entsetzen fest, daß Hawksblood immer näher kam. Sie nahm einen Weg, der nach links führte, und hoffte, die Bäume würden ihn am Galopp hindern. Doch auch er wandte sich nach links.

Brianna erreichte eine Lichtung und gab ihrem Pferd die Sporen, über die Lichtung hinweg jagte sie auf die Bäume zu. Sie warf einen Blick zurück, um zu sehen, ob sie ihn abgeschüttelt hatte. Doch das war ihr nicht gelungen! Es lag etwas über Pferd und Reiter, das ihr Furcht einflößte. Sie wollte ihrem Verfolger unbedingt entkommen, deshalb trieb sie ihr Pferd noch mehr an, galoppierte in einer Geschwindigkeit, die gefährlich war.

Ihr Jäger erwies sich als gnadenlos. Sie hatte das Gefühl, er wolle sie in Grund und Boden reiten. Er war der Räuber, und sie war seine Beute! Sie fühlte, wie die Angst in ihrer Brust immer höher stieg, als sie das Donnern der Hufe seines Hengstes hinter sich hörte. Sie wandte sich um und erkannte den dunklen Reiter fast an ihrer Seite. Er schien größer als das Leben selbst, dann schlug er zu und packte sie mit seinen Krallen. Sie wehrte sich gegen ihn, doch es war hoffnungslos, sich gegen eine Naturgewalt zu stemmen.

28

Hawksblood hob Brianna von ihrem Pferd, sie strampelte mit den Beinen, ruderte mit den Armen und protestierte lautstark, bis sie vor ihm auf seinem Hengst saß. Seine Augen blitzten wie blaue Eiskristalle. Sie kniff die Augen zu, so fest, daß er sie nicht bezwingen und ihr ihren Willen nehmen konnte. Mit beiden Händen fuhr sie in sein Gesicht, als ihr klar wurde, in welcher Gefahr sie sich befand.

Christian Hawksblood war nicht überrascht, daß sie sich wie eine Wildkatze gegen ihn wehrte. Er hatte schon immer gewußt, daß Brianna einen ausgeprägten Instinkt besaß – und der sagte ihr jetzt, daß sie sich in unmittelbarer Gefahr befand. Was nicht einmal ein Irrtum war, dachte er grimmig. Er hielt ihre Arme fest, doch gelang es ihm nicht, ihren Fingernägeln noch rechtzeitig auszuweichen. Als er diesen Einhalt gebot, wehrte sie sich mit dem Mund: Sie benutzte alle Schimpfnamen, die sie kannte, und das Wort Bastard war dabei noch eine der sanftesten Bezeichnungen.

Allein mit seiner körperlichen Überlegenheit brachte er sie dazu, sich zu ergeben. Er schaffte das keineswegs auf friedliche Weise, das machte sie unmöglich. In dem Augenblick, als er seinen Klammergriff um ihr Handgelenk ein wenig löste, ging sie wieder auf ihn los. Sie hatte die Absicht, ihm auf alle Fälle Schrammen beizubringen, und um sie nicht auch verletzen zu müssen, entschied er sich, ihren Stolz zu erschüttern.

Brianna starrte ihn an, Entsetzen und Verachtung mischten sich in ihrem Blick, als ihr klar wurde, daß er ihr überlegen war, ganz gleich, wie wild oder wie lange sie sich gegen ihn sträubte. Seine muskulösen Arme hielten sie so, daß sie sich nicht mehr bewegen konnte, und mit den Knien lenkte er das Pferd weiter. Ihre Stute trottete hinter dem Hengst her, in einer so unterwürfigen Art, daß Brianna am liebsten laut aufgeschrien hätte. Sie entschloß sich, wirklich zu schreien! Vielleicht käme dann jemand, um sie zu retten.

Er sah, was sie vorhatte, und als sie gerade loslegen wollte, preßte er seine Lippen auf ihre. Sein Mund war genauso grausam wie seine Hände vorher, und sie begriff, daß es zwecklos war.

Als er ihren Mund wieder freigab, fuhr sie ihn an: »Warum tust du das?«

Er betrachtete sie gemächlich, seine Stimme war unerbittlich. »Es ist nur zu deinem Besten.« Als sie aus dem Wald herausritten, streckte er die Hand nach ihrer Stute aus.

»Papillon, lauf zurück, lauf zurück«, rief sie, doch diese verrückte Kreatur kam vertrauensvoll zu ihm und erlaubte ihm, nach den Zügeln zu fassen. Er band sie an seinen Sattel, dann legte er Briannas Hand auf den Sattelknauf und murmelte: »Halt dich fest.«

Christian Hawksblood gab seinem Pferd die Sporen, und es preschte los mit jenem Maß an Kraft und Energie, das es sonst nur auf dem Schlachtfeld zeigte. Brianna beschloß, nie wieder ein einziges Wort mit ihm zu sprechen. Sie stellte sich vor, daß er sie an einen geheimen Ort brachte, wo er sie dazu verführen wollte, sich von ihm lieben zu lassen. Christian Hawksblood de Beauchamp mußte noch eine Menge lernen! Wenn er glaubte, sie seinen amourösen Annäherungsversuchen zugänglich zu machen, indem er sie seinem Willen unterwarf, dann irrte er sich gewaltig! So behandelte man vielleicht die Frauen in Arabien, doch hier befanden sie sich in England, wo die Freiheit alles bedeutete!

Brianna glaubte, daß er nach Norden ritt, und als er die Geschwindigkeit noch immer nicht verringerte, fragte sie sich erschrocken, wie weit er sie wohl davontragen würde. Beinahe hätte sie ihn danach gefragt, doch im letzten Augenblick biß sie sich auf die Lippen und erinnerte sich an ihren Vorsatz, nie wieder mit ihm zu sprechen. Nachdem etwa eine Stunde vergangen war, warf sie ihm einen verstohlenen Blick zu. Sein Gesicht war dunkel, verschlossen, und um seinen Mund lag ein unnachgiebiger Zug. Sein Schweigen war genauso undurchdringlich wie das ihre.

Briannas Gedanken flogen hierhin und dorthin, sie versuchte, ihre eigenen Antworten auf ihre Fragen zu finden. Ihre Vorstellungskraft bewegte sich in Wirbeln. Sie fürchtete, daß er sie insgeheim mit seiner finsteren Macht überwältigen würde. Die kleinen Härchen in ihrem Nacken sträubten sich. Sie fühlte, wie der Stoff ihres Unterkleides sich an ihrer Haut rieb. Ein leichter Duft stieg durch die Kälte in ihre Nase, und ihr wurde klar, daß er von ihm kam – daß es der Duft seiner Männlichkeit war, der einen Angriff auf ihre Sinne unternahm.

Sie hörte auf, sich gegen ihn zu wehren, und wurde ganz still. Er konnte sie nicht gegen ihren Willen zu etwas zwingen, wenn sie nicht die Kontrolle über sich verlor. Ihre Blicke wurden wie magisch von ihm angezogen. Sie betrachtete sein adlerartiges

Gesicht und konnte nicht leugnen, daß er auf eine wilde Art schön war. Alle Linien seines Antlitzes sprachen von Kraft, genau wie sein Körper sie ausstrahlte. Sie war ihm so nahe, daß sich seine männliche Schönheit gleichsam in ihre Seele brannte. Einmal war sie mit ihm zusammengewesen, und die Erinnerung daran weckte ein leises Verlangen, diese Nähe zu wiederholen.

Brianna kämpfte dagegen an, doch sie fühlte, wie ihr Widerstand langsam nachließ. Das Schloß Berkhamsted erhob sich in der Ferne, und Brianna fragte sich, warum, um alles in der Welt, er sie zum Schloß von Prinz Edward brachte. Hatte es etwas mit Joan zu tun? Doch er verlangsamte die Geschwindigkeit nicht, ritt an Berkhamsted vorbei, ohne dem Ort auch nur einen Blick zu gönnen. Irgendwie kam ihr der Weg bekannt vor, Brianna hatte das Gefühl, ihn schon einmal geritten zu sein. Nach den langen Stunden im Sattel wurde sie müde und sehnte sich danach, anzuhalten und sich auszuruhen. Aber dann fiel es ihr wie Schuppen von den Augen. Er brachte sie nach Bedford – nach Hause!

Sie sah ihn ungläubig an. »Wir reisen morgen nach Frankreich. Du kannst mich nicht nach Bedford bringen!«

Er blickte in ihr hübsches Gesicht mit dem Grübchen im Kinn und den haselnußbraunen Augen. »Der *Hof* reist nach Frankreich«, korrigierte er.

Nun verstand sie. Diese Entführung sollte verhindern, daß sie die Überfahrt antrat… zu Robert!

»Das ist völlig unmöglich!« rief sie alarmiert.

»Nichts ist unmöglich«, antwortete er ruhig.

Sie hob beide Hände und hämmerte gegen seine Brust. Genausogut hätte sie gegen die Steine von Bedford schlagen können, denn es bewirkte nicht das geringste. Als sie all ihre Kraft verschwendet hatte und erschöpft vor ihm saß, hielt er an einem Fluß, um die Pferde zu tränken. Er holte Brot, Käse und Fleisch, sorgfältig in weiße Tücher gepackt, aus seinen Satteltaschen, dann hob er sie vom Pferd.

Im gleichen Augenblick, als ihre Füße den Boden berührten, rannte Brianna los. Er kam hinter ihr her, hob sie hoch und trug sie zurück. »Wohin wolltest du denn laufen?«

»Weg«, fauchte sie.

»Vor deinem Schicksal kannst du nicht weglaufen.«

»Ein Schicksal, schlimmer als der Tod!« keifte sie.

Ihre Worte schienen ihn zu belustigen. »Ich dachte ein Schicksal schlimmer als der Tod sei eine Vergewaltigung. Ich werde dich nicht vergewaltigen, Brianna.«

»Soll ich dafür vielleicht auch noch dankbar sein?« fragte sie voller Verachtung.

»Dankbarkeit ist das letzte, was ich von dir will«, erklärte er ruhig.

»Und was ist es, das du von mir willst?« erkundigte sie sich eisig.

Alles! Herz, Seele, ewige Liebe.

»Ich möchte, daß du etwas ißt«, sagte er nur.

Sie preßte entschlossen die Lippen zusammen. Wenn er glaubte, den Gefallen würde sie ihm tun, so irrte er sich.

»Ich bin eine Gefangene. Es ist meine Pflicht zu versuchen, dir zu entkommen«, schwor sie, und ihre Augen blitzten. »Was für eine jämmerliche Kreatur wäre ich, wenn ich feige klein beigäbe.«

Er wollte sie genauso haben, wie sie war, stolz und hochmütig, wie eine Königin.

Auch wenn Brianna nur wenig Hunger hatte, so war sie doch äußerst durstig. Wenn er ihr etwas zu trinken anböte, so wäre sie jedoch gezwungen, es abzulehnen, dachte sie – doch wenn sie es von ihm forderte, so mußte er ihr den Wunsch erfüllen. »Ich will, daß du mir aus dem Fluß dort Wasser zum Trinken holst. Und du mußt es so tun, daß ich dich dabei sehen kann, damit du mir nicht irgend so eine schlimme Mixtur hineinschütten kannst.«

Hawksblood konnte nicht anders, er grinste bei ihren Worten. »Ist das die Mixtur, die dich zwingt, dich in mich zu verlieben, oder die, nach der du sündigen Taten frönst?«

»Hör auf, über mich zu lachen, Araber. Es ist mein Leben, das du ruinierst!«

Er preßte die Lippen fest zusammen. Weiter durfte er es nicht treiben mit der Herausforderung. Es war grausam. Unten am Fluß bückte er sich und füllte den Becher, dann brachte er ihn ihr.

Während sie danach Meile um Meile nordwärts ritten, fragte er sich, ob sie ihm wohl je vergeben würde, was er heute getan hatte. Bei allem Optimismus würde es trotzdem eine lange, lange Zeit dauern, bis Gras darüber gewachsen wäre.

Als sich die Dunkelheit herniedersenkte, ließ Briannas Anspannung ein wenig nach, und sie schlummerte ein. Er überlegte, wie erschöpft sie sein mußte, um entgegen aller Vorsicht einzuschlafen. Sein Gesicht wurde in der Dunkelheit ganz sanft. Sie war so kostbar für ihn.

Ungefähr eine Stunde vor Bedford begann es zu regnen. Die ersten großen Tropfen auf ihrem Gesicht weckten Brianna auf, und dann rauschte der Regen in Sturzbächen herab. Es war ein sehr kalter Schauer, deshalb schlang Christian seinen Umhang um sie, doch innerhalb kürzester Zeit waren beide naß bis auf die Haut.

Als sie schließlich am Schloß anlangten, hob Hawksblood sie aus dem Sattel und trug sie hinein. Dem erstaunten Mr. Burke erklärte er: »Sie ist völlig erschöpft, ich werde sie auf ihr Zimmer bringen.«

Ihr bittender Blick und ihre Stimme sagten dem Verwalter, daß etwas nicht stimmte. »Kommt mit mir, Mr. Burke.«

Er folgte den beiden die Treppe hinauf und achtete nicht auf die Pfützen, die sie auf jeder Stufe hinterließen. Im Zimmer ihrer Mutter, das jetzt Brianna gehörte, setzte Hawksblood sie in einen Sessel und bückte sich, um das Holz im Kamin anzuzünden.

»Mr. Burke, dieser Mann hat mich entführt. Ich konnte nichts mitbringen. Nicht ein einziges Kleid habe ich bei mir. Niemand weiß, wo ich bin, nicht einmal Adele!«

Über seine Schulter hinweg erklärte Hawksblood Mr. Burke: »Adele ist auf dem Weg hierher, mit all ihren Truhen und Koffern. Der Hof begibt sich soeben nach Frankreich. Ich habe Lady Bedford nach Hause gebracht, wo sie in Sicherheit sein wird.«

Die Erklärung genügte Mr. Burke.

Brianna wurde wütend. »Er ist ein gefährlicher Mensch!«

Hawksblood richtete sich auf und sah in Mr. Burkes graue Augen. »Ihre nasse Kleidung ist eine größere Gefahr für sie, als ich es je sein werde.«

Burke nickte, und die beiden ließen sie allein, damit Brianna die nassen Sachen loswerden konnte. Sie lief durch das Zimmer und schob dann den Riegel vor. Zusätzlich dazu zog sie noch eine schwere Truhe vor die Tür. Sie mußte sich hinsetzen, um zu verschnaufen. Dann zog sie Hawksbloods und ihren eigenen Umhang aus. Ihre Schuhe waren ruiniert, sie würde sie nie wieder tragen können. Die Samttunika sah genauso schlimm aus, der dichte Flor war zusammengedrückt und völlig durchweicht. Ihr Unterkleid und ihre Strümpfe klebten ihr am Körper. Sie warf alles zusammen auf den Teppich, dann holte sie ein Handtuch, um ihre eiskalte Haut und ihr nasses Haar zu trocknen.

Alsbald saß Brianna nackt vor dem Feuer und hielt das Handtuch vor ihre Brust. Körperlich war sie genauso am Ende wie ihre Gefühle, und die Wärme des Feuers tat ein übriges. Ihr Problem war so groß, daß sie es im Augenblick nicht lösen konnte, deshalb schob sie es erst einmal beiseite, bis sie ihm gewachsen sein würde. Ihre Augenlider schlossen sich, ihre Schultern sanken nach unten, und sie verlor sich in einem fernen Land.

Sie schlief so lange, bis das Feuer heruntergebrannt war. Als sie erwachte und sah, daß sie nackt war, öffnete sie den Schrank und nahm ein rotes Nachtgewand heraus. Die Ärmel und der Saum waren mit goldenen Fäden in einem griechischen Muster bestickt. Rhianna hatte lebhafte Farben bevorzugt. Brianna schob die Arme hinein und schloß dann die goldenen Bändern. Sie nahm eine Bürste ihrer Mutter. Ihr Haar war getrocknet und lockte sich jetzt in Hunderten von kleinen Kringeln. Als sie einen Blick in den polierten silbernen Spiegel warf, sah sie, was für ein verlockendes Bild sie abgab: wie eine goldene Hexe!

Ihre Mundwinkel zogen sich zu einem geheimnisvollen Lächeln hoch, als sie an Christian Hawksblood dachte... Prinz Drakkar. *Er ist ein mächtiger Angreifer!* Doch der Gedanke störte sie gar nicht. Langsam ging sie zu dem Bett mit den dichten Vorhängen. Was für herrliche Dinge hatte er auf diesem Lager mit ihr angestellt! Sie strich über die Decken... erinnerte sich, erinnerte sich.

Warum war er nicht in diesem Augenblick vor ihrer Tür und versuchte, sie aufzubrechen? Sie wußte, es gab zwischen ihnen die Macht der Gedanken, und diese wollte sie nutzen! Anfangs stellte sie sich sein Bild vor. Sie richtete all ihre Gedanken auf jede Einzelheit seiner herrlichen Schönheit. Und dann rief sie ihn, flüsterte seinen Namen.

Verlangen und Sehnsucht erwachten in ihr, überströmten ihr Herz und flossen durch ihre Adern wie goldene Ströme. Ihr Herz schlug schneller, ihre Brüste schmerzten und der Quell ihrer

Weiblichkeit wurde feucht. Hawksblood war ein Gefährte wie kein anderer. Er war ein einzigartiger Mann und gehörte ihr, sie brauchte nur die Hand nach ihm auszustrecken. Was wäre es doch für eine Verschwendung, es nicht zu tun!

Sie zog die schwere Truhe beiseite und entriegelte die Tür des Zimmers. Kein Schloß sollte ihn fernhalten weder vor ihrer Tür noch vor ihrem Herzen. Als sie sich auf das Bett setzte, um zu warten, wurde ihre Sehnsucht immer größer. Sie wollte, daß er sie liebte, wollte, daß er sie heiratete und sie mit einem Kind erfüllte. Zusammen würden sie Bedford zu ihrer Zufluchtsstätte machen und es zum Blühen bringen.

Allmählich konnte sie nicht mehr stillsitzen. Sie stand auf und begann, unruhig auf und ab zu laufen, sie verfluchte ihn für diese elende Warterei. Schließlich entschied sie sich zu dem ersten Schritt. Sie öffnete die Tür in der Überzeugung, wo eine solche Leidenschaft war, gab es keinen Stolz.

Das Zimmer, in dem er bei seinem letzten Besuch gewohnt hatte, stand leer. Im Flur begegnete sie Mr. Burke. »Wo ist Sir Hawksblood?« fragte sie ihn.

»Ihr sagtet, er hätte Euch entführt, meine Lady«, begann Mr. Burke vorsichtig.

Sie lachte unbekümmert. »Er hat so sehr nach mir verlangt, daß er mich einfach mitnahm. War das nicht kühn und sehr romantisch? Ah, James, ich glaube, ich habe meinen Mann gefunden.«

Mr. Burke starrte sie an. Rhianna hatte ihn immer wieder James genannte, und das rote Nachtgewand an ihrer Tochter sah aus wie eine Beschwörung der Vergangenheit. »Er ist weg, meine Lady«, erklärte ihr Mr. Burke.

»Weg? Aber wohin?« wollte sie wissen.

»Zur Belagerung von Calais, glaube ich.«

Alles Blut wich aus Briannas Gesicht. Sie lief zurück zu ihrem Zimmer und schlug die schwere Tür hinter sich zu. Dann, in einem Anfall von blinder Wut, zerriß sie das Nachthemd in Fetzen und fiel schluchzend auf das Bett... verzweifelt!

Am Morgen, als Brianna aufwachte, fiel ihr erster Blick auf die Fetzen des Gewands. Alles stürmte wieder auf sie ein. Sie war so wütend auf Christian Hawksblood gewesen, daß sie die Tür vor ihm verbarrikadiert hatte. Und dann, von dem Kleidungsstück ihrer Mutter eingehüllt, waren wieder einmal, wie schon zuvor, ihre Gefühle und ihr Benehmen einer drastischen Wandlung anheimgefallen. Sie analysierte, was geschehen war. Natürlich wurde sie nicht zu Rhianna, doch wenn sie Dinge ihrer Mutter trug, teilte sich ihr auch etwas von deren geheimnisvollen Kräften und ihrem Wissen mit. Dieses Wissen erlaubte ihr, die Wahrheit zu sehen. Sie gestand sich ihre Gefühle für Christian ein und argwöhnte, daß diese sie nie wieder verließen; doch war sie seinem Bruder Robert versprochen, und sie wollte ihre Pflicht erfüllen und ihm eine treue Gemahlin sein. Beim Donner des Himmels, es war gut, daß sich Hawksblood noch gestern abend davongemacht hatte, denn vor einigen Stunden wäre sie in der Tat zu ihm ins Bett gekrochen!

Ebenfalls untersuchte sie ihre Gefühle hinsichtlich des Wohnungswechsels nach Frankreich. Sie wollte in dieses Land reisen, doch gleichzeitig wäre ihr eine Schonfrist recht gewesen, ehe sie Robert heiratete. Sie seufzte. Jetzt war ihr diese Zeit beschert worden. In ihr Laken gewickelt, läutete sie nach einer Dienerin. »Ich fürchte, ich brauche etwas anzuziehen. Eine einfache Tunika wird genügen. Vielleicht könnte eine der Jungfern so großzügig sein, mir etwas zu leihen.«

Später am Tag, als Adele mit dem Gepäck eintraf, war das Problem ihrer Kleidung gelöst. Einen Augenblick lang dachte sie daran, Paddy zu befehlen, sie umgehend zurück nach Windsor zu bringen, doch dann ergab sie sich in ihr Schicksal. Vielleicht sollte dieser Aufenthalt in Bedford ja sein!

Paddy fuhr gleich wieder ab, und Brianna nahm Adele dankbar in den Arm. »Ich bin so froh, dich zu sehen. Dieser Teufel von Hawksblood hat mich hierhergebracht, damit ich nicht mit dem Hof nach Frankreich reisen konnte. Was hat denn die Königin gesagt, als sie von meinem Verschwinden hörte?«

»Ich bin zu ihr gegangen mit allen möglichen Entschuldigungen, die ich mir ausgedacht hatte. Philippa ist eine weise Frau. Sie meinte, du brauchtest vielleicht ein wenig mehr Zeit, um dich an den Gedanken einer Ehe zu gewöhnen. Und dann gab es für sie anderweitig alle Hände voll zu tun. Sie war gründlich beschäftigt mit Isabel und der ganzen königlichen Sippe sowie ihrem Gepäck.«

Brianna öffnete eine der Truhen und wählte ein Reitkleid. »Vielleicht können wir uns glücklich schätzen, daß wir all dem entkommen sind. Ich werde es genießen, eine Zeitlang uneingeschränkte Herrin zu sein.«

Joan war außer sich, als sie vernahm, daß Brianna nicht mitkommen würde nach Frankreich. Brianna war mehr als nur eine Freundin, sie war ihre Vertraute, ihre Schwester und Mutter in einer Person. Joan überlegte, ob auch sie in England bleiben konnte, doch unter den gegebenen Umständen war das unmöglich. Als Lady Holland gehörte sie an die Seite ihres Mannes, und außerdem hieß schließlich ihr Hauptgrund, warum sie überhaupt Lady Holland geworden war, Prinz Edward!

Die Reise verging recht angenehm. Der Schwarze Prinz segelte auf einem anderen Schiff als der König und die Königin, und da John Holland in seinen Diensten stand, waren dieser und seine junge Frau natürlich auf dem gleichen Schiff. Joan sah wenig von Holland, doch sehr viel von ihrem Geliebten, was ihr außerordentlich gefiel und sie mit einem heißen Glücksgefühl erfüllte.

Als sie in Calais ankam, nahm sich Prinz Edward ein großes Haus außerhalb der Stadt, mit einem separaten Flügel für Lord und Lady Holland. Doch eigentlich bewohnte der Haushofmeister diesen Flügel ganz allein, während Joan und Edward den Rest des geräumigen Hauses für sich hatten.

Bei seiner Rückkehr nach Calais tobte der König, als er erfuhr, daß die Stadt sich der Belagerung noch immer widersetzte. Er berief sofort eine Versammlung ein. Warrick hatte etwas zu sagen. »Ich habe achtzig Schiffe, die den Hafen blockieren. In der letzten Woche hat Philipp vierundzwanzig Schiffe geschickt, die die Stadt mit Lebensmitteln versorgen sollten. Wir haben sie entweder gekapert oder versenkt. Eines ist sicher: In Calais gibt es weder Wein noch Fleisch, noch Korn, und ich glaube, sie haben auch keine Katzen, Hunde oder Pferde mehr. In mindestens drei Tagen wird unsere Geduld belohnt werden.«

»Ich könnte einige meiner vertrauenswürdigen Cornwall-Leute mitnehmen und in die Städte der Umgebung schlüpfen, um zu sehen, welche Stimmung herrscht«, schlug Hawksblood vor.

»Ich werde mitkommen«, bot sich Prinz Edward an.

Hawksblood war der Meinung, daß Joan und Edward ihre Flitterwochen haben sollten. »Man könnte Euch erkennen, Sire. Es ist besser, wenn Ihr Euch um die Belagerung der Stadt kümmert. Sie kann nicht mehr lange widerstehen.«

Robert de Beauchamp knirschte vor Wut mit den Zähnen, als er erfuhr, daß Brianna unter den Hofdamen der Königin fehlte. Doch weder von seinem Bruder noch von Prinz Edward versuchte er, eine Erklärung zu bekommen. Die beiden hatten sich unmißverständlich gegen ihn verbündet. Statt dessen wandte er sich an Joan von Kent und befragte sie mit beißender Stimme.

Joan wand sich heraus. »Ich war genauso überrascht wie Ihr, Robert. Meiner Ansicht nach befand sie sich auf einem der anderen Schiffe. Ich... ich bin frisch verheiratet, und an dem Tag, als wir abreisten, hatte ich sehr viel zu tun.«

Robert verfluchte innerlich die kleine Schlampe. Er hätte wissen sollen, daß er von ihr keine vernünftige Antwort bekäme. Schließlich ging er zur Königin, doch Philippa war mit den Jahren diplomatisch geworden. »Es tut mir so leid, Sir Robert, wir hatten einfach keinen Platz, um alle Damen mitzubringen; also habe ich zunächst einmal die ausgewählt, die Erfahrung in der Kindererziehung haben. Ich kann verstehen, wie ungeduldig Ihr seid, endlich heiraten zu können, aber wenn erst Calais einmal gefallen und Prinzessin Isabel mit Graf Louis von Flandern verheiratet ist, werden wir sehr bald nach Windsor zurückkehren.«

Damit mußte sich Robert zufriedengeben, also wandte er all seine Energie dafür auf, die Stellung von Prinz Lionel zu festigen und damit gleichzeitig seine eigene.

Die Engländer wußten, daß es den Bürgern von Calais unmöglich war, entscheidend durchzuhalten. Und doch taten sie das, bis lange in den Winter hinein. Die Laune des Königs wurde immer schlechter, schließlich grollte er diesen störrischen französischen Hunden zutiefst, die ihm Woche um Woche widerstanden und das »gottverdammte Calais«, wie er es nannte, verteidigten.

Inzwischen war Graf Louis von Flandern immer weniger begeistert von dem Abkommen, Prinzessin Isabel zu heiraten. Und obwohl ihre Mutter und ihr Vater mit allem diplomatischen Geschick versuchten, die Wahrheit vor ihr zu verheimlichen, indem sie ihr erklärten, daß so etwas stets seine Zeit brauche, wurde die

Prinzessin gereizt und machte ihren Damen das Leben zur Hölle. Glücklicherweise hatten die Ritter des Königs und auch die Hauptleute nur wenig zu tun während der Warterei auf den Fall der Stadt; deshalb vertrieb sich der gesamte Hof die Zeit mit Tanzen und Unterhaltungen in heiterer Ausgelassenheit, um die Langeweile zu vertreiben.

Als Hawksblood von seiner Mission, die umliegenden Städte auszuforschen, zurückkam, beriet er sich mit dem König. »Philipp hat verzweifelt versucht, Adlige und Truppen zusammenzuziehen, doch er ist nicht sehr beliebt wegen seiner unglaublich hohen Steuerforderungen. Augenblicklich versteckt er sich in Paris, das scheint die einzige Stadt zu sein, die ihn noch unterstützt.«

An einem kalten Morgen, wenige Tage später, schickte der Gouverneur von Calais eine Botschaft, daß er bereit war zu Verhandlungen.

29

Das Pergament von Sir John de Vienne empörte König Edward. »Calais gehört mir! Wie kann er es da wagen, Bedingungen zu stellen! Diese Hafenstadt ist seit Jahren Zufluchtsstätte für Piraten gewesen. Es hat mich Waffen, Geld, Männer und Zeit gekostet, Calais in die Knie zu zwingen. Ich werde alle Einwohner darin umbringen lassen wegen dieser gottverdammten Unverschämtheit!«

Warrick wußte, daß es der strategisch am günstigsten gelegene französische Ort war, um den es hier ging. Er versuchte, den König davon abzubringen, die Stadt zu schleifen. »Eine weniger mutige Festung hätte längst aufgegeben und sich damit Eure Verachtung erworben, Sire. Unterdrückt Euren Zorn so lange, bis wir überlegt haben, was uns am dienlichsten wäre.« Warrick blickte Hawksblood an, der sofort seine Gedanken erraten hatte.

Christian wandte sich an seinen Freund, Prinz Edward. »Ein wenig Gnade kann den König in dieser Stadt beliebt machen.«

Edward sprach zum König. »Laß die Anführer zahlen und verschone die Menschen. Sechs führende Bürger sollen barfuß und barhäuptig vor dir erscheinen, mit Stricken um den Hals, um dir die Schlüssel der Stadt auszuhändigen. Dann wirst du diese Männer vor den Mauern der Stadt aufhängen lassen, damit alle es sehen können.«

Warrick und Hawksblood sahen einander alarmiert an, doch im Augenblick hielten sie sich zurück.

Später luden Edward und Joan Christian ein, mit ihnen zusammen zu essen. Hawksblood zögerte nicht, das Thema der Begnadigung der Stadt vor Joan zu diskutieren, weil er wußte, daß sie seine Verbündete sein würde. »Sie werden die am meisten respektierten Bürger schicken. Es werden keine jungen Männer sein, und sie werden geschwächt sein von dem ihnen auferlegten Hungern. Wenn der König sie umbringen läßt, werden sie zu Märtyrern!«

Er kann jetzt keinen Rückzieher mehr machen. Wie sollte er sonst sein Gesicht wahren?« meinte Edward.

»Oh, bitte, Edward! Wenn Königin Philippa ihn darum anflehte, diese Männer zu verschonen, wie könnte er ihr einen solchen Wunsch abschlagen? Sie ist hochschwanger, und er verhält sich immer äußerst ritterlich ihr gegenüber.«

»Du kennst meinen Vater und sein aufbrausendes Temperament nicht, mein Johannisapfel. Aber weil ich dir nichts abschlagen kann, werde ich mit meiner Mutter darüber sprechen.«

»Gut!« meinte Christian. »Ich weiß, daß ihm ein Akt der Gnade mehr nutzen würde als Rache. Niemand kann besser durch Auftreten und Gepränge beeindrucken als er. Ich finde, Ihr und Euer Vater solltet mit Fanfaren in die Stadt reiten und Nahrungsmittel verteilen.«

Am nächsten Morgen hatte Prinz Edward eine private Besprechung mit seiner Mutter und seinem Vater. Eine Menge Mut war nötig, um dieser aufbrausenden Herrschernatur gegenüberzutreten; doch als er erst einmal seinen Vater davon überzeugt hatte, Milde walten zu lassen, gewann die überschwengliche Art des Königs die Oberhand, und er dachte sich ein Schauspiel aus, an das man sich noch nach Hunderten von Jahren erinnern sollte.

Der König, umgeben von seinen Hauptleuten und seinen hochrangigsten Räten, und die Königin mit all ihren Hofdamen ließen die sechs Anführer der Stadt zu sich rufen. Auf der Stadtmauer stand der Henker des Königs mit seiner großen Axt. Die sechs Bürger waren dünn und gebeugt, und das Gehen fiel ihnen schwer. Der reichste Mann der Stadt, Johann Daire, fiel vor dem König auf die Knie, und die anderen folgten seinem Beispiel. »Wir überbringen Euch die Schlüssel und geben uns in Eure Hände, um den Rest der Bewohner zu retten, die so hart gelitten haben.«

Das markante Gesicht des Königs war ärgerlich verzogen. Er hob die Hand, um seinen Henker auf den Plan zu rufen. »An euch werde ich mein Urteil vollstrecken lassen. Der Rest wird meine Gnade erfahren.«

An diesem Punkt des Dramas sank Königin Philippa vor König Edward auf die Knie und bat ihn, in allem Gnade walten zu lassen. Die Bürger von Calais keuchten ungläubig auf und hielten den Atem an, um zu sehen, ob der König sich umstimmen ließe. Er brauchte lange für die Entscheidung, hielt immer noch die Hand hoch für den Henker und sein blutiges Geschäft, änderte aber zu guter Letzt seinen Entschluß und legte das Leben der Bürger in die Hände der Königin.

Lauter Jubel erhob sich aus der Menge für die tapfere Königin und den barmherzigen König. Obwohl alle wußten, daß Edward die Stadt besetzen würde, fanden die Menschen von Calais ihn vertrauenswürdiger als den französischen Herrscher.

Johann Daire, der das größte Haus in der Stadt besaß, bot der Königin an, darin zu wohnen, solange sie in Calais weilte. Philippa nahm sein Angebot sofort an.

Jetzt, nachdem Calais sich ergeben hatte, erwartete man von Louis von Flandern, das gleiche zu tun, obwohl er zögerte. Sein Rat und die Vertreter der größten Städte erklärten ihm offen, daß ihre Wirtschaft von einer Allianz mit England abhänge. Sie brauchten Wolle aus England, damit ihre Weber arbeiten konnten.

»Wo ist dieses Brügge überhaupt?« wollte Prinzessin Isabel von ihrer Mutter wissen.

»Es liegt ungefähr fünfzig oder sechzig Meilen von hier entfernt, ganz in der Nähe meines geliebten Gent, wo dein Bruder John geboren wurde.«

»Aber warum kann Louis nicht hierher nach Calais kommen?« fragte Isabel.

Philippa erklärte es ihr mit der Geduld einer ergebenen Mutter. »Die Verlobung muß in Flandern stattfinden, weil er dieses Land regiert. Außerdem ist das Kloster in Brügge sehr alt und liegt auf geheiligtem Grund. Eine Verlobung besteht sowohl aus einer religiösen Zeremonie als auch aus den Unterschriften unter einen bürgerlichen Vertrag.«

Jetzt sprach der König ein Machtwort. »Ich habe beschlossen, die Küste entlang zu segeln. Deine Mutter kann in ihrem Zustand keine sechzig Meilen reiten, mitten im Winter. Ich denke, du und deine Hofdamen, ihr werdet euch an Bord der Kogge *Thomas* auch wesentlich wohler fühlen. Außerdem glaube ich, dies hier tröstet dich ein wenig.« Der König winkte einem seiner Diener, der etliche große Kisten herbeitrug.

Isabel riß den Deckel der ersten Kiste auf, die ihren Namen trug, und zog daraus einen kostbaren Zobelmantel mit einer warmen Kapuze hervor. Königin Philippa erhielt das gleiche Geschenk, in einem etwas helleren Ton. »O mein König, du sollst nicht soviel Geld ausgeben für mich. Es wird doch gebraucht, für den weiteren Feldzug nach Frankreich.«

»Psst, Philippa. Ein König muß in der Lage sein, seiner Königin Pelze zu schenken, um sie warm zu halten. Isabel hat keine so sparsamen Einwände.«

»Nein, wirklich nicht, Vater«, antwortete Isabel, die ihren Mantel schon überzogen hatte. »Aber findest du nicht, ein Besatz mit Blaufuchs um mein Gesicht wäre noch schmeichelhafter?«

»Deine Schönheit braucht eine solche Hervorhebung gar nicht, Kind«, meinte er, galant wie immer.

An Bord des Schiffes jedoch, auf ihrem Weg nach Brügge, als Isabel Lady Holland entdeckte, die in einen Mantel aus Blaufuchs gehüllt war, besetzt mit Hermelinschwänzen, hätte sie Joan am liebsten die Augen ausgekratzt.

Prinz Edward konnte sich auf der Reise nicht um seine Geliebte kümmern, doch ihre Bequemlichkeit, Sicherheit und ihr Wohlergehen waren für ihn von äußerster Wichtigkeit. Weil Holland in der Garnison in Calais zurückbleiben mußte, hatte Prinz Edward ihn aufgefordert, Joan mit vertrauenswürdigen Dienern zu umgeben, die als persönliche Leibwächter die zarte junge Frau beschützten. Sie war für Edward ein Juwel, weckte seine ritterlichsten Instinkte, und er behandelte sie immer mit zärtlicher Aufmerksamkeit.

Robert de Beauchamp, der in Calais Wache halten mußte, richtete es so ein, daß er seine Patrouillengänge zusammen mit John Holland machte. Auch wenn de Beauchamps freundliches, immer lachendes Äußere es nicht zeigte, so wußte Holland doch, daß dieser junge blonde Riese voller Ehrgeiz steckte. Immerhin ging es ihm ähnlich.

»Wie ich sehe, habt ihr Lady Holland nicht nach Brügge begleitet, aber ich bin sicher, der Schwarze Prinz wird sehr gut für sie sorgen.«

Holland fuhr auf. Tief in seinem Inneren begehrte er Joan ebenso, wie er nach Reichtum und Macht strebte, doch das war seine ureigenste Angelegenheit, und so sollte es auch bleiben. »Die beiden sind immerhin Cousin und Cousine und schon seit ihrer Kindheit befreundet«, antwortete Holland beflissen.

»Es ist nicht nötig, mir etwas vorzumachen, mein Freund. Auch wenn es ein streng gehütetes Geheimnis ist, so weiß ich doch, daß Eure Ehe nur auf dem Papier besteht. Das würde sich natürlich dramatisch ändern, sollte dem Thronerben etwas zustoßen.«

Hollands dicker Nacken lief rot an. Er überlegte, daß Warricks Sohn eine solche Unterstellung nicht wagen würde, wenn er keine Beweise hätte.

De Beauchamp fuhr fort, die Saat der Zwietracht zu säen.

»Immerhin, das Unglück des einen ist das Glück des anderen. Wenn Edward ein Mißgeschick erleidet, so würdet Ihr und auch ich nicht darunter leiden. Prinz Lionel würde Thronerbe werden, und schließlich auch König – dann könnten unsere Sterne aufgehen. Macht und auch Titel winken uns in diesem Falle.«

Holland begriff langsam, wie gefährlich dieser freundlich aussehende junge Mann im Grunde war. »Es zahlt sich aus, Augen und Ohren offenzuhalten für die guten Gelegenheiten, die das Leben bietet. Ich denke, wir beide verstehen einander. Unsere Freundschaft wird sich irgendwann einmal auszahlen.«

Die Plantagenets erreichten das einfache Kloster eines trüben Tages am Ende des Winters. Sie wurden sehr förmlich empfangen vom Rat des Grafen Louis und den führenden Bürgern von Flandern. Der königlichen Familie und ihrer Begleitung standen Räume im Kloster zur Verfügung, doch die Möblierung war alles andere als luxuriös. Sie wurden mit einem Bankett geehrt, aber es gab keine sehr ausgelassene Unterhaltung in der geheiligten Atmosphäre des alten Klosters.

Prinzessin Isabel, die wegen des Standes ihres zukünftigen Ehemanns bitter enttäuscht war, vergaß all ihre Vorbehalte, als sie Louis begegnete. Er sah außergewöhnlich gut aus, war jung und besaß das gleiche goldene Haar wie ihr göttlicher Bruder Edward; als sie dann noch hörte, wie die Damen ihrer Begleitung leise seufzten bei seinem Anblick, war Isabel zufrieden. Louis behandelte die Prinzessin sehr förmlich, und in ihrer Eitelkeit glaubte sie, daß seine Bewunderung der Grund dafür war.

Doch in Wirklichkeit hatte er keineswegs die Todesumstände seines Vaters vergessen, und Louis' Haß auf diese Anglo-Normannen kannte keine Grenzen. Er war am französischen Hof groß geworden und in seinem Herzen Franzose. König Philipp von Frankreich hatte beabsichtigt, ihn mit Margaret von Brabant zu verheiraten: Diese Dame stand Louis' Herzen näher, weil sie Nachbarn waren und die gleiche Sprache sprachen.

Der Tag der Verlobungszeremonie brach grau und kalt an, doch die Damen um Prinzessin Isabel waren viel zu beschäftigt, um auf das Wetter zu achten. Ihr Verlobungskleid war beinahe so kostbar wie die Hochzeitsrobe. Das Unterkleid bestand aus goldenem Stoff, darüber trug sie einen azurblauen Wappenrock, bestickt mit den Leoparden Englands und den Lilien Frankreichs. Auf ihrem Kopf trug sie ein goldenes Krönchen mit dunkelblauen Saphiren.

Beim Ankleiden beklagte sich Isabel, daß ihr Kleid nicht richtig saß. Ihre Damen steckten und nähten, bis sie ein wenig zufriedener war; doch dann erklärte sie, es sehe immer noch nicht gut aus, und alle Nähte mußten wieder geöffnet werden. Ihr Haar herzurichten, dauerte sogar noch länger als das Ankleiden, und als dann auch die letzte der Damen die Geduld mit ihr verlor, erklärte Isabel, sie sei fertig und bereit, und alle sollten sich beeilen.

Die Verlobung ging mit großem Pomp und Gepränge vor sich. Während der Zeremonie trafen sich Joans Blicke mit denen von Edward und hielten einander gefangen. Sie wünschten sich beide von ganzem Herzen, daß auch sie offiziell miteinander verlobt werden könnten, vor der ganzen Welt. Joan seufzte tief auf, als die Brautleute ihre Schwüre austauschten, dann bedachte sie Edward mit ihrem süßesten Lächeln. Um nichts auf der Welt sollte er glauben, daß sie traurig war.

Prinz Edward ballte hilflos die Hände zu Fäusten, als er den bedauernden Blick auf dem Gesicht seiner Geliebten sah. Er nahm sich vor, sie heute nacht aufzusuchen, trotz der strengen Regeln des Klosters, die die Geschlechter teilten – selbst diejenigen, die miteinander verheiratet waren.

Ungeachtet der etwas kärglichen Unterbringung wünschte Isabel, die ganze Woche zu bleiben, damit sie und Louis einander besser kennenlernen konnten. Der König und die Königin waren nur zu gern bereit, ihr diesen Wunsch zu erfüllen, denn die Verbindung würde dem Handel Englands dienen und Flandern zu einem festen Verbündeten im Krieg gegen Frankreich machen.

Als der Festtag sich dem Ende zuneigte, konnte Louis es kaum erwarten, seine eigenen Gemächer aufzusuchen. An Isabels Gesicht und ihrer Gestalt hatte er nichts auszusetzen. Sie war wirklich sehr attraktiv; doch ihre Kleidung und ihre Juwelen offenbarten ihre Ansprüche, er fürchtete sein Leben lang in Schulden leben zu müssen, ihres extravaganten Stils wegen. Sie hatte ununterbrochen geredet, ihm ein ganzes Leben voller Nichtigkeiten erzählt, das ihm deutlich zeigte, wie eitel, oberflächlich und verzogen sie war.

In ihren eigenen Gemächern äußerte Isabel sich begeistert über den bildschönen Louis, der offensichtlich eher ein starker und ruhiger Mensch war. Sie glaubte fest daran, bereits in ihn verliebt zu sein, und plapperte endlos auf ihre gequälten Hofdamen ein; irgendwann begriffen alle, daß sei verliebt war in die Liebe und in all die romantischen Einzelheiten, die dieses Gefühl mit sich brachte. Sie unterdrückten ihr Gähnen, und als sie sie dann schließlich entließ, fielen sie erschöpft in ihre Betten.

Mitternacht war längst vorüber, als die schattenhafte Gestalt eines Mönches durch das Labyrinth der Korridore huschte und dann in einer Zellentür des Klosters verschwand.

Joan keuchte erschrocken auf, als eine Mönchskutte ihr Schlafzimmer betrat; doch dann wurde ihr Keuchen sehr schnell zu einem Seufzer angesichts des Prinzen, der die Kapuze des Gewands vom Kopf schob und warnend einen Finger auf die Lippen legte. Sie nickte und kletterte aus dem Bett, um sich in Edwards Arme zu schmiegen. Er drückte den Mund an ihr Ohr und flüsterte: »Niemand darf uns hören, nicht einmal die Diener.« Er wußte, wenn es auch nur den leisesten Verdacht einer Beziehung zwischen ihnen gäbe, würde sie als Dirne und Hure beschimpft – ihm würde hingegen von niemandem ein Vorwurf gemacht werden.

Ehe die Woche noch vorüber war, floh Louis aus Flandern in die Provinz von Artois und von dort nach Paris, wo ihn König Philipp mit offenen Armen willkommen hieß. Das Unglaubliche war geschehen: Prinzessin Isabel Plantagenet war sitzengelassen worden.

Die königliche Familie segelte sofort zurück nach Calais, doch eine erniedrigte Isabel schrie und tobte, daß sie Flandern hasse und nach Hause wolle. Windsor war zivilisiert, Windsor war sicher, und schon sehr bald würde der Frühling anbrechen.

Der König setzte einen Waffenstillstand von neun Monaten mit Calais auf. Dies würde ihm genügend Zeit geben, nach England zurückzukehren, um seiner Armee eine wohlverdiente Ruhe zu gönnen. Wenn er bereit war, die Eroberung Frankreichs fortzusetzen, würde seine Flotte ungestraft in Calais landen können. Nach ihren Siegen in Crécy und Calais würde sein Volk ihn und seinen Sohn als siegreiche Helden willkommen heißen. Er war voller Eifer, seinen neuen Orden zu gründen, und dann wollte er sich daranmachen, die größte Armee zu rekrutieren, die England je gesehen hatte. Alle Männer würden herbeiströmen, um einer Streitmacht beizutreten, die siegreich gewesen und so kostbare Beute gemacht hatte.

Calais mußte natürlich streng bewacht werden, und der König überließ es Warrick, die besten Männer dafür auszusuchen. Warrick wählte Sir John Holland, weil dieser eine wichtige Position bekleidete und bis jetzt ausgezeichnete Arbeit geleistet hatte. Als Warrick den Sohn des Königs nicht auswählte für die Arbeit in der Garnison, ging Prinz Edward zu ihm und bot freiwillig seinen Verbleib in Frankreich an.

»Das ist doch sicher nicht Euer Ernst, Euer Hoheit, der König möchte Euch an seiner Seite haben, wenn er nach England zurückkehrt. Ihr seid der Held von Crécy. Ihr werdet einen Platz in der Geschichte einnehmen als der tapfere Schwarze Prinz.«

Die Aussicht, seine kleine Jeanette zurücklassen zu müssen, erfüllte Edward mit Verzweiflung. »Um Himmels willen, Warrick, er hat einen Waffenstillstand von neun Monaten unterschrieben! Ich kann doch nicht neun Monate lang wegbleiben.«

»So lange wird Euer Vater nicht in England herumsitzen, Euer Hoheit. Es hat ihn noch nie gestört, ein Waffenstillstandsabkommen zu brechen. Die Krone von Frankreich ist für ihn zu einer Besessenheit geworden. Ich bin bereit zu wetten, daß er bereits im Sommer erneute Kampfhandlungen aufnimmt. Es ist einfach eine gerissene Politik, jetzt nach Windsor zurückzukehren, um den französischen Sieg zu feiern. Er wird ein großes Turnier veranstalten, seine besten Ritter in den neuen Schwertorden aufnehmen und dann ungeduldig mit den Füßen scharren, weil er zurückkommen will, um seine Arbeit zu beenden.«

»Natürlich habt Ihr recht, Warrick«, gab Edward nach. »Aber ich kann mir nicht helfen, ich finde, ein Mitglied des Königshofes sollte hierbleiben.«

»Da stimme ich Euch zu, Euer Hoheit. Ich habe dafür Edmund, den Grafen von Kent, ausgewählt. Sir John Holland wird ihm direkt unterstehen. Und sollte es ernsthafte Schwierigkeiten geben, sind wir doch nur zwanzig Meilen weit entfernt, auf der anderen Seite des Kanals!«

Prinz Edward wußte, wann er geschlagen war. Er würde Joan in der Obhut ihres Bruders zurücklassen müssen, aber wie in Gottes Namen sollte er ihr eine erneute Trennung beibringen?

Er schob es vor sich her, so lange es möglich war, und als sie dann zu Bett gehen wollten, faßte er all seinen Mut zusammen. Als Joan sich auszog, stellte Edward erstaunt fest, daß ihre Schwangerschaft in den drei Wochen ihres Zusammenseins fortgeschritten war. Mit einem besorgten Blick ging er auf sie zu. »Mein Liebling, bist du wohlauf?«

Sie blickte auf ihren gewölbten Leib, ihre schlanken Hände strichen darüber. »Ich bin so dick wie ein Schwein voller Feigen. Sieh mich nicht an.«

Er hielt ihre Hände fest und zog sie dann von ihrem Körper, damit sie sich nicht mehr damit bedecken konnte. »Mein Johannisapfel, du bist das hübscheste kleine Bündel, das ich je gesehen habe.« Das Herz schwoll ihm in der Brust. Wie konnte er sie verlassen? Zärtlich nahm er sie in seine Arme und strich ihr über das Haar. Dann wußte er mit einemmal, daß er es ihr sagen mußte.

»Eine Reise nach England wäre jetzt nicht gut für dich. Und ich sollte jetzt auch keine intimen Forderungen mehr an dich stellen, wo deine Schwangerschaft schon so weit gediehen ist.« Sie war so klein und zierlich, er fürchtete sich plötzlich vor der Geburt.

Mit großen Augen blickte sie zu ihm auf. »Du mußt zurück nach Windsor, nicht wahr?«

Er gab ein ersticktes Geräusch von sich, dann hob er sie auf seine Arme und trug sie zum Bett. Sanft legte er sie darauf, dann zog er sie wieder an sich. »Ich habe Warrick gebeten, mich hierbleiben zu lassen; doch er hat mir erklärt, es sei meine Pflicht, mit meinem Vater zurückzukehren.« Er drückte einen Kuß auf ihre Schläfe – sein Wunsch, sie und sein Kind zu beschützen, war so groß, daß es ihn beinahe erstickte. »Ich habe mit deinem Bruder gesprochen, und Edmund war einverstanden, zu dir zu ziehen, bis ich zurückkomme.«

Sie hörte den Schmerz in seiner Stimme und rang seinetwegen um Tapferkeit. »Es wird mir gutgehen, Edward. Gib mir deine Hand... du kannst fühlen, wie das Baby sich bewegt.«

Voller Andacht legte Edward seine große Hand auf die kostbare Frucht in ihrem Leib, er dachte, es sei ein Wunder.

Insgeheim betete Joan, *lieber Gott, bitte laß es ein kleines Mädchen sein... schenke uns keinen Sohn, denn er wird niemals die Krone seines Vaters tragen können.*

»Ich fühle, wie er strampelt«, murmelte Edward.

»Sie«, korrigierte sie ihn sanft.

Er lächelte sie an, sein Herz floß über vor Liebe. »Wenn du gern eine Tochter möchtest, dann schließe ich mich deinem Wunsch an.«

Brianna genoß es, in Bedford zu sein, doch sie hatte noch nie in ihrem Leben einen so kalten Winter erlebt. Vielleicht fror sie hier, weil sie die Wärme von Joans Freundschaft vermißte. Am Hof von Windsor waren ihre Tage ausgefüllt gewesen mit Pflichten und Vergnügen. Es hatte Musik gegeben und Tanz und Lachen; jeden Abend in der großen Halle fand mit der königlichen Familie ein fröhliches Dinner statt.

Sie zitterte und hoffte dann, daß es im Bett wärmer wäre. Doch während sie zwischen den klammen Laken lag, fröstelte sie mehr als je zuvor. Es fiel ihr schwer, allein zu schlafen, nachdem sie hier einmal die glühende Wärme von Christian Hawksbloods Körper neben dem ihren gefühlt hatte. Sie tat so, als würde sie auf sein Hereintreten warten. Das Warten bereitete ihr köstliche Qual. Schließlich schlüpfte er neben ihr unter die Decke, zog sie an sich und bedeckte ihren Hals und ihre nackte Schulter mit seinen Küssen.

Seine Lippen spürten ihre Gänsehaut. Und als ihm klar wurde, daß sie fror, begann er ihren Körper mit seinen Händen zu wärmen. Mit ihren eiskalten Füßen fing er an. Er rieb sie und hauchte dann seinen warmen Atem darauf, hielt sie in seinen großen Händen, bis die Wärme seines Körpers auf sie überging. Dann glitt er über ihre schlanken Beine und massierte ihre Schenkel und ihren Bauch. Seine Hände legten sich auf ihre Brüste, und sie fühlte, wie sich ihre Knospen unter der Berührung aufrichteten. Als er ihre Brüste anfaßte, paßten sie genau in seine Handflächen.

Seine Liebkosungen brachten ihr ein solches Glücksgefühl, daß sie aufkeuchte, immer und immer wieder, bis er seine Lippen auf die ihren preßte und das Geräusch mit seinem Mund erstickte. Brianna erinnerte sich daran, wie es gewesen war, als er sie auf sich zog. Sie hatte die Schenkel gespreizt, so daß ihre Scheide auf dem hart aufgerichteten Penis ruhte. Er hatte mit den Händen über die Rückseite ihrer Schenkel gestrichen und dann ihr Gesäß umfaßt. Ihre Lippen fanden sich auf dem schwarzen krausen Haar seiner Brust, und sie hatte voller Leidenschaft sein Herz geküßt.

Jetzt, genau wie damals, fühlte sie, wie sein Penis pulsierte. Sie hob ihren Körper hoch und senkte ihn wieder hinab, dann bewegte sei kreisend die Hüften, wieder und wieder, quälte ihn mit ihrem Liebesspiel, bis Christian aufstöhnend seine Hände auf ihre Hüften legte und mit einem einzigen Stoß tief in sie eindrang. Eine ganze Stunde lang zog er sich nicht aus ihr zurück, inzwischen war Brianna längst aus ihrer Phantasie in einen erotischen Traum versunken.

30

Die Rückkehr der Armee aus Frankreich wurde in ganz England mit Siegesfeiern begrüßt. Freudenfeuer loderten entlang der Küste. Der Frühling lag in der Luft, die Leute tanzten auf den Straßen und schmückten die Haustüren mit Blumen.

Der König kündigte an, daß in Windsor eine Woche lang Feste stattfinden sollten, angefangen mit einem Ball zu Ehren des Sieges. Danach wollte er seinen Orden ausrufen und seine tapfersten Ritter darin aufnehmen. Den Höhepunkt der Woche sollte das größte Turnier bilden, das England je gesehen hatte. Edle aus nah und fern wurden eingeladen, um ihre Kräfte zu messen und die Gastfreundschaft der Plantagenets zu erfahren. Auch französische Ritter waren willkommen, und denen, die den Mut aufbrachten, ihre Fähigkeiten gegen die englische Elite auszuprobieren, wurde sicheres Geleit gewährt.

Der Klatsch um die fehlgeschlagene Eheschließung von Prinzessin Isabel wurde verdrängt von den aufsehenserregenden Dingen, die noch vor dem Ende des Monats stattfinden sollten. Wenn König Edward richtig gerechnet hatte, würde Königin Philippa bis dahin einem neuen königlichen Baby das Leben geschenkt haben, dessen Taufe die Feierlichkeiten krönen würde. Und ganz sicher gäbe es noch eine oder zwei Hochzeiten nach dem großen Turnier. Festliche Stimmung machte sich in Windsor breit, und alle am Hof fanden, daß sie neue Kleidung brauchten für die bevorstehenden Ereignisse.

Brianna hatte einen sehr angenehmen Winter in Bedford verbracht. Anfangs vermißte sie das Leben bei Hofe, und auch Joan fehlte ihr, doch sie nahm ihre Pflichten als Hausherrin sehr ernst und hatte vom Morgen bis zum Abend ständig zu tun.

Die Wolle von den Schafen brachte dringend benötigtes Geld, und der königliche Schatzmeister hatte die Steine für den neuen Runden Turm in Windsor recht gut bezahlt. Von einem Teil des Geldes kaufte Brianna Leinen, und sie und Adele leiteten die Frauen von Bedford an, neue Laken und Polster für alle Betten zu nähen. Sie kaufte Stoff aus Lincoln, damit alle Bediensteten im Haushalt neue Livreen geschneidert bekamen, und sie brachte den Dienerinnen bei, wie man Duftkerzen und aus parfümiertem Bienenwachs Möbelpolitur herstellte.

Auch wenn Mr. Burke den ganzen Garten mit Gemüse bepflanzt hatte, so hatte er doch nicht vergessen, Blumensamen und -zwiebeln zu sammeln, die er in der Vorratskammer gelagert hatte. Brianna machte sich daran, den Samen und die Zwiebeln auszusäen, damit Bedford im kommenden Frühjahr in alter Schönheit erstrahlte.

In diesem Winter hatten ihre Leute genug zu essen. Selbst bei den Bauern gab es Fleisch auf dem Tisch, und das verdankten sie Hawksbloods Kaninchenställen; zur Weihnachtszeit feierte Brianna die heiligen Tage, indem sie alle in die große Halle des Schlosses einlud. Es gab eine Weihnachtspyramide, man sang gemeinsame Choräle, spielte Karten, und jedes Kind bekam eine Tüte mit Süßigkeiten und einen glänzenden Penny.

Unentwegt waren Nachrichten aus Frankreich zu ihnen gedrungen. Brianna spielte mit dem Gedanken, ein Kleid ihrer Mutter anzuziehen, um auszuprobieren, ob ihr eine Vision zuteil wurde. Doch ihre letzte Erfahrung hatte ihr angst gemacht, deshalb schob sie es immer wieder vor sich her. Schließlich, an einem Abend gegen Ende des Winters, als Adele zu ihrer Sicherheit neben ihr saß, zog Brianna das pfauenblaue Kleid an, um es zu prüfen.

Sie erstarrte, ihre Augen sahen aus, als würde sie etwas in weiter Ferne am Horizont entdecken.

»Was ist es, was siehst du?« fragte Adele.

»Es ist eigentlich keine richtige Vision«, versuchte Brianna zu erklären. »Ich weiß ganz einfach einige Dinge.«

»Was für Dinge?« fragte Adele.

»Nun ja, ich weiß, es klingt lächerlich, beinahe unmöglich, aber Prinzessin Isabel ist sitzengelassen worden! Graf Louis von Flandern war ihr versprochen, dann ist er geflohen und hat sie praktisch kurz vor dem Altar stehenlassen!«

»O nein! Gott sei Dank sind wir nicht dabei, um ihre Wutanfälle auszubaden. Sie wird irgend jemanden dafür büßen lassen.«

»Alle werden dafür büßen müssen«, sagte Brianna voraus. »Sie kommen nach Hause. Sogar die Armee ist auf dem Heimweg. Joan ist unglücklich, aber sie lächelt unter Tränen.«

»Hoffentlich ist sie nicht krank?« fragte Adele betroffen.

»Nein, nein, dem Kind geht es gut, aber ich glaube, Prinz Edward kehrt nach England zurück, und sie muß in Frankreich bleiben.«

»Und was ist mit Robert?« fragte Adele.

»Er... es scheint, daß er... er will sich nicht länger vertrösten lassen... hilf mir, das Kleid auszuziehen, Adele. Mehr kann ich nicht verkraften.«

Einige Tage später, als Brianna gerade die ersten Narzissen bewunderte, hörte sie einen Reiter. Als sie sich umwandte, stellte sie erstaunt fest, daß es Robert de Beauchamp war.

Er ist gekommen, um mich zu holen!

Wie in Trance ging sie auf ihn zu, um ihn zu begrüßen. Ihr Verstand und ihr Körper schienen zwei verschiedene Wesen zu sein. Ihr Leib war wie betäubt, automatisch setzte sie einen Fuß vor den anderen, doch gleichzeitig wirbelten die Gedanken durch ihren Kopf, klar genug, um vorauszusehen, daß Schwierigkeiten auf sie warteten.

Sie erinnerte sich daran, daß Robert noch nie hiergewesen war. »Willkommen in Bedford, mein Lord. Ich hatte keine Ahnung, daß Ihr aus Frankreich zurückgekehrt seid.«

Er bedachte sie mit einem stahlharten Blick. »Bin ich das, Brianna? Bin ich wirklich willkommen?« wollte er wissen.

»Aber natürlich. Ihr werdet der neue Lord hier sein, wenn wir verheiratet sind.«

»Das wären wir bereits, wenn Ihr mich wie vorgesehen begleitet hättet. Statt dessen seid Ihr nach Bedford geflüchtet, damit Ihr mir nicht das Jawort zu geben brauchtet!«

»Das ist nicht wahr!« rief sie empört. Sie wagte nicht, ihm zu gestehen, daß Christian sie entführt hatte – es gab sowieso schon genug böses Blut zwischen den beiden. In Gedanken suchte sie nach einer vernünftigen Erklärung. »Prinzessin Isabel kann mich nicht leiden, und sie hat andere Damen ausgewählt, die ihr in Frankreich dienen sollten.« Brianna hielt diese Ausrede für hieb- und stichfest; es stimmte nämlich, daß Isabel sie nicht mochte, und Robert hatte die Prinzessin ganz sicher nicht gefragt, warum Brianna in England verblieben war.

Er zog die Brauen zusammen. »Ich glaube, Ihr hattet ganz einfach nicht die Absicht, mich zu heiraten!«

»Robert, sagt so etwas nicht! Ich habe sogar mein Hochzeitskleid schon.«

»Zeigt es mir!«

Alle Farbe wich aus Briannas Gesicht. Er nannte sie eine Lügnerin. Er verlangte Beweise. Ihr Wort bedeutete ihm nichts! »Es... es bringt Unglück, wenn der Bräutigam das Kleid der Braut vor dem Hochzeitstag sieht«, murmelte sie.

»Ist das vielleicht nur eine weitere Eurer Entschuldigungen, Brianna?«

»Nein, ich werde Euch selbstverständlich das Kleid zeigen, Robert, wenn Euch das beruhigt.«

Warum muß ich ihn beruhigen? fragte sie sich, doch sie lächelte freundlich, nahm seinen Arm und führte ihn ins Schloß.

Mr. Burke stellte fest, daß zwei der Männer, die mit Robert gekommen waren, Ritter waren, die unter Neville Wiggs in Bedford gedient hatten. Er war dankbar, daß nicht Neville sich bei ihnen befand; doch er fragte sich, wie lange es wohl noch dauern würde, bis dieser Schurke sich wieder zeigte, wenn Beauchamp erst der neue Lord war.

Brianna winkte Mr. Burke. »Dies ist Robert de Beauchamp, mein Verlobter. Robert, dies ist Mr. Burke, mein Kastellan. Ohne ihn könnte ich es hier niemals schaffen.«

Robert betrachtete Burke ganz genau. »Wirklich nicht?« spottete er. »Seid Ihr derjenige, der die Bücher führt?«

»Das bin ich, mein Lord«, sagte Burke ruhig. »Möchtet Ihr sie Euch ansehen?«

Robert winkte ab. »Dazu habe ich noch genügend Zeit, wenn ich wiederkomme.« Beinahe hätte er gesagt: »Ihr könnt sie mir geben«, doch dann hatte er es sich anders überlegt. Brianna war viel zu zurückhaltend. *Es wird besser sein, wenn ich sie geheiratet und mit ihr geschlafen habe, ehe ich ihnen allen die Daumenschrauben anlege.* Er lächelte Brianna zu. »Kommt, laßt mich das Hochzeitskleid sehen.«

Sie führte ihn in ihr Zimmer und hob den Deckel einer Truhe, die an der Wand stand. Als Brianna nach dem hauchzarten Gebilde griff, rief Adele vor der Tür: »Oh, mein Lämmchen, es ist ein böses Omen für den Bräutigam, wenn er das Hochzeitskleid vor der Zeremonie sieht!«

Dennoch war jetzt, wo er mit eigenen Augen den Beweis gesehen hatte, Roberts gute Laune wiederhergestellt. Er verbeugte sich galant vor Adele. »Jedesmal, wenn ich Euch sehe, seid Ihr noch hübscher. Wollt Ihr Euch um das Gepäck kümmern, damit wir morgen abreisen können?«

Adele warf einen schnellen Blick zu Brianna, die beinahe unmerklich nickte. »Natürlich kann ich das, mein Lord«, sagte sie und verbeugte sich ehrerbietig.

Brianna wußte aus Erfahrung, daß das unverfänglichste Thema, über das man mit Robert de Beauchamp sprechen konnte, Robert de Beauchamp war. »Meinen Glückwunsch zu Eurer Ritterschaft, mein Lord. Erzählt uns alles über Eure Erfahrungen in Frankreich.« Sie hatte die magischen Worte ausgesprochen, die ihn zu einem liebenswerten, gesprächigen Unterhalter machten.

Die tapferen Aktionen in der Schlacht, der Ruhm des Krieges, die Ehren und die materiellen Gewinne, all das berichtete er haarklein, und es dauerte den ganzen Nachmittag. Während des Essens und auch am Abend lauschte Brianna ihm aufmerksam, während Robert von den wochenlangen Festlichkeiten erzählte, die in Windsor geplant waren. Das Turnier gab ein beinahe unerschöpfliches Thema ab; und dann erzählte er ihr mit unverhülltem Stolz, daß er wahrscheinlich von König Edward in den neu geschaffenen Orden aufgenommen wurde – daß er als erster Hauptmann auf französischem Gebiet zum Ritter geschlagen wurde. Er deutete ihr auch an, daß die Hochzeit am Tag nach dem Turnier stattfinden sollte, und Brianna, die wußte, daß sie nichts dagegen einwenden konnte, stimmte seinen Plänen zu.

Alle Straßen, die nach Windsor führten, waren überfüllt. Ritter und ihre Knappen, die unterwegs zu dem Turnier waren, teilten sich die Straßen mit den Händlern, die ihre Galanteriewaren und Spezereien verkaufen wollten, und den Bauern, die Wagenladungen von Lebensmitteln in die Stadt brachten. Spielleute und Gaukler waren unterwegs, Pfaffen, Minnesänger, Wahrsager und Schwärme von Prostituierten.

Als sie in Windsor ankamen, waren die Wiesen um das Schloß übersät mit bunten Zelten und Pavillons, deren Banner fröhlich im Wind flatterten. Ehe sie sich trennten, meinte Robert: »Es wird mir nicht möglich sein, mich den ganzen Tag um Euch zu bemühen, doch werden wir uns jeden Abend im Bankettsaal treffen.«

»Danke für das sichere Geleit, mein Lord«, sagte Brianna pflichtschuldigst, und sie meinte es auch so. Robert hatte seine Fehler, doch war er stark und tapfer, und sein phantastisches Aussehen ließ die Herzen der meisten Damen höher schlagen. Sie würde ihm eine gute Gattin sein und hoffte verzweifelt, daß die Liebe zu ihm in ihrem Herzen erwachte, wenn sie erst einmal verheiratet wären.

Brianna packte soeben ihre Kleider aus und hängte sie in den Schrank, als Adele ganz zufällig der Deckel einer der Truhen aus der Hand fiel. Vor lauter Schreck schrie Brianna.

»Mein Lämmchen, so zu erschrecken brauchst du nun auch wieder nicht!«

Brianna sah, daß ihre Hände zitterten. Sie wußte ganz genau, was ihr Problem war: *Es lautete Christian Hawksblood.*

Sie fürchtete sich davor, wie er wohl reagierte. Er hatte sie entführt, um ihre Ehe mit Robert zu verhindern. Was würde er jetzt tun? Der große Ball sollte am morgigen Abend stattfinden und die Woche der Festlichkeiten einleiten, deren Höhepunkt das Turnier darstellte. Am Tag danach sollte ihre Hochzeit sein. Wahrscheinlich würde sie noch einmal entführt. Sie mußte die ganze Zeit über wachsam sein und nahm sich vor, in dieser Zeit stets Adele bei sich zu haben.

Die Begrenzungspfähle auf dem Turnierfeld wurden aufgestellt, und ein neues Zeltdach wölbte sich über der Tribüne, wo sich die Königin und ihre edlen Damen niederließen. Die Palisaden, hinter denen die Menge das Turnier verfolgte, wurden noch weiter ausgedehnt, weil man doppelt so viele Zuschauer erwartete wie beim letzten Mal.

Prinzessin Isabel rief all ihre Damen zusammen, auch Brianna und Adele, um sie zu dem Festplatz zu begleiten. Es war wie im Märchen, mit Puppenbühnen, Akrobaten, Feuerschluckern und Schauspieltruppen samt Hunden. Händler verkauften Becher mit dampfenden braunen Erbsen, Papiertüten voller Uferschnecken, geröstete Kastanien und eingelegte Schweinepfoten.

Schon bald war Brianna klar, daß Isabel sie nur eingeladen hatte, um ihre Einkäufe für sie zu tragen; denn sie blieb bei jedem der Händler stehen und kaufte, was immer ihr gefiel, ohne auf die Kosten zu achten. Sie erwarb Glasperlen, Haarschmuck, Kämme und Fächer. An einem anderen Stand ließ sie sich nicht von den gefälschten Knochen der Heiligen oder Splittern vom Kreuz Christi beeindrucken, sondern sie entschied sich für einen Rosenkranz aus glänzenden Samenkörnern mit einem schweren silbernen Kruzifix, von dem behauptet wurde, die heilige Theresa habe es getragen.

An einem Stand gab es alle Brettspiele, die man kannte. Isabel wählte ein Tischspiel mit Einlegearbeiten aus Elfenbein und Ebenholz, dann zahlte sie einen übertrieben hohen Preis für ein paar Würfel, deren Punkte aus Diamanten bestanden. Prinzessin Joanna meldete Zweifel an bezüglich deren Echtheit, doch Isabel brachte sie zum Schweigen. »Natürlich sind es echte Juwelen, deshalb kosten sie auch so viel.«

Joanna warf Blanche von Lancaster einen Blick zu und rollte mit den Augen, dann gingen sie weiter zum nächsten Stand, um die kostbarsten Strümpfe und Strumpfbänder des Händlers, der angeblich den französischen Hof belieferte, zu bewundern. Die Strumpfbänder waren zarte Gebilde aus Seide und Spitze, einige bestickt oder mit Edelsteinchen besetzt, andere mit Spangen. Noch weitere stellte der Händler aus, pelzbesetzte oder mit gefärbten Federn in allen Farben des Regenbogens geschmückte Dessous. Keine der Damen konnte der Versuchung widerstehen, ein Paar davon zu kaufen, doch Isabel raffte gleich ein Dutzend an sich.

Die Stände, an denen Schwerter und Waffen aus Toledo-Stahl verkauft wurden, waren von Männern umringt, doch in der Nähe hatte ein Spanier seinen Stand aufgebaut, der Stilette und verzierte Dolche für Damen verkaufte. Wieder einmal erstand die königliche Prinzessin das teuerste Stück, das der Mann anzubieten hatte, einen Dolch in einer mit Juwelen besetzten Scheide. Die Damen auf dem Festland trugen entsprechend kleine Waffen, und Isabel hatte die Absicht, diese Mode auch in Windsor einzuführen.

Brianna interessierte sich für ein Messer mit einer gebogenen Klinge. Es war gearbeitet wie ein kleiner Türkensäbel, und wieder und wieder wurden ihre Blicke davon angezogen. Sie sparte ihr Geld, um Farben zu kaufen, doch dann begann sie mit dem

Spanier zu verhandeln und hoffte auf sein Entgegenkommen. Schließlich meinte sie: »Wenn ich es heute abend beim Ball trage, werden sich morgen alle Hofdamen um Eure Dolche reißen.« Der Spanier sah dieses Argument ein und ließ das Messer für den nur doppelten Preis, den es ihn gekostet hatte. Doch Brianna war glücklich. Das Messer gab ihr ein Gefühl von Sicherheit. Sollte jemand versuchen, sie irgendwie gewaltsam zu verschleppen, dann würde sie es benutzen, schwor sie sich.

Isabel strahlte: »Seht Ihr, schon habe ich eine neue Mode geschaffen. Bedford kopiert mich bereits!«

Als Isabel dann eine Lerche in einem Käfig kaufte, versicherte ihr diese Kaufmannsseele, daß sie ununterbrochen singen würde, dafür garantierte er! Doch schon sehr bald bereute Isabel, daß sie ihren neuen Vogel Brianna anvertraut hatte.

»Die Käfigtür war kaputt«, log Brianna, und ihr Herz flog beinahe so hoch wie die kleine Lerche, die steil der Sonne entgegenstieg.

Beim Ball der Sieger waren die Herren genauso kostbar gekleidet wie die Damen. Die meisten hatten den hüftlangen Wappenrock gegen das kurze Wams getauscht, das nur bis zur Taille reichte. Dies zeigte den Damen auch den unteren Teil der Körper der Männer und überließ nichts mehr der Phantasie. Die Form der Waden, der Schenkel und der Gesäßmuskeln würden offen zur Schau gestellt; aber es waren die Umrisse der männlichen Genitalien, die die Kirchenmänner gegen eine so unzüchtige und liederliche Eitelkeit wüten ließen.

Auf der Empore zogen die Plantagenets alle Blicke auf sich. Der König prunkte in goldenem Tuch mit einer azurblauen Hose, die so eng war, daß sie aussah, wie auf den Körper gemalt. Natürlich besaß er eine genauso schlanke Gestalt wie die des beliebten Schwarzen Prinzen. Heute abend trug der Prinz sein gewohntes schwarzes Wams, doch seine Hose erregte Aufsehen: Ein Bein war schwarz, wogegen das andere in Weiß kontrastierte.

Prinz John von Gents kurze, modische Tunika zierten grüne Blätter, neben ihm saß die ätherische Blanche von Lancaster in einer Jacke mit schmalen Ärmeln, auf der Smaragde funkelten. Wieder war ihr Vater, Henry von Lancaster, zum Marschall des

Turniers erwählt worden – der einzige schlicht gekleidetete Mann in der ganzen Halle, in einer Robe, besetzt mit Pelzwerk aus Feh.

Königin Philippa stand kurz vor der Niederkunft, so daß der ganze Hof den Atem anhielt in Erwartung der Wehen. Neben ihr saß die Prinzessin Isabel und sah gar nicht so aus, als habe man ihr Herz gebrochen. Sie flirtete mit einem jungen Edelmann aus der Gascogne, der in Crécy auf der Seite der Engländer stand. Bernard Erzi war der Sohn des Lords von Albret, einem Verbündeten Edwards. Isabel ließ ihn während der ganzen Mahlzeit nicht aus den Augen, und Bernard erwiderte begeistert ihre Blicke.

Isabel wollte sich schadlos halten. Als Louis sie abgewiesen hatte, war sie zum ersten Mal in ihrem Leben absichtlich verletzt worden. Der einzige Balsam, der diese Wunde heilen konnte, war die Rache. Sie wählte ihr Opfer und machte sich daran, sein Herz zu brechen.

Brianna und Robert saßen zusammen mit Prinz Lionel, der noch nicht betrunken war. *Vielleicht wird er ja langsam erwachsen*, dachte Brianna. Die beiden Männer unterhielten sich endlos über die Taktik im Turnier und eine kluge Vorgehensweise; Brianna war daher in der Lage, den Troubadouren zuzuhören, die mit ihren Lauten und Harfen an den Tischen entlangzogen. Ein junger Minnesänger verbeugte sich vor ihr und sang dann ein Lied, eigens für sie verfaßt, in dem ihre Schönheit und ihre Tugend gepriesen wurde. Brianna errötete heftig und warf einen verstohlenen Blick zur anderen Seite der großen Halle, wo Hawksblood zusammen mit Warrick saß. Sein Gesicht war so ausdruckslos, als trüge er eine Maske. Einen Augenblick lang konnte sie nicht atmen. Ganz sicher würde er ihr doch kein Liebeslied widmen, um ihren Verlobten wütend zu machen? Doch dann begriff sie, daß er nichts damit zu tun hatte. Christian Hawksblood würde nie einen anderen Mann vorschicken mit einer Werbung um sie.

Sie lächelte Robert dankbar an, weil sie wußte, daß er eine ziemliche Summe bezahlt haben mußte für dieses Kunstwerk.

Als die Tische zur Seite geräumt waren, konnte der Tanz beginnen. Königin Philippa sah zu, wie der König den Reigen mit Prinzessin Isabel eröffnete, dann zog sie sich zurück. Sie verspürte die ersten ziehenden Schmerzen im Rücken, doch weder mit Worten noch mit Gesten wollte sie ihrem Mann seinen Ballabend verderben. Jede Dame des Hofes freute sich darauf, mit König Edward und dann auch mit dem göttlichen Prinzen von Wales tanzen zu dürfen.

Brianna erfüllte Prinz Lionels Bitte nach einem Tanz, und ziemlich rasch wurde ihr klar, warum er den Spitznamen der Ochse trug. Sie war erleichtert, als Robert sie erlöste, trotz seiner etwas linkischen Größe fand Brianna es doch sehr liebenswert, daß er sich überhaupt die Mühe machte, sie aufzufordern, wo er doch viel geeigneter war für das Schlachtfeld oder das Turnier.

Tanzen bot eine Möglichkeit, einer Dame den Hof zu machen, sich Intimitäten zu leisten wie zum Beispiel sanfte Berührungen und geflüsterte Worte, manchmal sogar einen Kuß. Einige der kühneren Herren baten eine Dame um einen Strumpf oder ein Strumpfband, das sie als Gunstbeweis ins Turnier nehmen wollten. Brianna hatte Prinz Lionels Bitte nach einem intimen Kleidungsstück abgelehnt, und sie war dankbar, daß Robert sich auf die Figuren des Tanzes konzentrierte und darüber weitere Ansinnen vergaß.

Als Brianna sich mit Prinz Edward drehte, fragte sie ihn nach Joan aus.

Er gab sich frohgemut. »Es geht ihr gut. Wir haben uns entschieden, uns ein kleines Mädchen zu wünschen.«

»Ich vermisse sie so sehr«, meinte Brianna sehnsüchtig.

Edwards Hand schloß sich beinahe schmerzlich fest um die ihrige. »Beim heiligen Reich, nicht so sehr wie ich! Sie zu verlassen war beinahe so, als würde mir ein Arm abgeschnitten. Ihr Bruder Edmund hat mir versprochen, sich um sie zu kümmern, bis ich zurückkehre, und das soll nicht mehr lange dauern, ich schwöre es Euch.«

»Wird die Armee auch bald nach Frankreich zurückkehren?«

»Jawohl. Durch unsere Siege haben wir uns einen großen Vorteil verschafft. Wir müssen uns beeilen, dort weiterzumachen, bis das ganze Land uns gehört. Ich will zu meiner Jeanette, sobald das Turnier vorüber ist, die Armee wird kurz darauf folgen. Es wäre schön, wenn auch Ihr kommt, Brianna, ich weiß, daß Ihr Joan fehlt.«

Ganz plötzlich gab es einen Aufruhr auf der Tanzfläche. Die

Zimbeln und Tamburine verstummten, Flüstern ersetzte jetzt die Musik. Der König hatte mit Katherine de Montecute, der Gräfin von Salisbury, getanzt, als plötzlich ein blaues Spitzenstrumpfband, mit Juwelen besetzt, über den polierten Fußboden glitt und dem König vor die Füße fiel.

Katherines Wangen wurden hochrot vor Verlegenheit. Edward Plantagenet, ritterlich wie immer, bückte sich, hob das Strumpfband auf und streifte es über sein Knie. Er starrte in die Gesichter der Umstehenden und sagte: »Ein Schuft, der Schlechtes dabei denkt!« Dann nahm er Katherines Hand und führte sie zurück zu ihrem Mann.

Kurze Zeit später ging der König auf die Empore zurück und wandte sich an die Gäste. »Das Strumpfband ist ein altes Symbol der Ehre in der Ritterschaft unseres Landes. Mein großer Vorfahre, Richard Löwenherz, befahl dem tapfersten Ritter, es bei der Erstürmung von Akko zu tragen. Seine außergewöhnlich kühnen und heldenmütigen Ritter wurden bekannt als die Ritter des Blauen Bandes. Ich werde den Hosenbandorden schaffen, und das Motto soll heißen: *Honi soit qui mal y pense!*«

Robert bat Brianna um den nächsten Tanz. »Jeder Mann in diesem Raum brennt darauf, die höchsten Ehren des englischen Rittertums zu empfangen, aber nur fünfundzwanzig von uns werden erwählt werden.«

Ihr Bräutigam sah es unbestreitbar als selbstverständlich an, unter den Auserwählten zu sein. Sie betete, daß es wirklich so wäre, denn sie hatte bereits seine gräßliche Laune bei einer Enttäuschung erlebt.

»Ich kenne jemanden, dem brennend nach all dem gelüstet, was mir gehört. Dieser Bastard von Bruder schaut uns schon die ganze Zeit unbewegt zu. Er schmeichelt sich bei meinem Vater ein und hofft auf ein Stück Land und einige Schlösser. Wie sehr muß es ihn peinigen, daß der Titel mir gehört!«

»Oh, Robert, ich glaube nicht, daß er etwas gegen Euch hat«, beschwichtigte Brianna und versuchte, ihr Schuldgefühl zu unterdrücken, was ihr allerdings nicht gelang.

»Aber es wäre mir recht. Ich hoffe, es gelüstet ihn so sehr nach Euch, daß er an unserem Hochzeitstag erstickt!« Robert warf den Kopf zurück und lachte laut auf.

Brianna gab sich die größte Mühe, das Thema zu wechseln. »Ihr habt mich noch gar nicht um ein Zeichen der Gunst gebeten, das Ihr im Turnier tragen wollt.«

Lüstern blickte er auf sie hinunter. »Ich werde mich nicht mit weniger als einem Strumpfband zufriedengeben!«

Briannas Gefühle waren in einem solchen Aufruhr, daß sie weder Schock noch Belustigung über seine Forderung zeigte. Sie griff ganz einfach unter ihren Rock und zog eines ihrer Strumpfbänder aus.

»Ich hätte es mir lieber selbst geholt!« meinte er kühn. »Aber ich weiß, daß Ihr ein wenig prüde seid und mir erst an unserem Hochzeitstag erlauben werdet, Euch zu entkleiden.«

Sie lächelte nicht, sondern sah ihn ernst an. »Danke, daß Ihr Euch so lange geduldet, Robert. Ich danke Euch auch, daß Ihr mich nicht gezwungen habt, mit Euch intim zu werden. Es ist sehr ritterlich von Euch.«

In diesem Augenblick verwickelte Prinz Lionel Robert in eine Erörterung, und Brianna bedeutete Adele spornstreichs mit ihr zu verschwinden.

Am nächsten Morgen läuteten alle Glocken, zum Zeichen, daß Königin Philippa glücklich von einer weiteren Tochter entbunden war. Brianna und Adele besuchten die Königin, und man erlaubte ihnen, einen Blick in die wunderschön geschnitzte königliche Wiege zu werfen, in der die neue Prinzessin lag. Isabel, die versuchte, die Aufmerksamkeit von dem Baby abzulenken, versammelte alle Damen in ihrem Zimmer und bestand darauf, zum Turnierplatz begleitet zu werden. Auf den Feldern und Wiesen um Windsor reihten sich meilenweit die Zelte der Wettbewerber und die Zuschauermengen. Aus ganz Europa waren die Besten gekommen, um sich gegenseitig auszustechen. Prinzessin Isabel bestand darauf, den Übungsplatz aufzusuchen, wo Bernard Ezi trainierte. Brianna hatte eigentlich nichts dagegen, sie wußte, in der Menge würde sie in Sicherheit sein.

31

Am Morgen vor St. Georg wurde die Liste veröffentlicht, in der die tapfersten Ritter Englands erschienen, die am nächsten Tag in den Hosenbandorden aufgenommen werden sollten. Die Liste wurde angeführt von König Edward III. und Edward, Prinz von Wales. Als nächster rangierte Sir Walter Manny, Königin Philippas persönlicher Ritter, der ihr vom Hennegau gefolgt war. Danach kamen der Onkel des Königs, Henry, Graf von Lancaster, der Graf Warrick und William de Montecute, Graf von Salisbury. Zusätzlich wurden neunzehn Barone und Ritter in den Orden aufgenommen, die auch in der Schlacht von Crécy gekämpft hatten, einschließlich der beiden Männer, die Schulter an Schulter mit dem Schwarzen Prinzen gekämpft hatten, Sir John Chandos und Sir Christian de Beauchamp.

Männer niedrigeren Standes waren so mächtigen Angehörigen der Aristokratie wie zum Beispiel den Grafen von Hereford, Pembroke und Northampton vorgezogen worden. Die jüngeren Prinzen und auch ihr Cousin, Edmund, Graf von Kent, fehlten auf der Liste.

An diesem Tag wurde der Hof beinahe zu einem Schlangennest. Einige sagten, es sei eine Liste der Favoriten des Königs, andere priesen sie, weil die Helden der großen Schlacht von Crécy geehrt wurden. Die meisten trösteten sich im Hinblick darauf, daß der riesige runde Tisch in dem neuen Turm zweihundert Rittern Platz bot; es gab also noch genug Sitze für Männer, die in der Zukunft Tapferkeit an den Tag legten.

Die Uniformen der Ritter wurden im großen Bankettsaal ausgestellt. Alle Kleidungsstücke waren neu. Jeder Ritter, der in den Orden aufgenommen wurde, sollte fleckenlose weiße Hosen und Tuniken tragen, als Zeichen der Reinheit, dazu eine mit Hermelin besetzte rote Robe, um ihre Bereitwilligkeit zum Kampf zu zeigen, sowie goldene Sporen. Fünfundzwanzig goldene Medaillons mit St. Georg und dem Drachen waren für diesen Anlaß geprägt worden, dazu fünfundzwanzig dunkelblaue Samtstrumpfbänder mit dem Motto: Honi soit qui mal y pense.

Am Vorabend von St. Georg führte der König die neuen Mitglieder des Ordens in die Kapelle von Windsor, wo an der Wand die Waffen standen und sein Schwert für jeden auf dem Altar lag. Sie hielten die ganze Nacht über Wache, lange Stunden verbrachten sie auf den Knien im Gebet. In der Morgendämmerung kamen ihre Knappen, um sie zu baden und sie damit von ihren Sünden reinzuwaschen; dann legten sie ihre neue Tracht und schließlich auch die Rüstung an.

König Edward schlug sie mit dem großen Schwert des Staates zu Rittern, mit seinem Sohn begann er. »Stehe auf, Edward Plantagenet, Prinz von Wales. Du sollst ein Ritter des Hosenbandordens sein.« Er hängte seinem Sohn das Medaillon um den Hals und streifte ihm das Band übers Knie. Dann gab ihm der König einen Friedenskuß. Prinz Edward nahm sein Schwert vom Altar und trat zur Seite, um Platz für den nächsten zu machen.

Als die religiöse Zeremonie vorüber war, stiegen die fünfundzwanzig Zelebranten auf ihre Pferde und ritten zu dem neuen Turm Edwards III. Sie klommen die hundert Stufen empor und nahmen ihre Ehrenplätze um den runden Tisch ein, wo ihnen mit allem Pomp und Gepränge ein Frühstück serviert wurde.

»Diese verdammten Hurensöhne!« schimpfte Robert de Beauchamp. Er griff nach einem Stuhl und warf ihn gegen die Wand, wo er zerschellte. Doch das war nur ein kurzer Ausbruch, der ihm keine Befriedigung verschaffte. »Wie konnte er nur diesen stinkenden Araber auswählen und nicht mich?« brüllte er ins Leere.

Als seine Wut ein wenig abgekühlt war und er wieder klar denken konnte, richtete sich sein Haß auf den Prinzen von Wales. »Er war dieser Verräter, der seine Freunde für den Orden ausgewählt hat!« So zahlt sich die Macht aus. Sie verleiht einem die Freiheit zu tun, was man will, dachte Robert bei sich.

Er machte sich auf den Weg zu den Gemächern von Prinz Lionel und fand die schwere Tür verschlossen. Mit seinem Ersatzschlüssel verschaffte er sich Einlaß und sah dann, daß Lionel bei einem flüssigen Frühstück war. »Das ist nicht die richtige Antwort, Euer Hoheit«, brummte Robert.

»Es gibt keine Antwort, Robbie«, lallte Lionel hoffnungslos. »Mein Bruder ist ein Gott, ich bin nur ein normaler Sterblicher.«

»Ihr seid ein Prinz des Königreiches! Ihr habt Macht! Warum übt Ihr sie nicht einfach aus?« rief Robert.

»Mein Vater ist blind in seiner Liebe zu seinem Erstgeborenen. Er hat ihn so hoch auf seinen Schild erhoben, daß es mir niemals gelingen wird, solche Höhen zu erreichen.« Lionels Stimme brach, und er schluchzte auf. Sein Weinbecher fiel ihm aus der Hand, und er warf sich weinend in Roberts Arme. Doch je schwächer Lionel wurde, um so mehr gewann Robert an Kraft.

»Betrinkt Euch nicht, Lionel, rächt Euch!« drängte er.

»Wie denn?« plärrte Lionel.

Robert ergriff die Gelegenheit. Der Prinz würde nie wieder so verletzlich sein wie in diesem Augenblick. Jetzt war seine Chance gekommen, das Blatt zu wenden. Er würde nicht mehr Prinz Lionels Knappe sein, Lionel sollte der Gefolgsmann von Robert de Beauchamp werden!

»Euer Bruder ist kein Gott. Er ist aus Fleisch und Blut, genau wie Ihr und ich. Wenn er verwundet wird, blutet er. Und wenn es ihn tödlich trifft, stirbt er!«

Lionel hob den Kopf und wischte sich mit dem Ärmel über das Gesicht.

»Macht, Lionel! Macht ist das einzige, was zählt. Ohne Macht seid Ihr gar nichts. Die Schlußrunde, die dem Turnier folgt, wo alle gegen alle mit den Speeren kämpfen, ist eine gottgegebene Gelegenheit, Euer Schicksal in die eigenen Hände und Euer Ziel aufs Korn zu nehmen!«

Mit glasigen Augen starrte Lionel Robert an. »Ich... ich kann das nicht.«

»Aber ich! Ihr braucht es mir nur zu sagen.«

Lionel hatte einen dicken Kloß im Hals, er brachte kein Wort heraus.

»Gebt mir ein Zeichen!« drängte Robert ihn.

Lionel nickte mit dem Kopf.

Endlich hatte Robert ihn in der Hand. Prinz Lionel würde Thronerbe werden und dann König von England – durch seine jetzige Zustimmung würde Lionel ihm nie wieder etwas abschlagen können, für den Rest seines Lebens nicht! Robert behielt den Plan, sich seines Bruders zu entledigen, für sich. Er hatte das Gefühl, daß ihm endlich das Schicksal doch noch winkte.

Alle, die an dem Turnier teilnehmen würden, verbrachten die letzte Nacht in ihren Pavillons, damit sie gleich in der Morgendämmerung aufstehen und mit ihren Vorbereitungen beginnen konnten. Wieder standen Prinz Edwards und Christian de Beauchamps Zelte nebeneinander. Diesmal hatte jedoch Hawksblood mehr Herausforderungen bekommen, als er annehmen konnte. Wegen der großen Anzahl der Teilnehmer beschränkte der Marschall für jeden die Kämpfe auf drei.

Der Kampf aller gegen alle am Ende des Tages, an dem jeder Kandidat teilnehmen konnte, wurde offiziell zur Hastilude erklärt: das bedeutete, Gruppenkampf mit Speeren. Es war die Idee des Königs, weil seine Männer in der wirklichen Schlacht den Sieg gekostet hatten und weil bei einem allgemeinen Freilauf die gefährliche Erregung wegfiel.

Randal Grey kam in das Zelt Prinz Edwards, atemlos, weil er so schnell gerannt war. Sein rotes Haar stand zu Berge, und die Sommersprossen auf seiner Nase hoben sich dunkel in seinem kreidebleichen Gesicht ab. »Euer Hoheit, Ihr seid in Gefahr!«

John Chandos hob ihn hoch und trug ihn nach draußen vor das Zelt. »Prinz Edward hat keine Zeit für solche Scherze, Junge.«

Randal fluchte unflätig. »Laßt mich mit ihm sprechen.«

»Er ist gerade dabei, seine Rüstung anzulegen, und verspätet sich, wenn du störst.«

Randal hatte keine Zeit für lange Diskussionen. Er rannte in Hawksbloods Zelt, wo er mit Paddy zusammenstieß, der ihn genauso behandeln wollte wie Chandos. Randal duckte sich jedoch unter Paddys Arm hindurch und begann, nach Hawksblood zu rufen. Christian zog seinen Helm vom Kopf, damit er hören konnte, was der Page auf dem Herzen hatte.

»Es geht um Prinz Edward! Sie wollen ihn umbringen!«

»Wer will ihn umbringen?« wollte Hawksblood wissen.

»Ich weiß es nicht. Einige Männer drüben auf der Wiese. Sie haben darüber gesprochen!«

»Komm mit.« Hawksblood ging in Edwards Zelt, Randal folgte ihm. »Der Junge hier hat gehört, wie einige Männer Ränke schmieden, jemanden umzubringen. Er glaubt, Ihr seid derjenige, den es betrifft, Sire.«

Randal rief: »Es stimmt! Ich würde Euch doch nicht anlügen, Hoheit!«

»Das hoffe ich nicht, Randal«, meinte der Prinz. »Erzähle uns, was du gehört hast.«

»Ich war drüben auf der Wiese im Osten... in der Morgendämmerung. Zwischen den Zelten habe ich nach einem Schwert gesucht oder einer Waffe, die niemand vermissen würde, und da habe ich gelauscht.«

»Du wolltest stehlen«, beschuldigte Chandos ihn.

»Nein... ja«, gab Randal zu, er wußte, er mußte bei der Wahrheit bleiben, wenn man ihm Glauben schenken sollte.

»Wie viele Männer waren es?« fragte Edward.

»Ich weiß es nicht genau... drei verschiedene Stimmen ungefähr.«

»Hast du eine davon erkannt?«

»Ich bin nicht sicher, ich glaube nicht. Sehen konnte ich sie nicht... denn ich durfte ja nicht von ihnen entdeckt werden.«

»Was hast du gehört?« wollte Edward wissen.

»Sie sagten, es sei ganz einfach. Niemand würde eine Absicht vermuten. Sie meinten, in einem solchen Durcheinander würden oft Unfälle geschehen. Es hieß, derjenige, der die schwarze Rüstung trägt, müsse sterben.«

Hawksblood und Edward warfen einander einen Blick zu. »Danke für die Warnung, Randal. Wir werden uns darum kümmern. Aber du darfst niemandem davon erzählen.«

»Können wir ihm glauben?« fragte Paddy skeptisch, als Randal gegangen war.

»Wir sollten es auf keinen Fall ignorieren«, warnte Hawksblood.

»Nun ja, der allgemeine Kampf ist erst am Nachmittag, wir haben noch etliche Turniere vor uns«, meinte Edward und grinste.

Die Logen, in denen die edlen Damen saßen, waren mit kostbaren roten Teppichen ausgelegt worden. Alle bemühten sich um einen Sitzplatz, weil es eine große Anzahl Zuschauer gab. Die Damen des Hofes wetteiferten miteinander in der Raffinesse ihrer Roben, die mit Marder, Hermelin oder grauweißem Eichhörnchenfell besetzt waren. In ihren kostbaren Stoffen aus schwerer

Seide schimmerten Goldfäden und Perlen. Die meisten Edelfräulein hatten Blumen mitgebracht, die sie auf das Turnierfeld werfen würden, wenn ein ganz besonderer Favorit einen Kampf gewonnen hatte.

Die Frühlingssonne glänzte auf den Trompeten der Herolde, den Helmen und polierten Brustplatten der Kämpfer. Flaggen und Wimpel wehten an den Palisaden und zogen mit ihren bunten Farben und den verschiedensten Wappen die Blicke an.

Isabel residierte als Königin des Turniers, weil ihre Mutter sich noch vom Kindbett erholte. Die Prinzessin war heute ganz in ihrem Element. Sie würde den Siegern die Preise überreichen und in der Loge den Ehrenplatz einnehmen, wo alle Zuschauer sie betrachten konnten. Sie trug Rot und Silber, und Brianna fand Isabel heute wirklich sehr hübsch.

Brianna warf das Haar über die Schulter und dachte, daß sie es wahrscheinlich heute das letzte Mal in der Öffentlichkeit ungeflochten tragen durfte. Nach ihrer Hochzeit morgen gehörte sich für sie eine Haube oder ein Kopfputz. Ein Gefühl, dem sie keinen rechten Namen zu geben vermochte, rühte sich in ihrer Brust. Es war eine Mischung aus Erregung, Furcht und Unsicherheit. Ihre Jugend ging zu Ende, und ihr Leben als Frau begann. Was hielt die Zukunft für sie bereit? Hätte ein Zauberer mit einer Kristallkugel ihr einen Blick hinein geboten, sie hätte das Angebot verweigert.

Für Brianna sah es aus, als ränne der Sand mit ungeheurer Geschwindigkeit durch das Stundenglas. Noch ehe sie es sich versah, würde sie morgen in der Kapelle stehen und die geheiligten Schwüre aussprechen. Sie kannte noch mindestens zwei andere Paare, die gleichzeitig heiraten sollten, und natürlich fand nach den Hochzeiten noch die Taufe der jüngsten Prinzessin statt.

Das Publikum sprang auf und jubelte, als die Kämpfer antraten, alle sangen ein aufpeitschendes Kampflied. Die Damen warfen ihre Blumen, und der Jubel schwoll an als Beifall für die Tapferkeit der Männer, die die Franzosen geschlagen hatten. Vor den ersten drei Kämpfen traten Herolde auf das Feld, um die Ritter anzukündigen und ihre Herausforderer zu verleumden, so wie es Brauch war seit uralten Zeiten. »Hier kommt der Baron von Bures, ein tapferer Ritter aus einem heldenhaften Hause. Habt acht, alle, die ihr kühne Taten liebt. Sein Herausforderer täte besser daran, sich schon jetzt um das Lösegeld zu kümmern. All seine Freunde werden sich an diesem Tage für ihn schämen!«

Von der anderen Seite des Feldes antwortete der Herold des Herausforderers. »Hört auf zu prahlen! Dem Baron werden die Sporen von den Stiefeln geschlagen werden wie einem unwürdigen Ritter, falls er den Stoß der Lanze überstanden hat.« Und so nahm das Turnier seinen Lauf.

Als der Schwarze Prinz in seiner schwarzen Rüstung die letzten beiden Herausforderer besiegte, meinte Brianna zu Adele: »Ich wünschte, Joan wäre hier, um ihn zu sehen.«

»Paddy sagt, sie werden schon bald nach Frankreich zurückkehren. Diesmal fahren auch wir mit.«

Brianna begann sich zu wundern. Christian Hawksblood hatte etwas Verzweifeltes getan, um ihre Eheschließung das erste Mal zu verhindern, und sie erwartete unwillkürlich, daß er auch diesmal etwas unternehmen würde. Sie betete, er möge erkannt haben, daß ihre Eheschließung mit Robert de Beauchamp unvermeidlich war.

Als Hawksblood kämpfte, preßte sie fest die Hände zusammen. Sie wußte, daß er alle Herausforderer überträfe. Er war der erfahrenste Ritter in Windsor. Sie griff nach Adeles Hand, als Robert seine Kämpfe absolvierte, und appellierte stillschweigend an seine Tapferkeit – mit Erfolg! Sie errötete, als die Damen um sie herum ihr gratulierten, und sie hörte auch, daß sie beim Anblick von Roberts großer, kräftiger Gestalt heimlich aufseufzten.

Als die Ausscheidungsrunden vorüber waren, kämpften all diejenigen gegeneinander, die bis jetzt gesiegt hatten. Der König mußte sich gegenüber seinem Freund William de Montecute, Graf von Salisbury, geschlagen geben, und dann tobte die Menge, als dieser von ihrem erwählten Helden, dem Schwarzen Prinzen, besiegt wurde.

Als der Zeitpunkt des allgemeinen Kampfes jeder gegen jeden näher rückte, dachte Brianna, daß sie diesem Spektakel auf keinen Fall beiwohnen wollte. »Komm, wir vertreten uns etwas die Beine«, schlug sie Adele vor.

»Ja. Laß uns sehen, ob wir etwas Kühles zu trinken bekommen. Meine Kehle ist ganz ausgetrocknet.«

Im Zelt des Schwarzen Prinzen saßen plaudernd Edward und Christian beieinander, während ihre Knappen ihnen frische Leinentuniken reichten, die sie unter ihrer Rüstung tragen würden. »Wir werden die Rüstungen tauschen, Sire. Ich habe eine gute Vorahnung für diesen Kampf.« Hawksblood erwartete, daß Prinz Edward sich weigern würde und überlegte schon, wie er zusammen mit John Chandos ihn davon abhalten könnte, in dieser Arena anzutreten.

Doch Edward nickte zustimmend. »Ja. Ich habe einen Plan. Wenn ich Eure Messingrüstung trage, werde ich beobachten können, wer es auf den Schwarzen Prinzen abgesehen hat. Ihr braucht Euch nicht zu fürchten, Christian, ich bin bereit, jeden umzubringen, der meinen Tod geplant hat.«

Christian atmete erleichtert auf. Um seine eigene Haut fürchtete er nicht, die würde er gegen jeden Angreifer zu verteidigen wissen.

Der Jubel der Menge war so ohrenbetäubend, daß Brianna trotz ihrer Abneigung gegen Gewalt so schnell wie möglich in die Loge zurückeilte, mit einem Becher kühlen Mets in der Hand. Das Klirren der Waffen und die Kriegsschreie der Ritter waren bezwingend. Ihre Hand um den Becher wurde eiskalt, und ihr stockte der Atem, als die erst spielerischen Schläge immer rücksichtsloser wurden und die Hiebe mit dem Schwert und die Stöße mit der Lanze immer heftiger, bis Staub über dem Kampffeld aufwallte und sich mit dem Blut und dem Schweiß der Kämpfer mischte.

»Maria und Joseph, sie bringen einander um!«

»Nein, mein Lämmchen, das ist doch nur ein fingierter Kampf. Du weißt ja, wie die Männer sind. Es macht ihnen keinen Spaß, wenn sie nicht gleichzeitig ein paar Knochen brechen können.«

Briannas Augen gingen zu dem Kämpfer in der Messingrüstung. Er hob sich wie ein Sonnenstrahl von all den anderen Rittern ab. Heute hatte sie nicht die Unterstützung des zweiten Gesichts ihrer Mutter, und sie hatte keine Ahnung, daß der Mann in der Messingrüstung gar nicht Christian war.

Prinz Edward traute seinen Augen nicht. In dem Augenblick, als Hawksblood in der schwarzen Rüstung das Feld betrat, bewegten sich drei Männer auf ihn zu, mit ganz offensichtlichen

Absichten. Edward bahnte sich einen Weg zu Hawksblood und schlug den ersten Mann nieder mit einem brutalen Schlag seines Breitschwertes auf dessen Kopf. Als der Mann zu Boden ging, verlor er seinen Helm, und Edward erkannte einen Knappen seines Bruders aus dem Hause Clarence.

Die Wut erstickte ihn fast. Er rief Hawksblood eine Warnung zu, doch wurde er mit tiefer Befriedigung Zeuge, wie dieser den zweiten Angreifer ohne Mühe abwehrte. Doch dann entdeckte Edward voller Entsetzen einen Giganten hinter Hawksblood, der sowohl Speer als auch Schwert bereithielt. Blutdurst packte den Schwarzen Prinzen. Er würde dieses verräterische Schwein erschlagen, das einen heimtückischen Mord plante.

Edward hob den Speer, schwang seinen kraftvollen Arm zurück und ließ seine Waffe losschwirren zur Vernichtung. Sie drang durch die Brustplatte des Mannes, und die Speerspitze trat an seinem Rücken wieder heraus. Von dem Durchbohrten wichen alle anderen zurück, und dann erstarb das Kampfgetümmel.

Die Gestalt, die noch immer ihre Rüstung trug, wurde vom Feld in eines der Zelte getragen. Die beiden Ritter in der schwarzen und in der Messingrüstung folgten. Der König von England und der Verrückte Hund Warrick verschwanden ebenfalls in dieser Richtung, und dann wurde das Zelt hinter ihnen geschlossen.

Warrick beugte sich über den Körper seines Sohnes und sah sofort, daß hier jede Hilfe zu spät kam.

Der König fragte: »Warum, im Namen von Christus, tragt Ihr jeweils die Rüstung des anderen?«

Prinz Edward antwortete: »Man hat uns hinterbracht, daß es einen Anschlag auf mein Leben geben sollte.«

Alles Blut wich aus dem Gesicht des Königs.

Hawksblood half seinem Vater, den Speer aus Roberts Körper zu ziehen. Warricks Miene war wie versteinert.

Der Schwarze Prinz wurde seiner Wut kaum Herr. »Es waren drei Männer ... alle aus Lionels Gefolge!«

Der König öffnete das Zelt und rief einen Knappen. »Sucht sofort Prinz Lionel!« Master John Bray, der Arzt des Königs, kam angelaufen, doch der König schüttelte den Kopf. »Benutzt ein anderes Zelt für die Verwundeten.« Bray wandte sich ratlos ab.

Der scharfe Geruch nach Schweiß mischte sich mit dem von

Blut und dem unmißverständlichen Atem des Todes. Die Luft war geschwängert von unterdrückten Gefühlen … Wut, Scham, Mitleid, Sorge. Niemand wagte es, eine Schlußfolgerung zu ziehen.

Gebeugt betrat Lionel das Zelt. In seiner Rüstung war er größer als alle anderen Anwesenden. Als er den Leichnam erblickte, machte er einen unbeholfenen Schritt nach vorn. »Rob? Robbie?« Tränen strömten über sein Gesicht. »Wer hat ihn umgebracht?«

Mit erhobener Faust sprang Prinz Edward vor. »Du bist der Schuldige, du Hundesohn! Du hast ihm den Befehl erteilt!«

Der König trat zwischen seine Söhne. »Schluß jetzt! Es gab einen Komplott, Edward umzubringen. Hattest du etwas damit zu tun?« donnerte er.

»Nein! Nein, Vater, das schwöre ich.«

»Du verdammter Lügner! Alle drei Männer gehörten zum Haus von Clarence«, schrie Prinz Edward, »Einer wahr Fitzroy … den Namen des anderen weiß ich im Augenblick nicht, aber ich würde das Schwein überall erkennen!«

Der König war außer sich. »Das ist ein schwarzer Tag für die Familie Plantagenet! Man wird uns Wölfe nennen, die sich gegeneinander wenden, sich innerhalb der Familie an die Kehle gehen, aus verdammtem Ehrgeiz!«

»Vater, ich schwöre dir, ich bin unschuldig!« rief Lionel.

Hawksblood trat vor. »Sire, die Zuschauer haben gesehen, daß der Mann in der Messingrüstung den Speer geworfen hat. Sie werden glauben, ich hätte meinen Bruder umgebracht.«

Der König starrte ihn eine Minute lang schweigend an, als er langsam begriff, was Hawksblood mit seinen Worten zum Ausdruck brachte. »Ihr würdet die Schande auf Euch nehmen?«

Christian Hawksblood sagte: »Es ist das Beste für alle, wenn ich das tue. Der Schwarze Prinz ist der erwählte Held der Menschen. Und lebende Helden gibt es nur wenige. Ihr dürft nicht zulassen, daß sein Plantagenet-Name beschmutzt wird, Euer Hoheit.«

»Ich wäre Euch ewig dankbar, wenn diese elende Geschichte nicht an die Öffentlichkeit gelangte. Es würde Philippas Glück zerstören, wenn sie erführe, daß Lionel den Tod seines Bruders im Sinn hatte.« Der König sah in Warricks versteinertes Gesicht.

»Bei all dem vergesse ich Euch, mein Freund. Euer Verlust tut mir unendlich leid, Guy. Könntet Ihr damit leben, wenn wir den wahren Sachverhalt dieser Tragödie verschweigen?«

Warrick wußte, daß nichts seinen Sohn zurückzubringen vermochte. Eine Untersuchung würde ohne Zweifel dem Sohn des Königs das Genick brechen. Er nickte. »Ich kann mit dem Schweigen leben, aber nicht mit der Schande, Sire.«

»Nein, niemand von uns kann etwas daran ändern, was aus unseren Wölflingen wird.« Er wandte sich an Lionel. »Ich will, daß Fitzroy und der andere Mann festgenommen werden. Sorge dafür!«

Leise sagte Hawksblood zu Warrick: »Seid Ihr in Ordnung?« Nur die verdüsterten Augen zeigten ihm einen Schimmer von der Qual des Vaterherzens. Zusammen verließen Hawksblood und Warrick das Zelt, und Christian führte ihn in seinen eigenen Pavillon, wo ihn die Knappen bereits erwarteten. Er zog für seinen Vater einen Sessel heran, während Ali ihm einen stärkeren Trank reichte. »Laßt uns eine Weile allein«, befahl Christian den beiden Getreuen.

»Wir müssen ihn beerdigen«, meinte Warrick mit ausdrucksloser Stimme.

»Möchtet Ihr, daß ich mich darum kümmere?« fragte Hawksblood.

»Nein, das ist meine Angelegenheit.« Der Graf trank den Becher leer und stellte ihn ab. »Ich weiß, ihr beide hegtet keine Liebe zueinander – trotzdem bin ich froh, daß er nicht durch deine Hand sterben mußte.«

»Ich fühle genauso, aber der Prinz hat mir das Leben gerettet. Robert hätte mich umgebracht, weil er glaubte, ich sei Edward.«

Warrick schüttelte voller Gram den Kopf. »Ich mache mir selbst Vorwürfe. Schon oft hatte ich seinetwegen Zweifel; aber ich habe mich störrisch geweigert, ihn als das zu sehen, was er war. Morgen wäre sein Hochzeitstag gewesen. Die arme Lady Bedford!«

»Der Ehevertrag, dem der König zugestimmt hat, besagt, daß ein Sohn Warricks Brianna von Bedford heiraten soll. Ich möchte diesen Vertrag erfüllen.« Warrick starrte Hawksblood an, ein Dutzend Fragen lagen auf seiner Zunge.

»Ich will sie haben. Niemand anderer soll sie besitzen«, schwor Christian.

»Die Leute tuscheln bereits, daß du deinen Bruder umgebracht hast. Sie werden sagen, es sei kein Unfall gewesen. Es wird das Gerücht geben, du hättest ihn beseitigt, um seine Frau zu bekommen.«

»Mir ist es verdammt gleichgültig, was die Leute sagen«, erklärte Hawksblood heftig.

Schließlich meinte Warrick: »Wenn die Lady gewillt ist, habe ich keine Einwände. Ich sehe sie bereits als meine Tochter.«

32

Brianna von Bedford fühlte sich wie betäubt. Mit fasziniertem Entsetzen hatte sie das Gewimmel betrachtet, ihre Augen hatten an dem Ritter in der glänzenden Messingrüstung gehangen. Trotz des Durcheinanders und des Staubes hatte sie gesehen, wie er seinen Speer auf einen anderen Kämpfer richtete. Wenn die Wunde nicht tödlich war, so käme das einem Wunder gleich.

Mit einem dicken Kloß im Hals sah sie zu, wie der gefallene Krieger vom Feld getragen wurde. In seiner Rüstung ließ sich seine Person nicht ausmachen; doch eine Vermutung, die so schrecklich war, daß sie sich ihrer schämte, stieg in Brianna auf. Es konnte nicht Robert sein. Christian de Beauchamp wäre zu einer so feigen Tat nicht fähig. Dennoch hatte sie darauf gewartet, daß er etwas tat, was ihre Eheschließung mit Robert vereitelte?

Voller Angst verließ sie die Loge und machte sich auf den Weg zum Krankenzelt. Adele folgte ihr, sie wußte nicht genau, was geschehen war. Eine Menschenmenge hatte sich um das Zelt gebildet. Brianna sah, daß die Klappe verschlossen war, damit niemand eintreten konnte. Ein anderes Zelt stand offen, und Männer mit harmloseren Wunden gingen hinein und kamen heraus. Sie ging hinein und sah sich alle Männer an, die Master John Bray und seine Helfer behandelten. Der Graf von Salisbury lag dort mit einer Wunde am Bein, doch keiner der Männer war Robert. »Welcher Mann wurde soeben vom Feld getragen?« fragte sie angstvoll.

»Es war Warricks Sohn, Lady«, erklärte ihr einer der Knappen. Die Edelleute, die von ihrer Beziehung zu Robert de Beauchamp wußten, betrachteten sie mitleidig. Ihre Blicke sagten ihr deutlicher als Worte, daß ihr Verlobter tot war. Brianna fühlte sich furchtbar, alles um sie herum verschwamm, und der Boden des Zeltes hob sich ihr entgegen, als sie zusammenbrach.

Sir John Chandos hatte gesehen, wie sie schwankte, er trug sie nach draußen. Beinahe sofort kam Brianna wieder zu sich, und verzweifelt blickte sie in Adeles besorgtes Gesicht. »Es ist schon gut«, sagte sie. »Danke, John.«

»Ich werde Euch zu Euren Gemächern bringen, Lady Bedford.«

»Was ist geschehen?« fragte Adele, die noch immer nicht im Bilde war.

Leise erklärte John Chandos: »Robert de Beauchamp wurde in der Hastilude getötet.«

»O mein Gott«, flüsterte Adele und bekreuzigte sich.

Brianna lag auf ihrem Diwan und starrte blicklos an die Decke. Ihre Gedanken irrten zurück zu dem Augenblick, als diese unglückliche Dreierkonstellation begonnen hatte. Bei ihrer allerersten Begegnung mit Hawksblood hatte er sie schon »seine« Lady genannt.

Nachdem sie in Bedford intim geworden waren, hatte er sie schwören lassen, die Verlobung mit Robert zu lösen. Wenn sie das rechtzeitig getan hätte, wäre dann Roberts Leben verschont geblieben? Der Gedanke war unerträglich. Der Schwur lautete so: *Wisset, Lady; Ihr werdet niemals Robert de Beauchamp gehören, nicht in diesem Leben und auch nicht im nächsten.*

Seinen Schwur hatte er gehalten!

Brianna wußte, daß sie Robert nie geliebt hätte, und das machte alles nur noch schrecklicher. Sie hatte sich schamlos seinem Bruder hingegeben, doch von ihrem Verlobten ferngehalten. Trotz alledem traf auch Robert eine gewisse Schuld an dem brennenden Haß zwischen ihm und seinem Bruder. Noch an ihrem letzten Abend hatte er gesagt: »*Ich hoffe, es gelüstet ihn so sehr nach Euch, daß er an unserem Hochzeitstag daran ersticken wird.*« Jetzt würde es keinen solchen Tag geben. »Lieber Gott, laß mich bitte keine Erleichterung fühlen, weil er tot ist. Laß mich bitte nicht so böse und unmenschlich sein.«

Ein Page brachte eine förmliche Botschaft vom König, daß ihr Verlobter, Sir Robert de Beauchamp, in der Hastilude durch einen Unfall ums Leben gekommen war. Eine Stunde später traf ein Billett vom Grafen von Warrick ein, in dem er anfragte, ob sie ihn freundlicherweise besuchen wolle.

In einer schwarzen Tunika über einem grauen Unterkleid, das Haar zu einem dicken Knoten aufgesteckt, schleppte sich Brianna in Adeles Begleitung durch den Lower Ward zum Beauchamp-Turm. Ein Diener bat sie und Adele herein und führte sie dann zu dem Raum, wo der Graf auf sie wartete. Adele ließ sie allein eintreten, sie setzte sich vor der Tür auf einen geschnitzten Sessel.

Das Gesicht des alten Grafen war zerklüftet wie ein Vulkanstein. Sie hatte keine Ahnung, was sie ihm sagen sollte. »Mein Lord, es schmerzt mich, daß Ihr einen solchen Verlust erleiden mußtet«, flüsterte sie.

Er schüttelte den Kopf. »Der König hat erklärt, daß es in Windsor keine Hastiludes mehr geben wird. Sie sind viel zu gefährlich. Wir verlieren in jedem Krieg genug Ritter, als daß wir es uns leisten könnten, sie auch noch tödlichen Unfällen auszusetzen.«

Brianna öffnete den Mund, um ihm zu sagen, daß es kein Unfall war, doch sie brachte kein Wort heraus. Wie konnte sie dem Mann, der um den Tod seines Sohnes trauerte, sagen, daß der überlebende Bruder den Mord begangen hatte.

»Lady Bedford, ich möchte noch immer, daß Ihr meine Schwiegertochter werdet.«

»Ich … ich verstehe nicht …«

»Mein Sohn Christian wünscht Euch morgen zu ehelichen.«

»Ah, Himmel, nein«, rief Brianna. »Robert hat noch nicht einmal sein Begräbnis erhalten.«

»Meine Liebe, das ist eine ganz gebräuchliche Sitte. Wenn ein Ehevertrag aufgesetzt wurde und der Tod einen Sohn dahinrafft, erfüllt ein anderer Verwandter sehr oft diese Vereinbarung. Normalerweise will eine Familie eine Erbin nicht verlieren, aber ich schwöre Euch, das ist nicht mein Motiv. Ich habe Land und Schlösser genug für Christian.«

»Ich kann Hawksblood nicht heiraten«, flüsterte sie.

Das Gesicht des Grafen verhärtete sich. »Er ist entschlossen, Euch zu gewinnen. Normalerweise bekommt dieser Mann, was er haben will.«

»Ich... ich... es tut mir leid.«

»Gebt mir jetzt noch nicht Eure endgültige Antwort. Schlaft darüber, Lady Bedford. Morgen werdet Ihr vielleicht einsehen, daß Hawksblood zu heiraten ein guter Entschluß ist.«

Brianna verließ das Zimmer, und sie und Adele bahnten sich einen Weg durch den Wald voller Menschen. Windsor wimmelte von Besuchern, alle beabsichtigten zu feiern. Die Lichter in dem großen Bankettsaal würden die ganze Nacht über brennen, während der Hof tanzte, trank und lachte. Das Leben ging weiter in all seiner Überschwenglichkeit, trotz der Anwesenheit des Todes, oder vielleicht gerade deswegen.

Brianna saß in ihrem Zimmer, und die Gedanken wirbelten durch ihren Kopf. Hawksblood hatte wirklich keine Zeit verloren, um mit Warrick zu sprechen und sich seine Zustimmung zu der Eheschließung zu holen. Konnte er sich denn wirklich alle Menschen gefügig machen? Warrick hatte von Land und Schlössern gesprochen, die jetzt an Christian fielen. Ein Grund mehr, einen Rivalen auszuschalten. Und sie konnte nicht abstreiten, daß er die Menschen von Bedford behandelt hatte wie ein Grundherr. Vielleicht hatte er schon vor langer Zeit seine Pläne geschmiedet. Konnte denn niemand sehen, was er durch den Mord an seinem Bruder gewonnen hatte? Mit einem Speerwurf war er der Erbe der Grafschaft von Warrick geworden!

Sie war so in ihre finsteren Grübeleien versunken, daß sie die Stimmen im Vorraum gar nicht hörte. Dann öffnete sich die Tür, und Christian Hawksblood stand vor ihr.

»Was willst du?« fragte sie unbewegt.

»Ich will dich, Brianna.«

»Du kannst mich nicht haben«, erklärte sie ausdruckslos.

Er machte einen Schritt auf sie zu. »Ich kann, und ich werde.«

»Besitzt du denn gar kein Gewissen?« rief sie ungläubig.

»Nein, keines«, erklärte er knapp.

»Robert war mein Verlobter.«

»Du hast ihn nicht geliebt. In Wirklichkeit bist du vor dem Gedanken, seine Frau zu werden, zurückgeschreckt.«

Ein brennendes Schuldgefühl stieg in ihr auf. Wie konnte sie ehrlicherweise seine Worte ableugnen? »Ich hätte gelernt, ihn zu lieben!« rief sie.

»Du kannst lernen, mich zu lieben.«

Sie stand auf und trat vor ihn. Ihr Atem ging schnell, ihre Brüste hoben und senkten sich stürmisch. »Ich habe dich geliebt. Doch du hast diese Liebe getötet, so wie deinen Bruder.«

Christian trat noch näher und packte sie bei den Schultern. »Er war verwickelt in eine Verschwörung, von der du keine Ahnung hast. Ich bin zum Schweigen verpflichtet. Entweder vertraust du mir oder nicht.«

Sie blickte suchend in sein dunkles Gesicht. Es sah so hart aus, als wäre es aus Holz geschnitzt. Sie brauchte all ihren Mut, um sich ihm zu widersetzen. Ein Aufflackern von Furcht regte sich in ihrer Brust. Ihr Leben hing an einem seidenen Faden, wenn sie einen so skrupellosen Mann des Mordes bezichtigte. »Ich vertraue dir *nicht*«, sagte sie leise. Sie glaubte gesehen zu haben, wie er bei ihren Worten zusammenzuckte, doch blieb sein Gesicht verzogen zu grimmiger Entschlossenheit.

»Eine Ehe ohne Vertrauen wird sicher sehr interessant werden«, spottete er.

»Ich werde dich nicht heiraten, Araber!« fuhr sie auf, dann stockte ihr der Atem ob ihrer eigenen Kühnheit.

»Du wirst, du wirst!« schwor er.

Voller Verachtung sah sie zu ihm auf. »Du kannst mich nicht dazu zwingen.«

»Der König kann es.«

»Dann bringe mir seinen schriftlichen Befehl!« triumphierte sie.

Hawksblood griff in sein Wams und zog ein Pergament hervor. Er nahm ihre Hand und legte es in ihre offene Handfläche. Ohne ein weiteres Wort wandte er sich um und verließ sie.

Brianna hielt sich die Nase zu vor dem beißenden Geruch der brennenden Wachskerzen auf dem Altar der Kapelle. Sie hatte die ganze Nacht über kein Auge zugetan, sondern die Stunden damit verbracht, sich wegen der bevorstehenden Zeremonie zu martern.

Sie lebte wirklich in einer Männerwelt. Was bedeuteten ihre Wünsche, verglichen mit denen der vier Mächtigen, die in der Kapelle anwesend waren? Warrick stand neben Hawksblood und der König neben Prinz Edward, Hawksbloods Trauzeuge. Ein Priester intonierte ein lateinisches Gebet, und Brianna blickte hinunter auf ihr Kleid, das Joan so liebevoll entworfen hatte. Sie haßte es!

Wie prophetisch erwiesen sich nun ihre Worte zu Robert. »Es bringt Unglück für einen Bräutigam, wenn er das Brautkleid vor der Eheschließung sieht.« Ihre Gedanken wanderten zu Joan. Auch sie war gezwungen gewesen, ihre Wünsche denen eines mächtigen Mannes unterzuordnen. Es war falsch! Eine Frau sollte mitwirken können an ihrem eigenen Schicksal.

Brianna erschrak, als der König neben sie trat und ihre Hand nahm. Der Priester hatte die rituelle Frage gestellt: »Wer übergibt diese Frau?« König Edward legte ihre Hand in die von Christian de Beauchamp und sagte: »Ich.« Da sie ein Mündel des Königs war, hatte Seine Hoheit selbst sie ihrem Bräutigam zu übergeben.

Ganz mechanisch wiederholte Brianna die Worte des Priesters – sie schwor ihre Treue, ihre Zukunft, ihr Leben, bis daß der Tod sie schied. In der Folge schwor sie, ihn zu lieben, zu ehren, ihm zu gehorchen; dann kniete sie nieder, um seine Hand zu küssen, und wiederholte ihre Worte, die der Priester ihr vorsprach: »Ich unterwerfe mich Eurer Autorität, mein Lord Ehemann.« Sie hatte keine andere Wahl. Dann reichte sie ihre Blumen Adele, damit Christian ihr den schweren goldenen Ring an den Finger stecken konnte.

Sie hörte Christians dunkle Stimme. »Mit diesem Ring nehme ich dich zur Frau, mit meinem Körper werde ich dich anbeten …«

Er hat mich bereits mit seinem Körper angebetet, dachte Brianna verzweifelt, und wenn ich mich ihm noch einmal hingebe, werde ich mich selbst entehren! Dann hörte sie den Priester verkünden: »Ich erkläre Euch hiermit zu Mann und Frau, im Namen des Vaters und des Sohnes und des Heiligen Geistes.«

Hawksblood stand riesengroß vor ihr und senkte den Kopf, um ihr einen Kuß zu geben. Sie hob ihm ihr Gesicht nicht entgegen, er mußte sich tief bis zu ihr hinunter bemühen. Seine Augen blitzten wie die Splitter von Edelsteinen. Er war zu stolz, um sein

Haupt vor einem Mann zu beugen, aber sie durfte es verlangen. Sein Kuß war kurz und keusch. Sie nahm ihre Blumen von Adele zurück und stand dann abwesend dabei, als alle dem Bräutigam gratulierten und die Braut küßten.

König Edward entschuldigte sich. »Mein Freund de Montecute ist gestern verwundet worden. Sein Zustand verschlechtert sich von Stunde zu Stunde.« Er und der Prinz von Wales verabschiedeten sich; doch als Brianna Anstalten machte, ihnen zu folgen, umfaßte Hawksblood ihr Handgelenk. »Wir bleiben hier.«

Schweigend sah sie zu, wie zwei Ritter einen großen Sarg hereintrugen. Nur sie drei waren anwesend bei dem Beerdigungsgottesdienst für Robert. Sie fand es beschämend, daß Prinz Lionel nicht teilnahm mit all den Rittern des Hauses von Clarence. Robert hatte ihm treu gedient. Sie wußte nicht, daß Lionel in betrunkener Benommenheit in seinen Gemächern lag, weil er geächtet worden war von seinem Vater und dem Bruder, gegen den er eine Verschwörung angezettelt hatte.

Brianna ging tief in sich und fand innere Stärke. Sie stand stolz und aufrecht da, während der Priester die endlosen lateinischen Gebete sprach. Als die Zeremonie schließlich ihr Ende fand, stieg sie die Stufen zum Altar hinauf und stellte sich neben den Sarg. Sie zog eine Rose aus dem Brautstrauß, stach einen Dorn davon in ihren Finger, und ein Tropfen Blut fiel auf die weißen Blütenblätter. Sie legte die Blume auf den Sarg. »Vergib mir«, flüsterte sie.

Brianna blinzelte, als sie aus der Kapelle in das helle Sonnenlicht trat.

Adele sprach mit Hawksblood. »Mein Lord, werdet Ihr Paddy schicken, um Lady de Beauchamps Sachen abzuholen?«

Brianna begriff, daß sie damit gemeint war, sie hieß jetzt de Beauchamp. Es klang nicht einmal fremd in ihren Ohren, und allein dieser Gedanke berührte sie eigenartig.

»Nein, Adele, ich selbst werde die Sachen meiner Lady holen«, entschied Christian.

Als Brianna die Gemächer ihres Mannes betrat, erinnerte sie sich daran, daß sie schon einmal hiergewesen war. Die Zimmer hatten einmal Joans Bruder, dem Grafen von Kent, gehört, und

Joan hatte sie manchmal mitgenommen. Die Räume waren luxuriös eingerichtet, denn Edmund erfreute sich eines großen Vermögens innerhalb der königlichen Familie. Die Wohnung bestand aus zwei großen Zimmern und einer Ankleidekammer. Den größeren der beiden Räume dominierte ein riesiges Bett, versehen mit seidenen Vorhängen. Hawksbloods Worte kamen ihr wieder in den Sinn: »*Ich werde meinen Samen in dich hineinpflanzen, Brianna, daran besteht kein Zweifel.*« Er war so fest davon überzeugt, ihr Mann zu werden! Robert sah er nie als ein echtes Hindernis. War er nur aus dem einzigen Grund nach England gekommen, um sich an Warrick zu rächen? All seine Handlungen schienen darauf hinzuweisen. Hatte er sie nur begehrt, weil sie ein Teil der Beute aus dem Hause Warrick war?

Christian brachte die letzten Truhen Briannas herein, dann wandte er sich an Adele. »Ich habe meine Sachen aus der Ankleidekammer geräumt. Ich hoffe, Ihr werdet Euch dort wohl fühlen.«

»Danke, mein Lord, sie ist mehr als angemessen.«

»Wie nett von Euch, das zu sagen, Adele! Ich weiß, es ist ein sehr kleines Zimmer. Wenn wir nach Frankreich reisen, werde ich dafür sorgen, daß Ihr mehr Platz bekommt.«

Briannas Bettwäsche war von feinster Qualität, auf allen Stücken befand sich das Monogramm B für Bedford. Als Adele jetzt das Brautbett bezog, dachte sie, daß dieses Monogramm Beauchamp bedeutete.

In dem anderen Raum waren Brianna und Christian zum ersten Mal allein, seit sie vor dem Altar den Schwur geleistet hatten. Brianna hob das Kinn. »Ich war sehr zufrieden in Bedford. Lieber möchte ich dorthin zurückkehren, anstatt dich nach Frankreich zu begleiten.«

Christian kam zu ihr und blieb vor ihr stehen, doch er berührte sie nicht. »Brianna, ich habe dich geheiratet, damit wir für den Rest unseres Lebens beieinander sein können. Eines Tages werden wir nach Bedford gehen. Zusammen. Doch dieser Tag ist noch nicht gekommen. Zuerst einmal müssen wir nach Frankreich. Zusammen.«

Sie warf in einer Geste des Trotzes ihr goldenes Haar über die Schultern zurück. »Du hast mir recht gut beigebracht, wie ich dem entgehen kann. Ich brauche nur zu verschwinden an dem Tag deiner Abreise!«

Jetzt berührte er sie. Seine kräftigen Hände streichelten ihre Schultern, dann zog er sie ein wenig näher an sich. Er sprach leise und verführerisch. »Zu dem Zeitpunkt, an dem wir nach Frankreich abreisen, wirst du mich gar nicht mehr verlassen wollen. Ich werde in deinem Blut sein. Du wirst mir gehören, mit Leib und Seele.« Er preßte seine Lippen auf ihre und küßte sie so intim und besitzergreifend, daß es das einfachste auf der Welt gewesen wäre, sich dieser überwältigenden männlichen Dominanz zu ergeben.

Als sich seine Lippen wieder von ihr lösten, meinte Brianna verächtlich: »Wenn du glaubst, daß Küsse und Zärtlichkeiten alles besiegeln, dann kennst du mich schlecht. Du kannst meinen Körper besitzen, vielleicht sogar meinen Verstand, durch deine geheimnisvolle Macht; aber niemals wird dir auch nur der kleinste Teil meiner Seele gehören.« Während sie diese Worte aussprach, wußte sie, daß sie ihm so etwas nicht sagen sollte. Damit lieferte sie ihm eine unwiderstehliche Herausforderung an seine Männlichkeit.

Er tat, als habe sie gar nichts gesagt. Mit seinen Blicken liebkoste er ihr Haar, ihr Gesicht, ihre Gestalt. Dann murmelte er: »Laß mich dir helfen, dein Gewand auszuziehen.«

Voller Panik, daß er bereits jetzt seine ehelichen Rechte einforderte, am hellichten Nachmittag, rief sie: »Nein, ich werde es anlassen!«

Mit gelüfteten Brauen erkundigte er sich: »Du willst zu der königlichen Taufe dein Brautkleid anlassen? Oder hast du die etwa vergessen, chérie?«

Brianna wurde über und über rot. »Natürlich habe ich es nicht vergessen. Adele wird mir beim Umziehen helfen.« Sie schluckte. »Ich würde dafür gern allein sein, mein Lord.«

Christian wußte, daß es ihr schwerfallen würde, zum dritten Mal an diesem schicksalhaften Tag die Kapelle aufzusuchen. »Ich werde zurückkommen, um dich zu begleiten. Genieße die Zeit allein, so gut es geht«, fügte er noch hinzu.

Brianna war unendlich erleichtert, das Brautkleid ausziehen zu können. Adele half ihr in eine dunkelblaue Tunika mit einem blaßblauen Unterkleid. Sie würde an diesem Tag aus Rücksicht auf Robert keine lebhaften Farben tragen – aber der König und die Königin nähmen es ihr übel, wenn sie in Trauerkleidung zur Taufe ihres Babys käme. Über eine halbe Stunde brauchten sie und Adele, um die goldene Fülle ihres Haares zu flechten und zu einem Krönchen aufzustecken.

Christian kam, um sie abzuholen, als sie gerade die letzten Haarnadeln feststeckte. »Wie königlich du aussiehst, mein Liebling«, schmeichelte er ihr.

Ihre Antwort war bissig. »Ausreichend für einen Erben?«

»In der Tat.« Er nickte und weigerte sich, auf den Stachel in ihrer Antwort einzugehen.

Die Kapelle war bis zum letzten Platz besetzt, aber die Menge machte Platz für die Neuvermählten. Alle waren schockiert, daß der Araber seinen Bruder umgebracht und dann dessen Verlobte geheiratet hatte. Doch der König schien den Tod von Robert de Beauchamp als Unfall anzusehen und hatte die Vereinigung von Hawksblood und Brianna von Bedford gutzuheißen. Die ganze königliche Familie war zur Taufe eingetroffen. Ein eigener Sessel wartete auf Königin Philippa, während König Edward das Kind im Arm hielt. *Wie eine Trophäe,* dachte Brianna. *Alle Männer sind so eingebildet. Ganz besonders dann, wenn es um Zeichen ihrer Manneskraft geht!*

Weil Prinz Edward so groß war, überragte sein goldener Schopf die Menge der anderen Prinzen und Prinzessinnen. Wenn Joan ihr Baby bekam, würde er es nicht als sein Kind anerkennen können. Joan war jetzt Lady Holland, und ihrer beider Kind würde ein Holland! Briannas Herz tat ihr weh, wenn sie an Joan dachte. Für Edward empfand sie kein Mitleid. Er war ein verdammter Mann, und ein mächtiger obendrein. Wenn er Joan schon nicht in allen Ehren heiraten konnte, so hätte er sich ihr niemals lustvoll nähern dürfen!

Sie warf ihrem neuen Gemahl einen schnellen Seitenblick zu und war erstaunt über den Ausdruck auf seinem Gesicht. Durch seine Größe konnte er die Taufhandlung über die Köpfe der vor ihm Stehenden hinweg beobachten. Sein Ausdruck war ganz sanft, als er das Baby betrachtete. Und sehnsüchtig! Dieser Blick sagte ihr deutlich, daß er sich ein eigenes Kind wünschte. Brianna fühlte sich plötzlich ganz schwach. Sofort richtete er seinen Blick auf sie, legte ihr einen Arm in den Rücken, um sie zu halten, und sie hätte schwören mögen, daß er sie für einen flüchtigen Augenblick voller Zärtlichkeit angesehen hatte, ehe die Maske sein Gesicht wieder verschloß.

Und dann war die Zeremonie vorbei, und sie wurden von der Menge mitgeschoben, als der gesamte Hof sich auf den Weg zum Bankettsaal machte. Sie fühlte, wie Hawksblood ihre Hand nahm, damit sie nicht getrennt wurden. Ein nicht enden wollender Tisch, bedeckt mit einem weißen Satintuch, war aufgestellt worden, auf dem die Taufgeschenke prangten.

»O je, daran habe ich nicht gedacht«, murmelte Brianna.

»Ich habe ein Geschenk von uns beiden geschickt.«

»Welches?« fragte sie und sah sich die Gaben näher an.

»Das herzförmige Medaillon mit dem Rubin und den Perlen«, murmelte er leise.

Brianna hätte beinahe laut aufgekeucht, als sie den riesigen Rubin sah. Er mußte mehrere hundert Pfund wert sein. Bediente er sich etwa schon jetzt aus dem Vermögen Warricks, oder, Gott behüte, vielleicht sogar Bedfords?

Als ihr Mann ihr einen Stuhl zurechtrückte, blickte sie zu ihm auf und sagte: »Ich möchte eigentlich gar nicht hierbleiben.«

»Wir werden schon eine Möglichkeit finden, uns recht bald zurückzuziehen«, versicherte er ihr.

Jetzt wollte sie auf einmal wieder lieber bleiben!

»Hast du heute schon etwas gegessen?« fragte er besorgt, als die Trinksprüche auf die neue Prinzessin ausgebracht wurden.

Brianna schüttelte den Kopf. Kein Wunder, daß ihr in der Kapelle schwindlig geworden war.

»Du darfst an dem Wein nur nippen«, warnte er.

Statt dessen nahm Brianna den Becher und trank ihn mit einem einzigen großen Schluck leer.

»Deinen Schwur, mir gehorsam zu sein, hast du damit gebrochen. Und du hast es absichtlich getan, Brianna!«

Als der Wein sich warm in ihrer Brust ausbreitete, zuckte sie nur lässig mit den Schultern. »Da ich diese Schwüre unter Zwang ausgesprochen habe, werde ich sie wahrscheinlich alle brechen, ehe wir miteinander fertig sind. Einen kostbaren Schwur nach dem anderen!« Sie hob den Becher und winkte einem der Knappen, ihn aufzufüllen, doch Christian umfaßte ihr Handgelenk und drückte zu. Der Becher fiel ihr aus der Hand.

»Du machst dich lächerlich, darüber besteht kein Zweifel; wenn ich dir einen Befehl gebe, wirst du gehorchen – oder ich zwinge dich dazu. Du hast die Wahl.« Er sah sie eindringlich an.

Ich hasse dich! dachte sie.

»Das ist nicht wahr«, versetzte er nachdrücklich.

Allmächtiger, er konnte ihre Gedanken lesen. Jetzt haßte und fürchtete sie ihn zu gleichen Teilen.

Ironisch zog er einen Mundwinkel hoch. »Du fürchtest mich auch nicht übermäßig, Lady, denn sonst würdest du mich nicht provozieren.«

Brianna zwang sich, sich auf die Speisen vor ihr zu konzentrieren. Sie nahm eine Scheibe Lammfleisch, eine Artischocke und ein wenig Wasserkresse. Es gelang ihr, zu kauen und das Fleisch hinunterzuwürgen, dann nahm sie die Blätter der Artischocke und hob die Gabel.

Christian beugte sich zu ihr. »Dir ist doch klar, daß dies ein Aphrodisiakum ist?« Er verzog keine Miene, als sie ihren Teller wegschob. Als der letzte Gang serviert wurde, nahm sie ein kleines Stück Käse und ein Stück des Taufkuchens. Ihren nächsten Schritt überlegte sie sich genau. Als Ali Rosenwasser anbot, mit dem Hawksblood sich die Finger waschen sollte, nahm sie den Weinbecher ihres Mannes und trank ihn in einem Zuge aus.

Christian wußte, daß sie sich Mut antrinken wollte für das, was vor ihr lag. Leise sprach er mit Ali, doch verstand Brianna jedes Wort, genau wie beabsichtigt. »Bereite ein Bad für meine Lady vor, dann kannst du den restlichen Abend freinehmen.«

33

»Für uns ist es jetzt Zeit«, murmelte Christian.

»Wir können die Plantagenets nicht vor den Kopf stoßen«, protestierte Brianna leise.

»Alle hier wissen, daß wir heute morgen geheiratet haben und daß diese Nacht uns viel bedeutet. Komm, Brianna.« Er stand auf und nahm ihre Hand. Als sie sich erhob, war sie ein wenig unsicher auf den Beinen, und er wußte auch, warum. Ihre zitternde Hand lag heiß in der seinen.

Als sie durch den langen Flur gingen, der von der großen Halle wegführte, sagte sie: »Wenn ich ein Bad nehmen soll, dann möchte ich allein sein.«

Er drückte ihre Hand und beugte seinen dunklen Kopf zu ihr. »Wir werden ganz allein sein, Geliebte. Ali weiß, daß wir ihn nicht mehr benötigen.«

»Das habe ich nicht gemeint!« widersprach sie, als sie vor ihren Gemächern angelangt waren. Ali hatte ein Feuer angezündet und das Bad im Schlafzimmer vorbereitet. Die Diener schlenderten gerade mit den leeren Wassereimern davon.

»Ich habe parfümiertes Öl und Handtücher bereitgelegt, mein Lord. Wünscht Ihr sonst noch etwas?«

»Meine Lady möchte allein sein, ganz allein. Sorge bitte dafür, daß wir heute nacht nicht gestört werden.«

Ali verbeugte sich und schloß dann die Tür hinter sich.

Brianna wirbelte herum. Ihre Wangen waren gerötet, ihre Augen leuchteten. »Du weißt genau, was ich meine! Ich möchte, daß du verschwindest!«

Mit großen Schritten kam Christian auf sie zu. Seine Blicke hielten sie gefangen, als er die Hand hob und an ihren Haarnadeln nestelte. Den ganzen Abend über hatte er sich zurückhalten müssen, um nicht ihr herrliches Haar zu berühren, es zu öffnen zu seiner ganzen Schönheit. »Ich kann deine Schüchternheit gar nicht verstehen, mein süßes Herz. Wir haben einander doch schon geliebt, und dennoch brauchst du den Wein, um dir Mut zu machen?«

»Ich brauche keinen Mut, ich will allein sein!« Sie versuchte, ihm zu entkommen, doch seine Finger waren in ihrem Haar vergraben, und es schmerzte, deshalb hielt sie still.

»Wir sind ganz allein. Niemand wird je von unserer Hochzeitsnacht erfahren. Niemand wird unsere Liebesschreie hören oder mitbekommen, welche Intimitäten in dieser Badewanne stattfinden, in diesem Bett.«

Brianna war voller Wut, genau wie er voller Entschlossenheit war. Ihre Wut vertrieb sogar ihre Angst. Mit blitzenden Augen schrie sie: »Ich werde mich nicht vor deinen Augen ausziehen und baden!«

Seine Finger streichelten ihr goldenes Haar und breiteten es über ihre Schultern. »Das wird auch nicht nötig sein, denn das übernehme ich!« Noch während er sprach, hatten seine Finger bereits die Knöpfe an der Seite ihrer Tunika geöffnet.

Ihre Wut machte sie atemlos. »Du bist ein Schurke... ein arabischer Satan!«

Mit sicheren Händen zog er ihr die Tunika aus und machte sich dann an ihrem Unterkleid zu schaffen. »Und du bist die Braut eines arabischen Satans.«

Seine Worte ließen sie erbeben. Sie fühlte die Wärme seiner kräftigen Hände durch den dünnen Stoff des Unterkleides. Eine Hand schloß sich um ihre volle Brust, während die andere unter ihr Kleid glitt und über ihre Schenkel strich. Sie zitterte unter seinen Liebkosungen.

»Meine wunderschöne, wunderschöne Brianna. Ich möchte deinen Körper erforschen, bis ich dich ganz kenne. Ich möchte sehen, wie du vor Wut zischst und spuckst. Ich möchte sehen, wie du lachst und weinst und liebst. Ich möchte dich in einem Turm der Leidenschaft sehen, der bei meiner Berührung zusammenfällt, und dann sollst du all das noch einmal erleben, wenn du nackt bist.« Es war ihm gelungen, ihr das Unterkleid zu entwenden.

»Nein!« rief sie störrisch und rang die Hände.

»Nein? Du brauchst wohl noch etwas mehr Mut, ehe du bereit bist, die Reise in das Leben einer Gemahlin zu beginnen?«

Brianna wußte keine Antwort auf die unverschämten Worte, die er sprach. Er ging durch das Zimmer zu einem Schrank und goß Wein in einen kostbaren Kelch. Dann kam er zu ihr zurück, riesig stand er vor ihr, viel zu groß, als daß man sich in seiner Nähe sicher fühlen konnte. Sie streckte die Hand nach dem goldenen Becher aus, doch er griff nach ihr und legte sie an seine muskulöse Brust; dann hob er selbst den Kelch an ihre Lippen. »Wir werden ihn teilen«, murmelte er heiser. »Alles werden wir miteinander teilen als Liebende.«

Sie senkte die dunklen Lider und trank von dem edlen Tropfen. Er hielt den Becher so, daß sie soviel trinken konnte, wie sie wollte. »Trinke aus dem Becher des Lebens, dem Becher der Liebe«, wisperte er, und seine Stimme war so weich wie dunkler Samt.

Als sie an sich hinunterblickte, sah sie, daß sie nackt war. Wann hatte er ihr die letzten Kleidungsstücke ausgezogen? Er trank noch einen Schluck, den sie für ihn in dem Kelch gelassen hatte; benommen sah sie, daß er den Kopf senkte und ihr einen nach Wein riechenden Kuß gab. Seine Lippen schmeckten wie Himmel und Hölle. Sie haßte ihn, liebte ihn, verabscheute ihn!

Christian genoß es, ihre liebliche Gestalt zu betrachten. Er hob ihr Haar und ließ es dann über ihren Körper fallen. Goldene Seide auf cremezartem Satin. Er umfaßte ihr Gesicht, seine langen Finger legten sich zärtlich um ihre Wangen, dann strichen seine Lippen über ihre Augenbrauen, ihre Wangenknochen, ihren Schönheitsfleck. Das verlockende Grübchen in ihrem Kinn berührte er mit der Zungenspitze, fuhr damit seinen Umrissen nach und dann schlossen endlich seine Lippen sich über ihren in einem Kuß, der ihren süßen Mund erforschte.

Seine sinnliche Hingabe rührte an all ihre Sinne, so daß sie nicht merkte, wie er eine Hand zwischen ihre Schenkel schob. Erst nach einer Weile spürte sie seine Wärme auf ihrem Venushügel. Seine andere Hand strich ihr über ihren Rücken, schob sich unter ihr Haar und umfaßte dann ihr Gesäß.

Dann hob er sie hoch!

»Hawksblood, nein!« rief sie und mußte sich an ihn klammern, damit sie nicht fiel.

Noch immer lagen seine Lippen auf ihren. »Christian, sag Christian«, murmelte er an ihrem Mund. »Ich möchte meinen Namen auf deinen Lippen schmecken.«

»Schurke! Teufel! Satan! Wie schmeckt das?«

»Es schmeckt sündhaft und lüstern und herrlich vielversprechend.«

Erschrocken und gleichzeitig überrascht keuchte sie auf, als er sie noch höher hob, sie in das warme, parfümierte Wasser setzte und dafür sorgte, daß ihr Haar nicht naß wurde. Dann kniete er neben der Wanne nieder und griff nach dem Schwamm.

»Nein! Bitte, Hawksblood, erlaube mir, mich selbst zu waschen.«

»Sag Christian.«

»Bitte, Chris –« Noch ehe sie seinen Namen zu Ende gesprochen hatte, preßten sich seine Lippen auf ihre und schmeckten den Klang seines Namens darauf. Dafür, daß sie ihm gehorcht hatte, legte er den Schwamm in ihre Hände und stand auf. Erleichtert atmete Brianna auf, doch noch ehe der Seufzer ihren Lippen entschlüpft war, sog sie scharf die Luft ein. Jesus, er benutzte die Gelegenheit, sich selbst auszuziehen. Sie wagte es nicht, die Blicke von ihm abzuwenden, vor lauter Furcht, was er wohl als nächstes tun würde, dieser Ehemann, der sie so verrückt und so schrecklich wütend machte.

Briannas Augen weiteten sich, als sie seine herrliche Gestalt betrachtete. Sie hatte ganz vergessen, wie körperlich perfekt dieser Mann war. Mit seiner glänzenden, dunklen Haut ähnelte er einem mythischen Gott. Das Feuer warf einen goldenen Schein auf seinen Leib, hob jeden einzelnen Muskel, jede Sehne auf seinem kräftigen Oberkörper und seinen eisenharten Schenkeln hervor.

Die Wärme des Wassers, zusammen mit dem Wein, ließ ihren Körper prickeln. Er machte sich selbständig und begann sich daran zu erinnern, welche Genüsse er ihr in Bedford beschert hatte. Eine Sehnsucht wuchs in ihr, ein Schmerz, der immer größer wurde. Die Leere in ihrem Inneren schien unendlich. Ihr Körper mußte ausgefüllt werden. Sie war hungrig nach dem Gefühl seiner Haut, sie brauchte seine Berührungen. Sie war so weit, daß sie glaubte, aufschreien zu müssen.

Wie ein Raubtier bewegte er sich durch den Raum. Er breitete ein dickes, weiches Handtuch vor dem Feuer aus, dann zog er den Stöpsel aus einer schimmernden weißen Flasche und stellte sie daneben. Und dann kam er zu ihr. Als er sie aus dem Wasser hob, zitterte Brianna, als die kühle Luft auf ihre erhitzte Haut traf.

Er legte sie auf das Handtuch vor dem Feuer und breitete ihr goldenes Haar wie einen Heiligenschein um ihren Kopf. Das Wasser auf ihrer Haut verdampfte in der Wärme des Feuers. Einige der Tropfen jedoch hingen noch an ihren Brüsten, um ihren Nabel herum und in dem Dreieck krausen Haares zwischen ihren Schenkeln. Christian beugte sich zu ihr und leckte die warmen Wassertropfen von ihrem Körper, bis sie schließlich von Kopf bis Fuß erbebte.

»O Gott, o Gott«, wimmerte sie und wollte, daß er aufhörte, wollte, daß er für immer weitermachte.

Aus der Flasche goß er duftendes Öl in seine Handflächen, wärmte sie an der Flamme und strich es dann in langsamen Bewegungen auf ihren Hals, zwischen ihre Brüste, über ihren schlanken Bauch und ihre Schenkel. Der Duft nach Myrrhe und Limonen berauschte ihre Sinne, und ihre Haut wandelte sich von Eis zu Feuer, als er ihren festen jungen Körper streichelte und massierte, bis er im Schein des Feuers zu glühen begann.

Seine Stimme, dunkel und rauh vor Leidenschaft, hüllte sie ein. »Ich möchte, daß das, was wir fühlen, noch tiefer geht als die Liebe, denn die Seele besitzt unendliche Weiten. Liebe, genau wie das Symbol des Eheringes, hat keinen Anfang und kein Ende. Eine brennende Leidenschaft kann man, wenn sie erst einmal begonnen hat, nicht mehr beenden. Wenn ich dich in das Bett trage, hinter die Vorhänge, im Dunkeln, dann werden wir das, was wir fühlen, bis zu den Wurzeln der Liebe führen. Du mußt alles, was du weißt, alles, was du bist, in der Hingabe loslassen.«

Brianna brannte vor Verlangen, als er sie hochhob und zum Bett trug. Aber es war ein rein körperliches Verlangen, das er in ihr geweckt hatte, es besaß nichts Geistiges und hatte auch nichts mit der Begegnung ihrer Seelen zu tun. Sie fühlte seinen hart aufgerichteten Penis, der sich gegen ihren Schenkel drängte, er war so heiß und so hart wie das Feuereisen neben dem Kamin.

Im Bett zog er sie an sich, nahm sie in seine Arme und hüllte sie mit seiner überwältigenden Männlichkeit ein. Sein Körper war so hart, als trüge er eine Rüstung, und Brianna begann zu schluchzen, so groß war ihr Verlangen nach ihm. Was er in ihr geweckt hatte, war schreiende Lust! Sie war eine Frau, er war ein Mann, und sie sehnte sich danach, von ihm überwältigt zu werden.

Als er mit der Zunge über eine ihrer Brustspitzen strich, bis sie sich hart aufrichtete, schob er gleichzeitig einen Finger in sie hinein, um sie zu erforschen, und dann auch noch einen zweiten Finger. Tief drang er in sie ein und fühlte, wie ihr Körper sich zusammenzog und sie sich ihm entgegenhob.

Sie war wie heiße, feuchte Seide, und auch wenn er ein Meister in der Kunst war, sich unter Kontrolle zu halten, so verspürte Hawksblood doch den überwältigenden Wunsch, unverzüglich in sie einzudringen. Seine Kontrolle zerbarst in Millionen von Einzelteilen. Als er die beiden Finger aus ihr löste, stöhnte Brianna leise protestierend auf.

»Was ist, Liebling?« rief er und schob sich über sie.

Brianna krallte die Fingernägel in seine Haut. »Christian, Christian, ich will, daß du mich nimmst!«

Er brannte vor Verlangen, es raubte ihm beinahe den Verstand. Mit einem einzigen, tiefen Stoß drang er in sie ein und verlor sich dann vollkommen in diesem Mädchen mit dem üppigen Körper einer Frau und dem sinnlichen Verlangen einer Nymphe. Sie kam ihm mehr als nur auf halbem Weg entgegen, gab und nahm. Ihre Liebe war wild, beinahe gewalttätig. Es war ein Angriff auf alle Sinne.

Auf alle!

Sie erreichten zusammen die höchsten Höhen, schrien beide verzückt auf, als sie den Gipfel erreichten und sanken dann wieder zur Erde, klammerten sich aneinander und hatten das Gefühl, einen kleinen Tod zu erleben. Anschließend ruhten sie, hielten einander in den Armen, erschöpft und ausgelaugt.

Und dann begann für Christian das Wunder der Wiedergeburt, als seine körperlichen Kräfte zurückkehrten. Seine Kraft, seine Energie durchströmten ihn. Und noch etwas anderes: Freude, Zufriedenheit und ein Gefühl des Friedens, das er bis jetzt noch nicht kennengelernt hatte. Er rollte von ihr herunter, schlang die Arme um sie und drückte sie an sein Herz, sein Gesicht barg er in ihrem goldenen Haar.

Brianna war überwältigt. Sie begann zu schluchzen, bis sein Herz feucht war von ihren Tränen. Er hatte ihr Glück geschenkt, auf das sie kein Recht besaß. Sie hatten sich solch fleischlichen Gelüsten hingegeben, daß es eine Todsünde war.

Christian wußte, daß Briannas Gefühle in diesem Augenblick verworren waren wie ihr wunderschönes Haar. Er wußte, daß Tränen eine reinigende Kraft bedeuteten für eine Frau. In ihrer Erfüllung mischten sich Trauer und Schuldgefühle, Liebe und Haß. Seiner Erfahrung nach würde es eine lange Zeit dauern, bis sie sich wieder in der Hand hatte. Und auch wenn er ein geduldiger Mann war, so hoffte und betete er doch, daß sie nicht zu lange bräuchte, bis sie begriff, daß sie ihn liebte und anbetete, genau wie er sie! Er würde ihr Zeit lassen, um die Tatsache zu begreifen, daß ihre Ehe kommen mußte, daß sie füreinander bestimmt waren seit Anbeginn der Menschheit und daß sie zusammen sein würden, bis in alle Ewigkeit.

Brianna, deren Gefühlsleben aus den Angeln geraten war, fiel jetzt auch körperlicher Erschöpfung anheim. Sie sank in einen tiefen Schlaf, über Stunden rührte sie sich nicht. Als sie erwachte, herrschte Dunkelheit hinter den Bettvorhängen. Sofort war sie sich der Anwesenheit des Mannes neben ihr bewußt, auch wenn er ruhig schlief. Bruchstücke der Erinnerung kehrten in dem Dämmer zurück. War es ein Traum, an den sie sich zu erinnern versuchte? Dann fügten sich mit einem Schlag die Bilder zusammen.

Sie erinnerte sich lebhaft!

Es war zu der Zeit von Hawksbloods Feldzug in Frankreich gewesen, und sie hatte absichtlich den grauen Samtumhang ihrer Mutter umgelegt, damit sie eine Vision von ihm erhielt. Voller Entsetzen wurde ihr jetzt klar, daß es kein Traum gewesen war, sondern ein untrügliches Wissen, ein Blick in die Zukunft. Sie hatte mental vorauserlebt, wie Christian Robert umgebracht hatte, und dann ließ sie einfach alles geschehen. Deutlich erinnerte sie sich daran, wie sie Robert in den Turm gelockt hatte, damit Christian ihn umbringen konnte. Und mit Roberts Blut auf ihrem Körper hatten sie sich dann geliebt. Genauso war wirklich alles eingetroffen, wie in der Vision!

Brianna schloß die Augen in der Dunkelheit und marterte sich mit ihrer Schuld, die sie in dieser ganzen Sache auf sich geladen hatte. Hatte sie etwa auch in Wirklichkeit Christian dazu verführt, ihr Geliebter zu werden, damit er sie vor einer Ehe mit Robert retten sollte? Nein, wissentlich war das nicht geschehen, aber sie gab zu, daß sie sich von der Verantwortung dafür nicht völlig freisprechen konnte.

Ihr neuer Ehemann bewegte sich im Schlaf, und sein Schenkel berührte den ihren. Angst überkam sie. Aber es war nicht nur Angst vor ihm. Sie hatte Angst vor sich selbst, fürchtete sich vor ihrem Verlangen nach diesem wilden Gesellen. Sie hatte Angst vor ihrem dunklen Verlangen, das nur er stillen konnte. War er ein Magier? Hatte sie ihre Seele an den Teufel verkauft? Sie durfte ihn niemals wissen lassen, welche Macht er über sie besaß, daß ihm ihr Körper und ihre Seele gehörten. Er hatte ihr seinen Stempel aufgedrückt, so unauslöschlich wie das Säbelzeichen, das er trug. Sie mußte einen kleinen Teil von sich vor ihm bewahren, um wenigstens einen Funken Ehrgefühl und Würde zu behalten. Niemals durfte er wissen, daß sie sich nach seiner Berührung sehnte, nach Lust mit ihm hungerte. Wenn er auch nur ahnte, wie sehr sie vor Verlangen brannte, mußte sie sich selbst dafür verachten.

Als Christian aufwachte, schlief Brianna wieder. Sie war wunderschön in ihrem Schlummer. Ihre goldenen Wimpern lagen wie kleine Fächer auf ihren Wangen, und er fühlte einen Anflug von Bedauern, als er daran dachte, daß sie, wenn sie ihre Augen öffnete, ihn voller Schuldgefühl und Vorwurf ansehen würde. Er fluchte leise, weil Roberts Geist zwischen ihnen stand. Ein Rivale aus Fleisch und Blut war als Gegner keine Herausforderung für ihn, doch gegen die oft überhöhte Tugend eines Toten konnte man schwer etwas ausrichten.

Christian wußte sehr gut, daß Brianna versuchen würde, ihn auf Armeslänge von sich fernzuhalten und einen Teil von ihr vor ihm zu bewahren. Wenn er wirklich wollte, konnte er leicht ihren Schutzschild durchbrechen, und natürlich wollte er das in jeder Nacht. Doch er wünschte sich, daß sie aus freien Stücken den Abstand zwischen ihnen überbrückte. Sie würde lernen müssen, ihm vollkommen zu vertrauen, ihm auch ihr Herz zu überlassen. Er schwor sich, sie zu beschützen, zu umsorgen und zu lieben, so sehr, daß sie allmählich ihre Seelenverwandtschaft begriff und akzeptierte.

Als Brianna aufwachte, hielt sie die Augen geschlossen und tat so, als schlafe sie noch, bis sie fühlte, wie ihr Mann sich erhob. Als sie hörte, wie er Wasser aus dem großen Krug in die Waschschüssel goß, öffnete sie die Augen einen Spalt. Es gab so vieles an Christian Hawksblood, das sie noch nicht kannte. Sie errötete, als sie ihn beobachtete. Eines hatte sie schon herausgefunden, nämlich, daß er sich rasierte, während er noch ganz nackt war!

Die ganze Nacht über hatte der König zusammen mit Katherine de Montecute bei ihrem Ehemann William gewacht. Die Wunde im Bein seines Freundes, die er in der Hastilude davongetragen hatte, schien nur geringfügig zu sein, verglichen mit seinen Wunden aus kriegerischen Auseinandersetzungen. Doch Williams Zustand hatte sich von Stunde zu Stunde verschlechtert. Master John Bray, der Arzt des Königs, kümmerte sich aufopfernd um ihn; zu später Stunde indessen hatte er Edward aus dem Bett holen lassen und ihm erklärt, daß der Graf von Salisbury wohl nicht bis zum Morgen überleben werde. »Gibt es denn gar nichts, was wir noch tun können?« fragte der König, und sein Herz zog sich zusammen, als er die Qual in Katherines Augen sah.

»Nein, Euer Majestät. Es ist beinahe so, als wäre der Speer, der ihn verwundet hat, vergiftet gewesen und das Gift hätte sich in seinem ganzen Körper ausgebreitet.«

»Dann laßt uns allein. Ich werde bis zu seinem Ende bei ihm bleiben. Wenigstens das bin ich ihm schuldig.« Er nahm Williams Hand und dann auch die von Katherine und übermittelte ihnen so seine Kraft und seinen eisernen Willen. William erlangte das Bewußtsein nicht wieder. Er tat seinen letzten Atemzug wenige Minuten vor der Morgendämmerung. Auf den Knien neben seinem Bett weinten Edward und Katherine.

»Meine Teure, wir dürfen nicht zusammen gesehen werden«, flüsterte er ihr zu. »Böse Zungen werden flüstern, daß ich ihn umgebracht habe, um dich für mich zu haben. Die Wölfe werden deinen guten Ruf in Stücke reißen. Gerüchte über eine Vergiftung verbreiten sich wie ein Lauffeuer, wenn wir uns jetzt nicht trennen. Ich möchte nur dich und William ehren, dein guter Ruf soll dir erhalten bleiben.«

Katherine sah den Schmerz auf seinen Zügen. *Ich hatte sie beide, und jetzt habe ich keinen von ihnen mehr!* dachte sie entsetzt.

Sie verbarg das doppelte Leid in ihrem Herzen und ihrer Seele unter einem gesenkten Blick. Verständnisvoll nickte sie. Wenn Williams Geist noch unter ihnen war, so wußte er, daß sie beide ihn geliebt hatten. Er würde wissen, daß sie niemals seinen Tod gewollt hatten. Doch leider würde er auch wissen, daß sie ihre Treue nicht gehalten hatte – Gott allein wußte, daß der Ehebruch ein allzu menschliches Versagen war.

34

Der König von England war ruhelos. Nach dem Tod seines Freundes William de Montecute schien es, als fühle er sich in Windsor wie in einem Käfig gefangen. Dieser Tod ließ ihn begreifen, wie kurz das Leben in Wirklichkeit währte, und er gemahnte ihn an seine eigene Sterblichkeit. Vielleicht war es ein Fehler, die Eroberung von Frankreich zum Ehrgeiz seines Lebens zu machen. Er stand auf dem Höhepunkt seiner Macht. Die Feiern seines großen Sieges würden sich noch über Jahre fortsetzen. Er hatte den Hosenbandorden für Englands ruhmreichste Ritter gegründet, und sein Rat und seine Berater drängten ihn zu einem andauernden Frieden.

Kriege kosteten sehr viel Geld, und nach Crécy, Calais und dem Geld, das er für die Gastfreundschaft des großen Turniers in Windsor ausgegeben hatte, waren seine Schatullen wieder einmal leer. Doch ganz plötzlich änderten die Ereignisse in Frankreich wieder den Kurs. König Philipp starb, und sein Sohn Johann übernahm den Thron. Auch der Papst in Avignon starb, und ein neuer Papst, Innozenz, wurde ernannt.

König Edward berief eine Ratssitzung ein, um einen Plan für die Zukunft zu entwerfen. Er stieß auf heftige Opposition gegen die Aufnahme eines enormen Kredites, um den Krieg mit Frankreich fortzuführen. Deshalb wurde beschlossen, den Grafen von Lancaster zu dem neuen Papst in Avignon zu schicken und ihm einen Friedensvertrag abzuringen, in dem König Edward die volle Souveränität über seine Ländereien in Frankreich zugestanden wurde. Eine Delegation sollte auch zu König Karl von Navarra geschickt werden, um das Bündnis zwischen England und Navarra zu festigen, weil es als Feind des neuen Königs von Frankreich bekannt war.

Da Prinzessin Isabel sich in Ezi, den Sohn des Lords von Albret der Gascogne verliebt hatte, würde man sich um einen Ehevertrag bemühen, und ihre jüngere Schwester, Prinzessin Joanna, sollte Pedro, dem Thronerben von Kastilien, angeboten werden. Da all diese Verhandlungen darum gingen, Bündnispartner auf der anderen Seite des Kanals zu finden, schlug Königin Philippa vor, daß der ganze königliche Hof nach Bordeaux umziehen sollte. Es war ein gewaltiges Vorhaben, und sofort wurden Pläne dafür ausgearbeitet.

Der Schwarze Prinz jedoch hatte vor, seine Armee zusammenzurufen und nach Calais zurückzukehren, um eine neue Offensive zu beginnen. Er entschied sich, sein Heer von zehntausend Mann mit eigenem Geld, das ihm aus den Zinnminen in Cheshire zufloß, auszurüsten und zu bezahlen. Der König jedoch, der ständig um die Sicherheit und das Wohlergehen seiner Familie besorgt war, befahl dem Schwarzen Prinzen, seine Armee nach Bordeaux zu führen. Die meisten der Besitztümer der Engländer lagen in den südlichen Provinzen von Frankreich. Jede Neueroberung sollte auch im Süden liegen und nicht über ganz Frankreich verteilt sein.

Prinz Edward sah die Logik und auch die Weisheit dieses Plans ein, doch Joan war in Calais, und er konnte die Trennung nicht mehr ertragen. Als er vorbrachte, daß er den Hafen besuchen sollte, um die Sicherheit der dortigen Garnison zu überprüfen, winkte sein Vater ab. »Nein, Edward, du brauchst nur die täglichen Berichte zu lesen. Calais ist jetzt ein englischer Hafen, in jeder Hinsicht. Den Leuten geht es unter britischer Oberherrschaft viel besser, und das wissen sie auch. Unsere Flotte hat den Hafen unter Kontrolle, und der Handel wächst von Tag zu Tag. Ich möchte dich im Süden wissen, und Warrick teilt meine Meinung.«

Prinz Edward blieb nichts anderes übrig, als sich zu fügen. Umgehend setzte er sich hin, um Botschaften an seine geliebte Joan, ihren Bruder Edmund und Sir John Holland abzufassen.

Holland saß an einem mit Papieren und Journalen überhäuften Schreibtisch. Haushofmeister des königlichen Haushaltes zu sein war eine Stellung, für die er gut bezahlt wurde, ohne eigentlich zu arbeiten. Er hatte einen riesigen Troß von Dienstboten, die ihrerseits die königlichen Schlösser verwalteten, und eine genauso große Menge an Schreibern, die die Ausgaben festhielten. Holland war geschickt im Umgang mit Zahlen und noch geschickter im Erkennen eigener Gewinnchancen. Hunderte von Händlern und viele Gilden bemühten sich, die verschiedenen königlichen

Haushalte zu beliefern, und hatten erkannt, daß eine regelmäßige Bestechungssumme in die richtige Hand ihnen einen Vorteil vor ihren Konkurrenten verschaffte.

Vom Fenster aus, vor dem er saß, hatte Holland einen Blick auf einen kleinen Hof, in dem seine Frau unter einem voll erblühten Kastanienbaum saß. Es war ein bezauberndes Bild, eines, zu dem er eigentlich gehören sollte, doch ihr Bruder Edmund war ständig bei ihr wie ein verdammter Wachhund!

Seine Stirn runzelte sich vor Unmut, als er den Grafen von Kent betrachtete. Er war ein Freidenker, der das Geld mit vollen Händen verschleuderte und drei bis vier Geliebte gleichzeitig aushielt. Sein königlicher Vater, der wegen Hochverrates geköpft worden war, hatte ihm ein beachtliches Vermögen hinterlassen, und Not und Sorgen kannte er nicht einmal dem Namen nach. Holland griff nach einem der Pergamente und entrollte es mit seinen fleischigen Fingern. Daraus ging hervor, daß Edmund neben dem Titel des Grafen von Kent und des Lord Wake von Liddell noch weitere Titel besaß, die einen ungeheuren Reichtum bedeuteten. Da er unverheiratet war und ohne Nachkommen, hieß die gesetzliche Erbin Edmunds nicht anders als Joan von Kent.

Er beobachtete das Paar mit begehrlichen Blicken. Nicht nur auf Edmunds Reichtum spekulierte er, er wollte auch Joan. Sie war voller Leben, selbst noch in ihrer Schwangerschaft, und rührte tief an Hollands sinnliches Wesen. Für ihn wurde sie zu einer Besessenheit, weil sie eine verbotene Frucht war. Immer wieder schweiften in diesen Tagen seine Gedanken zurück zu der Unterhaltung, die er mit Robert de Beauchamp geführt hatte. Würde er rücksichtslos genug sein, um Prinz Edward auszuschalten? Brächte er genug Mut auf dafür? Besäße er die nötige Besonnenheit, nicht erwischt zu werden? Beinahe jeden Tag hoffte er auf die Nachricht, daß Edward tot und Prinz Lionel endlich Thronerbe war.

Holland konnte nichts tun, um die Sache zu beschleunigen; er konnte nur beten, daß sich ihm direkt hier in Calais eine Gelegenheit eröffnete, um sein persönliches Hab und Gut zu vergrößern. Da das Schicksal denen half, die sich selbst halfen, entschied er sich, das riesige Vermögen derer von Kent in seine eigene Regie zu bekommen.

Während er Joan auf dem Hof beobachtete, stellte er sich all die Dinge vor, die er mit ihr tun wollte, und all die Dinge, die sie mit ihm tun sollte. Ihr Lachen erfüllte das Haus und besaß stets etwas Verlockendes. Holland war hart vor Erregung, wenn er sie nur ansah, doch all ihr Frohsinn galt nur ihrem verdammten Bruder. Er schob die Hand in seine Hose. Notgedrungen mußte er sich erleichtern, ehe er dann den Rest der Mitteilungen öffnete; doch er schwor sich, schon sehr bald seine Rechte an dem verwöhnten Körper seiner Frau einzuholen.

Als Holland zu seinem Schreibtisch zurückkehrte, ging die Sonne im Hof schon unter. Kent war sehr wahrscheinlich unterwegs zu seinen nächtlichen Vergnügungen, und Joan würde in ihren Gemächern zu Abend essen, einzig mit ihrer Dienerin zur Gesellschaft. Er griff nach dem Beutel mit den offiziellen Schreiben und holte eines daraus hervor, das den Vermerk ›dringend‹ trug. Nachdem er es geöffnet hatte, begannen seine Hände vor Wut zu zittern. Es war eine Botschaft des Prinzen von Wales, der ihn informierte, daß sich die königliche Familie und der ganze Hof unterwegs nach Bordeaux befanden und daß seine Dienste als Haushofmeister des königlichen Hofes umgehend dort gebraucht wurden.

»Die Pocken über alle Prinzen«, murmelte er voller Haß. Also hatte der memmenhafte de Beauchamp immer noch nicht den Mut gehabt, den Gnadenstoß auszuführen. Nun, man brauchte schon einige Dreistigkeit, um ein Mitglied des Königshauses zu vernichten. Er würde die Initiative in die eignen Hände nehmen und Robert zeigen müssen, wie man so etwas machte!

Der Brief bot ihm einen Vorwand, Joan aufzusuchen. Für den Weg von seinem Flügel zu demjenigen, wo Joans Gemächer lagen, benötigte er nur wenige Schritte. Zu dieser Stunde waren nicht mehr viele Diener bei der Arbeit, also ging er gleich zu ihrem Wohnzimmer und klopfte an die Tür.

Glynis öffnete ihm und starrte ihn voller Feindseligkeit an. Sie mochte Holland nicht mit seinem dicken, bulligen Nacken und seinem untersetzten Körperbau. Sie hatte mit angesehen, wie er Joan verfolgte mit seinen Aufdringlichkeiten, bis der Prinz sich für sie zu interessieren begann. »Was wollt Ihr, Sir?«

»Das geht nur Lady Joan Holland etwas an.«

»Sie ruht«, erklärte Glynis unnachgiebig.

»Sie ist meine Frau. Tretet zur Seite.« Er sah sie so drohend an, daß Glynis wußte, er würde sich notfalls gewaltsamen Zutritt verschaffen.

»Wer ist es?« rief Joan.

»Es ist John, meine Lady.«

Joan eilte zur Tür. »Kommt herein, mein Lord.« Ihre Hand fuhr erschrocken an ihre Brust. »Stimmt etwas nicht? Ist es Edward?«

»Es betrifft den Prinzen von Wales, ja. Wir sollten uns allein über ihn unterhalten, meine Lady.«

Glynis starrte ihn voller Haß an.

»Es ist schon in Ordnung, Glynis.« Joan lächelte ängstlich, sie mußte sofort erfahren, ob Edward etwas zugestoßen war.

Als sie allein waren, gab sich Holland besorgt. »Aber setzt Euch doch, Joan. Euer Wohlergehen liegt in meinen Händen. Ich bin äußerst beunruhigt, jetzt, wo die Geburt bevorsteht.«

»Nun, ich danke Euch für Eure Anteilnahme, John, aber ich habe wahrscheinlich noch mindestens einen ganzen Monat Zeit. Was bringt Euch zu mir?«

»Der königliche Haushalt zieht nach Bordeaux, und ich habe Befehle, dorthin zu reisen. Allerdings denke ich, eine Übersiedelung wird nicht ratsam sein für Euch, ehe das Kind geboren ist.«

»Oh, ich fühle mich sehr gut, John. Wenn Edward möchte, daß ich nach Bordeaux komme, dann muß ich sofort alles in die Wege leiten.«

Grimmig stellte er fest, daß sie es gar nicht erwarten konnte, Edwards Wunsch zu erfülllen. »Es ist gedankenlos von ihm, Euch eine so lange, gefährliche Reise zuzumuten. Ihm ist sicher nicht klar, in welchem Zustand Ihr Euch mittlerweile befindet. Es wäre eine Gefahr für Euch und auch für das Kind, jetzt zu reisen!«

»John, ich bin Euch sehr verbunden für Eure Umsicht, aber Ihr dürft Prinz Edward nicht kritisieren. Er will doch nur mein Bestes, und für mich zählt nichts als ein baldiges Wiedersehen.«

»Joan, Euch scheint nicht klar zu sein, daß ich nach dem Gesetz Euer Ehemann bin und auch der gesetzliche Vater Eures Kindes sein werde. Wenn Euch auf der Reise nach Bordeaux etwas zustößt, dann bin ich dafür verantwortlich.«

Höflich ignorierte sie seine Worte. »Ich werde meinen Bruder bitten, ein Schiff bereitzustellen. Wir können in aller Bequemlichkeit nach Bordeaux segeln; am besten beginnen wir gleich zu packen. Wenn der Postsack aus Windsor angekommen ist, dann hat Edward auch bestimmt einen Brief für mich mitgeschickt!« Mit anmutigen Schritten ging sie zur Tür. »Glynis, meine Güte, würdest du bitte Sir John begleiten, um meinen Brief zu holen?«

Brianna und Adele verbrachten den ganzen Tag damit, ihre Sachen für Bordeaux zurechtzulegen. Paddy und Ali gingen ein und aus, schleppten Kisten und Truhen, die Hawksblood gehörten. Brianna warf einen Blick auf ihren Arbeitstisch im Alkoven des Wohnzimmers. Er war bedeckt mit Farben und Pinseln, Skizzen von Göttern der griechischen Mythologie und einer halbfertigten Darstellung der ersten Wikinger, die sich in Irland niedergelassen hatten.

»Es tut mir leid, Paddy, ich hätte meinen Tisch aufräumen und alles zusammenpacken sollen, was ich mitnehmen möchte.«

»Nein, nein, meine Lady. Ich habe strikte Anweisungen, alles bis morgen so zu lassen. Euer Mann sagt, daß Ihr gern am Abend malt.«

»Oh, danke.« Christian war so rücksichtsvoll in allem, was sie betraf. Er sah ihre Bedürfnisse voraus, erkannte ihre Stimmungen, ja, er wußte sogar, wann sie Kopfschmerzen hatte. Sein Verhalten war sanft, zärtlich und liebevoll. Dennoch stand Roberts schreckliche Barriere zwischen ihnen, die eine völlige Intimität unmöglich machte. Es sei denn, natürlich, sie waren in ihrem Bett, hinter den dicken Vorhängen. Dort besaß er die Macht, eine vollkommene Vertrautheit zu schaffen und die Kluft zu überbrücken, die zwischen ihnen stand. Jeden Abend war es eine neue Verführung, wie ein Ballett von Dominieren und Unterwerfen, bei dem Brianna fast immer nachgab – williger, als sie beabsichtigte. Bis dann das Tageslicht ihr wieder in Erinnerung rief, wie rücksichtslos er vorgegangen war, bei der Beseitigung seines Rivalen.

Sofort nachdem sie vom Abendessen in ihre Gemächer zurückgekehrt war, ließ sich Brianna in dem Alkoven nieder und tuschte eifrig an dem Bild von der Ankunft der Wikinger in Irland. Sie hatte ein Schloß an der Küste gemalt und ein Drachenschiff mit dem wilden Anführer, der am Bug des Schiffes stand und mit begierigen Blicken die Schloßherrin verschlang. Es war gleichzeitig ungezähmt und bezwingend, doch in Briannas Augen fehlte ihrem Bild etwas.

Ihre wandernden Gedanken wurden in die Gegenwart zurückgeholt, als sie ein leises Kollern hörte. Gleich darauf lachte Hawksblood laut auf. Eine etwas angespannte Stimmung lag ständig über ihren Gemächern seit der erzwungenen Heirat. Jetzt jedoch schien er richtig glücklich zu sein und belustigt über etwas.

Brianna genoß seine gute Laune. Ein überwältigendes Verlangen, in sein Lachen mit einzustimmen, erfaßte sie. Sie legte ihren Pinsel beiseite und trat aus dem Alkoven, als sie ihn erblickte mit einer Pergamentrolle in der Hand. Ihr Herz tat einen kleinen Satz. Er sah so jung aus, wenn er lachte. All seine dunkle Überlegenheit war verschwunden.

Er hatte sie sofort entdeckt. »Ich lese eine Geschichte von einem der Schreiber des Königs. Sie ist wirklich so drollig und amüsant. Auch wenn er die Namen verändert hat, um die betreffenden Personen zu schützen, weiß ich doch genau, wen er in seiner Posse beschreibt. Du mußt es unbedingt lesen, Brianna.«

»Ich bin fertig mit meinem Bild, aber irgend etwas fehlt noch.«

»Du meinst das Wikingerstück?«

Brianna war überrascht, daß er wußte, woran sie arbeitete, übrigens eine etwas ungereimte Reaktion angesichts seines eingehenden Interesses an allem, was sie tat.

»Laß es mich einmal sehen.«

Sie folgte ihm zu ihrem Arbeitstisch und fühlte sich plötzlich schüchtern bei der Vorstellung, daß er ihre Blätter begutachtete.

Er nahm die Skizzen der griechischen Götter in die Hand. »Das ist Proteus aus der *Odyssee*. Er wechselt ständig seine Gestalt von der Schlange in einen Löwen, dann in einen Baum.« Intensiv hielt er ihre Blicke gefangen. »Um Harmonie zu erreichen, müssen wir alle uns ändern... umwandeln. Wir müssen uns gegenüber den Menschen der verschiedensten Kulturen öffnen, um den universalen Sinn von Verbindung und Zugehörigkeit zu begreifen.«

Eindeutig meinte er seine Worte persönlich. »Ich werde es versuchen«, murmelte sie.

Christian hoffte, daß die Reise nach Bordeaux ihnen einen neuen Anfang ermöglichte. Vielleicht könnten sie die gespenstischen Schatten ihrer Vergangenheit hinter sich lassen. Er riß seine Blicke von ihr los und blickte wieder auf das Bild. »Dein Talent ist ein Geschenk der Götter, deine Erfassung der Einzelheiten unglaublich!« Auch wenn Haut- und Haarfarbe verschieden waren, so hatte er doch seine eigene Gestalt und seine Gesichtszüge in dem stürmischen Eroberer der Wikinger wiedererkannt. »Weißt du, Brianna«, meinte er leise, »auch wenn sie Teile Irlands erobert und verwüstet haben, so haben sie dem Land doch auch etwas gegeben. Ihre Sitten, ihre Kraft, ihr Wissen, ihr Talent und ihre Fertigkeiten haben Irland zu einer weitaus reicheren Kultur gemacht. Ihre Kunst, zum Beispiel, förderte die Verfeinerung der keltischen Bandmuster. Die keltischen Knüpfarbeiten mit Spiralen haben sie durch ihre Tiersymbole erweitert.«

»Tiersymbole?«

»Tiere... Vögel, Drachen.« Er begann, auf einem Stück Papier zu skizzieren. Es war ein Reiher mit einem Fisch im Schnabel, der lange Hals war nach hinten gebogen und mit dem nächsten Reiher verbunden, in einer Art fortlaufendem Muster. »Die arabische Kunst hat ähnliche miteinander verwobene Ornamente, in denen Blumen, Früchte und Bäume, ja sogar exotische Tänzerinnen abgebildet werden – die man als Erotica bezeichnet.«

Brianna errötete. »Ich werde das Bild mit einer gemischten Bandumrandung verzieren, um den Beitrag der Wikinger zu verdeutlichen. Wie findest du Drachen und irischen Klee?«

Ihre Blicke hielten einander gefangen. »Bezaubernd«, murmelte er.

Brianna senkte den Blick und wandte sich wieder ihrem Arbeitstisch zu. Von hinten legte er seine Arme um sie und umgab sie mit seiner Liebe. Er drückte einen Kuß auf ihren Scheitel. »Bleib nicht die ganze Nacht auf, mein Liebling. Komm bald zu mir.«

Ein Schauder lief über Briannas Rücken. Ah, du lieber Himmel, wie sehr wünschte sie sich, zu ihm zu gehen und ihn zu entzücken. Wie sehr würde es ihr gefallen, seinen kräftigen Körper auf das Bett zu schieben und ihn leidenschaftlich zu lieben, anstatt still zu liegen und zu warten, bis er all seine Tricks erschöpft hatte, sie zu locken und zu verführen. Und dann, nachdem sie einander wild und voller Feuer geliebt hatten, würde sie von vorn beginnen, spielerisch und in der Erinnerung an sein wundervolles Lachen, bis er sich hilflos auf dem Bett hin- und herwand, ganz benommen vor Freude und Glück. Und wenn er dann vor Lachen nicht mehr konnte, würde sie ihn ganz langsam verführen, das Vergnügen die ganze Nacht lang hinauszögern – mit ihren Fingern, ihren Lippen und ihrer Zunge würde sie ihn in Atem halten. Mehr als alles auf der Welt wünschte sie sich, mit der Zungenspitze über das Brandmal an der Innenseite seines Schenkels zu fahren. Sie würde der gebogenen Linie der Klinge folgen, dann nach oben streichen, zu dem dicken Griff... und noch weiter. Es war der erotischste Gedanke, den sie je gehabt hatte, und sie mußte sehr oft daran denken. Manchmal sogar bei hellichtem Tag!

Brianna arbeitete noch zwei Stunden, bis ihr die Augen vor Müdigkeit zufielen. Es war wesentlich weniger beunruhigend, still zu sitzen und zu zeichnen, als zu Christian Hawksblood in das große Bett zu klettern. So lange dauerte es, bis das Feuer in ihrem Blut erloschen war. Schließlich legte sie ausgelaugt den Kopf auf den Tisch. Sie sehnte sich nach einem rücksichtslosen Mörder, und das erfüllte sie mit Selbstverachtung.

Ein ersticktes Schluchzen kam über ihre Lippen. Und dann wurde sie plötzlich von starken Armen hochgehoben. Mit sanften Händen entkleidete er sie und legte sie hüllenlos aufs Laken. Er zog sie an sich und begann mit ihr zu reden. »Du wirst Bordeaux lieben. Es ist einer der hübschesten Orte weit und breit, Brianna.« Seine Stimme war verführerisch, dunkel und hüllte sie ein. Die Art, wie er ihren Namen flüsterte, machte sie ganz schwach. Es brachte sie dazu zu vergessen, wer sie war, wer er war; sie vergaß richtig und falsch, vergaß alles andere als die Tatsache, daß sie nackt in seinem Bett lag. Wenn er mit ihr sprach, schmolz ihre Abneigung gegen ihn wie Schnee in der Frühlingssonne. »Um nach Bordeaux zu gelangen, werden wir über den gewundenen Fluß Garonne segeln, sein silbernes Wasser ist breit genug für viele große Schiffe. Die Häuser der Stadt, die von weißen Mauern umgeben sind, sehen aus wie gesponnener Zucker: Einige sind weiß, andere rosa, mit roten Ziegeldächern.«

»Überall wuchern Blumen und Sträucher durcheinander. Jasminduft schwängert die warme Luft. Warte nur, bis du die köstlichen Weine aus dem Médoc probieren kannst. Sie berauschen deine Sinne.« Seine Lippen legten sich auf ihren Hals, und er spürte die kleine Ader, die dort heftig pochte. »Die Sonne brennt von einem türkisfarbenen Himmel herab. Manchmal, an den schwülen Nachmittagen, schließen wir die Fensterläden, um die Hitze draußen fernzuhalten, und dann werde ich dich hereinholen zu einer Siesta.«

Liebe am Nachmittag? Brianna biß in das Laken, um nicht aufzustöhnen.

»Ich werde dich mit Weintrauben und Pfirsichen füttern, die voller Nektar sind, daß deine Küsse süßer schmecken als je zuvor.« Schließlich legte er die Lippen auf ihre, und Brianna öffnete den Mund zu einem langen, leidenschaftlichen Kuß, der ihr Verlangen weckte. Und als sich dann seine Finger zum Quell ihrer Weiblichkeit vorwagten, öffnete Brianna sich ihm und erlaubte ihm, sie zu erregen, bis sie beide im Rausch der Sinne untergingen.

Wieder einmal hatte er sie verwirrt, verlockt, verzaubert und dann mit ihr geschlafen!

Bordeaux entpuppte sich als genau das Märchen, das Christian Hawksblood beschrieben hatte. Es schimmerte unter einer strahlenden Sonne. Exotische Pflanzen mit duftenden Blüten in lebhaften Farben erfüllten die Atmosphäre. Der Hafen stellte eine Ansammlung von Weinläden, Alleen, Straßenverkäufern und Eseln dar. Auf den Verkaufsständen und -karren stapelten sich die verschiedensten Produkte, wie zum Beispiel grüne Feigen, Pfirsiche, Girlanden von Knoblauch und Würsten. Blumenverkäufer boten Körbe voller Lilien, Päonien und Fresien an. Die Frauen auf den Straßen trugen rote Umhänge, geschnitzte Kämme und Blumen im Haar.

Der prachtvolle königliche Palast war früher einmal das Kloster von St. Andrew gewesen; Brianna staunte über dessen Ausdehnung und den Luxus der vielen Gebäude, die dazugehörten. Weil Christian sich um seine Männer aus Cornwall und die Ritter des Hauses Warrick kümmern mußte, hatte er Brianna und Adele den fähigen Händen von Paddy überlassen. Auch wenn die Armee Prinz Edwards verhältnismäßig klein war, so würde es doch mindestens zwei Tage dauern, um zehntausend Soldaten, ein Drittel davon beritten, von den Schiffen zu ihren Unterkünften zu schaffen.

Alle Plantagenets besaßen einen eigenen Haushalt und eigene Diener. Diesmal war Prinz John in England geblieben, um das Land zu regieren. Auch wenn man einen Skandal vermieden hatte, indem man nichts gegen Prinz Lionel unternommen hatte, so blieb es doch unumstößliche Tatsache, daß er eine Verschwörung gegen seinen Bruder angezettelt hatte, und der König würde ihm nie wieder trauen. Edward hatte entschieden, daß der Herzog von Clarence und seine Männer ihn nach Bordeaux begleiteten, wo er ein Auge auf sie haben konnte.

Königin Philippa hatte all ihre jüngeren Kinder und auch das Baby samt Kinderfrauen, Dienerinnen und Wäscherinnen mitgebracht. Weil Prinzessin Isabel und Prinzessin Joanna schon sehr bald heiraten würden, führten auch diese beiden eine Menge Gepäck mit sich. Joanna, die nach Kastilien ziehen sollte, hatte ein Brautbett dabei, mit seidenen Vorhängen aus Tripolis, dazu einen Prunkwagen, Stühle, Tische, Teppiche sowie goldene und silberne Teller und Platten. Jedes einzelne Stück war mit dem Wappen von England versehen. Auch wenn sie erst dreizehn Jahre zählte, so bestand Joannas Haushalt doch aus über hundert Mitgliedern, einschließlich der Pagen, Geflügelhändler, Sattler, Kämmerer, Haushofmeister, Ritter und Edelleute.

Brianna gehörte zu Isabels Gefolge, die noch mehr Möbel und Diener mitgebracht hatte als Joanna. Adele versicherte Brianna, daß sie und Paddy sich um ihre Truhen kümmern würden und alles, was noch auf dem Schiff lagerte, zu Christian Hawksbloods Unterkunft bringen würden. Brianna mußte Isabel zur Verfügung stehen, und sie wußte, sie würde tagelang bis weit in die Nacht hinein auf den Beinen sein, solange die verwöhnte Prinzessin ihr nicht erlaubte, sich zurückzuziehen.

Es dauerte dann bis zum nächsten Tag, ehe Brianna ein paar freie Stunden bekam, um sich in ihrer eigenen Unterkunft einzurichten. Brianna glaubte, im verkehrten Haus zu sein, als sie die Treppe hinaufstieg und eine grandiose Terrasse und Marmorböden erblickte. Doch dann hörte sie Paddys Stimme, die mit jemandem stritt.

Er war auf einem Balkon im oberen Stock und sprach mit einer Person, die Brianna nicht sehen konnte, und sein Ton klang nicht sonderlich höflich. Brianna rief zu ihm hinauf: »Das hier ist ja ein Palast. Gehört er Prinz Edward?«

»Nein, das tut er nicht, meine Lady! Er gehört Lord de Beauchamp.« Er schien direkt beleidigt zu sein.

»Ihr meint Warrick?«

»Nein, Warricks Palast ist gleich nebenan. Diesen hier bewohnt Christian, meine Lady.«

Eine dunkelhäutige Frau trat auf den Balkon und blickte zu Brianna hinunter. Sie war äußerst attraktiv und sah Brianna verächtlich an. »Lady? Was für ein Jammer! Das letzte, was Hawksblood braucht, ist eine Lady!«

35

»Halt den Mund, du Schlampe, ehe ich ihn dir stopfe, pack deine Sachen, und sorge dafür, daß du hier verschwindest!«

»Was geht hier vor? Wer ist das?« rief Brianna hinauf, doch der Mann und die Frau waren zu sehr damit beschäftigt, einander zu beschimpfen, um überhaupt Notiz von ihr zu nehmen. Also erklomm sie die wunderhübsch geschwungene Treppe und wandte sich dann nach links zu dem offenen Balkon. Sie fand die beiden in einem großen Raum, wo sie sich um einen Korb voller Kleider zu streiten schienen. »Wer ist das?« wiederholte Brianna.

Sie sprachen beide gleichzeitig, doch gaben sie recht verschiedene Auskünfte. »Sie ist eine Gefangene«, erklärte Paddy.

Die dunkle Schönheit sagte: »Ich bin Lisette St. Lô, Baronesse.«

Paddy ließ ein verächtliches Schnauben ertönen. »Sie ist nichts weiter als eine französische Dirne, die sich hier breitmacht, als gehörte ihr das ganze Haus. Ich werde dafür sorgen, daß ihre Habseligkeiten hier schleunigst verschwinden, meine Lady.«

Lisette setzte sich entschlossen auf ihren Korb. »Hawksblood selbst wird entscheiden, wer von uns beiden das Bett mit ihm teilt!«

Brianna erstarrte. Sie starrte schockiert und überrascht die

Französin an. Alles Blut wich ihr aus dem Gesicht. Auch wenn ihre Gefühle sich in einem Chaos befanden und ihr Verstand kopfstand, so gelang es ihr doch, vollkommen unbeteiligt auszusehen. »Lassen wir das, Paddy. Ich werde mir ein anderes Zimmer in einem anderen Flügel des Hauses suchen. Ihr könnt meine Sachen dorthin bringen lassen.«

Resolut schlug sie die entgegengesetzte Richtung ein, bis sie auf Adele stieß. Paddy folgte Brianna, insgeheim verfluchte er sich dafür, Lisette nicht schon gestern aus dem großen Schlafzimmer vertrieben zu haben; außerdem war Hawksblood daran schuld, daß diese Frau sich hier in Bordeaux aufhielt. Die verdammte Katze hatte die Taube erwischt, und er wußte ganz genau, wer dafür verantwortlich gemacht werden würde. Er wußte, daß Lady Brianna für Christian beinahe eine Heilige war, und wenn diese französische Dirne sie in Verlegenheit brachte, würde er bis zum Hals in Schwierigkeiten geraten!

»Hawksblood hat sich hier eine Frau gehalten. Hier, in diesem Palast«, sagte Brianna mit weit aufgerissenen Augen, und völlig entgeistert.

»Komm und setz dich, mein Lämmchen. Du brauchst dich über eine kleine Schlampe wie diese nicht aufzuregen.« Adele warf Paddy einen Blick zu, doch der zuckte nur hilflos mit den Schultern. »Welches Zimmer möchtet Ihr gern haben, meine Lady?«

Briannas Schreck wandelte sich in Wut. Wie es schien, wußten hier alle Bescheid über die Baronesse. »Das ist mir ganz gleich. Alle Zimmer in diesem Palast sind wunderschön. Sorgt nur dafür, daß mein Zimmer eine Tür mit einem starken Schloß hat und einen Schlüssel.«

Paddy trachtete danach, umgehend ihren Wünschen zu entsprechen. »Er hält die Frau und ihren Bruder, den Baron, hier gefangen, in Erwartung eines Lösegelds«, beeilte Adele sich mit der Aufklärung. »Sie ist eine Gefangene... und nicht das, was es scheint.«

»Oh? Was scheint es denn, Adele?«

Adele wurde es unbehaglich zumute. »Na ja, du weißt schon... daß sie seine Geliebte ist.«

»Genau! Oder sollten wir vielleicht sagen, *eine* seiner Geliebten? Schließlich handelt es sich um einen Araber, vergiß das nicht!«

»Oh, mein Lämmchen, laß dir doch die Freude über diesen herrlichen Palast nicht verderben. Er hat ein Badebecken aus Marmor, und die Gärten sind atemberaubend schön. Außerdem gibt es einen Springbrunnen und einen gekachelten Teich mit goldenen und silbernen Fischen, die darin herumschwimmen...«

»Natürlich werde ich mir die Freude nicht verderben lassen. Hat Paddy dir vielleicht erzählt, wie, um alles in der Welt, der Araber dazu kommt, einen solchen Palast zu besitzen?«

Adele wußte, Brianna war schrecklich aufgebracht, wenn sie ihren Ehemann »den Araber« titulierte. »Na ja, er hat mir von seinem ersten Aufenthalt in Bordeaux erzählt. Als Hawksblood Warricks stolzes Besitztum auffiel, hat er dieses hier gleich daneben gekauft. Zu dem Zeitpunkt hatte er den Grafen von Warrick noch nie gesehen, seine Beziehung zu ihm war nur eine Vermutung. Paddy sagte, es hätte etwas mit Stolz zu tun. Er mußte ein Haus kaufen, das größer und eindrucksvoller war als das von Warrick.«

»Aber woher hatte er das ganze Geld?«

»Paddy sagt, er hat mit *Gold* bezahlt.«

»Nun, Paddy ist eine wahre Schatzkiste an Informationen. Hat er vielleicht auch erwähnt, wem Hawksblood das Gold gestohlen hat?«

Adele biß sich auf die Lippen. Es sah Brianna gar nicht ähnlich, so eisigen Sarkasmus von sich zu geben. »Ich werde mal nachsehen, wo Paddy dein Gepäck hingebracht hat. Leg die Füße hoch und ruh dich ein wenig aus.« Adele fand Paddy auf der anderen Seite des Flurs in einem hübschen Zimmer, das in blassem Rosa gestrichen war.

»Wenn sie die Absicht hat, vor ihrem Ehemann die Tür zu verschließen, kennt sie Hawksblood nicht ausreichend«, murmelte er.

»Du elender Dummkopf, Paddy! Warum war sie nicht längst aus dem Schlafzimmer verschwunden, ehe Brianna hier eintraf?«

»Weil sie ein schurkisches Weib ist! Diese Luder leben doch nur, um Ärger und Scherereien zu bereiten.«

»Na fein! Das klingt ja reizend!«

»Nein, liebe Adele, dich habe ich nicht gemeint. Ich weiß, daß du Schwierigkeiten vermeidest. Also, hör auf meinen Rat und mache dich unsichtbar, wenn er kommt. Er wird recht bald mit Lisette fertig sein, und sollte Lady Brianna aus der Haut fahren, wird er auch damit fertig werden! Hier ist der verdammte Schlüssel, der ihr nicht das leiseste nützen wird!« Er händigte ihn Adele aus. »Wünsch mir Glück, mein Schatz... Ich werde versuchen, diese überflüssige Französin an ihrem dürren Hals aus dem Zimmer zu zerren und sie irgendwo in einem Kämmerchen zu verwahren.«

Lady Joan Holland ließ Unmengen von Gepäck auf das Schiff bringen. Ihre Kleider, Pelze und Juwelen allein füllten Dutzende von Truhen. Ihr eigenes Federbett wurde an Bord gebracht, um es ihr so gemütlich wie möglich zu machen, und sie würde an Bord schlafen, noch ehe das Schiff lossegelte, damit sie die Flut am frühen Morgen nutzen konnten.

Tränenreich verabschiedete sie sich von ihrem Bruder. »Ich wünschte, du würdest mit mir kommen, Edmund.«

»Ich bin der Vertreter der Krone hier in Calais, Joan«, wehrte er voller Bedauern ab.

»Tu nicht so, als seist du unglücklich darüber, Edmund. Deine Stellung hier zieht die Frauen an wie eine Blüte die Bienen.«

Er blinzelte ihr zu. »Eine Stellung ist nicht alles, meine Süße, vergiß das nicht!«

»Warum mußt du nur immer so vulgär sein?«

»Du willst doch nicht etwa andeuten, daß deine künftige Mutterschaft dich zimperlich und anständig gemacht hat?« neckte er sie.

»Es ist an der Zeit, daß du daran denkst, eine Familie zu gründen und Kinder in die Welt zu setzen, Edmund. Mein kleines Mädchen wird einen Cousin brauchen, mit dem es spielen kann.« Sie küßte ihn. »Auf Wiedersehen, Edmund. Ich werde dich vermissen.«

»Bordeaux gefällt dir bestimmt. Südfrankreich ist wie das Paradies.« Sein sorgloser Ton wurde einen Augenblick lang ernst. »Um Gottes willen, gib auf dich acht, Joan.« Er legte ihr einen Pelz um die Schultern und drückte sie liebevoll an sich.

»Die Engel passen auf mich auf, Edmund«, sagte sie leise.

»Das glaube ich auch, mein süßes Herz.«

Joan und Glynis hatten ein halbes Dutzend von Hollands Männern als Begleitung auf dem Schiff bei sich. Es war Sir Johns letzte Nacht im Hauptquartier der Garnison. Er würde sich ihnen am frühen Morgen anschließen, damit sie bei Hochwasser auslaufen konnten.

Edmund von Kent begab sich von Joans Haus zur Garnison mitten in Calais. Holland begrüßte ihn dort. »Ich bin froh, daß Ihr gekommen seid, mein Lord. Ich habe Sir Neville Wiggs zum Kommandanten hier ernannt. Er wird sich nicht scheuen, starke Maßnahmen zu ergreifen, wenn es nötig sein sollte.«

»Oh, ich glaube nicht, daß es in Calais zu Schwierigkeiten kommt, wir haben diesen Ort zu einer englischen Stadt gemacht. Obwohl ich zugeben muß, daß es einige elende Bezirke gibt in der Nähe der Docks mit pockenkranken Dirnen.«

Holland schüttelte den Kopf. »Wir haben auch schon Probleme in einer der besseren Gegenden gehabt. Drüben auf der Südseite der Stadt gibt es einige teure Dirnenhäuser, die dringend überwacht werden müssen. Wenn Ihr Lust auf einen Spaziergang habt, könnte ich Euch die Gegenden zeigen, die Ihr im Auge behalten solltet, mein Lord.«

»Nun, es ist ein seltsamer Zufall, daß ich heute abend genau in diese Richtung gehen wollte, Sir John. Es gibt nichts Besseres als einen kleinen Abendspaziergang, um den Appetit anzuregen.«

Die beiden Männer wandten sich nach Süden, in Richtung einiger der größeren Häuser, in denen die reichen Bürger lebten. Sie gingen an der vormaligen Prachtunterkunft vorbei, wo die Königin Wohnung genommen hatte, und bogen dann um eine Ecke in eine Gasse. »Es sind die Straßen hinter den Häusern, die überwacht werden müssen. Ah, gut, ich sehe, daß einer unserer Männer auf Posten ist.«

Als die Wache auf sie zukam, zog Holland ein Messer mit einer breiten und äußerst scharfen Klinge hervor und stieß es, so fest er konnte, Edmund von Kent in den Rücken. Mit einem gequälten Aufschrei fiel dieser zwischen den beiden Mordbuben zu Boden, Blut strömte aus der großen Wunde, als Holland das Messer zunächst darin herumdrehte, dann erst herauszog.

»Ein Messer im Rücken ist gar nicht einmal so ungewöhnlich in diesem wohlhabenden Teil von Calais – für Diebe ein sehr einträgliches Gebiet!« Er beugte sich zu seinem Opfer und nahm ihm den Geldgürtel ab. Und als Edmunds Augen sich im Tode umwölkten, lächelte Holland ihn an. »Macht Euch keine Sorgen um meine Frau, sie hat in diesem Moment ein Vermögen geerbt.« Er wischte das Messer an einem Taschentuch ab und steckte es zurück in die Scheide unter seinem Arm. »Sir Neville, sollte es heute abend auf den Straßen der Stadt Tumulte geben, sorgt dafür, daß sie erst gemeldet werden, nachdem das Schiff morgen früh losgesegelt ist.«

Wiggs salutierte bei seinen Worten. »Auf Wiedersehen, Sir! Danke für das Vertrauen, das Ihr mir schenkt. Ihr werdet es nicht bereuen.«

Paddy fand Hawksblood mit Warrick in den Ställen; gerade waren sie damit fertig, die Wunden von einem halben Dutzend Pferden zu versorgen, die diese sich auf dem Weg nach England zugezogen hatten. Eigentlich konnten sie von Glück sagen, daß keines der Pferde eingeschläfert werden mußte. Wenn ein Schlachtroß sich unter Deck losriß, konnte das Ergebnis eine Katastrophe sein.

Den ganzen Tag hatten sie damit verbracht, die Pferde, ihre kostbarste Fracht, von den Schiffen zu holen. Diejenigen, die der königlichen Familie und den Adligen gehörten, wurden in Ställe transportiert. Die Pferde der unteren Ränge wurden auf Koppeln ins Freie getrieben.

Bei Paddys Gesichtsausdruck wußte Hawksblood, daß etwas nicht in Ordnung war. »Gibt es Ärger?«

»Das kann man wohl sagen, mein Lord.«

Ali, der beim Ausladen der Pferde geholfen und in den letzten achtzehn Stunden wildes Schnauben und auskeilende Hufe beruhigt hatte, warf ihm einen verächtlichen Blick zu. »Wir haben uns um dreitausend Pferde gekümmert, und du wirst nicht einmal mit zwei Frauen fertig?«

»Mit dreien, und ich garantiere dir, sie richten mehr Schaden an als dreitausend Pferde!«

»Drei Frauen?« fragte Hawksblood. Dann schlug er sich mit

der Hand an die Stirn. »Wie dumm von mir! Ich habe Lisette St. Lô vergessen.«

Warrick betrachtete seinen Sohn mit hochgezogenen Augenbrauen. »Ich nehme an, dieses französische Mädchen, das du gegen ein Lösegeld freilassen willst, ist wohl eher deine Geliebte als deine Gefangene?«

»Zum Teufel, nein! Niemals ist sie meine Geliebte gewesen. Himmel, und wäre es nur ein einziger Fehltritt gewesen, müßte ich jetzt für den Rest meines Lebens dafür bezahlen!« Er sah Warrick nachdenklich an. »Könntest du die St. Lôs unterbringen, bis wir das Lösegeld haben?«

»Ich nehme an, das wäre wohl besser so, wenn du in deinem Leben noch eine friedliche Nacht verbringen willst«, meinte Warrick und grinste.

Die vier Männer machten sich auf zu dem zweistöckigen weißen Palast, der im Licht des Mondes leuchtete. Warrick löste sich aus der Gruppe, um sein eigenes Haus zu betreten. »Wir kommen gleich«, rief ihm Christian nach.

Als er das Tor in der hohen Mauer öffnete, die das Grundstück umgab, fragte er: »Hat meine Lady sich sehr aufgeregt?«

»Sie gleicht dem entfesselten Höllenfeuer, würde ich sagen. Man kann nicht zwei Frauen, mit denen man geschlafen hat, unter ein- und demselben Dach unterbringen«, erklärte Paddy dann, als sei Christian ein unerfahrener Junge.

»In Arabien kann man das«, mischte sich Ali ein. »Es ist nichts Außergewöhnliches, vier Frauen und auch noch einige Konkubinen gleichzeitig zu beherbergen.«

»Bringe das einmal Lady Brianna bei«, meinte Paddy ironisch.

»Wo hast du die Baronesse versteckt?«

»Ich habe sie in das Zimmer ihres Bruders geschafft und ihm mit Kastration gedroht, wenn er sie nicht unter Kontrolle hält«, versetzte Paddy.

»Bring sie nach nebenan, zu Warrick«, befahl Hawksblood.

Christian Hawksblood sah sich das große Schlafzimmer an, um festzustellen, ob alles bereit war für seine Frau. Er nickte zufrieden. Paddy hatte die Diener gut angeleitet. In dem Raum herrschte Weiß vor mit einem Hauch von Gold. Das Bett war niedrig und sehr breit, bedeckt mit schneeweißen Leinenlaken, dazu Polster und Kissen, die in goldener Stickerei die Initialen C und B aufwiesen. Durchsichtige Seide hing von der Decke bis zum Boden um das Bett herum.

Die perlfarbenen Fensterläden waren geöffnet und machten den Balkon zur Fortsetzung des großen, luftigen Zimmers. Ein großer Schrank mit Spiegeltüren bedeckte eine ganze Wand. Der Fußboden aus Carrara-Marmor hatte goldene Adern und sorgte dafür, daß der Raum auch in der heißesten Nacht kühl blieb.

In einer Ecke führten Marmorstufen nach unten zu einem rechteckigen Badebecken, das die ganze Breite der Terrasse einnahm. An die gegenüberliegende Seite des Beckens schloß sich ein abgetrennter Garten an. Daneben sprudelte aus einem mit türkisfarbenen Kacheln verkleideten Springbrunnen eine silberne Fontäne zehn Fuß hoch in die Luft. Das ganze Haus wurde erhellt von großen, parfümierten Kerzen in runden Glaskugeln. Die Wirkung war geheimnisvoll und unvorstellbar romantisch.

Christian Hawksblood hingegen sah alles andere als romantisch aus. Seine Kleidung starrte vor Schmutz und Schweiß und Blut von der Arbeit der letzten achtzehn Stunden; überdies roch er nach Pferd. Er sehnte sich nach einem Bad, aber er wollte verdammt sein, wenn er allein badete, wo endlich Brianna hier in diesem verzauberten Palast weilte, den er für sie eingerichtet hatte.

Er schob die Müdigkeit beiseite und auch allen Ärger. Dann durchbohrte er Paddy mit seinem Blick. »Wo hält sich meine Gemahlin auf?«

Sein Knappe sagte ihm, wo er seine Frau finden konnte, und murmelte dann: »Ich sage gute Nacht, denn ich kann den Anblick von Blut nicht vertragen.«

Hawksblood stieg die gewundene Treppe hinauf und blieb vor der fraglichen Tür stehen. Mit ruhiger und doch bestimmter Stimme sagte er: »Brianna, ich heiße dich in deinem neuen Zuhause willkommen. Ich erwarte von dir, daß du mich als deinen Lord begrüßt. Ich brauche ein Bad, etwas zu essen und ein Bett, in dieser Reihenfolge. Komm jetzt zu mir.«

Brianna, die sicher verbarrikadiert war und den Schlüssel fest in der Hand hielt, hatte endlich etwas, an dem sie ihren Zorn auslassen konnte. »Du arabischer Taugenichts. Ich weiß gar nicht, wieso du die Unverschämtheit besitzt, überhaupt noch meinen

Namen auszusprechen. Niemals werde ich dich baden, ich werde dir auch nichts zu essen geben, und ganz sicher nie wieder mit dir das Bett teilen! Am besten badest du dich selbst und bittest dann die Diener, dir etwas zu essen zu besorgen, damit du dich danach mit deiner französischen Dirne vergnügen kannst. Du brauchst überhaupt keine Frau, und ich werde aufhören, deine Frau zu sein, bis diese Kreatur aus meinem Haus verschwindet, für immer! Ist das klar genug, verdammter Prinz Drakkar?«

Christian erkannte, daß Brianna einen Streit bis aufs Blut wollte. Sie erwartete von ihm, daß er die Tür aufbrach und sie dann mißhandelte, bis ihr die Zähne klapperten. Doch der Araber weigerte sich, ihr diesen Wunsch zu erfüllen. Er nahm seinen Dolch aus der Scheide, löste die Türangel damit und spazierte dann gemächlich hinein.

Brianna starrte ihn voller Unglauben an.

Die Augen in seinem dunklen Gesicht blitzten. Er richtete sie mit solcher Intensität auf seine Lady, daß diese ein Gefühl der Angst beschlich. Mit einer Stimme, die so ruhig war, daß sie schon wieder drohend klang, sagte er: »Da die Baronesse aus meinem Haus verschwunden ist, für immer, kannst du frohgemut deine Rolle als meine Frau wiederaufnehmen... oder stellst du noch mehr Forderungen, Gnädigste?«

Er hatte ihr allen Wind aus den Segeln genommen. Ihr Trotz verschwand. Sie fand keine Worte mehr, mit denen sie ihn beschimpfen konnte.

»Noch etwas, Madam?« wiederholte er.

Brianna schüttelte den Kopf.

»Dann komm. Sofort.«

Hilflos blickte sie auf ihre Truhen und Schachteln, die sich ringsum stapelten und mußte ihm wohl oder übel gehorchen. Er war nicht in der Stinmmung, Widerspruch zu dulden.

Als sie auf den Balkon traten, in den Schein des Mondlichts, sah sie seine Blutflecken. »Bist du verletzt?« fragte sie erschrocken.

»Nein. Faß mich nicht an. Ich werde es abwaschen.«

Neben ihm her durchmaß sie die Gänge, an dem Badebecken vorbei, in den Garten. Schweigend sah sie ihm zu, wie er sich auszog und in den Springbrunnen stieg. Er nahm ein Stück Seife und begann, sich zu waschen. Augenblicklich legte sich ihre Wut.

Er würde sie nicht zwingen, ihn zu schrubben. Doch plötzlich war es das, was sie wollte. Sie war die einzige Frau, die das Recht hatte, ihn zu baden, ihm etwas zu essen zu geben und mit ihm ins Bett zu gehen – ihr wurde klar, daß sie dieses Recht eifersüchtig verteidigen würde. Sie legte ihr Gewand ab und stand dann in ihrem durchsichtigen Unterkleid vor ihm: »Gib mir die Seife!«

»Ich danke dir für diese eheliche Geste, aber du hattest recht, ich kann mich selbst waschen. Da du indessen bereit bist, naß zu werden, möchtest du mit mir in das Badebecken kommen, nachdem ich etwas gegessen habe?«

Brianna errötete. »Ich... ich kann nicht schwimmen.«

Er lächelte sie an. »Gut, dann werden wir nicht schwimmen... es geht auch anders.«

»Ich gehe und kümmere mich um dein Essen«, wich Brianna ihm aus.

»Die Küche befindet sich im hinteren Teil des Hauses. Wir haben einen vorzüglichen Koch, wenn ich mich vom letzten Mal meines Hierseins recht erinnere. Aber in diesem warmen Klima hier schmeckt das Essen ohnehin besser kalt als heiß.«

Als Brianna mit einem Diener im Gefolge zurückkam, hatte Christian einen Tisch im balsamisch duftenden Garten aufgestellt. Er saß auf einem doppelt breiten Sessel, einem Liebessitz, und hatte nur ein Handtuch um sich geschlungen, das seine dunkle Haut noch betonte. Einige Kerzen inmitten riesiger weißer Blumenkelche hatte er angezündet und auf dem Tisch verteilt. Es sah äußerst romantisch aus.

Der Diener schleppte Platten mit kaltem Fleisch, Käse und knusprigem Brot auf einem Tablett herbei, zusammen mit einer Auswahl an Früchten und Nüssen, von denen Brianna nur die Hälfte kannte. Er nahm einen irdenen Weinkrug aus einem Kühler und füllte die Gläser.

Brianna wartete, bis der Mann gegangen war, ehe sie sich neben Hawksblood auf den Sessel setzte. Um nicht seinen muskulösen Körper anzustarren, tat sie so, als interessiere sie sich für das Essen. Christian nannte ihr die Namen der Früchte: »Feigen, Datteln, Mandarinen, Mandeln, Walnüsse.« Er tauchte ein Stück Brot in geschmolzenen Brie und hob es an ihre Lippen. Brianna war angenehm überrascht von dem köstlichen Geschmack und bediente sich dann ausgiebig selbst.

»Du bist hungrig«, sagte er und fragte sich, warum sie nichts gegessen hatte.

Sie schien seine Gedanken lesen zu können. »Ich war viel zu wütend, um an eine Mahlzeit zu denken«, erklärte sie.

Ihre Worte machten ihn glücklich. Wenn sie eifersüchtig war, dann gingen ihre Gefühle für ihn doch tiefer, als sie zuzugeben bereit war. Sie sehnte sich nach einem Liebesgeständnis, aber sie war ein so störrisches Frauenzimmer, daß sie das nicht einmal vor sich selbst zugegeben hätte, geschweige denn vor ihm. Er fragte sich, ob er wohl lange genug leben würde, um diese Worte je aus ihrem Munde zu hören.

Christian verspürte ein tiefes Glücksgefühl bei ihrem Anblick. Während sie an den Früchten knabberte und an dem Wein nippte, schien sie sich ihrer Schönheit gar nicht bewußt zu sein. Wie ein goldener Schleier fiel ihr Haar über ihre Schultern, im Licht der Kerzen leuchtete es. Er sah die rosigen Spitzen ihrer Brüste durch den dünnen Stoff ihres Unterkleides, und als sie sich mit der Zungenspitze über die Lippen fuhr, um den süßen Wein abzulecken, schlug sein unterschwelliges Verlangen in wilde, heiße Leidenschaft aus. Er wollte sie auf seinem Lager haben, sah ihre Körper miteinander verschlungen und dann vereint, als er tief in sie eindrang. Seine Lenden brannten, er war hart und bereit für sie.

Schnell zog er ihr das Unterkleid aus, doch im gleichen Augenblick, als sie nackt war, floh sie vor ihm zu der Seite des Badebeckens, die im Schatten lag. Er nahm die exotischen Blüten mit den brennenden Kerzen vom Tisch und beugte sich zum Wasser, um sie darauf schwimmen zu lassen. Die Wirkung war bezaubernd. Als die Kerzen auf sie zuschwammen, wünschte Brianna sich, sie würden ihm ihren nackten Körper enthüllen.

Brianna trat aus dem Schatten an den Rand des Beckens, bot sich ihm dar, zuerst ihre Brüste, dann den Unterleib. Sie hob die Arme, legte die Hände unter ihr Haar und ließ es über ihre Schultern und ihren Rücken fallen. Christian schlüpfte in das Wasser und glitt auf sie zu. Das Licht der schwimmenden Kerzen war alles, was Brianna sah, doch Erregung stieg in ihr auf, weil sie wußte, daß er auf sie zukam, irgendwo in dem dunklen Wasser zu ihren Füßen.

Als sie nach unten sah, entdeckte sie Stufen zum Einstieg. Zögernd tat sie einen Schritt hinab. Sie konnte ihn weder sehen noch das leiseste Geräusch vernehmen. Mutig ging sie weiter und fühlte dann, wie das warme, duftende Wasser um ihre Knie plätscherte. Auf einmal waren seine Hände an ihren Fußgelenken, glitten ihre Beine hinauf, und sie fühlte seine Lippen auf den Innenseiten ihrer Schenkel, auf ihrem Venushügel, den er mit Küssen bedeckte.

Lange Minuten tat er nichts anderes. Und Brianna, die seinen drängenden Lippen nicht widerstehen konnte, bog ihm ihren Körper noch weiter entgegen. Seine Zunge streichelte sie, bis sie heiß und feucht war. Als sie vor Verlangen leise aufstöhnte, und dann den nächsten Schritt auf ihn zumachte, hielt er sie fest und kam aus dem Wasser heraus. »Ich möchte nicht, daß dein Haar naß wird, weil ich damit spielen will. Gehen wir lieber hinauf in unser Schlafgemach.«

Sie hatte erwartet, daß er sie hochheben und hinauftragen würde, doch was er wirklich tat, hatte sie nicht erwartet! Er hob sie ganz hoch und ließ sie dann an seinem nassen Körper herabgleiten. Dann schob er eine Hand zwischen ihre Körper und öffnete die Blütenblätter ihrer Weiblichkeit, um die pulsierende Spitze seines Penis in sie hineinzuschieben. Brianna schlang die Arme um seinen Hals. »Lege auch deine Beine um mich«, flüsterte er.

Als sie die Beine hob, um seine Taille zu umfangen, drang er tiefer in sie ein als je zuvor. Seine Hände legte er unter ihr Gesäß, dann schritt er langsam zur Treppe, die zu ihrem Schlafzimmer führte. Lieber Gott, dieser Mann konnte sie auch gegen ihren Willen erregen. Die Wonne, ihn in sich zu spüren, war so überwältigend, daß nichts anderes mehr eine Bedeutung hatte als dieses herrliche Gefühl, das wie eine Woge über sie hereinbrach; dann zog er sich zurück, um im nächsten Augenblick wiederzukehren und sich abermals zurückzuziehen, immer höher, immer stärker. Und als er dann die Stufen nahm, war die Bewegung seines Penis in ihr so drängend, daß sie oben einen übermächtigen Orgasmus erlebte. Sie bog sich zurück und schrie auf.

Diese neue Position verstärkte die reine Sinnlichkeit ihrer Vereinigung, und Christian fühlte, wie sein Penis zusammengedrückt wurde durch das Pulsieren ihrer heißen, engen Scheide. Er stand ganz still, damit sie beide den Höhepunkt der Vereinigung genießen konnten; als schließlich das letzte Beben ihren Körper durchzuckt hatte, trug er sie ins Bett und machte sich daran, sie von neuem zu erregen. Langsam, genießerisch, als hätten sie alle Zeit der Welt.

In der Tat schien es so, als sei eine Ewigkeit vergangen, während der sie sich unter ihm wand, ihm ihren Körper entgegenhob und aufkeuchte, und dann zusammen mit ihm den Höhepunkt erreichte. Es war wie ein Vulkanausbruch, in dem sie beide von geschmolzener Lava umhüllt wurden. Besitzergreifend hielt er sie in seinen Armen, eisenhart umschlossen sie sie, und Brianna ahnte, daß eine solche Einheit ein sehr seltenes Erlebnis war. Nur wenige Liebende waren in der Lage, einen solchen Höhepunkt gemeinsam zu erleben.

Das Mondlicht fiel auf das Bett. »Christian, ich war so eifersüchtig, ich hätte dich am liebsten umgebracht«, flüsterte Brianna. »Ich... ich beginne zu verstehen, welche dunkle, böse Macht dich dazu getrieben hat, Robert auszulöschen.«

Augenblicklich zog er sich zurück. Sie entdeckte einen Schimmer seines brennenden Blickes in seinem Gesicht, das wie versteinert war. Er wandte sich von ihr ab. Sie sah sein hartes Profil im Mondlicht, und dann war er verschwunden, verschluckt von den Schatten.

36

Brianna lag in ihrem Bett und starrte zu dem seidenen Himmel empor. Sie mußte also lernen, ihre Zunge im Zaum zu halten. Nie mehr durfte sie Roberts Namen aussprechen. Gleichzeitig wußte sie, daß es ihr nie gelingen würde, den dunklen Geist zu bannen, der zwischen ihnen stand, solange sie nicht darüber sprachen. Sie war voller Schuldgefühl, und fraglos ging es Christian genauso. Wenn er sich ihr anvertrauen, wenn er seine Tat zugeben würde, gestehen, daß er es aus Liebe zu ihr getan hatte, dann könnte Brianna ihm sicher vergeben. Wenigstens würde sie verständnisvoll sein und voller Mitleid.

Wenn sie darüber geredet hätten, damit es zwischen ihnen beiden nichts Häßliches und Böses mehr gäbe, könnten sie einen neuen Anfang wagen. Sie hörte eine Nachtigall, und ihr Gesang war so überirdisch, daß sie einen dicken Kloß in ihrem Hals verspürte und heiße Tränen über ihre Wangen rannen.

Am nächsten Morgen wunderte Brianna sich, als Prinz Edward ihr einen Besuch abstattete. »Es tut mir leid, Euer Hoheit, aber Hawksblood ist nicht da.«

Edward war belustigt. »So nennt Ihr ihn? Der arme Teufel, seit Sonnenaufgang drillt er Soldaten! Ich bin nur gekommen, um Euch zu sagen, daß Joans Schiff gleich anlegen wird. Würdet Ihr zum Hafen gehen, um sie in Empfang zu nehmen und hierherzubringen, damit wir alle vereint sind?«

Briannas Herz hüpfte vor Freude. »Oh, sie fehlt mir so sehr! Adele, Joans Schiff ist angekommen«, rief sie entzückt. »Wir werden sofort losgehen. Die Diener kümmern sich um Euch, Sire. Bitte, fühlt Euch hier ganz zu Hause.«

»Es wird mir ein Vergnügen sein. Dies ist ein wunderschöner Besitz, wie ein Palast aus einem Märchen«, meinte er gutgelaunt.

In dem gleichen Augenblick, als das Schiff anlegte, stürmte Brianna an Bord. Als sie Joan entdeckte, keuchte sie erschrocken auf. »Oh, meine Liebe, du solltest nicht mehr reisen. Die Wehen können jeden Augenblick einsetzen««

»Brianna, ich konnte an nichts anderes mehr denken, als nur noch daran, nach Bordeaux zu kommen. Nirgendwo anders sollte sie geboren werden.«

Brianna flüsterte: »Er ist in unserem Haus und wartet auf dich.«

Ein erschrockener Blick trat in Joans Gesicht. »Ich kann nicht zulassen, daß er mich so sieht, er wird mich nicht mehr lieben! Ich habe gehört, daß Bordeaux überquillt von hübschen, kultivierten Damen.«

»Wir sind selbst erst seit ein paar Tagen hier. Der Hof hat noch keinen Empfang gegeben. Außerdem werden Glynis und Adele mir zustimmen, du strahlst förmlich vor Schönheit!«

Adele blickte besorgt. »Sie sollte nicht laufen.«

»Ich werde einen Wagen holen«, schlug Brianna vor. »Sie werden hier von Eseln gezogen. Es gefällt dir bestimmt!«

Als Brianna von Deck ging, verließ John Holland den Kapitän des Schiffes und stellte sich ihr in den Weg. Es ärgerte ihn, daß diese wunderschöne, hochmütige Schlampe von Joans und Edwards Verbindung wußte. Wann immer er sie sah, verspürte er den Wunsch, sie aus dem Weg zu räumen. Sie gab ihm das Gefühl, kein rechter Mann zu sein. Eines Tages würde er sie gern seiner Gnade ausgeliefert sehen – dann würde er ihr zeigen, daß er mehr Mann war, als sie ertragen konnte.

»Ihr seid jetzt Lady de Beauchamp, ist das richtig?«

Brianna wurde ganz blaß. »Willkommen in Bordeaux, mein Lord. Ich nehme Joan mit in mein Haus, bis ihr ... ich meine, bis sie ihre Unterkunft beziehen kann.«

»Ich werde sie selbst abholen kommen, wenn alles bereit ist und die Geschäfte mit Eurem Mann Robert abgewickelt sind.«

Eine heiße Röte stieg in Briannas Wangen. »Sir John, es tut mir leid, Euch mitteilen zu müssen, daß Robert de Beauchamp beim Turnier getötet wurde.«

Holland sah sie benommen an. »Prinz Edward hat Robert ...?«

»Nein ... er wurde von seinem Bruder umgebracht, von Christian Hawksblood.« Sie senkte den Blick, schämte sich entsetzlich, ihm zu sagen, daß sie jetzt mit Roberts Bruder verheiratet war. Brianna nahm nicht den Ausdruck tiefsten Hasses in Hollands Augen wahr. Er brauchte all seine Selbstkontrolle, um sie nicht zu Boden zu schlagen.

Brianna und Glynis halfen Joan die weißen Marmorstufen hinauf. »Ich habe noch nie so etwas gesehen ... die Blumen ... den Sonnenschein! Das ist ja kein Haus, sondern ein Palast«, erklärte Joan atemlos. »Gehört er dir?«

Brianna errötete. »Er gehört meinem Mann.«

»Meine Liebe, du bist verheiratet?« jubelte Joan.

»Es ist eine komplizierte Geschichte. Robert de Beauchamp ist im Turnier tödlich verwundet worden, und der König hat entschieden, meinen Verlobungsvertrag mit dem Hause Warrick einzulösen.«

»Dann bist du also mit Christian verheiratet? Oh, Brianna, dein Herzenswunsch wurde erfüllt! Ich freue mich so für dich.«

Brianna wollte protestieren. Konnte Joan denn nicht sehen, welch grausames Spiel das Schicksal mit ihr trieb? Einen Herzenswunsch erfüllt zu bekommen war doch eine Belohnung. Brianna hatte eine Belohnung erhalten, wo ihr doch eigentlich eine Strafe gebührte! Aber Joan war viel zu unkompliziert für solche schmerzlichen Feinheiten, deshalb murmelte Brianna nur: »Danke.«

Die Diener brachten Erfrischungen, Früchte und kühle Getränke. Brianna hob Joans Füße auf die Chaiselongue und stopfte ihr ein Kissen in den Rücken. Trotz der Hitze und ihrer bevorstehenden Niederkunft gelang es Joan, herrlich kühl auszusehen in einem Gewand aus feingesponnener blauer Baumwolle, das unter ihren üppigen Brüsten mit Vergißmeinnichtschleifen zusammengehalten wurde.

»Du wirst sehen, daß der königliche Palast riesig ist. Er war einmal ein Kloster und soll an die fünfhundert Zimmer haben. Wir werden jetzt schauen, ob dein Bett fertig ist und deine Sachen bereitliegen.« Brianna lief los, um Edward zu suchen. Sie fand ihn auf dem großen Balkon, von wo aus man einen herrlichen Blick in die Gärten hatte, ruhelos lief er auf und ab. »Sie wartet auf Euch, Euer Hoheit, aber ich muß sofort die Hebammen der Königin benachrichtigen.«

»Mein Gott, haben die Wehen schon begonnen?«

»Nein, noch nicht, aber es kann nicht mehr lange dauern.«

»Dann beeilt Euch. Ich werde bei ihr bleiben.«

Als Edward Joan sah, war er überwältigt von Zärtlichkeit. Er sank vor ihr auf die Knie und zog ihre Hände an seine Lippen. »Mein Herz, es ist eine Ewigkeit her, seit wir uns gesehen haben. Vergib mir für all die Trennungen, die wir ertragen müssen.«

Joans Lippen zitterten. »Liebst du mich denn noch?«

»Meine kleine Jeanette. Ich bete dich an. Dir gehört mein ganzes Herz. Du hättest mit der Reise noch warten sollen, mein Johannisapfel.«

»Ich konnte nicht länger warten, wollte doch hier sein an deinem Geburtstag.«

Edward biß sich auf die Lippen. Morgen würde ihm zu Ehren eine Geburtstagsfeier abgehalten, und natürlich mußte er bei dieser Feier anwesend sein, aber sein ganzes Herz war erfüllt von

Joan. Seine Hände strichen sanft über die kostbare Wölbung ihres Leibes. »Du wirst sehr tapfer sein müssen, liebster Schatz.«

Sie strich die Falten auf seiner Stirn glatt. »Mach dir keine Sorgen. Deine Mutter hat zehn Kindern das Leben geschenkt.« Joan gähnte.

»Du bist übermüdet. Schließ die Augen und versuche, dich auszuruhen.«

»Es ist die Hitze, die mir etwas zusetzt«, meinte sie und gähnte noch einmal.

Edward nahm sie in seine Arme, dann streckte er sich auf dem Sofa aus. »Ich werde dich ein wenig halten. Versuche zu schlafen.«

Sicher geborgen an seiner Brust, schlummerte Joan schon sehr bald ein. Edward hauchte federleichte Küsse auf ihre Brauen, er kostete diese kurzen Augenblicke aus, die so selten waren, und betete insgeheim, daß seine Liebste ohne größere Komplikationen ihr Kind zur Welt brächte.

Der Haushofmeister wählte für sich einen ganzen Flügel des Palastes, der durch einen Obstgarten getrennt wurde vom überquellenden Haushalt des Königs und der Königin. Ihre ménage à trois erforderte sowohl genügend Platz als auch völlige Abgeschiedenheit.

Holland war wütend über den Trick, den ihm das Schicksal gespielt hatte. Die Diener beeilten sich, ihm alle blutrünstigen Einzelheiten der Hastilude zu erzählen, die Robert de Beauchamp und den besten Freund des Königs, William de Montecute, das Leben gekostet hatte. Es wurde von einer Verschwörung gegen den Schwarzen Prinzen gemunkelt, die Christian Hawksblood damit erstickt hatte, indem er seinen eigenen Bruder umbrachte.

Holland fluchte unflätig, seine Laune ließ er an den ungeschickten Dummköpfen aus, die Kisten und Truhen ins Haus trugen. Also hatte er nur diesem arabischen Schwein sein ganzes Pech zu verdanken. Wäre nicht dieser Hurensohn Hawksblood gewesen, dann würde Prinz Edward jetzt in seinem Grab liegen, und er hätte Joan für sich allein. Er schwor, sich zu rächen. Nur mit größter Mühe unterdrückte er seine Wut und hielt seinen jähen Zorn unter der Oberfläche, wo er ihn zwar fühlen, doch niemand ihn entdecken konnte. Er wußte, daß er dem König seine Ankunft mitteilen und Königin Philippa seine Aufwartung machen mußte. Als königlicher Haushofmeister mußte er sich ihnen unentbehrlich machen.

Als Holland den Empfangssaal der Königin betrat, beglückwünschte Philippa ihn zur unmittelbar bevorstehenden Geburt seines Kindes. Er nahm das großzügige Angebot an, die königlichen Hebammen ihres Amtes walten zu lassen; doch überzog eine dunkle Röte sein Gesicht, als er Brianna von Bedfords Blicke auf sich spürte. Die Königin würde nie wissen, daß das Baby von Joan ihr erstes Enkelkind war, aber diese Schlampe Brianna kannte natürlich das skandalöse Geheimnis.

Eine nach der anderen versammelten sich die Damen um den Haushofmeister: Die eine bat um eine andere Unterkunft, die andere beklagte sich über die Größe oder die Lage ihrer Zimmer, oder eine dritte beschwerte sich über die hochmütigen Diener. Schließlich rettete Königin Philippa ihn. »Sir John, ich wollte Euch nicht gleich bei Eurer Ankunft belästigen, aber der königliche Haushalt hatte Eure Dienste noch nie so nötig wie in diesem Augenblick. Wir sind schon seit mindestens drei Tagen hier, aber stecken mittlerweile in einem noch größeren Durcheinander als an dem Tag unserer Ankunft. Die Hälfte unseres Gepäckes fehlt, Betten und Möbelstücke sind in die falschen Räume gestellt worden, es gibt allein in diesem Gebäude über fünfhundert Zimmer. Und als wäre das nicht genug, so ist das Essen, das man uns serviert, auch noch anders, als wir es gewöhnt sind. Oh, ich weiß, es gibt hier Früchte und Gewürze aus der ganzen Welt, aber unser gutes englisches Essen, das uns so bekömmlich ist, wäre auch hier ganz angebracht! Sir John, ich fürchte, die Gäste für die morgige Feier kommen bereits an, und hier geht alles drunter und drüber. Glaubt Ihr, Ihr könntet uns behilflich sein?«

»Ich werde mich um alles kümmern, Euer Majestät. Man hätte mich von Euren Plänen unterrichten müssen, damit ich schon vor Euch hätte hiersein können, um alles vorzubereiten. Ich werde sofort den Dienern Anweisungen geben. Legt nur alles in meine fähigen Hände, Euer Majestät.«

Als Brianna nach Hause zurückkehrte, teilte Prinz Edward ihr mit, daß Joans Wehen begonnen hatten. »Ich muß umgehend dafür sorgen, daß man sie auf einer Bahre in die Residenz bringt. Aber wie kann ich sie hier allein lassen?« fragte er verzweifelt.

Brianna versuchte, ihn zu beruhigen. »Ich werde bei ihr bleiben, das verspreche ich, und Glynis und Adele sind auch noch da, sie richten schon alles Notwendige für sie her. Bei einer solchen Angelegenheit sind Männer eigentlich nur im Weg.«

»Brianna, gebt mir Nachricht, wie es ihr geht. Jesus, lieber würde ich einmal die Hölle durchwandern«, sagte er und fuhr sich mit den Händen durch seine goldenen Locken.

»Die Bahre, Sir, bitte!«

Joans Wehen erstreckten sich über den ganzen Nachmittag bis zum Abend. Ihre Zimmer waren überfüllt mit Frauen, einige von ihnen sprachen ihr Mut zu, andere sagten ernste Komplikationen voraus, weil sie so zierlich war, und die übrigen kümmerten sich gar nicht um ihren Zustand, sondern nutzten die Gelegenheit, einander zu treffen und Klatsch auszutauschen.

Brianna blieb an ihrer Seite, hielt ihr die Hand, wenn eine heftige Wehe sie überfiel. Noch ehe alles vorüber war, lobte Brianna sie, bettelte, schalt mit ihr, lachte und weinte getreulich zur Gesellschaft, bis endlich das Baby geboren war. Eine erschöpfte Brianna trat schließlich zur Seite und überließ alles weitere den Hebammen.

Es dauerte noch zwei weitere Stunden, bis die Nabelschnur abgetrennt, das Kind gesäubert und Joan gebadet, bis die Bettwäsche gewechselt und das Zimmer wieder aufgeräumt war. Dann wurde das Baby fertiggemacht, um es Sir John Holland zu zeigen. Die Hebammen waren erleichtert, daß er nicht böse über die Geburt eines Mädchens war. Eigentlich schätzte sich Holland sogar sehr glücklich. Insgeheim lachte er darüber, daß der Schwarze Prinz nicht Mann genug war, einen Sohn zu zeugen!

Er machte einen Pflichtbesuch bei seiner Frau. Es war das erste Mal, daß er Joan im Bett sah, und sofort regte sich seine Lust nach ihr. Wie um alles in der Welt gelang es ihr nur, nach einer so schweren Geburt so verlockend auszusehen? Schließlich schoben ihn die Frauen aus dem Zimmer, damit die Wöchnerin sich ausruhen konnte; Brianna schickte danach auch die Frauen fort und versprach ihnen, die ganze Nacht bei ihrer lieben Freundin zu wachen.

»Versuche, Edward zu finden«, flüsterte Brianna Glynis zu. Dann holte sie das kleine Bündel aus der Wiege und legte es seiner Mutter in die Arme.

»Ich habe um ein kleines Mädchen gebetet. Oh, Brianna, sie ist so zauberhaft!«

»Wie könnte sie etwas anderes sein?« Das Baby sah aus wie ein rosiger kleiner Engel mit silberblonden Löckchen, die sich an den Schläfen ringelten.

»Ich kann gar nicht glauben, daß ich es geschafft habe«, flüsterte Joan voller Stolz.

Brianna hörte ein leises Kratzen an der Tür und öffnete schnell, damit der Prinz von Wales endlich aus seiner Not befreit wurde.

Edward kniete neben dem Bett, Liebe und Bewunderung erfüllten sein Herz.

»Wie spät ist es?« flüsterte Joan.

Edward brachte kaum ein Wort heraus. »Es ist bereits Mitternacht«, ächzte er.

»Herzlichen Glückwunsch zum Geburtstag, mein Liebster!«

Edward befand sich am Ende seiner Kräfte. Er legte sein Gesicht in ihr Haar, und Tränen des Glücks rannen über seine Wangen.

Der Geburtstag des Schwarzen Prinzen war ein großes Fest, ganz Bordeaux schien daran teilzunehmen. Die Anglo-Normannen, die schon seit Jahren hier lebten, legten viel größeren Wert auf Kultur als die Neuankömmlinge. Es schien, daß alle irgendwie künstlerisch begabt waren. Maler, Poeten, Schreiber und Minnesänger besaßen hohes Ansehen, und der königliche Hof war der perfekte Rahmen für ihre Talente.

Der französische Einfluß war bei allen unverkennbar, angefangen von der Musik und dem Tanz bis hin zu ihrem Intellekt und ihren Manieren. Ganz besonders in der Mode stellten sie den Hof von Windsor in den Schatten.

Der große Bankettsaal stand zu den Parkanlagen hin offen, deren Wege Fackeln erhellten, damit die Gäste draußen lustwandeln konnten. Auf einem wunderschönen See schwammen Boote in Form von Schwänen, auf denen Paare Gelegenheit zu einer romantischen Bootsfahrt unter Sternen hatten.

Die Eltern von Bernard Ezi, Lord und Lady Albret von Gascogne waren die Ehrengäste der Plantagenets, zusammen mit einer stattlichen Anzahl von Söhnen und Töchtern; Prinzessin Isabel machte großes Aufsehen davon, wie verliebt sie in ihren zukünftigen Ehemann war. Ihre jüngere Schwester Joanna beneidete Isabel um den gutaussehenden jungen Gascogner und betete inbrünstig, daß Pedro von Kastilien ebenso attraktiv wäre wie Bernard.

Christian, an Briannas Seite, war ihr gegenüber so aufmerksam wie immer, doch hegte er eine übertriebene Höflichkeit an den Tag, und Brianna fühlte, wie der Abgrund zwischen ihnen immer breiter wurde. Ironischerweise paßte er sich, obwohl Araber und aus einem fremden Kulturkreis, besser den neuen Sitten und Gebräuchen an als die Engländer. Er konnte sich über jedes Thema unterhalten, sei es die Astronomie, die schönen Künste oder die Philosophie. Die neidischen Blicke, die Brianna von allen anderen Frauen erhielt, sagten ihr ganz offen, daß er dem anderen Geschlecht ausnehmend gut gefiel, und sie wußte, daß viele von ihnen sich Mühe gaben, ihn in ihre Netze zu ziehen.

Brianna fühlte sich entsetzlich. Christian hatte ihr sein ganzes Herz zu Füßen gelegt, doch in ihrer Gewissensqual konnte sie sein Angebot nicht annehmen. Sie sah, wie die Frauen mit ihm und mit seinem Freund, Prinz Edward, flirteten, und das Herz tat ihr weh, sowohl für Joan als auch für sich selbst.

Immer wenn der König, Warrick, Prinz Edward und ihre Hauptleute unter dem gleichen Dach soupierten, war es unvermeidlich, daß sie sich im Laufe des Abends zusammensetzten, um militärische Angelegenheiten zu erörtern. Es gab Hinweise, daß die Franzosen abgelegene englische Besitztümer entlang des fruchtbaren Garonnetals niederbrannten und ausplünderten, und der Schwarze Prinz wollte nicht auf Friedensverhandlungen warten. Er würde mit seiner Armee losmarschieren ins Innere des Landes und mit den »gottverdammten Franzosen« abrechnen.

Brianna war erleichtert, als Hawksblood mit der Armee abzog, doch dann wurde ihr Schuldgefühl natürlich noch größer. Welche Frau begrüßte es wohl, wenn ihr Ehemann aufbrach in eine tödliche Gefahr? Doch die gespannte Stimmung zwischen ihnen hatte sich so aufgeladen, daß man sie beinahe mit Händen greifen konnte.

Viele Stunden verbrachte Brianna zusammen mit Joan und dem Baby, das sie Jenna genannt hatten. In nur zwei Tagen war Joan wieder auf den Beinen, und zwar schöner als zuvor. Sie protestierte heftig, als die Königin eine Amme und eine Kinderfrau für Baby Jenna ernannte und der Säugling für den größten Teil des Tages in die königliche Kinderstube verbannt wurde; doch edle Damen pflegten sich nun einmal nicht selbst um ihre Babys zu kümmern, also gab Joan wehmütig all dem Druck nach.

Ihre Tage vergingen im gleichen Rhythmus. Sie und Brianna verbrachten den Vormittag in der königlichen Kinderstube, und in der heißesten Tageszeit zog Joan sich dann zurück zu einem Mittagsschlaf, während Brianna ihren weißen Palast aufsuchte und das strahlende Licht zum Malen und Zeichnen nutzte.

Immer wenn Joan alleine war, eilten ihre Gedanken zu Edward. Nach nur zwei Wochen war sie genauso schlank wie zuvor, und sie sehnte sich danach, daß Edward von den Kämpfen zurückkehrte, damit sie es ihm zeigen konnte. Monatelang unförmig zu sein, hatte sie unsicher gemacht bezüglich ihrer elfenhaften Schönheit, und sie fürchtete, Prinz Edward fühlte sich nicht mehr von ihr angezogen. Sie erging sich in den angenehmen Vorstellungen, in denen er zu ihr zurückkam und ihr die ungewöhnlichsten Komplimente ins Ohr flüsterte, und dann seine großen starken Hände um ihre Taille legen und ihren jetzt wieder flachen Bauch mit neckenden, anbetenden Küssen bedecken würde.

Joan hörte, wie ihre Türe sich öffnete und fragte sich, warum Glynis schon so bald von ihrem Einkauf in der Straße der Tuchmacher wiederkäme. Doch dann fühlte sie plötzlich eine Bedrohung. Sie setzte sich in ihrem Bett auf und griff nach dem Laken, um sich zu bedecken. »Was wollt Ihr?« fragte sie.

John Hollands Blicke glitten über ihren Körper. »Das sollte eigentlich selbstverständlich sein. Ich will meine ehelichen Rechte.«

Joan begann zu schreien, doch Holland schlug ihr mit dem Handrücken auf den Mund. Sie fiel zurück, starr vor Entsetzen. Niemand hatte sie je in ihrem Leben körperlich gezüchtigt.

Er warf ihr einen wollüstigen Blick zu. »Nur zu, schreit, so laut

Ihr wollt! Ich habe diesen Flügel des Gebäudes für uns gewählt, weil wir hier ganz ungestört sind. Niemand wird Euch hören außer mir, und ich werde Eure Schreie genießen.«

»Ihr müßt verrückt sein«, rief Joan. »Ich werde Euch einsperren lassen!«

»Mit welcher Begründung? Weil ich mich meiner Frau genähert habe? Wenn Ihr einen Augenblick nachdenken würdet, mein Engel mit leeren Händen, dann wird Euch sicher klar, daß Ihr Euch bei niemandem beschweren könnt.«

37

Joan lag stumm und starr und wünschte sich den Tod. Indem sie dieser unseligen Ehe zugestimmt hatte, hatte sie sich auf Gedeih und Verderb einer Bestie ausgeliefert. Edward durfte nie etwas davon erfahren, er durfte niemals wissen, was heute hier in diesem Zimmer geschehen war. Niemand durfte es wissen!

Sie setzte sich auf, wankte aus dem Bett, goß parfümiertes Wasser in die Waschschüssel und wusch sich den Ekel von der Haut, danach zog sie sich an. Sie wählte ein blütenweißes Unterkleid und darüber eine schneeweiße Tunika. In dieser Aufmachung fühlte sie sich wieder sauber. Dann bezog sie das Bett mit frischen Leintüchern und stopfte die schmutzige Wäsche in einen Kissenbezug, damit die Blutflecken nicht zu sehen waren.

Joan setzte sich vor den Spiegel und bedeckte sorgfältig die Kratzer in ihrem Gesicht mit Puder und ein wenig Sandelholz-Rouge. Ihr Mund war geschwollen, doch daran konnte sie nichts ändern. Als sie ihr Spiegelbild betrachtete, starrten sie daraus gequälte Augen an. Dies war der entsetzlichste Tag ihres Lebens! Ihr Elend wollte sie ersticken. Aber als sie vor dem Spiegel saß und sich betrachetete, beschloß sie, sich über das, was ihr geschehen war, zu erheben. Sie mußte es so weit von sich schieben, daß es sie nicht berühren konnte. Ganz langsam schwand die Verdüsterung, und sie fühlte gar nichts mehr. Sie war vollkommen betäubt. Eines meinte sie, stand fest, nach dieser Qual würde nichts auf der Welt sie mehr verletzen können.

Joan irrte sich.

Das Gesicht des Königs drückte Unglauben aus, als er die Botschaften aus Calais las. Noch einmal überflog er die Nachricht, dann verzog sich sein Gesicht in bösem Grimm. Sofort schickte er nach John Holland.

»Ich habe schlimme Neuigkeiten«, sagte König Edward mit brüchiger Stimme und versuchte, seine Erschütterung unter Kontrolle zu halten. »Der junge Edmund von Kent wurde in Calais tot aufgefunden.«

»Wie ist das passiert?« fragte Holland schnell.

»Man fand ihn in einer Gasse, von hinten erstochen!«

Holland erlebte eine Kostprobe des aufbrausenden Temperamentes der Plantagenets. »Es reichte wohl nicht, daß ich sie in die Knie gezwungen habe! Ich hätte Calais niederreißen sollen, Stein für Stein, und es dann dem Erdboden gleichmachen! Jedes lebende, atmende Geschöpf in dieser verfluchten Stadt hätte ich abschlachten sollen! Ich hätte die Stadtmauern mit den abgeschlagenen Köpfen meiner Feinde dekorieren sollen! Sie müßten in ihrem eigenen Blut ertränkt werden. Diese ›gottverdammten Franzosen‹ sind wie Ungeziefer. Sie kennen die Bedeutung des Wortes Ehre nicht!«

»Sire, ich sage das nicht gern, aber Edmund von Kent besuchte Häuser von schlechtem Ruf. Ich habe ihn oft davor gewarnt, sich in zwielichtigen Bordellen herumzutreiben.«

Der König warf ihm einen so hochmütigen Blick zu, daß Holland geschwind einen Schritt zurücktrat und sich jeder weiteren Kritik enthielt.

»Edmund von Kent gehörte zu den Plantagenets! Mein junger Cousin war ein ehrenwerter Mann, ein tapferer Krieger und ein edler Ritter. Er wurde ganz offensichtlich bei der Ausübung seiner Pflicht getötet. Damit ist er ein Kriegstoter, genau als wäre er auf dem Schlachtfeld von Crécy gefallen!«

»Euer Majestät, er war mein eigener Schwager und ein sehr guter Freund. Wir werden seinen Mörder der gerechten Strafe zuführen, seid dessen versichert! Ich würde vorschlagen, daß Ihr Sir Neville Wiggs die Untersuchungen dieses Falles überlaßt, wenn ich so kühn sein darf, Sire. Vielleicht sollten die Patrouillen verdoppelt werden, damit kein weiteres englisches Leben gefährdet wird.«

»Großer Gott im Himmel, wie sollen wir die Neuigkeit seiner Schwester beibringen? Sie wurden als Babys schon zu Waisen, ihr Bruder ist alles, was auf dieser Welt noch zu ihr gehörte.«

»Sie hat jetzt mich, Sire«, erklärte Holland.

»Ja, ja, natürlich. Ihr müßt ihr die liebevollste Fürsorge schenken, damit sie mit ihrer Trauer fertig werden kann.« König Edward warf die Botschaft auf den Tisch. »Ich werde mit Euch kommen, um es ihr schonend mitzuteilen. Wir müssen alles tun, was in unserer Macht steht, um ihren Kummer zu erleichtern!«

Als Joan das Klopfen an der Tür des Zimmers vernahm, erstarrte sie vor Furcht, und ihr Hals wurde ganz eng. Als geöffnet wurde und König Edward mit Holland das Zimmer betrat, dachte sie verzweifelt, *der König weiß, daß er mich vergewaltigt hat und wird ihn jetzt verhaften!* Sie hörte, wie ihr Herzschlag an ihren Ohren dröhnte, so laut, daß sie die Worte des Königs kaum verstand.

»Meine Liebe, wir haben traurige Nachrichten für Euch. Ihr müßt jetzt tapfer sein. Euer Bruder Edmund ist in einem Scharmützel in Calais getötet worden.«

Joans Hand flog zu ihrem Herzen, sie fühlte, wie es brach, dann versank sie in einem schwarzen Abgrund.

König Edward hob seine zierliche Kusine in seine starken Arme. »Jesus, sie hat sich ihr hübsches Gesicht verletzt bei dem Fall«, sagte er und hob die federleichte Gestalt an seine breite Brust. »Sie ist ohnmächtig geworden«, erklärte er Holland. »Geht und holt Master Bray. Sie war nie sehr kräftig. Wo sind ihre Dienerinnen?« wetterte er. »Sagt der Königin, sie soll einige ihrer Damen schicken«, rief Edward hinter Holland her, der sich bereits auf den Weg machte.

Edward setzte sich und schaukelte Joan sanft in seinen Armen, bis sie das Bewußtsein wiedererlangte. Als sie die Augen öffnete, erfüllte Mitleid sein Herz, als er ihrem gequälten Blick begegnete.

Joan klammerte sich an ihn. »Laßt mich nicht allein, Sire«, bat sie.

Sein Mitleid für dieses zierliche Mädchen kannte keine Grenzen. »Psst, Jeanette, Edmund würde nicht wollen, daß Ihr Euch vor Kummer verzehrt. Ihr müßt stark sein, um Eurer kleinen Tochter willen.«

Joan nickte benommen und klammerte sich noch fester an ihn. Der König war seinem Sohn Edward so ähnlich, sie fühlte sich sicher in seinen Armen. Und dann war das Zimmer plötzlich voller Frauen. Glynis kam, und gleich danach erschien Königin Philippa mit einem halben Dutzend ihrer Damen. Sie brachten Joan zu Bett, und Glynis mischte ihr einen Schlaftrunk, den der Arzt der Königin immer verschrieb, dann schickte sie Brianna eine Nachricht.

Joan kämpfte gegen die Wirkung der starken Kräuter an, so lange sie konnte, sie fühlte sich viel zu verletzlich, um einzuschlafen. Man entschied, daß sie viel zu bald nach der Geburt ihres Kindes wieder auf den Beinen gewesen war. Der Schock über den Tod ihres Bruders könnte ihre Gesundheit zerrütten, wenn sie nicht eine strenge Bettruhe einhielte.

Brianna war erschrocken, als Gnasher durch das Zimmer hoppelte und dann auf ihren Arbeitstisch kletterte. »Wo, um alles in der Welt, bist du hergekommen?« Sie blickte in das sommersprossige Gesicht von Randal Grey. »Aber Randal, ich habe gar nicht gewußt, daß du dich in Bordeaux aufhältst. Du bist so sehr gewachsen, daß ich dich kaum erkannt hätte!«

»Lord Hawksblood und Paddy bilden mich zum Schildknappen aus, aber sie wollten mich nicht mitnehmen nach Carcassonne.« Das Frettchen huschte zu Randal zurück und setzte sich auf seine Schulter.

»Das kann ich mir vorstellen. Das Schlachtfeld ist nicht der richtige Ort für einen Jungen.«

»Lady Brianna, ich hasse es, Page zu sein. Ich hasse es, der Überbringer schlechter Nachrichten zu sein!«

Briannas Hand ging zu ihrem Hals. »Was ist geschehen?«

»Es geht um Lady Kent, ich meine, Lady Holland. Sie hat gerade erfahren, daß ihr Bruder tot ist.«

Als Brianna an Joans Bett saß, klammerte Joan sich an ihre Hand und flehte: »Laß mich nicht allein, versprich es mir, versprich es mir!«

»Joan, natürlich werde ich dich nicht allein lassen. Ich möchte, daß du jetzt schläfst, und ich schwöre dir bei meinem Leben, daß ich hiersein werde, wenn du die Augen wieder aufschlägst.«

Langsam lockerte sich ihr verzweifelter Griff um Briannas

Hand, und sie sank in Schlaf. Eine nach der anderen verabschiedeten sich die Damen der Königin auf Zehenspitzen. Nachdem Joan zwei Stunden geschlafen hatte, befahl Brianna Glynis und Adele, sich auch auszuruhen. Sie würde bis zum Morgen bei ihrer lieben Freundin wachen. Joan brauchte sie, das war alles, was zählte.

Während der langen Nachtwache rief Brianna sich all die glücklichen Zeiten ins Gedächtnis, die sie mit Joan und Edmund verbracht hatte. Die vielen Male, in denen er zum Spaß mit ihr geflirtet hatte, waren jetzt nur noch Erinnerungen. Warum geschahen immer den liebsten Menschen solch schreckliche Dinge? Warum mußte es zu solchen Tragödien kommen? Es gab nichts Grausameres als ein Leben, das in seiner Jugendblüte ausgelöscht wurde.

Warum mußten die Franzosen und die Engländer ununterbrochen gegeneinander Krieg führen? Warum trat Prinz Edward in der Ferne zum Kampf an, wenn Joan ihn brauchte? Wie viele Leben würden noch geopfert werden in dem besessenen Wunsch, Frankreich zu erobern? Und wenn nun Edward getötet würde? Joans Leben wäre vorüber! Und wenn Christian getötet würde? Briannas Augen schwammen in Tränen. *Lieber Gott, laß ihn nicht von mir genommen werden, ehe wir beide das Glück unserer Liebe gekostet haben*, betete sie.

Als Joan am nächsten Morgen aufwachte, saß Brianna noch immer am Bett, wie sie es versprochen hatte. Joan war erleichtert, sie zu sehen, und wollte sich nicht von ihr trennen. Obwohl Brianna versprach, später am Tag zurückzukommen, regte sich Joan schrecklich auf. »Nein. Ich will nicht allein sein, nicht einmal für fünf Minuten!«

»Du wirst nicht allein sein, Joan. Glynis ist hier, und die Kinderfrauen werden dir Jenna bringen, wenn es dir wieder besser geht.«

Joan stimmte zu. »Ja, ja, ich will meine Tochter bei mir haben, und auch die Ammen. Ich möchte, daß sie hierbleiben, sie sollen nicht zurück in die Kinderstube. Brianna, du mußt gehen und der Königin das begreiflich machen. Ich kann nicht allein sein!«

Brianna bemerkte, daß Joan kurz davor stand, hysterisch zu werden. Sie erklärte es sich damit, daß sie wahrscheinlich Angst hatte, ihrem Baby würde etwas zustoßen. Sie ging durch den Obstgarten, der den Flügel des Gebäudes, in dem Joan wohnte, vom königlichen Hauptgebäude trennte, und machte sich auf den Weg zu den Kindern.

Es war ein lautes, glückliches Zimmer, angefüllt mit Hemdenmätzen aller Altersstufen, die sich allen möglichen Spielen widmeten. Königin Philippa selbst schaukelte die Wiege, in der ihre kleine Tochter lag, während Jennas Amme neben ihr saß und Joans Baby auf dem Arm hielt.

»Euer Majestät, Joan bittet darum, daß ihr Baby und die beiden Kinderfrauen Jennas die Erlaubnis bekommen, für einige Tage in ihre Gemächer zu ziehen.«

»Oh, Joan braucht doch sicher Ruhe, um sich vom Tod des armen Edmund zu erholen«, wandte Philippa ein.

»Euer Hoheit, Joan ist völlig außer sich. Ich denke, wenn sie ihr Baby sehen und es im Arm halten könnte, würde es sie beruhigen und ihr helfen, diese schwere Zeit zu überstehen.«

»Da habt Ihr recht. Das ist sehr aufmerksam beobachtet von Euch, Brianna. Ich erinnere mich daran, als ich eines meiner Babys verlor, haben sie auch versucht, mich im Bett zu halten, bis ich mich von dem Verlust erholt hatte – aber mein Leid wurde erst gelindert, als ich zurück in der Kinderstube war, bei meinen anderen Kleinen. Wir werden die Wiege in ihr Zimmer stellen, und Jennas Mädchen sollen im Nebenzimmer wohnen. Wer hätte sich vorstellen können, daß eine kleine Range wie Joan von Kent eine so ergebene Mutter wird?«

Als Joans Zimmer für seine neue Bestimmung umgewandelt worden war, trat auch der Tod ihres Bruders in den Hintergrund. Sie weinte sehr viel, doch Brianna bemerkte, daß ihre Trauer langsam wich und sie den Verlust annahm. Oft sprachen sie von Edmund und von all den glücklichen Erinnerungen, die sie an ihn hatten. Aber trotz der äußeren Gefaßtheit, war Joans Lachen verschwunden, und sehr oft entdeckte Brianna einen gequälten Blick voller Angst in ihren Augen.

Sie nahm an, daß diese Furcht wahrscheinlich andauerte, bis Prinz Edward sicher zu ihr zurückkehrte. Der Schwarze Prinz stellte nicht nur für die englische Armee eine Bastion der Stärke dar, er war auch Joans unbesiegbarer Ritter.

Der König erhielt eine Botschaft von seinem Marschall Warrick, daß sie Carcassonne erobert hatten und das Heer auf dem Rückweg nach Bordeaux war. Warrick versicherte ihm, daß es im Süden keine Schwierigkeiten mehr geben würde. Der König und die Königin feierten diese Nachricht mit der Verlobung von Prinzessin Isabel und Lord Bernard Ezi. Die Festlichkeiten konnten sich sehen lassen, und Königin Philippa bedankte sich persönlich bei Sir John Holland. Sie lobte ihn als den besten Haushofmeister, den sie je gehabt hatte: Er sorgte dafür, daß die königlichen Küchen überquollen mit Produkten aus allen exotischen Häfen Europas und dem Osten und daß gleichzeitig auch das gute alte englische Lammfleisch sowie Wildbret und Geflügel zu Tausenden importiert wurden, ganz zu schweigen von Forellen, Lachs und Schellfisch der besten Qualität.

Am nächsten Tag überraschte Prinzessin Isabel den Hof damit, daß sie die Hochzeit absagte. Der König und die Königin taten beide ihr Bestes, sie umzustimmen; doch da sie ihr seit dem Tag ihrer Geburt immer wieder ihren Willen gelassen hatten, fanden ihre Bitten bei der eigensinnigen Tochter kein Gehör.

Isabel ließ nicht nur ihren Verlobten sitzen, sie empfand dabei auch noch das größte Vergnügen der Welt! Als Bernard in eine Depression verfiel, lachte Isabel. Trotz des Einspruchs seiner Familie, genoß sie den Skandal. Bernards Herz war so gebrochen, daß er damit drohte, in ein Kloster zu gehen, woraufhin sie ihm erklärte, er möge dort für sie beten! Endlich war Isabel wieder glücklich. Sie hatte dem anderen Geschlecht Schmerz und Scham zugefügt, genau das, was der Graf von Flandern ihr angetan hatte. Ihre Ehre war gerächt, ihr unersättlicher Stolz wiederhergestellt. Der König und die Königin trösteten sich mit den Plänen für die Hochzeit von Prinzessin Joanna. Wenigstens sie war ein gehorsames Kind, sie würde ihre Pflichten erfüllen, ohne einen Skandal zu verursachen.

Die Armee des Schwarzen Prinzen kehrte nach Bordeaux zurück und brachte beunruhigende Gerüchte über den Schwarzen Tod mit sich, der angeblich in Konstantinopel ausgebrochen war und von dem es hieß, er suche derzeit die Häfen am Schwarzen Meer heim.

Ein Soldat unter Warricks Kommando starb eines schrecklichen Todes, er stöhnte vor Schmerzen, erbrach Blut und wurde schließlich ganz schwarz im Gesicht. Der Prinz und Warrick unterdrückten sofort alle Gerüchte. Es gab keine vernünftige Erklärung, daß ein Schreckensgespenst aus dem Fernen Osten bis hierher gelangen konnte. Der Soldat hatte offensichtlich etwas Giftiges gegessen oder getrunken, und sie drohten damit, jeden Mann zu bestrafen, der das Wort Pest in den Mund nahm.

Christian Hawksblood und Ali unterhielten sich leise. Sie hatten ihre eigenen Vermutungen über den Tod des Mannes, doch schwiegen sie vorsichtshalber, aus Furcht, eine Massenpanik zu verursachen.

Brianna und Adele saßen bei ihrer Näharbeit im Garten. Der Sommer rückte näher, und immer mehr Blumen begannen zu blühen. Rosa und rote Bougainvilleen rankten sich an den hellen Mauern empor; weißer Jasmin und gelbe Rosen verströmten ihren betäubenden Duft in der Wärme und zogen lebhafte Schmetterlinge und Vögel an, von denen sie in England nie gehört hatten.

Diesem Garten galt Briannas ganze Liebe. Es war eine Oase der Ruhe, der Schönheit und der Stille, wo sie den Anforderungen des königlichen Hofes entfliehen konnte. Sie hatte auch gelernt, das Badebecken zu genießen, und freute sich jeden Nachmittag auf das angenehm kühle Vergnügen, während beinahe alle anderen Menschen in Bordeaux die traditionelle Siesta hielten. Nach dem Bad saß sie gern in der Sonne und nähte, während ihr Haar trocknete. Die Sonne hatte es gebleicht: Brianna fand, daß es hübsch aussah. Blaßgelbe Löckchen fielen ihr in die Schläfen und über ihre Schultern, während die lange, seidige Masse ihres Haares einen dunkleren Goldton hatte. Brianna nähte an einer kurzen weißen Tunika, die sie in dem Badebecken tragen wollte, während Adele ein Kinderhemd nähte.

»Ist das für Jenna?«

Adeles Gesicht leuchtete vor Freude. »Na ja, eigentlich ist es für jemand anders Baby... für mein Baby!«

»Adele! Oh, Himmel, ich weiß gar nicht, was ich sagen soll!«

»In meinem Alter! Kannst du dir das vorstellen? Es ist ein Wunder!«

Brianna sah, wie glücklich Adele war, und in Wirklichkeit beneidete sie sie. »Weiß Paddy es schon?«

»Noch nicht. Maria und Joseph, denke du nur, wie er dann herumstolziert und den armen Ali unterjocht?«

Brianna zögerte einen Augenblick, doch dann sprach sie ihre Gedanken aus. »Glaubst du nicht, daß er versuchen wird, der Ehe zu entgehen?«

Adele lächelte selbstgefällig, sie war sich sicher. »Ich werde ihn schon dazu bringen, keine Angst! Also, diese Sonne ist zu heiß für mich«, erklärte sie und legte eine Hand auf ihren Leib. »Ich werde mich ein wenig ausruhen, während du schwimmst.«

Brianna schlüpfte aus ihrem Kleid und zog die kurze Tunika an, die gerade fertig geworden war, dann glitt sie in das türkisfarbene Wasser des einladenden Beckens. Sie war sehr zufrieden mit sich selbst, denn jetzt konnte sie schon die Füße vom Boden heben und einige Züge schwimmen. Das eine Ende des Bassins lag im Schatten, also ging sie zu der Seite des Wassers, die im Sonnenschein lag. Sie schloß die Augen und hob ihr Gesicht der Sonne entgegen. Ihr langes Haar schwamm wie ein goldener Schleier hinter ihr her.

Dabei entdeckte Christian sie, und er blieb verzaubert stehen. Ihre Schönheit rührte ihn immer an, doch in dieser Umgebung war das Bild, das sich seinen Augen bot, besonders reizvoll. Brianna hatte ihn noch nicht bemerkt, also blieb er im Schatten stehen, unbeweglich, und nahm den lieblichen Anblick in sich auf, während sie die Sonne anbetete.

Sein Herz floß über vor Liebe zu ihr. Wenn er fern von ihr war, erfüllte nur sie seine Gedanken und die Vorfreude auf sie; und nun festzustellen, daß sie auf ihn gewartet hatte, erfüllte ihn mit Seligkeit. Er war der glücklichste Mann auf Erden an der Seite dieser Frau, von der er immer geträumt hatte und die er sehnsüchtig brauchte. Sie war schön, intelligent, talentiert, sinnlich und außerdem auch noch mutig. Dazu gehörte ihr Idealismus, gepaart mit einem starken Glauben an Ehre und Integrität.

Ein zärtliches Lächeln umspielte seinen Mund. Er wollte sie gar nicht anders haben. Auch wenn sie ihm das Leben schwermachte, so konnte Brianna ihre Liebe nicht dem Mann schenken, von dem sie glaubte, daß er seinen Bruder ermordet hatte. Christian war stolz auf ihre hohe Moral. Sie würde die perfekte Mutter sein für seine Kinder, nach denen er sich sehnte. Sie würde ihre persönliche Ethik an sie weitergeben und ihnen mit ihrem starken Sinn für Gereichtigkeit ein gutes Beispiel sein.

Früher oder später würde sie begreifen, daß er die Tat nicht begangen hatte, derer sie ihn zieh. Und wenn diese Erkenntnis ihr erst später kam, dann wäre das ein Mittel, ihn Geduld zu lehren. Das war etwas, was ihm manchmal fehlte.

Brianna hörte das leise Klirren des Kettenhemdes, als ihr Mann sich entkleidete. Ihr stockte der Atem, als ihr klar wurde, daß er wieder daheim war. Wie angewurzelt blieb sie stehen, als sie sah, daß er sich seiner Kleidung entledigte, mit der festen Absicht, zu ihr in das Wasser zu steigen.

Hawksblood tauchte durch das ganze Becken und kam wenige Zentimeter von ihr entfernt hoch. Er schüttelte sich das Wasser aus dem Gesicht und grinste. »Ist das Brianna oder etwa eine Wassernymphe aus einem geheimnisvollen Märchen? Ich weiß, du bist keine Meerjungfrau, denn ich habe gerade einen Blick auf deine herrlichen Beine werfen können und auch noch auf einige andere Teile der weiblichen Anatomie.« Christian liebte die Art, wie sie errötete. Er kam noch näher und genoß es, sie zu necken. Leise sagte er: »Du mußt gewußt haben, daß ich komme. Es ist eine wunderschöne Art, mich zu Hause willkommen zu heißen.«

»Ich habe nicht... ich bin nicht...«

»Bedeutet das, du verweigerst mir ein Willkommen?« Er verzog das Gesicht in gespielter Enttäuschung. »Dir wäre es lieber, wenn ich im Krieg geblieben wäre?«

»Nein, wirklich! Ich bin sehr erleichtert, daß du gesund und wohlauf bist, mein Lord.«

Ihre Worte klangen so förmlich, sie war so vorsichtig, ihm das zu enthüllen, was sie in ihrem Herzen empfand, daß er wirklich enttäuscht war. Hätten ihre Sinne ihr doch nur geraten, ihn überschwenglich, zügellos und voller Hingabe zu begrüßen. Er würde seine Seele dafür geben, wenn sie die Arme um ihn schlingen und ihm sagen würde, daß sie ohne ihn sterben müßte.

»Es wärmt mir das Herz zu sehen, daß du das Baden und den Garten genießt«, sagte er.

»Es macht mir viel Freude«, bestätigte sie voller Begeisterung.

»Die Blumen duften einfach himmlisch, und exotische Vögel schwirren um den Brunnen herum. Von den Schmetterlingen ganz zu schweigen ... ich kann gar nicht beschreiben, wie bunt sie sind. Ich hatte ja keine Ahnung!«

»Du hast geglaubt, alle Schmetterlinge wären weiß?«

Brianna wurde ganz still. »Kannst du all meine Gedanken lesen?« fragte sie, ernst geworden.

»Brianna, du hast deinen weißen Zelter Papillon genannt. Das sagt mir halt, daß du glaubst, alle Schmetterlinge wären weiß.«

»Oh, ich verstehe«, sagte sie und kam sich plötzlich ganz dumm vor, doch dann lachte sie mit ihm.

»Es sagt mir auch, daß dein Französisch genauso beklagenswert ist wie deine Kenntnisse in Biologie. Papillon ist ein männliches Wort.« Er beugte sich zu ihr und berührte ihren Mund mit seinen Lippen. »Ich werde dir Französisch beibringen«, erklärte er mit einem anzüglichen Blick, und machte sich daran, gleich die erste Lektion zu beginnen.

Christian hob sie hoch und kletterte mit ihr auf seinem Arm aus dem Wasser. Als er sah, daß ihre wunderschönen Augen sich umwölkten, beschloß er, sie nicht gleich hinauf in ihr Bett zu tragen, um sein Verlangen zu stillen. Brianna bedeutete ihm so viel mehr. Er sehnte sich danach, ihr Gefährte zu sein, ihr Freund und ihr Partner, doch auch ihr Geliebter. Es war besser, sich zurückzuhalten und die Erwartung der sexuellen Spannung zu genießen, die zwischen ihnen bereits wieder Funken warf.

Er legte sie am Ende des Bassins nieder und streckte sich neben ihr aus. Während er durch ihr Haar strich, damit es in der Sonne trocknete, verzog sich sein Mund belustigt. Die weiße Tunika war beinahe durchsichtig, wenn sie naß war; verständlicherweise hatte sie keine Ahnung davon, daß sie seinen Blicken mehr enthüllte als verbarg. »Warum bleiben wir nicht einfach hier liegen und lassen uns von der Sonne trocknen? Ich schwöre dir, es gibt kein herrlicheres Gefühl, als seinen Körper den Sonnenstrahlen auszusetzen. Ich hole dir etwas Öl. Deine wunderschöne Haut soll nämlich nicht eine so abstoßende Farbe annehmen wie die meine.«

Brianna wandte den Kopf und sah, wie er am Badebecken vorbei zur Treppe ging, die zu ihrem Schlafzimmer führte. Christian

Hawksblood war ganz und gar nicht abstoßend. Er war wie eine magnetische Kraft, wie der Mond für die Gezeiten. Sie verspürte das überwältigende Verlangen, ihm zu folgen. Nur die Treppe zu ihrem Schlafzimmer bräuchte sie hinaufzugehen, und er würde sie so leidenschaftlich lieben, daß alle anderen Gedanken aus ihrem Kopf flüchteten. Seine Küsse würden sie zu Orten führen, wo sie mit ihm allein im Universum wäre. Wo niemand anderes eindringen konnte. Es war ein ganz privates Paradies, wo es keine Schatten und keine Geister gab. Wenigstens für einen kurzen Augenblick.

Warum hatte er sie nicht mitgenommen? Vielleicht wollte er sie ja gar nicht lieben! Sie schloß die Augen, um diese entsetzliche Möglichkeit schnell wieder zu vertreiben, und als sie sie wieder öffnete, stand er vor ihr in all seiner nackten Herrlichkeit und goß Mandelöl in seine Hand.

»Dreh dich herum«, befahl er.

Er begann an ihren Fersen, mit langen, gleichmäßigen Strichen massierte er das Öl in ihre schlanken Beine. Als er an ihren Oberschenkeln angekommen war, war Brianna überzeugt davon, daß er die herrlichsten Hände der Welt besaß. Sie waren stark und fest, und das Gefühl seiner etwas rauhen Handflächen machte seine Berührungen so unerhört stimulierend, daß sie erschauderte.

Seine Handflächen glitten über ihr wohlgeformtes Gesäß, seine Finger wagten sich vorwitzig in die Spalte zwischen ihrem Gesäß vor und weckten ein ungewöhnliches, doch angenehmes Gefühl in ihr, unter dem sie sich wohlig wand. Sie keuchte auf, als er ihr einen Kuß auf ihr verlockendes Hinterteil gab, doch als dann seine Hände zu ihren Schultern glitten, ihre Haut kneteten und massierten, wich alle Anspannung aus ihren Muskeln, und sie seufzte glückselig auf.

Er legte sich neben sie, sah, wie ihre goldenen Wimpern sich über ihre Augen senkten, wie ihre Mundwinkel sich hochzogen, als die Sonne mit ihrer verschwenderischen Wärme ihre Haut küßte.

»Wir sind zwei Genießer«, raunte er, völlig zufrieden damit, daß ihm einige Stunden des Glücks an diesem friedlichen Zufluchtsort gewährt wurden, wo die Grausamkeiten der Welt sie für eine kleine Weile nicht erreichen konnten. Er legte seine Hand auf ihre, und sie verschränkten ihre Finger miteinander, beide einverstanden, daß sie träge und schläfrig in der Sonne liegen konnten, in ihrem ganz privaten Paradies, wo Vögel um den Brunnen flogen und Schmetterlinge von Blume zu Blume flatterten.

38

Prinz Edward konnte nicht einfach Joans Zimmer betreten, in dem es von Kinderfrauen und den Hofdamen seiner Mutter nur so wimmelte; also rief er Randal Grey zu sich und kritzelte eine hastige Botschaft. Als Joan die Worte las, kannte ihr Glück keine Grenzen, doch sofort übermannte sie die Furcht. Wenn nun Holland ihr beschämendes Geheimnis an Edward verriet? Bei diesem Gedanken begann sie zu zittern. Bei seinem gemeinen Charakter war er zweifellos zu jeder Schlechtigkeit bereit.

Doch dann rettete sie ihr Verstand. Er konnte sie nicht zerstören, ohne gleichzeitig sich selbst in den Abgrund zu stürzen. Ihre Sehnsucht nach Edward überstieg jedes andere Gefühl, deshalb entließ sie all ihre Kammerjungfern bis auf Glynis und erklärte, sie wolle einen Mittagsschlaf halten.

Als Glynis kam, um den Prinzen zu holen, erkundigte er sich ängstlich nach Joans Gesundheit. Sein Vater hatte ihm von Edmunds Tod erzählt, und seine Mutter hatte hinzugefügt, daß man wegen ihrer Trauer um den Bruder gefürchtet hatte, sie würde den Verstand verlieren. Glynis hätte ihn am liebsten darauf aufmerksam gemacht, daß Joan sich nie erholen würde, solange sie mit Holland verheiratet war. Das walisische Mädchen fühlte seine Verderbtheit. Wenn er mit ihr sprach, bekam sie eine Gänsehaut. Als Schutz vor ihm trug Glynis sogar ständig einen Sargnagel bei sich. Doch Joan hatte sich noch nie über ihn beklagt, sie erwähnte nicht einmal seinen Namen, und daher gab es auch keine Beweise, daß Joan sich vor ihm fürchtete. Alles, was Glynis hatte, war ein Gefühl, tief in ihrem Inneren.

»Meine Lady erholt sich von dem Schock über den Tod ihres Bruders, Euer Hoheit, und sie hat ihre Gesundheit und auch ihre alte Figur nach den Begleiterscheinungen der Schwangerschaft wiedererlangt; doch irgend etwas stimmt trotzdem nicht mit ihr.

Sie ist nicht mehr so unbeschwert, und auch äußerst nervös, so daß sie niemals allein gelassen werden möchte.« Als sie an der Tür angekommen waren, blieb Glynis zurück, sie verabschiedete sich von ihm mit den Worten: »Ich hoffe, daß Ihr die Medizin seid, die sie nötig hat, Prinz Edward.«

»Mein süßes Herz, kannst du mir je vergeben, daß ich nicht bei dir war, als du mich brauchtest?«

»Oh, Edward, Gott sei Dank hast du alles heil überstanden!«

Zärtlich nahm er sie in seine Arme. Er glaubte zu verstehen, was sie bedrückte. Sie hatte ihren Bruder im Krieg verloren und bangte nun um sein Leben.

Joan klammerte sich an seine Hand und führte ihn zu der Wiege, wo Jenna lag und fröhlich gurgelte. Edward hob sie hoch, erstaunt, daß er etwas so Winziges geschaffen hatte. Er hielt sie auf seinem starken Arm, ihre blauen Plantagenet-Augen blickten aufmerksam zu ihm auf. Er lauschte erfreut, als Joan ihm alles von seiner kleinen Tochter erzählte, doch bemerkte er auch die dunklen Schatten unter den Augen seiner Geliebten und sah, daß sie nicht schlank war, sondern absolut mager. Als er bemerkte, daß das Baby eingeschlafen war, legte er es vorsichtig in die Wiege zurück und hob Joan auf seine Arme.

»Kleine Jeanette, mein Herz, sag mir, was geschehen ist?«

»Edward...« Ihre Augen füllten sich mit Tränen. Lieber Gott im Himmel, beinahe hätte sie ihm alles gestanden! »Nichts ist geschehen... halt mich nur fest«, bat sie.

Edward sank in einen Sessel und zog sie auf seinen Schoß. Sie legte ihren Kopf an seine breite Brust, und seine starken Hände strichen zärtlich über ihr Haar. Diese Geste brachte das Faß zum Überlaufen. Sie barg ihr Gesicht an seiner Brust und schluchzte sich das Herz aus dem Leib.

Sie aßen in Joans Gemächern zu Abend und machten bei Dunkelheit, als niemand sie mehr erkennen konnte, einen Spaziergang im Obstgarten. Später, als sie zusammen schlafen gingen, stellte Edward keine sexuellen Ansprüche an sie. Als sie in seinen Armen einschlief, lag Edward wach, voller Bedauern über das, was er dem Menschen angetan hatte, den er auf der Welt am meisten liebte.

Aus einem lachenden, übermütigen jungen Mädchen hatte er

eine unsicheres, verängstigtes Kind gemacht. War er nicht der unbesiegbare Schwarze Prinz? Der stärkste Ritter der Christenheit? Er hätte die Einwände des Königs und der Königin überwinden müssen und seine Cousine heiraten sollen. Sie an einen anderen Mann zu binden war ein Akt der Feigheit gewesen, und er schämte sich in Grund und Boden.

Vielleicht könnte er die Ehe auflösen lassen. Es würde Jahre dauern und einen unerhörten Skandal auslösen, aber das wäre unbestreitbar die einzige ehrenhafte Wiedergutmachung. Er würde Joan nichts davon sagen, bis er seine Erkundigungen eingezogen hätte. Es könnte ihr ernsthaften Schaden zufügen, wenn sie zu hoffen begann und dann die Enttäuschung um so größer wäre, wenn sich eine Annullierung der Ehe als unmöglich herausstellte. Jetzt, wo Edmund tot war, nahm Joan einen wesentlich höheren Stand ein. Sie war eine Gräfin von Kent und Lady Wake von Liddell von Geburt. Ihre riesigen Besitztümer und ihr Reichtum würden das ihrige dazu beitragen, vom Papst einen Dispens ihrer Ehe zu erwirken.

Die Gerüchte über den Schwarzen Tod, der in den Häfen des Mittelmeeres viele Leben forderte, hielten sich hartnäckig. Zwei Soldaten fielen auch in Bordeaux einer geheimnisvollen Krankheit zum Opfer und starben innerhalb von vierundzwanzig Stunden. Hawksblood verbrachte den Abend in Warricks Haus und diskutierte darüber.

»Man sollte die Leichen verbrennen, um zu verhindern, daß sich jemand ansteckt. Alle neuen Krankheitsfälle gehören unter Quarantäne!«

Warrick nickte zustimmend. »Ich werde ein Gebäude einrichten als Siechenhaus, und die Männer müssen dort abwechselnd Dienst tun.«

»Nein«, wehrte Hawksblood ab. »Das würde die Krankheit in der ganzen Armee verbreiten. Das Siechenhaus muß außerhalb von Bordeaux liegen, in einem Dorf mit einer geringen Bevölkerungsanzahl. Es sollten nur Freiwillige dort arbeiten, die sich selber in den Dienst teilen. Der Verkehr zu diesem Dorf wird abgeriegelt, und der gesamte Bereich muß gesperrt werden.«

Warrick runzelte die Stirn, und als Hawksblood die Gedanken

seines Vaters erkundete, erkannte er bei ihm die gleichen Sorgen. Vater und Sohn waren beide höchst alarmiert, daß die Pest, die im Osten wütete, Christians Mutter, Prinzessin Sharon, erreichen könnte.

Hawksblood legte Warrick eine Hand auf die Schulter. »Ich denke auch an sie.«

Der Graf blickte seinem Sohn tief in die Augen. Es war ein seltener Augenblick des Einverständnisses zwischen den Generationen. »Vermutlich werde ich sie nie wiedersehen. Wenigstens nicht in dieser Welt«, prophezeite Warrick unglücklich.

Hawksblood lächelte seinen Vater an, um seine Sorgen zu vertreiben. »Ich habe den Vorteil, sowohl Allah als auch den Christengott um eine Gunst bitten zu dürfen. Bestimmt wird einer von ihnen unsere Gebete um ihre Sicherheit erhören.« Doch Hawksblood war absolut nicht sicher. Er hatte eine Vorahnung, daß diese entsetzliche Plage in der Tat seine Eltern treffen könnte, und auch wenn er danach trachtete, diese trüben Gedanken beiseite zu schieben, so drängten sie sich ihm doch immer wieder auf.

Als der König und Prinz Edward mit ernsten Gesichtern bei Warrick eintrafen, stellte sich heraus, daß es noch mehr Bedrängnis gab. Die Spione König Edwards hatten berichtet, daß Johann, der neue König von Frankreich, darum bemüht war, die Niederlage seines Vaters in Crécy wieder wettzumachen; also eiferte er dem König von England nach mit einer französischen Ordensgründung zu Ehren Unserer Dame vom Hohen Hause. Seine Ritter bedrängten ihn, in diese Bruderschaft aufgenommen zu werden. Alle Berichte sagten, daß Offiziersränge der französischen Armee immer mehr Einfluß gewannen, und das zu einer Zeit, in der die Engländer versuchten, einen Friedensvertrag abzuschließen.

König Edward warf verärgert die Botschaften auf den Tisch, die er vom Herzog von Lancaster anläßlich seines Besuches beim Papst in Avignon erhalten hatte. Augenscheinlich versammelten sich am päpstlichen Hof die Franzosen scharenweise. Französische Kardinäle, Beamte, Baumeister und Händler waren ausgeschwärmt nach Avignon, um an dem enormen Reichtum teilzuhaben, den der vorige Papst bei seinem Tod hinterlassen hatte.

Der neue Papst, Innozenz, lehnte Edwards Vorschläge ab,

nämlich daß er seine Herrschaftsansprüche in Frankreich aufgeben wollte und im Gegenzug dafür die volle Souveränität über seine Besitztümer erhielte. Zum ersten Mal in seinem Leben entdeckte Prinz Edward einen Ausdruck der Niederlage im Gesicht seines Vaters. Er erkannte deutlich, daß der alte Recke genug hatte vom Krieg und er jetzt an der Reihe war, den Fehdehandschuh für die englische Sache aufzunehmen.

Er griff nach einem der Dokumente, die sein Vater auf den Tisch geworfen hatte, und reichte es Warrick. »Diese Nachricht klingt nicht ganz so aussichtslos. Sobald Lancaster feststellte, daß die Franzosen ein Bollwerk um den Papst herum aufgebaut hatten, schickte er nach seiner eigenen Armee. Sie hätte eigentlich gestern in Cherbourg landen müssen.«

Warrick meinte: »Glaubt Ihr, wenn wir uns nach Süden wenden an unseren Verbündeten in Navarra, er würde uns mit seinen Truppen unterstützen?«

Hawksblood mahnte zur Vorsicht. »Navarras direkter Nachbar, Karl von Spanien, ist ein Verbündeter Frankreichs. Ich möchte behaupten, Navarra wird erst erfahren wollen, in welche Richtung der Wind weht, ehe es sich bindet.«

Prinz Edward verzog das Gesicht. »Wie immer haben wir nur uns selbst, auf die wir uns verlassen können.«

Hawksblood grinste seinen Freund an. »Wann hat uns das je geschreckt?«

Warrick entschied: »Wir werden Kundschafter aussenden, um herauszufinden, wie stark die französische Armee ist und ob sie sich bereits in Marsch befindet.«

Prinz Edward nickte. »In der Zwischenzeit führe ich meine Männer nach Norden und schließe mich den Soldaten von Lancaster an.«

Prinz Edward wäre lieber allein der französischen Armee gegenübergetreten, als Joan zu erklären, daß er sie wieder einmal verlassen mußte, um in eine Schlacht zu ziehen. Sie klammerte sich an ihn, um in zweierlei Hinsicht von seiner Kraft zu zehren, und gab ihm das Gefühl, sie zu verraten. Er mußte sie auf die Trennung vorbereiten, durfte sie nicht erst im letzten Augenblick damit überfallen.

»Mein süßes Herz, Lancasters Armee ist in Cherbourg gelandet und zieht nach Süden. Ich werde meine Truppen zu ihm nach Norden führen. Das wird die Anzahl unserer Soldaten verdoppeln, sollte es zu einem weiteren Zusammenstoß mit den Franzosen kommen.« Sie saßen auf Joans Bett, es war spät in der Nacht, und Jenna lag strampelnd und gurgelnd zwischen ihnen.

Alles Blut wich aus Joans Gesicht, und sie begann zu zittern. »A-aber ich dachte, ihr verhandelt über einen Friedensvertrag?«

Er nahm ihre Hände in seine, um ihr einiges seiner Kraft zu übermitteln. »Wie es scheint, haben sie ihre Lektion noch immer nicht gelernt, also müssen wir ihnen eine neue erteilen, die sie nicht so schnell wieder vergessen.«

Joans Kehle zog sich vor Furcht zusammen. Sie hätte ihn angefleht, nicht wegzugehen, wenn sie die Worte herausgebracht hätte.

»Jeanette, du hast schon immer großes Vertrauen in meine Fähigkeiten als Krieger und Anführer meiner Männer gesetzt. Ist etwa Jenna der Grund dafür, daß du dich plötzlich fürchtest? Ich hätte dir niemals ein Kind aufbürden dürfen.«

Joan hatte ihre Stimme wiedergefunden. »Oh, Edward, du darfst so etwas nicht sagen. Sie ist keine Last für mich. Ich habe mit ihr einen Teil von dir. Jenna tröstet und stärkt mich, wenn du nicht da bist!«

»Gut. Dann muß die Ursache deiner Furcht im Tod von Edmund liegen. Ich weiß, wie nahe du ihm gestanden hast, mein süßes Herz, und nur die Zeit kann deinen Kummer heilen.«

Joan kniete auf dem Bett und legte ihre Hände auf seine Schultern. »Du mußt mir versprechen, daß John Holland niemals den Titel meines Bruders bekommen wird!« bat sie ihn eindringlich.

Edward runzelte die Stirn. »Dir gehört scin Titel, wußtest du das denn nicht? Du bist jetzt die Gräfin von Kent.« Plötzlich wurde ihm klar, daß es etwas mit Holland zu tun hatte, daß sie sich so aufregte. »Hat Sir Holland sich dir gegenüber unbotmäßig verhalten, Liebling?«

»Oh, nein, nein«, versicherte sie ihm hastig. »Es ist nur einfach so, daß ich es hasse, mit ihm zusammenzusein, während er sich mit unserer Ehe und Jennas Vaterschaft brüstet.« Joan stockte der Atem, und sie biß sich auf die Zunge. Hatte sie zuviel gesagt?

Edward nahm sie in die Arme. »Würde es dich glücklich machen, wenn ich Holland mitnehme?«

»O ja! Immerhin brauchst du jeden Mann, um gegen die Franzosen zu kämpfen.«

»Liebling, jetzt hast du das erste Mal gelächelt seit meiner Rückkehr.«

»Verzeih mir, daß ich dich so entsetzlich vernachlässige. Ich könnte Glynis bitten, sich um Jenna zu kümmern, und wir beide verabschieden uns voneinander wie in den alten Zeiten.«

»Ich reise nicht morgen, sondern erst übermorgen; aber ich glaube, es gibt kein Gesetz, das es uns verbietet, zwei Nächte lang Abschied voneinander zu nehmen!« Als Glynis klopfte, um das Baby zu holen, hatte Edward bereits seine Stiefel und sein Wams ausgezogen.

Randal Grey kam zu Briannas Haus und suchte dort nach Hawksblood.

»Hallo, Randal! Wo ist Gnasher?« Brianna kannte die beiden als unzertrennlich.

»Jede Nacht verschwindet er, um weibliche Frettchen zu verfolgen. Ich fürchte, eines Morgens wird er nicht zurückkehren. Hawksblood findet, daß es besser für ihn ist, wild zu leben, aber ich würde ihn vermissen. Kann ich mit Hawksblood sprechen, meine Lady?«

»Es tut mir leid, aber er ist nicht hier. Wahrscheinlich findest du ihn nebenan bei Warrick, sie erörtern militärische Strategien.«

»Ginge es dann bitte mit Paddy?«

Brianna zögerte, lehnte seine Bitte jedoch ab. »Nein! Paddy und Adele haben heute morgen geheiratet. Wenn du sie jetzt störst, wirst du eins hinter die Ohren bekommen.«

Der Junge sah so enttäuscht aus, daß er Brianna leid tat. »Könnte ich dir vielleicht helfen, Randal?«

»O ja, Lady Brianna! Bittet doch Euren Lord Ehemann darum, mich auf diesen Feldzug mitzunehmen.«

Obwohl Christian ihr den baldigen Abzug verheimlicht hatte, war Brianna auf einmal klar geworden, warum Paddy Adele so überstürzt zum Altar führte. »Wann soll es denn losgehen?« fragte sie nebenher.

»Morgen. Ich habe ein Pferd, ein Schwert und eine vollständige Rüstung. Wenn Ihr ihn um einen Gefallen bittet, kann er das bestimmt nicht abschlagen.«

Brianna blinzelte über Randals wunderliche Vorstellungen von Rittertum. Und so, wie er es kaum erwarten konnte, in die Schlacht zu reiten, so mußte seine Vorstellung vom Krieg wohl genauso verworren sein. »Randal, der Krieg besteht nicht nur aus Draufgängertum und Ruhm, dort findet Blutvergießen und Tod statt.«

»Ich kann nicht als Mann anerkannt werden, ehe nicht durch mein Schwert Blut geflossen ist. Ihr tut mir einen großen Gefallen, wenn Ihr ein Wort für mich einlegt, meine Lady.«

»Du kannst hier übernachten, wenn du möchtest, und wir werden ihn dann morgen früh fragen. Er kommt immer erst sehr spät von Warrick zurück.«

»Meine Rüstung und mein Schwert sind draußen. Darf ich sie ins Haus holen, damit sie nicht gestohlen werden?«

Brianna lächelte vielsagend, denn genau auf diese Art und Weise hatte er sich der Gegenstände bemächtigt. »Du wirst ersticken in der Rüstung. Wie hältst du das nur bei dieser Hitze aus?«

»Hawksblood bringt mir bei, wie man lernt, Kontrolle über seinen Körper auszuüben. Körperliches Unbehagen kann man sehr leicht überwinden. Es ist nur eine Frage des Geistes, meine Lady.«

Eine Stunde später saß Brianna grübelnd im Garten, inmitten der duftenden Blumen. Je mehr sie darüber nachdachte, desto mehr begriff sie, daß in der Tat alles ein Zustand des Geistes war ... Mut, Furcht, Glück, Sorgen, Liebe, Haß. Weil sie ihr Herz vor Christian verbarg, konnte er all diese Dinge nicht mit ihr teilen.

Hatte er seine Abreise von ihr geheimgehalten, um ihr Sorgen zu ersparen, oder glaubte er ganz einfach, daß so etwas eine Frau nichts anginge? Sie teilten ein Bett, aber teilten weder ihre Hoffnungen und Träume noch ihre inneren Gedanken und Gefühle. Gesprochen wurde weder von der Vergangenheit noch von der Zukunft. Ihr Zusammenleben funktionierte oberflächlich gesehen, ohne die Tiefen einer Gemeinsamkeit, und Brianna wußte nicht, wie sie diesem Zustand Abhilfe schaffen sollte.

Christian fand sie in dem schattigen Garten. »Ich komme spät. Meinetwegen mußtest du nicht so lange aufbleiben. Hast du auf mich gewartet?«

Es schien ganz einfach eine höfliche Frage zu sein. Sie konnte keinen Unterton der Sehnsucht daraus entnehmen.

»Ich... es war zu heiß, um zu schlafen.«

»Brianna, ich bin froh, daß du noch nicht zu Bett gegangen bist. Es gibt da etwas, das ich dir sagen muß.« Er setzte sich im Dunkeln neben sie, nahe zwar, aber so, daß er sie nicht berührte. »Ich habe heute miterlebt, wie Adele und Paddy geheiratet haben. Niemals zuvor habe ich eine Braut gesehen, die glücklicher war. Brianna, unsere Ehe hat dir noch wenig Glück gebracht. Erst jetzt ist mir klar, daß ich dich nie zu dieser Verbindung hätte zwingen dürfen. Ich habe nur an meine Vorstellungen gedacht, und das war falsch. Wenn man einen Menschen liebt, dann beweist man das, indem man seine Wünsche vor die eigenen stellt. – Wenn du möchtest, daß wir diese Ehe auflösen, dann können wir das tun. Da, wo ich herkomme, sagt der Mann einfach: ›Ich verstoße dich‹, und damit ist der Fall besiegelt.« Seine Worte klangen unbeteiligt, kühl und gleichgültig.

Lieber Gott im Himmel, das war es nicht, was sie wollte, ganz und gar nicht! Sie wollte, daß er sie in seine Arme nahm und schwor: »Ich werde dafür sorgen, daß du mich eines Tages liebst, ob du es nun willst oder nicht!« Dieser Krieg mußte doch einmal ein Ende haben. Dann könnten sie in Bedford leben, umgeben von ihren Sprößlingen, und mehr als alles andere wünschte sie sich, daß Christian de Beauchamp der Vater dieser Kinder war!

Schweigen breitete sich zwischen ihnen aus.

Brianna begriff, daß ihr zukünftiges Glück von ihrer Antwort abhing. Sie holte tief Luft. Hatte sie nicht gerade erst erkannt, daß Mut ein Zustand des Geistes war? Sie nahm daher all ihre Kräfte zusammen und flüsterte: »Schenk mir ein Baby, Christian.«

Er riß sie in seine starken Arme und trug sie hinauf in ihr Schlafzimmer. Mit ungeduldigen Händen entledigte er sich seiner Kleidung, in diesem Augenblick brauchte er sie mehr, als er sie je gebraucht hatte. Nur mit eiserner Selbstbeherrschung entkleidete er sie geduldig, betete sie mit seinen Händen an, jeden einzelnen

Zentimeter ihres Körpers, den er enthüllte, und ließ seinen Berührungen dann seine Lippen folgen.

Die Hitze der Nacht war groß, und er wußte, daß das Fieber der Leidenschaft ihre Körper viel zu feucht machen würde für ein langes Liebesspiel, deshalb warf er ein Kissen auf den Marmorboden. Darauf streckte er sich aus und zog sie an seine Seite. Der Marmor war kalt, er machte Briannas erhitzte Haut angenehm frisch, doch einen Augenblick zitterte sie.

Als er sich über sie schob und ihren Körper mit Küssen bedeckte, fühlte es sich an wie Feuer und Eis. Er preßte seine Handflächen auf den weißen Marmor, um sie abzukühlen, ehe er damit ihre Brüste umschloß und sie gleichzeitig heiß und kalt machte, bis Brianna vor Verlangen nicht mehr aus und ein wußte, bis sie zitterte und brannte.

Christian ließ alle Vorsicht fahren. Heute nacht wollte er nicht nur ihren Körper besitzen, er sehnte sich danach, in ihr Blut einzudringen, in ihr Herz und ihre Seele. Seine Liebesworte waren so beschwörend, daß sie Brianna zu seiner Gefangenen machten, er verführte sie dazu, ihm all das zu geben, was er von ihr verlangte… ihren Leib, ihren Willen, ihre Liebe. Sie konnte der Macht dieses Mannes nicht widerstehen und wollte es auch nicht, niemals mehr.

Alles, was er ihr sagte, war so erotisch, daß es ihre Sinne betäubte. »Gib dich mir hin!« Seine Stimme vibrierte von unterdrückten Gefühlen.

Sie hob ihm ihren Körper entgegen, um ihn ganz in sich aufzunehmen, öffnete ihm die Lippen, damit seine Zunge sich tief in ihren Mund schieben konnte. Sie wünschten sich beide, daß diese letzten Stunden frei waren von Traurigkeit und Schatten. Beide drängten rücksichtslos der Erfüllung entgegen, sie suchten dieses Fest der Sinne, das nur sie einander bereiten konnten.

Brianna war der Mittelpunkt seiner ganzen Existenz, und er sehnte sich danach, für sie das gleiche zu sein. Er wußte, sie war näher daran, ihn zu akzeptieren, als je zuvor. Ihr herrlicher Körper gehörte ganz ihm, und dennoch hatte er das Gefühl, daß sie noch einen kleinen Teil ihrer selbst vor ihm verbarg. Wahrscheinlich war sie davon überzeugt, daß sie sich ihm ganz hingegeben hatte, doch Christian spürte noch einen Rest von Abwehr.

Brianna fühlte, wie Christians Lenden sich zusammenzogen, dann schrie sie voller Glück auf, als sich die ganze Herrlichkeit seiner Manneskraft in sie ergoß. Auch ihm entrang sich ein Schrei voll dunkler Leidenschaft, als sein brennender Samen sie mit seiner Liebe, seinem Leben füllte. Brianna war wundervoll erschöpft von Hawksbloods wilder, bedingungsloser Hingabe. Wer hätte geglaubt, daß Liebe auf einem Marmorboden so äußerst sinnlich sein konnte? Sie umklammerte seine Hand und versank in einen Traum, wo er sie zu sich winkte, in die Ferne, noch weiter als der Mond und die Sterne.

Christian lag wach neben ihr, noch immer brannte das Feuer in seinen aquamarinfarbenen Augen. Seine Sehnsucht nach ihr war wie eine Besessenheit. Bald, sehr bald würde sie sich ihm ganz und gar ergeben, sagte er sich. *Und wenn sie das nicht tut?* Die Stimme kam unerwartet. Er schob sie beiseite, wollte nicht selber eine Entscheidung treffen. Rettung oder Verdammnis? Er wußte, wenn er nicht auch den letzten Tropfen ihrer Liebe erringen konnte, würde er sie beide einer nicht endenden Qual aussetzen.

Prinz Edward hätte die ganze Welt umarmen können. Joan war wieder die alte! Sie hatten zusammen gelacht und sich geliebt, während all der Stunden ihrer letzten gemeinsamen Nacht, dann hatte sie ihn, kichernd wie ein kleines Mädchen, nach draußen gelockt, wo sie in ein Schwanenboot geklettert waren. Noch einmal hatten sie sich geliebt, während das Boot über den kühlen See glitt.

Der erste rosige Schimmer der Dämmerung zeigte sich schon am Himmel, als er sie zurück in ihr Zimmer trug, sie zum Abschied wieder und wieder küßte.

»Geh jetzt«, flüsterte Joan. »Dieses Zimmer wird sehr bald überquellen von Ammen und Kinderfrauen.«

Edward warf noch einen letzten Blick auf seine schlafende Tochter. »Paß gut auf sie auf.«

»Das werde ich, mein Prinz. Sie bleibt hier bei mir, bis du zu uns zurückgekehrt bist.«

»Ich liebe dich von ganzem Herzen«, schwor er.

»Ich liebe dich auch, Edward. Geh mit Gott.«

Hawksblood und seine Knappen waren bereits im Morgengrauen auf den Beinen, und während Paddy sich zärtlich von Adele verabschiedete, erinnerte Brianna sich plötzlich an Randal Grey. »Christian, dein Knappe Randal ist hier. Er glaubt, wenn ich dich um den Gefallen bitte, wirst du ihn auf diesen Feldzug mitnehmen.«

Grimmig sagte Hawksblood: »Der Schlawiner weiß, daß ich dir keinen Wunsch abschlagen kann.« Er erhob die Stimme und brüllte: »Randal!«

»Ich bin hier, mein Lord.« Der junge Randal Grey trat in den Frühstücksraum.

Hawksblood hatte seinen Wunsch ablehnen wollen, doch als er den verwegenen Knappen in voller Rüstung erblickte, fiel ihm wieder ein, wie er sich in diesem Alter gefühlt hatte. »Hast du ein Pferd?« fragte Hawksblood.

»Aye, mein Lord«, bejahte Randal eifrig.

»Hast du einen Sattel?«

Randals Gesicht wurde lang, doch er wagte es nicht, zu lügen. »Nein, mein Lord.«

»Ali wird dir einen besorgen«, erklärte Hawksblood knapp.

Randals Gesicht verzog sich zu einem breiten Grinsen. Er fiel vor Brianna auf die Knie. »Danke, meine Lady. Ich werde Euch das nie vergelten können, aber wenn ich zurückkehre, werde ich für immer Euer ergebener Sklave sein!«

Hawksblood wandte sich ab. Der Junge war so ernst, daß es ihm beinahe weh tat.

»Wenn Gnasher zurückkommt von seinem nächtlichen Streifzug, werdet Ihr ihn für mich versorgen? Ihr seid die einzige Lady, die er mag. Er hat mir Schande gemacht, als er die Baronesse gebissen hat, und sie will, daß er umgebracht wird.«

»Die Baronesse? Meinst du Lisette St. Lô?« fragte Brianna und fühlte, wie eine Woge der Wut sie beinahe blind machte. Sie wandte sich an ihren Mann. »Wo ist sie?«

»Ich habe sie in Warricks Haus untergebracht«, sagte er und bereitete sich innerlich auf ein Drama vor.

»Du hast mich absichtlich betrogen! Ich dachte, sie sei weg aus Bordeaux, und du hast mich freudig in meiner Unwissenheit bestärkt!« Briannas Augen blitzten grünes Feuer. »Ich dachte, sie sei auf der anderen Seite des Landes, wo sie sich doch in Wirklichkeit nur auf der anderen Seite der Gartenmauer aufhält. Wie praktisch für dich. Jetzt erst begreife ich, warum du jeden Abend bei Warrick verbracht hast!«

Hawksblood hatte nicht die Absicht, sich zu entschuldigen. Brianna war sowieso nicht in der Stimmung, ihm zuzuhören. Es handelte sich um das maßgebliche Problem, das immer noch zwischen ihnen stand. Vertrauen. Entweder vertraute sie ihm, oder sie tat es nicht. Und offensichtlich war letzteres der Fall! Nicht in dieser Angelegenheit und auch nicht in dem anderen, viel ernsteren Zusammenhang mit seinem Bruder.

Als er ihre Anschuldigungen wegen der Französin nicht abstritt, kam das einem Geständnis gleich. »Hurenmeister!« warf sie ihm vor und wollte, daß er sich wehrte, wünschte verzweifelt seine Unschuldsbeteuerung! Sie sah, wie seine Augen vor Wut ganz dunkel wurden. Sein ebenholzfarbenes Haar fiel in Wellen auf seine breiten Schultern. Er war der verdammt attraktivste Mann, den sie je gesehen hatte. Hatte er ihr nicht gesagt, daß er sich im Handumdrehen von ihr scheiden lassen konnte? »Arabischer Teufel!« fuhr sie ihn an. »Ich verstoße dich, ich verstoße dich, ich verstoße dich!«

Sie stürzte die Treppe hinauf und schlug die Tür ihres Zimmers hinter sich zu. Ihre Brust hob und senkte sich heftig, als sie schwer atmend auf ihr Bett sank. Jetzt würde er kommen und sie schlagen! Sie zitterte vor Erwartung, doch vergebens. Als Brianna endlich ihren Stolz überwand und leise nach unten ging, waren Hawksblood und seine drei Knappen längst über alle Berge.

39

König Edward beneidete seinen Sohn darum, daß er losziehen konnte, um gegen die Franzosen zu kämpfen. Beinahe hätte er sich entschieden, ihn zu begleiten, als er erfuhr, daß Johann von Frankreich Paris verlassen hatte und seine Armee direkt nach Süden führte. Sorge um seine Frau und seine Familie hielt ihn zurück. Prinzessin Joanna war plötzlich erkrankt, und Königin Philippa befand sich in höchstem Alarm wegen des gefürchteten

Schwarzen Todes, so daß König Edward es nicht fertigbrachte, seine Frau allein zurückzulassen.

Hawksblood ritt zwischen Prinz Edward und Warrick. Da Lancasters Armee die gleiche Stärke hatte wie die ihre, würden beide täglich etwa die gleiche Entfernung zurücklegen können. Daher hatten sie ausgerechnet, in der Nähe der Stadt Poitiers zusammenzutreffen. Weil die französische Armee größer war, nahmen sie an, daß König Johann wesentlich länger von Paris nach Poitiers brauchen würde.

»Poitiers scheint mir ein günstiger Ort für eine Schlacht zu sein«, entschied Prinz Edward. Er grinste Hawksblood an. »Es liegt mitten in einem Weinbaugebiet, also sorgt dafür, daß Eure Männer nüchtern bleiben bis zu unserer Siegesfeier.«

Warrick blinzelte Prinz Edward zu. »Wenn man das düstere Gesicht meines Sohnes sieht, könnte man glauben, er hat bereits jetzt einen Kater. Entweder hatte er zuviel Wein oder zuviel Frau«, neckte Warrick ihn.

»Zu viele Frauen«, murmelte Hawksblood.

»Wie, ist deine Lady etwa immer noch wütend wegen des französischen Füllens? Weiß das Mädchen denn nicht, daß du besessen bist von ihr?«

»Nein«, fuhr Hawksblood ihn an. »Aber offensichtlich wissen es alle anderen! Macht ihr euch etwa lustig über mich, weil sie mich nach ihrer Pfeife tanzen läßt?«

»Nein, in Herzensangelegenheiten haben alle Männer das Recht, sich töricht zu benehmen, und früher oder später widerfährt das jedem einmal!«

Die drei Männer versanken in Schweigen, sie dachten über ihre verschiedenen Dummheiten nach. Warrick bedauerte zutiefst, daß er seiner Prinzessin erlaubt hatte, im Orient zurückzubleiben. Nur selten verging eine Nacht, in der sie nicht in seinen Träumen erschien. Einer Frau die Entscheidung über ihre Zukunft zu überlassen, war ein Fehler. Die Damen hatten keine Ahnung, was sie überhaupt wollten, bis ein Mann es ihnen zeigte. Er hätte einfach zu ihr reiten und sie auf seinem Pferd mit sich nehmen sollen. Warrick seufzte angesichts dessen, was hätte sein können.

Prinz Edward tat es in der Seele weh, daß er Joan mit John Holland verheiratet hatte. Er hätte sich seinem Vater widersetzen müssen, sei er nun König oder nicht, und Lady von Kent ehelichen. Vielleicht hätte er sie zuerst heiraten und es dann erst seinen Eltern und dem Rat sagen sollen. Was hätten sie noch daran ändern können, wenn er sie vor vollendete Tatsachen gestellt hätte? Edward seufzte herzzerreißend.

Hawksblood erging sich in Reue darüber, Brianna im Zorn verlassen zu haben. Sie hatte recht. Er hätte die St. Lôs freilassen sollen, anstatt sie im Nebenhaus unterzubringen. Die Frau bedeutete ihm gar nichts, doch leider wußte Brianna das nicht. Wenn seine Geliebte doch nur lernen würde, auf ihr Herz zu hören, dann würden ihre Zweifel verschwinden wie Irrlichter.

Er selbst hatte gelernt, auf sein Herz zu hören, wenn es um Brianna ging, und dieses Herz hatte ihm den Weg gewiesen. Er wußte, daß sie ihn liebte, wußte, daß sie sich nach dem gleichen Ziel im Leben sehnte wie er: nach einer warmen und liebevollen Familie. Als er auf seinem Pferd dahingaloppierte, verfiel er in eine tranceartige Träumerei; er lauschte seinem Inneren und genoß seine tiefe und immerwährende Liebe zu der Gefährtin, die seine Vergangenheit, seine Gegenwart und seine Zukunft einschloß.

Joan übergab Jenna der Amme, damit Glynis ihr das Haar kämmen konnte. »Du mußt es ganz fest flechten. Brianna und ich werden heute ausreiten. Sie will mir die wunderschöne Stadt Bordeaux zeigen.«

Glynis freute sich über die Veränderung von Joan. Sie war wieder ganz die alte, glückliche Joan. Ein lautes Klopfen an der Tür kündigte Marie St. Hillary an, die Hofdame der Königin. »Guten Morgen, Lady Holland. Königin Philippa schickt mich mit einer Botschaft um Barmherzigkeit.«

»Marie, setzt Euch und kommt erst einmal zu Atem. Ihr seid ja so weiß wie die Wand.«

Glynis goß Marie ein wenig Wein und Rosenwasser ein, und Marie nippte dankbar daran. »Prinzessin Joanna ist krank geworden, und die Königin bittet Glynis zu kommen, damit sie ihr bei der Pflege hilft. Sie weiß, daß Ihr eine große Kenntnis von Kräuter und Medizinen besitzt.«

»Aber natürlich werde ich kommen. Ich hole nur meinen Korb.«

»Königin Philippa sagt, ich soll Euch warnen: Der Arzt hat den gesamten Haushalt von Prinzessin Joanna unter Quarantäne gestellt, damit die Ansteckungsgefahr gebannt wird. Gott möge es verhüten!« sagte Marie und bekreuzigte sich.

»Wollt Ihr damit sagen, Glynis muß dort bleiben, bis die Prinzessin wieder gesund ist?« fragte Joan.

Marie nickte. »Königin Philippa ist beinahe verrückt vor Sorge, sie will Joanna selbst versorgen; aber der König ist sich einig mit dem Arzt, daß die Königin nicht zu ihr darf, damit sie die Krankheit nicht auf die anderen königlichen Kinder überträgt.«

Joan zog Glynis beiseite. »Du mußt nicht hingehen, Glynis. Ich werde der Königin eine Nachricht schicken, daß ich dich nicht entbehren kann.«

»Es ist schon in Ordnung, meine Lady. Ich habe keine Angst. Aber wenn ich hingehe, bleibe ich auch dort, damit ich die Krankheit nicht zu Euch und Jenna bringe.«

Angst überfiel Joan, als sie Glynis nachwinkte, doch sie hatte keine Angst um sich selbst, sondern nur um Jenna. Mit ängstlichen Blicken beobachtete sie, wie die Kinderfrau das Baby in die Wiege legte. Es konnte nicht der Schwarze Tod sein, nur Seeleute in fremden Häfen oder Soldaten bekamen eine solche abscheuliche Krankheit. Wie konnte diese Krankheit in den königlichen Palast geraten und eine Plantagene-Prinzessin zu ihrem Opfer erwählen?

Joan wandte sich zur Tür, als sie sah, wie sie geöffnet wurde. Wenn der Todesengel persönlich über die Schwelle getreten wäre, wäre sie nicht entsetzter gewesen. Holland stand dort!

Ihre Hand flog zu ihren Lippen. »Ich ... ich dachte, Ihr seid zu dem Feldzug mit Edward aufgebrochen«, keuchte sie.

Holland lächelte. »Die Königin konnte ganz unmöglich ohne mich auskommen, in einer Zeit wie dieser!«

Joan fürchtete diesen Mann mehr als die Pest auf Erden. Sie war völlig erstarrt, wie ein hilfloses Kaninchen vor einem Fuchs. Ihr Herz schlug ihr bis in den Hals, als sie zusah, wie er zu der Wiege ging und Jenna in den Arm nahm. »Ich denke, Eure Tochter sollte zurück in die königliche Kinderstube, bis die Bedrohung der Krankheit vorüber ist. Man hat für die kleinen Prinzen und Prinzessinnen besondere Vorsichtsmaßnahmen getroffen.«

»Nein!« rief Joan. »Bei mir wird sie in Sicherheit sein.«

Holland wandte sich an die Amme. »Ich möchte einen Augenblick mit meiner Frau allein sein. Unbedingt muß ich ihr begreiflich machen, daß die Sicherheit unseres Kindes wichtiger ist als ihre unverständliche Furcht vor dem Alleinsein.«

Die Amme verbeugte sich vor Sir John und verschwand im Nebenraum.

»Ihr Ungeheuer, legt mein Baby in die Wiege zurück«, zischte Joan.

Mit Jenna auf dem Arm kam er auf sie zu, ganz das Bild des ergebenen Vaters. Joan begann zu zittern.

»Säuglinge sind so anfällig. Viele überleben das erste Lebensjahr gar nicht. Und so schnell kann ein Unglück passieren. Ein kurzes Drehen ihres kleinen Beinchens könnte sie für ihr ganzes Leben zum Krüppel machen, oder ein sorgloses Fallenlassen auf den Kopf könnte ihr Gehirn schädigen, so daß sie schwachsinnig werden.«

Joans Mund war trocken, der Schmerz in ihrem Hals drohte sie zu ersticken. Sie wußte, daß sie Jenna von ihm entfernen mußte, sofort. Die Königin sollte erfahren, daß er ihr Baby bedroht hatte. Doch dann dachte sie daran, daß Philippa in diesem Augenblick voller Sorge um ihr eigenes Kind war. Holland galt als Vater ihres Babys, also würde niemand ihr glauben, daß er seinem eigenen Fleisch und Blut etwas antat. Alle würden sagen, daß sie den Verstand verlor, genau wie bei Edmunds Tod. Es gab nur einen einzigen Menschen auf der ganzen Welt, der ihr glaubte. Brianna.

»Ich werde tun, was immer Ihr verlangt«, flüsterte Joan.

»Oh, ich weiß, mein Engel! Wenn ich zurückkomme, will ich, daß dieses Balg und die verdammten Kinderfrauen für immer aus unseren Gemächern verschwunden sind. Wir beide brauchen Zeit für uns, um einander besser kennenzulernen. In aller Intimität! Ihr werdet lernen, meine Bedürfnisse und meine Wünsche zu erfüllen. Ich werde Euch beibringen, mir Freude zu schenken auf eine Art, die Ihr Euch bisher nicht habt träumen lassen.« Als er sah, daß sie sich ihm vollkommen zu unterwerfen trachtete, sagte er: »Ruft die Amme zurück.«

Während Holland Jenna der Amme übergab, versuchte Joan, Worte zu finden, die seinen krankhaften Wunsch, sie zu unterwerfen, befriedigen könnten. »Mein Mann hat mich davon überzeugt, daß unser Baby in der königlichen Kinderstube sicherer aufgehoben ist. Ich werde einige ihrer Sachen später hinüberbringen und einen der Diener veranlassen, ihre Wiege zu transportieren. Die Stellung meines Mannes als Haushofmeister ist so aufreibend, daß er sich Ungestörtheit und Zurückgezogenheit wünscht, wenn er mit mir allein ist.«

Holland drückte einen besitzergreifenden Kuß auf Joans Stirn. »Danke, mein Engel! Deine Entscheidung ist sehr weise. Ich werde in ungefähr einer Stunde zu dir kommen.«

Joan war ganz schwindlig vor Erleichterung, daß sie Jenna vor ihm in Sicherheit gebracht hatte. Beinahe wollten ihre Knie ihr den Dienst versagen, als sie sich mit der Amme zur königlichen Kinderstube aufmachte. Das Mädchen hatte genauso schreckliche Angst vor der Pest wie Joan vor Holland, sie sprach nur im Flüsterton darüber, bis sie angelangt waren, wo man ihr in deutlichen Worten gebot, vor den Kindern den Mund zu halten.

Joan küßte Jenna ein dutzendmal, ehe sie sich dazu zwang, wieder zu gehen; doch sie wußte, daß ihr Baby rund um die Uhr von den erfahrenen Kinderfrauen versorgt würde. Benommen vor Furcht suchte sie dann ihre einzige Zuflucht auf. Brianna.

»Joan, hast du die schrecklichen Neuigkeiten über Prinzessin Joanna gehört?« fragte Brianna.

Joan nickte und murmelte: »Königin Philippa hat Glynis gebeten, ihr in der Quarantäne beizustehen.«

»Wie mutig sie ist!« meinte Brianna. »Ich bin nicht sicher, ob ich auch so tapfer wäre.«

Joan brach in Tränen aus. »Brianna, du bist die tapferste Frau, die ich kenne. Ich bin es, die schwach ist und sich fürchtet! Mein Gott, ich schäme mich so sehr, beinahe wünschte ich mir die Pest anstelle von Joanna!«

»Meine Liebe, was um alles in der Welt sagst du da?« rief Brianna und legte die Arme um Joan. »Allmächtiger, du zitterst ja. Fühlst du dich krank?«

»Nein ... ja, ich fühle mich so elend, daß ich glaube, ich muß sterben. John Holland bringt mich um!« platzte Joan heraus.

»Was hat er dir angetan?« wollte Brianna wissen.

Joan sank auf die Chaiselongue und umklammerte eines der Kissen, die darauf lagen. Sie hielt es vor ihre Brust, als sei es ein Schild, der sie schützen könnte. »Als Edward das letzte Mal weg war, hat er mich vergewaltigt.«

»Jesus!« keuchte Brianna. »Ich nehme an, du hast Edward nichts davon gesagt?«

»Lieber Gott, nein. Holland hat mir damit gedroht, Edward ins Bild zu setzen, daß ich ihn in meinem Bett mit offenen Armen willkommen geheißen hätte«, fuhr Joan fort, und aus ihrer Stimme klang so große Qual, daß es Brianna das Herz zusammenpreßte.

»In der Nacht, als der König kam, um mir den Tod meines Bruders mitzuteilen, und als sich dann die Hofdamen der Königin um mich bemühten, war das die einzige Rettung vor Hollands unersättlicher Lust. Ich habe dich gebeten, mich nicht allein zu lassen, und du hast die Königin dazu gebracht, mir Jenna zu bringen und ihre Kinderfrauen bei mir wohnen zu lassen.«

Brianna goß Joan einen großen Becher Wein ein und bestand darauf, daß sie ihn trank.

»Ich dachte diesmal wäre ich sicher vor ihm. Edward hat mir gesagt, er würde Holland auf den Feldzug mitnehmen, aber er ist hiergeblieben!«

»Joan, du hättest es jemandem sagen müssen!«

»Aber wie kann ich mich darüber beschweren, daß Holland seine ehelichen Rechte einfordert, wenn er doch dem Gesetz nach mein Mann ist?«

»Mir hättest du es sagen können!«

»Ich habe mich viel zu sehr geschämt, und ich dachte, es würde nicht wieder passieren. Aber das wird es, das wird es!«

»Das wird es ganz bestimmt nicht! Adele« – rief Brianna nach ihrer Getreuen. »Ich werde eine Zeitlang bei Joan wohnen. Pack mir bitte ein paar Sachen ein.«

»Ich habe Angst vor ihm, Brianna, und Glynis fürchtet sich so sehr, daß sie sogar zum Schutz einen Sargnagel bei sich trägt.«

»Gott im Himmel, ich habe etwas Besseres als einen Sargnagel«, erklärte Brianna. »Adele, wo ist dieses gebogene Messer, das ich auf dem Markt beim letzten Turnier gekauft habe?«

»Ich werde es dir holen. Außerdem komme ich besser mit dir, mein Lämmchen.«

»Das wirst du gewiß nicht tun. Adele bekommt ein Baby«, erklärte Brianna Joan. »Paddy würde mir den Hals umdrehen, wenn dir oder dem Kind etwas zustößt. Außerdem wird Holland es nicht wagen, seine schmutzigen Blicke auf Joan zu richten, wenn ich in der Nähe bin.«

»Und wenn Holland nun dir etwas antut?« fragte Adele.

»Einem Monster oder Tyrannen kann man nicht im guten begegnen. Der einzige Ausweg ist, ihm offen gegenüberzutreten und ihn als das zu sehen, was er wirklich ist. Joan, wenn du dich selbst für das, was du bist, liebst und ehrst, wirst du keinem anderen Menschen erlauben, dich zu etwas zu zwingen, sondern wirst ihn bekämpfen.«

Adele wußte, wenn Brianna erst einmal einen Entschluß gefaßt hatte, gab es nichts, was sie davon abbringen würde. Sie warf einen Blick auf das Frettchen, das über den offenen Balkon lief. »Soll ich ihn an die Kette legen, oder willst du ihn mitnehmen?«

»Das ist eigentlich eine hervorragende Idee. Gnasher ist ein besserer Schutz als ein Wachhund.«

Während Hawksblood auf seinem Pferd dahingaloppierte, überkam ihn plötzlich eine überwältigende Vision von Brianna. Er sah, wie sie nach ihrem Dolch griff und ihn sich um die Taille band. Die Vision war überdeutlich, sowohl ihr Zorn als auch ihre störrische Entschlossenheit auf ihrem hübschen Gesicht. Sofort wußte er, daß ihr etwas drohte.

Er wandte sich an Warrick. »Ich muß zurück«, erklärte er seinem Vater ohne weitere Erklärung. Er trieb sein Pferd neben Prinz Edward und seinen Knappen Chandos. »Brianna befindet sich in ernster Gefahr, ich muß zurück.«

Edward wußte Bescheid über Christians Visionen. Der Mann benutzte keine feigen Tricks, um dem Kampf gegen die Franzosen zu entgehen.

»Ich werde wiederkommen, sobald es möglich ist, Sire. Dann hole ich Euch auf der Straße nach Poitiers ein, das schwöre ich beim Kreuz Christi.«

»Es ist nicht nötig, daß Ihr schwört, Christian. Ich weiß, daß Euch Loyalität über alles geht.«

Hawksblood wendete sein Pferd und ritt zu Paddy und Ali.

»Ich bin so bald wie möglich zurück.« Er deutete mit dem Kopf auf den Schwarzen Prinzen. »Beschützt seinen Rücken, als wäre es der meine.«

Joan war entsetzlich erleichtert, als sie ihre Gemächer leer vorfand. Sie hoffte, daß Hollands Pflichten ihn für den Rest des Tages beschäftigten. Briannas Anwesenheit machte ihr Mut, und Joan schwor sich, lieber zu sterben, ehe sie sich Hollands Erniedrigung noch einmal unterwarf.

Brianna ließ Gnasher von seiner silbernen Leine, damit er die neue Umgebung erkunden konnte, dann trug sie ihre Tasche in eines der Zimmer und hängte die mitgebrachten Kleider in den Schrank. Die beiden jungen Frauen unterhielten sich, während Brianna das Bett frisch bezog, in dem die Amme geschlafen hatte. Sie sprachen über ihre Sorge um Prinzessin Joanna und fragten sich, warum ausgerechnet die liebevollste der königlichen Schwestern krank werden mußte, während die andere, die jedem die Hölle heiß machte, unbeschadet davonkam.

Ebenfalls gestanden sie sich ein, wie sehr sie es haßten, daß ihre Männer ständig in den Krieg reiten mußten, und daß sie jeden Abend um Frieden beteten. Sie sprachen von Adele und deren Baby; Brianna gestand, wie sehr sie Joan und Adele beneidete.

Joans Augen füllten sich mit Tränen. »Ich habe dir noch gar nicht gesagt, womit Holland Jenna gedroht hat. Er sagte, wenn ich sie nicht in die Kinderstube zurückschicke, damit er mit mir allein sein kann, würde er ihr das Bein herumdrehen, damit sie für den Rest ihres Lebens ein Krüppel ist, oder er würde sie auf den Kopf fallen lassen.«

»Mein Gott, der Mann hat den Verstand verloren! Wie konnte Edward dich nur mit einem solchen Greuel verheiraten?« Brianna wußte plötzlich Hawksbloods Fürsorge zu schätzen.

»Edward hatte doch keine Ahnung, und ich möchte nicht, daß er es je erfährt. Ich wünschte, Holland wäre tot! Warum kriegt er nicht diese verdammte Pest und stirbt endlich?«

Brianna legte einen Arm um Joans Schulter. »Das Leben nimmt nun einmal seinen Lauf. Mein Vater hat immer gesagt, wenn Wünsche Pferde wären, würden Bettler reiten. Und Gebete können Wünschen sehr ähnlich sein, fürchte ich. Ein göttliches Eingreifen ist ein sehr seltenes Phänomen. Joan, auf der Welt gibt es Gutes und Schlechtes. Wenn wir unsere Kräfte vereinen und uns fest gegen Hollands Boshaftigkeit stellen, werden wir ihn überwältigen. Weichen wir hingegen zurück, sind wir verloren.«

Joan nickte. »Brianna, ich liebe dich. Wie kann ich dir je dafür danken, daß du meine Freundin bist?«

»Du hast Lachen und Freude in mein Leben gebracht. Dinge, die ich ohne dich nie kennengelernt hätte. Deine Freundschaft ist für mich sehr kostbar.«

»Wir können einander alles erzählen, ganz gleich, wie schrecklich es auch ist, und wir wissen, daß nichts auf der Welt das zerstören kann, was wir füreinander fühlen, nicht wahr?«

»Das ist unser Segen«, sagte Brianna und wischte Joans Tränen trocken.

Königin Philippa konnte es nicht länger ertragen. Begleitet von ihrer Hofdame Marie machte sie sich auf den Weg zu dem großen, rosa gestrichenen Gebäude, in dem Prinzessin Joannas großer Haushalt sich eingerichtet hatte. Die Wachen an der Tür, die die Quarantäne aufrechterhalten sollten, zogen sich zurück, als sie sahen, daß es die Königin war, die Einlaß verlangte – sie wagten nicht, ihr den Zugang zu verwehren.

Im Innern des Hauses schien alles unter Kontrolle zu sein. Ein halbes Dutzend Frauen war auf dem Weg von der Küche nach oben ins Krankenzimmer mit kochendem Wasser, Wischlappen und frischen Laken. Der Rest des Haushaltes saß hinter geschlossenen Türen in ihren eigenen Zimmern. Glynis kam aus der Küche mit einem heißen Breiumschlag, den sie vorbereitet hatte. Als sie die Königin sah, geriet sie beinahe in Panik. »Euer Majestät, ich bitte Euch zu gehen!«

»Glynis, ich werde das gleiche Risiko eingehen, wie Ihr es getan habt. Ich muß meine kleine Joanna sehen!«

Glynis wollte nicht, daß Philippa ihre Tochter in ihrer erbärmlichen Verfassung sah. Joanna hatte begonnen, unangenehm riechende Galle zu erbrechen, und sie hatte so hohes Fieber, daß sie ihre Umgebung nicht mehr erkannte. In ihrer Armbeuge hatte sich eine häßliche schwarze Geschwulst gebildet. Glynis wollte den Breiumschlag darauflegen, um das Gift aus dem Körper des jungen Mädchens zu ziehen. »Euer Majestät, wenn Ihr sie berührt, könnte die Krankheit zum König, zu Isabel und den anderen Kindern gelangen. Vielleicht sogar zu allen! Joanna hat mich darum gebeten, Euch von ihr fernzuhalten. Sie weiß, daß Ihr sie liebt, und sie bittet Euch, in die Kapelle zu gehen und dort für sie zu beten«, erfand Glynis geistesgegenwärtig.

Philippa nahm diesen Vorschlag sofort an. »Ich werde gleich gehen. Bitte sagt ihr, wie sehr ihr Vater und ich sie lieben.«

Als Philippa und Marie gegangen waren, wies Glynis die Wache an: »Legt einen Riegel vor die Tür. Und laßt niemanden herein oder heraus – niemanden!«

Der König erhielt noch mehr beunruhigende Nachrichten. Ein verwundeter Bote kam mit einem dringenden Pergament von Lancasters Armee. Sie war in einem heftigen Scharmützel von den Franzosen geschlagen worden und hatte sich nach Cherbourg zurückgezogen. Die französische Armee besaß eine gewaltige Überzahl, und die Lancaster-Truppe würde sich nicht mit der Armee des Schwarzen Prinzen vereinen können.

Als der König einen Diener herbeirief, war es der Haushofmeister selbst, der zü ihm kam. »Sir John! Ich habe geglaubt, Ihr wäret bei Tagesanbruch mit Prinz Edward losgeritten?«

»Äh... nein, Euer Majestät. Ich dachte, die Königin würde meine Dienste benötigen, weil die Prinzessin krank ist.«

»Danke, Holland. Es muß eine Fügung des Himmels gewesen sein, daß Ihr zurückgeblieben seid. Ich muß dringend meinem Sohn oder Warrick eine Nachricht zukommen lassen. Lancasters Armee kann nicht zu ihnen stoßen. Es wird entsetzlich sein, wenn sie den Franzosen allein gegenübertreten müssen. Zunächst einmal müssen sie nach Bordeaux zurückkehren.«

Holland fluchte innerlich, doch er verbeugte sich höflich vor dem König.

»Kommt mit mir, während ich die Botschaft niederschreibe.«

Holland wußte, es mußte so aussehen, als würde er der Überbringer sein. Innerlich frohlockte er allerdings, daß Prinz Edward eine Niederlage bevorstand. Was war es doch für ein Glücksfall, daß der König ausgerechnet ihn als Botschafter ausersehen hatte. Holland wiegte sich in dem Glauben, das Schicksal habe seine

Hand im Spiel. Er würde sich liebevoll von seiner wunderschönen jungen Frau verabschieden und dann einen hübschen Ritt an der Garonne entlang machen.

Als Holland in seine Gemächer kam, war der erste Mensch, dem er begegnete, Brianna. Diese Schlampe stellte sich herausfordernd zwischen ihn und seine rechtmäßige Frau. »Was, zum Teufel, treibt Ihr hier, Weibsstück?«

»Ich sorge dafür, daß Ihr Euren Platz in diesem Haushalt einhaltet, Ihr schmutziger Schurke!«

»Wenn Ihr glaubt, Ihr könntet ein verdammter selbsternannter Schutzengel sein, dann habt Ihr Euch aber gründlich geirrt. Ihr seid nichts anderes als eine Dirne, vielleicht sogar noch schlimmer. Immerhin habt Ihr mit zwei Brüdern geschlafen und dann den einen dazu gebracht, den anderen umzubringen!«

»Das ist nicht wahr!« rief Brianna und warf sich auf ihn, um mit ihren Fingernägeln seine häßliche Visage zu zerkratzen.

Holland schlug ihr so brutal mit dem Handrücken ins Gesicht, daß ihr Kopf zurückfiel und sie bewußtlos auf das Bett sank. Er hob sie auf, trug ihren schlaffen Körper in das Nebenzimmer und verschloß die Tür.

Joan stand wie angewurzelt, ihr Gesicht war kreidebleich, die Augen weit aufgerissen, und sie zitterte wie ein Reh, das von einem Wolf in die Enge getrieben worden war.

Holland raste vor Zorn, daß Joan ihrer Freundin seine Schandtat erzählt hatte und daß die beiden wirklich versuchten, sich ihm zu widersetzen. Joan schrie voller Entsetzen auf, als er mit einer Hand den Ausschnit ihrer Tunika packte und sie dann bis hinunter zum Saum zerriß. Der dünne Stoff hing in Fetzen um Joans Brüste und Schenkel. Sie zog sich vor ihm zurück und bedeckte mit ihrem Haar ihre Blöße, doch Holland griff mit einer Hand in die silberblonde Fülle und zog sie an sich. Die andere Hand strich über ihren Bauch. »Ich will, daß dieser Bauch anschwillt mit meinem Sohn. Er wird der nächste Graf von Kent sein, und das verdanke ich mir selbst!«

In diesem Augenblick wußte Joan, daß er Edmund auf dem Gewissen hatte. Sie blickte sich verzweifelt nach etwas um, mit dem sie auf ihn einschlagen konnte. Brianna war vorläufig ausgeschaltet, zunächst einmal mußte sie sich selbst helfen. Joans Blick fiel auf Briannas Messer, das aus der Scheide auf das Bett gefallen war, als Holland sie geschlagen hatte. Gleich würde er sie zu diesem Bett schleppen. Und dann würde er seine Hose ausziehen, um sie an sich zu reißen. Sie wußte, was sie zu tun hatte!

Als Brianna langsam wieder zu sich kam, faßte sie sich mit der Hand ans Kinn, das entsetzlich schmerzte. Sie fühlte sich, als hätte man sie mit einem Sturmbock geschlagen. Als sie leise aufstöhnte, kam Gnasher zu ihr und berührte mit einer Pfote sanft ihr Gesicht. Er wußte, daß sie verletzt war, und wollte, daß sie vom Boden aufstand.

Brianna setzte sich auf und sah sich um, allmählich begann ihr Verstand wieder zu arbeiten. Jesus, wie lange war sie wohl bewußtlos gewesen? Holland hatte Joan in seiner Gewalt im anderen Zimmer, und sie zu mißbrauchen war das mindeste, was er tun würde. Auf Händen und Knien kroch sie zur Tür; doch sie bemühte sich vergebens. Eigentlich war sie gar nicht überrascht, als sie feststellte, daß die Tür verriegelt war.

Sie zermarterte sich den Kopf nach Adeles Werkzeugen, mit denen diese ein Schloß aufbekam. Ihr Kopf schmerzte von dem Schlag, den Holland ihr versetzt hatte. Sie legte beide Hände an die Schläfen, um die Schmerzen zu lindern. Dabei berührten ihre Finger eine Haarnadel, und ganz plötzlich erinnerte sie sich wieder, daß Adele genau so etwas benutzt hatte!

Vorsichtig und so geräuschlos wie möglich schob sie die Haarnadel in das Schlüsselloch, und es erschien ihr wie eine Ewigkeit, bis es endlich leise klickte. Brianna hielt den Atem an und hoffte, daß er es nicht gehört hatte, dann griff sie nach ihrem Messer. Brianna hatte sich entschieden, Holland umzubringen! Benommen stellte sie fest, daß die Waffenscheide leer war. Sie sah sich um, ob der Inhalt vielleicht zu Boden gefallen war, doch zu ihrer großen Enttäuschung konnte sie es nirgendwo entdecken. Allerdings gab sie sich noch nicht ganz geschlagen; sie nahm einen eisernen Kerzenständer, der ungefähr einen Fuß hoch war, dann schlüpfte sie über die Schwelle.

Genau wie Joan es gehofft hatte, hatte Holland sie inzwischen auf das Bett gestoßen. Das Messer lag glatt in ihrer Hand, als wäre es für eine so kleine Hand wie geschaffen. Wieder einmal sah sie

Hollands Genitalien und sehnte sich danach, das dicke, rötliche Glied abzuschneiden, damit er sie nie wieder entehren konnte. Doch Joan wußte, daß sie um ihr Leben kämpfte und um das von Brianna, denn ganz sicher würde Holland auch Brianna umbringen müssen, damit sie schwieg.

Als Holland sich auf sie schob, stieß ihm Joan das Messer in den Hals. Im gleichen Augenblick schoß Gnasher durch die Tür, flitzte über das Bett und grub seine Zähne in Hollands entblößten Unterkörper. Ein Schmerzensschrei drang aus seinem Mund, der sofort in ein Gurgeln überging, als das Blut aus seiner Kehle schoß. Brianna kam gleich hinter dem Frettchen her und schlug ihm so fest sie konnte, den Kerzenständer über den Kopf. Er rollte vom Bett und lag dann in einer Blutlache auf dem Boden.

»Bei allen Heiligen, bist du wohlauf, Joan?«

Joan war vom Bett gesprungen, noch immer hielt sie die Waffe in der Hand, von der Blut auf den Boden tropfte. »Habe ich ihn umgebracht?« keuchte sie.

Brianna blickte auf das große Loch in seiner Schädeldecke. »Ich glaube, das war ich«, flüsterte sie.

40

Während Hawksblood in halsbrecherischem Tempo nach Süden ritt, erreichten ihn immer wieder Bruchstücke von Visionen der Gefahr, in der Brianna sich befand. Und dann hörten diese Bilder plötzlich auf – die Angst saß ihm im Nacken! Auch wenn es hoffnungslos aussah, daß er sie noch beizeiten erreichte, so würde er doch bis an die Grenzen seiner Leistungsfähigkeit gehen, bis zum letzten Atemzug kämpfen, um ihr zur Seite zu stehen.

Die Freundinnen klammerten sich verzweifelt aneinander, entsetzt über das Blutbad, obwohl sie wußten, daß sie es jederzeit wieder tun würden. Holland hatte ihnen keine andere Wahl gelassen. Es war eine Angelegenheit von Angriff und Verteidigung, zerstören oder zerstört werden!

Eine Gefahr war gebannt, doch eine andere stand ihnen nun bevor. Die Furcht vor den Folgen ihrer Tat lähmte die beiden. Brianna ging zum Schrank und holte daraus ein Gewand für Joan, dann nahm sie das eine Ende des Teppichs und rollte es über den königlichen Haushofmeister Sir John Holland.

Sie hatten keine Ahnug, was sie mit ihm anfangen sollten. Sein Körper war viel zu schwer für sie beide, sie sahen im Augenblick wenig Möglichkeiten. »Wir werden warten, bis es dunkel ist«, flüsterte Brianna. »Vielleicht schaffen wir es dann, ihn wenigstens bis zum Obstgarten zu schleppen.«

Als Brianna Joan ansah, bemerkte sie, daß diese kurz vor einem Ohnmachtsanfall stand. Sie führte sie zu einem Stuhl am Fenster und drückte sie darauf. Wenn Joan jetzt zusammenbrach, wäre auch Brianna verloren. Panik stieg in ihr auf, sie hatte das Gefühl, ersticken zu müssen; diese Schreckensereignisse umnebelten ihren Verstand und drohten, sie zu überwältigen. Ein Gefühl der Hoffnungslosigkeit beutelte sie und wollte sich in einem Schrei Luft machen.

Sein schwarzer Hengst war mit Schaum bedeckt, als Hawksblood aus dem Sattel sprang und in das Haus stürzte. »Wo ist sie?« fragte er Adele.

»Sie ist zu Joan gegangen«, erklärte Adele ihm, ganz schwach vor Erleichterung und doch zuversichtlich, daß Hawksblood sie alle vor Schlimmem beschützen würde.

Christian rannte den Hügel zum Palast hinauf. Er sprang über die hohe Mauer in den Obstgarten und nahm dann drei Stufen auf einmal hinauf zu Joans Gemächern.

Als die Tür sich polternd öffnete, schrie Brianna auf, und dann fand sie sich wie durch ein Wunder in Christians Armen. Die Tränen bahnten sich ihren Weg, und jetzt zitterte auch sie am ganzen Körper. Sie hatte ihn gebraucht, und er war gekommen! Es war so einfach und dennoch ein Geschenk des Himmels. Sicher in Christians Armen, durfte sie sich endlich getrost seiner Fürsorge hingeben.

Joan sah benommen zu, als Christian Hawksblood seine Frau in seine starken Arme nahm und sie mit seiner Liebe einhüllte. Sie sah, wie die beiden sich ineinander versenkten, hörte ihre Stimmen in gegenseitiger Frage und Antwort.

Christian hob Briannas tränenüberströmtes Gesicht zärtlich hoch. »Du mußt jetzt stark sein für Joan… ich möchte, daß du auch stark bist für mich.«

Brianna nickte und vertraute ihm vollkommen. »Woher hast du es gewußt?«

»Mein Herz sprach zu mir. Vergib mir, daß ich nicht schon früher gekommen bin. Ich hätte alles darum gegeben, dir die Notwendigkeit zu ersparen, ihn umzubringen.«

Brianna klammerte sich an ihn. Er war ihre Bastion, ihre Stärke. »Ich mußte es tun, Christian…«

»Keine Erklärungen. Meine Liebe gehört dir uneingeschränkt und ohne jede Bedingung.«

»Edward darf nicht wissen, daß er Joan geschändet hat.«

»Niemand wird je etwas davon erfahren«, gelobte Christian feierlich.

»Was sollen wir tun?«

»Du wirst nichts anderes tun, als dich von diesem entsetzlichen Geschehen erholen. Ich werde mit Holland allein fertig. Und ihr beiden kümmert euch umeinander.«

Brianna nickte, ein Teil seiner Stärke gab ihr neue Kraft und Ruhe. Christian beugte den Kopf und berührte mit seinen Lippen leicht die ihren. Dann murmelte er: »Ich muß wieder weg. Sag mir, daß mit dir alles in Ordnung ist. Versprich mir, daß du stark bist!«

»Das verspreche ich.« Brianna hob die Lippen, um dies mit einem Kuß zu besiegeln. Er drückte ihre Hände und wandte sich an Joan: »Und Euch bitte ich, stark zu sein, für Edward und für Jenna.«

»Ich verspreche es«, sagte Joan auch und wußte, daß der Schutz und die Treue dieses Mannes unverbrüchlich waren.

Er ging zurück zu Brianna. »Meine Gedanken sind vollkommen zur Ruhe gekommen. Alle Gefahr für dich ist vorüber. Vertrau mir… ich weiß Bescheid in diesen Dingen.«

»Christian, ich vertraue dir.« Insgeheim dachte sie: *Jetzt weiß ich, wie es ist, wenn man jemanden tötet, um einen anderen Menschen zu beschützen. Du hast deinen Bruder Robert getötet, um Edward zu beschützen, und ich habe beinahe zugelassen, daß dieses Dilemma auch noch unsere Liebe tötet.*

Christian sah sie mit einem freudlosen Blick an. Er hatte ihre Gedanken gehört, als hätte sie sie laut ausgesprochen. »Brianna, ich bitte dich, höre endlich auf dein Herz.«

Er rollte Hollands Körper fest in den Teppich ein, dann warf er ihn sich über die Schulter und verschwand so blitzschnell, wie er gekommen war.

Hawksblood ritt beinahe zwei Stunden lang mit dem Körper vor sich auf dem Sattel. Dann stieg er ab und rollte den Teppich auf, um sich die Leiche anzusehen. Die Hauptschlagader war getroffen, er wäre daran gestorben, hätte er nicht schon vorher einen Schlag auf den Kopf erhalten.

Hawksbloods Augen fielen auf ein Papier in Hollands Wams. Als er es herauszog, war es voller Blut, doch Christian erkannte das offizielle Wachssiegel des Königs, und ihm war klar, daß es sich um eine wichtige Nachricht handeln mußte. Er brach das Siegel auf und las die Botschaft. Einiges war unleserlich, doch er konnte noch genügend Worte entziffern, um die Bedeutung zu erkennen.

Lancasters Armee würde nicht kommen! Der König schlug vor, Edwards Männer sollten nach Bordeaux zurückkehren. Gegen die französische Übermacht mit nur zehntausend Engländern anzukämpfen kam einem Selbstmord gleich. Voller Verachtung blickte Hawksblood auf Holland nieder, er wußte, er hätte diese Botschaft niemals dem Adressaten ausgeliefert. Er wollte Joan von Kent haben. Und wenn er diese wichtige Information dem Schwarzen Prinzen vorenthielt, hätte das ohnehin seinen Tod bedeutet.

Hawksblood hatte weder die Zeit noch die Energie, diesen Haufen Abfall zu beseitigen, der vor ihm lag. Er hob seine Augen gen Himmel und übergab dem Wind seine Wünsche. Es dauerte nur Minuten, bis er den ersten Geier erkannte, der herangeschwebt kam. Bald erschienen noch andere Vögel, bis ungefähr zwei Dutzend dieser Würger über der Leiche kreisten. Es war ein passendes Ende. Asche zu Asche, Staub zu Staub, Aas für die Geier.

Hawksblood drängte sein Pferd zu noch größerer Eile, um Edwards Armee zu erreichen. Obwohl er mittlerweile zwanzig Stunden im Sattel verbracht hatte, war seine Müdigkeit wie weggeblasen, als er sich auf sein umgekehrtes Ziel konzentrierte.

Erleichterung überkam ihn, als er Angoulême erreichte, wo die Armee für die Nacht ein Lager errichtet hatte. Als er abstieg und den Soldaten, der direkt vor ihm stand, begrüßte, griff eine kalte

Hand nach seinem Herzen. Er war versehentlich in ein französisches Lager geritten! Innerlich verfluchte er sich. Warum hatte er nicht seinen sechsten Sinn beachtet, der ihn vor der Gefahr gewarnt hätte? Er war allzu beschäftigt gewesen mit seinen Gedanken an Brianna und an die Pest, die seine Mutter bedrohte. Wie, zur Hölle, hatten die Franzosen nur so rasch Angoulême erreichen können?

Hinter einigen Bäumen wurde er sofort von der Dunkelheit verschluckt. Seine Kleidung und auch sein Pferd waren schwarz. Wenn er seinen Ruf wert war, so würde er dies als eine von Gott gegebene Gelegenheit benutzen, die Stärke der französischen Truppen auszukundschaften.

Hawksblood ging mit großer Heimlichkeit vor, er führte sein Pferd zu Fuß weiter. Nach zwei Stunden hatte er herausgefunden, wie weit nach Süden, Westen und Norden sich das Lager ausdehnte, doch die östliche Grenze war ihm noch unbekannt. Wie es schien, breiteten sich die Soldaten im ganzen Land aus.

Er streckte sich auf der warmen Erde unter den Bäumen aus und begann, sich zu konzentrieren. Schrittweise durchbrach er die Grenzen der Zeit, des Raumes, des Schalls und der Entfernung, bis er das Stadium erreicht hatte, das seinen Visionen förderlich war. So unglaublich es klang, so war es Johann von Frankreich dennoch gelungen, eine Armee von vierzigtausend Männern um sich zu versammeln! Er hatte seine vier Söhne dabei, sechsundzwanzig adlige Herzöge und Grafen und über fünfhundert Ritter, die dem Orden der Dame vom Hohen Hause angehörten; sie hatten einen Eid geschworen, eher in der Schlacht zu sterben, als zurückzuweichen. Und als wäre das noch nicht genug, so stand diese Armee zwischen Edwards Männern und Bordeaux, was alle Hoffnung auf einen rechtzeitigen Rückzug nach Bordeaux zunichte machte.

Mit diesen schlechten Nachrichten ritt Hawksblood nach Norden, wo er mit Prinz Edward und Warrick wenige Meilen außerhalb von Poitiers zusammentraf. »Es ist nötig, eine Besprechung der Führer einzuberufen. Eure Adligen müssen um unsere bedrängte Lage Bescheid wissen.«

Hawksblood berichtete die unerfreuliche Tatsache, daß Lancasters Armee sich nach Cherbourg zurückgezogen hatte und nicht mit ihnen zusammentreffen würde. Er sagte ihnen auch, daß sie zu weit nach Norden vorgedrungen waren und daß die französische Armee zwischen ihnen und ihrem Stützpunkt Bordeaux stand. Erst dann teilte er ihnen zögernd den Umfang der französischen Truppen mit.

Salisbury fluchte. »Wir sind verloren!«

Edward schlug mit der Faust auf eine Munitionskiste. »Es ist eine tödliche Beleidigung zu behaupten, daß ich mich lebend besiegen lasse!«

Warrick meldete sich zu Wort. »Keine Armee der Erde kann den guten englischen Bogenschützen widerstehen!«

Pembroke meinte: »Ich werde den Soldaten mitteilen, in welchen Schwierigkeiten wir uns befinden.«

Hawksblood donnerte: »Nein! Schlachten werden entschieden, noch ehe sie beginnen. Unsere Männer dürfen nicht belastet werden mit der Furcht vor der Übermacht!«

Edward sagte: »Es ist eine englische Tradition, sich einer Herausforderung zu stellen – und zu gewinnen!«

Warrick entschied: »Von hier bis Poitiers sind die Hügel bedeckt von Weinbergen. Wir werden dieses strategische Gebiet besetzen. Die Weinstöcke schützen uns!« Warrick wies die Fußsoldaten an, Gräben auszuheben und Erdwälle hinter den Reben aufzuschütten.

Am nächsten Morgen schickte der Kardinal von Poitiers, Talleran de Périgord, der befürchtete, daß seine schöne Stadt dem Erdboden gleichgemacht werden würde, eine Botschaft an Johann von Frankreich. Er teilte ihm mit, daß die Pest, die jetzt in Frankreich wütete, eine Strafe Gottes für die Kriege seien, und empfahl dem König, Bedingungen für einen Waffenstillstand auszuhandeln.

Der französische König und seine Edlen wollten davon nichts wissen; sie wollten diese englischen Hunde besiegen, die es wagten, die Hand nach dem Thron und der Krone Frankreichs auszustrecken. Aber ein Oberhaupt der Kirche durfte man nicht mißachten. Die Macht der Kirche stand über der Macht der Krone, und John von Frankreich war gezwungen, sich mit Prinz Edward zu treffen.

Unter der Flagge des Waffenstillstandes trafen sich der König von Frankreich und seine Edlen mit Edward, Warrick und Hawksblood. Der Schwarze Prinz, der edelste Ritter der Christenheit, bot großzügig an, alle Gefangenen, die festgehalten wurden, um ein Lösegeld zu erzielen, freizulassen und die Städte und Schlösser freizugeben, die sie vor kurzem erobert hatten, im Gegenzug für einen siebenjährigen Frieden.

König Johann, der die Verachtung in den Gesichtern seiner Edelleute sah, verlangte, daß Prinz Edward sich selbst, zusammen mit einhundert seiner Ritter, in Gefangenschaft begab.

Der Schwarze Prinz lachte ihm ins Gesicht!

Nun versuchte es der Franzose mit Überredung. »Eure Landsleute lieben Euch so sehr, daß sie schon sehr bald das Lösegeld für Euch aufbringen werden.«

Das Plantagenet-Temperament explodierte. »Was glaubt Ihr wohl, was für ein Ritter ich bin? Ich würde lieber mit dem Schwert in der Hand sterben, als mich der Feigheit schuldig zu machen, die so sehr gegen meine Ehre und den Ruhm Englands verstößt! *Für mich sollen meine Untertanen niemals ein Lösegeld bezahlen!*«

Warrick, der normalerweise eine stoische Ruhe ausstrahlte, konnte seine Entrüstung nicht verbergen. »Ihr Franzosen seid gar nicht gewillt, einen Waffenstillstand abzuschließen! Warum solltet Ihr auch? Ihr habt viermal so viele Soldaten wie wir. Doch das schreckt uns nicht! Hier ist das Schlachtfeld und der rechte Ort. Laßt beide Seiten ihr Bestes geben, und möge Gottes Gerechtigkeit walten!«

Christian Hawksblood war noch nie in seinem Leben so stolz auf seinen Vater gewesen. Warrick wog in der Tat fünf Franzosen auf. Er dankte sowohl dem Herrn als auch Allah, daß dieser Mann sein Vater war. Von diesem Tag an würde er sich geehrt fühlen, den Namen Beauchamp tragen zu dürfen!

Der Prinz, Warrick und Hawksblood wußten, daß die englische Lage hoffnungslos war, wenn der französische König taktische Fähigkeiten einsetzte. Er mußte dazu nur die kleine Armee umzingeln, um sie zur Aufgabe zu zwingen. Doch sie verweigerten die Kapitulation, selbst jetzt, wo sie bereits auf der Hand lag.

Am Morgen der Schlacht hatten die englischen Bogenschützen sich auf einem Abhang hinter Hecken und dichten Weinreben verborgen, wo die Gräben ausgehoben worden waren. Es war kein faires und offenes Schlachtfeld, wo die Kriegskunst der Ritter sich hätte beweisen können.

Ein Kundschafter brachte Edward die Nachricht, daß der König von Frankreich eine weiße Feder an seinem Helm trug und daß die höchstrangigen Adligen ihn kopiert hatten. Der Schwarze Prinz stand auf der Spitze des Hügels, von wo aus er einen Blick auf den engen Pfad werfen konnte, der den Hügel hinaufführte. Was er sah, erstaunte ihn: König Johann hatte aus der Schlacht von Crécy nichts gelernt!

Er schickte seine Ritter, in Viererreihen nebeneinander, den schmalen Pfad herauf. Der Schwarze Prinz gab das Signal, und seine Bogenschützen mähten sie nieder, sobald sie vorrückten. Als Johann seine Linien auseinanderzog, schossen die englischen Bogenschützen auf die Pferde der Angreifer. Hawksbloods Männer aus Cornwall mit ihren Langmessern krochen durch das dichte Weinlaub und erledigten die französischen Ritter, noch ehe sie wieder auf den Beinen waren.

Der französische Marschall befahl den Söhnen des Königs, in einem Versuch, sie zu retten, den Rückzug. Das Ergebnis davon war, daß eine Division zurückwich und mit einer anderen zusammenstieß – das Chaos brach aus. Warrick und Hawksblood ritten mit einer kleinen Anzahl von Kriegern mitten in diese französische Division hinein. Edwards Knappe, John Chandos, rief: »Sire, drängt weiter vor. Es ist Euer Tag! Gott hat ihn Euch in die Hand gelegt.«

Die goldenen Lilien von Frankreich sanken zu Boden, blutgetränkt. Der Rückzug der Franzosen hatte die anderen mitgerissen, so daß am Mittag nur noch die Truppen unter dem direkten Kommando von König Johann kämpften. Schließlich gab es für sie nur noch die Möglichkeit zu sterben oder sich zu ergeben. Der König von Frankreich gab sich schließlich selbst geschlagen. »Führt mich unter sicherem Geleit zu Eurem Prinzen«, meinte er hoheitsvoll. »Ich bin reich genug, um Euch alle reich zu machen!«

So viele Edelleute ergaben sich, um gegen ein Lösegeld wieder freizukommen, daß der Schwarze Prinz sein Glück kaum fassen konnte. Als Randal Grey den jüngsten Sohn des Königs brachte, den zwölfjährigen Philipp, den er selbst im Schwertkampf überwältigt hatte, schlug Edward ihn auf der Stelle zum Ritter.

Als Warrick und Hawksblood schließlich ihre Gewinne und Verluste auflisteten, nahmen sie an, daß die Franzosen über zehntausend Männer auf dem Schlachtfeld verloren hatten, wogegen die Verluste der Engländer nur in die Hunderte gingen. Sie hatten den König von Frankreich gefangengenommen, seine vier Söhne, seinen Bruder, den Herzog von Orléans und Dutzende der höchsten Edelleute des Landes, die alle die weiße Feder am Helm trugen!

In dieser Nacht feierten die Engländer ihren Sieg mit dem Essen und dem Wein der wohlhabenden Stadt Poitiers. Prinz Edward, der die Ehren des Rittertums hochhielt und sie zu neuen Höhen führte, bediente den König von Frankreich höchstpersönlich.

»Das ist der bitterste Tag meines Lebens«, brachte Johann zwischen zusammengebissenen Zähnen hervor. »Ich bin Euer Gefangener!«

Der Schwarze Prinz hob seinen Becher in einem Salut und äußerte großmütig: »Nein! Ihr seid mein geehrter Gast.«

Paddy, Ali und Sir Randal schliefen in Hawksbloods Zelt, während ihr Lord sich den Pavillon mit Prinz Edward teilte. Die beiden konnten natürlich nach dem Schlachtengetümmel nicht schlafen; sie würden darüber reden müssen, wie es ihnen bereits zur Gewohnheit geworden war. In den dunkelsten Stunden der Nacht, kurz vor der Morgendämmerung, sagte Christian leise: »John Holland ist tot.«

»Seid Ihr sicher?«

»Ja, ganz sicher. Ich habe seine Leiche identifiziert. Man hatte ihm den Hals durchgeschnitten, und sein Schädel war eingeschlagen. Er war schon tot, als ich ihn entdeckte«, berichtete er die halbe Wahrheit.

Prinz Edward bekreuzigte sich. Lange schwiegen sie beide, doch schließlich konnte Edward sich nicht länger zurückhalten. »Das bedeutet, Joan ist jetzt Witwe!«

»In der Tat, Euer Hoheit«, stimmte Christian ihm zu und hielt den Atem an.

»Jesus, alles, was ich brauche, ist eine Dispens vom Papst! Würdet Ihr für mich nach Avignon reiten?«

»Das werde ich, Sire«, erklärte Hawksblood und lächelte in der Dunkelheit. In diesem Augenblick fühlte er sich so allmächtig wie ein Götterbote.

Als Hawksblood endlich einschlief, träumte er von seiner Kindheit. Er war der umsorgte Liebling des Harems mit seinen seidigen schwarzen Locken und den strahlenden Augen. Dann änderte sich die Szene plötzlich und wurde zu der Nacht, in der man ihn über die Grenze schmuggelte. Er fühlte die tiefe Qual seiner Mutter. Sich von ihm zu trennen war für sie wie der Tod gewesen – denn sie liebte ihn von ganzem Herzen und von ganzer Seele, und ihn aufzugeben war das Opfer, das sie brachte, um ihn in Sicherheit zu wissen.

Er erlebte noch einmal seine Feuertaufe. Es war ein grausames Erwachen für einen verwöhnten Siebenjährigen, sich plötzlich zwischen den harten normannischen Rittern wiederzufinden; doch das Training war für ihn mehr wert gewesen als alles Gold und die kostbaren Juwelen, die seine Mutter ihm für seine Zukunft hinterlassen hatte. Als er aufwachte, war er in Schweiß gebadet. Das wunderschöne Bild von ihr stand ihm noch immer vor Augen, und auch ihr Schmerz. Er fühlte eine Bedrohung ihrer Existenz, die er nicht beiseite schieben konnte.

Hawksblood weckte seine Knappen aus dem Schlaf. Ali stand schnell auf und kleidete sich an. Paddy beklagte sich laut, daß er doch gerade erst eingeschlafen sei. Hawksblood grinste ihn an. »Du gewöhnst dich immer besser daran, zu allen Stunden der Nacht gestört zu werden, Daddy.«

»Himmel, setze Alibaba bloß keinen Floh ins Ohr, denn sonst werde ich bis ans Ende meines Lebens nur noch Daddy-Paddy heißen.«

»Ich werde für Prinz Edward nach Avignon reisen und nehme Ali mit. Du und Randal«, er blickte zu dem gesammelt aussehenden jungen Mann hinüber, »ihr sollt auf die Ladys aufpassen. Meine Mission ist zwar nicht gerade geheim, aber je weniger Leute davon wissen, desto besser.«

Ali hockte sich neben Paddy und flüsterte: »Sag Glynis...« Er zögerte. Dann wurde ihm jedoch klar, wie lächerlich es war, einem Mann gegenüber zurückhaltend zu sein, der ihm das Leben gerettet hatte und umgekehrt. Paddy war wohl der engste Freund, den er je im Leben gehabt hatte. »Sag Glynis, sie soll damit beginnen, ihr Hochzeitskleid zu nähen… nein, das wäre wohl männliche Arroganz! Sag ihr einfach, ich werde zurückkommen, was auch immer geschieht.«

Auf dem Ritt nach Bordeaux begann Warrick plötzlich sein Alter zu spüren. Vielleicht war es ja doch nicht langweilig, wenn der Krieg mit Frankreich endlich aufhörte. Die Plantagenets hielten jetzt sowohl den König von Schottland als auch denjenigen von Frankreich gefangen, und in den nächsten Jahren würde wohl Frieden herrschen. Wenn dann irgendwann die Schwierigkeiten wieder von vorn begännen, und das war sicher unvermeidlich, dann wäre er zu alt, um in den Krieg zu ziehen. Er hatte sich stets vor diesem Tag gefürchtet, doch jetzt, wo er gekommen war, fühlte er Erleichterung. Und Müdigkeit. Eine riesengroße, allumfassende Müdigkeit schien durch seine Adern zu rinnen und drang bis in seine Knochen!

Paddy war der erste, der bemerkte, daß der alte Krieger in seinem Sattel zusammensank. Er wußte, daß mit dem Marschall etwas nicht stimmte, denn sein Rücken war sonst immer kerzengerade. Paddy sprach schnell mit Randal, und die beiden ritten zu beiden Seiten neben Warrick her. Als sie sahen, daß sich seine Augen erschöpft schlossen, riefen und lachten sie, um ihn wach zu halten; sogleich ritten sie noch näher heran, damit er nicht vom Pferd fiel.

Die Nachricht vom Sieg des Schwarzen Prinzen eilte der Armee voraus, und als sie sich Bordeaux näherten, waren die Straßen schwarz vor Menschen, die ihnen zujubelten, sich umarmten und feierten. Den zurückkehrenden Eroberern wurden auf ihrem Weg nach Hause Leckerbissen und Wein angeboten, Küsse und Blumengirlanden.

Im Palast trauerten der König und die Königin um ihre süße Tochter Joanna, die ihnen durch den grausamsten Tod entrissen worden war; doch König Edward ließ nicht zu, daß sein Schmerz das rühmliche Willkommen überschattete, das sein siegreicher Sohn verdient hatte. Sofort begann er mit den Vorbereitungen, ihre königlichen Gefangenen in sicheren Gewahrsam nach England zu schicken; gleichzeitig setzte er die Summen für das Lösegeld und die Bedingungen für ihre Freilassung fest.

Paddy und Randal schafften es, den erschöpften Warrick in sein Haus zu bringen, dort überließen sie ihn den Dienern. Warrick war wirklich krank, und Paddy wünschte bei Gott, daß Hawksblood und Ali nicht nach Avignon geritten wären. Beide besaßen eine beträchtliche medizinische Erfahrung, die ihm völlig fehlte. Er fürchtete sehr, daß Warrick ein Opfer der schwarzen Pest geworden war!

Als Paddy durch die Tür kam, lief Adele auf ihn zu, küßte ihn und schickte ein Dankgebet zum Himmel, weil er sicher und heil zurückgekehrt war, schließlich brach sie sogar in Tränen aus. Paddy war so gerührt von der Sorge seiner Frau um ihn, daß auch seine Augen feucht wurden.

Brianna kam angelaufen, ihr Gesicht war gerötet, erhitzt und wunderschön. »Ist er zu Hause?« fragte sie.

Paddy schüttelte den Kopf. Brianna sah seine tränenfeuchten Augen, und ihre Hand flog zu ihrer Brust, während sie auf den schlimmsten Augenblick ihres ganzen Lebens wartete.

41

»Er ist gesund und munter, meine Lady. Es gab eine Mission für den Prinzen zu erfüllen. Ich wünschte allerdings, er hätte es nicht getan. Sein alter Herr ist krank wie ein Hund. Ich dachte, er würde auf unserer Reise zurück nach Bordeaux schon den Löffel abgeben.«

»Warrick ist krank? Hat er eine Verwundung davongetragen?« fragte Brianna erschrocken.

»Nein, ich fürchte, es ist Ihr-wißt-schon-was«, sagte Paddy, viel zu abergläubisch, um das Wort laut auszusprechen.

»Du lieber Gott, doch nicht etwa die Pest? Prinzessin Joanna ist daran gestorben, vor nicht einmal einer Woche!«

Paddy schüttelte traurig den Kopf. »Hawksblood und Ali sind besser als jeder Arzt, aber ich bin leider genauso nutzlos wie Titten an einem Eber!«

»Ich muß zu ihm! Vielleicht kann Glynis mir helfen. Sie weiß, worum es bei dieser Krankheit geht.«

Glynis war erst am vergangenen Tag zu Joan zurückgekehrt; nach dem Tod der Prinzessin hatte sie eine volle Woche gewartet, um die Krankheit nicht zu den Menschen zu tragen, die sie liebte.

Joans Gesicht war voller Hoffnung, als sie Brianna begrüßte, doch ihre Augen blickten immer noch unsicher. »Edward will warten, bis es dunkel ist, ehe er zu mir kommt. Oh, Brianna, ich glaube nicht, daß ich es ertragen kann, ihn in diesen Gemächern zu empfangen.«

»Warum erwartest du ihn nicht in unserem Haus, wo Edward kommen und gehen kann, wie es ihm beliebt, ohne daß ihn neugierige Blicke treffen. Doch ich werde leider nicht dort sein. Warrick ist krank geworden, und ich habe vor, zu ihm zu ziehen, bis er sich wieder erholt hat. Christian ist noch nicht zurückgekehrt, und ich kann nicht zulassen, daß er in ein Haus des Todes kommt.«

Glynis zog ihren Sargnagel hervor, mit dem sie Unheil abwehrte. »Judas, Ihr glaubt doch nicht etwa an den furchtbaren Schwarzen Tod?«

»Ich habe ihn noch nicht gesehen. Laßt uns beten, daß dem nicht so ist. Gerade wollte ich zu ihm gehen.«

Glynis wandte sich an Joan. »Wenn Ihr Euch mit Adele zusammentut, könnte ich Lady Brianna helfen, Warrick zu versorgen.«

»Ihr beide seid so tapfer«, sagte Joan voller Bewunderung.

»Nein, ich habe schreckliche Angst«, gestand Brianna ihr.

Als sie in Warricks Haus ankamen, saß er noch genau dort, wo Paddy ihn hingesetzt hatte. Sie traten zu beiden Seiten von ihm, um ihm aufzuhelfen. »Wir müssen Euch zu Bett bringen, mein Lord«, erklärte Brianna.

Sein Gesicht war gerötet, seine Augen blickten glasig. »Nein… Siechenhaus… Quarantäne…«

»Es ist niemand in diesem Haus, außer Euch und den Dienern. Ihr könnt auch hier in Quarantäne bleiben.« Sowohl Brianna als auch Glynis wußten, daß er viel zu krank war, um zu dem Siechenhaus im Dorf gebracht zu werden. Als er aufstand, übergab er sich zum ersten Mal.

»Und so beginnt alles von vorn«, sagte Glynis und bestätigte damit, was ihm fehlte. Sie legten ihn auf sein Lager in saubere, kühle Laken, und Brianna badete den fiebrigen Körper. Sein Oberkörper war voller Narben von ehemaligen Wunden, doch immer noch fest und muskulös. Diesem zähen, alten Krieger erklärte Brianna mit einem Funken Hoffnung im Herzen, daß er stark und widerstandsfähig genug sei, diese Krankheit zu überwinden.

Ab und zu verfiel er in ein Delirium, und sie wußte nicht, ob er das, was sie ihm sagte, auch verstand; doch es hielt sie nicht davon ab, ihn beharrlich zu ermutigen.

»Der Arzt des Königs und ich sind uns absolut nicht einig in der besten Behandlung für diese schreckliche Heimsuchung«, vertraute Glynis Brianna an.

»Ich würde immer auf deinen Rat hören und nicht auf seinen. Du hast seit jeher die Kraft zu heilen besessen.«

»Sie haben Joannas Fenster fest verschlossen, um das Böse in der Luft von ihr fernzuhalten, aber ich glaube, daß frische Luft guttut. Und wenn es schon nicht für den Patienten gut ist, dann wenigstens für diejenigen, die ihn versorgen. Der Gestank in einem Raum, in dem die Pest herrscht, genügt, um einen Toten zu ersticken.«

Die beiden bekreuzigten sich bei Glynis' unglücklicher Wortwahl. »Eine andere Sache, in der ich anderer Meinung bin als der Arzt des Königs, sind die überaus starken Abführmittel. Man verschreibt den Kranken Schierling, damit sie sich übergeben sollen. Jesus, wenn der Patient nicht an der Pest stirbt, dann stirbt er an der Behandlung! Ich denke, es wäre besser, einen beruhigenden Kräutertrank zu verabreichen, wie zum Beispiel Kamille. Kamille ist auch gut als Klistier. Der Himmel allein weiß, daß sein Darm ohnehin schon genügend entzündet ist, da muß man nicht noch ein Senfklistier verabreichen!«

Sie öffneten weit die Fenster und schworen, Guy de Beauchamp so kühl und sauber zu halten, wie nur irgend möglich. Sofort entfernten sie die übelriechende Exkremente, wechselten die Bettwäsche und reinigten seinen Körper. Es würde eine lange Krankenwache werden, daher arbeiteten sie einen Plan aus, nach dem sich eine von ihnen um Warrick kümmerte, während die andere ausruhte. Am Morgen und am Abend untersuchten sie eine Armbeuge und seine Lenden nach den schrecklichen harten Beulen, die in allen tödlichen Fällen auftraten.

Während Brianna in den langen Stunden der Nacht an Warricks Bett wachte, gingen ihre Gedanken in viele Richtungen, von der Vergangenheit über die Gegenwart bis in die Zukunft. Christian war noch nicht zurückgekehrt, und sie fürchtete, daß sie ihren Mann vielleicht niemals wiedersah! Seine letzten Worte zu ihr hatten sie ermahnt, auf ihr Herz zu hören. Doch wie machte man so etwas?

Während sie schweigend am Bettrand saß und nachdachte, sich ihren Kopf nach Antworten zermarterte, versank sie tiefer und tiefer in sich. Ihr wurde klar, daß sie Christian mehr liebte als das Leben selbst. Ganz langsam begriff sie, daß ihre Liebe zu ihm, die sie erfüllte, eindeutig und ohne jegliche Bedingung war. Sie liebte ihn, ganz gleich, was er getan hatte. Ihre Liebe war vollkommen und ewig. Sie würde ihn immer lieben!

Langsam stürzten die kleinen Barrieren, die sie innerlich gegen ihn errichtet hatte, ein. Und dann geschah etwas Wunderbares. Ihr Herz füllte sich mit Wärme und einem heißen Glücksgefühl. Brianna erfuhr eine Freude, wie sie sie noch nie zuvor erlebt hatte. Und dann kam ihr ganz blitzartig die Erkenntnis, daß Hawksblood seinen Bruder nicht getötet hatte. Gütiger Gott im Himmel, wie blind war sie doch gewesen!

Schon die ganze Zeit hatte es vor ihr gelegen, doch sie war viel zu störrisch gewesen, um die Wahrheit zu begreifen. Christian und Edward hatten schon zuvor die Rüstung miteinander getauscht. Prinz Edward hatte Robert de Beauchamp umgebracht!

Eine einzelne Träne rann über ihre Wange, und dann begann sie zu weinen, sie schluchzte heftig über das aufgestaute Mißtrauen, das ihr Herz vergiftet hatte. Würde er ihr vergeben? Die Antwort lautete umgehend, ja! Er würde ihr alles vergeben. Würde er zu ihr zurückkehren? Ja, tausendmal, ja! Seine Liebe war unendlich. Genau wie seine Ehre. Brianna begann, durch die Tränen zu lächeln, und ihr Lächeln wurde zu einem Lachen, und dieses Lachen wurde zu einem tiefen, allumfassenden Glücksgefühl.

Sie bemerkte ein Paar aquamarinfarbener Augen, die aus der Dunkelheit zu ihr aufsahen. Brianna stöhnte leise und beugte sich dann über das Bett. »Seid Ihr aufgewacht, mein Lord?«

»Sharon? Meine Rose von Sharon? Seine Stimme klang rauh, es war nicht mehr als ein Krächzen, dennoch ergreifend?« Warum hast du mich verlassen?« wollte er wissen. »Warum hast du mein Schiff mitten in der Nacht verlassen?«

Brianna suchte verzweifelt in ihrer Erinnerung. Er glaubte, sie sei Christians Mutter. Brianna griff nach seiner Hand.

»Meine kleine arabische Prinzessin! Warum hast du mich betrogen?«

Sie sah, daß er einer Sinnestäuschung erlegen war und sich schrecklich aufregte. Brianna entschied schnell, ihm nachzugeben, das zu sein, was er in ihr sehen wollte, wenn ihn das beruhigen würde.

»Guy?«

»Ja, meine Schöne?«

»Ich ... ich hatte Angst, mit dir in ein fremdes Land zu reisen.«

»Aber ich war doch dein Mann und der Vater deines Kindes. Warum hast du ihn vor mir geheimgehalten?«

Brianna war erstaunt. War Christians Mutter wirklich eine arabische Prinzessin und hatte Warrick sie offiziell geheiratet? Er klammerte sich an ihre Hand, hielt sie fest, als wolle er sie nie wieder freigeben.

»Wir kamen aus zwei verschiedenen Welten«, murmelte Brianna.

»Du weißt, wenn du mir etwas von dem Kind gesagt hättest, hätte ich dich gezwungen, mit mir zu kommen!«

»Ja ... ja. Ich dachte, es wäre besser, dich unwissend zu lassen.«

»Aber er hat mich gefunden! Er hat so lange nach mir gesucht, bis er mich fand.«

»Ja, das hat er.«

»Er verkörpert all das, was ich mir immer an einem Sohn gewünscht habe. Ich danke dir.« Mit Briannas Hand in der seinen schloß Warrick die Augen und schlief ein.

Als das erste Licht der Morgendämmerung durch den offenen Balkon ins Zimmer fiel, wurde Brianna klar, daß sie schon seit einer Woche hier war und daß Warrick immer noch lebte. Als Glynis erschien, um sie abzulösen, zogen sie die Decken zurück, um ihn auf eine der schwarzen Beulen hin zu untersuchen. Ganz plötzlich bekam Warrick eine Erektion.

Die jungen Frauen sprangen zurück und blickten voller Unglauben auf ihn.

»Na ja, was, zum Teufel, erwartet ihr eigentlich, wenn zwei wunderschöne Weiber an meinen Lenden herumfingern?« wollte er wissen.

»Gott im Himmel, ich glaube, er wird wieder gesund«, flüsterte Glynis.

»Wißt Ihr, wer ich bin, mein Lord?« fragte Brianna.

»Natürlich weiß ich, wer Ihr seid! Ihr seid die wunderschöne Frau meines Sohnes, Brianna. Wunderschön und auch bis auf die Knochen großherzig, um einen verrückten Hund wie mich zu pflegen.«

»Das war ich nicht allein, Glynis hat ihre heilenden Kräfte eingesetzt.«

»Das walisische Mädchen … noch eine Schönheit.«

Mit diesen Worten hatte er seine Reserven erschöpft, er fiel auf das Kissen zurück und sank in den Schlaf.

Ehe Brianna ging, um sich auszuruhen, trat sie auf den Balkon. Randal wartete unten auf Neuigkeiten vom Marschall, so wie jeden Morgen. Heute war sie zum ersten Mal in der Lage, ihm einen positiven Bericht zu geben. Sir Randal Grey sah heute viel eher wie ein Junge aus und nicht wie ein Ritter, als ein breites Grinsen sein Gesicht überzog und Gnasher seinen Arm hinaufkletterte, um sich auf seine Schulter zu setzen.

»Randal, ich möchte, daß Ihr mir ein Pergament und meine Farben bringt. Ich habe entschieden, ein Buch zu schreiben.« Sie sagte ihm ganz genau, was er einpacken sollte, und er lief davon, um dem Schwarzen Prinzen die guten Neuigkeiten von Warrick mitzuteilen.

Joan hatte sich in Briannas weißen Steinpalast verliebt. All ihre Befürchtungen, ihren Prinzen vielleicht nie wiederzusehen, waren in dem duftenden Wunder dieses Gartens zerstoben. Als er ihr die Arme entgegenstreckte, lief Joan zu ihm und klammerte sich an ihn, als wolle sie ihn nie wieder loslassen. Sie trug ein zartes rosa Seidenkleid, ihr silbernes Haar leuchtete im Mondlicht, und Edward war erstaunt, daß so eine kleine Elfe seinem Herzen so zusetzen konnte.

Er strich zart über ihr hübsches Gesicht, als sei es aus kostbarem Porzellan, und er schwor sich, sie immer in Ehren zu halten. Es gab nur einen einzigen unangenehmen Augenblick zwischen ihnen, als Edward murmelte: »Holland ist tot.«

»Woher weißt du das?« hauchte sie.

»Hawksblood hat nach der Schlacht seinen Körper identifiziert.«

Joan sank ihm erleichtert entgegen, und während sie das tat, bemerkte sie Edwards Aufregung, die er zu unterdrücken versucht hatte. Er nahm ihr Gesicht in beide Hände, damit er ihr tief in die Augen sehen konnte. »Christian ist zum Papst gereist, um uns einen Dispens für unsere Heirat zu besorgen.«

Joans Augen wurden ganz groß. »Oh, Edward, ich liebe dich so sehr!« Joan interessierte es nicht, daß diese Heirat sie zur künftigen Königin Englands machen konnte und zur Mutter der nächsten Könige. Alles, was zählte, war ihre Liebe zu Edward.

Sie nutzten ausgiebig Christians und Briannas herrliches Bett mit den durchsichtigen seidenen Vorhängen. Seit Jennas Geburt hatten sie einander noch nicht sehr oft in den Armen gehalten, und sofort bemerkte er die Veränderung in ihrer Liebe.

Joan hatte immer Glück gefunden, indem sie Edward Glück schenkte, und das hatte ihr stets genügt. Doch jetzt, wo ihre Scheide sich ein wenig gedehnt hatte, waren die Gefühle, die sein harter, langer Penis in ihr hervorriefen, neu und erregend, mehr als das, was sie zuvor gespürt hatte.

Mit ihrem angeborenen Sinn für Späße begann sie ihn zu necken und zu erregen, in einer Art, die ausgesprochen sinnlich und aufregend war. Sie war jetzt in der Lage, rittlings über ihm zu sitzen und ihn ganz in sich aufzunehmen, und in dieser beherrschenden Position konnte sie ihr Liebesspiel lange Minuten kontrollieren und ihren Geliebten dazu bringen, zitternd und stöhnend um Gnade zu bitten. »Jeanette, gehorche mir!«

»Warum sollte ich?« neckte sie ihn, hob ihren Körper ein wenig an und sank dann wieder auf ihn hinunter.

»Weil ich größer bin als du«, keuchte er.

»Mmmm, das habe ich bemerkt. Ziemlich majestätisch sogar. Aber du wirst lernen müssen, dich in manchen Dingen mir zu unterwerfen.«

»Warum sollte ich?« antwortete er mit ihren eigenen, neckenden Worten.

»Weil ich älter bin als du!«

Edward begann zu lachen. Er war ein so erfahrener Krieger geworden, daß er sich manchmal alt genug fühlte, ihr Vater zu sein. Dennoch sagte sie die Wahrheit. Sie war wirklich älter als er und hatte ihn gnadenlos beherrscht, als sie zehn war und er gerade neun. »Mmmm, aber mit dem Alter bist du beträchtlich besser geworden.«

Sie verbrachten die nächsten beiden Stunden damit, zu entscheiden, wer in ihrem Liebesspiel die Oberhand haben durfte. Das Endergebnis fiel dann schließlich drei zu zwei für Edward aus, und natürlich war das genau Joans Absicht. Als sie in seinen Armen lag, nachgiebig und befriedigt, wurde sie ernst.

»Edward, bitte erzähle niemandem von deinem Plan, mich zu heiraten, bis wir den Dispens endlich in Händen halten.«

»Mein süßes Herz, ich werde mich von niemandem daran hindern lassen, dich zu meiner Frau zu nehmen, diesmal nicht mehr.«

Joan kannte die Macht der Könige und Königinnen. »Bitte, Edward?«

»Ich werde mich deinem Wunsch beugen. Aber nur, weil du älter bist als ich und vielleicht in einigen Dingen weiser«, fügte er hinzu und drückte einen Kuß auf ihre Schläfe.

Wegen seines Alters und der zerstörerischen Wirkung der Krankheit, die er nur mit Mühe überlebt hatte, war Warrick äußerst schwach. An diesen Zustand, mußte er sich erst gewöhnen, deshalb unterhielt sich Brianna mit ihm, während sie an seinem Bett saß und sorgfältig seine Geschichte niederschrieb und sie mit lebhaften Zeichnungen illustrierte.

Er lag aufgestützt in seinen Kissen und betrachtete sie mit seinen durchsichtigen Augen.

»Ich weiß, es muß schwer sein für Euch, von Eurem Sohn Robert zu sprechen. Und in der Tat ist es auch für mich sehr schwer, seinen Namen zu nennen; aber ich möchte gern, daß Ihr eine meiner Vermutungen bestätigt, würdet Ihr das tun, mein Lord?«

»Nennt mich doch Guy. Was möchtet Ihr denn wissen?«

»Ich habe sehr lange darüber nachgedacht, und mein Herz sagt mir, daß Christian Robert nicht umgebracht hat. Es war Prinz Edward, nicht wahr?«

Guy de Beauchamp nickte. »Robert hatte eine Verschwörung angezettelt, Lionel zum Thronerben zu machen. Christian und Edward haben die Rüstung miteinander getauscht, weil der junge Randal Grey einen Verrat aufgeschnappt hatte, wonach der Thronerbe in der Hastilude getötet werden sollte. Aber mein Sohn und ich haben dem König unser Wort gegeben, Schweigen darüber zu bewahren. Edward und ich haben sehr vieles gemeinsam, wir sind verflucht durch einen Sohn und gesegnet durch einen anderen.«

»Ich werde Euer Vertrauen nicht mißbrauchen, Guy. Nicht einmal Christian gegenüber. Ich schäme mich, es zuzugeben, aber es hat eine Zeit gegeben, während der ich Christian verdächtigte, seinen Bruder umgebracht zu haben – um Euren Titel und Eure Schlösser zu erben.«

»Seine Mutter und ich waren vor dem Gesetz verheiratet. Er wäre sowieso mein Nachfolger geworden, auch wenn Robert am Leben geblieben wäre. Christian braucht übrigens meine Schlösser gar nicht. Er ist ein Prinz von Geburt.«

Brianna lächelte. »Prinz Drakkar.« Sie ließ diese beiden Worte auf der Zunge zergehen. »Wie habt Ihr seine Mutter kennengelernt?«

Sein Blick schien in weite Fernen zu gehen, als er sich an die Vergangenheit erinnerte. »Mein Großvater ist mit Edward dem Ersten auf einen Kreuzzug gegangen. Wir hatten einen großen Landsitz in der Nähe von Akko. Mein Vater hat das Land oft besucht, um den lebhaften Handel zwischen dem Osten und dem Westen zu überwachen. Als ich erwachsen war, waren die meisten unserer Besitztümer im Osten zurückgegeben worden, und die Tempelritter von Akko mußten in den Untergrund gehen.

Ich bin hingereist, um zu retten, was von unseren geschäftlichen Unternehmungen noch zu retten war. Sharon habe ich im Sommerpalast ihres Vaters Ottoman getroffen. Haifa, am Mittelmeer, war eine wunderschöne Stadt, mit vergoldeten Kuppeln und Minaretten. In meiner jugendlichen Vorstellung ähnelte es dem Königreich des Himmel und dort traf ich einen Engel.

Die Anziehungskraft war sofort vorhanden. Sie war exotisch wie eine Orchidee, dazu noch gebieterisch. Ich schenkte ihr mein Herz für immer. Was sie in mir gesehen hat, werde ich nie wissen. Vielleicht war ich anders. Ein normannischer Ritter fiel in Arabien auf wie eine bunte Kuh. Und weil ich verrückt war vor Liebe, konnte ich auch nicht mehr klar denken. Sie wollte sich mir nicht hingeben, wenn ich sie nicht heiratete, also habe ich ungestümer Dummkopf sie geehelicht. Alles wurde ganz geheimgehalten. Denn wenn es herausgekommen wäre, hätten wir wahrscheinlich beide dran glauben müssen.

Ich habe sie spät in der Nacht an Bord meines Schiffes geschmuggelt und bin mit der Morgenflut losgesegelt. Ihr könnt Euch wahrscheinlich vorstellen, wie mir zumute war, als ich dann feststellte, daß sie das Schiff in der Nacht wieder verlassen hatte.«

Er sank auf sein Lager zurück, nach all den Jahren fühlte er noch immer den Verlust. Brianna wußte, daß sie etwas sagen oder tun mußte, um seine Laune wieder zu heben.

Sie entschied sich, ihn zu rasieren, und als sie dann das Rasiermesser an seine Wange hielt, lachte sie leise. »Guy de Beauchamp, Ihr habt keine Ahnung, wie sehr ich mich noch vor einem Jahr vor Euch gefürchtet habe.«

Ihre Blicke trafen sich und hielten einander gefangen.

»Erinnert Ihr Euch noch daran, als Ihr zu mir gekommen seid und mich gefragt habt, ob ich in das Haus von Beauchamp einheiraten wollte?«

Warrick nickte. Damals hatte die Schönheit mit dem goldenen Haar ihm den Atem genommen.

»Ich dachte, Ihr wolltet mich bitten, Eure Frau zu werden.«

Der Verrückte Hund lachte auf. Langsam breitete sich ein Grinsen über sein Gesicht, und die aquamarinfarbenen Augen blitzten. »Und wie hätte Eure Antwort darauf gelautet?«

»Ich hätte ja gesagt.« Briannas Augen blitzten schelmisch zurück. Sie würde ihm den Spaß nicht dadurch verderben, indem sie ihm verriet, daß sie viel zu weichherzig war, um ihn abzulehnen.

42

Der König und der Rat kamen zusammen mit Prinz Edward zu Warrick, um sich mit ihm über die Bedingungen zu unterhalten, die in einen Friedensvertrag zwischen Franzosen und Engländern aufgenommen werden sollten. Da sein Stolz es ihm nicht erlaubte, sie im Bett zu empfangen, hatten Brianna und Glynis ihn gebadet, in seinen feinsten Umhang gekleidet und ihm dann in einen großen, geschnitzten Sessel aus spanischem Leder geholfen.

Der König und die Adligen nannten die Gebiete, die sie behalten wollten, und auch die, die sie bereit waren aufzugeben. Sie diskutierten darüber, wie lange der Friedensvertrag Gültigkeit haben sollte. Von dem offenen Balkon oben hörte Brianna, wie sie über ihre Zukunft und die des Volkes entschieden.

Der Schwarze Prinz war entschlossen, ein so großes Gebiet im südlichen Frankreich Souveränität zu bekommen wie nur möglich. Als sie ihm zuhörte, glaubte Brianna beinahe, er habe einen heiligen Eid geschworen, all die Gebiete zurückzuerhalten, die seine Vorfahren, König John und sein Sohn, König Henry der Dritte, in den letzten einhundertfünfzig Jahren verloren hatten.

Für den König war es das wichtigste, Calais zu behalten. Es war die am härtesten umkämpfte Stadt gewesen, und der Stolz des Königs ließ es nicht zu, auf diese Eroberung zu verzichten.

Warrick interessierte am meisten die Summe der Lösegelder. Er schlug vor, den zehnfachen Betrag des zunächst genannten Betrages zu fordern, und blieb unerbittlich dabei, auch als die anderen zu bedenken gaben, daß die Franzosen eine so riesige Summe niemals aufbringen könnten. Brianna wußte, daß Warrick kein habgieriger Mensch war, er war eher praktisch veranlagt. Er wußte, daß die Plantagenets das Geld mit vollen Händen ausgaben, ohne daran zu denken, ob der Schatzmeister genügend in den Kassen hatte. Die Gesetze der Ritterlichkeit, ganz zu schweigen vom Stolz der Plantagenets, besagten, daß der König von England den König von Frankreich in einer großzügigen Art und Weise unterhalten mußte, und Warrick hatte weise entschieden, daß die Franzosen mehr oder weniger selbst dafür bezahlen sollten.

Schließlich wurde noch über die Dauer des Friedensvertrages

gesprochen. Das war die Bedingung, für die Brianna sich am meisten interessierte. Und als schließlich eine Dauer von sieben Jahren festgelegt wurde, war sie überglücklich!

Hawksbloods Abwesenheit machte ihr schwer zu schaffen. Es kostete sie große Anstrengung, weiter zu hoffen. Tief in ihrem Herzen wußte sie, wohin er gegangen war, und sie begann daran zu zweifeln, ob er zurückkehren würde. Wie dumm und eingebildet sie doch gewesen war zu glauben, für ihn gälten andere Gesetze. Er war ein Mann aus Fleisch und Blut, anfällig für alle Gefahren der Welt... Unfälle, Krankheiten... Versuchungen.

Briannas Hand legte sich auf ihren Leib. Wenn sie nun Christians Kind unter ihrem Herzen trug, wie sie vermutete? Sollte sie darum beten, daß es so war, oder sollte sie auf die Knie fallen und darum bitten, daß es kein vaterloses Kind werden würde? Ihr Herz gab ihr die Antwort. Sie wünschte sich dieses Baby verzweifelt, mehr als alles andere auf der Welt. Dies war die einzige Weise, auf die Christian Hawksblood in jedem Fall weiterleben würde!

Brianna wischte sich eine Träne von der Wange und lächelte. Sie zählte die Monate an ihren Fingern ab: Wenn sie wirklich schwanger war, würde dieses Kind noch vor ihrem nächsten Geburtstag zur Welt kommen, und der war am 15. Juli.

Brianna spielte endlose Schach- und andere Brettspiele mit ihrem langsam genesenden Schwiegervater. Er liebte ihre Gesellschaft, und wenn sie ehrlich war, so genoß auch sie seine Gesellschaft. Nach außen hin gab er sich unbeugsam, doch unter der rauhen Schale verbarg sich ein warmes, sanftes Herz, und Brianna wußte, daß er sich sehr einsam fühlte. Es widerstrebte ihm, sie zurück in ihr Haus ziehen zu lassen, doch all seine Entschuldigungen, sie bei sich zu behalten, waren schließlich erschöpft, jetzt, wo seine Krafte langsam wieder zum Leben erwachten.

Als Brianna in ihrem Haus ankam, stellte sie fest, daß Adele sich ein Kätzchen zugelegt hatte. Es war ein kleiner Federball, und Adele hatte es Muffie genannt. Gnasher ging sofort auf es los, und alle lachten entzückt, als der kleine Kerl sich umdrehte und das Frettchen anfauchte, das sofort zurückwich und nervös auf und ab hüpfte.

Es war schon lange her, daß die vier jungen Frauen die Gesellschaft der anderen hatten genießen können, deshalb schlug Brianna vor, in dem Garten voller Blumen neben dem Brunnen zu speisen. Es war September, und alle Gaben des Herbstes standen auf dem Tisch; Quitten, Birnen, Aprikosen, Pflaumen und Granatäpfel türmten sich neben einer Schale mit Feigen, Datteln und Nüssen.

Glynis leckte an einer klebrigen Dattel und beklagte sich: »Die Armee ist schon vor Wochen nach Hause gekommen. Ich kann nicht verstehen, warum Lord Christian und Ali so lange auf sich warten lassen.«

Joan löste mit einem Stöckchen die roten Samen aus einem Granatapfel. »Sie müßten eigentlich jeden Tag zurück sein. So weit ist es doch nicht bis Avignon!« Alle bemerkten, daß Joan sich kaum zurückhalten konnte, ihnen etwas zu verraten, deshalb richteten sie ihre Aufmerksamkeit auf Lady von Kent.

»Christian ist zum Papst gereist, um einen Dispens für Prinz Edward und mich zu erlangen, damit wir heiraten können. Bitte, sagt niemandem etwas davon. Ich weiß, es wird viele Stimmen geben, die gegen diese Verbindung sind, wenn unser Geheimnis erst einmal bekannt wird.«

»Weil ihr Cousin und Cousine zweiten Grades seid?« fragte Adele.

»Nein, Königin Philippa hält mich für ein schamloses Luder, weil ich mit zwei Männern gleichzeitig verlobt war; und jetzt, wo ich plötzlich begehrte Witwe bin, und einen ganzen Schwarm von Bewunderern ertragen muß, die im Bankettsaal einander auf die Füße treten, findet sie mich unmoralisch. Edward kocht vor Ungeduld, aber er hat mir versprochen, das Geheimnis zu bewahren, bis alles abgesegnet ist. Ich habe ihm gesagt, daß er keinen Grund hat zur Eifersucht. Diese Männer sind nur hinter meinem Geld her.«

Die anderen Mädchen lachten sie aus. Bei Joan von Kent hatte es schon immer, und das würde sich auch nicht ändern, mehr gegeben als nur ihren Reichtum!

»Sie hätten mittlerweile genug Zeit gehabt, fünfmal nach Avignon und zurückzureisen«, sorgte sich Glynis. »Avignon ist in der Nähe des Mittelmeerhafens Marseilles, und man sagt, daß dort fünfzehntausend Menschen an der Pest gestorben sind.«

Brianna biß in eine saftige, reife Pflaume und versuchte, die aufkommende Panik, die sie zu überwältigen drohte, zu unterdrücken. Als Christian in ihrer dunkelsten Stunde zu ihrer Rettung erschienen war, als er all die drohenden Wolken von ihrem Horizont vertrieben hatte, war sie sicher gewesen, nie wieder an diesem arabischen Ritter zu zweifeln. Doch jetzt glaubte sie, daß das Schicksal vielleicht eine noch viel härtere Lektion für sie bereit hatte. Jetzt wurde sie für all ihre Sünden bestraft werden. So war das Leben nun einmal, es gab keine Märchen! Sie hatte einen Prinzen geheiratet, aber die Möglichkeit, mit ihm bis an ihr Lebensende glücklich zu sein, schien zu schwinden.

Brianna dachte an das Buch, das sie zu schreiben begonnen hatte, und sie faßte einen bedeutsamen Entschluß. Dieses Buch bekäme ein glückliches Ende! Selbst wenn Christian es nie lesen sollte, so würde es doch vielleicht sein Kind tun. »Sie werden zurückkehren, Glynis, du mußt alle Zweifel aus deinem Herzen vertreiben.«

Adele hoffte, daß Briannas Zuversicht gerechtfertigt wäre. Es schien eigenartig, daß Hawksblood bis jetzt ausgeblieben war. Ein Dispens konnte Monate dauern, und der Verstand sagte ihr, daß Hawksblood nach der Vorsprache beim Papst nicht die ganze Zeit auf das Ergebnis warten würde. Auch sie hatte zu fürchten begonnen, daß sie Hawksblood und seinen Knappen nie wiedersehen würde. Natürlich wollte sie Briannas Hoffnung nicht zum Wanken bringen, solange es noch eine gab.

Schließlich packte Glynis das gerade fertiggenähte Hochzeitskleid weg, zusammen mit all ihren Hoffnungen. Sie hatte alles getan, um Alis Rückkehr zu beschleunigen, angefangen mit Zaubersprüchen bis hin zu einem Opfer an eine uralte heidnische walisische Göttin. Adele begann eine Verbindung zwischen Hawksbloods Abwesenheit und dem Verschwinden von Lisette St. Lô zu vermuten. Für Adele war es mehr als ein Zufall, daß sich beide zur gleichen Zeit entfernt hatten. Brianna war nicht blind gegenüber den mitleidigen Blicken, die sie von allen auffing, einschließlich ihrer Freundin Joan.

Edward hatte eine Botschaft von Hawksblood erhalten, in der er ihm mitteilte, daß er die Bitte für den Dispens dem Papst vorgelegt habe, doch daß er wegen einer dringenden Angelegenheit um seine Beurlaubung einreiche. Edward hatte das Joan anvertraut, doch diese fürchtete sich, die Information Brianna weiterzugeben. Denn was konnte für Christian de Beauchamp schon wichtiger sein, als zu seiner Frau zurückzukehren?

Auch Brianna hatte eine Nachricht bekommen, in der er ihr mitteilte, daß er für einige Zeit abwesend sein würde. Er gab ihr keine Information über den Grund, doch sie war zufrieden, weil er seine Botschaft mit den Worten schloß: *Vertrau immer auf mich.*

Der Friedensvertrag war endlich aufgesetzt und unterschrieben worden. König Edward gab seine Ansprüche an die Krone von Frankreich auf und verzichtete auf alle nördlichen Gebiete, die sie erobert hatten, zugunsten der Bestätigung seiner Souveränität über die Gebiete, die die Plantagenets Aquitanien nannten. Daß König Edward auch auf Calais bestand, mußte nicht mehr diskutiert werden. Zusätzlich dazu waren die Franzosen bereit, drei Millionen Goldkronen in sechs jährlichen Zahlungen zu leisten, als Lösegeld für ihren König, dessen Söhne und die Adligen.

Der König von England entschied sich, Aquitanien Prinz Edward zu übereignen, zusammen mit der Regierungsgewalt über alle französischen Provinzen. Als der Prinz die guten Neuigkeiten Joan anvertraute, hatte auch sie eine Überraschung für ihn. Sie hatten in Briannas Badebecken miteinander gespielt, weit weg von den neugierigen Augen des Hofes; doch Joan wollte warten, bis sie beieinanderlagen, ehe sie ihr kostbares Geheimnis mit Edward teilte.

Als seine Küsse eindringlicher wurden, griff sie nach seiner Hand, die auf ihrer Brust lag, und schob sie zu ihrem Bauch. Dann legte sie die Lippen an sein Ohr und flüsterte: »Mein Prinz, du wirst wieder Vater werden, aber ich fühle, daß es sich diesmal um einen Jungen handelt.«

Edward stöhnte auf und schwang die Beine aus dem Bett. Joan hob die Hand an ihre Lippen und wünschte, sie könnte die Worte zurücknehmen. Ihr Prinz schien sich gar nicht zu freuen.

»Zieh dich an«, murmelte er.

»Bist du böse?« fragte Joan schüchtern.

»Böse?«

»Es klingt so, als wärst du ärgerlich.«

»Mein kleiner Liebling Jeanette, ich bin nur böse auf deinen Zeitplan. Ich bin in den Fängen der Leidenschaft gefangen, und deine Neuigkeit macht es mir unmöglich fortzufahren.«

»Aber warum denn?« fragte sie leise.

»Weil ich dich zuerst vor einen Priester bringe, damit er uns traut.«

»Aber wir haben keinen Dispens.«

»Zum Teufel mit dem Dispens!«

»Edward, meinst du das wirklich?«

Er schob seine Hände unter ihre Achseln und hob sie hoch, damit sie auf dem Bett stand und genauso groß war wie er. »Mein süßes Herz, ich habe in meinem ganzen Leben noch nie etwas so ernst gemeint. Wenn du recht hast und wirklich meinen Sohn unter dem Herzen trägst, dann kann er nur König werden, wenn er ehelich geboren ist. Ich möchte daran keine Zweifel lassen. Wenn wir den Dispens bekommen, dann feiern wir eine zweite Hochzeit. In Westminster. Darauf werde ich bestehen! Die ganze königliche Familie ist dann anwesend, und alle Edlen Englands werden dir, als der Prinzessin von Wales, ihre Aufwartung machen. Doch schon heute nacht machen wir es legal!«

»Aber was soll ich denn nur anziehen?« fragte Joan atemlos.

Edward begann zu lachen. »Es ist bereits nach Mitternacht, und nur ein alter Priester wird dich sehen.«

»Das macht nichts. Ich muß bei meiner Hochzeit schön aussehen.«

Edward gab ihr einen Kuß auf das Ohr. »Zieh etwas an, was du auch schnell wieder ausziehen kannst, und lege dann einen meiner Umhänge um; ich habe die Absicht, so rasch wie möglich hierher zurückzukommen, um das zu beenden, was wir begonnen haben.« Er drängte seinen harten Penis gegen ihren Schenkel, doch Joans Vorstellungskraft war bereits in andere Bahnen gelenkt.

»Kann ich den roten Samtumhang mit den goldenen Leoparden auf dem Rücken tragen?«

Wieder stöhnte Prinz Edward auf. »Ich denke schon, aber das bedeutet, daß ich den ganzen Weg zum Palast zurücklegen muß, um ihn zu holen.«

»Armer Edward. Bin ich eine schlimme Prüfung für dich?«

Er gab ihr einen Kuß auf ihre kecke Nase, weil er ihr nichts abschlagen konnte. »Du bist meine hochwohlgeborene Herzdame, und ich bin dein dienender Ritter. Nur für dich nehme ich diese Prüfung auf mich.«

Joan kicherte. »Ich werde dich dafür belohnen, Edward Plantagenet.«

Der König von Frankreich, seine vier Söhne und alle Edlen, die gefangengenommen waren, genossen die üppige Gastfreundschaft in Bordeaux. Sie hofften, in Südfrankreich bleiben zu können, bis ihr Lösegeld bezahlt worden war, doch die Plantagenets waren viel zu vernünftig. Ihnen entging nicht, daß es dort allerhand Fluchtmöglichkeiten gab.

Im späten Oktober wurden Schiffe bereitgemacht, um ihre blaublütigen Gefangenen nach England zu bringen; in einem Anfall von Großzügigkeit überließ König Edward Johann von Frankreich den neu erbauten Palast an der Themse, genannt das Savoy, für seinen Aufenthalt auf englischem Boden. Als Abschiedsgeste war eine große Jagd geplant, an die sich ein Fest anschließen sollte, ehe die »Gäste« der Plantagenets über den Kanal segeln würden.

Seit Tagen schon hatten Brianna und Joan sich auf die Jagd gefreut. Es herrschte prächtiges Herbstwetter. Die drückende Hitze der Sommermonate war verschwunden und hatte warmem Sonnenschein und frischer Seeluft Platz gemacht.

In dem Augenblick, als Brianna sich am Morgen aus den Decken schälte, überkam sie eine Welle der Übelkeit. Sie hoffte, es würde vorübergehen, aber nachdem sie gebadet hatte, fällte sie der Essensgeruch, der aus der Küche kam. Sie mußte sich heftig übergeben und begann, sich selbst zu bedauern. Der Gedanke an den Jagdritt war so verlockend, wie bei lebendigem Leibe geröstet zu werden, deshalb drängte sie Joan, ohne sie zu gehen. Die junge Braut strahlte förmlich, und sie sah absolut umwerfend aus in ihrer pfirsichfarbenen Reitjacke.

Brianna schleppte sich nach draußen zum Brunnen, um unter dem kühlen Wasser die Auswirkungen ihrer Übelkeit wegzuwaschen, danach erklomm sie langsam die Treppe zu ihrem Zimmer, damit ihr Magen sich beruhigen konnte. Um sich selbst aufzumuntern, wählte sie ihr hübschestes Kleid in einem kräftigen Pfauenblau, ihr Haar ließ sie offen, damit es in der Sonne trocknen konnte.

Sie trat auf den Balkon, um zuzusehen, wie die Jagdgesellschaft den königlichen Palast verließ. Es war wie ein bunter Wandteppich, der lebendig wurde. Mit den Augen der Künstlerin betrachtete sie die lebhaften Farben, die glänzenden Flanken der Pferde, die Falken und die Jagdhunde.

Ihre Augen wurden plötzlich ganz groß, denn inmitten der Menschenmenge entdeckte sie Lisette St. Lô, die heftig mit dem König von Frankreich flirtete. Briannas Wut vertrieb sofort all ihre Übelkeit. Die Baronesse war doch eine verdammte Gefangene, trotzdem tummelte sie sich in der Menge, überaus aufreizend gekleidet, unterhalten von zwei Königen. Brianna erschien das Leben äußerst unfair. Sie ging zurück in ihr Zimmer, warf sich auf das Bett und wünschte die ganze Welt und alle Menschen darin spornstreichs zum Teufel!

Christian Hawksblood und Ali verließen am Nachmittag das Schiff, das gerade am geschäftigen Kai von Bordeaux angelegt hatte. Beide trugen arabische Kleidung und Turbane, mit einer verschleierten Frau in ihrer Mitte. Die beiden halfen ihr auf einen edlen, arabischen Hengst, dann ritten sie zusammen am Fluß Garonne entlang, der auf die hoch aufragende Abtei von St. Andrew zufloß.

Als das Trio vor Warricks weißem Steinpalast vom Pferd stieg, kümmerte sich Ali um die Tiere. Prinz Drakkar nahm die Hand seiner Mutter und führte sie ins Haus.

Warrick war gerade dabei gewesen, sein Breitschwert zu polieren, entschlossen, es gepflegt und frei von Rost zu halten. Daß er es nie wieder in einer Schlacht benutzen würde, kümmerte den Krieger nicht. Er blickte auf, denn es erklangen Schritte, noch ehe jemand das Zimmer betreten hatte.

Hawksblood blieb an der Tür stehen, er war so groß, daß sein Turban fast das Türkreuz berührte. Ihre Blicke trafen sich, hielten einander gefangen und leuchteten dann auf vor Freude über ihr Wiedersehen. Auch wenn er es Brianna gegenüber nie erwähnt hatte, so grämte Warrick sich doch wegen der langen

Abwesenheit seines Sohnes. Jetzt aber überzog ein erleichtertes Lächeln sein Gesicht, und er war erstaunt über die weißen Zähne Christians, als dieser seinen Willkomm erwiderte.

Dann trat Hawksblood zur Seite, und Warrick entdeckte die zierliche, verschleierte Frau, die hinter ihm gestanden hatte. Als sie die mit Juwelen geschmückte Hand hob, um den Schleier zu heben, erhaschte Christian einen Blick äußerster Verletzlichkeit auf Guy de Beauchamps Zügen, und er ahnte, daß er genauso aussehen mußte, wann immer er Brianna ansah.

Christian war plötzlich klar, daß er diesen Moment den Liebenden allein überlassen sollte – keinen anderen Beobachtern die das Herz anrührende Zärtlichkeit! Ohne ein Wort verschwand er, dabei war er sicher, daß die beiden sowieso nur einander sahen.

Brianna zuckte zusammen, als das Kätzchen durch das Zimmer flitzte, weil Gnasher es verfolgte. Es lief hinaus auf den Balkon und sprang dann auf das Dach, in einem verzweifelten Versuch, seinem Peiniger zu entkommen.

Die Lady war entrüstet. Sie sprang auf und lief auf den Balkon. »Das ist der Tropfen, der das Faß zum Überlaufen bringt!« Das Kätzchen kauerte auf dem Ziegeldach, während Gnasher überlegte, ob er ihm nachrennen und sich somit Briannas Zorn zuziehen oder lieber still sitzen bleiben sollte, während sie mit ihm schimpfte.

»Du verflixter kleiner Teufel... ich werde dir deine verdammten Schnurrhaare abschneiden!« zeterte sie. Das schwarzfüßige Frettchen duckte sich, als würde es ihre Drohung glauben. Verärgert sah sie zum Dach. »Hier, Muffie... komm, Muffie. Verdammt, Adele, warum mußtest du ihm nur einen so schrecklichen Namen geben? Ich komme mir wie der größte Dummkopf in der Welt vor, ständig Muffie zu plärren!« sagte sie, obwohl niemand da war, der sie hörte.

Es war offensichtlich, daß das kleine Ding nicht aus eigenem Entschluß herunterkommen würde. Jemand mußte auf das Dach klettern und es holen. Genauso unabweisbar war es, wer dieser jemand zu sein hatte. Brianna hob ihre Röcke und kletterte dann an dem Balkongitter nach oben. Auf Händen und Knien kroch sie weiter, dorthin, wo das Kätzchen kauerte.

»Was, zum Teufel, machst du da oben?« wollte eine tiefe Stimme wissen.

Briannas Herz tat einen Satz. »Christian!« keuchte sie und erhob sich, damit sie ihn sehen konnte. All ihr Zorn auf die Menschheit war mit einem Mal verschwunden. Brianna lachte. »Ich bin auf das Dach geklettert, um der ganzen Welt zu verkünden, daß ich dich liebe.« Dann legte sie beide Hände um den Mund, warf den Kopf zurück und rief: »Ich liebe Christian de Beauchamp!«

»Habe ich am Ende eine verrückte Frau geheiratet? Komm runter«, donnerte er.

»Fang mich auf«, gab sie zurück.

»Brianna, bei der Liebe Allahs, spring nicht, es ist zu hoch«, rief er alarmiert.

»Von wegen der Liebe Allahs, ich tue es für die Liebe von Christian!« Ihr Herz jubelte, ihre Sinne waren ganz benommen vor Glück.

»Ich komme und helfe dir herunter. Du darfst auf keinen Fall springen, das ist nicht sicher!«

»In deinen Armen werde ich immer sicher sein. Fang mich auf!« Brianna nahm das Kätzchen auf den Arm und lief leichtfüßig über die Ziegel bis an den Rand des Daches, von dort aus warf sie sich in Hawksbloods Arme, die er ihr entgegengestreckt hatte. Sie rollten zusammen ins Gras, ein Durcheinander von Röcken, Umhängen und goldenem Haar. Das Kätzchen raste davon, und Christians Turban löste sich.

Hawksbloods Gesicht war vor Wut verzerrt, doch Briannas Lachen steckte ihn an, so daß sein Zorn verrauchte. »Warum hast du eine solche Tollheit begangen?«

Sie lachte ihm ins Gesicht und versank in den Tiefen seiner Kristallaugen. »Ich habe auf mein Herz gehört.«

Christian betrachtete eingehend seine wunderschöne Gemahlin. Der Schatten, den er bis jetzt immer in ihren Augen gesehen hatte, war nicht mehr da, genau wie jeder Anflug von gutem Benehmen verschwunden zu sein schien. Er rollte mit ihr durch das Gras, bis er endlich über ihr war. Polternd rief er ihr ins Gedächtnis: »Als du mich geheiratet hast, hast du gesagt: *Ich unterwerfe mich Eurer Autorität, mein Lord Ehemann.*«

»Und du hast gesagt: *Mit meinem Körper werde ich Euch an-*

beten, aber doch hoffentlich nicht auf der Wiese vor dem Haus, wo jeder es sehen kann«, neckte sie ihn und fühlte seine eisenharte Erregung, die sich gegen ihren Bauch drängte.

»Ist das alles, woran zu denken kannst?« fragte er schockiert.

»Oh, ab und zu schweifen meine Gedanken auch einmal zu anderen Unwichtigkeiten, aber sie kehren immer wieder zum Herz zurück, dem Schäferstündchen, der *crème de la crème.«*

»Dein Französisch hat sich deutlich verbessert.«

»Ich brauche aber noch immer Unterricht; die Praxis wird mich vervollkommnen.«

Christian konnte sich nicht länger zurückhalten. Er mußte diese herrliche, verlockende Kostbarkeit schmecken, die er unter sich gefangenhielt. Als sich seine Lippen über ihren schlossen, war er erstaunt über ihre leidenschaftliche Reaktion. Stellte er sich das nur vor, oder forderte sie ihn auf zu einem Liebesspiel?

Um sie zu prüfen, fuhr er mit den Lippen über ihren Hals, bis hin zu der wunderbaren Stelle, wo sich ihr Brustansatz am Ausschnitt ihres Kleides zeigte. Sie bog ihm ihren Körper entgegen, wie ein Kätzchen, das gestreichelt werden will. Seine Augen zeigten seine Belustigung. Er würde sie gerne streicheln, wenn es das war, was sie wollte!

Christian nahm Briannas Hand und zog sie ins Haus. Ihr Schlafzimmer war der Ort, den er sich vorstellte, doch nach nur zwei Schritten in diese Richtung begegneten sie Adele, die genauso begeistert war wie Brianna über die Heimkehr des Hausherrn. Ritterlich wie immer konnte Christian Adele gegenüber seine Ungeduld nicht zeigen, und antwortete liebenswürdig auf ihre Fragen.

Als nächstes kam Paddy, der sich genauso freute und noch viel mehr Fragen stellte. Als Joan die Treppe herabhüpfte, um ihn zu begrüßen und ihm die Neuigkeit zu berichten, daß sie und Prinz Edward heimlich geheiratet hatten, trafen sich Christians Blicke mit denen von Brianna in hilfloser Belustigung.

Innerhalb der nächsten fünf Minuten waren auch Ali und Edward zur Stelle. Der Schwarze Prinz stellte ihm Fragen über seine Reise nach Avignon wegen des Dispenses, und von da ging die Unterhaltung natürlich über zu Hawksbloods weiterer Reise und den Abenteuern, die er erlebt hatte. Als schließlich Gnasher auftauchte, an Christians Bein hochkletterte und sich dann auf seine Schulter hockte, begannen er und Brianna lauthals zu lachen, bis ihnen die Tränen über die Wangen rollten. Sie wollten allein sein, sehnten sich danach, einander nach der langen Trennung zu lieben, doch sie wußten beide, daß sie ihr Bett erst miteinander teilen könnten, sobald die allgemeine Nachtruhe anbrach. Auch wenn es ein noch so großes Bett war, es gab nicht genug Platz darin für sieben Menschen und ein Frettchen!

Brianna bestellte eine Mahlzeit, und eine strahlende Glynis brachte das Essen aus der Küche und servierte mit Hilfe von Sir Randal Grey. Die vier Paare, die einander innig zugetan waren, plauderten den ganzen Nachmittag miteinander. Noch ehe Christian ihnen seine lange Abwesenheit erklären konnte, nahm Brianna seine Hand. »Ich weiß, wo du gewesen bist... du warst zu Hause. Dein Vater hat mir gesagt, daß ihr beide Angst hattet um deine Mutter. Du fürchtetest, daß die schwarze Pest sie irgendwie berühren könnte. Ich hoffe, du hast sie bei guter Gesundheit gefunden, mein Lord.«

Christians Augen blitzten, als er ihre Hand drückte. »Meine Visionen sind Gott sei Dank nicht unfehlbar. Als ich im Heiligen Land ankam, hatte die Pest dort schon ihre Verwüstung abgeschlossen und war nach Westen weitergezogen. Ich fand meine Mutter bei bester Gesundheit.« Er wandte sich an Brianna, um die Wirkung seiner nächsten Worte zu beobachten. »Ich habe sie mitgebracht.«

Briannas Reaktion überraschte ihn. Ihr Gesicht erhellte sich vor Eifer. »Wo ist sie?« wollte sie wissen.

»Im Augenblick ist sie im Haus meines Vaters. Ich hoffe sehr, daß die beiden die Zeit allein genießen.«

Die Damen seufzten auf, weil das, was Christian seinen Eltern beschert hatte, so romantisch war.

»Dein Vater hatte die Pest...« Brianna legte die Hand auf ihr Herz. »Oh, wäre es nicht schrecklich gewesen, wenn du sie den ganzen Weg hierhergebracht hättest, nur um ein frisches Grab vorzufinden?«

Hawksblood war erstaunt. »Ich war doch gerade erst bei ihm. In meinen Augen sah er recht gesund aus.«

»Der Todesengel hat an seinem Bett gestanden, vom Augenblick an, als er vom Sieg bei Poitiers zurückkam«, erkärte ihm Glynis.

Joan mischte sich in die Unterhaltung ein. »Brianna und Glynis waren zusammen mit ihm in Quarantäne, sie haben ihn Tag und Nacht gepflegt, bis zu seiner Genesung!«

Christian war beinahe sprachlos. »Ich danke Euch von ganzem Herzen für eine so selbstlose Aufopferung.«

Glynis errötete bei seinen Worten. Brianna lächelte ein geheimnisvolles Lächeln. »Es war nicht nur ein Opfer, sich um ihn zu kümmern… ich habe mich ein wenig in ihn verliebt!«

Prinz Edward mischte sich ein: »Ihr seid gerade rechtzeitig zurückgekommen zu einem Staatsempfang heute abend. Unsere ehrenwerten Gäste reisen in den nächsten Tagen nach England ab.«

Hawksblood wußte, er mußte die Zähne zusammenbeißen und sich ritterlich ergeben. »Es wird uns eine Ehre sein, dem Fest beizuwohnen.«

»Oh, Edward, wir müssen in ein anderes Quartier umziehen! Brianna und Christian werden zweifellos in ihrem eigenen Schlafzimmer wohnen wollen.«

»Dieser Gedanke ist mir wirklich gekommen«, meinte Christian, und alle lachten.

Prinz Drakkar nahm seine Frau mit, um ihr seine Mutter vorzustellen, ehe sie sich aufmachten in den Bankettsaal. Brianna war äußerst nervös und hatte sich dreimal umgezogen, bis sie mit ihrem Aussehen zufrieden war. Schließlich hatte sie ein Kleid gewählt mit einem weiten Rock aus schwarzer und goldener Spitze, darüber eine rubinrote Jacke, die ihr goldenes Haar betonte. Christian bestand darauf, daß sie eine solche Pracht nicht unter einer Haube verbergen durfte, deshalb wählte sie ein schlichtes goldenes Haarband, um die Fülle zu bändigen.

Als sie bei Warrick ankamen, erklärte ihnen dieser, Sharon sei zu schüchtern, an dem Bankett teilzunehmen, und sie würden den Abend lieber allein verbringen. Christian beneidete sie. Prinzessin Sharon wollte ihre Schwiegertochter ohne Begleitung kennenlernen. Brianna ging mit klopfendem Herzen zum Nebenraum, weil sie nicht wußte, was sie erwartete.

Christians Mutter war die lebhafteste, wunderschönste Frau, die Brianna je gesehen hatte, und auch die dunkelhäutigste. Ihre Abstammung verlieh ihr eine königliche, stolze Erscheinung, dennoch war sie gleichzeitig zierlich und feminin. Brianna verstand, warum Warrick ihr verfallen war. Sie mußte in dem jungen Normannen einen heftigen Beschützerinstinkt geweckt haben, der weiterhin in dem alten Krieger lebte.

Vorsichtig gingen sie aufeinander zu. Da die ältere eine königliche Prinzessin war, wartete Brianna darauf, daß sie das Gespräch einleitete.

Nach einer Weile fragte sie: »Liebt Ihr meinen Sohn?« Selbst ihr Akzent klang exotisch.

»Von ganzem Herzen«, versicherte Brianna ihr.

»Dann haben wir vieles gemeinsam. Erst, wenn Ihr ein eigenes Kind habt, werdet Ihr verstehen, was es mich gekostet hat, ihn aufzugeben.«

»Die Liebe zu einem Kind muß uneingeschränkt und allumfassend sein. Das verstehe ich.«

»Dann werdet Ihr eine gute Mutter werden, Lady de Beauchamp.«

»Wie hübsch«, sagte Brianna glücklich. »Seit meinem Hochzeitstag hat mich noch niemand so genannt.«

»Dann werde ich Euch hoffentlich dieses Kompliment zurückerstatten können, denn niemand hat mich je mit dem Namen meines Mannes angesprochen.«

Brianna lächelte sie an. »Willkommen in Bordeaux, Lady de Beauchamp!«

Sharon erwiderte ihr Lächeln. »Wie ich höre, ist Bordeaux eine wunderschöne Stadt, aber ich sehne mich danach, England kennenzulernen.«

»Auch ich wünsche mir von Herzen, nach Hause zurückzukehren«, gestand Brianna ihr.

»Erlaubt mir, Euch dafür zu danken, daß Ihr das Leben meines Mannes gerettet habt.« Sie nahm ein filigranes goldenes Kästchen vom Tisch neben sich. »Bitte, nehmt dies als Zeichen meiner Dankbarkeit... und meiner Zuneigung.«

Brianna öffnete das Kästchen und keuchte auf. Es war gefüllt mit Rubinen. »Oh, ich kann auf keinen Fall...«

»Unsinn! Christian«, rief sie. »Komm und schmücke deine Liebste mit den Rubinen, die ich für sie mitgebracht habe.«

Warrick und Christian betraten das Zimmer, und Christian befestigte die Rubine in ihren Ohren und legte ihr die Kette um den Hals.

»*Magnifique!* Nur Frauen, die schön genug sind, diese Juwelen zu übertreffen, sollten sie auch tragen«, erklärte Prinzessin Sharon. Dann wandte sie ihre Aufmerksamkeit Warrick und Christian zu. »Also. Brianna und ich möchten nach Hause, nach England. Was gedenkt ihr beide in dieser Hinsicht zu unternehmen?«

Warrick blinzelte seinem Sohn zu. »Ich verspreche, darüber nachzudenken. Aber wir werden nicht am königlichen Hof in Windsor residieren. Ich habe die Absicht, in Warrick zu leben, in meinem eigenen Schloß.«

»Dann laß uns gute Nachbarn sein, denn ich plane, Brianna nach Hause zu bringen, nach Bedford!«

Nach dem Bankett, als der Saal geräumt wurde, um Platz zum Tanzen zu schaffen, kam ein gutaussehender junger Mann aus der Gascogne, Sir Bernard de Brocas, mit einer Bitte zu Prinz Edward. »Euer Hoheit, ich bitte Euch um eine Gunst. Wenn Ihr mich Eurer bezaubernden Cousine, der Gräfin von Kent, bekannt machen könntet, würde ich für immer in Eurer Schuld stehen.«

Edward starrte ihn grimmig an, beinahe wäre das sprichwörtliche Plantagenet-Temperament aus ihm hervorgebrochen. Stattdessen traf der Schwarze Prinz eine Entscheidung. Er ging durch den großen Saal – erst als er vor Joan stand, hielt er inne. Dann nahm er sie in die Arme und tanzte mit ihr zur Empore. Oben angelangt, hob er den Arm, um alle zum Schweigen zu bringen. Langsam erstarb das Gelächter, Geflüster und Gespräche, und alle schenkten dem Prinzen von Wales ihre ungeteilte Aufmerksamkeit.

»Eure Majestäten, Damen und Herren, ich möchte hiermit ankündigen, daß bei meiner Rückkehr nach England, Joan, Gräfin von Kent und ich in Westminster heiraten werden. Ihr seid alle eingeladen.«

Der König und die Königin waren sprachlos, doch als sie den

Jubel der Menge ihrer Höflinge hörten, billigten sie die Entscheidung ihres Sohnes gnädig.

Christian beugte sich zu Briannas Ohr. »Wenn Edward Mut genug hat, endlich das zu tun, was er möchte, dann habe ich das auch.«

»Und was ist es, das du tun möchtest, mein Lord?«

»Ich möchte dich nach Hause bringen in meine Umarmung!« Er faßte unter ihr Knie und hob sie dann hoch; vor der ganzen Versammlung legte Brianna einen Arm um seinen Hals und klammerte sich an ihn. Als er mit großen Schritten den Saal verließ, starrte ihnen eine Gruppe von Höflingen nach, entsetzt über so viel Kühnheit.

»Eine alte arabische Sitte«, murmelte er hochmütig, durch und durch ein Prinz.

Ihre Freunde blieben im Bankettsaal, und als Christian und Brianna bei sich zu Hause ankamen, waren sie ganz allein. Sie hätten nackt in ihrem privaten Paradies schwimmen können, doch ihr Verlangen nacheinander war viel zu groß für irgendwelchen Aufschub.

Wieder hob Christian sie hoch an sein Herz und trug sie nach oben. Er stellte sie auf den Boden und preßte seine Lippen auf ihre. Ohne seine Lippen von den ihren zu lösen, begann er sie zu entkleiden. Es lag etwas Magisches in seinen Berührungen, als er sie nur dem Gefühl nach entkleidete.

Brianna begann, auch Christian auszuziehen. Es war ein höchst erregendes und sinnliches Spiel, mit geschlossenen Augen sein Wams zu öffnen, und ihre Sinne waren so angespannt, daß sie beinahe vor Verlangen aufgeschrien hätte.

Als sie nackt waren, fuhren seine Hände mit ihren zauberischen Berührungen fort, sie streichelten sie, rieben, drückten, liebkosten, neckten und umarmten sie, dann begann seine Zunge das gleiche Spiel in ihrem Mund. Sie stand auf Zehenspitzen, schlang die Arme um seinen Hals und hob dann ihren Körper hoch auf seinen hart aufgerichteten Penis.

Als Christian sie langsam zum Bett trug, glitt die Spitze seines Penis bei jedem Schritt in sie hinein und wieder heraus. Er wußte, daß sie ihm jede Intimität erlauben würde. Endlich waren alle Barrieren zwischen ihnen gefallen. Sie vertraute ihm vollkommen, in dem Wissen, er würde sie zu den höchsten Höhen des Glücks führen.

Ihre Leidenschaft für ihn kannte in dieser Nacht keine Grenzen. Als er tief in sie eindrang, war sie ihm noch nie so entgegengekommen wie heute nacht. Sie brannte nach ihm, verbrannte ihn und erregte ihn fast bis zum Wahnsinn. Als er versuchte, ihre Vereinigung hinauszuzögern, begann sie sich zu bewegen, voller inbrünstiger Sehnsucht und Verlangen – sie war bereit für das, was er mit ihr tun würde. Er wußte tief in seinem Herzen, daß sie seine Liebe erwidern, daß sie sich ihm ganz hingeben würde, damit er sie auf eine Reise der Verwandlung führen konnte.

Er begann, sich mit harten, langsamen, pulsierenden Stößen in ihr zu bewegen. Alle Anzeichen von Sanftheit fielen von ihm ab. Sie genoß seine Kraft, seine Macht und die Härte seiner Stöße. Er gab ihr all das, was sie brauchte, wenn er sich nur ein wenig schneller bewegen würde. Christian wußte, daß der absichtlich langsame Rhythmus, zusammen mit den harten Stößen, sie jedoch zehnmal länger beglücken würden als harte, schnelle Stöße, die ihnen nur einen schnellen Höhepunkt gewährten.

Heute nacht wollte er, daß sie das Glück vieler Höhepunkte erfuhr, und deshalb benutzte er seine größere Kraft, um ihren Körper an seinen langsamen, endlosen Rhythmus anzupassen. Brianna gab sich ihm ganz hin und überließ alles seiner Phantasie. Das herrliche Gefühl, das sie dabei empfand, war mehr als alles, was sie je erlebt hatte. Wie geschmolzenes Feuer floß das Blut durch ihre Adern, es schien ihre Knochen zu schmelzen, sie der Größe und Form des Geliebten anzupassen. Ihre Körper wurden eins, in endloser Hingabe, endlosem Nehmen. Als er sie mit seinem Leib anbetete, gab es weder Zeit noch Raum noch Identität, alles fiel von ihnen ab, bis sie schließlich verwandelt wurden.

Nach dieser bedingungslosen Verschmelzung konnte Brianna sich nicht mehr zurückhalten, und ganz tief in ihrem Inneren erlebte sie den Höhepunkt, lang und heftig, eine Woge nach der anderen spülte über sie hinweg, ließ ihren Körper erbeben, bis sie sich schließlich langsam beruhigte. Christian verhielt sich ganz still, ungefähr ein halbes Dutzend Herzschläge lang, dann zog er seinen harten, dicken Penis zurück, bis die Spitze gegen die harte Knospe ihres Venushügels drückte.

Im ersten Augenblick hätte Brianna fast aufgeschrien, daß es zuviel war, doch dann las sie seine Gedanken, so deutlich, wie er die ihren lesen konnte. *Bleibe bei mir, und vertrau meiner Liebe.* Hatte er diese Worte laut ausgesprochen? Vielleicht. Doch das machte keinen Unterschied, sie vertraute ihm vollkommen, würde ihm immer vertrauen, ewig, in diesem Leben und auch im nächsten.

Diesmal erreichte sie den Höhepunkt schnell, ganz neue Gefühle weckte er in ihr und machte sie vor Leidenschaft so wild, daß sie ihre Zähne in seine Schultern und seine Brust grub. *Er wird Narben zurückbehalten*, dachte sie, doch dann verlor sie auch die Fähigkeit zu denken, als der Höhepunkt sie zu den Sternen führte, die in Millionen von Funken zerbarsten.

Christian hielt sich wieder ganz still, bis auch der letzte Schauder in seiner Liebsten verklungen war. Sie erfuhr, daß ungeahnter Lohn sie erwartete, wenn sie ihm vertraute. Als sie ruhig unter ihm lag, drang er mit einem einzigen Stoß tief in sie hinein und ergoß dann seine ganze Liebe, sein Leben, in sie. Brianna fühlte, wie sein Samen in sie floß, und erlebte abermals einen Höhepunkt.

Sie fühlte sich zu matt zum Atmen, schwebte in der Zufriedenheit, einfach nur zu leben. Seine Liebe umgab sie in einem nie endenden Kreis, der bis in die Unendlichkeit zu reichen schien.

Viel später, als sie wieder gleichmäßig atmen, sich bewegen und denken konnten, löste Christian sich aus ihrer Umarmung und flüsterte: »Ich habe ein Geschenk für dich.«

Plötzlich erinnerte sie sich an das Buch, das sie geschrieben hatte. »Für dich habe ich auch ein Geschenk.«

Als sie sich gegenseitig jeweils ein Buch reichten, sah das wie ein Zufall aus, doch so etwas war nicht möglich. Beide öffneten ihr Geschenk und blätterten die Seiten um. Sein Buch trug den Titel *Der Arabische Ritter*, und sie hatte ihn liebevoll auf jeder der Seiten gezeichnet, seine Geschichte erzählt. Sie hatte ihn porträtiert, wie er einen Falken zähmte, wie er ein Turnier gewann, wie er in der Schlacht kämpfte, wie er vom König zum Ritter geschlagen wurde, wie er am Runden Tisch saß und seinen Hosenbandorden trug. Christian sah von dem Buch auf, bezaubert von ihrem Kunstwerk.

Brianna blickte fasziniert auf den Band, den er ihr überreicht hatte. Als sich ihre Augen voller Unglauben weiteten, lachte er und erklärte. »Es ist ein Kissenbuch. Im Orient schenkt der Bräutigam es seiner Braut, und sie sehen sich beide die erotischen Positionen an, wenn sie sich auf ihr Liebeslager zurückziehen.«

»Christian! Bei der Liebe Allahs, dies ist das Schlimmste, was ich je gesehen habe. Es ist absolut dekadent und lüstern!«

Er schloß die Seiten, damit sie sich nicht die anstößigen Bilder der Vereinigung zweier Menschen ansehen mußte. »Es tut mir leid, mein Liebling. Ich wollte dich nicht schockieren, es sollte nur ein Scherz sein. Das Buch, das du für mich gemacht hast, rührt mich tief. Ich werde es immer in Ehren halten.« Er wandte das letzte Blatt um, wo sie sie beide gemalt hatte, mit drei Kindern in ihren Armen. Die Unterschrift unter dem Bild lautete: *Und sie lebten glücklich bis an ihr Ende.*

»Woher weißt du, daß wir drei Kinder haben werden?«

»Ich habe sie einmal in einer Vision gesehen. Zwei starke Söhne und eine drollige kleine Tochter.«

Er streckte die Hand aus und strich über ihr goldenes Haar. »Du bist wunderbar.«

»Ich weiß«, meinte sie neckend und öffnete ihr Kissenbuch. »Vielleicht sollten wir jetzt Seite vierundzwanzig ausprobieren.«

Als er sie mit offenem Mund ansah, lief sie kichernd zum Bett. Christian nahm die Verfolgung auf. Sie verkrochen sich unter den Decken, lachten sich schief und krumm. Sie stieß ihn kräftig zurück und rieb mit ihrer Wange über die Innenseite seiner Schenkel. Dann streckte sie die Zungenspitze heraus und fuhr damit den Umriß des Türkensäbels auf seinem Bein nach.

Hilflos ergab er sich ihr, er stöhnte auf vor Verlangen und lachte gleichzeitig. »Dein Haar kitzelt mich!«

Es dauerte nicht lange, bis die Bettlaken auf dem Boden lagen und bald darauf auch die Decken. »Mmm, stell dir einmal vor, Seite vierundzwanzig auf einem Marmorboden in Szene zu setzen!«

»Du schlimme kleine Kokotte, was du mit mir vorhast, ist so verwegen, daß es nicht einmal in diesem Buch steht. Ich kann meinen Samen nicht so einfach verschwenden, wenn du beschlossen hast, eine Familie zu gründen.«

Brianna schob ihn wieder von sich, doch jetzt lachte sie nicht mehr, einen Augenblick lang war sie ganz ernst. »Ich trage bereits deinen Sohn unter meinem Herzen.«

»O du wundervolles Weib, ich liebe dich von ganzem Herzen.« Er küßte sie zärtlich, und Brianna seufzte auf vor Glück, sie fühlte es in ihrem ganzen Körper, bis hinunter zu den Zehenspitzen. Doch plötzlich griff er hart nach ihren Schultern. »Aber wie kann man nur so ein Dummkopf sein? Du bist vom Dach gesprungen und wußtest, daß du ein Kind erwartest!«

Brianna streckte einen Finger aus und tippte damit auf seinen Penis. Sofort reckte er sich, wie ein wildes Tier, das nur geschlafen hatte und jetzt den Sprung wagen wollte. »Schlag mich doch«, forderte sie ihn heraus. »Benutze deine kräftige Rute, und schlag mich damit, mein sündhafter arabischer Ritter!«